문학의 교육,
문학을 통한 교육

문학의 교육, 문학을 통한 교육

펴낸날 2009년 8월 24일

지은이 윤영천 외
엮은이 윤영천 김진경 홍정선 정과리 김명인
펴낸이 홍정선 김수영
펴낸곳 ㈜문학과지성사
등록번호 제10-918호(1993. 12. 16)
주소 121-840 서울 마포구 서교동 395-2
전화 02) 338-7224
팩스 02) 323-4180(편집)   02) 338-7221(영업)
전자우편 moonji@moonji.com
홈페이지 www.moonji.com

ISBN 978-89-320-1985-7

문학의 교육, 문학을 통한 교육

윤영천 김진경 홍정선 정과리 김명인 엮음

문학과지성사
2009

책머리에

문학위기론이 회자된 지 꽤 오랜 시간이 지났다. 특히 문학이 동시대의 지적 문화적 흐름에 대한 주도권을 상실하고 전체 문화의 한 부분 영역으로 축소되어 시장적 상품논리의 지배 아래 놓이고 문학 이외에 영화 등 기타의 문화 장르들의 영향력이 상대적으로 강화되기 시작한 1990년대 이래 문학위기론은 한국 문화의 지형 속에서 하나의 만성적인 위기담론으로 고착되어오고 있는 형편이다.

그 위기의 원인으로, 세계사적 맥락에서는 현실사회주의의 붕괴와 자본주의의 전일적 세계 지배라는 상황에서 근대문학의 대안적 비판능력의 쇠퇴라든가 문학에 대한 자본 지배의 관철 또는 활자매체의 비교우위의 상실 등 여러 가지가 제시되고 있지만, 어쨌든 문학의 위기는 근대의 황혼을 증거하는 하나의 상징적 사건으로 자리 잡아가고 있는 것이다.

그러나 이러한 문학의 위기, 엄밀히 말해 근대적 문학제도의 위기가 단지 문단이나 문학 전문가들의 존재론적 위기가 아니라 한 사회의 문학적 소양이나 역량의 위기를 뜻한다면 그것은 진정 문제가 아닐 수 없다. 문학적 소양이나 문학 능력의 위기는 곧 상상력과 창조력의 위기에 다름 아니며, 이는 더 나은 삶, 더 나은 사회에 대한 대안적 모색의 불

능성을 뜻하는 것이기 때문이다. 어쩌면 우리 사회는 문학의 위기 이전
에 이러한 문학 능력의 총체적 고갈을 먼저 겪고 있는 것은 아닐까. 그
리고 문학제도의 위기는 곧 이러한 총체적 문학 능력의 위기의 한 결과
가 아닐까.

한 사회의 총체적 문학 능력은 그 사회의 제도적 비제도적 문학교육
의 질과 비례관계에 있다고 할 때 우리 문학의 위기는 상당 부분 문학
교육의 위기에서 비롯된 것일지도 모른다. 특히 제도적 학교 교육(그
파생물인 사교육까지 포함하여)의 압도적 영향 아래서 유소년 시절의
대부분을 보내고 성인세계로 입사하게 되는 우리의 교육 상황에서 제
도적 문학교육의 질은 우리 사회 구성원의 문학적 향수 능력과 생산 능
력을 결정한다고 해도 과언이 아니다.

아닌 게 아니라 우리의 학교 문학교육이 걸어온 경로는 심히 우려스
러운 것이 사실이다. 식민지 시대의 경험은 논외로 치더라도 정부 수립
이후 1980년대 후반까지 우리의 학교 문학교육은 순수문학이라는 독특
한 이데올로기의 자장 아래 내용적으로는 냉전적 반공주의, 방법적으
로는 신비평적 관점에서의 순수주의의 틀 안에서 본래의 자유롭고 다
원적인 해석과 수용의 가능성이 봉쇄되어왔으며, 1980년대 후반 이후
에는 그 역편향으로 민족주의와 천박한 사회학주의의 과잉으로 역시
대단히 옹색한 처지를 면치 못했던 것이다. 여기에 문학의 특성을 전혀
반영하지 못한 일문일답식의 평가 및 입시제도가 가세하여 상상력과
창의력, 인문적 종합력으로 정리될 수 있는 문학 능력의 함양과는 무관
한 문학교육을 정착시키게 되었다.

게다가 최근에는 기능주의적 교육철학의 압도적 지배 아래 문학교육
은 말하기, 듣기, 읽기, 쓰기 등 의사소통 능력 향상을 위한 보조적 장

치로 점차 그 지위가 격하되어 이제 학교 문학은 문학 본래의 의의와는 완연히 성격을 달리하는, 그리하여 우리 사회의 총체적 문학 능력, 곧 인문적 역량과는 무관한 일종의 괴물과도 같은 유사문학이 되고 말았다. 현재와 같은 기형적인 제도문학교육이야말로 우리 사회 구성원의 인문적 역량 전체를 현저하게 쇠퇴시키거나 기형화하는 근본적인 원인이 되고 있다고 볼 수 있다.

이러한 문제의식 아래, '지금, 다시' 문학교육에 대한 본질적 물음을 물어야 한다는 공감이 우리로 하여금 함께 머리를 맞대고 이 책을 기꺼이 엮어내게끔 하였다. 이 책은 오늘의 문학교육이 지닌 여러 가지 문제들에 대한 스무 명의 문학(교육)연구자들의 고민과 대안을 담고 있다.

제1부에 실린 정명환, 유종호, 도정일, 김인환, 네 분의 인문학자들의 글은 제대로 된 문학교육이 어떻게 인간을 타락한 세계로부터 구해내고 그에 맞서게 하는 힘이 되는가를 원론적으로 보여주고 있는 글들이다.

제2부에 실린 김대행, 박인기, 유성호, 김신정, 네 분의 글은 보다 문학교육 현장과 밀접한 관련을 맺어왔던 분들의 것으로 문학교육이 어떻게 변화하는 세계에서 문학적 가치와 교육적 가치를 조화롭게 구현할 수 있는가를 모색하는 글들이다.

제3부에 실린 홍정선, 김명인, 하정일, 김만수, 네 분의 글은 고등학교 과정에서 실제로 이루어지는 문학교육의 문제점들을 실증적으로 드러내어 비판하고 있는, 보다 현장성이 강한 글들이다.

제4부에 실린 윤영천, 최원식, 최시한, 이숭원, 네 분의 글은 문학 및 독서교육에 대한 구체적인 교수방법론을 작품 중심으로 예증하여

제시하고 있는 글들이다.

제5부에 실린 김진경, 원종찬, 황효식, 정명순, 네 분의 글은 우리나라에서는 여전히 홀대되고 있는 아동/청소년 문학교육의 문제들을 국내와 국외의 실제 사례와 관련하여 본격적으로 논의하고 있는 글들이다.

이상의 스무 편의 글들로 전부 감당하기에는 우리의 문학교육이 지닌 문제들의 뿌리는 너무 깊고 그 범위는 너무 넓다고 할 수 있다. 하지만, 교육 테크노크라트들과 기능주의적 연구인력들의 수중에 방치되다시피 하고 있는 우리 문학교육의 근본문제들을 다시 한 번 환기시키는 데 이 책이 하나의 전환점이 되었으면 하는 바람은 적지 않다. 독자 여러분의 많은 고언과 질정을 기다리는 바이다.

끝으로 이 책은 올해로 문학교육에 바친 28년 반의 교직생활을 거두고 인하대학교 사범대학 국어교육과에서 정년퇴임을 맞게 되는 윤영천 선생님의 주도적인 기획으로 간행되게 되었음을 밝힌다. 선생님의 노고에 거듭 감사의 말씀을 드리며, 선생님의 스승으로서의 역할은 여기서 마무리되지만 학자로서의 길은 앞으로도 더욱 굳건히 벋어나가기를 진심으로 기대한다.

그리고 옥고를 기꺼이 내어주신 스무 분의 필자들과 길지 않은 기간 동안 단단한 책을 만들어내느라 수고한 문학과지성사 편집부에도 감사의 말씀을 덧붙이지 않을 수 없다.

2009년 8월

편집위원 일동

|제 1 부| 문학교육, 무엇을 할 것인가

제1장

대학에서의 문학교육을 위한 기본적 전제

정명환

1

"우리의 문화에서 대학은 지식이 그 자체로서 존중되는 하나의 자리, 아니 차라리 그것이 제공하는 더욱 자유롭고 넓은 인생관 때문에 존중되는 자리이다. 만일 대학이 그런 목적의식을 상실하면, 그것은 한낱 또 하나의 사회봉사 기관이 되고 말 것이며 대학의 수준이나 드높은 목적에 관한 생각은 다만 허세에 불과할 것이다. 그리고 대학이 살건 죽건 아무도 특별히 관심 갖지 않을 것이다."

19세기나 20세기 초반의 인문교육 지상론자의 입에서 나왔음 직한 이 발언은 사실은 내가 최근의 미국 신문에 게재된 한 서평에서 얻어 읽은 것이다.[1] 오늘날 기능주의와 실용주의의 총본산이 된 미국에도, 실효성을 초월한 차원에서 대학교육을 생각하는 사람들이 잔존한다는 것은 인문학도로서는 분명히 기쁜 일이다. 아마도 그런 미국이니까 반동적으로 이런 종류의 학문적 지사(志士)들이 더 많을지도 모른다고 생각해볼 수조차 있다. 그러나 이와 같은 말을 듣고 그냥 마음 든든해한다는 것은 미망이며 철없는 짓이라고 여겨지기도 한다. 왜냐하면 이 인용문의 뒷부분은 비장한 뉘앙스를 띠고 있으며, 대학교육의 고매한 이념의 재확인에도 불구하고 오늘날 '일반교양교육liberal education'이 처해 있는 심각한 난국을 걱정스럽게 상기시켜주기에 충분한 것이기 때문이다.

그런데 우리의 걱정의 정당성을 반증해주는 듯한 한 기사를 나는 같은 무렵에 나온 또 다른 미국의 간행물에서 보았다. 그것은 뉴욕 주 고등교육자문위원회의 의장직을 맡았던 어느 거물 은행가의 다음과 같은 말이다. "오늘날 많은 대학은 석사학위를 취득하려는 학생이 적어도 2년간 실무를 경험하고 다시 대학으로 되돌아가서 전공할 직업적 주제를 택하기를 요구하고 있다. 직장 경험이 절대로 필요한 것이다. 〔……〕 은행을 포함한 많은 기업체에서의 수련이 매우 중요하게 될 것이다. 대학에서 2년을 보내고 기업체에서 3~4년 일을 하고 다시 학부를 마치거나 석사학위를 따면 좋을 것이다."[2]

대학은 정보·실무·능력의 삼위일체의 시대에 맞는 고급 노동자를 양성하는 데 진력해야 한다는 기본적 입장에서 구상된 이러한 대학 개조론은 내가 처음에 인용한 발언과 대립한다. 어폐가 있고 자학적으로

---

1) 1994년 10월 2일자 *The New York Times*의 북리뷰. 뉴욕시립대학의 현황을 중심으로 대학교육의 문제를 고찰한 James Traub의 *City on a Hill*에 관한 서평에 인용된, 저자 자신의 발언의 한 토막.
2) *Newsweek*, December 5, 1994, p. 52.

들릴지 모르지만, 우리는 그것을 허학파(虛學派)와 실학파의 대립이라고 불러두자. 극단적인 허학파가 보기에 실학파는 진리의 탐구라는 대학의 본래의 이념을 등지는 것이고, 반대로 철저한 실학파의 눈에는 허학파의 존재가 무용한 사치로밖에는 보이지 않을 것이다. 다행히 많은 국가나 대학의 경영자는 그 양자 사이에서 일도양단으로 문제를 해결하려고 하지는 않는다. 마치 대학이란 원래가 교육목표를 달리하는 그런 상이한 집단들로 구성되어 있는 'multiversity'라는 듯이 말이다. 그리고 마치 이른바 교양과목을 통해서 약간이라도 서로 간에 다리를 걸쳐 놓을 수 있는 듯이 말이다. 그러나 대세가 나날이 더욱 실학파 쪽으로 기울고, 국가 역시 그 대세를 긍정적으로 받아들이거나 한 걸음 더 나아가서 적극적으로 고무하고 있는 것만은 확실하다. 더 노골적으로 말해서, 인문학은 진정 허학으로 냉대받으면서, 기껏해야 실학을 위한 보조 학문으로 구석 자리로 몰려나고 있는 것이다. 나는 이것이 나 개인의 편견이나 인상이 아니라, 거의 모든 인문학도가 각자의 경험을 통해서 검증할 수 있는 객관적 사실이라고 생각한다. 만일 나의 이런 생각이 거짓된 것이라면, 다시 말해서 인문학이 오늘날 실학과 적어도 동등한 지위와 권위를 누리고 있는 것이 사실이라면, 또 심지어 어떤 미래학자들이 흔히 말하듯 인문학의 장래가 다시 떠오르는 태양처럼 밝은 것이라면, 내가 앞으로 할 이야기는 일고의 가치도 없을 것이며, 또 그것이 어떤 의미에서는 오히려 더 좋은 일이 될 것이다.

2

일반적으로 어떤 현상을 가져온 원인을 파악하는 것은, 그 현상을 이해하고 또 필요하다면 바로잡기 위한 최초의 작업이다. 그렇다면 인문학의 경우에도 그 후퇴의 원인을 살피는 것은 실지 회복에 도움을 줄지도 모른다. 그러나 문화적 역사적 현상의 원인은 결코 객관적으로 분석될 수 없고, 한두 가지 특정된 것으로 환원될 수도 없다. 여러 원인들이 있겠지만 그것들을 샅샅이 열거하기가 어려울 뿐 아니라, 그 원인들이 서로 교섭하고 상충하고 결합하는 양상은 유전자의 상호작용 이상으로 만족스럽게 해명될 수 없는 것이다. 따라서 인문학의 후퇴의 원인에 관해서도 매우 조잡한 이야기밖에는 할 수 없을 것이며, 그런 조건하에서라면 테크놀로지의 엄청난 발전과 그것이 가져온 사회 변화와 생활의 변모를 중요한 원인으로 들어볼 수 있을 것이다. 그러나 이 글의 주제는 여기에 있지 않고,[3] 또 이런 원인을 제거한다는 것은 역사에 역행하는 것만큼이나 불가능하며 사회의 토대 자체를 붕괴시킬 만큼 위험한 것이다. 그렇다면 인문학의 일부로서의 문학교육은 어떻게 제자리를 마련할 수 있을 것인가? 아니, 질문을 다음과 같이 고치는 것이 더 현실적일지도 모른다. 문학을 궁지에 몰아넣은 원인들이 불가항력적일 뿐 아니라 또한 오늘날의 사회의 토대 그 자체라면, 그리고 바로 그 원인들로 말미암아 이미 초중등 교육과정에서부터 "피교육자의 사회화와 문화적 동화를 담당하는 주역으로서의 학교의 기능과 문학의

---

3) 이 점에 관한 고찰의 일단으로서는 졸저, 『문학을 찾아서』(민음사, 1994), pp. 425~46 참조.

전통적 헤게모니가 상실된 것"[4]이 사실이라면, 대학에서의 문학교육에는 무슨 뜻이 있고 또 어떤 새로운 책무가 부여될 수 있을 것인가? 그러나 이 질문 역시 아직도 추상적이다. 어떤 구체적이며 유효한 논의를 가능케 하기 위해서는 화제의 범위를 더욱 제한할 필요가 있을 것이다. 그래서 우리는 방금 언급한 고도의 테크놀로지가 가져온 근본적이며 범세계적인 변화에 더하여, 한국 대학에서의 문학교육의 여건도 어느 정도 염두에 두면서,[5] 문학교육의 문제를 비전공의 저학년 학생을 위한 문학교육으로 축소시켜 고찰해보려고 한다.

우선 양극단의 경우를 생각해볼 수 있다. 한쪽 끝에는 문학에 직접적인 실용성이 있다는 것을 주장하고 보여줌으로써 그 실지를 회복하려는 입장이 있을 것이다. 상당히 넓은 범위에 걸쳐서 생각될 수 있는 이러한 실제적 적용은 문학이 지니고 있는 어떤 속성이나 내용의 과장되고 일방적인 이용에 따른 것이다. 가령 시문(詩文)은, 언어의 놀이와 마음의 안식을 베풀어줄 수 있다는 점에 착안하여, 그것이 레저 산업과 마찬가지의 차원에서 오락과 휴양의 제공자로서 후기 산업사회에서 조촐한 한자리를 차지한다고 학생들에게 말해줄 수 있을지 모른다. 또한 문학에 나타난 과학자·법관·여성 등의 모습을 골라내서 '법학도를 위한 문학' 따위의 강좌를 개설할 수도 있을 것이다. 그리고 지독한 경우에는 문학적 언어는 매우 교묘한 수사로 되어 있으니까 그것을 익히는 것이 상담(商談)에 도움이 된다는 구실로 경영대 학생의 문학 수강을

---

4) Halte et al., "Littérature/Théorie/Enseignement," *Poéique*, No. 30, 1977, p. 157.

5) 얼른 생각나는 것으로 현행 입학시험제도, 국문학과와 외국 문학과의 분리, 그 분리가 더욱 고전문학과 현대문학으로, 그리고 국가별로 세분화된 현상, 이른바 교양국어의 교과 내용 등을 들 수 있다. 이런 제도와 관행이 앞으로 말할 바람직한 문학교육에 긍정적으로 작용할 것 같지는 않다.

유도할 수도 있을 것이다. 우리가 '응용문학'이라고 빈정거릴 수도 있고 혹은 더 혹독하게 '문학의 매춘'이라고 단죄할 수도 있을 이러한 천덕스러운 타협주의는 그러나 다행히도 대학에서는 아직 시도되고 있는 것 같지는 않다.

그러나 또 하나의 극단, 즉 문학이 세상을 향한 질문과 이의 제기로 열려 있는 언어라는 전통적이며 정당한 인식과는 대척적으로, 그것을 자율적이며 자폐적인 기호로 봄으로써, 변두리로 내쫓긴 상황을 스스로 받아들이고 거기에서 알량한 독립과 안주를 즐기려는 경향이 가끔 눈에 띈다. 이것이 구조주의의 입장인데, 이 입장에서 제안되거나 시행되는 문학교육은 문학을 문학으로 존립시키는 언어적 특징에 관한 교육을 주안으로 삼는다. 가령 발화 행위의 과정, 디노테이션과 코노테이션의 관계, 이야기의 구조에 관한 학습 따위가 그것이다. 그리고 이 경우 비록 개별 작품을 다룬다 해도 그것은 이 추상적이며 일반적인 문학적 언어의 특징을 밝히기 위한 자료일 따름이다. 그러나 문학교육을 자폐적인 이론 교육으로 환원하려는 움직임은 그 동기와 종국적 목표가 어떻든 간에 문학을 세계와 단절시키고 만다. 왜냐하면 문학연구를 전문적 직업으로 삼으려는 사람을 제외한다면, 대부분의 독자는 문학적 언어가 언어 외적인 대상을 지향함으로써(문학의 드라마는 바로 여기에 있다), 현실과 자아에 대한 더욱 깊은 이해를 가능케 해주리라는 정당한 기대를 여전히 가지고 있고, 문학의 전문가가 그 길로 안내해주기를 기다리고 있는데, 문학성의 이론에 치중한 문학교육은 그 기대를 충족시켜줄 수 없기 때문이다. 문학의 언어적 구조에 초점을 맞춘 연구가 아무리 중요하다 하더라도, 이 연구는 '왜 특히 문학을 하는가?'라는 당위적 질문, 그리고 내 생각으로는 상위적 차원의 질문과 필연적으로 결부되어야 하며, 이 연관성은 특히 대학의 저학년을 위한 교육에서 염두에 두어야 할 일이다. 만일 그렇지 못할 경우에는 문학의 소외는 시세(時勢)의 탓만이 아니라 문학도 자신에 의해서 자초된 것이라는 지적을 받아 마땅할 것이다.

그렇다면 이 자기 부정적인 양극단을 배격하면서 오늘날의 상황 속에서 우리가 시도해야 할 문학교육──앞서 말한 바와 같이 세계와 자아를 향한 질문과 이의 제기로서의 문학교육은 어느 정도 성공할 수 있는 것인가? 솔직히 말해서 내 생각의 밑바닥에는 어느 정도의 비관주의가, 혹은 더 좋게 말해서 일종의 절충주의가 깔려 있다. 어느 때보다도 더욱 현실의 철저한 인식과 아울러 현실과의 불가피한 타협을 생존의 조건으로 삼을 수밖에 없는 오늘날의 시대, 유토피아의 환상이 무너진 이 시대에 있어서는, 문학의 기능에 관한 대언장어(大言壯語)나 소박한 포부는 지하철 속에서 악을 쓰는 전도사의 목소리만큼이나 공허하고 딱하게 들릴 따름이다.

문학을 하는 사람이 많은 경우에 은폐하고 있지만, 오늘날 그의 사회생활의 밑바닥을 이루고 그의 생존 자체를 가능케 해주는 것은 대부분의 사람들의 경우와 마찬가지로 테크놀로지에 의해서 소외된 인간들, 더 구체적으로 말해서 극도의 관리 체제에 의해서 지배되고 있는 인간들이다. 그가 이용하는 모든 문명의 이기도, 그가 의존하는 제도의 운영도 또 그의 의식주의 공급조차도 조직사회 속에서 부품화된 인간들 덕분이며, 또한 바로 그들이 그의 목소리를 들어주는 공중의 한 부분을 형성하고 있기도 하다. 그런데 만일 그 목소리가 어떤 형식이건 간에 소외를 인용(認容)하고 찬양하고 촉진하는 것이라면 그의 생존 조건과 그의 행위 사이에는 일관성이 있을 것이다. 그러나 행인지 불행인지 대개의 문학자들은 그런 목소리에 반대하고, 아직까지는 주체로서의, 그리고 정신적 존재로서의 개인을 숭상하는 고전적 인간관을 그대로 품고, 그 인간관의 바탕 위에서 작업을 하고 있다. 오늘날 문학자의 존재의 근본적 모순은 바로 여기에 있다. 이미 자연으로 되돌아갈 수도 없고, 그렇다고 테크놀로지와 고전적 인간상 사이의 조화를 생각할 수도 없는 사회에서, 그는 한편으로는 소외된 인간의 행동에 의지해서 생활하고 다른 한편으로는 그 소외에 대해서 이의를 제기하는 것이다.

하기야, 작가나 시인의 경우에는 이런 난처한 입장을 의식화하고 그것에 대해서 어떤 직접적인 태도 표명을 할 필요는 없을지도 모른다. 그들은 부르주아지의 착취에 기대어 있고 그 생활을 누리면서도 부르주아를 증오한 플로베르처럼, 자신의 사회 경제적 처지와 역사적 상황을 무시하고 초월하는 특권을 행사하면서 작품 창조에 전념할 수 있을지도 모른다. 그리고 이렇게 상황을 등지고 생산된 작품이 매우 뜻깊은 정신적 유산이 될 수도 있다는 것을 역사는 아이러니컬하게 보여주기도 한다. 그러나 이러한 면책 특권은 문학교육자에게는 없는 것이다. 그는 오늘날 소외를 생존의 필수적 조건으로 요청하는 사회에서 소외를 문제 삼는 문학이 왜 읽혀야 하는지 스스로 묻고, 직접적이건 간접적이건 간에 그것을 학생에게 밝히지 않고서는, 문학교사로서의 자신의 존재를 정직하게 유지해나갈 수 없는 것이다. 이 점에서 나는 다음과 같은 세 가지의 신념을 문학교육의 실효성 있는 가설enabling hypothesis로 설정해보려고 한다.

첫째로는, 문학 전문가가 아닌 일반 독자common reader는 '고급의' 문학에서 그 무엇을 얻기를 늘 희구하고 있으며, 작품은 누구보다도 이 일반 독자를 위하여 씌어진다는 신념이다. 하기야 그것이 과연 누구인가를 지목하는 것은 마치 이성적 인간의 구체적 소재를 밝히는 것과 마찬가지로 어려운 일이다. 그러나 철학적 담론이 이성적 인간을 독자로 상정하고 이루어지듯, 문학은 되도록 편견을 넘어서서 작품을 맞이하고, 자신의 체험과 상상력을 동원하여 그 의미를 추출하고, 그것을 삶의 현실과 관련시키려는 독자를 바람직한 독자로 요청한다고 생각해보는 것은 해로운 일이 아니다. 이렇게 볼 때 일반 독자는 가령 나보코프가 독살스럽게 쏘아붙이는 바와 같이[6] 속지(俗智, horse sense)를 섬기고 손에 닿는 모든 것을 범용한 것으로 만들어버리는 상식적 다수파와는 다른 것이다. 그들은 도리어 그들을 간단없이 끌어당기는 속지의 인력에서 벗어나기 위해서 문학작품에 기대는 그런 독자이다. 따라서 대학에서의 문학교육은 생활을 위한 소외를 숙명처럼 받아들일 수밖에 없으면서도 끝끝내 주체적인 정신적 존재로 남으려는 이 일반 독자의 괴롭고도 보람 있는 지향을 도와주기 위해서 존재해야 한다. 그런 각도에서 보자면 문학연구는 언어의 감옥에 갇힌 교수들이 그 감옥 안에서 서로 주고받는 전문용어jargon의 교환으로 시종(始終)해서는 안 된다. 또한 문학비평은 작품에 묻혀 있는 희한하고 깊은 의미를 일반 독자가 찾아내는 것을 도와주기 위해서 존재한다는 그 본래의 뜻을 재확인하고, 그 실천은 어디보다도 대학 강단에서, 다시 말해서 '특권적인 일반 독자'라고 할 수 있는 대학생을 위한 강의에서 전개되어야 할 성질의 것이다.

우리가 둘째로 설정할 수 있는, 아니 차라리 설정해야 할 가설은 문학의 인식적 기능에 관한 것이다. 주체적이며 정신적인 존재로 남을 수 있게 해주는 것은 비단 문학만이 아닌데, 왜 하필이면 문학작품을 읽기

---

6) Nabokov, *Lectures on Literature*, Harcourt Brace Jovanovich, 1980, p. 372 참조.

를, 그리고 가능하다면 스스로 쓰기를 권하느냐는 질문에 대한 최소한의 대답이라도 마련되지 않으면 문학교육은 시도될 수 없는 것이다. 사실, 문학의 본뜻에 관한 이 질문만큼 어렵고 이설이 분분한 것은 없다. 문학의 역사는 어느 것 하나 정설로서 자리 잡지 못한 그 무수한 대답의 역사였다고 해도 과언이 아니다. 그렇다 해도 문학의 교사는 적어도 저학년을 위한 일반 강의에서는 '문학의 본질을 알기 위해서 문학을 한다'는 따위의 자기 폐쇄적인 언사를 대답으로 삼을 수는 없다. 문학에 실용성이 없다는 것은 그것이 무상(無償)의 행위라는 뜻이 결코 아니며, 문학만의 가치 있고 특권적인 영역이 있다는 것을 어떤 방법으로든지 알려주어야 하는 것이다. 그렇다면 그것은 무엇인가? 내 생각에는 여러 상이한 대답의 밑에 깔린 공통적인 '문학적 본향(本鄉)'이 있을 것 같고, 그 점에서 "예술, 특히 문학은 태양 아래 있는 모든 것이 검토되고 성찰될 수 있는 거대한 반성의 광장"이라는 아이리스 머독Iris Murdoch의 말은 매우 적절하다.[7]

그런데 한없이 다양하고 융통성 있는 언어와 상상력으로 시도되는, 존재하는 모든 것에 대한 근본적 반성은 당연히 일상적 인식의 거부를 의미한다. 프루스트의 말을 빌리자면 "인습적인 지식이 두터워져 뚫고 들어갈 수 없는 것이 되면 될수록 우리가 더 멀어지고 모르고 지낼 현실"[8]이 있는데, 문학이란 이 진정한 숨은 현실을 포착하고 밝힐 수 있다는 신념에 의거하는 언어적 활동이다. 그리고 교사는 그런 활동과 관련해서 슈클로프스키가 말하는 낯설게하기나 브레히트가 말하는 소격

---

7) James Gribble, *Literary Education*, Cambridge University Press, 1983, p. 15에서 재인용.
8) Marcel Proust, *A la recherche du temps perdu* III, Pléade, p. 895.

(疏隔) 효과를 이야기해줄 수 있을 것이다. 이와 아울러 우리는 또 한 가지 중요한 요청에 응하는 길을 여기에서 찾아볼 수 있다고 생각한다. 그것은 다름 아니라 특히 근자에 서양에서 등한시되어온 가치 평가와 관련된 요청이다. 교사가 이른바 '문학의 문학성'에 관한 이론적 고찰에 주안을 두지 않고 앞서 언급한 바와 같은 일반 독자의 기대에 부응하려고 할 때는, 그는 자기가 교재로 사용하거나 학생들에게 읽히고 싶은 개별 작품을 골라서 마련해야 할 것이다. 그렇다면 그 규준은 무엇인가? 이때 그는 머독의 말을 부연해서 아마도 이렇게 대답할 수 있을 것이다. "내가 작품 선정에서 A보다 B를 택한 것은 B가 삶과 세계에 관해서 여러분에게 더욱 근본적인 반성을 촉구하고 있다고 생각하기 때문이다." 하기야, 이것은 너무나 당연하고 싱겁기까지 한 이야기이다. 그러나 구조주의와 기호학과 해체론 때문에, 제임스 본드와 셰익스피어의 작품이 다 같이 가치중립적인 연구 대상이 되고, 심지어 가치의 황무지에 내던져져 있다고까지 말할 수 있는 지금의 상황에서는, 이 싱거운 이야기가 새삼스럽게 강조되어야 하는 것이다. 개별 작품에 대한 구체적 평가에 있어서 아무런 콘센서스도 성립될 수 없고 그 객관성도 보장되지 못한다고 해서 평가의 규준을 아예 내던진다면, 그리고 각자가 설정한 그 규준을 견주고 상대화하면서도 더욱 합당한 규준을 지향하지 않는다면, 우리가 생각하는 바와 같은 문학교육이 어떻게 성립될 수 있겠는가?

내가 셋째로 내세우고 싶은 가설은, 실인생과 욕망 사이에 괴리가 있다는 것을 불가피한 조건으로 받아들이면서도 그것을 괴로워하는 '소인(小人)'들에게, 즉 우리와 같은 대부분의 사람들에게, 문학은 삶에서 주요한 몫을 할 수 있다는 것이다. 우리는 전지전능한 신이나 일체의 욕망의 피안에 위치하는 도통한 성자(聖者)가 시나 소설을 통해서 인생을 반성하는 장면을 상상할 수 없다. 앙드레 지드가 말했듯이 신의 나라에는 예술이 없는 것이다. 바꾸어 말하면, 문학은 완전하지 못한 존재가 완전의 경지를 향하려는 욕망의 소산이다. 그러나 이 욕망만으로 문학의 존재가 설명될 수는 없다. 우리는 비교적(秘敎的) 체험을 비롯한 여러 실천을 통해서 그 욕망의 실현을 꾀할 수도 있기 때문이다. 이에 반해서 문학은 완전성 또는 완결성을 향한 억제할 수 없는 욕망의 지속과, 그 욕망이 현실적으로 성취될 수 없다는 자기 제한적인 인식 사이의 모순에서 태어난다. 그리고 문학적 허구의 생산은 바로 이 모순을 상상적 차원에서 해결하려는 간사하면서도 절실한 기도이다. 우리는 이 기도를 크게 두 가지 각도에서 이야기할 수 있다.

우선 인간 조건에서 유래하는 한계를 넘어보려는 허구가 있다. 필연적이면서도 우연적인 죽음, 인격적 통일성의 결핍, 과거를 총괄할 수도 또 미래를 분명히 예측할 수도 없는 제한된 지성은, 우리가 우리의 행위를 일관된 것으로 완결시켜나가는 것을 원초적으로 불가능하게 만든다. 그런데 바로 이 인식이 허구화를 재촉한다. 우리는 마치 통일성 있고 명확한 결론이 있는 행위가 가능한 것처럼 '거짓말'을 함으로써, 인간 조건을 상상적으로 초월하려고 한다. 인생의 의미란 이렇듯 자아의 통일성과 일관성을 확보하려는 욕망에 의한 현실의 허구화인데, 허구를 통한 의미 세계의 창조 중에서 가장 애통한 것은 아마도 죽음의 순간에 시간을 역행해서 자신만의 과거를 '정리'하는 경우일 것이며, 또한 가장 아이러니컬한 것은 오직 존재의 부조리만을 일관적으로 조리 있게 드러내기 위해서 글을 쓰는 것으로 되어 있는 사르트르의 『구토』의 주인공일 것이다. 내가 여기에서 이 양극단을 예로 든 것은, 허구화가 어떤 형식이든 또 어떤 방향으로든 간에 소여(所與)를 주체적으로 소화하려는 '호모 시그니피칸스homo significans'의 숙명임을 암시하기 위한 것인데, 이 허구화의 전형이 바로 문학이다.

그러나 지리멸렬한 상황에서 벗어나서 삶에 통일성을 부여하려는 이 욕망과 그 실현으로서의 허구화는 또한 사회적 조건과의 관련에서도 생각해볼 수 있다. 우리는 프로이트가 지적했듯 생존과 문명을 위해서 자아의 본연적인 욕망을 포기하고 이 포기를 불가피한 것으로 받아들인다. 그리고 공동체의 성립과 운영을 위해서 이 자아 포기를 훈련시키고 그것이 자발적으로 이루어지도록 유도하는 것이 사회 교육의 역할이기도 하다. 그러나 비록 획일화와 타협과 비순수를 생존의 필수적 조건으로 받아들인다 해도 "모든 것이 질서와 아름다움, 사치와 고요와 열락"(보들레르)인 다른 곳에 대한 향수는 끝끝내 남아돌고 그것이 부분적으로라도 충족되지 않으면 사회생활 자체를 견딜 수 없는 것으로 만들어놓을지 모른다. 바로 여기에 문학이 개입할 여지가 생긴다. 그것은 화사한 다른 곳이 허구의 세계에서만 존재한다는 것을 알려준다. 그 세계로의 일시적 참여는 삶의 짐을 견디게 해주는 동시에 실생활에서 찾지 못한 초월적 의미를 베풀어준다. 이리하여 오늘날까지도 잔존해 있는 헛된 구별——예술을 위한 예술과 인생을 위한 예술이라는 구별은 사라진다.

3

내가 지금까지 한 이야기는 극히 상식적인 것에 지나지 않는다. 그러나 속고 살지 않으려는 일반 독자의 지향을 믿지 않는다면, 그리고 문학이 존재에 대한 근본적 반성과 존재의 초월적 의미를 겨냥하는 정신 활동이라는 또 하나의 믿음에 의지하지 않는다면, 문학작품이 읽고 쓸 만한 가치가 있고 따라서 그 읽기와 쓰기를 배울 만한 가치가 있다는 명제를 어떻게 설정할 수 있겠는가? 하기야 이것은 모든 문학교사가 애초부터 양지하고 그의 교육에 있어서 너무나 당연한 전제로 삼아온 것인지도 모른다. 그러나 테크놀로지가 가져오는 인위적 산물과 구조와 프로그램에 맞서서, 너무나 당연한 것이 재확인되고 재강조되지 않으면, 우리가 생각해오고 지켜온 바와 같은 인간의 모습이 위험해지고 무의미해질 수도 있는 시점에 우리는 처해 있다. 문학에 관해서 말하자면 이 위기는 다른 어떤 분야에 닥쳐온 위기보다도 더욱 심각하다. 문학은 인문학 전반에 걸친 평가절하에 더하여, 테크놀로지의 사회가 요청하는 소외를 촉진하고 소외를 거의 본능화시키려는 대중문화 산업—예술의 탈을 쓴 비인간화 산업의 직격탄을 맞고 있다. 그것이 한결같이 겨냥하는 것은 광란적인 이미지를 통해서이건 혹은 인습적인 다수당이 섬기는 기성관념의 각색을 통해서이건 간에, 존재에 관한 괴로운 질문이 들어앉을 내면적 공간을 소거하는 것이다. 그리고 끈질기며 유혹적인 이 술책은 일반 독자에 내재하는 실존적 지향을 마침내 변질시키고 좌절시킬 만큼 강력한 것이다. 이러한 현실은 문학교사에게, 당연한 전제를 더욱 절실하게 의식화하고 실현해야 한다는 책무를 과하는 것이다.

그러나 이 노력은 과연 열매를 맺을 수 있는 것일까? '소외를 요구하는 사회에 부분품으로 편입되는 것은 생존상 당신의 필연적 운명이지만, 그래도 당신이 주체적인 인간으로 남기에 이바지하겠다'는 취지에

서 실시되는 문학교육은 과연 바람직한 이중 인간을 길러낼 수 있는 것
일까? 나는 능력을 상실한 집오리는 야생의 오리를 보면 저도 날갯짓
을 하는 애처로운 제스처를 해 보인다는데, 문학교육은 이런 제스처라
도 불러일으킬 수 있는 것일까? 혹은, 허황된 희망이겠지만, 테크놀로
지가 길러낸 새로운 귀족이나, 반대로 테크놀로지의 역기능에 마침내
당황한 민중이, 새삼스럽게 내면적인 허기증을 느끼고 문학적 교양에
의지하려고 할 것인가? 그렇지 않으면 테크놀로지의 발전은 결국 즉각
적이며 직접적인 쾌락만을 반기는 새로운 인종의 지배를 가져오고, 우
리가 생각하는 바와 같은 문학은 구시대의 유물로서 고문서 창고에 밀
려들어가고 말 것인가? 아무도 미래를 예측할 수는 없다. 그러나 바로
미래를 예측할 수 없기 때문에, 우리는 문학이 삶에 이바지한다는 신념
에서 시작된 우리의 과업을 그대로 이어나갈 수밖에 없다.

제2장

왕도는 없다

— 문학교육에 관한 소견

유종호

들어가면서

얼마 전부터 외국어 조기 교육의 필요성이 제기되어 관심의 대상이
된 바 있다. 언어 습득은 빠르면 빠를수록 효과적이기 때문에 실시해야
한다는 주장이 있는가 하면, 유아기의 이중 혹은 다중(多重) 언어가 자칫
폐해를 가져올 수 있다는 의견도 개진된 바 있었다. 미국 같은 곳에서
도 이른바 진보주의적인 육아이론이나 아동심리학 쪽에서 유아기의 이
중 언어 혹은 다중 언어 사용에 대해 유보적이거나 반대하는 입장이 개
진되어왔다. 유아기의 다중 언어가 발생기의 정신에 혼란을 일으킬 수
있으며 심한 경우 정신분열로 귀착되는 인격 혼란을 야기할지 모른다
는 주장도 있었다. 상이한 몇몇 언어 갈래로 분할되어 일관성 있는 자
아 정체성의 연계가 풀어질 위험성이 있으며 상호충돌하는 의식의 흐

름 때문에 자아 인지가 취약해질 공산도 크다는 것이다. 뿐만 아니라 언어의 중심을 잃어버려서 동년배나 민족 유산과 동화하기가 어렵고 영원한 외방인이 되기가 쉽다는 주장도 첨가되었다.

미국 같은 사회에서 제기되는 유아기 다중 언어에 대한 부정적인 견해에는 인종적 통합을 지향하는 잠재적 의도가 내재해 있다. 이민 왔던 과거와 외방 문화가 물려준 억압적 유산을 청산하고 미국 영어 표준어를 모어로 하는 단일 언어 사용자가 되는 것은, 기저에 미국적 생활방식이 요구하는 가치관과 욕망을 내면화하여 성공적인 아메리카 합중국 시민으로 진입하는 것을 보증하는 문화적 패권주의의 이데올로기가 숨어 있다는 말이다. 우리 쪽에서 조기 영어교육에 유보적인 입장을 취할 때 그것은 대체로 한국인으로서의 자아 인지나 정체성 확립에 혼란이 올 수 있다는 논거를 근저에 깔고 있다.

미국에서의 반대론과 논거는 같이하고 있으나, 대국적으로 볼 때는 영미 언어의 지구 제패에 대해서 유보적 혹은 반대하는 입장이라는 기능상의 차이가 흥미있게 돋보인다. 조기 이중 혹은 다중 언어 사용에 대한 견해가 의존하고 있는 것은 실증적 귀납적이라기보다는 추론적 가설인 것으로 보인다. 실제로 자아 인지상의 혼란을 초래한 경우도 있을 것이고 다중 언어 구사자로서 언어 재능을 발휘하여 사회적 성공을 거둔 경우도 있을 것이다. 개인이 처해 있는 특수한 경제적 사회적 심리적 상황과의 함수관계에 대한 면밀한 검토 없이 전개되는 일반론의 적정성이나 유효성에는 한계가 있게 마련이다. 뿐만 아니라 인과관계의 검토가 장기적인 시차를 놓고 요청되는 이러한 쟁점에서 시험적 가설에 의거한 성급한 결론은 무모하다고 할 수밖에 없다. 다만 우리 사이에서 제기되는 조기 외국어교육에 대해서만은 현시점에서 필자는 단연 반대한다. 발달심리학이나 언어심리학에 기초한 가설에서가 아니라 가령 조기 영어교육을 성공적으로 실시할 제반 여건이 갖추어져 있지 않다는 직접적인 이유에서이다. 조기 영어교육에서 특히 중요한 것은 발음이나 회화의 국면인데 이를 담당할 교사가 전혀 없다 해도 과언이 아니다. 음악이나 미술 실기에서도 서투르게 배운 것은 처음부터 아니 배운 것만 못하다는 말이 있는데 외국어교육에서는 각별히 그러하다. 충분히 성숙되지 못한 여건 아래서 실시되는 조기 외국어교육은 혼란과 낭비를 자초하게 될 뿐이라고 생각한다.

문학교육을 얘기하는 자리에서 엉뚱하게 조기 외국어교육에 관해서 일별하는 외관상의 일탈을 시도한 것은, 문학교육에서도 가장 중요한 것은 지도자, 즉 교사의 자질이라는 점을 강조하기 위해서다. 교사의 자질이란 것은 어느 분야에서나 중요하지만 특히 국어나 예능 교육에서는 각별히 그러하다. 또 문학교육이 기초해 있는 잠정적 가설이라는 것도 어디까지나 통계적 평균치를 지향한 것이거나 충분히 검증되지 않은 자의적 가설이라는 것을 시사하기 위해서이다. 교육의 효과나 적정성의 문제는 사실 충분히 검증이 불가능한 영역이다. 따라서 다양한 의견이 나올 수 있고, 그 평가도 지극히 어렵다. 우리가 기대할 수 있는 것은 성공적인 사례에 입각하여 그 적용 가능성을 검토하고 탐색하는 일이다. 한마디로, 문학교육이라고 하지만 그 수준과 목적에 따라서 지향점이나 방법이 다를 수밖에 없다. 기초적인 읽기 쓰기 능력의 개발을 위한 초등학교 수준, 그 연장선상에 있는 중고교 수준, 대학의 일반 교양과목 수준 그리고 이른바 문학 전공자를 위한 문학교육들이 목표와 방법을 스스로 달리한다. 이를 총괄해서 일반론으로 다루는 데는 무리가 따른다. 이 점을 염두에 두고 몇몇 선례와 개인적인 경험에 기초한 몇 가지 소견을 개진하려 한다.

어느 작가의 삶에서

만년의 톨스토이가 자기 자신의 작품을 포함해서 서구의 대표적인 예술작품을 깡그리 부정하고 종교적 관점을 포용하게 된 자초지종은 널리 알려져 있다. 그렇지만 노년의 개종 이전에도 문학에 실망하고 교육실천과 교육문제에 몰두한 시절이 있었다는 것은 널리 알려져 있지 않다. 아직 미혼이었고 『전쟁과 평화』를 집필하기 이전의 일이었다. 일련의 실험을 거친 후 그는 교육에 관한 많은 소견을 발표했는데, 이른바 진보주의 교육관을 보여준다는 의미에서도 그렇지만 만년의 논쟁적인 예술론을 앞당겨 보여주고 있다는 점에서 중요한 의미를 지닌다는 것이 톨스토이 연구자들의 의견이다. 그렇지만 우리의 관심사로 떠오르는 것은 무엇보다도 그의 기초적 문학교육에 관한 소견이다.

서른두 살 되던 해인 1859년 가을에, 톨스토이는 영지(領地)인 야스나야 폴리아나에 농민의 자녀를 위한 무료 학교를 열었다. 자기 저택의 방 하나를 교실로 개방한 것이다. 그때까지 러시아에선 농민 자녀를 위한 무료 학교가 없었다니까 그 점에서도 그는 획기적인 일을 한 셈이다. 7천만의 국민 가운데서 겨우 1%만이 문자 해독층으로 남아 있는 한 도로와 전보(電報)와 문학과 예술의 진보가 무슨 소용이 있느냐고 이 무렵의 그는 친구에게 보낸 편지에서 적고 있다. 우선 문맹 해소를 위한 노력이 시급하다고 생각하고 스스로 발 벗고 나선 것이다. 충분한 지식이 없이 교육이론을 다루려 하는 자신을 발견한 그는 현장에서 연구하련다는 열의로 1860년엔 외국으로 시찰 여행을 떠나 프랑스, 독일, 영국의 학교를 방문하고 교실 수업을 참관하였다. 많은 교과서를 수집하여 검토하고 외국의 교육이론을 독파하였다. 독일 키싱건의 학교를 방문한 날, 그는 일기에 이렇게 적었다. "끔찍하다! 국왕을 위한 기도. 매질. 암기. 매를 맞고 겁에 질린 아이들…… 교육에서 가장 중요한 것은 평등과 자유이다." 1861년 귀국한 그는 야스나야 폴리아나에 교실 세 개를 신축하고 몇 사람의 교사를 채용하여 함께 아동교육에 임하였다.

모든 교육은 자유롭고 자발적이어야 한다는 것이 그의 신조였다. 따라서 그의 학교에서는 출석도 의무적인 것이 아니었고 누구에게나 무료로 열려 있었다. 체벌이나 강제가 없어야 교사와 학생 사이에 자연스러운 유대가 유지될 수 있었다고 그는 믿고 실천하였다. 어떤 과목을 가르치는 데 최선의 방법이란 것은 없으며 교사가 가장 잘 아는 것이 최선의 방법이라고 생각했다. 아이들과 함께 놀면서 대화를 통해 자연의 아름다움을 가르쳤고 숙제 같은 것은 물론 없었다. 재미있는 것을 안겨주면 공부하게 마련이라 생각했고 아이들과의 공동제작적인 글쓰기를 시도하여 누구나 재미있는 얘기를 쓸 줄 안다는 사실을 발견하고 놀랐다. 결혼과 소설 쓰기에 대한 새로운 충동 때문에 그는 1862년에 자기 학교를 포기해버린다. 그러나 1872년, 아마 세계에서 가장 재미있는 읽기 교과서인 『첫걸음』 책을 펴냈을 때 그 기초가 되어준 것은 이때의 학교 경험이었다.

그의 『첫걸음』에 수록된 우화나 동화는 전래동화에서 따온 것도 있지만 톨스토이가 직접 쓴 것들이다. 도덕 문제는 가정교육의 소관으로 맡겨야 한다고 생각했지만 그릇 큰 작가답게 그의 동화는 모두 재미있으면서도 유익한 것들이다. 독자들은 아마도 난치병에 걸린 국왕의 얘기를 알고 있을 것이다. 왕은 자기 병을 고쳐주는 사람에게 왕국의 절반을 떼어주겠다고 알렸다. 전국의 명의를 다 불러들였으나 국왕의 병은 낫지를 않았다. 마침내 어느 현자가 행복한 사람의 내의를 입으면 나을 것이라는 처방을 내렸다. 곧 왕자가 행복한 사람 찾기에 나섰다. 그러나 참으로 행복하고 만족하는 사람은 좀처럼 찾아지지 않았다. 돈이 많으면 건강에 문제가 있고 건강하면 가난하였다. 부자이면서 건강하면 아내가 고약하였다. 혹은 자녀들이 고약하였다. 마침내 시골에서 참으로 낙천적이고 행복해 보이는 사람을 찾아내었다. 그러나 그는 가난하여 내의를 입지 않고 있었다. 「왕과 내의」란 이러한 동화도 톨스토이의 『첫걸음』에 수록된 것이다. 한결같이 쉽고 재미있다. 적정한 흥미 유발이 가장 효과적인 교육 실천의 하나라는 것을 간파하고 이에 상부하는 교재 선택을 통해서 그는 아마도 세계 최고의 읽기 쓰기 교사 노릇을 하였다. 그렇지만 그가 이 교사 생활로 만족지 않은 것은 참으로 다행한 일이었다. 그랬다면 세계는 아마도 인류 최고의 작가이자 교사인 한 사람을 잃어버렸을 것이기 때문이다.

버거운 잔치

　만 여섯 살 되던 생일 무렵의 어느 겨울밤이었다. 그의 부친은 1793년에 간행된 요한 하인리히 포스의 『일리아스』 독일어 번역판의 21편을 펴 보였다. 친구인 패트로클루스의 죽음으로 거의 광란 상태에 빠진 아킬레스가 도망치는 트로이 군사를 닥치는 대로 도륙하는 장면이다.

마침 프리암의 아들 리카온이 그의 길을 가로질렀다. 이전에 나킬레스는 리카온을 생포했으나 목숨을 살려주고 노예로 팔아넘긴 적이 있었다. 트로이로 돌아온 그 리카온이 다시 아킬레스와 해후하게 된 것이다. 리카온은 걷잡을 수 없는 살기가 아킬레스를 사로잡고 있음을 간파하고 그의 창날을 가까스로 피한 채 한 손으로 창, 다른 한 손으로는 아킬레스의 무릎을 붙잡고 죽이지는 말아달라고 간청한다. 패트로클루스를 죽인 헥토르와는 배다른 형제일 뿐이란 점을 강조한다. 『일리아스』의 이 대목에 이르자 그의 부친은 어쩔 수 없다는 듯이 낭송하기를 멈추고 딱하게도 번역판에서 빠진 데가 있다고 말하였다. "우리끼리 이 대목을 해독해볼까? 그리스 원문도 그리 어렵지 않거든." 책상 위에는 그리스 원전이 펼쳐져 있었고 그리스 말 사전과 기초 문법책도 놓여 있었다. 부친은 그의 손가락을 잡아 그리스 말 단어 위에 올려놓으며 읽어 내려갔다.

자, 친구여, 그대 또한 죽어야 하네
왜 그리 비통해한단 말인가?
그대보다 훨씬 월등한 인물인
패트로클루스도 죽었네
자 보게 이렇게 수려한 장사인 나
탁월한 인물을 아버지로 또 죽음을 모르는
여신을 어머니로 가진 나 또한
죽음과 운명의 막강한 힘이 기다리고 있다네
어느 새벽이나 황혼이나 한낮의 전투에서
누군가가 내 목숨 또한 앗아갈 것이네

　창을 내던지거나 혹은

　치명적인 화살을 날림으로써.

　이렇게 말하면서 아킬레스는 무릎을 꿇고 있는 리카온을 처치한다. 그의 부친은 이 대목을 서너 번 읽었다. 그리고 그로 하여금 부친을 따라서 낱말 음절을 소리 내게 하였다. 그러더니 "이 대목의 시행을 외워볼까?" 하고 덧붙였다. 그날 이후 아킬레스의 차분하고도 매정한 말은 그의 뇌리를 떠나지 않고 평생 지속되는 깊은 인상을 남겼다. 부친은 그전에도 『일리아스』의 줄거리를 들려주고는 하였으나 책만은 홀로 간수하여 그가 손대볼 수 없었다. 그런데 그날, 자기 방에 돌아간 아이는 책상 위에 『일리아스』가 놓여 있는 것을 보았다. 그가 소유한 최초의 호메로스였고, 그 후 그는 호메로스 수집가가 되어 수백 권을 수집하였다. 부친이 읽어주었던 독일어 판에 탈락이 전혀 없다는 것도 알게 되었다. 화이트헤드가 플라톤에 관해서 토로한 말을 염두에 두고, 그는 자기 생애가 호메로스를 접했던 최초의 시간에 부친 각주에 지나지 않는다고 적고 있다. 여기 등장하는 '그'라는 소년은 현존하는 비교문학자이자 비평가인 조지 슈타이너이다.

　빈한한 집안에서 출생한 그의 부친은 혜성과 같이 신분 상승을 성취하여 오스트리아 중앙은행의 법률관계 고위직에 있던 인물이다. 양차대전 사이에 그가 국제간 은행 투자와 회사 재정의 기술에 기여한 업적은 기록에 남아 있다고 하는데, 집안의 경제적 이유 때문에 어쩔 수 없이 법률과 재정 분야에서 일하였지만 성향은 지적 탐구 쪽에 기울어져 있어 지성사와 생물학의 역사에 조예가 깊었고 독일 철학과 문학을 두루 섭렵한 맹렬한 독서인이었다. 빈의 반유태주의 풍토는 그로 하여금 다가올 파국을 예감케 하였고 특유의 혜안으로 1926년 일찌감치 파리로 이주하게 되었다. 동구나 중앙 유럽의 유태인 지식인이 흔히 그랬듯이 디스렐리의 사회적 성공에 고무되어 영국 이주를 희망했으나 류머티즘 때문에 이주지가 프랑스로 낙착되었다. 그는 친구와 친척들에게도 파국의 위험성을 경고하며 이주를 권고했으나 성가신 카산드라로 경원당했다. 한편, 1940년에 미국으로 다시 이주한 슈타이너 일가는 벤야민 같은 지식인들이 경험했던 무고한 비극을 모면할 수 있었다. 누르고 지낼 수밖에 없었던 지적 갈망의 구현을 아들에게서 바랐던 그의 부친은 이러한 조기 교육을 시행하여 아들의 어린 시절을 '버거운 잔치'로 만들어주었다. 책을 사준 뒤에는 일일이 캐묻고 나서 완전히 이해했다고 판정하기 전엔 새 책을 사주지 않았다고 한다. 학자와 교사가 되어주기를 바란 부친의 소망 중에서 교사는 되었으나 학자로서는 부친을 실망시킨 셈이라고 그는 적고 있다(부친이 생각한 학자는 전통적인 의미의 고전학자 혹은 문헌학자였다).

우리 사회에선 '교육' 하면 학교 교육만을 생각하고 가정교육이나 사회교육의 국면은 치지도외하는 경향이 있다. 그러나 인간에게 최초의 교육의 장은 말할 것도 없이 가정이다. 가정은 생물학적 경제적 단위이면서 무엇보다도 기초교육의 장이다. 우리 사회에서 생물학적 경제적 단위로서의 가정만이 부각되고 교육적 환경으로서의 가정이 등한시되는 것은 그 자체로서 문제적이다. 위의 슈타이너의 경우는 상류 유대인 가정의 특수하고 예외적인 경우여서 하나의 일반론으로 확대해서 얘기할 수는 없다. 그렇지만 모든 교육 중 가장 효과적이고 형성적인 것이 가정교육이라는 점은 강조되어도 좋을 것이다. 품성 도야는 어디까지나 가정의 몫이요 학교가 가정의 성역을 침범해서는 안 된다는 것이 톨

스토이 교육론의 이색적인 국면이지만 지적인 면에서도 가정교육의 중
요성은 막강하며 그 부재는 지적으로나 품성 면에서나 아주 황폐한 영
향력을 발휘할 수 있다. 그러나 이 점은 아래에서 보다 구체적으로 얘
기하기로 하겠다.

자기교육

　그는 뉴욕의 뒷문이라는 유대인 빈민가에서 성장하였다. 거기서 벗
어나는 것이 그대로 성공의 척도가 되는 구역이었다. 이민족 도장공의
아들로 공장같이 생긴 초등학교를 다녔다. 장성한 후 학교 앞을 지나며
연상되는 것은, 공부가 아니라 교사에게 잘 보이려는, 즉 좋은 인상을
주려는 나날의 투쟁에서 동급생을 앞서야 하는 성공의 필요성이었다.
전문 직종에 이르는 미래에의 길은 교사 마음에 들어야만 가능했다.
"학기 첫날에 좋은 인상을 남겨라. 그러면 그들은 너를 도와줄 것이다.
좋지 않은 인상을 주면 네 목을 스스로 따는 것이나 진배없다. 이것이
새 학기 첫날 교실 안에 퍼져 있는 학교 전승(傳承)의 제1장이었다"고 그
는 적고 있다. 좋은 인상을 남긴다는 것은 딱딱한 나무 의자에 단정히
앉아 있고 말수가 적으며 공손히 일어나 깔끔하게 대답하고 조용히 착
석하며 교사들의 말투를 흉내 내고 비위를 맞추며 크리스마스나 그들
의 생일날 혹은 학기말에 선물을 건네주는 것을 의미하였다(선사는 부
모의 몫이었다). 학생들의 행동발달을 적어두는 흰색 괘지 기록부에 늘
겁을 먹고 있었다.
　난폭한 빈민가의 아이들이 많아 규제 또한 난폭하여 이래저래 인근

에서 가장 난폭한 학교였다. 금요일 오후 3시에 울리는 하학 종소리를 손꼽아 기다리며 일주일을 보내었다. 학교의 모든 것에 겁을 먹으면서도 그 제도의 힘을 존중했다. 그렇지 않으면 타락하는 것이고 그것은 노동계급으로 남아 있거나 아니면 감화원과 형무소로 가는 길을 의미했기 때문이다.

더구나 그는 말더듬이였다. 데모스테네스가 치료법으로 썼던 바와 같이 입에 조약돌을 물고 지붕을 거닐기도 하였다. 이상하게도 혼자 있을 때는 발음이 되다가도 남 앞에서는 순탄하게 발음이 되지 않았다. 학교의 억압적 성격이 그의 고독을 자각케 했고 자기 자신을 발견케 하였다. 그런 가운데서도 '어린이도서관'은 빈민가 너머의 세계로 통하는 장소의 하나였다. 그는 도서관의 길고 평온한 독서실에서 『알프레드 대왕』에서 『해저 2만리』에 이르는 어린이 책들을 읽었다. 브루클린에서 신문배달을 하기도 했고 에스키모 파이(초콜릿을 씌운 아이스크림)를 거리에서 팔기도 하였다. 고등학교를 나온 만 16세 되던 해 여름에, 처음으로 일정한 일거리를 잡게 되었다. 하늘색 무명천 백 속에 책 한 권을 넣고 브루클린의 이곳저곳의 약국에서 피검물을 받아 노스트란드에 있는 요분석(尿分析) 실험실에 갖다 주는 일이었다. 도중에 틈틈이 소공원에 앉아서 『데이비드 코퍼필드』를 읽다가 다음 약국을 찾고는 하였다.

당시 첫여름의 저녁에 도서관은 흔히 비어 있었다. 모든 것을 똑같이 절박하게 읽고 싶었던 만 16세 여름의 독서로 그는 다음 책들을 적어 놓고 있다. 르낭의 『예수의 생애』, 유진 오닐의 희곡, 골즈워디의 『포사이트 사가』, 키츠와 블레이크와 베토벤에 관한 것이면 모두, 서머싯 몸의 희곡(너덜너덜할 때까지 읽었던 『인간의 굴레』의 저자와 관련지을 수가 없었다는 토를 달고 있다), 헨리 애덤스의 『교육』, 리튼 스트래치의 『걸출한 빅토리아 시대인』, 토마스 만의 『베니스의 죽음』, 투르게네프의 『아버지와 아들』이 그것이다.

그의 삶에서 중요한 것은 가정교육이나 학교 교육이 아니라 고독한 자의 철저한 자기교육이다. 주말이 오기만을 기다렸던 학교에서 이렇다 할 향도를 받은 것 같지는 않다. "외국어로 말한다는 것은 자신에게서 떠나가는 것"이라고 말하던, 자살로 생애를 마친 금발 여인과 같은 이웃사람에게서 도리어 삶의 수수께끼를 배웠다. 빈민가의 열악한 환경 속에서 그를 이러한 자기교육으로 이끈 것은 비록 따분하게 생각하기는 했으나 유대교의 기도와 의식, 빈민가를 벗어나 저 너머 진짜 뉴욕의 세계로 가리라는 신분 상승의 열망, 그러지 못하고 타락했을 때의 상상적인 공포가 기반이 되어 있다고 생각된다. 여기 나오는 그는 이른바 '뉴욕 지식인'의 일원으로 알 만한 사람들에겐 알려진 앨프레드 케이즌이다. 빈민굴에서 태어나 대학인으로 성장하여 소규모인 대로 미국의 꿈을 당대에 실현한 문인이자 교수이다. 고독의 효용성이란 것이 있다면, 그 하나는 자기교육을 통한 자아충실과 자기실현의 기회를 제공해주는 것이라 할 수 있다.

가정과 사회

앞에서 우리는 조지 슈타이너의 삶에서 가정교육의 막중한 형성적 영향력을 일별하였다. 만 6세에 호메로스 번역판을 들려주고 또 원문을 소리 내어 따라 읽게 한 후에 호메로스를 안겨주는 조기 영재교육은 물론 상류 유대인 가정이라는, 지적으로 충전된 특수 공간에서 시행된 것이어서 아주 예외적인 경우이다. 또 파국을 예감하고 국외 이주를 도모하며 긴장된 일상생활을 하는 한 지식인의 존속 본능과 대리적 성취 욕구가 어우러져 이룩한 살아 있는 교육의 연출이다. 따라서 일반론으로 다루기는 어려운 것이다. 또 이러한 조기 영재교육이 누구에게나 효과적이라고 할 수는 없다. 슈타이너 자신이 자기의 어린 시절을 요구하는 것이 많은 '버거운 잔치'였다고 회고하고 있지만, 자칫 잘못하면 그것을 감당할 수 없는 '수레바퀴'가 되어 가녀린 영혼을 짓누를 수도 있다. 그러나 가령 아도르노가 14세 연상인 크라카우어와 함께 15세에 칸트의 『순수이성비판』을 정독했다는 사실 등을 함께 떠올릴 때, 서구 현대의 지적 선량들이 어떠한 지적 풍토에서 형성되고 단련되는가를 극명하게 보여준다. 그것은 인류 최상의 문화유산과의 친숙을 통하여서만 자아 형성을 도모하려는 우월성에의 지향이다. 이들은 소년 기사(棋士)나 신동 연주가의 경우처럼 어떻게 보면 예사로운 유년시절을 박탈당하고 정상적인 삶에서 벗어난 특수 변종의 역정이 예정되었던 인물이랄 수도 있다. 어느 모로나 일반론으로 처리하기에는 부적절한 사례임에 틀림없다.

그렇지만 이렇게 예외적인 가정교육의 사례가 밝혀주는 것은 우리 쪽에서의 학교 교육에의 전면적 의존과 가정 및 사회 교육의 중요성에 대한 전반적인 간과 내지는 망각이다. 학교 교육에의 전적인 의존이란 것은, 사실상 교육 내용의 실질보다 졸업증서와 같은 외적 형식을 숭상하는 일반 관행 그리고 그러한 관행의 성행을 불가피하게 하는 사회 풍토의 완곡어법에 지나지 않는다. 비록 일부 수혜 계층에 한정된 것이긴 하지만 가정교육의 중요성은 지난날의 전통사회에서 널리 인식되고 수용되었다 할 수 있다. 비록 중국 고전으로 한정된 혐의는 있으나 견고한 조기 가정교육이 이루어졌고 가령 20세기 초의 국학자들은 대체로 그러한 기초 위에서 일정한 지적 축적이나 업적을 이루어내었다. 이에 비하면 모든 것을 학교 교육이나 과외교육에 의존하고 있는 오늘날, 특수한 경우를 제외하고서는 가정교육이란 개념 자체가 인품 도야라는 측면에서나 지적 계발이란 측면에서나 소멸된 것으로 보인다. 그리고 지난날의 가정교육을 사실상 대체해버린 대중매체나 시청각매체의 전반적인 대중 추수와 취향 저하는 그 잠재적 가능성을 훼손하는 역기능 쪽으로 진행되고 있다.

뉴욕 빈민가 출신인 앨프레드 케이즌의 경우는 조지 슈타이너와는 사뭇 대조적이다. 이민족의 가계사가 흔히 그렇듯이 그의 가계도 파란만장한 인간극으로 점철되어 있다. 그의 조부는 1890년대에 임신한 아내와 함께 뉴욕으로 이민 온 유대계 러시아인이다. 그러나 20대 중반에 아내와 두 아들을 남겨두고 사망한다. 그의 아내, 즉 앨프레드 케이즌의 조모는 어찌어찌해서 다시 러시아 민스크로 돌아가 아들을 고아원에 맡기고 가정부로 일하다가 재혼한다. 앨프레드의 부친이 되는 고아는 모친과 별로 접촉을 갖지 못했고 자선단체에서 세운 농업학교에서 공부한 뒤 19세에 혈혈단신으로 미국으로 건너와 철도회사의 도장공으로 여러 곳을 전전하다가 뉴욕에 흘러들어온 것이다. 케이즌의 가정은 최소한의 문화적 장비조차 갖추지 못한 문자 그대로의 빈민굴 소속이었다.

그럼에도 그에게 형성적 영향력이 되어준 것은 앞에서도 비쳤듯이 유대인 특유의 존명철학에서 나온 지적 열정과 전문직에의 열망이었다. 그러나 열악한 환경의 그에게 자기교육을 가능케 해준 것은 뉴욕이라는 사회 문화적 공간이었다. 어린이도서관을 비롯해서 그의 16세 여름의 독서목록을 풍요하게 해주었던 공공도서관, 또 아르바이트의 한복판에서도 틈틈이 책읽기를 허용해준 공원이라든가 차이코프스키나 베토벤의 멜로디를 흥얼거리게 해줄 수 있었던 문화 공간이었다. 그는 최초의 저서를 준비한 5년간 '뉴욕공공도서관' 315 독서실에서 읽고 쓰고 했다고 적고 있다. 입수 불가능한 자료가 거의 없었다고 보아야 할 것이다. 이러한 사회 문화적 공간이, 빈민굴의 도장공 이민 노동자의 아들로 하여금 유럽 대은행 간부의 아들과 비길 만한 지적 넓이와 깊이는 아니라 하더라도 당대 유수한 지식인으로 성장하는 철저한 자기교육을 허용해준 것이다. 뉴욕이라는 도시가 여러 층의 문화를 향유케 함으로써 원하기만 하면 어떠한 고급문화라도 일별할 수 있었다는 것은 중요하다. 이효석의 글에 "생활의 귀족이 되기는 어려워도 정신의 귀족이 되기는 쉽다"는 구절이 있었다고 기억되는데, 사실상 '뉴욕 유태인 지식인'이라고 알려진 사람들의 다수가 빈민굴에서 튀어나온 정신의 귀족이요 개천에서 뛰어오른 용들이었다.

모든 교육 중에서 가장 중요하고 견고하며 창조적이고 생산적인 교육은 자기교육이다. 교육 방법에서 자기 발견법이 중시되는 것도 바로 동일한 이유에서다. 사랑의 노동만이 참으로 풍요한 소득을 올리듯이 자기교육의 의지가 없는 곳에 형성으로서의 교육은 성립될 수 없다. 그렇게 생각할 때 자기교육의 가능성을 처음부터 봉쇄하는 획일적인 주입식 교육과 더불어 자기교육의 공간이나 조건이 결여되어 있는 사회 문화적 황폐는 우리 사회의 전반적 교육 실패의 주범이라고 해야 할 것이다. 인구 비례 대학생의 수효에 있어 우리는 세계 최상위권에 속한다. 그럼에도 불구하고 시와 대중가요 노랫말을 분별할 수 있는 안목은 극히 희귀하다. 소위 사회 명사들의 애송시라는 것을 들어보면 문학적 문맹이 단연코 다수파다. 어느 사회에서나 문학적 품질이 수상한 베스트셀러는 있게 마련이다. 그러나 대학생이나 대학 졸업생들이 수상한 베스트셀러의 단골 소비자가 되어 있는 사회가 그리 많지는 않을 것이다. 정치가나 고급 관리나 기업 간부들이 흑백논리로 단순화된 방송극, 특히 역사극이 아니면 문화적 화제를 올리지 않는 저질 사회도 그리 많지 않을 것이다. 이것은 해묵은 자기비하를 되풀이하자는 것이 아니다. 가령 문학교육의 실패가 있다면 그것은 교육의 전반적인 실패와 관계되며 그 극복도 교육 전반의 개선 없이 성취될 수 없다는 사실을 강조하기 위한 것이다.

작품의 선정과 접근

학교 교육에서 문학교육만을 따로 떼어 그 실패와 무위를 거론하는 것은 문제를 국지화함으로써 사실상 문제 해결을 단념하는 것이기도 하다. 어디까지나 교육의 목표 전체와의 연관 속에서 그 허실을 검토하고 진단해야 한다. 그것은 한 사회가 진실로 어떤 인간형이나 인간상을 목표로 설정하느냐는 문제와 얽혀 있다. 그러나 큰 문제라는 이유로 현장에서 부딪히는 문제점들을 모른 척할 수도 없다. 따라서 위에 적은 전제를 다시 한 번 강조하면서 몇몇 소견을 개진하려 한다. 이때 전문교육이 아닌 일반교육이나 기초교육을 염두에 두고 소견을 적는 것이지만 전문교육에서도 기초교육에서의 문제점이 되풀이되어서는 안 된다는 것은 자명하다.

　최근의 예로서 필자가 아는 범위에서는 최원식 평론집『생산적 대화를 위하여』속에 수록되어 있는「어떻게 문학을 가르칠 것인가」(이 책 4부에 재수록)는 짤막하면서도 문학교육의 핵심을 건드리고 있는 소중한 글이었다. 이 글에서 최 교수는 우선 국어교과서가 문학적 편식을 강요했다면서 교과서 수록작품의 폭을 넓히고 그 선정에 더욱 신중해야 한다는 의견을 개진하고 있다. 대체로 비평적 동의를 얻을 수 있는 의견이라고 생각한다. 이에 덧붙여 필자는 좀더 대담하게 재미있으며 문체의 매력이 실감되는 글들이 수록되어야 한다는 점을 강조하고 싶다. 널리 인정되는 바와 같이 문학은 언어예술이다. 예술의 중요한 특성은 그것이 스스로 사람 쪽으로 다가온다는 것이다. 거역할 수 없는 매력 혹은 마력(魔力)까지 가지고 있기 때문에 옛적부터 예술에 대한 탐닉을 경계해왔다. 금단의 과실이나 혹종의 낭만적 사랑처럼 인위의 장애가 있으면 있을수록 더욱 매력을 발산하는 것이 예술의 특징이다. 그러니까 문학교육의 첫걸음은 매력 있는 작품을 접하게 함으로써 피교육자가 자연스레 그 매력의 포로가 되도록 하는 데서 시작해야 할 것이다. 예외적인 경우는 언제나 있는 법이지만 좋은 작품에 대해서 사람들은 대체로 감동한다는 반응을 보여주게 마련이다. 이때 우리의 참조 기준이 되어야 하는 것이 앞서 일별한 톨스토이의 기준이라고 생각한다. 우선 읽을거리가 재미있어야 하고, 또 교육 실천 현장이 자유와 자발성을 제고하는 방식으로 운영되어야 할 것이다. 지나친 우의적 해석이나 교훈 찾기를 교실에서 자제해야 한다고 생각한다.

　한국 단편의 고전이라는 몇몇 작품을 읽어오고 독후감은 교실에서 한정된 시간에 한 편을 놓고 간결하게 적으라는 과제를 안겨준 일이 있다. 될수록 작가나 작품에 관한 논평류의 글은 읽지 말고 작품 위주로 느긴 대로 진솔하게 적으라는 당부를 첨가하였다. 그럼에도 고등학교 때 읽은 참고서에서 가령 김유정의 「봄봄」이 "가진 자와 못 가진 자의 대립을 그리면서 가진 자가 거짓 논리로 못 가진 자를 수탈하는 과정을 그린 수작"이라고 한 것이 생각난다고 적고 있는 글을 읽었다. 참고서 에 있다는 축약적 언사가 전혀 잘못된 것이라고 할 수는 없을지도 모른 다. 그러나 그러한 요약은 「봄봄」을 가진 자와 못 가진 자의 갈등이란 주제를 표현하려고 고심하는 작가가 찾아낸 하나의 사례연구라는 투로 이해하게 할 위험성이 크다. 또 본문을 재미있게 읽고서도 그러한 생각 을 못 한 학생에게 불필요한 열등감이나 불안감을 안겨줄 공산도 적지 않다. 아버지와 딸과 데릴사윗감 사이의 미묘한 심리적 음영이나 그것 을 감칠맛 나게 드러내는 작가의 입심 혹은 문체에 주목하여 그 재미를 넉넉하게 즐길 줄 아는 능력을 길러주는 것이 일차적 목표가 되어야 한 다. 그런데 일차적 목표는 증발되고 어떻게 하면 '정답'을 얻어낼 것인 가 하는 요령을 가르치는 것이 목표가 되어버린 것이 교육현장의 실태 이다. 크게 말하여 예술교육이나 문학교육은 세계 향유 능력을 길러주 는 것을 목표로 한다. 아름다운 자연이나 경관을 즐기고 구경하는 것의 연장선상에 놓여 있다. 아름다운 자연의 정감적 치유력을 사람들은 경 험한다. 과도한 탐닉이 아닐 때 예술도 마찬가지다. 또 문학에는 정답 이 없다. 적정성 있는 복수의 답변이 있을 뿐이다. 어떻게 생각하면 세 상사에 단답형 정답이 없다는 것을 실감케 하는 것이 문학의 한 기능일 지도 모른다. 문학적 감수성을 점수화하려는 규격화된 기도나 입시제 도의 반인문적反人文的 성격은 이 점에서도 너무나 극명하게 드러난다. 최근 들어 심미적 가치나 취향이란 것이 특정 계급의 성향과 관계된 것 이라면 미적 가치나 문학적 가치를 평가절하하려는 경향도 있다. 모든 것을 정치적 척도로 검토하려는 태도를 문학교육에서 적용한다는 것은 파괴적이다. 교과서의 글들은 종전의 정전(正典) 개념을 탄력성 있게 적용하여 선정해야 하리라고 본다.

문학교육에서 작가, 시인의 전기적 사실에 대해 과도하게 큰 비중을 두는 것도 절제해야 할 것이다. 감동적이거나 재미있는 작품을 쓴 작가에 대한 관심이나 흥미는 자연스러운 것이어서 문학교육의 현장에서 작자의 전기적 사실이 거론되는 것 역시 자연스러운 일이다. 그렇지만 전기적 삽화나 일화를 노닥거리는 것이 작품 분석이나 해명을 대체해서는 곤란하다. 전기적 사실은 또 점수화하기가 쉽기 때문에 교육현장에서 부당하게 확대되어 활용되는 혐의가 짙다. 우리의 불행한 과거 때문에 지사적 풍모를 지닌 인물에 대한 숭상이 교육현장에서는 각별히 강조된다. 그렇지만 지사적 생애의 국면 때문에 범상한 작품이 예우받거나 지사적 풍모를 지녔다고 해서 특대를 받는 것도 절제되어야 한다. 이육사는 몇 개의 수작을 낳은 지사 시인이지만 우리의 기준 아래서도 아마추어 시인이다. 시인의 대명사처럼 얘기하는 것은 시 자체를 너무 홀대하는 것이 된다. 윤동주는 순결한 삶을 살다 간 시대의 희생자이지만 그렇다고 해서 그의 시를 민족 해방의 염원을 내장하고 있는 비유와 우의 덩어리라고만 접근하는 것은 윤동주 시를 이해하는 데 역기능적일 뿐 아니라 시 전반에 대한 오해로 이어질 공산이 크다. 인간의 내면성에 대한 그 자체로서의 존중이 없이 서정시의 이해는 불완전할 수밖에 없다.

시 읽기

　누구나 알고 있으면서도 절감하지 않고 있듯이 문학은 언어예술이다. 그런데 문학의 언어예술됨을 가장 잘 구현하고 있는 것이 시다. 따라서 문학교육의 첫걸음은 동요나 시에서 출발해야 한다고 생각한다. 제자리에 놓인 적정한 말의 묘미를 음미하는 일은 곧 모국어의 이모저모를 이해하는 일이 된다. 시의 이해가 넉넉할 때 비로소 문학 전반에 대한 이해도 견고해지리라고 생각한다. 이른바 외국문학을 전공한다는 사람들 사이에서 살아오면서 필자가 평생 풀지 못한 수수께끼의 하나는 난해한 외국의 현대문학에 대해 고담준론을 전개하면서도 막상 모국어로 된 동요의 우열 하나 제대로 가리지 못하는 경우가 허다하다는 것이었다. 외국 시를 연구하면서도 모국어로 된 시의 이해는 절벽에 가까운 현상은 이 세상의 불가해성에 대한 지각을 새롭게 해주고는 하였다. 앞으로 풀어야 할 과제의 하나이지만, 한 가지 분명한 것은, 시의 문맹률은 전문적인 문인 사이에서도 아주 높은 것이 아닌가 한다. 소설에 대한 이해와 통찰을 드러내는 시인은 많지만 시에 대해선 황당무계한 소리를 하는 작가들을 많이 경험하였다. 문학교사나 비평가의 경우도 그러하다. 교사가 우선 교육받아야 한다는 명제가 가장 절실히 요청되는 분야가 바로 시 교육이라고 생각한다.

　문학소년 시절 백철의 평문을 접하면서 그 지리멸렬함과 엄밀성 없는 어휘 구사에 늘 곤혹스러움을 경험했던 일이 생각난다. 그의 글은 끝까지 독파한 것이 없고 중간에 팽개쳐버렸지만 유수한 평론가의 글을 그래도 되는 것인지 자신에 대한 회의와 불안감을 떨쳐버릴 수가 없었다. (다른 자리에서 실토한 바 있지만 당시 필자는 김동석 평론의 팬이었다.) 그러나 그의 『신문학사조사』나 『속신문학사조사』에 인용되어 있는 시에는 좋은 것이 많아 일차 원전에 접할 기회가 없었던 독자에게 꽤 많은 원문 접촉의 기회를 주었다. 필자는 본문은 읽지 않고 거기 인용된 시행을 추려 읽고는 하였다. 그러다가 그가 시인에게 붙인 논평이나 인용한 시편이 거의 전적으로 임화의 글에 의존하고 있음을 먼 후일에 발견하고 그의 시적 문맹성을 확인할 수 있었다. 비평가로서의 그의 취약성은 시에 대한 몰이해와 직결되어 있다고 생각한다. 그의 소설 비평이 소재 위주로 전개되어 문체의 기능성을 도외시한 것이나 그가 지리멸렬한 문장을 상습적으로 생산했다는 미안한 사실은 결코 우연의 일치가 아니다.

시에 대한 몰이해가 작품을 전언(傳言) 위주로 판단하고 평가하는 편향된 관행을 낳았으며, 그것은 문학교육에서 매우 오도적이라고 생각한다. 그런 의미에서 앞서 소개했듯 최원식 교수가 굳이 짤막한 시편을 놓고 그 형태적 분석을 시도하여 시의 특징을 해명하고 그 매력을 전하는 시범을 보인 것은 아주 적절한 일이었다고 생각한다. 너무나 당연한 일이지만 이 당연지사가 신선하게 보일 만큼 전언 위주의 분석이나 요약을 통해 시를 산문과 동일하게 접근하는 교육 실천이 횡행하고 있다. 물론 전언이 없는 시는 없다고 할 수 있으며 그 전언을 알아차리지 못하고서는 이해가 이루어지지 않는 것도 사실이다. 그러나 전언이 목적은 아니다. 민주주의는 과정이 중요하다는 속담이 있다. 문학에서 전언 찾기가 설령 중요하다 하더라도 그 과정이 중요한 것이다.

문과대학의 교육현장에서 읽히는 텍스트이지만 가령 신동엽의 「금강」은 무참한 실패로 돌아간 농민 봉기를 다루고 있으며 시인은 처처이

의도적인 전언을 혹은 터놓고 혹은 부비트랩처럼 매설해놓고 있다. 그러나 그 중요성을 인정하면서도 우리는 「금강」을 읽으면서 그것이 시라는 사실을 도외시해서는 안 되고 그것을 시로 만들어주는 특징에 주목해야 한다. 발표 당시에 나온 비평문 속에 놀라움으로 주목되고 인용된 다음과 같은 대목에 관심을 가지는 것은 물론 중요하다.

굶주려본 사람은 알리라,
하루이틀도 아니고
한 해 두 해도 아니고
철들면서부터
그 지루한
30년, 50년을
굶주려본 사람은
알리라

그러나 빼어난 구절은 도처에 깔려 있다. 그 모두를 무시하고 전언 찾기에 일편단심 매달린다면 놓치고 마는 것이 너무나 많을 것이다. 또 시인의 다양한 솜씨와 기량을 간과하는 셈이다. 다시 한 번, 과정은 중요한 것이다.

우리들에게도
생활의 시대는 있었다

백제의 달밤이 지나갔다.

고구려의 치맛자락이 지나갔다.

　속 시원하고 활달하며 매우 경제적으로 속도감 있게 처리되어 있는 빼어난 대목이다. 왜 고구려의 달밤이 아니고 하필 백제의 달밤인가? 왜 백제의 치맛자락이 아니고 고구려의 치맛자락인가? 이 대목이 매우 빼어난 대목이라는 것을 실감시키고 동시에 백제의 달밤은 유명한 「정읍사」, 고구려의 치맛자락은 고구려 고분벽화의 의상과 연관되리라는 것을 시사하면서 시인의 상상에 공감하도록 인도하는 것이 중요하다. 동학혁명에 대해서 일차적인 정보를 풍성하게 제공하고 있는 오지영의 『동학사』나 수많은 사료집이 전달하지 못하고 오직 「금강」만이 전달하고 있는 것이 무엇인가를 검토하지 않는 연구나 분석은 적어도 문학적으로는 무의미하다. 또 우리가 이 호흡 긴 시편을 읽는 것은 '뛰어난 민족시인의 혁혁한 업적'이라는 평가를 확인하기 위해서도 아니다. 그러한 확인이 부차적인 소득일 수 있지만 일차적 목표는 시로서 즐기는 데 있다.

　교육은 그 즐김이 넉넉하고 온전한 것이 되도록 도와주는 것이다. 시를 빌미 삼아 편벽되고 부분적인 역사철학이나 현실 이해를 주입시키는 것이 목표도 아니다. 물가로 데려다줄 수는 있지만 마소에게 억지로 물을 먹일 수는 없다. 아무리 빼어난 경관이나 문학작품이 안전에 놓여 있더라도 궁극적으로는 향수 주체가 그것을 즐기려는 의향이 없다면 그것은 가려진 장막이요 닫힌 책으로 남을 것이다. 교육의 사명은 물가로 데려다주는 것이요, 스스로 물을 먹도록 유도하는 것이다. 동요나 시의 온전한 이해는 문학을 축약적인 전언으로 단순화시켜 주입시키는 오도적 문학교육 실천의 폐단에 대한 강력한 해독제가 될 것이다. 그리고 특히 동요나 시 분야에서일수록 작품 선택이 중요하다. 우리 사회처럼 사람됨이나 작품의 실체보다 별 근거 없는 명망이나 세평에 의존하는 바가 많은 풍토에서 그 중요성은 아무리 강조해도 지나치지 않다.

왕도는 없다

　각급 학교의 어문교육 가운데서 가장 중요한 분야는 말할 것도 없이 글쓰기 훈련이다. 아마도 우리 교육에서 가장 등한시되고 있는 분야이기도 할 것이다. 세계와 인간에 대한 자기 나름의 이해를 가지며 아울러 자기의 생각을 분명히 표현할 수 있는 능력을 기르는 것을 구미의 유수한 대학들은 인문교육의 목표로 설정하고 있다. 글쓰기 훈련은 따라서 문과대 학생만의 특수 분야가 아니다. 세상 범백사가 그렇듯이 좋은 글쓰기에 왕도는 있을 수 없다. 좋은 글을 꾸준히 읽는 것이 좋은 글쓰기의 첩경이다. 비문학적인 글쓰기에서나 문학적인 글쓰기에서나 사정은 동일하다. 흔히 글재주란 말을 하지만, 글재주란 것이 있다면 그것은 좋은 글을 알아보는 감식력에 지나지 않는다. 좋은 글의 좋은 점을 알아차리고 글 쓸 때 그것을 본뜨면 좋은 글은 자연히 써지게 마련이다. 좋은 글 읽기는 그러므로 좋은 글쓰기의 필수 선행조건이다. 좋은 글이 좋은 글을 낳기 때문이다. 한편 글쓰기를 하다 보면 자연스레 좋은 글과 서투른 글, 공들인 글과 갈겨쓴 글을 쉽게 구분할 수 있게 된다. 읽기와 쓰기는 그러므로 상호보완적이요 또 상호부조적이다. 읽기에 앞서 쓰기에만 열중하는 사례도 있으나 진척은 한정적일 수밖에 없다. 대체로 서투르거나 지리멸렬한 글을 상습적으로 생산하는 것은 좋은 글을 알아보는 감식력이 결여되어 있기 때문이다.

순한문으로 글 쓰는 관행이 오래 계속되었고 고전주의적 전범이 드문 우리 지적 풍토에서 좋은 글이 지천으로 널려 있는 것은 아니다. 어디에서나 우월성은 소수파의 소산이기 때문이다. 그러므로 글쓰기 교육에서도 뛰어난 모형을 선택해서 보여주는 일이 중요해진다. 그리고 대학 수준에서는 외국어 공부를 통해서 외국의 고전을 공부하는 것도 중요하다. 좋은 번역도 드문 편이고 또 시는 번역이 불가능한 것이기 때문에 글쓰기 훈련에는 도움이 되지 않는다. 서도(書道)에서는 글씨를 써보아야 명필을 알아본다는 말이 있는데, 글의 경우도 마찬가지다. 좋은 시와 서투른 시의 차이는 어디에 있는가? 그것은 향수자가 직관적으로 알아차려야 할 문제이고 많은 시를 접해봄으로써 감식력도 세련되게 마련이다. 쉽게 흉내 낼 수 있고 쓰기가 쉬운 시들은 서투르거나 하잘것없는 작품이다. 반면에 참으로 좋은 시는 아무나 범접할 수 없는 위엄을 가지고 있다. 글쓰기는 단순한 기술적 세련의 문제가 아니고 정신의 기율 문제이기도 하다. 플로베르의 유명한 일사일어(一事一語)의 실천은 사물을 면밀하게 관찰하고 검토하며 다시 그것을 표현하는 적정한 말을 고른다는 측면에서 고도의 지적 훈련이 된다. 글쓰기의 기초 훈련으로서 누구나 따라야 할 기율이다. 요즘 이러한 엄격성의 훈련이 해이해진 것은 사회 도처에 미만해 있는 적당주의의 반영에 지나지 않는다.

글쓰기 연습에서 중요한 것은 글쓰기에 대한 두려움을 해소하는 일이다. 말 못하는 사람은 없다. 말하듯이 쓰면 되는 것이다. 말을 잘 못하는 것은 대개 내성적이어서 숫기가 없거나 습관이 되어 있지 않기 때문이다. 수줍음을 극복하고 실패를 두려워하지 않는다면 누구나 달변

이 될 수 있다. 글에서도 마찬가지다. 따라서 쉽게 쓸 수 있도록 연습
이나 훈련을 과해야 한다. 막연하게 독후감을 적으라 하면 쓰기가 어렵
다. 그러나 가령 동화 두 편을 읽고 요약을 해본다든가 두 편 중 더 좋
아하는 작품을 들고 이유를 적게 하면 한결 쓰기가 편해진다. 구체적인
지침을 주어야 한다.

흔히 백일장 같은 데서도 제목을 주고 무엇인가를 적어 내라고 한다.
그러니까 실감에 의해서 뒷받침되지 않은 억지스러운 글이 나오게 마
련이다. 구체적으로 어떤 작품의 패러디를 시도해보라고 하면 우열을
가리기도 쉽고 학생들의 상상력에 불을 지피기도 쉬울 것이다. 가령 김
소월의 유명한 「엄마야 누나야」를 대본으로 삼을 수도 있을 것이다.

엄마야 누나야 강변 살자
뜰에는 반짝이는 금모래빛
뒷문 밖에는 갈잎의 노래
엄마야 누나야 강변 살자

엄마야 누나야 강남 살자
뜰에는 반짝이는 금싸라기
뒷문 밖에는 갈보의 노래
엄마야 누나야 강남 살자

앞의 것이 대본이요 뒤의 것은 그 패러디이다. "강변"이 "강남"으로
변했다. 강남은 땅값·집값이 비싼 곳이다. 그래서 "금모래빛"이 "금
싸라기"로 되었다. 강남에는 또 고급 룸살롱이나 유흥업소가 많다고

한다. 그래서 "갈잎"이 "갈보"로 변했다. 모두 41자로 되어 있는데 그 중 6자가 바뀌었다. 그럼에도 시편의 세계는 완전히 바뀌고 말았다. 시에서는 글자 한 자의 차이가 우주적인 차이를 빚는 법인데 그 생생한 사례를 우리는 보고 있는 셈이다. 말 하나의 변경이 얼마나 큰 차이를 빚어내는가를 실감하면서 다시 말의 위력을 발견할 것이다. 재미도 있고 말의 묘미도 익히고 깨닫는 바가 많을 것이다. 패러디는 하나의 사례로 거론한 것이지만 어쨌건 글쓰기 연습에도 재미와 다양성을 도입해서 그것이 사랑의 노동이 되도록 하는 것이 중요하다. 따라서 교사의 창의적인 시도와 지도력이 절실히 요청되는 것이다. 여기서 톨스토이의 사례는 다시 한 번 우리의 귀감이 되어 마땅하다.

* 부기: 글 중에서 톨스토이, 슈타이너, 케이즌에 관한 사실 정보는 각각 다음 책에 의존했음.

Alfred Kazin, *A Walker in the City*, New York: Harcourt, Brace & World, Inc., 1951.
______, *New York Jew*, New York: Vintage Books, 1979.
Ernst J. Simmons, *Introduction to Tolstoy's Writings*, Chicago: The University of Chicago Press, 1968.
George Steirner, *No Passion Spent*, New Haven: Yale University Press, 1996.
______, *Errata*, New Haven: Yale University Press, 1998.

제3장

시인은 숲으로 가지 못한다

—이 시대의 문학교육은 무엇을 할 것인가

도정일

1

눈 내리는 밤의 아름다움을 말할 수 없고 비 오는 날의 서정을 말할 수 없게 된 시대에 눈과 나무, 비와 숲의 아름다움을 노래하는 시작품들을 쓰고 읽고 가르친다는 것은 적절한 일인가? 아니, 그것은 도대체 가능한 일이기나 한가? 산성비와 산성눈이 내리는 시대의 독자가 그간 아무 일도 없었다는 듯이 예전처럼 행복하게, 딸꾹질 한번 하지 않고 이를테면 로버트 프로스트의 시 「눈 오는 밤 숲에 머물러」를 읽으며 즐거워할 수 있을까? 프로스트의 시는 아름답다. 시의 화자는 동짓달 그믐밤 말을 몰아 눈 내리는 숲을 지나다가 문득 발길을 멈춘다. 눈발 속의 숲이 너무 아름다워 그냥 지나칠 수 없었기 때문이다. 삶의 가장 신성한 순간처럼 "숲은 깊고 어둡고 아름답다." 그러나 화자는 그 아름다움에 매혹되면서도 세상과의 약속을 상기하고 "잠들기 전 갈 길이 멀다, 잠들기 전 갈 길이 멀다"며 다시 말머리를 돌린다. 화자는 그렇게 떠나지만 그가 떠남으로써 남기는 미련의 공간, 그 눈 내리는 숲은 독자를 유혹하여 그곳으로 달려가게 한다. 그러나 프로스트의 이 평이하고도 아름다운 시는 오늘날 서정적 텍스트로서의 적절성을 거의 '완전히' 상실하고 있다. 지금의 독자는 눈 내리는 숲으로 달려가지 않는다. 산성눈 내리는 지금 이 세계의 어느 숲이 아름다울 것이며 누가 그 숲에 취해 발길을 멈추는가? 시인 자신이 눈을 피하기 위해 여름 해수욕장의 파라솔만큼이나 큰 우산을 쓰고 외출해야 하는 시대에 어느 독자가 맨머리로 눈 내리는 숲을 향해 달려갈 것인가. 달려가기 위해서는 그에게 하나의 특별한 조건, '제정신 아님'이라는 조건이 필요하다. 이 조건을 감수하지 못하는 독자에게는 눈 오는 숲은 매혹의 장소가 아니라 그가 될수록 멀리 떨어져 있어야 하고 도망쳐야 할 대상이다. 눈 내린 숲은 독자를 '배제'한다.

독자의 현실 정서와 시인의 문학적 정서 사이에 발생한 이 곤혹스러운 괴리야말로 오늘날 문학이 대면하게 된 가장 심각한 문제의 하나이다. 시인이 노래하는 눈의 서정은 독자가 현실세계에서 눈에 대해 지니고 있는 현실적 정서(두려움)와는 먼 거리에 있다. 두 정서는 일치하지 않고 양자 사이에는 의지할 만한 공감의 가능성이 존재하지 않는다. 한 세대 전까지만 해도 시인들은 자연 대상들에 대한 개인적 정서를 시의 텍스트로 조직해냄에 있어 이 같은 근본적 괴리를 염려하지 않아도 되었다. 그들의 개인적 정서와 독자 일반의 정서 사이에는 양자 소통을 가능하게 하는, 최소한 의지할 만한 공통의 정서 구조가 있었기 때문이다. 이 공통의 정서 구조는 시인과 독자가 모두 자연으로부터 항구한 미적 정서의 공급을 보장받고, 양자 모두 자연과의 관계에서 안정된 감성체계를 확보할 수 있었다는 사실 때문에 가능했다. 그러나 이런 공통의 정서 구조는 오늘날 가능하지 않다. 그 구조의 모태인 자연 자체가 지금 불구의 형태로 존재하기 때문이다.

현실 정서와 문학적 감성 간의 이 괴리는 시인과 독자 사이의 정서적 간극일 뿐 아니라 시인 자신의 정서세계에 발생한 감성분열과 상상력의 파탄을 의미한다. 누가 오늘날 프로스트처럼 눈 오는 밤 숲의 유혹을 노래할 수 있는가? 모더니스트의 시대까지도 작가 시인들은 버지니아 울프처럼 "별의 언어를 옮겨 쓰는 세계의 은자"에게서 자신들을 발견하고, 나무를 닻 삼아 항해하는 한 척의 배라는 서정으로 이 행성을 그려볼 수 있었다. 나무들은 아름답고 나무가 있는 세계의 강물은 푸르러 그 강에 들어갔다 나오는 백조의 날개가 푸른 잉크 빛으로 물들지 모른다는 행복한 서정을 그들은 펼칠 수 있었다. 모더니스트의 시대까지 갈 것 없이 불과 얼마 전 까지만 해도 우리 시인들은 "풀잎 하나가 우주를 들어올린다"(정현종)는 빛나는 상상력을 풀잎의 감성에 실어 세상으로 띄워 보내지 않았던가. 그러나 나무들이 질식하고 숲이 죽어가는 지금 이 시대의 시인에게 그런 상상력은 가능하지 않다. 우주를 들어올리기는커녕 제 무게 하나도 추스르지 못하는 병든 풀잎을 시인은 보고 있기 때문이다. 그 풀잎 자라는 소리를 듣기 위해 시인은 풀밭으로 가지 못한다. 농약 끈적한 풀밭에 앉아 풀잎의 숨소리를 들어야 하는 왜곡과 변태를, 그 비참을, 그가 무슨 수로 견딜 수 있으랴. 풀밭은 시인을 배제한다. 비의 서정을 풀기 전에 지금의 시인은 비 오는 날 비 때문에 죽어가는 숲을 생각해야 한다. 비는 시인을 배제한다. 푸른 강 대신에 그에게는 '똥물'이 있고 '똥통'이 된 지구가 있다. 그 똥물을 보며 똥통 속에서 그가 푸른 강을 말하기 위해서는 그에게도 하나의 특별한 능력 — 그가 강으로부터 배제되었음에도 불구하고 여전히 강과 함께 사는 듯이 생각하는 환각의 능력이 필요하고 감성분열의 능력이 필요하다.

그러나 자연의 궁핍화 현상으로부터 파괴적 영향을 받게 된 것은 시인과 독자만이 아니다. 심미적 정서의 항구한 공급원이었던 자연대상들이 정서체계로서의 힘과 가능성을 거의 완전히 박탈당했다는 사실은 무엇보다도 "자연과의 교감"에 의존하는 정서교육, 특히 문학교육에 매우 심각한 문제를 제기한다. 시인들은, 이를테면 최승호가 한때 그랬던 것처럼 "똥이 된 세계"를 노래할 수도 있고, 박남철처럼 그 세계를 향해 욕설의 시를 날려 보낼 수도 있다. 그러나 문학교육, 특히 초중급 학교에서의 문학교육의 경우에는 사정이 다르다. 교사는 아이들에게 "애들아, 지금 우리가 사는 세상은 똥이란다"라고 말할 수 없다. 그는 여전히 아이들에게 별과 얘기하는 슬서움을 빌해아 하고 나무의 언어를 번역해낸 고금동서의 문학 텍스트들을 읽혀야 한다. 그는 아이들이 나무와 숲과 풀잎의 숨결에 귀 기울이게 해야 하고, 조이스 킬머처럼 "로빈 새 둥지 머리에 이고/두 팔 높이 들어 기도하는 나무"를 보게 해야 하며 비 오는 날에는 비와 생명의 큰 순환에 대해 말해야 한다.

그런데 그 아이들의 머릿속에는 "비 맞으면 안 돼"라는 어머니의 당부가 깊이 박혀 있다. 그런 아이들을 상대로 비의 서정을 말하고 그 서정을 담은 작품을 읽히고 비와 함께 숨 쉬는 세계의 삶을 얘기할 때 교사는 아이들이 느낄 정서의 혼란과 괴리를 무슨 수로 메우는가? 아니, 그는 이 경우 시적 정서 자체의 부적절성이라는 문제를 어떻게 처리할 것인가. 바깥 세계야 어찌 되든 막무가내로 "이건 아름다운 시야, 그렇지?"라며 비가 두려운 아이들에게 우격다짐으로 비의 시를 외우게 할 것인가. 그럴 수 없다. 한 아이가 일어나 "우리 엄마가 비 맞으면 안 된다고 했는데요"라며 어린이다운 언어로 문학작품과 현실의 맞지 않음을 고발하고 나선다면? 아이들은 잠자코 있을 때에도 결코 잠자코 있는 것이 아니다. 자기들 내부에 발생한 혼란을 처리할 수 없어 아이들은 갑자기 딸꾹질을 시작할지 모르고 교사 역시(그가 교사다운 교사라면) 자기 언어가 일으킨 이상스런 혼란의 효과 앞에서 아이들보다 더 심한 딸꾹질을 하게 될지 모른다. 문득 교사는 현실세계의 비가 일으키는 두려움의 정서에 그 자신 특별히 '둔감'하지 않고서는 비의 서정을 담은 시 텍스트를 아이들에게 읽힐 도리가 없다는 곤혹스런 문제에 직면한다. 정서교육을 담당한 문학교사가 오히려 현실 정서에는 가장 둔감해야 한다는 괴이한 모순 앞에 그는 노출되는 것이다.

이 낭패스러움, 이 처리 곤란한 딸꾹질의 대두는 문학과 문학교육이 오늘날 자연 생태계의 재난을 외면할 수 없게 된 절박한 사정의 일단을 말해준다. 자연에 발생한 재난은 곧바로 문학의 재난이며, 자연의 수난은 곧장 문학 자체의 수난이다. 그 가장 본질적인 차원에서 문학과 자연은 서로 별개의 우주에 있는 것이 아니다. 문학예술은 궁극적으로 삶과 생명에 대한 긍정이고 이 긍정은 자연이 보장하는 생명의 큰 테두리 속에 있다. 그 테두리가 무너지고 생명의 큰 사슬이 깨어져나가는 순간 문학 또한 존립 불가능의 위기에 직면한다. 지상에서의 삶 자체가 위협받는 시간에 문학이 제 혼자만의 안전을 보장받을 동굴은 없다. 자연에 발생한 궁핍과 박탈, 왜곡과 파괴는 문학 자체의 궁핍화이고 그 가능성의 박탈이며 죽음의 예고이다. 이런 사실은 오늘날 생태계의 재난 앞에서 문학교육이 그 내용과 방법, 목표를 재검토할 필요가 있다는 사실뿐 아니라 '페다고지의 혁명'이라 부를 만한 어떤 새로운 문학교육 프로그램의 개발 필요성을 제기한다.

2

우리는 그 새로운 문학교육의 프로그램이 어떤 구체적 내용과 방법을 지녀야 할 것인지 잘 알지 못하며 새로운 페다고지의 세목들을 여기 나열할 수도 없다. 문학은 생태학 그 자체도, 환경보존운동 그 자체도 아니다. 문학이 생태학적 관심의 제고와 자연보호를 위한 운동의 유용한 수단으로만 그치는 것은 아니기 때문에, 문학교육의 목적 또한 자연보호라는 목적과 반드시 모든 점에서 일치해야 하는 것은 아니며 환경운동에 기여할 수 있는 문학의 방법적 유용성을 강화하는 데만 그 목적이 한정되어야 하는 것도 아니다. 그렇다면 자연의 큰 수난 앞에서 문학교육이 그 내용과 방법, 목표에 어떤 형태의 전환을 모색할 필요가 있다고 할 때 그 모색은 무엇의 모색일까?

현대적 산업문명이 자연파괴를 초래하고 자연파괴는 역으로 문명의 약속 자체를 한순간 웃음거리로 만들어놓았다는 사실은 문학적 의미에서 아주 고전적이랄 수 있는 아이러니이다. 근대문명의 약속이란 인간이 근대적 생산, 분배, 소비방식의 확대를 통해 삶의 행복과 안정을 극대화한다는 약속이다. 이 행복의 약속이 오늘날 어떻게 대재난으로 반전했는가를 이해하는 데는 무슨 이론의 도움이 필요치 않다. 그 대재난은 지금 숨 쉴 수 없는 공기, 마실 수 없는 물, 믿을 수 없는 땅의 모습으로 우리 앞에 있기 때문이다. 구태여 그리스적 의미의 '복수Nemesis'

개념을 빌려오지 않더라도 이 재난은 인간이 자연에 가한 착취, 파괴, 왜곡의 결과가 인간 자신에게로 되돌아와 그에게 복수하고 있는 형국 그대로이다. "인간은 죽기 위해 도시로 온다"라는 라이너 마리아 릴케의 말은 "인간은 죽기 위해 문명을 만들었다"로 바꿔놓을 수 있다. 인간이 더 잘살기 위해 추진한 일의 결과가 그를 죽음으로 몰아넣고 있다는 것은 분명 아이러니이며, 이 모순을 어떻게 풀어나갈 것인가가 지금 세계사적 문명의 단계에 던져진 숙제이다. 문학은 오로지 문명사적 숙제를 풀기 위해서만 존재하는 것은 아니다. 그러나 문학은 인간의 근대적 삶의 양식이 자연과의 관계에서 일으킨 모순으로부터 전혀 자유롭지 않다. 그 모순은 무엇보다도 인간과 자연의 관계를 인간이 결코 감당할 수 없는 '적대적 관계'로 바꾸어놓고 있기 때문이다. 근대적 삶의 양식 자체가 역사적 산물이므로 그것이 자연과의 관계에 초래한 이 적대적 모순 역시 역사적 성격의 것이다. 그러므로 우선 이 모순의 '역사성'을 인식하고 그 모순으로 인해 인간/자연의 관계가 적대화되고 있다는 사실을 인지하는 일은 이 시대 문학과 문학교육에 극히 중요한 거시적 차원의 인식, 혹은 '큰 사색'의 내용이 될 수 있다.

근대적 삶의 양식이 인간과 자연의 관계를 적대화하는 역사적 모순을 일으키고 있다고 할 때의 그 "근대적 삶의 양식"이란 구체적으로 무엇인가. 이 표현은 "근대적 생산과 소비"의 두 방식을 포괄하기 위한 것이다. 이 글이 구태여 언급할 필요가 없는 부분이지만, 문학적 관심에서 말한다면 근대적 생산방식은 "자연의 품위에 대한 적극적 멸시"를 그 특징적 운용원리로 갖고 있다. 이 원리는 어떤 의미에서도 가이아(Gaea, 땅) 여신의 품위를 존중하지 않는다. 근대산업의 눈에 비친 그녀는 생명의 모태가 아니라 언제 어디서건 착취, 겁탈, 왜곡이 가능한 멍청이이며 산업의 호출과 명령 앞에 24시간 대기하는 도구적 노예이고, 쥐어짜기에 따라 석탄에서부터 다이아몬드 또는 곰 발바닥에 이르기까지 무엇이든 내놓아야 하는 식민지적 벙어리 자원창고이다. 그녀의 몸뚱어리는 산업의 목적에 따라 이리저리 동원되고 조직, 해체되고 재조직될 뿐 아니라, 산업폐기물 처리장을 제공하기 위해 자기 내장까지도 내놓아야 한다. 생산의 모든 영광과 업적은 인간이 개발한 '테크네(기술)'의 것이지 가이아의 것이 아니다. 인간은 더는 자연에 감사하지 않는다. 그가 찬양하고 감사할 대상이 있다면 그것은 멍청한 가이아가 아니라 인간 자신의 빛나는 기술이다. 가이아는 다만 거기에, 산업의 무한 착취대상으로서, 기술이라는 이름의 팔루스phallus적 조직원리 또는 헨리 애덤스가 "다이나모Dynamo"라고 부른 힘의 침투를 기다리며 소리 없이 대기하는 벙어리 처녀, 아니 창녀로서만 존재한다.

  근대적 생산방식이 그려놓은 이 손상된 가이아의 초상은 근대 특히 현대의 소비방식에 의해 더욱 파손된다. 생산만이 자연을 멸시한 것이 아니라 근대 이후 인간의 소비방식도 자연을 능멸해온 것이다. 근대 생산방식은 이미 그 내부에 생태계의 한계를 고려하지 않은 일련의 소비법칙들을 전제하고 있고, 이 법칙들은 대중소비시대의 전개와 함께 "자연의 품위에 대한 최대 능멸"을 특징으로 하는 특정의 역사적 소비형태를 출현시키게 된다. 우리는 이미 이 소비형태가 어떤 방식으로 가이아를 똥통, 오물 폐기장, 쓰레기통으로 만들어왔는가를 소상히 알고 있다. 무엇보다도 우리 자신이 가이아를 쓰레기통으로 만들어온 능멸의 주범이기 때문이다. 미국 시인 웬델 베리의 지적처럼, 오늘날 소비자는 그 누구도 과다소비의 죄에서 면제되지 않는다. 소비문화라고 불리는, 석유문명 말기의 그 흥청거리는 축제 속에서 현대인은 역사상 유레가 없었던 무서운 "소비의 공룡"이 되어 있다. 이 공룡을 행복하게 하는 것은 그의 무지——중생대에 절멸한 그 공룡처럼, 어느 순간 그가 이 지상에서 절멸할 수도 있다는 가능성에의 무지이다. 그러나 과거의 공룡과는 달리 지금의 공룡은 그 절멸의 조건을 스스로 만들고 있고 제 손으로 무덤을 파고 있다.

문학이 근대산업과 소비형태에 의한 자연파괴를 역사적 모순으로 인식해야 하는 가장 중요한 이유는 자연과 인간, 자연과 문명을 상호 적대관계에 서게 하는 이 모순이 궁극적으로 인간파괴를 초래하기 때문이다. 마르쿠제 등이 강조했던 것처럼 자연이 노예화될 경우, 그 자연의 불가피한 일부인 인간 자신도 노예화의 운명을 피하지 못한다. 인간에게 착취대상으로만 파악되는 한, 자연은 그 인간에 대한 모든 호의를 회수한다. 근대적 생산/소비방식은 인간의 삶과 가치체계로부터 자연을 제외하고 그 품위를 조롱했다는 점에서 그 이전의 삶의 양식들과 가장 현저하게 구분된다. 인간에게서 배제당한 자연은 역으로 인간을 배제한다. 시인은 눈 내리는 숲으로 가지 못하고, 아이들은 비를 겁내고, 농사꾼은 땅을 믿지 못한다. 하이데거가 잘 표현했듯 수력발전용 댐이 들어선 라인 강은 그 강에 내려와 물 마시던 "사슴의 라인 강"이 아니다. 사슴이 마시지 못하는 물은 인간도 마실 수 없다. 강은 사슴을 배제하고 인간을 배제한다.

그러나 이 대목에서 우리는 인간과 자연 사이의 상호배제적 갈등관계에 주목하는 일이 반드시 문명 그 자체에 대한 문학의 전면 부정이나 거부를 의미하지 않는다는 사실을 지적하지 않으면 안 된다. 이 점은 문학이 자연파괴를 이 시대의 역사적 모순으로 인식하는 일 못지않게 중요하다. 근대산업으로 대표되는 문명에 자연파괴의 전적인 책임을 둘러씌우고 나면 이로부터 흔히 애꿎은 노자의 이름을 빌려, 혹은 무슨 '동양사상'의 이름으로, 아주 간단하고 손쉬운 결론 하나가 제시되는데, 그것은 문명을 포기하는 길만이 문제의 근본적인 해결책이라는 주장이다. 문명의 전면 포기란 입에 올리기는 쉬워도 실천 가능성은 제로에 육박하는 순수 관념이다. 가능성도 실효성도 없는 생각에 매달리는 것은 그 자체가 무책임하고 순간적인 병리적 위안의 추구에 불과하다. 우리가 문명을 비난할 수는 있어도 인간이 현재 이룩해놓은 삶의 단계는 그 문명 없이는 동서양 어디서건 단 하루도 지탱되지 않는다. 동구 밖 개천에 구태여 "다리를 놓을 필요가 없었던" 그 노자의 시대로 인간은 되돌아갈 수 없다. 그 시대로 되돌아가려면 우선 지구상의 현재 인구 가운데 4분의 3은 사라져야 한다. 그러므로 '과거로의 희귀'라는 불가능한 프로그램을 가지고 문명에 대한 전면적 거부를 제의하는 일은 문학과 문학교육이 취택할 만한 사색 내용이 되기 어렵다. 우리의 시인 작가들 중에는 이 방향으로의 모색을 자연파괴의 문명에 대한 문학의 대안적 사색이라고 여기는 사람들이 없지 않다. 그러나 이 생각은 과거 미화와 향수에 매달리고 현실성 없는 비전을 문학적 가치로 제시한다는 점에서 극히 비역사적이다. 비역사적 비전으로 역사적 모순에 대응한다는 것은 이미 인간이 성취한 사회적 삶의 발전 부분과 변화한 사회관계를 전면 삭제하자는 제안이며 이는 문명의 숙제를 처리함에 있어 문학의 참여방식을 결정적으로 시대착오적인 것이 되게 한다. 따라서 "과거로 돌아가자"라거나 "노자의 시대는 좋았는데, 보라, 지금은 망했다"라고 말하는 회고성 어법이 문학적 사색 내지 문학교육의 주조를 이룰 수는 없다.

현대문명이 안고 있는 모순은 역사의 특정 시기에 특정의 생산/소비방식에 의해 형성된 것이라는 의미에서 역사적 모순이며, '극복 가능한 모순'임이 전제된다는 의미에서 역사적 모순이다. 과거를 향한 회귀론이나 문명거부론의 중대 오류는, 이 역사적 모순의 역사성('바꿀 수 있음')을 탈역사적 항구성으로 대체하고 문명/자연의 관계를 어떤 경우에도 바꿀 수 없는 영원한 적대적 대립관계로 '고정'하는 데 있다. 그 적대관계에 항구불변의 고정성이 부여되면 인간의 상상력은 자연/문명 사이의 '비적대적 관계'를 생각할 수도 상상할 수도 없게 된다. 문명이 모든 경우에 적대적으로 자연에 대립하고 자연 역시 모든 경우에 문명과 맞서는 것이라면 문명과 자연이 화해하는 새로운 삶의 양식을 역사 과정 속에서 모색한다는 것은 처음부터 불가능한 시도가 되고 만다. 이 경우 문명의 재편 가능성을 향한 인간의 상상력은 봉쇄되고 문명/자연 사이에 존재하는 지금의 적대관계를 '바꾸기 위한' 모든 구상은 무의미해진다. 마찬가지로, 인간이 문명 속에 살아야 하는 존재이고 문명은 반드시 자연을 배제하는 것이라면 인간은 어떤 방식으로도 자연과의 조화로운 전체성을 회복할 길이 없게 될 것이다. 그러므로 문명거부라는 배제의 논리는 우리가 지금까지 역사적 모순이라고 부른 것에 대한 극복의 방법도 방향도 되기 어렵다. 인간과 자연을 적대적 관계에 서게 하는 역사적 모순 자체가 인간의 삶에서 자연을 제외하는 배제의 논리에서 나온 것인데, 문명거부론은 기이하게도 그와 동일한 논리를 구사하고 있는 것이다.

오늘날 인간이 그 자신의 자연을 회복하고 가이아의 품위를 되찾는 일은 반드시 문명부정이나 거부를 전제하지 않는다. 문명이 자연에 대해 대립적 성질을 갖는다는 것은 부인할 수 없지만 대립성이 반드시 적대성이어야 하는 것은 아니다. 이 관점에서 말한다면, 생태계의 전면적 위기라는 모순 앞에서 문학이 생각해볼 수 있는 극복의 모색 지점은 '문명의 재편'을 통한 자연회복이라는 것이다. 이 지점이야말로 인간/자연에 대한 문학의 적극적 사색과 문학교육의 방법론적 전환이 요청되면서 동시에 가능해지는 포인트이다. 문화적 활동으로서의 문학은 문명사회의 제도(생산, 유통, 수용의 모든 측면이 개입되는) 가운데 하나이며, 특히 문학교육은 학교라는 제도적 장치를 통해 수행된다는 점에서뿐 아니라 그 자체가 '장치apparatus'라는 의미에서 문명의 일부이다. 그러므로 '문명의 재편'이라는 문제가 인간과 자연을 서로에게 되돌려주기 위한 시대적 과제로서 제기될 때, 그 재편작업은 문학교육이라는 문명장치에도 당연히 요청된다. 문학과 문학교육은 우선 제도이자 장치로서의 자기 재편을 통해 문명의 재편에 참여하는 것이다.

문학과 문학교육의 자기 개편이라는 문제는 많은 사람들에게 애매한 제안으로 들릴 것이 분명하다. 그러나 그것은 애매하지 않다. 작은 일로 여겨질지 모르지만 구체적 사례 하나를 든다면, 이 글이 처음 실렸던 잡지 『녹색평론』이 재생용지에 인쇄되고 표지에 비닐코팅을 하지 않는 것은 이 매체가 문명의 재편에 참여하는 한 방식이다. (『녹색평론』이 문학 전문지가 아니라는 사실은 이 경우 중요하지 않다.) 좀더 큰 차원으로 올라가서, 문학교육이 생명의 전체성이라는 가치를 교육 프로그램의 중요한 재편 내용으로 확립할 때 이 확립 행위는 문학교육 자체의 방법과 목표에 큰 영향을 줄 뿐 아니라 자연배제의 논리를 강화하는 교육 전반에도 영향을 줄 수 있다. 현대 교육의 명백한 맹목 하나는 자연의 배제이고 이 교육은 자연 멸시에 익숙한 인간을 배출한다. 그러므로 문학교육이 생명의 전체성에 발생한 위기를 말하고 그 가치의 중요성을 강조하는 것은 자연 멸시의 교육에 대한 비판과 교정으로서의 의의를 갖는다. 문명의 재편은 분명 사회관계와 구조의 재편을 요구하지만, 사회적 생산양식과 소비의 영역에 모든 경우 개입하는 것이 문학교육의 일차적 역할은 아니다. 교육은 인간을 재편한다. 그러나 현대 교육은 인간을 재편한다기보다는 기존의 사회관계에 적응하고 그 관계를 재생산할 기능적 인간을 길러내는 데 목표를 두고 있다. 이런 교육으로부터 생산된 개인들은, 특별한 각성의 경험을 갖지 않는 한, 지금의 문명이 당면하고 있는 위기와 모순에 대응할 흥미, 능력, 관심을 갖기 어렵다. 문학교육이 개입할 구체적 지점은 이런 데 있다. 그러나 그 개입을 위해 문학교육은 우선 교재, 커리큘럼 등의 개편을 포함한 그 자체의 내용과 방법부터 재편하지 않으면 안 된다. 이 재편 작업에는 각급 학교에서 문학교육을 강화하는 문제가 포함되어야 하고 문학교육 담당자를 교육하는 대학/대학원 교육의 개편도 강구되어야 한다.

3

　이미 앞에서 지적했듯, 문학교육이 자기 재편에 관심을 갖는 것은 문학을 가져다 생태교육의 보조수단으로 삼기 위해서가 아니다. 문학교육의 인문교육적 목표는 인간이 자기 시야에서 '인간'을 상실하지 않게 하는 데 있다. 오늘날 이 목표는 인간이 자연과의 전체적 관계를 회복하는 문제와 직결되어 있다. 생명의 전체성이라는 가치가 다시 문학교육의 중심적 테마가 되어야 하는 이유도 거기에 있다. 문학의 오랜 전통 속에 살아 있는 그 테마는 전체를 위해 부분이 희생되어도 좋은 전체주의적 전체성이 아니며 부분이 전체를 대체하는 물신주의도 아니다. 구태여 말하자면, 그것은 전체가 부분에 봉사하고 부분이 전체를 지탱하는 관계로서의 전체성이다. 테마로서의 이 전체성은 자연 속에서의 인간의 존재방식에 관한 문학의 가장 오래된 주제 가운데 하나이고, 자연과 인간의 관계에 발생한 적대성이 주목되면서부터는 가장 현대적인 문학적 주제의 하나가 되었다. 오비디우스의 『변신이야기』에 나오는 「피타고라스의 가르침」에는 "친구여, 닭을 잡아먹지 말라／그 닭은 그대의 할머니일지도 모르므로"라는 대목이 나온다. 이 대목을 피타고라스적 윤회사상의 문학적 표현이라고만 해석하는 것은 그 진술이 현대 독자에게 던지는 감동을 완전히 놓치는 일이 된다. 윌리엄 포크너의 소설 『내려가라, 모세여』에서 주인공 아이크 메카슬린은 "인간의 싸움치고 신의 축복을 받을 만한 것이 일찍이 이 세상 어디 있었다면 말야, 그건 인간이 암사슴과 새끼사슴을 보호하느라 싸운 싸움일걸세"라고 회고한다. 우리가 말하는 전체성의 가치란 이 늙은 주인공 메카슬린의 가치이다. 오비디우스가 퍼뜨리고자 했던 어떤 가치가 2천년을 건너뛰어 현대 작가의 손에서 다시 확인되고 있는 것이다. "농사꾼이 한 해 농사에서 거두는 참다운 성공은 그가 땅의 힘을 지켜낸 일"이라는 웬델 베리의 한 구절도 그 오랜 가치의 현대적 확인이다. 문학교육이 문학의 전통 속에서 이런 가치들을 거듭 확인, 발굴하고 살려내는 것은 문학 텍스트를 단순히 환경운동의 보조문서로 쓰는 일 이상의 것이다. 정서교육으로서의 문학교육의 목표는 생명에 대한 외경과 생명현상의 전체적 관계에 대한 감성을 기르게 하는 것이다. 이 목표는 자연 멸시의 패러다임을 교정한다. 예술적 감성은 예술가만을 위한 것이 아니다. 그 가장 근본적인 의미에서 감성은 "존재의 대상화"에 대한 정서적 저항이고 그 대상의 "도구화와 파편화"에 대한 거부이다. 문학은 이를테면 의인화, 알레고리, 감정이입 등의 방법으로 모든 객체대상들을 주체로 바꿀 수 있다. 문법적으로 말하면 이 방법들은 언제나 목적어의 위치에 있어야 하는 벙어리 대상들에게 생명과 언어를 부여하여 주어의 위치에 서게 한다. 근대적 문명의 패러다임 속에서 자연은 언제나 도구화한 객체이고 추구, 착취, 소유, 조작의 대상이다. 이 객체대상으로서의 자연은 그 자체의 권리와 품위, 그 자체의 생명과 언어를 갖지 못한다. 감성교육으로서의 문학은 예컨대 "개구리가 말하기를" 또는 "나무가 그러는데"라는 어법으로 모든 자연대상들을 대상의 자리에서 주체의 자리로 옮겨놓음으로써 그것들에 감성을 부여하고 이 방식으로 인간의 감성 자체를 강화한다. 대상의 위치 이동은 단순한 동화적 감정이입 장치로만 그치지 않는다. 그것은 동시에 인식 위치의 이동이고 세계관과 관점의 이동이다. 이 이동은 인간으로 하여금 타자와 타자적 존재의 고귀함을 알게 하고 그것의 관점, 가치, 언어를 배우게 한다. 문학교육은 문학의 여러 장치들이 지닌 이 같은 힘과 기능에 충분히 주목하고 그것들을 감성교육의 장에 끌어들일 필요가 있다.

이론교육으로서의 문학교육은 인간의 사고를 경직된 불변 범주들로부터 벗어나게 하는 유연성의 강화를 목표로 한다. 이 유연성이야말로 우리가 문학적 사고라고 지칭하는 것의 가장 본질적인 성질이다. 그것은 예컨대 "인간은 주체이고 자연은 객체이다"라는 식의 범주화에 저항하고 그 위험성을 경고한다. 현대 이론가들이 요란하게 주장하는 이른바 '탈카테고리'는 3천 년 전 그리스 신화에서부터, 더 구체적으로는 2천5백 년 전 비극시대부터 문학이 해온 작업이다. 이론과 비평의 관점에서 말한다면 세계문학의 가장 중요한 텍스트는 소포클레스의 『오이디푸스 왕』이다. 이 비극작품이 이론적 견지에서 '가장 중요한 텍스트'

인 까닭은 현대비평의 관심사항들 가운데 가장 핵심적인 것들이 그 작품에 담겨 있기 때문이다. 그것은 플라톤적 철학에 대한 경고이자 인간의 순수한 자성identity 추구가 빠져들 수 있는 재난의 극화이며, 인간과 자연의 관계를 근본적으로 다시 생각하게 하는 강력한 텍스트이다. 순수자성의 추구는 근대 이성과 문명이 인간의 이름으로 자연을 멸시할 때 동원한 논리이고 욕망이기 때문에 이론적 문학교육이 예컨대 소포클레스의 텍스트 같은 것을 대학원 교육의 '기본도서목록'에 포함시키는 일은 우선 문학적 사색을 위해 중요하고 그 사색의 현대적 긴요성을 되살리기 위해 중요하다. 그러나 이런 작업을 위해서는 문화교육을 담당하는 대학/대학원 문학계열 학과들의 커리큘럼 재편이 필요하다.

어떤 사람들은 문학과 문학교육이 생태계의 문제에 관심을 갖는 것은 문학의 본질 영역을 떠난 일이라 생각할지 모른다. 이런 사고의 밑바닥에는 "환경문제란 언젠가 해결될 일시적 문제이다. 일시적 문제에 매달리는 것은 문학의 본질작업이 아니다. 그 문제가 해결되고 나면 문학은 무얼 할 것인가"라는 생각이 깔려 있다. 이 생각은 잘못된 것이다. 소포클레스의 비극, 오비디우스의 운문신화집 등 세계문학의 고전들은 예외 없이 역사적 순간에 인간이 대면해야 했던 당대적 모순들을 다룬 것이다. 그러나 이 사실 때문에 그 작품들이 훼손되지는 않는다. 오히려 그 작품들은 당대적 모순에 대한 문학적 대응이었기 때문에 지금도 살아 있다. 우리 시대의 당대적 모순은 인간과 자연 사이의 적대 관계이다. 문학이 문학의 방법으로 이 모순에 대응하는 것은 문학의 비본질적 작업이 아니다.

이 시대의 시인들은 숲으로 가지 못하고 아이들은 눈을 겁내고 문학교사는 텍스트의 부적절성 앞에 고민한다. 별빛 사라진 밤하늘은 아이들에게 가장 '흐리멍덩한 것'의 경험적 표본이다. 그러나 인간의 삶과 자연 사이에 일어난 이 모순과 괴리를 직시하게 하고 아름다움이 박탈된 세계의 궁핍을 보게 하는 일이야말로 문학교육의 과제이다. 오늘날의 문학교육은 불가피하게 궁핍과 박탈, 괴리와 모순에 대한 교육이 되어야 하고, 자연의 고통이 어떻게 인간 자신의 고통이 되는가를 가슴으로 '느끼게' 하는 교육이 되어야 한다. 이 관점에 설 때, 프로스트의 시 「눈 오는 밤 숲에 머물러」도 다시 그 적절성을 회복한다. 그것은 이 시대의 독자에게 그가 잃어버린 세계의 아름다움을 환기시키는 시, 그 상실의 아픔을 느끼게 하는 시로 읽힐 수 있기 때문이다. 아픔을 향한 독법의 전환——이것이 이 시대 문학교육의 일이다.

제4장

동아시아 문학교육의 전통

김인환

19세기 이전의 동아시아는 공통된 교과서를 가지고 있었다. 유학교육은 초등과정이 『천자문』『소학』『18사략』『통감』이고, 중등과정이 『논어』『맹자』『중용』『대학』이고, 대학과정이 『시경』『서경』『주역』『좌전』『예기』『주례』『의례』이었다. 이 외에 시 짓기가 일반교양이었으므로 『당음(唐吟)』『연주시(聯珠詩)』『고문진보』를 암송하였다. 불교교육은 초등과정이 『서장(書狀)』『선요(禪要)』『도서(都序)』『절요(節要)』이고, 중등과정이 『금강경』『원각경』『능엄경』『기신론(起信論)』이고, 대학과정이 『화엄경』이었다. 이 외에 참선이 일반교양이었으므로 『단경(檀經)』과 『염송(拈訟)』을 암기하였다. 유학교육이건 불교교육이건 시 짓기를 교양의 중심으로 존중한 데에 동아시아 전통교육의 특색이 있다. 시 짓기는 취미가 아니라 지식인 됨의 필수조건이었다. 동아시아의 전통사회에서 시 짓기는 단순히 생각과 느낌을 평측(平仄)에 맞추어 표현하는 것 이상의 심미적 훈련을 요구하였다. 서거정의 『동인시화』에 의하면, 고려 예종 때 시인 강일용(康日用)은 몇 번이나 비를 무릅쓰고 천수사(天水寺)의 남쪽 계곡에 가서 해오라기를 바라보곤 한 끝에 "날아서 푸른 산의 허리를 가르네〔飛割碧山腰〕"라는 시구를 얻고 "비를 무릅쓰고 계곡에 다니기를 그치지 않은 보람이로다"라고 기뻐하였다 한다. 강일용은 비할벽산요(飛割碧山腰)의 할(割) 자 한 자를 얻기 위하여 오래도록 고심한 것이다. 문화란 이처럼 한 자 반 자를 두고 고심하는 섬세한 정신의 산물이다. 이런 관점에서 살펴볼 때 현재의 동아시아에는 문화가 없다고 해도 지나친 말이 아닐 것이다.

　19세기 이전의 동아시아 문화는 『화엄경』과 『주역』으로 대표되는 만인의 교과서에 토대하여 자유와 운명, 사실과 가치의 조화를 성취하고 있었다. 그릇된 존재자가 세계의 구성원리에 검은 그림자를 드리우는 경우가 있다 하더라도 이러한 그림자는 존재자를 존재자로 규정하는 존재의 광휘를 더욱 뚜렷하게 강조하는 우연의 계기에 지나지 않았다. 존재의 이해가 존재자에 대한 존중이 되고 존재자에 대한 존중이 자신의 기쁨이 될 수 있었던 시대를 우리는 긍정의 문화라고 부를 수 있을 것이다. 19세기 이전의 동아시아 문화에 내재하는 인식소 체계와 20세기 이후의 동아시아 문화에 내재하는 인식소 체계 사이에는 인식론적 단절이 개재되어 있다. 문화의 상대적 자율성을 고려하지 않고 태초 이래의 모든 시대에 적용되는 민중의 논리에는 납득할 수 없는 면이 적지 않다. 중세의 사회적 대립을 근대의 사회적 대립과 동일하게 생각할 수는 없다. 개인을 구속하는 사회의 체계가 느슨했던 시대에 사회계급들의 첨예한 대립은 예외적인 현상에 지나지 않았다. 퇴계가 기대승(奇大升)에게 보낸 편지에는 진리에 대한 16세기 사람들의 철저한 확신이 잘 나타나 있다.

　　나의 보잘것없는 독서법에서는 무릇 성현의 의리를 말씀하신 곳이 드러나 보이면 그 드러남에 따라 구할 뿐, 감히 그것을 경솔하게 숨겨진 곳에서 찾지 않습니다. 그 말씀이 숨겨졌으면 그 숨겨진 것을 따라 궁구할 뿐, 감히 그것을 경솔하게 드러난 곳에서 추측하지 않습니다. 얕으면 그 얕음에 말미암을 뿐, 감히 깊이 파고들지 않으며 깊으면 그 깊은 곳으로 나아갈 뿐, 감히 얕은 곳에서 머무르지 않습니다. 나누어 말씀한 곳에서는 나누어보되 그 가운데 합쳐 말씀한 것을 해치지 않으며, 합쳐 말씀한 곳에서는 합쳐보되 그 가운데 나누어 말씀한 것을 해치지 않습니다. 사사로운 나 개인의 뜻에 따라 좌우로 끌거나 당기지 않으며, 나누어놓으신 것을 합친다거나 합쳐놓으신 것을 나누지 않습니다. 오래오래 이와 같이 하면 자연히 성현의 말씀에 문란하게 할 수 없는 일정한 규율이 있음을 점차로 깨닫게 되고 성현의 말씀의 횡설수설한 늣한 속에노 서로 충돌되지 않는 지당함이 있음을 점차로 알게 됩니다. 간혹 일정한 것으로 자기의 설을 삼을 때는 또한 의리의 본래 정하여진 본분에 어긋나지 않을 것을 바랍니다. 만일 잘못 보고 잘못 말한 곳이 있을 경우라면 남의 지적에 따라, 혹은 자신의 각성에 따라 곧 개정하면 또한 스스로 흡족하게 느껴집니다. 어찌 한 가지 소견이 있다 하여 변함없이 자기 의견만을 고집하면서 타인의 한마디 비판을 용납하지 않을 수 있겠습니까? 어찌 성현의 말씀이 자기의 의견과 같으면 취하고, 자기의 의견과 다르면 억지로 같게 하거나 혹은 배척하여 틀렸다고 말할 수 있겠습니까? 진실로 이와 같이 한다고 하면, 비록 당시에는 온 천하의 사람들이 나와 더불어 시비를 겨루지 못한다 하더라도 억만 년 뒤에 성현이 나와

서 나의 티와 흠을 지적하고 나의 숨은 병폐를 지적하여 깨뜨리지 않으
리라는 것을 어찌 알겠습니까? 이것이 바로 군자가 애써 뜻을 겸손하게
하고 말을 살펴서 하며, 정의에 복종하고 선을 따라서 감히 한때 한 사
람을 이기기 위하여 꾀를 쓰지 않는 까닭입니다.[1]

퇴계는 정신과 자연, 개인과 사회, 주관과 객관, 이론과 실천의 균형
을 당연한 사실로서 전제하고 있었다. 그는 개인의 희망이 사회의 희망
과 일치하는 구체적 보편의 공동체에서 살고 있었던 것이다. 진리의 존
재를 확신하고 있었기 때문에 퇴계는 정치적 혼란에 직면해서도 마음
의 평화를 지킬 수 있었다. 그가 보기에 마음과 기운의 병은 "이치를
살피는 데 투철하지 못하여 헛된 것을 천착하고 억지로 탐구하는"[2] 데
에 기인한다. 퇴계는 저명한 「스스로 돌아보는 글」에서 제자 남언경(南
彦經)에게 미음을 피곤하게 하고 기력을 탕진하게 할 정도로 책을 읽지
말라고 충고하였다. 고상하게 행동하지도 말고 빠른 효과를 보려고 하
지도 말며 오직 일상생활의 평이하고 명백한 곳에 나아가 편안하고 여
유 있는 마음으로 "유의하는 것도 아니고 유의하지 않는 것도 아닌 사
이(非着意非不着意之間)"에서 꾸준히 잊지 않고 오래 견디면 이치가 저절로
녹아들어 바닥까지 알게 된다는 것이다. 『주역』에 세계의 구성원리가
밝혀져 있다는 믿음을 가지고 있던 16세기 지식인들의 삶에서는 『주
역』의 지식과 『주역』의 실천이 균형을 이루고 있었다. 만인의 교과서가
존재한다는 이러한 믿음은 16세기의 퇴계만이 아니라 19세기 이전의
동아시아 문화에 공통된 현상이었다.

---

1) 「李退溪書抄」 4권, 『이퇴계전집』 下, 퇴계학연구원, 1975, p.77.
2) 「自省錄」, 앞의 책, p.321.

A. 글월이 공교하고 뜻이 깊어 묘(妙)의 극치가 아닌 것이 없고 사연이 넉넉하고 이치가 크나커서 법이 선포되지 않은 것이 없다. 글월과 사연이 공교하고 넉넉하므로 화려한 가운데 실(實)이 포함되었으며 뜻과 이치가 깊고 크므로 실한 가운데 권(權)을 띠었다. 이치가 깊고 큰 것은 둘도 없고 분별도 없는 것이요, 사연이 공교하고 넉넉한 것은 권을 열고 실을 보여준 것이다.[3]

B. 글자는 군사요 뜻은 장수요 제목은 적국이요 옛일이나 옛이야기는 싸움터의 보루다. 글자를 묶어 구절을 만들고 구절을 모아 장(章)을 이룸은 대열을 지어 진을 시행하는 것과 같다. 〔……〕 비유는 유격전이고 억양 반복은 쳐들어가 적을 무찌르는 것이다. 제목의 뜻을 다해 결속하는 것은 적진에 앞서 돌입하여 적을 사로잡음과 같고 함축을 소중하게 여기는 것은 소년병과 노폐병을 사로잡지 아니함과 같고 여운을 두는 것은 기세를 떨치며 이기고 돌아옴과 같다.[4]

인용문 A는 원효의 「법화경종요서(法華經宗要序)」이고 인용문 B는 박지원의 「소단적치인(騷壇赤幟引)」이다.

글월 또는 사연이란 말로써 원효는 글의 형식적 측면에 대하여 설명하였다. 언어의 형식이 보통 사람의 예상을 넘어 적합하고 필요한 세부가 두루 다 갖추어져서 조금도 결함이 없는 글은 형식적 조건이 완비되어 있기 때문에 읽을 때에 즐거움을 준다는 것이 원효의 생각이다. 모

---

3) 『원효성사전서』 1권, 보련각, 1987, p.34.
4) 박지원, 『연암집』, 경인문화사, 1974, p.25.

든 부분들이 균형을 이루어 적절한 위치에서 조화를 이루어야 글은 비로소 읽는 사람을 즐겁게 한다는 것이다. 뜻과 이치는 글의 내용을 가리킨다. 깊고 크고 탁 트인 글은 내용의 본성이 요청하는 모든 것을 가지고 있는 글이다. 크나크다고 한 것은 양적으로뿐 아니라 질적으로도 있어야 할 모든 것을 온전히 지니고 있음을 말한다. 내용의 본성이 요구하는 것을 다 가지고 있지 못한 상태, 즉 감소나 절단이 개입된 상태가 아니라는 것이다. 아름답게 빛나지 않고서는 아무것도 즐거움을 줄 수 없다. 좋은 글에는 질서의 광휘가 반드시 필요하다. 이것을 원효는 화려함이라고 하였다. 원효는 글의 주제를 법이란 말로 나타내었다. 법에는 유지하는 것이란 의미와 질서 짓는 것이란 의미가 있다. 전자로 보면 대상·사물·실재·개념 등으로 해석되어 정신적인 것이건 물질적인 것이건 대상화되는 모든 것을 법이라고 할 수 있고, 후자로 보면 참되고 한결같은 진리를 법이라고 할 수 있다. 원효가 여기서 말하는 법은 후자의 의미로 사용되었다. 둘도 없고 분별도 없다는 것이 바로 법의 성격이다. 이것을 색(色)과 공(空)이 서로 통하여 작용한다고도 설명한다. 색은 파괴되는 것이란 의미이고 공은 파괴되지 않는 것이란 의미이다. 물질적 형태인 색은 타자와의 관련하에서 일어난 현상이다. 그것은 완전성이 없는 것이며 자주성이 없는 것이다. 인간의 경우에는 생과 사 자체가 색이다. 그러나 참되고 한결같은 공은 이 생사의 세계와 유리된 딴 세계에 있는 것이 아니다. 이 현실 세계의 분별과 대립을 평등한 관계로 변혁하는 과정 이외에 따로 참된 삶이 존재하는 것은 아니다. 원효는 간단한 몇 개의 문장으로 『법화경』의 형식과 내용과 표현과 주제를 요약하고 『법화경』의 완전성을 찬탄하고 있다. 원효의 말 속에는 『법화경』이 모든 인류의 참된 교과서가 될 수 있다는 의미가 포함되어 있다. 『삿다르마뿐따리까(Saddharma-puntarika, 法華經)』는 의심의 여지 없이 마하야나의 수트라 속에서 첫번째 자리를 차지한다. 이 경전은 운문과 산문으로 되어 있고 많은 비유와 풍성한 감정 표현으로 가득 차 있다. 과장된 언어로 보살과 붓다를 찬미하는 이 경전은 316년 이전에 이미 한문으로 번역되었으며 불교가 전파된 모든 지역에서 큰 인기를 누렸다. 아와땀사까(Avatamsaka, 華嚴)파의 『간다우유하(Gandavyuha, 入法界品)』는 인기로 보면 『삿다르마뿐따리까』보다 떨어질지 모르지만 불교의 기본 교과서로서는 그것보다 더 존경을 받았다. 아무도 평생 동안 계속 믿을 수 있는 교과서를 지니지 못하는 우리 시대와의 근본적인 차이가 여기에 있다. 원효의 시대에는 만인의 교과서가 정신과 자연, 개인과 사회, 주관과 객관의 분열을 막아주었다.

인용문 B는 시대의 새로운 국면을 보여준다. 박지원은 과거문체로 지은 우리나라 사람의 글을 모은 이재성(李在誠)의 『소단적치(騷壇赤幟)』에 붙인 서문에서 과거에 합격한 글들을 전쟁에서 승리한 부대들이라고 하였다. 박지원은 철저하게 언어 현상에 집착한다. 군사와 장수와 보루를 구비하고 적을 명확히 한정하는 것은 싸움의 준비가 된다. 단어가 문장으로 통합되고, 문장이 전일성(全一性)과 전국성(全局性)을 갖추고 문단으로 형성되는 과정은 저절로 진행되는 것이 아니라 대열을 지어 진을 조직 변형하는 전쟁과 흡사하게 전개된다. 이것은 준비가 아니라 전쟁 자체이므로 죽느냐 죽이느냐가 결정되는 순간이다. 적을 생포하여 승리하는 데 전쟁의 목적이 있듯이 글을 짓는 목적은 글의 모든 부분을 결속하여 주제를 충실하게 드러내는 데 있다. 모든 것이 주제에 달려 있다. 인간의 기본적인 감정에 가장 힘 있게 호소하는 위대한 주제를 철저하게 드러내 밝혀야 한다는 것이 박지원의 생각이다. 글의 골격이 이루어진 후에는 그것에 조탁을 가하는 방법이 마련되어야 한다. 전쟁에는 장기적이고 기본적인 전략이 필요하지만, 수시로 응변하는 다양한 전술이 또한 필요하다. 박지원이 함축과 여운을 중요하게 여긴 이유도 전쟁과의 비교에서 쉽게 알 수 있다. 전쟁에서는 이기느냐 지느냐 타협하느냐의 세 가지 선택이 있을 뿐이다. 사람을 많이 죽이는 일은 전쟁의 목적이 아니다. 이러한 마음의 여유가 전쟁과 문학에 다 필요한 요소라는 의미이다. 중세사회의 동요를 바라보고 살았던 박지원은 공자 맹자 정자 주자의 교과서 자체에 대해서는 의심하지 않았지만 적어도 새로운 표현 방법을 모색할 필요는 있다고 생각한 듯하다. 기본 전략은 그대로 고수하더라도 새로운 전술이 필요함을 깨닫고 있었던 것이다. 그러나 이미 확정된 내용에 표현 방법을 부여하는 작업만이 문제되었던 이 시대에도 만인의 교과서는 엄연히 보존되어 있었다.

19세기 이전의 동아시아 문화는 존재와 존재자의 역동적 조화를 토대로 하여 열린 체계를 형성하고 있었다. 누구나 존재의 세계, 즉 의미의 성좌 아래서 자유와 운명, 현상과 본질을 동일한 개념으로 파악할 수 있었다. 존재가 인간과 인간의 행위를 명랑하면서도 엄격한 윤곽으로 감싸고 있던 시대에 문제가 되는 것은 단지 각 개인이 그 의미의 세계 속에서 자기에게 주어져 있는 공간을 찾아내는 일이었다.

별이 빛나는 창공을 보고 갈 수가 있고 또 가야만 하는 길의 지도를 읽을 수 있던 시대는 얼마나 행복했던가? 그리고 별빛이 그 길을 훤히 밝혀주던 시대는 얼마나 행복했던가? 이런 시대에 모든 것은 새로우면서도 친숙하며, 또 모험으로 가득 차 있으면서도 결국은 자신의 소유로 되는 것이다. 그리고 세계는 무한히 광대하지만 마치 집에 있는 것처럼 아늑한데, 왜냐하면 영혼 속에서 타오르는 불꽃은 별들이 발하고 있는 빛과 본질적으로 동일하기 때문이다.[5]

19세기 이전의 동아시아 문화도 때때로 위협적이고 이해할 수 없는 존재자의 결함을 감지하였다. 그러나 존재자의 결함은 .존재를 혼란에 빠뜨리지 못하였다. 존재자는 존재의 세계 안에서 편안하게 숨 쉬고 있었으며, 극히 드문 순간에만 이치의 빛을 휘황하게 밝혀주는 부정의 계기로서 작용하였다. 20세기에 이르러 그러한 존재의 원환(圓環)은 폭파되어버리고 말았다. 우리는 더 이상 완결된 세계에서 숨을 쉬고 있지 않다. 인식과 행위, 인간과 세계 사이의 자연스러운 통일은 영원히 파괴되었다.

내면의 불빛은 다만 방랑자가 내디딘 다음 발걸음이 안전하다는 증거나 아니면 그 가상을 제시해줄 따름이다. 내면으로부터는 이제 어떠한 불빛도 더 이상 사건의 세계 위나 영혼이 완전히 소외된 그 세계의 미로 위를 비추지 않고 있다. 우리의 행동의 적합성이 실제로 주관의 본질에 부합하는지의 여부를 알 수가 없는 것이다.[6]

20세기 이후의 동아시아 사회는 노동자와 자본가의 투쟁이 이윤율을 결정하고, 산업자본가와 상업자본가와 금융자본가의 투쟁이 이자율을 결정하고, 산업자본가와 농업자본가와 지주의 투쟁이 지대를 결정하고, 군중에 둘러싸인 권력 중심들의 투쟁이 국가 개입을 결정하는 자본

---

5) 게오르그 루카치, 반성완 옮김, 『소설의 이론』, 심설당, 1985, p. 29.
6) 앞의 책, p. 41.

주의 사회가 되었다. 자본주의는 한편으로 가변 자본의 흐름과 불변 자본의 흐름을 미분계수로 나타내고 다른 한편으로 개별 수입의 흐름과 은행 융자의 흐름을 미분계수로 나타낸다. 미분계수(Dy/Dx)는 미소증분(微少增分)의 비례이다. 이 미분계수가 나날의 노동을 순수한 노동력의 흐름으로 바꾸고 수입과 융자를 순수한 자본의 흐름으로 바꾼다. 돈이 돈을 낳고 가치가 가치를 낳는다. 가치의 흐름은 흐름의 잉여가치(x + $\varDelta$x)를 낳아서 흐름의 수위는 끊임없이 높아진다. 수입의 흐름과 융자의 흐름을 동일한 단위로 측정하고 하나의 미분계수로 통합하는 것은 희극적 사기이다. 기업의 대차대조표에 기재되는 융자는 봉급생활자의 수입과 같은 돈이 아니다. 융자는 자본의 힘을 표시하는 수단이고 수입은 사용가치에 지불하는 수단이다. 은행의 신용은 돈의 순환을 비물질적인 어음의 순환으로 대체한다. 융자의 흐름은 기업의 무한 부채에 자본의 형태를 부여하고, 한번도 실제로 적용된 적이 없는 태환(兌換) 가능성의 환상을 화폐에 부여한다. 돈이 나가고 들어오는 것이 아니라 귀신이 나가고 들어오는 것이다. 통계학자들은 임금과 봉급이 국민 소득의 전체를 포괄한다고 계산하지만, 국민들은 국민 소득의 전부가 자본가들의 손안에서 순수한 기호의 환류(還流)로 순환하고 있는 것을 바라볼 뿐이다. 수입의 흐름과 융자의 흐름을 미분계수로 통합하는 자본주의는 엄밀하게 말한다면 일종의 망상체계이다. 별들의 거리와 전자(電子)들의 거리를 통합하는 미분계수는 존재할 수 없기 때문이다.

존재는 망각되고 존재자만 남은 세계에서 인간은 하나의 기능으로 축소되어 경제적 인간의 역할을 수행한다. 경제 체계가 요구하는 능력과 자질과 성향을 갖추지 못하면, 인간은 살아남지 못한다. 자본주의 체계가 존속하는 데 필요하지 않은 능력과 자질은 생활의 방해물로 취급된다. 자본주의 사회에서 사물의 운동은 의식적이고 의지적인 활동이 되고 인간의 행동은 사물의 활동을 대행하는 기계 운동이 된다. 사물의 운동이 인간의 의식과 의지를 매개로 하여 자신을 표현한다. 자본가는 인격화한 자본으로 기능하고 노동자는 인격화한 노동으로 기능한다. 사물은 인격화되고 인간은 사물화되는 것이다. 존재가 망각된 세계 안에서 인간은 장치와 도구들의 체계에 고용된 하나의 장치, 하나의 도구로서 조작된다. 이미 주어져 있는 세계 안에 던져져서 인간과 사물은 자립성을 상실하고 공리적인 계산에 따라 작동되는 객체가 된다. 인간과 사물은 다 같이 수학적으로 분석될 수 있는 하나의 추상적인 단위에 지나지 않는다. 우리의 신체가 병들었을 때나 우리가 사용하는 기계 장치에 고장이 생겼을 때에야 우리는 비로소 자신이 상호 규제적으로 기능하는 장치들의 체계에 갇혀 있음을 알게 된다. 존재는 사라지고 존재자들만 남아 있는 세계에서는, 허용되지 않는 것, 빼앗지 못할 것이 전혀 없다. 자본주의 사회는 인간의 성질 가운데 특정한 측면만 강조하고, 자본주의에 필요 없는 성질들을 무시한다. 인간은 그 자체로서 정의되지 않고 오직 체계 안에서의 위치와 기능에 의해서만 정의된다. 인간이란 무엇인가라는 질문은 이제 자본주의가 존속하기 위하여 인간은 어떻게 준비되어야 하는가라는 질문으로 변형된다. 인간은 고전 역학의 양들처럼 수학적으로 계산할 수 있는 물리적 양으로 변형된다.

노동으로부터 즐거움이 분리되고, 목적으로부터 수단이, 보수로부터 노력이 분리되었다. 인간 자체가 영원히 전체에 예속되어 스스로 전체의 한 조각으로 전개된다. 그의 귀에 들리는 것은 언제나 그가 돌리고 있는 바퀴의 단조로운 소리뿐이다. 존재의 조화는 결코 발전할 수 없다.

그는 자신의 성격에 인간의 낙인을 찍는 대신에 분화된 작업 또는 전문화한 지식의 낙인을 찍는다. 그는 그 이상의 어떤 것이 될 수 없다.[7]

존재 망각의 시대라 하더라도 인간 자체가 하나의 기능 단위에 지나지 않는 것은 결코 아니다. 존재자를 존재자로 규정하는 존재의 빛은 회복되지 않으면 안 된다. 존재와 존재자는 서로 의존하고 있다. 존재의 세계와 존재자의 세계가 있는 것이 아니라 존재와 존재자가 하나의 세계 안에 있다. 존재는 존재자의 근거로서 존재자를 통하여 자기를 드러낸다. 존재자는 인간과 사물에게 진정한 자율성을 회복하게 하는 부정의 힘에 의하여 존재의 이웃이 된다. 존재자를 존재자로 규정하는 존재는 존재자가 아니다. 존재는 존재자가 아니기 때문에 우리는 지식과 판단으로 존재에 접근할 수 없다. 존재자를 설계하는 것은 가능하나 존재를 설계하는 것은 불가능하다. 존재에는 미리 꾀함이 통하지 않는다. 존재에 자신을 내맡기는 것 이외에 존재와 관계하는 방법은 없다. 존재는 존재자를 드러나게 하는 터, 또는 존재자를 비추어주는 빛이다. 존재자들에 대한 관심이 없어질 때 인간은 불안과 정적을 느낀다. 발붙일 곳이 없다는 심정에 사로잡힐 때 그는 비로소 지식으로 판단하고 조작할 수 없는 존재의 세계에 들어설 자격을 갖추게 된다. 존재자들을 에워싸고 선회하는 무와 함께 인간은 빛나는 존재의 터전을 발견한다. 존재자를 밝히는 빛이기 때문에 존재는 모든 존재자보다 더 넓은 것이다. 인간만이 존재의 터전에 조용히 들어서서 존재자의 스스로 드러남을 바라볼 수 있다. 인간의 고귀성은 의식과 판단으로 존재자를 지배하려

---

7) Friedrich Schiller, *On the Aesthetic Education of Man*, trans. Elizabeth M. Wilkinson and L. A. Willoughby, Oxford: Clarendon Press, 1967, p. 35.

하지 않고 존재의 빛 속에서 존재자들이 스스로 있도록 보호하는 데 있다. 자신의 위대성을 지키려면 인간은 존재에 자신을 내맡겨야 한다. 존재자에 관심을 기울이면 기울일수록 무를 등지게 되고, 자아를 부정하여 시선을 무로 돌리면 돌릴수록 존재자의 참모습이 드러난다는 데에 인간의 신비가 있다. 인내와 관용, 그리고 비의지(非意志)의 의지(意志)라고 할 수 있는 이러한 태도를 통하여 인간은 의식과 판단의 방해를 제거하고 존재자의 세계를 존재의 세계로 개방할 수 있다. 존재를 망각하고 지식에 집착하는 데서 온갖 혼란이 생겨난다. 자아의 감옥에서 자기를 해방하지 않으면, 인간은 지식의 우상 숭배를 타파하고 존재의 터전으로 들어설 수 없다. 그러나 인간은 자기의 의지에 의하여 존재자의 감옥을 타파할 수 있을 만큼 전능한 존재가 아니다. 의지에 의하여 존재를 해명하려고 하면 존재자에 대한 지식을 존재라고 하는 결과에 떨어진다. 존재의 빛은 인간이 노력해서 획득할 수 있는 대상이 아니라 존재 자체가 인간에게 주는 선물이다. 그러나 자신을 완전히 드러낼 수 없다는 점에서 존재 자체도 유한한 것이다. 존재는 숨겨진 본질과 드러난 본질의 투쟁을 자기 자신 속에서 전개하고 있다. 존재는 자신을 드러내면서 동시에 숨긴다. 그러나 숨겨진 본질과 드러난 본질의 싸움은 단순한 분열이 아니라 통일과 조화를 전취(戰取)하는 사랑이기도 하다. 존재에서 밝음과 어두움은 사랑하는 싸움을 통하여 서로 다른 것을 보충하고 서로 다른 것을 대리한다. 존재의 어두움 속에 존재의 밝음이 속해 있고, 존재의 밝음 속에 존재의 어두움이 속해 있다. 밝음과 어두움은 존재에 상호 공속되어 있다. 밝음은 어두움에 의존하고 어두움은 밝음에 의존한다. 밝음은 어두움을 부정하고 어두움은 밝음을 부정함으로 오히려 상대방으로 하여금 제 구실을 다하게 하는 것이다. 드러내면서 은폐하는 존재는 투쟁의 과정이다. 은폐가 존재의 한 본질이기 때문에 존재는 자기를 완전하게 드러낼 수 없고 따라서 완성된 세계도 있을 수 없다.[8]

　동아시아에서 19세기 이전의 문학교육은 존재와 존재자의 긴장을 감득하고 존재의 전율을 체득하는 것이 되어야 한다는 사실을 잘 이해하고 있었다. 예를 들어 1400년 이후 20여 년간 씌어진 제아미(世阿弥, 1363~1443)의 연극교육론은 꽃으로 상징되는 존재의 탐구를 연극교육의 목적으로 규정하였다. 1909년에야 세상에 알려지기 시작하여 1956년에 전체가 간행된 제아미의 연극교육론은 동아시아의 문학교육이 깨달음의 훈련이었음을 분명한 형태로 보여주고 있다. 「양식과 꽃(風姿花傳)」「꽃을 찾아가는 길(至花道)」「꽃거울(花鏡)」「아홉 단계(九位)」 등 제아미의 중요한 연극교육론에는 유학과 불교의 핵심이 응축되어 있다. 제아미에게 꽃을 이해하는 것은 연극(能: 노)의 비밀을 이해하는 것이다. "꽃이 연극의 생명인데 꽃이 사라졌음을 모르고 전날의 명성만 믿고 있다는 것이 나이 든 배우의 돌이킬 수 없는 실책이다."[9] "꽃과 매력과 희귀함, 이 세 가지는 동일한 것이다. 끝내지지 않고 남아 있는 꽃이 어디 있겠는가. 지기 때문에 피는 시절이 소중한 것이다. 연극에서도 한 곳에 머물러 정체하지 않음이 꽃인 줄 알아야 한다. 정체하지 않고 늘 새로운 연기(演技)로 바꾸기 때문에 희귀하고 신기한 것이다."[10] 꽃의

---

8) 존재와 존재자는 하이데거의 용어이지만 나는 眞如와 理를 존재에 比定하고 生滅과 氣를 존재자에 比定하였다.
9) 『世阿弥藝術論集』, 東京: 新潮社, 1976, p.43.
10) 앞의 책, p.82.

희귀함과 신기함은 연기를 통하여 관중에게 전달되지만 꽃 자체는 기술이 아니라 마음이다. 제아미는 꽃을 추구하면서 동시에 시듦을 대비한다.

시듦은 하나의 풍격이다. 그러나 그것은 꽃을 체득한 후에나 알 수 있는 일일 것이다. 기술로 연마해서 얻을 수 있는 경지가 아니다. 어느 한 가지 꽃을 탐구해본 배우라면 시듦의 경지를 짐작할 수 있을 것이다. 시듦은 꽃보다 더 높은 경지라고 말할 수 있을지 모른다. 꽃이 없다면 시듦은 무의미하다. 꽃이 시들기 때문에 재미있는 것이다. 꽃이 없는 초목이 시든들 무슨 흥미를 줄 것인가?[11]

제아미는 꽃을 체득한 연기는 저절로 우아한 멋(幽玄)과 리얼리티[物眞似, 모노마네]를 드러내게 된다고 생각했다. 연극 교육의 목표는 자아를 초월하여 역할을 완성하는 데 있다. 무아경(無我境, egolessness)에 들어야 비로소 자연스러움과 리얼리티가 몸에서 배어나오고 분별지(分別智)를 초월해서 무지의 지[docta ignorantia, don't know mind]에 이르러야 비로소 우아하고 유장한 멋이 몸에서 우러나온다. 제아미는 우아한 멋의 표현을 연기의 첫째 조건으로 간주하였다.

한결같이 아름답고 부드러운 태도가 우아한 멋의 본질이다. 몸에서 풍겨 나오는 평온하고 여유 있는 자태의 아름다움이 우아한 멋인 것이다. 말을 품위 있게 하고 한마디라도 바르고 격식 있게 하는 것이 말씨

---

11) 앞의 책, p.51.

의 우아한 멋이다. 노래할 때는 선율이 거칠 것 없이 유려하게 들리면 이것이 노래의 우아한 멋이다. 연습이 충분하여 몸짓이 아름답고 조용한 표현으로 관중에게 흥미를 느끼게 한다면 이것이 춤의 우아한 멋이다. 남자, 여자, 군인 등 각 배역에 따라서 각각 적합한 효과를 낸다면 이것이 배역의 우아한 멋이다. 귀신 같은 무서운 배역을 연기할 때에는 몸짓은 비록 거칠게 하더라도 아름답게 표현하려고 노력하고 신체의 표현을 의도의 7분 정도만 나타내고 몸은 격렬하게 움직이더라도 발은 유순하게 놀리도록 힘쓰는 것이 귀신 역의 우아한 멋이다.[12]

리얼리티는 무엇보다 먼저 배역에 대한 철저한 연구를 필요로 한다. 여자, 노인, 어린이(코카타), 광인, 승려, 죽은 군인(修羅), 신들, 귀신, 외국인(唐事) 등의 배역에 적합하게 연기하려면 표면적인 흉내가 아니라 본질적인 모방이 되어야 한다. 다시 말하면 연극의 배역 체계 안에서 각 배역이 담당하는 직능의 본질을 파악하는 연기가 되어야 한다. 일본의 연극에는 사실주의적 요소가 거의 없으므로 연기의 리얼리티라고 할 때에 그 리얼리티는 사실주의적 현실 모방을 의미하지 않는다. 머리를 조금 숙이면 슬픈 것이 되고 머리를 깊이 숙이면 통곡하는 것이 되는 단순성과 암시성과 상징성이 일본 연극의 특징이다. 고도로 양식화된 연기에서 리얼리티는 행동의 모방이 아니라 양식화된 연기로 분위기를 감득하게 하는 심정의 일치이다. 연극 전체의 상징체계에 익숙해지기 위하여 배우들은 누구나 춤과 노래를 철저하게 연습해야 하고 여자와 노인과 군인의 역할을 두루 연구해야 한다. 다양한 형태의 춤과

---

12) 앞의 책, p.140.

모든 종류의 노래를 세 가지 역할에 배합함으로써 연기가 완성된다. 이러한 연기의 훈련을 제아미는 2곡3체(二曲三體)라고 하였다. 그는 다시 배우의 연기를 아홉 단계로 나누었다.

1. 창조적 매력〔妙花風〕
2. 심오함〔寵深花風〕
3. 평온함〔閑花風〕

4. 진실함〔正花風〕
5. 다재다능〔廣精風〕
6. 기본기〔淺文風〕

7. 굳세고 섬세함〔强細風〕
8. 굳세고 조야함〔强麤風〕
9. 거칠고 무거움〔麤鉛風〕

　맨 아래 세 단계는 연습하지 않아도 할 수 있는 단계들이고 가운데 세 단계는 연습해야 할 수 있는 단계들이고 위의 세 단계는 연습만으로는 도달할 수 없는 단계들이다. 배우들은 먼저 가운데 세 단계를 연습하여 체득하고 점점 더 나아가 위의 세 단계에 도달한 후에 아래 세 단계를 배워야 한다. 아래 단계는 아무나 할 수 있는 기술이지만 최고의 기술을 체득한 배우에게는 그 낮은 기술이 도움이 된다. 제아미는 최고의 단계를 설명하면서 "신라에는 한밤에도 태양이 휘황하게 빛난다(新羅, 夜半, 日頭明らかなり)"는 『대혜어록』의 한 구절을 인용하였다. 이 책은 동

아시아 불교의 기본 교과서 『서장』을 지은 보각선사 대혜 종고의 어록
이다. 제아미 자신이 동아시아 문화의 보편성을 의식하고 있었다는 증
거가 된다고 보아도 무방할 것이다. 제아미는 연극을 눈[見]과 귀[聞]와
마음[心]으로 비평하라고 권고하였다. 먼저 춤과 노래와 의상 등 구체적
이고 감각적인 국면을 보고, 다음에 배우들의 말씨와 노래의 리듬과 정
조를 듣고, 마지막으로 연극 전체의 주제와 매력을 맛보아야 한다는 것
이다. 제아미는 연기에도 사람처럼 피부[皮]와 살[肉]과 뼈[骨]가 있다고
하였다. 뼈는 타고난 재능이고 살은 훈련으로 형성된 재능이고 피부는
개인의 특성이다. 또한 제아미는 배우에게는 주관적 안목과 객관적 안
목이 구비되어 있어야 한다고 주장하였다. 자신의 연기를 내 눈[我見の
見, 가켄-노-켄]으로 볼 수도 있어야 세상의 평가에 좌우되지 않고, 자
신의 연기를 남의 눈[離見の見, 리켄-노-켄]으로 볼 수 있어야 편견과
독단에 떨어지지 않을 것이기 때문이다. 배우 자신의 눈은 자신의 등
뒤 쪽을 보지 못하나 관중의 눈으로 멀리서 자신을 보면 자신의 뒷모습
까지 관찰할 수 있다. 자기 자신에 대하여 반성적 거리감각을 지녀야
한다는 충고는 현대적인 미학 이론에 통하는 면을 보여준다. 그러나 제
아미는 내 눈과 남의 눈을 주관과 객관이 아니라 육안(肉眼)과 심안(心眼)
으로 사용하기도 하였다.

육안으로는 미치지 않는 구석구석까지 꿰뚫어보고 오체(五體)가 균형
잡힌 우아한 멋을 보여줘야 한다. 이것이 곧 마음의 눈을 뒤에 둔다는
것이 아니겠는가? 거듭 말하거니와 스스로 돌아보는 눈의 진의를 깨닫
고 눈은 눈 자체를 보지 못한다는 사실을 인식하고 전후좌우를 똑똑히
볼 수 있도록 해야 한다.[13]

　원효와 퇴계와 연암과 제아미가 동일한 사상을 표현하고 있다는 사실에서 우리는 동아시아의 보편성을 확인하지 않을 수 없다. 19세기 이전의 동아시아는 하나의 문화이었다. 한국과 중국과 일본 사이에는 여러 가지 갈등이 있었으나 동아시아의 주민들은 동일한 세계 이해를 공유하고 있었다. 그들의 사유는 존재자를 초월하여 존재자의 근거가 되는 존재에 접근하려는 모험을 감행하였다. 그들은 존재자에 대하여 말하는 것보다 존재의 말에 귀를 기울이는 것을 더 좋아하였다. 존재 사유야말로 동아시아의 진정한 보편성을 구성하는 가치였다. 존재자를 초월하려는 모험으로부터 동아시아의 문학과 예술, 철학과 종교가 생성되었다. 그러므로 국가와 민족의 차이를 넘어서 동아시아의 고전 문화는 우리들 공동의 유산이고 그 문화유산을 산출한 사람들은 모두 우리들의 선배이다. 연암이 한국의 고전 작가가 아니라 동아시아의 고전 작가로 기억되어야 하듯이 제아미도 일본의 연극 교육가가 아니라 동아시아의 연극 교사로 기억되어야 한다.

　20세기 이후의 동아시아 사회는 기계장치가 사회의 전면에 배치되면서 외양의 유사성을 보이고 있으나, 그곳에 진정한 보편성이 있는지는 쉽게 긍정할 수 없다. 자본주의 사회는 다른 경제 체계를 끊임없이 흡수하여 자기 체계에 편입하려고 하는 패권주의적 속성으로부터 자유로울 수 없는 체계이기 때문이다. 자본주의 사회에서는 전쟁이 없어도 생사를 건 투쟁이 전개되고 있을 수밖에 없다. 존재의 망각은 이제 너무나 철저하게 수행되어, 존재자 이외에 존재에 대해 말하는 것 자체가

---

13) 앞의 책, p.124.

하나의 웃음거리가 된다. 이러한 시대에 동아시아의 경제공동체를 만들어보아야 그것은 새로운 갈등의 원인이 되고 말 것이다. 가능하면 이기고 지는 것과 무관한 연합체를 많이 구성해보는 것이 동아시아의 새로운 보편성을 형성하는 데 기여할 것이다. 예를 들어 수학교사협의체, 과학교사협의체 같은 것에서 시작하여 문학교사협의체, 국어교사협의체 같은 것에 이르기까지 다양한 협의기구가 가능할 것이다. 교육내용과 교육방법을 공동으로 모색하고 동아시아의 교육용어를 통일하고 하는 사업은 동아시아의 미래에 크게 기여할 것이다. 그리고 역사교사의 협의체가 구성되어 동아시아의 역사교과서를 한국과 중국과 일본이 공동으로 쓰는 날이 온다면 우리는 다시 파시즘을 염려할 필요가 없는 시대를 맞이하게 될 것이고 그때 우리는 동아시아의 새로운 보편성에 대하여 이야기하게 될 것이다.

| 제 2 부 | 인간교육과 문학교육

제5장

인간교육과 문학교육

김대행

1. 인간교육의 재음미

교육을 정의하는 일은 매우 어렵다. 그것은 '성장'이기도 하고 '경험'이기도 하며,[1] '능력의 증진'이기도 하고, '전수의 제도'이기도 하다. '가르치고 배우는 일'이라는 통상적 인식을 넘어서는 이러한 정의들은 관점의 차이에서 비롯되는 것이기도 하지만 교육의 본질적 다면성 때문에 생기는 차이이기도 하다.

여기서 우리가 그 어느 관점에 설 것인가 하는 선택이나, 어느 것이 가장 중핵적인 정의인가 하는 것은 그다지 중요한 과제가 아니다. 또 이런 것은 개인적으로 판단할 몫이라고 하기도 어렵고, 실제로 그런 일

---

[1] 이돈희, 『교육적 경험의 이해』, 교육과학사, 1993, pp. 3~71.

을 하기에 적절한 위치에 있지도 않다. 다만 우리의 주제인 '인간'의 문제와 관련된 교육학계의 진단을 살피는 것은 우리의 논의 방향을 모색하는 데 도움이 될 듯하다.

그간의 인력교육은 인간교육으로 회귀해야 한다. 전에 인간교육을 한 때가 있어서 그 옛날로 돌아가야 한다는 뜻이 아니라, 본래 있어야 할 모습으로 돌아가야 한다는 뜻이다.

그동안 교육은 경제발전을 위한 인력양성소로 간주되어왔다. 그래서 쓸모있는 교육이 강조되고, 인력 수요 추정에 따라 필요한 만큼의 인력들을 배출하고, 그 인력은 거의 대부분 특정 직업에 필요한 특정 지식과 기술을 의미했다.

그간의 초기 경제발전에서는 이런 사고방식, 이런 접근방법이 아주 그럴듯해 보이고 필요하다고 생각함 직도 했다. 그러나 앞에서도 언급했듯이 본래 교육이 길러내는 어떤 능력, 어떤 특성이 경제 생산성을 제고하는지는 상식으로 생각하듯 그렇게 자명한 것은 아니다. 정보화 사회, 고도 기술사회에서는 더더구나 자명하지가 않다. 그것은 특수한 지식이나 기술보다는 넓은 사고력, 응용력, 창의력, 상상력일 수도 있고, 예민한 예술적 감각과 심미안일 수도 있으며, 직업 윤리, 공익 윤리, 도덕적 양심일 수도 있다. 다시 말해서 넓은 인간 문화 속에서 길러지는 넓고 다양한 인간 특성들이다. 산업이 발달하고 고도화될수록 인력 개념은 인간 개념에 접근하고 접합한다.[2]

---

2) 정범모, 『미래의 선택』, 나남, 1989, p.66.

이 글에서 주목하게 되는 것은 '인간교육'의 상대 개념으로 '인력교육'을 거론하고 있다는 점이며, 인력교육의 관행이 우리 교육에서 시정되어야 한다고 주장하고 있다는 점이다. 그렇다면 인력교육은 왜 잘못된 것인가? 그 설명을 조금 더 들어볼 필요를 느낀다.

보다 근본적으로 인간은 인간이 되기를 원하지 그 무엇의 수단이 되기를 원치 않는다. 하도 지겹게 가난한 처지에서는 수단적이고 노예적인 신세도 부자만 된다면 얼마 동안 감내할 수 있으나, 절대 빈곤에서 탈피한 다음에는 문제가 다르다. 가장 중요한 자발성, 자율성, 창의성, 신바람은 스스로가 인간 취급, 목적 취급을 받는 데에서 우러나오지 인력 취급, 수단 취급을 받는 상황에서는 '신바람'은 잘 나지 않는다.[3]

여기 인용한 글은 우리가 많이 써왔던 '역군'(건설의 역군, 통일의 역군, 산업화의 역군, 조국 근대화의 역군…… 등)이라는 말을 회상하게 한다. 그 당대에는 상당한 가치가 부여된 말이었지만 인간의 본연보다는 수단적 가치에 기울어진 말이었음을 반추할 수 있다.

그러나 그것이 표방되던 사회는 그 나름의 가치 지향이 있기 때문에 그리되었음을 우리는 이해할 수 있다. 그리고 그 가치 지향이란 시대적 또는 사회적 성향이나 필요성과 맞물려 있는 것이어서 그러했기에 과거사에 대한 평면적 평가는 때로 위험할 수도 있다는 경각심도 환기한다. 보수주의, 분석주의, 실증주의, 기능주의 등 다양한 생각들은 모두 그 당대적 필요성에서 자란 사조의 나무들이었으며,[4] 그러기에 오늘날

---

3) 정범모, 앞의 책, pp.66~67.
4) G. F. 넬러, 안인희 옮김, 『현대교육사상』, 서광사, 1990.

우리 사회에서 논의되는 '열린 학교'나 '자유 학교' 또는 '탈학교'의 방법들이 낭만주의적 교육관에 불과하다고 부정만 할 수 없는 것도 이 때문이다.

또 교육적 실천을 논의할 때 결코 비켜갈 수 없는 경험주의와 이성주의의 두 주장도 상보적으로 통합될지언정 배타적인 양극으로 이해할 수는 없다. 경험주의가 인간의 생리적 조건에 관심을 두어 반복을 중시하고 유창성보다 정확성을 선행시키는 데 반하여, 이성주의가 인간의 이성에 관심을 두어 인지적 형성적 능력을 중시하고 다양성과 단계성을 강조하는 것은 인간의 특성을 어느 쪽으로 보았느냐에 관계된 것으로, 구체적 개인에서는 모두 타당한 국면을 지니는 것으로 관찰된다.

그러고 보면 인간을 교육한다는 문제 자체가 인류의 역사와 다양성만큼이나 방대한 논의를 필요로 하는 것이다. 따라서 원론적인 교육론이나 인간론은 문제에 대한 접근을 어렵게 할 따름이다. 그렇기 때문에 여기서는 앞서 인용한 교육학자의 지적에서 강조한 '인간'의 문제에서 논의의 실마리를 찾아나가는 것이 필요하다고 본다.

2. '인간교육'이라는 말의 함축

'인간교육'이라는 말은 듣기에 따라 애매할 수도 있다고 본다. '인간'이 대상인가 아니면 목적인가에 따라 의미가 달라질 수 있기 때문이다. 그러나 교육은 어떤 경우든지 인간을 대상으로 하므로 '인간을' 교육한다는 말은 성립되기 어려울 것이다. 그렇다면 '인간'을 목적으로 보아 '인간으로' 교육한다는 말로 해석하는 것이 이치에 합당하다.

그러나 인간을 대상으로 하는 교육을 가리켜 '인간으로' 교육한다고 말하는 것은 동어반복이 아닌가 하는 생각을 할 수도 있다. 그러기에 이 경우에도 그 의미를 정확하게 해두는 것이 필요할 듯하다. 이를 위해 '인간교육'이라는 말의 '인간'은 실상 '인간화'라는 말로 바꾸어 생각하는 것이 좋을 듯하다.

그러나 '인간화'라는 말은 국어사전에도 등록되지 않은 말이어서 다른 용례에 비추어 그 함축적 의미를 추정할 수밖에 없을 듯하다. '–화'라는 접미사는 '○○로 되기'라는 뜻으로 인식되지만, 실제로 널리 쓰이는 '기계화' 또는 '산업화'라는 용례를 보건대 '○○화'라는 말은 '○○로 만들기'라는 적극적인 뜻을 함축한 것으로 이해되므로 '인간화'라는 말은 '인간으로 만들기'로 추정할 수 있겠다.

이미 인간인 존재, 즉 '인간'을 새삼스럽게 다시 '인간'으로 만든다는 말에서, 전자가 생물적 특성을 지칭하는 것이라면 후자는 정신적 문화적 철학적 특성을 지칭하는 것이며, 전자가 실체적 인간을 가리킨다면 후자는 당위적 인간을 가리키는 것으로 짐작할 수 있다. 따라서 '인간화'는 '인간으로 만들기'에서 나아가 '인간답게 만들기'라는 보다 적극적 의미를 지니는 명제라고 할 수 있다.

그렇다면 '인간답다'는 것은 어떤 것인가? 앞에서 당위론적이라는 말을 쓰기도 했지만, 사실 인간이 어떠해야 인간다운가 하는 것은 그렇게 쉽사리 단언할 수 있는 성질의 것은 아니다. 우리가 그중 어떤 것을 하나의 지표로 삼을 수는 있다 하더라도 그 구체적 실상에 대한 견해는 관점과 경우에 따라서 매우 다양할 수 있으며, 사실이 그러하였다.

다소 과장하는 감이 없지 않지만, 모든 성인(聖人)의 삶이 인간다움을 찾기 위한 과정이었으며, 인간다움을 추구하는 일은 앞으로 살아갈 인류에게 영원토록 떠안겨진 숙제이기도 하다. 때로 그것은 '천상천하유 아독존(天上天下唯我獨尊)'이기도 하였고, 혹은 '진선미(眞善美)'였으며, 혹은 '도(道)'로 표방되기도 하였다. 또는 '자유와 책임'이기도 하였고, 어떤 경우에는 '사유'였으며, 경우에 따라서는 '이성'이기도 하였고, 넓게는 '문화'라는 말로 지칭되기도 하였다.

그런가 하면 서양에서 강조되어온 휴머니즘도 인간론에 한 단서를 제공해준다. 공민(公民)의 양성이라는 목표, 종교적 요소, 인문과학에 대한 수사학적 접근의 세 방향에서 이루어진 르네상스 시대의 그것을 '인문주의(人文主義)'라 번역하고, 현대에 들어와 인간적 가치를 강조하는 모든 종류의 태도를 지칭하는 그것은 '인본주의(人本主義)'로 번역하는 차이가 있지만,[5] 인간의 인간다움에 관한 논의로서 상당한 진폭과 체계를 보여주고 있다는 점에서 참고할 만한 가치가 있다.

여기서는 휴머니즘의 관점에서 강조해야 할 덕목을 구체화한 견해를 단서로 삼고자 한다. 서양에서 널리 논의되어온 휴머니즘을 언어교육과 관련하여 두루 살핀 이 견해는 다음의 다섯 가지 덕목을 휴머니즘에서 특별히 강조해야 할 성향이라면서 제시하고 있다.

(ㄱ) 感性(feelings)

개인적 정서와 미적 분별력. 불쾌하게 하거나 미적 쾌감을 깨뜨리거나 방해하는 것을 거부하는 성향.

(ㄴ) 社會性(social relations)

우애와 협동을 고무하고 이것을 감쇄하는 어떤 것도 반대하는 성향.

---

5) 이종숙, 서울대학교 인문과학연구소 편, 「휴머니즘과 영국 르네상스 시대의 문학론」, 『휴머니즘 연구』, 서울대학교출판부, 1988.

(ㄷ) 責任性(responsibility)

사회적 검증과 비판, 시정의 필요성을 수용하고, 그 중요성을 부정하는 것은 어떤 것도 배제하는 성향.

(ㄹ) 知性(intellect)

지식, 이성, 이해심을 포함. 양심의 자유를 간섭하는 것에 반대하여 투쟁하며, 지적으로 시험될 수 없는 것에 대해 의심하는 성향.

(ㅁ) 自己實現性(self-actualization)

개인의 심층적이고 진실한 본질의 자각에 대한 탐구. 안락이 노예성을 낳으므로 독자성의 추구가 자유에 이르게 한다고 믿는 성향.[6]

이 가운데 (ㄱ)(ㄹ)(ㅁ)의 세 가지 덕목이 주로 개인의 주체성에 관련된 인간 성향이라면 (ㄴ)(ㄷ)은 사회적 가치에 관련된 인간 성향으로 가를 수는 있겠으나, 인간이 개인적이면서 동시에 사회적 존재라는 점을 고려하면 다섯 가지 모두가 인간다움을 위해서 상호보완적으로 필요한 것이라 할 수 있다.

또한 기독교적 윤리관이 사회적 가치의 기반을 이루어온 서구 사회의 휴머니즘을 우리가 표면적으로만 수용하는 데는 그만한 위험도 도사리고 있다는 점도 고려할 필요가 있다. 서구 사회가 오랜 동안 유지해온 기독교적 정신은 우리의 '예의염치(禮義廉恥)'처럼 묵시적 전제였으며 사회의 정신적 표상이었음을 이해할 필요가 있다. 차이가 있다면, 저들은 그것을 지금도 지니고 있지만 우리는 그렇지 못하다는 정도이다.

---

6) Earl W. Stevick, *Humanism in Language Teaching*, Oxford University Press, 1990, pp. 23~24.

　이렇듯 인간다움에 관한 논의는 광대무변해서 실마리를 찾기조차 쉽지 않다. 이처럼 폭넓고 다양한, 그리고 이미 모든 사람의 관심이었고 앞으로도 그러해야 할 '인간'의 문제가 새삼스럽게 화두가 된 까닭은 무엇인가? 여기에는 매우 중요하게 함축된 전제가 깔려 있다. 즉, 새삼스럽게 '인간다움'이 문제가 되고 강조가 될 정도로 우리 사회 혹은 교육에서 '인간답지 못함'이 문제되는 상황이라는 판단이 앞세워져 있다는 뜻이다.

　이와 관련하여 개인적인 판단을 앞세우는 것이 허용된다면, 오늘날의 우리 사회와 교육이 지닌 문제점을 다음과 같이 지적해두고자 한다. (ㄱ) 과학 정신에의 지나친 기울어짐, (ㄴ) 합의된 사회적 가치의 부재, (ㄷ) 개인의 파편적 분열——이 세 가지로 요약되는 결함을 노출함으로써 인간성이라는 문제에 심각한 약점을 드러내고 있는 것으로 본다는 점을 강조할 필요가 있다.

　이에 대해 동의하지 않는 관점이 있을 수 있다. 그러나 이러한 판단을 두고 그 정당성이며 정확성과 관련하여 벌이는 논란은 그다지 의미가 크지 않다고 할 수 있다. 현실에 대한 진단은 관점에 따라 다를 수 있고, 이 문제에 관해서도 다른 견해는 얼마든지 가능할 것이기 때문이다.

　더구나 이러한 진단이 사람마다 다르더라도 인간화 논의는 가능할뿐더러 중요성을 갖는다고 할 수 있다. 그 까닭은 인간다움의 추구는 언제 어느 곳에서도 인간의 숙제라는 일반성 때문이다. 이는 인간화의 문제가 그만큼 근원적이고도 궁극적인 학교 교육의 목표임을 뜻하는 것이라고 바꾸어 말할 수도 있겠다. 다시 말해서, 학교가 필요한 근본적이고 궁극적인 이유는 인간을 인간답게 길러내기 위함에 있다는 말이 된다.

문제는 그러한 목표를 오늘날의 학교가 제대로 성취하고 있는 것인지, 그리고 교육의 당사자는 그 점을 정확하게 인식하고 있는 것인지에 대하여 그렇다고 쉽사리 단언할 수가 없는 형편에 처해 있다는 데서 논의의 필요성이 증대된다.

3. 인간다움과 문학

인간다운 인간으로 성장하도록 돕기 위하여 교육이 취할 수 있는 길은 한두 가지가 아닐 것이다. 또 따지고 보면 어떤 교육이든지 반인간의 길을 가도록 목표를 설정하는 교육은 상상하기가 쉽지 않다. 물론 매우 특수하고 국한적인 교육의 상황을 생각할 수 없는 것은 아니지만, 그러한 특수목적의 교육은 우리가 논의하고자 하는 일반적 교육의 길과는 근본적으로 다른 것이므로 여기서는 논외로 해도 좋을 것이다.

그리고 보면 모든 교육은 인간교육을 지향한다고 해도 지나친 말이 아닐 것이다. 그럼에도 불구하고 인간교육을 위해서는 문학교육이 그 중핵적인 역할을 담당해야 한다는 것이 요점이다. 압축적으로 말한다면 앞에서 살핀 바 있는 휴머니즘의 덕목인 감성, 사회성, 책임성, 지성, 자기 실현성을 함양하는 데 문학이 결정적인 기여를 할 수 있음을 살피고자 한다.

문학이 인간의 인간다움을 옹호하기 위하여 노력하는 일은 역사 속에서 다양하게 전개되어왔다. 그것은 문학의 본질이 인간의 탐구라는 점에 비추어볼 때 지극히 당연한 일이기도 하다. 그럼에도 불구하고 시대와 사회에 따라 그 노력의 모습이 달랐던 것은 삶의 조건이 달랐기 때문이라고 할 수 있다. 말을 바꾸면 문학은 언제 어디서고 인간답게 되기를 추구하는 활동이라는 말도 된다.

멀리 예를 구할 필요도 없다. 우리 문학사에서도 크게 세 유형의 휴머니즘 운동이 있었다는 한 연구자의 다음과 같은 견해는 매우 적절해 보인다. 제1기라고 할 수 있는 19세기 말에서 20세기 초에는 인간성을 억압하는 제도와 윤리 규범, 다시 말하면 경직된 유교적 가치관을 깨뜨리고 생의 자율성을 회복하는 계몽주의적 경향이 강조되었다. 제2기인 1930년대에는 일제의 군사주의와 마르크스주의적 인간 억압을 비판하고 인간성 회복을 주장하였다. 제3기인 1950년대 말과 1960년대는 전쟁과 독재 정치로 빚어진 인간성의 실추로부터 삶을 회복시키자는 운동으로 나타났는데 이 이론적 뒷받침을 한 것은 실존주의였다. 우리 문학사에서 인간 옹호의 과제가 휴머니즘 문학 → 참여문학 → 민중문학 →민족문학의 맥을 성립시키게 된 것도 이 점에서 우연이 아니었다는 것이다.[7]

두말할 것도 없이 이것은 우리만의 예외나 특수 사정은 아니다. 문학은 본질적으로 인간의 인간다움에 관한 언어 구조물이기 때문이다. 때로 말초적 흥미나 수사적 유희성을 맴도는 문학이 없었던 것은 아니지만, 진정한 문학은 언제나 인간의 인간다움을 찾고자 고뇌하고 노력한다. 문학다운 문학은 언제나 그러하였다.

문학의 그러한 본질은 기본적으로 언어 구조물이라는 자질에서 온다. 언어란 직접적인 사물이 아니라 간접적인 기호이므로 언어가 지닌

---

7) 오세영, 「한국 현대문학과 휴머니즘」, 『한국 근대문학론과 근대시』, 민음사, 1996.

대리물적 본질에 의해 인간을 사고하도록 한다. 그러기에 언어를 통한 사고는 그만큼 풍성하고 활발하다. 그 반대되는 사례를 우리 주변에서 얼마든지 확인할 수 있다. 시각 매체에 사로잡힌 아이들에게서 상상력의 빈곤을 확인하게 되는 것은 슬픈 일이며, 그것을 구제하는 일은 언어의 세계에서 정신의 향상을 도모하도록 권하는 것이다.

바로 이것이 카를 포퍼가 말한 제3의 세계 the world of statements in themselves로서 인간의 인간다움이 구현될 수 있는 장이다. 포퍼의 제3세계가 언어적 사고에 주목하는 것이면서도 지나치게 과학 편향(problems, theories, and critical arguments)으로 나아가버린 것은 그의 관점이 자연과학적인 탐구의 치열성에 있었던 것이어서 불가피했던 것으로 이해되지만, 그의 이런 약점은 정서와 가치를 강조하는 이론들에 의해서 보완된다.[8] 사실 그 자체만을 들여다보는 비디오 음악과 가상 세계인 게임에 젖은 청소년들이 추구하는 것은 주관적 체험이라는 포퍼의 제2세계조차 지니기 어려운 데서 비인간화하는 경향을 보이게 된다. 문학은 이와는 달리 언어가 지닌 사고의 권능에 기대어 인간화의 기본 자질을 확보한다.

문학이 형상이라는 본질은 인간의 인식 능력과 상상력이라는 기본적인 정신활동의 본령이다. 사람은 언어로 형상을 수용하고 언어로 형상을 창조한다. 그 가장 전형적이고 체계적이면서 높은 수준을 보이는 것이 문학이다. 따라서 인간은 문학을 통해 세계를 파악하고 창조한다. 인간의 인간다운 덕목 가운데 지성과 감성은 이러한 형상을 통해 함양되고 발전한다고 할 수 있다.

---

8) Earl W. Stevick, 앞의 책.

인간화 교육을 위해서는 은유를 가르치라는 권유[9]는 문학의 이러한 측면을 잘 드러내준다. 은유는 사물의 인식론이며 그 명명법이라는 본질에 비추어 층위를 넘나드는 은유, 차원을 넘나드는 은유를 강조하고, 그 과정에서 인지적 심도cognitive depth를 확보하게 되고, 사회적으로 용인되는 여과the filter를 가하고 그 방법과 태도를 습득하며, 자기 점검과 공적 확인the monitor을 하게 되며, 그러는 사이에 자기 경계를 확보함과 동시에 상호융합ego boundaries and varying permeability으로 나아가게 된다는 것이다. 은유가 단순히 수사법의 하나로 교육되는 우리의 현실에 비추어 원론적 반성이 요구되는 대목이다.

문학이 가치 있는 체험의 세계라는 본질은, 더불어 사는 삶의 인간다움을 문학에서 터득하게 해준다. 문학을 통해 사람은 자신의 독자성을 추구하고 남의 독자성을 용납할 수 있으며, 상대적인 태도를 지니게 되고, 남을 사랑할 수 있게 되며, 독립성과 책임을 지님과 동시에 남에게 그런 가치를 고무하게 되고, 자유를 추구하고, 편견과 간섭 그리고 강요를 피할 수 있게 된다는 것도 연구 보고된 바 있다.

이상의 몇 항목은 간략하게 생각해본 문학의 권능이다. 이러한 권능은 근원적으로 그리고 결과적으로 인간화와 관계된다. 그러기에 인간화를 지향하는 본질들이다. 이것이 문학이 인간화의 중핵적인 자리에 서야 하는 이유이다. 그런데 지금까지의 학교 교육에서 그것이 그러지 못하였다는 약점을 안고 있다. 그러기에 문학교육의 실천에 심각한 반성이 요구된다.

---

9) Earl W. Stevick, 앞의 책.

4. 인간화를 위한 문학교육의 실천

인간답게 성장하도록 하기 위하여 가정에서 교육하고 학교에 보내는 것이라면 그 손쉬운 길을 문학에서 구할 수 있다는 점을 강조해도 두려움은 남을 것이다. 그 까닭은 문학에 대한 편견 때문이다. 문학이란 아무나 하는 것도 아니고 결코 손쉬운 것이 아니라는 선입견이 그것이다.

그러나 문학은 그런 것이 아니라는 점을 전제해야만 문학교육의 실천은 제 길을 찾을 수가 있다. 제2차 세계대전 당시의 유대인 박해가 어떠했는가를 전해준 '안네의 일기'는 어린 소녀의 그날그날의 일기였다. 그러나 그 어느 문학작품 못지않게 세계적인 감동을 불러일으켰다. 따라서 우리는 일단 문학에 대한 관념에 변화를 줄 필요가 있다. 그 변화는 크게 두 가지에서 얻어낼 수 있다고 본다.

첫째, 문학에 대한 비민주적 편견에서 벗어나야 한다. 문학은 본디 누구나의 것이었다. 태초에 신화를 이야기하고 축제에서 노래를 부르던 모든 사람은 시인이고 소설가였으며 그 독자(청자)였다. 그때에는 작가와 독자의 구별이 따로 없었다. 누구나 평등하였으므로 문학에 관한 한 민주사회였다.

그러다가 계급적 분화가 시작되었다. 그 주된 원인이 문자의 등장이었다. 문자를 소유할 수 있는 사람은 사회 계급으로 보아 상층이었으며, 그래서 문자문학은 상층인의 소유가 되었고 구비문학은 하층의 소유인 것으로 양분되어 인식되었다. 동서양을 막론하고 문학이라는 말이 문자와 관계되는 것도 바로 이 때문이다. 바로 이것이 문학의 계급성을 낳게 하였으며, 상층인은 상층인으로서의 가치를 더욱 향유하기 위해 그 나름의 질서로 변모와 심화를 거듭하였다. 그것이 문자문학사이며, 그런 과정이 계속되면서 문학의 비민주적인 상태가 공고해진 것이다. 이러한 현상은 세계 어느 민족의 문학사에서도 동일하게 전개되었다.[10]

그러나 이때까지도 작가라는 직업은 생겨나지 않았다. 동서양을 막론하고 지식인은 곧 작가였으며, 문학은 그래서 교양인의 표상이 될 수 있었다. 우리나라의 문학사만 보더라도 19세기에서 20세기로 넘어오던 시기의 작가가 대부분 도쿄 유학생이었던 점은 이를 짐작케 해준다. 그러다가 근대사회로 넘어오면서 상업주의와 직업 분화라는 사회 변화 탓으로 작가라는 직업이 생겨났다.

우리는 지금 이런 구분에 익숙해 있고, 그것이 문학을 특수한 일부의 소관사로 오해하는 빌미가 되었다. 그러나 윤선도(尹善道)와 김영랑(金永郎)은 비슷한 지역에 살았고 다 같이 시를 썼지만 한 사람을 가리켜서는 선비라 하고 다른 한 사람은 시인이라 말한다. 그 차이의 근거는 살았던 시대가 다르다는 배경에 있을 뿐이다. 그들과 같은 시대에 들에서 그리고 집안에서는 보통 사람들이 시인과 똑같은 노래를 지어 불렀다.

이 점에서 문학사는 비민주적 혹은 반민주적이라고까지 할 수 있다. 문제는 이러한 비민주적인 문학관이 오늘날에도 여전히 견지되고 있다는 점이다. 초ㆍ중ㆍ고등학교에서 교육을 받는 학생들은 '일반 보통시민'으로 살아갈 사람이고 그들을 교육하는 것은 '일반 보통교육'이라는 명목을 들어 문학작품을 쓰는 일은 문학교육의 몫이 아니라고 생각해버리는 것은 이런 점에서 단견이다. 가족과 학교가 문화 공동체로서 문

---

10) Lionel Gossman, *Between History and Literature*, Harvard University Press, 1990, pp. 9~29.

학과 함께 성장하기 위해서는 이 점이 확연하게 인식될 필요가 있다.

둘째, 문학교육은 자기실현(DIY)의 원리가 기본을 이루도록 설계하고 실천해야 한다. 오늘날 우리의 교육에서 시정해야 할 점 가운데 하나가 단편적인 지식 교육으로 치닫고 있는 교수법이라는 지적이 나온 지 오래다. 문학교육도 여기서 예외가 아니다. 특히 문학교육이 문학을 설명하는 전문적인 용어를 전달하고, 작품을 읽고 써보는 대신 해석된 결과를 전달함으로써 문학의 본질에서 멀어져 있다는 지적은 의미가 크다.

문학은 그 어떤 경우에도 스스로 향유되어야 한다. 향유한다는 것은, 작품의 의미를 체험하고 그것을 즐기며 자신의 것으로 삼아야 한다는 의미이다. 그러기 위해서는 구체적인 방법으로 언어적 사고 활동의 여섯 가지 형태인 기술describe, 비교compare, 연합associate, 적용apply, 분석analyze, 논란argue for or against[11]을 거치는 일이 필요하다. 문학의 교수–학습의 방법으로 반드시 고려되어야 할 자기실현적 방법이다. 그렇게 함으로써 문학은 한 개인의 성장에 기여할 수 있게 된다.[12]

문학을 통한 성장이란 문학의 창작과 수용에 두루 관계되는 일이며, 이러한 사고 활동을 통해서 연민sympathy과 감정이입empathy으로 나아갈 수 있게 된다. 연민과 감정이입은 문학으로 도달할 수 있는 지성과 감성의 활발한 작용이자 결과이며, 이를 통해서 친밀감closeness, 거리감distance, 판단력judgement 등을 길러 그러한 태도를 갖추기에 이르게 된다. 문학의 창작과 수용은 그러한 결과에 이르는 과정이며, 이러한 결과에 자주적으로 그리고 풍부하게 도달하는 것은 인간화의 덕목인

---

11) Elizabeth Cowan, *Writing*, Scott, Foresman and Company, 1983, pp. 22~23.
12) 김대행 외, 『문학교육원론』, 서울대학교출판부, 2000, pp. 44~49.

감성, 지성, 책임성, 사회성, 자기실현성을 확보하고 성취하는 길이 될 것이다.

이러한 기제는 도덕적 기준으로 문학의 공리성을 살피는 견해에서도 마찬가지로 피력됨을 본다. 한 연구서는 문학적 반응으로 얻어지는 도덕적 행위의 덕목을 (ㄱ) 행위의 자발성(이성의 역할), (ㄴ) 정서와 고통을 느끼는 능력, (ㄷ) 타인 존중(감성의 역할), (ㄹ) 정의와 공정성, (ㅁ) 진실성, (ㅂ) 약속의 준수 등을 들고 있다.[13] 우리가 오늘날 개인 간의 유대가 단절된 분편화와 인간적 가치에 대한 합의의 빈곤으로 장래에 대한 우려를 지니고 있다면 이 점에서도 문학에 걸어야 할 기대는 이만저만이 아니다.

중요한 것은 교육적 실천이다. 분편화된 지식의 전달로 치달아가버린 문학교육은 교육적 의의도 상실하였을뿐더러 효과도 미미할 수밖에 없다. 그러기에 인간화 교육을 위하여 보편성의 원리와 실현의 원리에 충실함으로써 제 길을 찾아야 할 것이다.

5. 문학교육과 문화 공동체

문학이 이처럼 개인의 성장을 위해 기여할 수 있는 자질을 갖추고 있기에 그것을 달성하도록 교육적 실천을 한다면 인간화를 위한 교육으로서 그만한 성과를 달성할 수 있을 것임은 자명하다. 개인의 성장이라고 하는 것의 본질 또한 인간화의 길을 추구하는 것이므로 인격적 원만

---

13) Ros McCulloch & Margaret Mathieson, *Moral Education through English 11-16*, David Fulton Publishers, 1995, pp. 56~57.

성을 갖추게 하리라는 기대를 가져도 좋을 것이다.

그러나 개인의 가치를 극대화하여 중시하는 사회가 현대임을 우리는 이미 실감하고 있다. 이러한 개인 중심의 경향은 극도로 강조되고 있으며, 이러한 추세에 쉽사리 변화가 올 것 같지도 않다. 언제나 인간은 그 개인으로서 중요하다는 점을 앞에서 이미 본 바도 있다.

그러나 문제는 인간이 개인으로서만 존재하는 것이 아니라 공동체의 일원으로서 살아간다는 점에 있다. 개인만을 중시하고 강조하는 삶은 공동체적 질서조차도 무시하기 일쑤이고, 그런 사례를 우리는 길거리에서 그리고 학교에서 수없이 보고 있다. 여기서 공동체적 존재로서의 인간이라는 덕목이 중요한 의의를 지니게 된다.

인간의 인간다움을 문화 공동체 의식의 함양에서 구하는 것은 매우 의의 있는 일이다. 특히 오늘날과 같이 인간의 사적 영역인 '개인'에 무거운 비중이 놓이는 사회에서는 이 부분의 의의가 매우 커질 수밖에 없다. 다음과 같은 설명은 그러한 가능성을 뒷받침해준다.

문화적 변수로서 공동체 감정은 먼저 공동의 가치와 신념 및 목표들을 공유하는 것을 말한다. 이것은 다양한 원천들에서 기인하지만 특히 공동체가 성장한 역사적 환경으로부터 말미암은 것이다. 대부분의 문화 체계들은 인간의 자연에 대한, 또는 초자연이나 시간, 인간 활동의 양상 및 다른 인간 존재들에 대한 관계에 따르는 가치 지향을 지닌다는 점을 시사하고 있다.

마찬가지로 문화적 변수로서의 공동체 감정은 또한 규범들을 수반한다. 즉 공동체 성원들은 그들이 적응하고 있다고 생각하는 일련의 공유된 행동의 기대들을 지닌다는 것이다. 심리적 개념으로서의 공동체 감

정은 '우리임 we-ness'의 느낌을 포함하여 많은 사물들을 포괄한다. 아마
도 많은 공동체 성원들은 각각을 '우리'로서, 그리고 다른 사람들을 '그
들'로서 생각할 것이다.

또 한 개인이 누리는 어떠한 심리적 안정감도 공동체의 성원이 됨으로
써 비로소 가능하다고 주장되어왔다. 가족의 성이 지니는 의미가 희박
하게 되고 사회가 고도로 복합적으로 되어가는 시대에 개인이 보다 거대
한 사물들의 틀 속에 자신을 놓을 수 있는 유일한 방법은 아마도 그들의
출신 공동체와의 동일성을 유지하는 것이 될 것이다.[14]

공동체의 기능은 이러하다. 그런데 오늘날의 우리 사회에서 특히 가
족 공동체와 학교 공동체가 문화적 단절을 심각하게 노출하고 있는 점
은 미래 사회의 전망을 어둡게 하고 있다. 가족은 기본적으로 혈연 공
동체이지만 그 가족다운 문화를 공유하지 못할 때 경제 공동체로서의
기능만이 유일하게 남게 된다. 가족이 경제 공동체로서만 공동생활의
의의를 지닐 때 나타나는 폐단은 오늘날의 어두운 사회상이 보여주고
있다. 아니, 이미 우리 모두가 서서히 그러한 생활상으로 돌입해 있다
고까지 말할 수 있다. 이러한 공동체의 미래는 참담하다고 할 수밖에
없을 것이다.

정확하게 예측하기는 어렵지만 오늘날 인터넷의 생활화와 그 연장선
상에 있을 미래를 전망해보면 인간에게는 더욱더 개인적 시·공간의
비중이 커질 것이다. 이것은 한지붕 밑에서 살면서도 가족 구성원 각각
이 저마다 다른 삶을 살아가게 된다는 것을 뜻하기도 한다.

---

14) Dennis E. Poplin, *Communities: A Survey of Theories and Methods of Research*,
   Macmillan Publishing Co., Inc., 1979.

또 도시의 익명성은 공동체적 삶보다는 독자적 개인으로서의 삶을 극대화할 것이 충분히 예상되고 이미 그러한 지점에 와 있다. 이럴 때 중요한 것은 그 개인이 어떤 문화, 즉 어떠한 가치와 규범을 지니고 있는가 하는 점이 된다. 가정과 학교는 가치와 규범을 공유하는 공동체적 자질의 함양이라는 중요한 몫을 담당하는 자리라는 점을 여기서 확인할 수 있다.

이러한 삶의 변화와 그에 대한 우려를 앞에 놓고 우리는 문학교육의 의미를 새삼 되새기게 된다. 문학은 본질적으로 문화공동체의 산물이다. 그러기에 문학의 학습체험은 그 자체로서 문화공동체적 유대를 더욱 공고하게 하는 과정이 된다.[15] 문학교육은 이런 목표에 충실할 때 인간다움의 추구가 그 실상을 구체적으로 확보할 수 있게 될 것이고, 교육적 의의가 더욱 튼튼하게 확보될 수 있을 것이다.[16]

불확실한 미래, 고도로 강조되는 개인의 분편화, 지식의 폭발적인 증가——이러한 변화 앞에서 우리가 교육의 이름으로 할 수 있는 말은 '인간답게' 살아가라는 말이고, 그러기 위해서는 우리가 함께 산다는 '공동체' 의식을 지니도록 도와주는 일이라고 할 수 있다. 그 일을 해야 하고, 할 수 있는 것이 문학교육이다.

---

15) 김대행 외, 앞의 책, pp.57~59.
16) 김대행, 『문학교육 틀짜기』, 역락, 2000, pp.65~71.

제6장

국어교육학과 인문학적 상상력

박인기

1. 인문학적 상상력과 국어교육학의 접점

인문학적 상상력은, 그 개념의 지도를 추상화하기는 쉬워도 인문학적 상상력의 실체를 구체화하기는 쉽지 않다. 유종호 교수가 인문학적 상상력을 '불기(不器)의 상상력'이라고 명한 것은 이 상상력의 근원과 지향이 자유로운 지적 사유의 우주임을 보여준다는 점에서 적실하다. 그러니까 인문학적 상상력의 실체는 오늘날의 교육이 어떤 바탕 기제처럼 의존하고 있는 '공학적 체제engineering system'로 조정될 수 있는 성질의 것이 아니다.

'불기의 상상력'은 인간 정신의 본질과 그 작용이 어떤 관리 체계나 실용적 기술에 매몰되지 말고 자유로워져야 함에 있음을 보였다는 점에서도 적실하다. 그 자유로워짐의 가치는 인간 존재 또는 인간 정신의 소중함과 위대함의 인식에서 연유하는 것이다. 그리고 그것은 말할 것도 없이 인문학의 가치이기도 하다.

따라서 '불기의 상상력'의 원천에 놓여 있는 공자의 '군자불기(君子不器)'는, 인문학의 자리에서 보면 교육의 구경(究竟)이기도 하고 인간의 구경이기도 하다. 이 '인간의 구경'으로 이상화되는 자리에 '도야적(陶冶的) 인간'이 놓인다. 지식을 연마하여 인간 자존(自尊)과 품성의 고양을 끝없이 추구하며 꾸준히 '배우는 사람,' 그가 바로 도야적 인간이다. 인문학적 상상력과 국어교육학이 만나야 되는 지점이 바로 여기이다. 그러나 오늘의 국어교육은 공학적 체제의 교육 인프라에 떠받쳐져 있고, 공리적 목적에 기울어져 있다. 국어교육학은 인문학적 상상력의 소생을 위해 학문적 패러다임의 변화를 자신의 내부에서 준비해야 한다.

규범적인 정의를 내려본다면, 인문학이란 인간과 인간의 가치에 관한 학문이다. 인문학적 상상력이란, 인문학이 탐구해온 '인간 정신'에 대한 옹호를 바탕으로 인문학적 사고의 방식에 의하여 인문학이 꿈꾸는 이상과 가치를 자유롭게 고양할 수 있는 인간의 정신 작용으로서, 그 개방성과 초월성이 중시되는 정신 작용이기도 하다. 이러한 규범적 정의는 인문학적 상상력을 국어교육학이 구체적으로 어떻게 만나고 어떤 기획을 도모해야 할 것인지에 대한 전략적 사고를 위해 유익하다.

국어교육학이 인문학의 영역과 결부될 때 어떤 소명을 가져야 하는가. 더구나 상상력의 과업은 국어교육과 어떤 연관을 가지는가. 국어교육은 총체적으로 어떤 교육적 또는 학문적 소명을 가져야 하는 것이기에 인문학적 상상력을 요청받는가. 이에 대해서는 조동일의 관점이 매우 시사적이다.

인문학문은 중세학문의 서열에서 가장 높은 자리에 있으면서 다른 학문을 통괄하는 구심체 노릇을 하다가 근대에 이르러서 다른 학문이 분화 발전하게 되면서 고립되고, 낙후하고, 몰락을 겪었다. 근대화의 피해자가 근대 극복의 학문을 이룩하는 것이 당연하기 때문에, 인문학문이 근대 극복의 학문을 이룩하는 작업을 선도한다.[1]

이는 국어교육이 인문학적 상상력을 발효시키는 데에 근대와 탈근대의 세계사적 인식을 중요하게 고려해야 함을 의미한다. 즉, 역사적 문화사적 인식론이 인문학 부흥의 거시적 요건임을 강조한다. 조동일의 이러한 관점은 국어교육과 인문학적 상상력의 관계를 세계사적 흐름이라는 거시적인 구조에서 포착하고 있는 것이라 할 수 있다.

국어교육의 인문학적 상상력은 이렇듯 거시적 흐름을 전제로 하는 인식과 결부된 층위가 있는가 하면, 텍스트를 구조화된 대상으로 보기보다는 언제나 변이와 변화 가능한 잠재력을 지닌 불변항(형태와 문법적 부호들)들이 배열된 것으로 보는, 생산적 접근법을 취하고자 하는 교수론적 발상[2]의 층위에 이르기까지 다양하다. 이들 모두는 언어와 문학을 소통하는 주체의 심리적 기능적 역사·사회적 존재 의식을 고양하는 것과 깊이 연관되어 있다. 이렇게 보면 국어교육이 감당해야 할 인문학적 상상력의 요체는 '인간 존재'와 '언어적 실천 행위'가 등질의 가치를 이룬다는 전제를 승인하는 데서 출발한다.

이처럼 인문학적 가치나 인문학적 상상력의 본질은 일종의 이념태(理

---

1) 조동일, 『인문학문의 사명』, 서울대학교출판부, 1997, p. 236 참조.
2) Peter Knapp & Megan Watkins, 주세형, 김은성, 남가영 옮김, 『장르 텍스트 문법』, 박이정, 2007, p. 14.

念態)처럼 존재한다. 그러나 또 한편으로는 인문학의 생태와 환경이 크게 변하고 있음도 주목해야 한다. 인간의 가치를 규정하고 인간 정신이 현실에서 작용하는 이른바 현실태로서의 인문현상은 엄청난 변화를 겪고 있는 것이다. 도구적 이성과 개발 이데올로기가 불러온 인간 소외나 실용적 지식의 편향으로 지식 생태계가 균형을 상실한 것은 인간 삶의 조건과 인간적 가치에 대한 붕괴를 불러왔다. 그 중에서도 가장 심각한 것은 인문학적 지식과 인간적 자존(自尊)이 아무런 연관을 가지지 못하는 양상을 도처에서 볼 수 있다는 것이다. 이런 현실태 속에서 누가 인문학적 상상력에 눈길을 주겠는가.

요컨대 인문학의 이념태와 인문현상의 현실태 사이에 놓인 간극들로 인해 인문학적 상상력에 대한 새로운 자각과 반성이 요청되고, 아울러 인문학적 상상력의 진정한 힘이 요청되고 있는 실정이다. 인문 교육의 한 축을 감당하고 있는 국어교육학은 이러한 문제를 자신의 내적인 문제로 받아들이게 된다. 기능적 지식의 대량 전달과 전인적 소양을 함께 감당해야 하는 고민 사이에서 국어교육은 마땅한 극복의 패러다임을 만들어내지 못하고 있는 것이다. 국어교육의 이러한 어려움은 보통교육의 영역에서 더욱 심하다고 볼 수 있는데, 문제는 이에 대한 각성 기제가 약하다는 것이다.

2. 인문학적 상상력의 생성·소통 통로로서의 국어교육학

국어교육학은 구체적 국어교육 현상을 연구하는 학문 분야이다. 국어교육 현상은 의도적이고 제도적이고 목적적인 국어교육 실천 현상

(이를테면 교육과정 현상이라든지, 학교 현상 등)을 바탕으로 한다. 국어교육학은 이처럼 체제system에 입각한 실천 현상을 수반하는 연구 분야이다. 따라서 국어교육학은 인문 현상 그 자체를 연구 대상으로 하는 하는 순수 인문학과는 질적 형식적 차이를 가진다. 실천과 연구가 딱히 분리되지 않는 것, 일종의 제도적 인프라로서의 '교육 체제' 속에서 이루어지는 국어교육 현상을 연구의 대상으로 삼는다는 점, 따라서 국어교육학은 연구와 개발의 층위가 매우 다양하고도 복합적으로 생긴다는 점, 응용학문으로서의 현장성이 중시된다는 점 등을 들 수 있다.

국어 교과는 많은 기능 습득 교육의 내용을 감당하고 있으면서도 인문교육의 중핵을 그 교육과정 내용으로 하는 교과이고, 국어교육학은 그러한 교육현상을 발전시키기 위한 이론과 원리를 개발하는 연구 분야이다. 국어교육학이 인문학적 상상력의 생성과 소통의 공간으로 작동할 수 있는 근거는 무엇일까? 그것은 언어의 교육적 소명을 재음미하는 데서 출발되어야 할 것이다.

국어교육은 언어를 가르치는 교육이다. 언어는 인간 사고의 궤적에 맞물려 있다. 그러므로 인문학적 상상력의 중심 매개 고리로서 언어가 역할을 하는 것이다. 언어는 제도화된 학문의 경계들 사이에서 학문의 영역과 영역들을 매개하기도 한다. 언어는 사고와 지식을 통합하고 매개하는 기능을 통하여 개인과 공동체로 하여금 심도 있게 사유하기의 차원으로 나아가게 한다. 이 상황이 인문학적 상상력이 구현되는 상황이고, 동시에 국어교육의 구체적 활동 공간이 되는 것이다.

상상력과 관련하여 언어의 속성을 선험적으로 드러내는 것은 문학의 언어이다. 언어 자체가 상상력의 조건으로서 얼마나 중요한지를 말해주는 가스통 바슐라르의 말을 주목해보기로 하자.

118

언어는 항상 우리들 사유(思惟)보다 좀더 앞에 위치하며, 우리들 사유보다 좀더 들끓어 오르는 어떤 것이다. 언어는 인간적 면모를 가진 것으로, 이성이나 사념으로 통제되지 않은 채, 생리적 힘을 가지고 표출되려 하는 인간적 특징을 가지고 있다. 언어는 인간 의지의 역동적인 허장성세이며, 힘을 과장하는 그런 것이다. 바슐라르는 상상적 과장이 지니는 역동적 성격을 강조하며 그런 과장이야말로 삶의 확대를 위해서 필요하다고 말한다. 사념의 넉넉함을 위해서 상상력은 지나칠 정도로 취해야 함을 강조한다.[3]

국어교육이 언어의 문제를 다루면서 언어의 속성을 이러한 상상력의 조건과 결부하여 고려하고, 이를 일상의 문학 교수에 얼마나 중시하는지는 새롭게 검토해보아야 할 문제이다. 우리의 문학교육이 상상력이 박제된 지식 교육의 한 국면으로 치환된 점은 없는지 반성해보아야 할 것이다.

국어교육의 인문학적 상상력을 언어와 결부지어 논하면서 문학의 심미적 언어에만 국한시켜 들여다볼 일은 아니다. 언어를 가르친다는 것의 의미 층위는 매우 다양하다. 그것은 언어의 기능이 문화사적으로 확장되어옴에 따라 생겨난 것이다. 언어를 가르치는 것은 언어 사용의 전략(기능)을 가르치는 것이기도 하고, 체계(문법)를 가르치는 것이기도 하고, 문화를 가르치는 것이기도 하고, 이념을 가르치는 것이기도 하고, 예술을 가르치는 것이기도 하고, 사고를 가르치는 것이기도 하고,

---

3) 가스통 바슐라르, 정영란 옮김, 「문학 상상력」, 장경렬·진형준·정재서 편역, 『상상력이란 무엇인가』, 살림, 1997, p.198.

활동activity을 가르치는 것이기도 하다. 바로 이 점 때문에 국어교육과 인문학적 상상력의 관계는 분리될 수 없는 것이다. 다만 어느 한쪽으로 기울어지거나 극히 분절적으로 파편화되거나 언어 작용의 통합적 특성을 무시하는 교육이 되었을 때 인문학적 상상력은 위축된다. 언어가 상상력의 본질이고 도구라는 점, 즉 언어를 사유의 씨앗으로 삼는 국어교육의 관점을 확립하는 것이 중요하다.

국어교육이 보여주는 여러 층위의 언어 가르치기가 살아 있는 언어를 배우게 하는가 아니면 죽은 언어를 배우게 하는지에 따라, 국어교육이 감당할 수 있는 인문학적 상상력의 공간이 결정된다. 국어교육에서 감당해야 하는 언어는 어떤 언어가 되어야 하는가. 인간의 삶과 인간의 정신 현상을 관계적으로(생태학적으로) 매개하는 언어를 배움으로써 언어의 역동성을 깨닫게 하는 것이 되어야 한다. 언어의 역동성은 열린 해석을 통해 정신의 자유로움을 경험하는 데서 그 의의를 발견할 수 있는 것이다. 언어를 다루는 국어교육의 모든 과정이 '열린 해석의 마인드'를 지향하는 것이 되어야 한다고 할 수 있다. 이는 그대로 인문학적 상상력의 역동성을 기르는 것이 될 것이다.

열린 해석의 경험을 국어교육이 제공할 수 있는 것은 언어를 사고로서 경험하게 하고 문화나 예술로서 내면화하게 하는 국면을 가질 수 있기 때문이다. 일찍이 프로이트가 70세 생일 때 '무의식의 발견자'라는 칭송을 받자 "시인과 철학자가 이미 그것을 발견했고, 나는 그걸 연구하는 과학적 방법을 발견했을 뿐"이라고 말했다는 데서 국어교육이 수행하는 해석과 창작의 언어적 경험들이 얼마나 중요한지 알 수 있다. 시인과 철학자의 감수성을 길러줄 수 있는 국어교육의 과업을 과연 우리는 얼마나 수행하고 있는가. 만약 오늘날 국어교육 안의 언어학습이 대상화된 지식을 배우기에 급급하다면, 혹은 닫힌 해석의 반복을 강요한다면 이는 죽은 언어 배우기라 할 수 있다. 인문학적 사유와 경험과 감수성을 어떤 방식으로 교육의 회로에 녹여넣을 것인가 하는 문제는 현 단계 국어교육이 감당해야 할 인문학적 상상력의 추동이라는 점에서 매우 중요하다.

국어교육학이 인문학적 상상력을 고양할 수 있는 원천으로서의 힘은 어디에 있을까. 여러 가지를 들 수 있지만, 그 중에서도 현대 사회의 소통에 대한 비판적 문식력critical literacy을 국어교육이 감당한다는 데서 찾을 수 있을 것이다. 자본이 지배하는 사회적 변화와 미디어 기술의 발달은 상호침투를 하며 가히 생태학적 변화를 몰고 왔다. 이러한 변화들 속에는 인문학적 가치를 훼손하는 여러 현상들이 생겨났다. 말하고 듣고 읽고 쓰는 소통의 방식과 형질에 많은 변화가 생기고 있다. 방식과 형질의 변화가 어떤 임계점에 달하면 내용 본질의 변질을 촉구하게 된다. 각종 층위에서 이루어지는 다양한 소통들이 진정성을 상실하고 심하게 왜곡되고 훼손되는 것이 우리의 일상이다. 사이비 소통이 늘어나게 되었다. 인문학적 가치는 소통의 진정성을 기반으로 해서 성립하는 개념이다. 사이비 소통의 공간에서는 인간이 철저히 수단화되고 인간의 가치가 조롱된다.

국어교육은 '사이비 소통'을 극복할 수 있는 인식력과 비판적 감식력과 심적 태도를 길러주는 역할을 할 수 있다. 언어기능교육은 기능적 세련을 넘어서서 궁극적으로 진정한 소통에 다가가기를 지향함으로써 언어기능교육의 진화 모델을 만들어낼 수 있을 것이다. 이는 일종의 윤리적 전망을 포함하는 것이라 할 수 있다. 진정한 소통이 매개하는 정신적 내용은 당연히 인간적 가치를 옹호하는 것들이 되어야 할 것인데, 그러한 양상 전체를 지향하는 것을 우리는 인문학적 상상력의 일단이라 보아도 좋을 것이다. 국어교육 안에서 '인문학적 소통'이라는 별도의 영역을 이른바 중핵 교육과정의 개념으로 설정하고 소통성 교육을 시도해도 좋을 것이라 본다. 근자 국어교육학이 그 하위 영역에 미디어교육을 의미 있게 끌어들이는 노력은 이런 점에서 전향적 가치를 지니고 있다고 본다. 아울러 국어교육이 감당해야 할 미디어교육의 방향으로 문화적 문식성과 비판적 문식성의 추구가 강조되는 것은 바람직하다. 이런 점에서 보면, 현대 사회의 인문학 위기는 인문학에 접변해 있는 사회과학적 생태를 진단하고 그것으로부터 일부 실제적인 처방을 구하는 방식도 함께 고려해야 할 것으로 본다.

인문학적 상상력을 포함하여 모든 상상력은 개인의 측면과 사회 문화적 측면을 동시에 지닌다. 어떤 학문 분야가 어떤 특정의 상상력을 추구하게 될 때도 개인과 사회의 차원을 함께 고려하는 것은 어디에서나 마찬가지일 것이다. 새로운 상상력이 등장하여 사회 문화적으로 어떤 공동체 기반을 형성한다는 것은 이미 학문 패러다임 변화 또는 문화적 혁명의 전조를 보여주는 것이라 할 수 있다. 인문학의 위기를 공감하는 현 단계에서 인문학적 상상력을 사회 문화적으로 호응되는 상상력으로 이끌어나가는 노력은 마땅히 필요한 것이다.

국어교육이 인문학적 상상력을 추동하는 실제의 모습은 이원적이다. 개인 하나하나에게 그러한 상상력을 길러주기도 하지만, 상상력의 연대와 호응을 의도적 기획으로 추구할 수 있게 하여 사회적 문화적 상상력의 추동도 국어교육이 도모할 수 있을 것이다. 국어교육의 교육과정

기획에서 '인문학적 상상력'을 국어과 교육과정 내용체제의 한 축으로 설정 기획하고 그 교육적 성과를 부단히 송환하려는 노력을 기울여야 할 것이다. 이를 통하여 학교나 교실이 인문학적 상상력 공동체의 위상으로 나아갈 수 있는 가능성을 볼 수 있을 것이다. 교육과정 이론 Curriculum theory으로 보면 현재의 국어교육이 가지고 있는 기능 위주의 교육과정 요소들을 인문학적 상상력의 재건이라는 시대적 요구로 재개념화할 수 있는 기제를 만들어야 할 시점이다. 여기에 상상력의 연대가 필요한 것이다. 그 실천적 요구는 국어교육학의 영역에서 보다 직접적이고 의도적인 효과를 얻을 것이다. 그것은 물론 국어과 교육과정의 새로운 소구력을 통해서 접근할 수 있다.

3. 인문학적 상상력을 위한 국어교육의 지형

(1) 사회 문화적 상상력과의 교감

국어교육학은 인문학적 상상력을 기르기 위해 교육의 사회적 작용에 대한 인식론을 의미있게 확립해야 한다. 오늘날 인문학적 사고의 가치를 고양하기 위해서는 인문학 지식의 사회적 작용과 소통이 매우 중요한 의미를 지니고 있기 때문이다. 언어를 가르치는 행위, 특히 모국어를 가르치는 인식 속에는 언어 사용의 기능적 정련화 이외에 언어가 소위 '문화'의 핵심을 생성하고 추동시키는 것이라는 인식을 가져야 한다. 윌리엄스의 지적대로 언어는 의사소통을 감당하는데, 그 의사소통의 사회적 차원이 곧 그가 말하는 '영향력 있는 지배문화'에 닿아 있기 때문이다. 그래서 국어교육의 기획과 실천에서 교육의 문화적 재생산에

대한 인식이 필요하다. 이는 곧 국어교육의 한 바탕으로서 사회적 상상
력의 가능성을 보여주는 것이라 할 수 있다.

그런 의미에서 국어교육은 학교 교육의 차원을 넘어 대중매체, 대중
문화 및 대중예술의 역할에 대한 분석을 강화해야 한다.[4] 국어교육은
국어를 배우는 학습자들의 사회적 인간으로서의 조건들을 국어교육의
내용과 방법에서 어떻게 더 적극적으로 고려해야 할지를 고민해야 할
것이다. 그러기 위해서는 애플의 지적대로 우리는 근본적으로 문화의
개념에 대해서 더 열린 인식과 해석의 변화를 시도해야 할 것이다.

(2) 창의성의 재개념화

국어교육에서 인문학적 상상력이 강조되는 근거는 아마도 인간을 심
미적 주체 또는 미적 존재로 보려는 인식과 밀접하게 연계되어 있을 것
이다. 문학이 미적 형상물이고 미적 가치를 내재하는 언어적 형상화의
과정이고 산물이라는 점에서 이는 당연해 보인다. 그러나 이 문제를 교
육의 명제 또는 국어교육의 명제로 해석하여 미래 사회와 관련해서 더
넓게 확장해보면, 이는 '창의성'이라는 가치에 연결되는 것임을 알 수
있다. 그리고 그 창의성의 가치는 교육적 가치의 국면과 인문적 가치의
국면에 같이 걸쳐 있음을 알 수 있다. 그간의 학교 국어교육에서는 문
학교육을 좁은 의미의 문학적 가치를 경험하는 것으로만 국한하여 고
립적으로 다루어온 감이 없지 않다. 문학교육이 범교과적 보편성을 지

---

4) Michel W. Apple 외, 배종근 옮김, 『교육의 재생산이론』, 성원사, 1987, pp. 15～21 참
조. Apple의 이러한 지적이 1982년에 하나의 예언적 시사처럼 있었는데, 오늘날 대중매
체나 대중예술에 대한 국어교육의 관심은 이미 학교 교육과정 속에서 비중 있게 내용으로
반영되고 있다. 다만 이러한 현상의 상위 인지적 해석은 국어교육 내에서 다소 부진하다고
할 수 있는데, 이야말로 국어교육이 감당해야 할 인문학적 상상력의 요체라고 판단된다.

님에 따라 전이력 높은 인문학적 상상력을 길러내는 교육으로 나아가려면 '창의성'의 명제로 나아가야 할 것이다. 이 점이 국어교육학과 국어국문학이 가지는 내적 자질과 외적 지향의 분기점이라 생각된다.

이제 창의성이라는 명제가 왜 국어교육의 인문학적 상상력을 도모하는 중핵의 요소가 되는지 살펴보기로 하자. 철학적인 차원에서 창의성이 중요한 것은, 인간이 고정된 존재가 아니라 부단히 형성되는 존재 Becoming being라는 것이다. 인간 존재의 본질은 밖으로부터 먼저 규정되거나 조형되는 것이 아니라, 자기 스스로의 선택에 의해서 만들어지는 존재이기 때문이다. 인간 존재는 일반화하는 것보다는 개별성과 주체성이 포함된 현실 존재로서 자신을 선택하고 만들어가는 자유에 의해서 자기의 본질을 각자가 창조하게 되어 있다. 이 점은 인문학에서 인간을 보는 관점이기도 하거니와 이러한 인간관은 교육에서 매우 중요하다.

인간의 개별적 자아가 선택에 의해서 이루어진다는 것은 단순히 무엇을 할 것인가를 결정하는 의미로만이 아니라, 인간이 무엇을 믿을 것이며, 무엇을 진실로 받아들일 것인가를 선택하는 실존적 자유를 가진 존재로 보아야 한다는 것을 의미한다. 이것을 위하여서는 고정된 틀의 대답을 내면화하는 인간이 아니라, 창의성을 가지고 탐구하고 인지의 틀 자체를 형성하는 인간이어야 한다.[5] 이렇게 보면 국어교육이 감당해야 할 인문학적 상상력의 공간은 국어 지식과 경험이 학습자의 인간 존재로서의 개별성을 어떻게 강화하는가에 기여하는 것이 되어야 함을

---

5) 한명희, 『교육의 미학적 탐구』, 집문당, 2002, pp. 124~29 참조. 오늘날 교육에서 창의성 담론이 물질적 부가가치를 만들어내는 이점을 강조하는 방향으로 기울고 있는 것은 대단히 잘못된 것이다. 그야말로 인문학적 상상력을 훼손하는 발상들이라 할 수 있다.

알 수 있다. 그리고 그 과정에서 자기 형성의 자유를 가지게 하며, 그 과정의 지적 정의적 기반을 가지게 하는 것이 국어교육의 바람직한 실천이며, 이것이 바로 국어교육의 인문학적 상상력에 가 닿는 출발점이라 할 수 있다.

(3) 국어 활동의 역사적 맥락 반영하기

국어교육의 인문학적 상상력은 문화와 문화사에 대한 상상력과 왕성한 교감을 구축함으로써 가능해진다. 기왕의 국어교육 지식들이 문화사의 맥락으로부터 일탈해나옴으로써 지식으로서의 의미망을 만드는 데 실패하였다. 그 결과, 국어교육의 내용과 과정과 성과들은 유효한 상상력의 에너지를 지니지 못한 모습을 보이게 된다. 국어교육의 내용들이 '재미없다'는 반응을 얻는 것은 내용의 말초적 재미를 요청하는 것이 아니라고 생각한다. 습득한 지식 경험들이 상호 간에 어떤 의미망을 형성하지 못하는 현상을 드러낸 것이라 생각한다.

국어교육은 읽기를 중요하게 다루면서도 기능skill으로서의 읽기에만 치중되고 한국인의 읽기의 문화사적 맥락을 교육의 내용으로는 크게 고려하지 않았다. 읽기 연구가 국어교육에서 풍부한 인문학적 상상력 또는 문화적 상상력과 더불어 자리 잡으려면 문화사적 맥락을 읽기 기능 학습 속에 혼효시키는 전략이 필요하다. 예컨대 다음과 같은 읽기 연구의 성과는 국어교육이 좀더 관심 있게 주목해야 할 것이다.

근대 초기의 책읽기는 거대한 문화 변동 가운데 자리한 사회적 현상으로 이해되어야 한다. 즉, 책 읽기는 문화 변동과 사회적 소통 양식의 전반적인 변화를 이끈 원인이자 동시에 결과이었다. 그것은 '지금 여기'의 삶을 규정하는 앎의 구조와 문학을 둘러싼 문화의 존재방식과 어떤 관련이 있을까. 이에 대한 생각의 폭을 넓히기 위해 탐색하고자 하는 책 읽기의 시공간은, 현재와 미래에 이어진 시공간의 기원이다.[6] 1920년대와 1930년대의 책 읽기가 가지는 근대적 의미의 책 읽기 문화를 이해한다는 것은 우리 읽기교육의 전통 형질을 학습하는 것으로 될 수 있는 것이다.

(4) 다양성의 원리 구축

다양성은 탈근대의 의식 요소이고 미래적 상상력의 원천 요소이다. 이것을 경험하게 해주는 교육과정 공간으로서 언어와 문학의 공간은 매우 중요하다. 모든 다양성 체험에는 언어의 매개가 매우 중요하다. 언어적(문학적) 체험을 통하여 다양성을 알게 하는 경지에 가도록 하는 데 국어교육이 중요한 역할을 해야 한다. 이것 역시 국어교육이 인문학적 상상력을 동반함으로써 가능한 것이다.

다양성은 거대한 개념이며, 도처에 존재하고 있다. 학생들은 다양성을 찬양하도록 배우고, 법원에서는 다양성을 비중 있게 다루고 속속들이 살핀다. 기업의 인사부에서는 이를 꼼꼼히 찾아내고, 한때 다양성을 거부하던 노조에서는 이제 적극적으로 옹호하며, 예술가들은 자신들의 삶에서 다양성을 탐색하라고 제안한다. 박물관은 다양성을 전시하며, 식당에서는 음식으로 다양성을 대접하며, 교회는 다양성을 숭배하며, 관광객들은 다양성 안에서 휴식을 취한다. 다양성을 추구하는

---

6) 천정환, 『근대의 책읽기』, 푸른역사, 2003, pp. 23~30 참조. 읽기교육이 기능교육과 더불어 문화교육의 충분한 자질을 안으로 갖추어야 한다는 인식은, 텍스트의 내용을 통한 문화 학습의 요인에 앞서, 문화사적 맥락에서의 읽기 이해라는 측면으로 강조되어야 할 것이다. 읽기 기능 자체의 충실성을 위해서도 이 점은 여전히 중요하다. 상상력은 스킬의 토대이기 때문이다.

것은 실제적으로 유용할 뿐 아니라, 개인에게 보상을 준다. 다양성은 대중에게 오락거리로서 재미있고 선량하기까지 하다.[7] 국어교육이 인문학적 상상력을 도모하고 실현하는 중요한 근거지로 다양성의 영역을 고려하는 것은 궁극에는 언어 중심의 통합교육을 구현하고자 하는 노력과 호응될 수 있을 것으로 본다.

탈근대의 의식과 지향을 인문학이 반영하려고 한다면 다양성과 다원성의 가치가 중요하게 고려되어야 한다. 국어교육학 또한 자신이 수행하는 여러 층위의 읽기와 쓰기 활동에서 반응과 해석의 다양성을 개방적으로 수용하고 반영하려는 교육적 기획을 부단히 세우고 스스로 검증해나가야 할 것이다.

(5) 인문학적 상상력 통로로서의 텍스트 상호성

국어교육은 텍스트에 대한 관점을 변화함으로써 인문학적 상상력의 역동화를 도모해야 한다. 엄정하게 말하면 국어교육이 텍스트를 교육의 시공에서 다루는 방식에 획기적 인식 변화가 와야 한다. 이를테면 텍스트의 선정과 조직, 그리고 교수 · 학습 방법으로서 해석과 표현 등의 방식에 상당한 개방성과 유연성을 내적으로 도모하고 국어교육의 실천 모드 속에 그것을 내재화해야 한다. 상상력의 생성을 텍스트 다루는 방식에서 모색해야 한다는 것이다. 모든 반응을 '객관적으로' 만드는, 즉 텍스트에 종속되어 경험과 해석이 경직되게 대상화되는 국어교육에서는 상상력의 역동성을 기대하기 어렵다.

요컨대 텍스트가 무엇이든지 간에 다른 텍스트들과 관련해서 존재하

---

7) 피터 우드, 김진석 옮김, 『다양성-오해와 편견의 역사』, 해바라기, 2005, pp. 14~22 참조.

고 작용할 때만이 그것은 텍스트이다. 텍스트의 고립을 벗어나 텍스트와 텍스트가 연대하고 교호하는 자리가 바로 상상력이 작동하는 자리이다. 그리고 사실 모든 텍스트 상호성을 성립시키는 매개적 중심의 자리에 인간이 놓여 있다고 할 수 있다. 그러므로 읽기와 쓰기의 과정에 개입하는 텍스트 상호성의 인문학적 작용과 가치를 우리는 세심히 주목할 필요가 있다. 고립된 어떤 텍스트도 사회/역사 안에서 다른 위치 때문에 다르게 처리되는 다른 텍스트 안에서 발견될 수 있는 문제들과 연관된다.[8] 국어교육을 배타적 '교과'의 개념으로만 수용해오는 동안에 우리는 텍스트의 상호성을 넓고 입체적으로 기획함으로써 국어교육이 상상력의 역동성을 추구할 수 있다는 것을 소홀히 하였다. '국어'라는 '교과'와 '국어국문학'의 학문적 규범적 지식을 동질의 층위에서 파악해온 오랜 교육과정 관습을 개선할 때가 되었다.

(6) 통합과 통섭의 학문 지형 형성하기

인문학적 상상력은 본질적으로 통합을 지향한다. 대상과 지식과 경험은 인간 존재가 통합된 지각과 인식으로 받아들여 그 내부에서 어떤 구성적 작용을 함으로써 상상력의 세계를 구축하기 때문이다. 인문학적 상상력은 지식이 주체가 되기보다는 학생이 자기 주도적 교육의 기제를 주체적으로 수용할 때 더 성공적으로 기대할 수 있는 부분이기도 하다. 따라서 국어교육이 인문교육으로서의 상상력을 구함에 있어서는 학생 중심의 통합적 주제나 이슈들이 중요하게 받아들어져야 한다.

일찍이 학생 중심적 관점으로 교육의 모습을 특징짓고 이를 교육 목

---

8) 미셸 메이에르, 이영훈 · 진종화 옮김, 『언어와 문학』, 고려대학교출판부, 2004, pp. 241~42 참조.

적으로 추구하는 사람들은 1) 자아실현, 2) 자아 존중, 정서적 안정, 3) 창의적 표현, 4) 개인의 재능과 흥미 배양, 5) 여가, 6) 현대 생활에 대한 적응과 준비 등을 강조하였다.[9] 다들 교육목적에 언어나 문학이 상관되지 아니하는 것은 없다. 이렇게 보면 국어교육은 '교과'의 형식으로 존재하면서도 범교과적 기능을 안으로 포함하고 있다고 하겠다. 이런 특질을 유기적으로 반영하는 국어교육을 기대해야 한다. 인문학적 상상력이란 인간 중심으로 동기와 지식과 사유를 통합하는 과정에 다름 아니기 때문이다.

4. 인문학적 상상력과 국어교육의 실천적 과업

교육적 상상력과 인문학적 상상력은 '인간을 고양하는 세계'를 꿈꾼다. 즉, 인간 정신의 가치로움을 동경하고 추구한다는 데서 그 공통점을 가진다. 그런데 현대의 학교 교육은 그 자신이 사회적 체제 그것도 생산 체제의 요소로 작동하는 위상으로 내몰리면서, 총체적으로 도야된 인간을 기르는 데는 한계를 가지게 되었다. 학교가 길러내는 인간도 생산 기능의 활동 주체로서의 특성이 더 강조되었다. 학교 교육이 인간 정신 가치와 인간의 정신활동을 강조하는 측면이 있다고 하더라도, 정신 가치의 주체로서보다는 정신 가치 자체를 대상화된 지식으로 배우게 되었다. 삶과 경험의 실질 모습에서 인간이 대상화되는 것들이 늘어났다. 교육은 인간을 '인적 자원의 개발'이라는 측면에서 접근하는 다

---

9) Decker F. Walker & Jonas F. Soltis, 허숙·박승배 옮김, 『교육과정과 목적』, 교육과학사, 2004, pp.69~70.

분히 공학적이고 기능 효율을 앞세우는 수단적 인간관에 매몰되는 과정을 걸어왔던 것이다.

인문학적 상상력은 초월적이고 통합적 이상을 가진다. 인문학적 상상력은 일종의 자기 극복적 관점이 전제되어 있으므로 초월적 성향을 지니며, 그래서 현실·현상적인 것에서 벗어나 자유로운 통찰을 지향하며, 공리적 목적에 구속되지 아니하는 어느 정도 초연한 상상력이다. 동시에 인간의 가치와 정신적 세계를 자유롭게 연속하여 통합시키는 성향을 가진다. 문사철[文·史·哲]이라는 통합과 연속의 전통 속성이 인문학에 관류하며, 인문학적 상상력은 언어와 내러티브에 의해서 그 통합적 기제를 폭넓게 마련한다. 그렇기 때문에 인문학적 상상력은 그 초월과 통합의 속성을 국어교육의 공간에서 발현할 수 있는 것이다.

그러나 삶과 사고의 기반이 공리적 관리 체제에 의해 지배되고 사고나 의식마저도 조작의 대상이 된 오늘날의 관리사회에서, 이런 자유와 초연의 상상력은 온전하게 발현되기 어렵다. 그렇기 때문에 인문학적 상상력이 현 단계의 사회적 생태하에서는 일종의 비판적 상상력으로 보이기도 하고, 고도의 도덕적 상상력으로 보이기도 하며, 더러는 생태학적 상상력과 맞물리기도 한다.

이러한 전제를 수용하면서 미래 인문학의 생태와 더불어 국어교육학이 바람직한 인문학적 상상력을 발현할 수 있기 위한 과업들을 제안해 본다. 무엇보다도 언어와 문학이 교육의 기제에서 소통되는 과정에서 도구적 이성에 함몰되지 않을 수 있도록 국어교육학의 철학과 이론의 패러다임을 구축해야 할 것이다. 교육이라는 체제 자체가, 인문학의 토양과는 거리가 먼 공학적 체제와 관료주의적 문화 속에 작동하여 조작되는 현재의 실정에서, '인문학적 상상력'이라는 교육과정 콘텐츠를 국어과가 어떻게 중핵의 커리큘럼으로 합의하고 의도된 교육과정과 전개된 교육과정으로 구체화할 것인지를 고민해야 할 것이다. 이 과정에서 인문학적 상상력의 공동체적 연대와 확산이 절대적으로 필요한데, 학문 사회와 실천 공동체 간의 교육과정 연대를 꾸준히 모색하고, 이를 정책의 수준에서 개발 확장해나가도록 촉구해야 할 것이다. 국어과 교육과정을 보다 유연하고 탄력적으로 개정하고, 국어교과서를 국가가 편찬 보급하는 체제를 지양하고 자율화와 검인정화로 나아가는 정책은 이런 면에서 발전적 계기로 작용해야 할 것이다.

국어교육 실천의 차원에서는 다음의 몇 가지 문제들이 개선될 필요가 있다.

첫째는, 국어교육이 언어 경험의 총체성을 확보하는 데에 일관된 지향을 보여야 할 것이다. 경험과 지식의 파편화는 인문학의 가치가 발효되는 것 자체를 방해한다. 언어 경험의 총체성이란 인문학적 상상력이 통합의 작용을 통해서 형성되고 촉진되고 진화될 수 있다는 원리에 충실하기 위한 것이다. 지금의 기능중심 국어교육이나, 공학적 체제에 기반을 두는 교육철학, 교육과정, 교육내용 조직, 교육방법, 교육평가의 인식 프레임에서는 인문학적 상상력을 국어교육의 내용 콘텐츠로 하는 교육과정관을 구축해나가기는 쉽지 않다. 설사 인문학적 상상력과 친연성이 깊은 교육 내용을 선정했다 하더라도 이를 싣고 조직하는 국어교육의 인식 프레임이나 작동 기제가 공학적 체제의 것이라면, 인문학적 상상력의 내용과 기제는 변질되거나 왜곡되어 소통될 수밖에 없는 것이다.

이는 언어를 기반으로 하는 인문학 지식을 국어교육의 내용으로 조직하고 계열화할 때 언어적 경험의 총체성을 효과적으로 만족시키는 전략이 국어교육 내에서 따로 있어야 함을 시사하는 것이다. 그러기 위해서는 인문학적 경험들 간의 유기성과 계열성을 학문 생산의 측면과 수용의 측면에서 꼼꼼히 진단하는 작업이 필요하다. 수용의 측면은 학습자의 상상력 기제를 중시하자는 쪽으로 나아가야 할 것이다. 언어 경험의 총체성 확보는 일단은 통시적 전체성과 공시적 전체성을 중요한 두 축으로 삼아 설계해볼 수 있을 것이다.

둘째, 국어교육을 수행하는 언어의 문제를 들 수 있다. 국어교육을 수행하는 교수 언어가 전체적으로 상상력을 자극하지 못하고 자동화되지 않았는지를 살펴보아야 한다. 여기서의 교수 언어란 단순한 교사의 설명 언어를 말하는 것이 아니라, 국어교육을 수행하는 교수 담론의 어떤 전형으로 자리 잡고 있는 일종의 담론 문화의 형태를 띠는 것으로서, 국어교육 수행에서 흔히 볼 수 있는 '언어적 전형'을 뜻하는 것이라 할 수 있다. 국어수업에서 수행되는 교사의 언어는 국어교육의 수행 모형을 결정하는 가장 역동적인 요소라 할 수 있다. 요컨대 국어교육을 수행하는 언어는 교수 문화를 대변하는 것이라 할 수 있으며, 관습의 수준과 제도의 수준에서 운위될 수 있는 것이다.

국어교육 수행에서 교수 언어의 상투성은 '학문하기의 전형'을 그대로 반복 반영한 것이 주종이다. 문법 지식을 배우는 과정에서 인문학적 상상력을 돕는 기제는 지식 체계로서의 문법을 학문적 상투성의 방식으로만 소통해서는 기대하기 어렵다. 문학을 배우는 과정에서 비평가들의 비평 담론의 방식을 그대로 답습하는 것(상투성을 이양받는 것)은 문학을 통한 인문학적 상상력 고양에 도움이 되지 않는다. 문법하기와 문학하기의 진정한 상상력 과정에 참여하게 하려면 국어교육을 수행하는 언어에 변화가 와야 한다. 학자들이 학문 소통에서 이미 관습적으로 자동화된 언어를 그대로 국어교육의 언어로 가져오게 되는 것에 대해 문제 인식이 필요하다. 특히 기성 비평담론의 언어적 상투성을 그대로 문학교육의 언어로 재생 반복하는 것은 인문학적 상상력의 참다운 감수성을 느끼지도 못하게 한다.

현재의 국어교육 수행 언어는 학문 언어의 추상성과 상투성이 그대로 반영되어 있는 경우가 많다. 학문 언어와 교육 언어의 상호성이 의미 있게 확립되어야 할 계제에 와 있는 것이다. 인문학적 상상력은 인문적 가치를 드러내는 인간 정신에 대한 비전이면서, 동시에 국어를 배우는 학생들의 상상력과 감수성에 호응되는 것이어야 한다. 인문학적 상상력은 내용의 차원과 소통의 차원 두 차원에서 모두 중요하다. 이 중에서도 소통의 차원은 국어교육이 감당해야 할 영역으로서, 학문 언어의 교육 언어 반영이 학문 내용의 본질에 맞게, 인문학적 상상력에 맞게 재설정되어야 할 것이다. 또한 상상력의 내용을 확장시키는 것도 교육적 소통의 질에 따라 큰 영향을 받는다. 교육적 소통에 동원되는 교수언어나 교수매체들이 인문학적 상상력을 얼마나 잘 만들어주고 있는가. 이는 결국 국어교육이 인문학적 상상력을 교육하는 토양을 갖추는 일이기도 하다.

셋째, 텍스트를 경험하는 방식에 변화가 와야 한다. 인문학적 상상력이 문제가 되는 것은 산업혁명 이래 인간 삶을 지배해온 외형적 물질적 가치와 내면의 삶의 질 사이의 괴리를 메워가는 일이 중요하기 때문이다. 물질사회의 빠른 변화를 전통 인문학의 느린 걸음이 따르지 못한 간극을 좁혀야 하는 문제가 있다. 여러 가지 접근이 있을 수 있겠지만 텍스트 경험의 다원성을 보다 유연하고 개방적으로 받아들이는 노력이 필요하다. 이는 인문학 본령에서보다 국어교육학의 영역에서 심도 있게 연구하고 실천해야 할 문제로 본다. 왜냐하면 인문학의 환경이 변화되었다는 것을 반영하는 데서 해결책이 나올 수 있기 때문이다. 인문학적 환경 자체가 변화된 세상에 충실히 적응하지 못한 채 전통적 방법과 사고방식을 고수했기 때문이라는 지적을 유의해야 할 것이다.

인간 가치를 입체적으로 경험할 수 있는 기회와 채널이라면 꼭 강독식 텍스트 경험만을 고집할 필요는 없을 것이다. 미디어 환경의 진화에 따른 이종(異種) 텍스트에 대한 개방적 수용이 국어교육의 장에서는 보다 개방적으로 수용되고, 그 교육적 효과와 가능성에 대한 연구들이 국어교육학의 연구 영역으로 들어와야 할 것이다.

넷째는 국어교육의 연구와 실천의 운용 과정이 인문학적 상상력을 고양하는 효과와 맞물려 있는지를 진단하고 개선해야 한다. 국어교육의 전통에서 보면 인문학의 내용을 일방적 텍스트 해석의 과정으로써 무조건 받아들이거나 '국어' 교과의 배타성에 의존하여 인문학 지식을 경직되게 받아들이는 경향이 강했다. 인문학적 상상력을 국어교육이 어떤 교육적 과정으로 처리해야 할 것인지에 대한 발상이 부족했던 것이다.

인문학적 상상력이 물질적 실용의 수준을 벗어나는 것은 확실하지만, 그렇다고 어떤 실용성도 거부하는 것은 아니다. 인문학적 상상력이 그 나름의 인문학적 유용의 수준을 가지고 있다는 것을 국어교육이 보다 적극적으로 인식하는 것은 매우 중요하다. 지식과 학습을 당장의 실용적 편의주의에 결부하거나 습득한 지식·기능을 응용상의 효율주의에 빠지게 한 국어교육의 처리 장면들도 많았다(발달 단계상의 언어기능 습득의 특수성이 있기도 하지만).

인문학적 상상력을 강화하는 국어교육의 운용 과정은 탐구의 과정이나 대화의 활동을 강조하는 것이 바람직할 것으로 보인다. 탐구의 과정과 대화의 기제를 동반하는 언어교육의 운용 과정은 상상력의 주체로 언어 학습자를 참여시킬 수 있기 때문이다. 전통적 지식주의 교육에서 인문학적 상상력이 지적 도야의 과정을 수반함으로써 얻어지는 것이라는 인식으로, 달리 주체적인 독서활동 이외에 교육적 운용 과정을 모색하지 않았다. 그러나 이는 기계적 반복 수행의 '고행 과업'처럼 인식되기도 했는데, 텍스트 중심주의에 학습 주체가 종속된다는 점에서 인지심리학이 국어교육에 영향을 미치게 된 이후로 비판을 받아왔다.

요컨대 우선 국어교육학은 인문학적 상상력 고양이라는 시대적 책무와 관련하여 국어교육학 이론 패러다임의 변화를 이끌어내야 한다. 그것은 1980년대 중반 이후 국어교육학 주류 패러다임으로 자리 잡아온 인지 기능과 전략을 중시하는 언어사용 교육의 패러다임에 인문학적 상상력의 발현을 기대할 수 있는 가능성의 씨앗을 잉태한 것이 되어야 할 것이다. 2007년 2월 개정 고시된 국어과 교육과정이 '맥락'으로 표상되는 국어교육의 내용 범주를 새롭게 제안한 것도 어떤 측면에서 보면 그런 패러다임 변화의 내적 인자를 담고 있는 것이 될지도 모른다. 이는 물론 언어기능 습득으로 강조되었던 국어교육학의 한 시대적 지배 패러다임에 대한 수많은 비판 패러다임의 총합을 현 단계에서 반영 표출해놓은 것이라고 볼 수도 있다. 그런 점에서도 인문적 상상력의 미래적 존재 방식에 걸맞은 국어교육의 새 패러다임의 전조들을 꾸준히 통찰하고 결집해야 할 것이다.

인문학적 상상력의 활성화를 기대하는 것은 적어도 현 단계 국어교육학의 새로운 패러다임 지향이다. 국어교육의 새 패러다임은 현대 교육의 보편적 체제처럼 자리 잡은 '공학적 체제engineering system'의 교육과정 철학에 대한 확실한 반성과 대안에서부터 출발해야 할 것이기 때문이다. 그것은 국어교육이 그 내용 조직에서 '의사소통의 실용 기능' 그 이상의 인문학적 가치와 요소를 담아야 하는 인식에 가 닿는다. 이는 곧 국어교육만의 특수성과 개별성을 의미 있게 반영하는 것으로, 국어교육의 내용을 가치화하는 것이라 할 수 있다.

그간 국어교육과정의 담론들은 교육 보편성의 가치에 과도하게 이끌리는 성향을 보여왔다. 이러한 양상이 반드시 부정적이라고는 할 수 없을 것이다. 왜냐하면 리터러시 일반의 기능과 실용적 소통 능력 강조는 교육 일반의 민주화 내지는 소통의 다변화와 평등적 기반 확보라는 데에 일정한 기여를 한 점이 있기 때문이다. 그러나 반면에 국어교육이 인문교육으로서 가지는 인문학적 상상력을 담아내는 부면, 즉 국어교육의 개별성과 특수성을 정밀하게 배려하지 못하였다는 반성을 동시에 가져다준다. 이제 우리는 인문학적 상상력의 미래형에 대한 국어교육 자신의 상상력을 유연하게 길러가야 할 것이다.

그것에 접근하기 위한 방법으로 국어교육학의 내용 실체를 좀더 역동적으로 구축해가야 할 것이다. 응용성이 강한 국어교육학이 그러한 성과를 얻기 위해서는 학문 융합의 노력과 그것에 바탕을 둔 통섭의 생산성을 통한 교육적 실천을 이끌어내는 힘을 가질 수 있어야 한다. 그것은 국어교육학이 '학문적 전망력'을 갖추어야 함을 의미한다. 이는 국어교육학이 순수 인문학인 국어국문학과는 의미 있게 차별화되는 내용 궤적과 실천 모드를 가지게 되는 것을 의미한다. 물론 인문학적 상상력에 관한 한, 국어교육이 다룰 지식 및 기능 가치의 생산과 그것의 재개념화 과정에서 국어교육학과 국어국문학 사이에는 융합과 분화를 부단히 순환시키는 상호교섭의 관계를 가져야 할 것이다.

제7장

문학교육과 정전 구성

유성호

1. 문학교육과 정전 논의

그동안 제기된 문학교육의 문제 가운데 일종의 순환론적 논법에 빠져 있는 것이 아마도 이른바 '정전'에 관련된 담론들일 것이다. 경험적으로만 보면, 교육적 자료로서 일종의 구심적 정전 목록을 구체화해놓으면, 일정한 시간이 지난 후 그 목록은 자연스럽게 새로운 갱신의 대상이 되게 마련이다. 또한 정전 개념 자체를 해체하고 무력화하려는 담론이 있는가 하면, '교육'이라는 행위가 불가피하게 가치 선택의 문제와 결부될 수밖에 없기 때문에 어떤 일정한 기준에 의해 선택되고 집중된 정전들이 반드시 필요하다는 견해가 그에 맞서 있기도 하다. 그 점에서 '정전'의 확정과 유보, 구성과 해체의 반복적 역동성은 '정전'이라는 개념을 둘러싼 다양한 논의와 함께 부단한 순환론적 긴장 안에서 진척되어갈 것으로 보인다.

우리가 잘 알듯이, '정전(正典, Canon)'은 처음에 가톨릭교회에서 공인된 경전을 '위경(僞經, Pseudepigrapha)'과 대비하여 지칭한 제한적 명칭이었다. 말하자면 '정전'은 신(神)의 말씀이 기록된 신성불가침의 영역으로서 절대적 권위를 지닌 종교적 경전에 국한된 개념이었다. 하지만 시간이 갈수록 읽을 만한 가치가 있는 고전(古典)으로 그 뜻이 넓혀졌고, 최근에는 보편적 가치가 인정된 작품들을 총체적으로 지칭하게 될 정도로 '정전' 개념은 부단한 의미 확장 과정을 겪었다. 하지만 교회 정전과 문학 정전은 그 사이에 현저한 차이가 있을 수밖에 없다. 가령 교회 정전은 지금도 수정 불가능한 권위를 지니고 있는 데 비해, 문학 정전은 사후 논의를 통해 얼마든지 수정과 첨삭이 가능한 '텍스트'로 존재하기 때문이다.[1]

문학교육 정전 역시 문학 정전과 마찬가지로 여러 차례의 개념적 변화를 겪어왔다. 특히 초 · 중등교육에 한정할 때, 그것은 '교육'이라는 국가 주도의 프로그램 안에서 취사선택된 가치 체계에 의해 편제된 역사를 갖고 있다. 그래서 문학교육 정전은 여러 면에서 국가주의적 관점에서의 선택과 배제 과정을 겪을 수밖에 없었다. 가령 분단 이후 대한민국 문학교육은, 교육을 통해 지배 이념을 전달하려는 정치적 의도와 긴밀하게 결합하면서 펼쳐졌다. 그 결과 일종의 순수문학 전통에 의한 정전 구성이 주류화되었고, 이러한 순수문학 주류의 정전 구성 원리는 신비평 교육 담론을 적극 생산하면서 분석주의와 민족주의를 그때그때 편의적으로 결합하는 경향을 낳게 되었다.

---

1) 이러한 과정에 대해서는 송무, 「문학교육의 '정전' 논의」, 『문학교육학』 1집, 한국문학교육학회, 1997 참조.

　이러한 문제점에 대해 일찍이 정재찬은, 정전의 부가(附加)를 통해 기존의 중심부성이 도전받지 않는 한 문학교육의 진정한 다원주의 실현은 멀어지게 된다고 말한 바 있다.[2] 조희정 역시 교육과정 변화에 따라 여러 변화가 수반되기는 했지만, 교육과정 전체를 관통하여 주요 작가로 등장하는 목록은 그리 큰 변화가 없다고 지적한 바 있다.[3] 말할 것도 없이, 이러한 정전 체계의 고정성은 미적 관점과 경험의 편향을 불러오고, 국가주의적 이념을 투사하는 기제로 작용했다고 할 수 있을 것이다. 그러므로 이러한 문제의식 아래에서 정전 구성 원리에 대한 비판적 검토와 대안 마련 작업이 절실하게 요청된다고 말할 수 있을 것이다.

　우리가 잘 알거니와, 문학교육 논의에서 '정전' 담론은 매우 거시적인 측면에서 그 물꼬가 트이기 시작되었다. 먼저 정재찬은 문학교육을 지배하고 있는 특정 담론들의 역사적 발생 조건 과정을 계보학적으로 탐구하였다.[4] 서정 장르를 중심으로 한 이 연구에서 그는 당대의 정전 구성이 '순수시'와 '민족시'를 중심으로 이루어졌음을 밝히고 있다. 특히 은폐되어왔던 정전 체계의 원리를 계보학적 탐구를 통해 밝힌 것은 매우 커다란 방법론적 진척이었다고 할 수 있다. 이 연구를 시작으로 문학교육의 정전 논의가 매우 왕성해졌다. 영문학 쪽에서는 송무의 연구가 선구적이었는데,[5] 그는 정전에 관한 해외 연구 성과를 정리하면

---

2) 정재찬, 「현대시 교육의 지배적 담론에 관한 연구」, 서울대학교 박사학위논문, 1996, p. 156.
3) 조희정, 「교과서 수록 현대문학 제재 변천 연구」, 『국어교육학연구』 24집, 국어교육학회, 2005.
4) 정재찬, 앞의 논문.
5) 송무, 「영문학 교육의 정당성과 정전의 문제」, 고려대학교 박사학위논문, 1994.

서 그쪽에서의 '정전' 논의에 대한 개황(槪況)을 잘 전달해주었다. 그러나 대상 자체가 영문학 쪽이었으므로 현재 우리 문학교육으로서는 간접적인 시사점을 얻을 수 있을 뿐이다.

그런가 하면 문학교과서 속의 이데올로기 분석을 통해 정전 구성 원리를 비판적으로 가시화한 연구들도 속속 나타났다.[6] 가령 조미숙은 제1차 교육과정기의 교과서를 분석하여 '반공주의'가 어떻게 문학교육의 장(場)에 편입되고 주류화되는가를 고찰하였다. 그는 이른바 '반공주의'가 텍스트의 선택과 배제를 가르는 주요 기준이 된 과정과, 이러한 권력 작동 현상이 초기 교과서 편제 방식을 어떻게 규율했는지를 분석하고 있다. 한수영은 제7차 교육과정 문학교과서를 검토하면서 그 속의 이데올로기적 작동 원리를 탐색하였는데, 텍스트의 사회 역사적 맥락에 개입하는 '민족주의'가 여전히 교육과정에 영향을 미치고 있다고 분석하였다. 이러한 연구들은 한결같이 현재에도 '민족주의' 이념이 과잉되어 있고 그 반대로 '계급 담론'은 결핍되어 있다는 점을 지적하고 있다. 이는 현재의 정전 체계가 어떤 것에 과잉과 결핍을 보여주는지를 잘 적시(摘示)해준다. 우리의 정전 논의는 이러한 관점의 토대 위에서 좀 더 심층적이고 철학적인 논의를 요구한다고 할 수 있을 것이다.[7]

---

6) 대표적인 논문은 다음과 같다: 조미숙, 「지배 이데올로기의 교과서 전유 양상」, 『한국문예비평연구』 21집, 한국현대문예비평학회, 2006; 조미숙, 「반공주의와 국어교과서」, 『새국어교육』 74호, 한국국어교육학회, 2006; 한수영, 「문학교과서와 소설교육의 이데올로기」, 『한국근대문학연구』 14호, 한국근대문학회, 2006.

7) 물론 이러한 논의는 심도 있는 실증적 검증을 필요로 한다. 교과서에 선정된 텍스트들을 통해 추상적 층위의 논의를 구체화시켜야 하는 까닭도 여기서 비롯된다. 우선 교육과정의 진행에 따른 교과서 수록 텍스트들의 변화를 검토해보는 것과 동시에, 사라진 텍스트와 새로 등장한 텍스트의 상관관계를 비교할 필요가 있다. 그리고 이를 통해 정전 구성의 중심부를 차지하고 있는 텍스트들을 분석하고, 정전적 위치에서 내려온 텍스트나 새로이 정전적 위치를 점한 텍스트들도 분석할 필요가 있다. 이 밖에도 정전 구성 원리를 형성하는 데

2. 가치 상충과 통합의 문학교육

우리가 제대로 된 문학교육의 목표를 성취하려면 몇 가지의 관문을 거쳐야 한다. 가령 일종의 언어 사용의 장(場)으로서 텍스트를 경험시키는 것이 우선 중요할 수밖에 없고, 그 안에 실현되고 은폐된 이념이나 내용을 인지하게끔 방향을 잡는 것도 중요하고, 그 밖에도 학습자로 하여금 자기 인식, 정서적 경험 축적, 상상력 개발, 위대한 정신에 대한 동경, 미적 형식과 양식에 대한 특수한 경험 등을 치르게끔 유도하는 것의 중요성을 부가할 수 있을 것이다. 물론 이들은 확연하게 구분되는 것이 아니라, 하나로 통합될 수 있는 상호 연관적인 기능들이다. 이러한 제대로 된 목표를 높은 수준에서 성취하려면, 우리로서는 삶의 여러 국면을 형상화한 우수한 문학 정전들이 교육자료로서 망라되어야 한다는 요청에 무심할 수가 없다. 하지만 우리가 경험적으로 잘 알고 있듯이, 우리는 특정 작가나 작품을 교육자료로 선정하는 일에서 이른바 '교육적 가치'[8]와 '문학적 가치'가 일정하게 상충하는 과정을 어렵지 않게 목도해왔다. 그렇다면 그동안 학교 교육에서 수행적 가치가 떨어져서 배제되어왔던 범주에는 어떤 것이 있을까.

첫째, 근대사에서 불가피하게 치러진 이념이나 체제의 선택 과정에

영향을 미치는 여러 요인, 곧 검정 체제나 교과서 개발의 시간적 한계 그리고 물적 인적 자원 등의 현실적 문제도 고려해야 할 것이다. 이러한 복합적 논의를 통해 '정전'을 둘러싼 문학교육 논의의 진전을 꾀할 수 있을 것이다.

8) 이때 '교육적 가치'란, 국가 주도의 프로그램이 입안되고 관철되는 과정에서 예상되는 역기능을 최대한 배제하여, 성장기의 학습자들에게 효율적으로 교육과정을 수행하게끔 고려된 일종의 '수행적 가치'라고 할 것이다.

서 국가주의적 프로젝트에 합치될 수 없었던 경우이다. 일정하게 사회주의적 전망에 우호적인 문학 행위를 했던 카프계의 문인들이나 해방 후 월북한 작가들이 그 한 경우라면, 다른 하나는 '제국주의 협력'으로 명명되는 문학적 실천들 곧 '친일문학'의 자장이다. 이들의 경우는, 문학이 미적 실천의 문제가 아니라 작가들의 정치적 실천과 긴밀하게 연관되는 것임을 실증하는 사례들일 것이다.

둘째는 이른바 미적 난해성의 영역이다. 소위 '아방가르드'로 명명될 수 있는 형식 실험에 매진한 문학 전통이 이에 해당한다. 예컨대 이상(李箱)의 여러 난해 시편들은 학습자들의 지적 문화적 수용의 어려움 때문에 대부분 교육 과정에서 배제될 수밖에 없다. 더불어 불가피한 난해성의 시편들이나 실험적 서사 역시 교육자료로서는 배제되기 십상이었다. 이른바 소통의 문제가 가장 중요한 교육적 가치임을 일러주는 실례들이다.

셋째는 성적 기표가 드러난다든지 성적 불온성이 작품의 내적 근간을 이룬 경우이다. 그 밖에도 성적 활달함이나 윤리적 불온성 등 근대 문학이 추구해온 인간의 근원적 속성들은, 교육적 효율성이라는 기준에 의해 교육 정전 바깥으로 추방되었다. 그 밖에도 물리적인 분량 문제로 단편이 선호된다든지 서정시 편향으로 구성된다든지 하는 현상이 나타나게 되었다.

그와 반대로 교육현장에서 과대평가되어 정전 구성 원리의 적자(嫡子)가 되어왔던 경향도 있다. 순수문학의 전통, 저항문학의 전통, 전통 그 자체를 신비화하는 전통, 성장소설적 전통이 바로 그것이다. 이는 문학적 가치와 문학사적 가치 그리고 문학적 가치와 교육적 가치의 괴리를 그 안에 내장하는 핵심적 편향 사례들이다. 또한 그것은 교육 수용자의 연령이나 문화적 경험의 정도에 따라 혹은 특수한 근대사의 경험에 따라 교육자료가 취사선택될 수밖에 없는 한계를 말해주는 것이기도 하다.

이처럼 교육적 가치는 이런저런 교육적 비효율성 혹은 불온성을 배제하고 나서 성립되는, 문학적 가치보다 철저하게 사후적(事後的)인 어떤 것이다. 다시 강조하지만, 여기서 선호되는 작품들이란, 청소년기의 감수성과 잘 융화될 수 있는 작품들, 소통 지향의 작품들, 민족주의적 열정이 짙게 반영된 작품들, 특정 이념에 편향되지 않은 순수 서정의 작품들, 인생론적 계몽 의지를 담은 작품들이다. 물론 이들의 문학적 가치야 존중되어 마땅하겠지만, 앞의 것들이 배제되는 논리와 이들이 선택되는 논리가 동전의 양면을 이루는 것이라면, 이들 역시 온전한 문학적 가치의 결과로 선정된 것이라고 단언하기는 어려울 것이다. 요컨대 교육적 가치와 문학적 가치가 정확하게 일치되지 않는다는 데 문학교육의 또 하나의 딜레마가 숨어 있는 셈이다. 그 점에서 일종의 보편성과 항구성을 부여받은 문학적 정전의 교육적 속성에 대한 논의는 불가피하지만 여러 난제(難題)들을 내장하고 있는 것이다.

우리가 잘 아는 사실이지만, 지난 한 세기 동안 펼쳐진 한국의 근대문학은 몇 세기에 걸쳐 서서히 진행된 서구의 문학적 경향과 흐름을 압축적으로 경험하고 구현한 바 있다. 이는 우리 근대문학에 깊이 있는 성숙보다는 숨가쁜 변화와 대체의 움직임을 가져다주었고, 느긋하고 점진적인 축적보다는 새로움에 대한 미학적 조급증을 부여하기도 하였다. 또한 미학적 논의보다는 진영 개념을 매개로 하는 논쟁적 비평 의식이 승했던 것도 자연스러운 현상이었다. 또 그것이 '식민지'와 '분단'이라는 가혹한 조건 속에서 진행되었기 때문에, 우리 근대문학의 역정은 순탄한 선조적 진행이 아니라 무수한 갈등과 착종으로 얼룩진 소용돌이의 역사였다고 할 수 있다. 이러한 궁핍하고도 혹독했던 외적 여건이 오히려 우리 근대문학의 내용을 풍요롭고 다양하게 가꾼 토양이었음은 우리가 잘 아는 바이다. 이러한 상처와 굴곡투성이의 역사를 토양으로 하는 한국 근대문학이 목표로 삼은 것은 자연스럽게 근대적 '국민국가nation state'의 완성과 인간다운 삶의 탈환이었다. 새롭고 오롯한 정신의 구현과 단단하고도 탄력 있는 형상적 성취라는 이중적 작업을 그 궁극의 목표로 삼은 우리 근대문학의 역사는, 그래서 상처도 많았지만 아름다운 문양도 많이 남겼다.[9] 우리 교육현장에서 이 같은 근대문학의 구체적인 역사적 육체를 온전하게 경험케 하는 것은, 물리적 한계와 입시 교육의 엄정한 제약에도 불구하고, 양도할 수 없는 교육적 표지(標識)로 요청된다. 우리가 정전 논의를 우수한 문학 텍스트와의 접촉을 늘리는 쪽으로 정향(定向)해야 하는 까닭도 여기에 있다.

결국 우리는 "문학교육의 첫걸음은 매력 있는 작품을 접하게 함으로써 피교육자가 자연스레 그 매력의 포로가 되도록 하는 데서 시작"[10]해야 한다는 유종호 교수의 주장을 경청한다. 그리고 "기존의 문학사나 소설사에서 언급된 작품들을 위주로 한 문학교육 논의가 아닌 목표가 우선시되고 그에 따라 작품이 선별되는 논의가 이루어져야 할 것"[11]이라는 견해를 부분적으로 수용한다. 이러한 논의들을 균형 있게 수습하고 치밀하게 조직함으로써, 우리는 문학교육의 고유한 난제인 정전 문

---

9) 유성호, 「한국 근대시의 경향과 흐름」, 『문학사상』 2003년 12월호 참조.
10) 유종호, 「왕도는 없다」, 『서정적 진실을 찾아서』, 민음사, 2001, p.267; 이 책의 1부에 재수록.
11) 김동환, 『문학연구와 문학교육』, 한성대학교출판부, 2004, p.195.

제의 격을 높여갈 수 있을 것이다.

3. 정전 구성 원리의 변화와 지향

제7차 교육과정에 채택된 18종 문학 교과서에 수록된 작품만을 대상으로 보자면 이전 교과서에 비해 여러 모로 변화된 정전 구성의 원리를 확인할 수 있다. 참조할 만한 지형 변화라고 생각된다. 그 양상을 조감(鳥瞰)해보면 다음과 같다.

첫째, 거의 최근의 작품까지 망라함으로써 정전이 지닌 관행적인 시기적 제한을 풀려고 하였다. 지난 교육과정에는 교육과정에 명시된 "문학작품의 선정은 문학사의 평가를 받은 것들로 한다"라는 항목을 충실히 지켜 1970년대로 하한선을 유지했는데, 제7차 교육과정에서는 이러한 제한이 거의 무력화되면서 생존 문인들의 작품이 대거 입성하게 되었다. 그야말로 근대modern의 문제를 동시대contemporary의 영역으로 확장한 것이다. 둘째, 월북작가들의 작품도 많이 수록되었다. 냉전 이념에서 벗어나 진보적 문인들의 작품을 해석하고 평가하려는 의지가 대거 수용된 것이다. 특정 이념의 배제를 반성적으로 성찰하면서 균형 감각을 촉구하게 된 것도 이 시기 교과서가 내보인 확연한 진경(進境)이다. 셋째, 외국문학 중에서 제3세계의 작품 비중이 높아졌다는 사실을 들 수 있다. 이전 교과서까지는 외국문학작품의 경우 거의 유럽과 미국 중심으로 짜여왔다. 그러던 것이 아프리카나 남미, 구소련 등 이른바 제3세계의 문학 쪽으로 확연히 배려하게 된 것이다. 조선족이나 북한 작가의 작품도 등장하였다. 넷째, 친일문학작품도 나타났다. 물론 일부이기는 하지만, 김기진과 김용제의 친일 시편들이 직접 인용되어, 우리 문학사의 어두운 음영(陰影)을 통한 반성적 수행을 시도하였다. 그 밖에 달라진 매체 환경을 반영하듯, 다양한 장르의 문학이 소개된 것도 이 시기의 눈에 띄는 변화라 할 것이다.

이처럼 이전 교과서에서 배제되어왔던 텍스트들의 귀환이 광범위하게 이루어짐으로써, 정전 구성의 실제는 여러모로 변화된 관점을 내보이게 되었다. 특히 그동안 우리 교과서가 보여주었던 이념적 편향에 대한 반성적 재구성의 의지는 높이 평가해 마땅하다. 외국 작품의 경우는 영미 위주에서 벗어나 제3세계나 소수 민족의 작품을 선보이는 차원이 나타났는데, 이 또한 그동안 우리의 '문학' 관념을 지배했던 '서구문학=세계문학'이라는 도식에 대한 문제제기적 재구성의 의지라 할 만하다.

이러한 긍정적 변모에도 불구하고 제7차 교육과정 교과서는 미해결된 문제점 역시 적지 않게 남겨주었다. 첫째, 수록된 작품 수가 지나치게 많고 교과서마다 분량의 편차가 심하게 만들어졌다. 또한 교과서에 실린 문학작품을 경험하는 것보다 그것을 자료로 하여 교육 내용을 배우는 것을 더 중요하게 생각하였다. 그래서 작품 전문보다는 일부분만을 인용하는 경우가 더욱 심해졌고, 심지어는 짧은 시편에서조차 일부분만을 인용하는 일이 점증(漸增)하였다. 제6차 교과서에 비해 수록 작품의 수는 많이 증가하였지만 교육현장에서의 물리적 실감은 약화된 것이다. 둘째, 외국문학작품의 전체 비중이 제6차 때보다 낮아졌다. 제7차 교육과정에서도 세계화 시대에 발맞춰 세계문학에 대한 이해를 비록 강조하기는 했지만, 교과서에는 정반대로 외국문학작품이 크게 줄었다. 셋째, 수록 작품의 장르별 불균형이 심화되었다. 특히 서정시

편중이 심한데, 이는 짧은 형식으로 문학의 언어적 특질을 가르칠 수 있고 물리적 시간을 효율적으로 활용할 수 있다는 이유 때문일 것이다. 하지만 현재와 같이 복합성의 삶을 살아가는 현실에서 보다 더 다양한 문학 경험을 수행하기 위해서는 여러 장르의 균형을 도모해야 할 것이다.

또한 '문학사(文學史)'와 관련하여 정전의 문제를 생각해보는 일도 중요할 것이다. 문학사 교육의 총론적 목표는 "문학에 관한 체계적 지식을 바탕으로 우리 문학의 역사적 전개 과정을 이해하고, 문학작품을 역사적 시각에서 접근할 수 있는 능력을 가지게 한다"라고 설정되어 있다. 그리고 세부 목표로 "문학 양식의 변화를 당대 사회와의 관계 속에서 파악하고, 우리 문학의 특성과 전통성을 이해하며, 민족문화의 계승과 발전을 도모하는" 것을 설정해놓고 있다. 하지만 우리는 개별 작품과의 연관성이 배제된 문학사 교육이 불가능할 뿐만 아니라 그 효과도 거의 기대할 수 없다는 점을 잘 알고 있다. 그러므로 최대한 개별 작품에 대한 실증적 이해를 바탕으로 문학사 교육의 학습 내용과 방법이 연구되어야 한다는 점에서, 각각의 문학작품에 대하여 다른 교육 영역에서 학습한 결과를 문학사 교육에 가져와 그것들을 관련성에 따라 설명해내는 것이 문학사 교육의 내용과 방법이 될 것이라고 생각한다. 그 점에서 '문학사' 교육을 위해서도 균형 있는 정전 구성 원리가 요청된다는 점은 의심의 여지가 없다. 그만큼 문학교육 정전 논의는 문학사적 관점과 긴밀하게 결부되어 펼쳐져야 한다.

4. 학교 교육과 정전 논의

일반적으로 사람들은 '학교 교육'에 한정하여 교육 현상을 이해하려고 한다. 물론 '가정 교육'이나 '사회 교육'의 중요성이 전적으로 배제되는 것은 아니지만, 사람들의 마음속에 각인된 교육 현장은 단연 '학교(學校)'라는 제도적 표상으로 집중되어 있다. 우리나라 교육부가 담당하고 있는 영역 역시 대개 '학교 교육' 과정에 집중되어 있는 것을 감안하면, 공적 사적 영역에서 학교 교육이 차지하는 비중은 매우 크다고 할 수 있다. 일례로 서구의 계몽주의자 가운데 어떤 이는 학교 하나를 짓는 것이 감옥 하나를 부수는 것과 같다고 말한 적이 있다. 이는 한 사회의 야만 상태를 문명 상태로 이끌어올리는 학교의 계도적 기능에 대한 전폭적 신뢰를 근거로 한 발언일 것이다. 하지만 근대의 전개과정은 학교 하나를 늘리면 고스란히 감옥 하나가 늘어나는 아이러니를 보이는 방향으로 진행되었다. 학교가 곧 창살 없는 감옥이 되어버렸으니까 말이다. 우리 기억 속의 학교 역시 대개는 자발적으로 가고 싶었던 곳이 아니라, 제도적 강제로 주어진 타율적 집합소 같은 곳이었지 않은가. 그래서인지 교육학자 이반 일리치Ivan Illich 같은 이는 『탈(脫)학교화 사회 Deschooling Society』라는 책에서 아예 급진적인 학교 비판에 나서기도 하였다. 근대 교육에 대한 이러한 전폭적 신뢰와 비판의 공존 현상은, 그곳이 사회 체제에 의해 견고하게 결속된 억압적 기구이면서 동시에 그 견고함을 깨뜨릴 수 있는 창조적 균열들이 다양하게 존재하는 장소임을 알려준다. [12]

우리나라의 교육 경험에서도 '학교'는 전(前)근대적 야만 상태에서 근대적 문명 상태로 수직 상승할 수 있는 유일한 제도적 통로로 기능하였다. 근대 초기의 학교에서는 근대 교육의 도구로 일어, 수학, 역사, 지리 등을 가르쳤다. 이러한 과목 편성은 학습자의 이른바 '자기 형성적 주체self formative subject'로서의 성장 가능성보다는 '민족'과 '국가'에 유용한 인재를 길러내려는 기능 중심의 사고를 저변에 깔고 있었다고 할 수 있다. 그래서 식민지 시대의 작가 이태준은 한 산문에서 "다른 공부를 제대로 하면서 읽는 소설은 물론 좋다. 나아가서는 그렇게 하기를 권려(勸勵)해야 할 것이다. 세상이라거나, 인정이라거나를 모르는 것만이 천진(天眞)은 아니다. 그것은 백치(白痴)요 천진은 아니다. 백치와 천진을 구별하지 못하는 교육자들이 많아, '소설'이라면 공연히 백안시한다."[13] 라고 토로하면서, 당시 문학교육의 영성함을 질타한 바 있다. '민족'과 '국가'를 짊어지고 나아갈 인재에게 소설과 같은 가항(街巷)의 이야기들은 그다지 유용하지 못했던 것이다.

그런데 해방 이후의 교육과정에서 '문학'은 매우 중요한 대상으로 부상하게 되었다. 물론 문학을 통해 '민족'과 '국가'를 절대화하는 이데올로기를 주입하고 그에 반하는 내용들은 철저히 배제해왔던 역사를 돌이켜볼 때, 문학은 그 자체로 숭앙되었다기보다는 '국민국가nation state'의 일원을 재생산하는 도구로 이용된 측면이 강하기는 했다. 하지만 최근 급속하게 진행된 사회의 민주화를 바탕으로 다양하기 그지없는 문학적 내용과 형식이 가르쳐지고 있고, 작품의 주제를 국민국가 중심의 알레고리로 환원하려는 지향은 많이 약화되거나 사라졌다. 그래서 이

---

12) 이승원, 『학교의 탄생』, 휴머니스트, 2005, p. 9.

13) 이태준, 「小說」, 『무서록(無序錄)』, 박문서관, 1941 ;『無序錄』(이태준 문학전집), 서음출판사, 1988. p. 253 재인용.

제 정말 학교 교육에서 문학교육의 가능성은 그 어느 때보다 증폭된 상태라고 할 수 있을 것이다.

말할 것도 없이 '교육'이란 본질적으로 가치 지향적 활동이다. 그것은 제도적 비제도적 교육 과정을 통해 학습자에게 가치 있는 어떤 특성을 길러주는 교육적 가치의 실현 과정이다. 이때 교육적 가치는 학습자에게 실현되어 학습자의 삶의 지향을 안내하는 교양의 기반이 된다. 곧 다양한 문화의 장(場) 안에서 학습자가 자신의 교육적 경험을 바탕으로 바람직한 자신의 삶의 지향을 위한 교양을 형성하게 된다. 특히 삶과의 총체적 연관을 가지는 문학을 교육하는 데서는 더욱 그러하다. 문학이 본질적으로 삶의 문제를 규명하려는 노력이며 교육 또한 그러하다면, 이 둘이 맺는 상호 작용 속에서 학습자가 가져야 할 교양이나 삶의 지향성은 매우 중요한 것이다.

따라서 우리가 논의한 문학교육과 정전 구성에 관한 이야기는, 교육 과정의 목표에 합당한 정전 방향이 기존 교과서가 어떤 정전들을 포괄하고 배제하는지를 밝히고, 문학교육이 문학에 대한 지식을 통해 문학을 감상하려는 목적과 문학을 통해 언어 능력을 향상시키고 인간과 사회에 대한 이해를 증진시키려는 목적을 두루 충족해야 한다는 점으로 모아진다고 할 수 있다.

그 점에서 문학 텍스트를 객관적 지식으로 간주하여 그 지식을 전달하는 주해식 교육 방법은 여전히 문제점으로 지적될 수 있다. 이 경우는 이른바 객관주의적 교육 담론이 그 밑바탕에 존재한다. 이는 문학작품을 신비화하여 그것에 대한 재해석의 여지를 막아왔고, 작품이 가지는 항구적 신비성으로 인하여 현실적 접촉점을 마련하기 힘들게 하였다. 비평방법론으로서의 신비평 영향 때문이기도 하겠지만, 주해식으로 교육하기 비교적 용이한 텍스트들이 주류를 이루면서, 가치 있는 대상이 객관적으로 존재하고 있고 교육은 그것을 재생산해야 한다는 논리로 이어져왔다. 전통 수사학과 신비평 담론이 이런 방식의 교육에 이론적 배경을 제공한 것은 우리가 잘 알고 있는 일이다.

결국 우리로서는 우수한 문학 정전을 역사적 지평 위에서 경험시키면서도 그것을 유일무이한 해답 수렴의 과정으로 몰아가는 방법을 자계(自戒)하는 균형 감각을 정전 논의와 그것의 수행과정에서 충실하게 고려해야 한다. 그 점에서 다음 지적은 매우 경청할 만한 것이다.

학교 현장에서는 정전을 고식적으로 가르치는 방안과 과도하게 혁신적인 텍스트에 의존하는 두 방향이 공존하고 있다. 교육 정전에 대한 자기 성찰을 할 수 있도록 하고, 문학교사가 비정전 작품을 유연성 있게 문학교육에 이끌어들이는 것이 바람직하다. 이미 정전으로 성립된 작품에 대해서만 교육용으로 고려할 것이 아니라, 다른 정전과 마찬가시로 교육 정전은 형성된다는 점을 염두에 둘 일이다. 교육 정전의 구성과 변형 과정에서 문학교육과 문학 바깥의 교섭과 소통은 이루어진다.[14]

교육 정전의 확장 가능성을 염두에 두면서, 비정전 작품을 유연성 있게 문학교육에 이끌어들이면서, 교육 정전의 구성과 변형 과정에서 문학교육과 문학 바깥의 교섭과 소통을 촉구하는 내용이다. 정전의 구심력과 원심력 사이의 균형을 강조한 언급이라 할 만하다.

물론 '정전'의 어원이 신성한 말씀Words이라는 뜻에서 유래한 것이기

---

14) 우한용, 「문학 교육과정 개정의 방향 탐색」, 『문학교육학』 20호, 한국문학교육학회, 2006, pp. 24~25.

때문에, 모범적이며 가치가 인정된 작품들이 실체론적으로 존재한다는 것을 무시할 수는 없다. 문학교육의 가장 근원적 문제점인 편향된 정전 구성을 극복하고 정전들의 역동적 변화를 받아들이려는 의욕을 탈(脫)정전의 움직임으로 비약시킬 수는 없는 노릇이다. 왜냐하면, 말할 것도 없이 '교육'이란 본질적으로 가치 지향적 활동이기 때문이다. 그것은 제도적 비제도적 교육 과정을 통해 학습자에게 가치 있는 어떤 특성을 길러주는 교육적 가치의 실현 과정이지 않은가. 그 점에서 학습 공동체에서 인준하고 검증한 정전 텍스트의 계열화는 불가피한 것이 사실이다. 이때 교육적 가치는 학습자에게 실현되어 학습자의 삶의 지향을 안내하는 교양의 기반이 되는 것이다.

물론 문학교육의 정전 역시 문학작품의 정전과 마찬가지로 변화를 겪는다. 이는 그것들이 그 안에 역사성의 원리를 가지고 있기 때문이다. 그 가운데 하나가 교육 정전의 이데올로기 분석에 따른 것이다. 분단 이후 '교육' 행위를 통해 확산된 지배 이데올로기는 정전 검토에서 빠질 수 없는 항목이다. 이른바 순수문학 경향이 주도적인 위치를 점하고 교과서 편성에도 거대한 권력을 행사하였다는 점은 주지의 사실이다. 그리고 순수문학적 지향을 정당화하기 위한 방법으로 전통 수사학이나 신비평 담론이 적극 활용된 것도 우리가 다 아는 사실이다. 그 점에서 우리는 그동안 실체론적으로 존재한다고 믿었던 순수문학 전통의 정전 구성 원리를 다양한 중심들로 확산하면서, 그동안 여러모로 억압되었던 문학적 가치들, 예컨대 민족 간의 대결 구도에서 저항의 문제는 긍정적으로 취급되지만 국민국가 내부에서의 대결 구도랄 수밖에 없는 성, 계급, 지역 같은 내적 변수는 도외시된다는 것 등을 추슬러 새로운 교육적 가치의 계열화를 구상해야 한다. 그러한 탄력이 새로운 정전 구

성 원리의 탄력으로 이어져 풀을 넓히면서, 우리는 문학이 인간 삶의
여러 국면을 유비적으로 보여주고 경험케 하는 언어적 자료라는 점을
암시할 수 있을 것이다.

제8장

다매체 문화 환경과 문학 능력

김신정

1. 서론

2000년대 문학의 특징과 '문학하기'의 조건 변화는 대체로 다음과 같은 내용으로 요약된다. 우선, 신자유주의 질서의 강화와 자본주의 문화 변동 속에서 문학의 연구·비평·창작과 관련된 문화 환경이 급격히 재편되고 있다는 점이다. 소위 '문학의 위기,' '인문학의 위기' 담론은 이 같은 상황 속에서 대두되었다. 둘째, 인터넷 보급과 디지털 소통 방식의 확산에 따른 뉴미디어 시대의 본격적 개막이라고 할 수 있다. 컴퓨터, 휴대폰, MP3, DMB, PMP, PSP 등 다양한 하이테크 미디어 기기의 영향력 확대로 인한 소소한 일상의 변화는 문학의 생산·수용·유통 방식에 적지 않은 변화를 가져왔다. 마지막으로, 문학 창작의 특징으로서, 대중문화·타 예술 장르와의 접변 확대, 하위문화적[1]

상상력의 수용, '혼종성hybridity'[2]의 강화를 들 수 있다. 2000년대 문학의 구체적인 형질 변화라고 할 수 있는 이 같은 특징들은 문학이 스스로의 정체성에 균열을 내거나 문학의 영역을 확대해나가는 증거라고 할 수 있다. 본고에서는 최근 매체 환경의 변화 및 문화 변동 과정에서 비롯된 '문학하기'의 조건 변화와 구체적인 문학작품의 특징을 살펴보고, 2000년대 문화 환경에 대응하기 위한 문학교육 방안을, 특히 문학능력의 함양을 중심으로 논의하고자 한다.

---

1) 하위문화Subculture의 역사적 기원은 1950년대 후반 노동계급 문화 주체를 대변했던 '모드족'에서부터 1970년대의 '펑크족'에 이르는 영국의 청년문화에서 찾을 수 있다. 이 기간 동안에 영국 사회는 기존의 지배문화와는 다른 새로운 청년문화족들의 출현을 경험했고, 이들은 '모드' '테디보이' '록커' '펑크'와 같은 다양한 이름으로 불렸다. 영국의 '역사적 하위문화'는 이후 영국 내부에서도 새로운 형태(히피-여피-이피-뉴웨이브-네오펑크)로 이행되었고 한편으로 1960년대 이후 미국의 반문화 청년운동과 이후의 소수문화적 형태들(흑인 할렘 문화-퀴어 문화-힙합 문화)과 연결되면서 청년문화의 출발점으로 인식되곤 한다. 일반적으로 새롭게 생성되는 청년문화를 하위문화적 범주로 인식할 때 주목하는 것은 하위문화의 "문화적 하위성"에 관한 것이다. 즉, 주류문화로부터 주변부화된 것, 지배적인 가치와 윤리로부터 배격당한 것, 동시대의 지배적인 문화적 형태와는 다른 새롭고 이질적인 문화적 특성에서 '하위문화 일반'의 능동성과 생성의 정치학을 읽을 수 있다. 딕 헵디지, 이동연 옮김, 『하위문화: 스타일의 의미』, 현실문화연구, 1998, pp.7~8.

2) 혼종성hybridity은, 탈식민주의 이론에서 식민 주체의 통일성을 불가능하게 하는 식민 주체의 분열을 설명하고 식민 지배의 기반이 되는 인종적 문화적 순수성을 공격하는 개념이다. 동일성의 이데올로기에 저항하는 준거점으로 활용되는 이 개념은, 최근 2000년대 한국 문단에 등장한 새로운 세대의 경험과 미학적 특징을 설명하는 데 자주 활용되고 있다. 이때 '혼종성의 미학' 혹은 '혼종적 글쓰기'란 "자기 세대의 고유한 역사적 경험의 동일성을 구성하지 않는 세대"의 자기 발언으로서, 언어, 장르, 매체, 국적, 성별을 "마구 섞어 쓰는" 글쓰기 방식을 특징으로 한다. 호미 바바, 나병철 옮김, 『문화의 위치』, 소명출판, 2002; 이광호, 「혼종적 글쓰기 혹은 무중력 공간의 탄생—2000년대 문학의 다른 이름들」, 『문학과 사회』 70호, 2005; 이장욱, 「체셔 고양이의 붉은 웃음과 함께하는 무한전쟁 연대기」, 『나의 우울한 모던 보이』, 창작과비평사, 2005 참조.

2. 문학 창작의 변화

(1) 매체 경험의 형상화와 문학 창작의 변화

'자본'과 '매체'로 집중되는 문화 환경의 전반적인 지각 변동 과정에서 나타난 문학 창작의 변화로서, 우선 다양한 매체 경험이 문학작품의 주요한 소재와 주제로 부각되거나 중심 서사를 구성하는 현상이 나타나고 있다. 이들 작품에서 다루는 인터넷, 컴퓨터 게임 등의 디지털 매체와 TV, 라디오 등의 고전적인 매체는 갖가지 전자기기로 둘러싸인 채 거대한 전자 시스템의 일부로 존재하는 디지털 시대 인간의 삶의 조건을 환기시킨다.

시인 이원은 2001년, 『야후!의 강물에 천 개의 달이 뜬다』라는 제목의 시집을 통해 디지털 세대 시인의 대표 주자로 등장했다. 이 시집에서 이원은, 근대철학의 중심 명제를 패러디한 "나는 클릭한다 고로 나는 존재한다"라는 도발적인 선언을 통해, 디지털 문화를 일상 속에 수용해야만 하는 전자 매체 시대 인간의 존재 조건을 성찰한다.

잉크 냄새가 밴 조간신문을 펼치는 대신 새벽에/무향의 인터넷을 가볍게 따닥 클릭한다/신문 지면을 인쇄한 모습 그대로/보여주는 PDF 서비스를 클릭한다/코스닥 이젠 날개가 없다/단기 외채 총 500억 달러/클릭을 할 때마다 신문이 한 면씩 넘어간다/나는 세계를 연속 클릭한다/클릭 한 번에 한 세계가 무너지고/한 세계가 일어선다/해가 떠오른다 해에도 칩이 내장되어 있다/미세 전극이 흐르는 유리관을 팔의 신경 조직에 이식/몸에서 나오는 무선 신호를 컴퓨터가 받는다는/12면 기사를

들여다보다/인류 최초의 로봇 인간을 꿈꾼다는 케빈 워윅의/웹 사이트
를 클릭한다 나는 28412번째 방문객이다/나도 삽입하고 싶은 유전자가
있다/마우스를 둥글게 감싼 오른손의 검지로 메일을/클릭한다 지난밤에
도 메일은 도착해 있다/캐나다 토론토의 k가 보낸 첨부 파일을 클릭한
다/붉은 장미들이 이슬을 꽃잎에 대롱대롱 매달고/흰 울타리 안에서 피
어난다/k가 보낸 꽃은 시들지 않았다 〔……〕 오른손으로 미끄러운 마
우스를 감싸쥐고 나는/문학을 클릭한다 잡지를 클릭한다 〔……〕 프린
터 아래의 내 무릎 위로/쿠폰이 동백 꽃잎처럼 뚝 떨어진다 나는/동백
꽃잎을 단 나를 클릭한다/검색어 나에 대한 검색 결과로/0개의 카테고
리와/177개의 사이트가 나타난다/나는 그러나 어디에 있는가/나는 나
를 찾아 차례대로 클릭한다/광기 영화 인도 그리고 나………나누고
/……나오는…나홀로 소송……또나(주)…/나누고 싶은 이야기……지
구와나…………/따닥 따닥 쌍봉낙타의 발굽 소리가 들린다/오아시스가
가까이 있다 /계속해서 나는 클릭한다 고로 나는 존재한다
—이원, 「나는 클릭한다 고로 나는 존재한다」 부분

포털 사이트에서 인터넷 신문, 그리고 하이퍼링크를 통해 다른 웹 사
이트로, 잠시 이메일을 확인한 뒤 다시 인터넷 전화와 서점으로 '클릭'
해나가는 과정은 컴퓨터가 놓인 공간이라면 어디서나 매일, 수시로 반
복되는 일상의 풍경이라고 할 수 있다. 디지털 매체 경험을 직접적으로
문학 형상화의 대상으로 삼고 있는 이 시는 인터넷이 제공하는 시공간
의 확대와 초월, 또한 가상과 현실을 넘나들고 원본과 복제물을 혼동하
는 사이버 주체의 일상적 체험을 포착한다. 주목할 부분은, 위의 인용
시 마지막 부분에서 "나"를 인터넷 "검색"의 대상으로 삼아 끝없이 "클

릭"해나가는 광경이다. "나를 찾아" 수많은 '나'를 검색해나가는 '나'는 '클릭'하는 행위와 그 순간 속에서 스스로의 존재 의미를 확인하고 있다. 이 시에서 '나'는 검색의 주체이면서 인터넷 검색 결과 중의 일부이기도 하다.

이원 시의 강점은 전자문명의 발달과 그 과정에서 일어나는 인간의 삶의 변화를 시적 이미지로 표현하면서, 한편으로 인간의 육체적 현실, 즉 "여전히 땀 냄새가 나"는 "내 몸이 닿아 있는 세계"에 대한 시선을 놓치지 않고 있다는 점이다. 이원의 시에서 실제 현실 속의 '나'는 가상공간의 '나'와 갈등을 겪으면서 동시에 가상공간 속의 자아에 대한 성찰을 보여준다.

이원 이외에도 이승원의 시는 미디어 경험이 최근의 문학작품에 미치는 영향과 그로 인한 문학작품의 변화를 특징적으로 보여주는 작품들이다. 「가상 자아의 세계적 유형」(『어둠과 설탕』, 문학과지성사, 2006)에서 이승원은 인터넷 게임의 가상공간에 몰입한 '나'의 혼종적 경험을 형상화한다. 육체적 현실 속에서 게임을 하는 '나,' 그리고 게임이라는 가상공간의 또 다른 '나'의 관계 방식과 혼종성을 탐구하는 시인은, 복제가 원본의 지위를 위협하는 기술복제시대의 일상 체험을, 다름 아닌 디지털 매체의 서사 구성 방식을 통해 '복제'한다. 이원의 시와 비교한다면, 이원의 시가 전자 매체의 특성을 포착하면서도 그것에 대한 거리감과 회의적 시선을 유지하고 있는 반면, 이승원의 시는 매체를 모방함으로써 매체의 특성 자체를 형상화하는 전략을 취한다. 이원 시에 비해 상대적으로 매체에 밀착된 양상을 보여주는 것이다.

(2) 대중문화, 하위문화, 혼종성

2000년대 문학 창작의 변화와 관련된 또 다른 특징으로 대중문화와
의 접변 확대, 하위문화적 상상력과 혼종성의 미학을 들 수 있다. 새로
운 전자매체 경험이 문학작품에 미친 변화와 비교할 때, 대중문화적 하
위문화적 상상력과 혼종성의 대두는 좀더 과격하고 근본적인 문학의
변화를 발생시킨다. 한국 근대문학의 엄숙성과 엘리트주의는 2000년
대 문학의 도발성과 '잡종성(혼종성),' 일탈과 비행의 저항성으로부터
도전받고 있다. 가령, 랩, 무협지, 록Rock, B급 영화, 우화, 기담 등 하
위문화 장르의 직접적인 영향, 그리고 '비행' 청소년과 도시 빈민, 노숙
자, 동성애자 등 주류 문화에서 소외된 하위문화 주체들의 고유한 공간
과 경험은 2000년대 '젊은' 문학의 주요한 질료가 되고 있다. 가령, 황
병승의 다음과 같은 시에 등장하는

　미스터 정키 어떤 계절은 남녀를 가리지 않을 정도로 뜨겁고 또 어떤
계절은 순식간에 싸늘해져서 남자도 여자도 그 어느 누구도 사랑할 수
없을 정도로 뿌리부터 차가워지지

　힙합 소년 J 친구들은 늘 우정이 어쩌구 선후배가 어쩌구 떠들어대지
만 스윗 숍(sweet shop) 앞을 지날 때면 부모 형제도 몰라봅니다 친구
들은 커서 달콤한 가게의 핌프(pimp)가 되겠죠.
　나는 다릅니다 나는 생각이 있어요 붓질을 잘하면 도배사 하지만 글을
배워서 서기(書記)가 되지는 않을 거예요

　이소령 청년 차력사인 아버지의 쉴새없는 잔소리에 머리가 늘 깨질 듯

이 아팠다 쌍절곤 휘두를 힘도 없다 가끔 정키 씨를 불러 리밍을 시켰다
　　　　　　　— 황병승, 「에로틱파괴어린빌리지의 겨울」 부분

'미스터 정키,'[3] '힙합 소년 j,' '이소령 청년' 등은 사회적 성적 일탈
과 비행의 주체들이다. 욕설과 폭력, 절도와 성행위, 마약과 시위를 일
삼는 도시 하위문화 주체들이 시의 주인공으로 등장하고 있다. 시(詩)
장르에 관한 기존의 관념을 파괴하는 낯선 주체와 언어들은 황병승 시
의 독자들을 마치 B급 영화의 한 장면 같은 기이한 시적 풍경 속으로
이끌어간다. 그의 시에서 직접 육성을 들려주는 시적 주체들의 범위는
독자들의 예상을 넘어선다.

　나는 단지 가족들과 함께 식사하는 걸 싫어했을 뿐인데./요즘은 침대
밑에서 먹어요/메어리는 안쓰럽다는 듯이 내게 말을 건네죠/리타, 이리
나와요 거긴 너무 어둡고…… 샐러드가 코로 들어가겠어요/그럼 난 이
렇게 대꾸하죠/걱정 마세요 수간호사님, 이건 그저 연기일 뿐이니까요.
　　　　　　　　　　　　　　— 황병승, 「리타의 습관」 부분

　지난밤 우리는 나쁜 마음 못생긴 얼굴로 엑스를 했지/파아악 냄새를
풍겼어 아줌마 아저씨들 인사를 기다리는 눈치였지만/우리는 아침부터
오를 죽이고 더럽게 아름다워졌어 아름다워지기 시작했지
　　　　　　　　　　　　　　　　— 황병승, 「세븐틴」 부분

---

3) 정키junky는 허섭스레기, 폐물이라는 뜻의 단어이다.

이제 연주는 끝났습니다/나는 선언의 천재/사계절을 저지르며 거듭
태어난 포 스타/침묵과 비명의 일인자인 철문이여/얼음으로 만들어진
찬 변기여/그리고 너 속 검은 의자여/연주는 이미 끝이 났습니다/이 겨
울의 철문을 나서며 날두부를 먹으리라/그러나 덜컥 나는 다시 태어날
것입니다 다섯 번째 계절/더 큰 죄를 짓기 위해……

—— 황병승, 「사성장군협주곡(四星將軍協奏曲)」 부분

황병승 시에서는, 각기 정신병자, 비행 청소년, 전과자, 그 외에도
여장 남자, 동성애자, 룸펜 등 지금까지 한국 시의 주인공으로 자주 등
장하지 않았던 '비정상적인' 인물들이 자신들의 목소리를 들려준다. '정
상'의 시선으로는 결코 거두어지지 않는 이들은 주류문화, 지배문화에
억압된 소수자적 인물, 행태, 공간, 언어들을 포착한다. 그렇다고 해서
지배층에 가려진 사회적 소수자의 존재와 목소리를 단지 작품 속에 복
원하는 일이 황병승 시의 최종 목적지라고 보기는 어렵다. 황병승의 시
세계는 '혼종성'이라는 개념으로 집약될 수 있다. 혼종성은 그의 시의
복수적 주체들과 이질적인 질서들, 다양한 상징기호 그리고 이런 것들
이 섞여 있는 시집 전체의 구성 원리를 아우르는 개념이다. 황병승 시
의 잡다한 인물들이 펼치는 기이한 행태들, 이단(異端)의 목소리들은 그
각각의 불협화음과 균열과 충돌을 내장한 채 일종의 단편 조각들의 무
질서한 모임bricolage[4]를 만들어낸다. 뿐만 아니라, 수많은 인물들의 이

---

4) 원래 '손에 닿는 아무것이나 사용해서 만든 물건'이라는 뜻의 브리콜라주bricolage는 하위
문화적 스타일이 어떻게 구성되는지를 설명하는 데 자주 이용된다. 가령, 레비-스트로스
는 원시민족이 사용하는 마술적 양식들이 어떻게 일관된 연관체계들로 간주될 수 있는지
를 설명하면서, 그 체계들의 기본요소들이 다양한 즉흥적인 조합들을 통해 그 내부에서 새
로운 의미들을 발생시키는 데 사용될 수 있기 때문에 무한한 확장 능력을 갖고 있다고 말

야기를 들려주지만 결코 기승전결의 플롯을 따르지 않는 서사적 구성, 그리고 자아와 세계의 동일화라는 서정시의 기본 원리를 일탈하는 시적 창조의 방법들은 일반화된 장르의 관습을 파기하면서, 새로운 일탈적 장르의 창조를 시도한다. 이 역시 편집과 섞어쓰기, 이질적인 것들의 혼종으로써 하위문화, 혹은 하이브리드 문화의 특징이라고 할 수 있다.

황병승을 비롯해 이승원, 김민정, 김행숙, 강정, 박상수 등, 2000년 대 시단에서 활발한 활동을 펼치는 시인들의 시는 대중문화와의 접변을 크게 확대하거나 직접적으로 하위문화 장르의 세례를 받은 작품들이다. 이들은 2000년대 시 비평계의 '서정시 논쟁' 과정에서 주요한 검토 대상으로 부각되어, 서정시 중심의 시단에 대한 저항과 비판을 시도하였다. 한국 시단의 서정시 주류의 현상이 서정시의 문법을 일정하게 관습화하고 고착시키는 경향을 낳았다면, 2000년대의 젊은 시인들은 일반화된 장르의 관습을 파기하고 주류 문단에 도전하며 새로운 일탈적 장르의 창조를 실험한다. 학교라는 교육 제도, 정전이라는 문학 제도의 완고한 틀 '바깥'에서 생성된 이들의 시는 한국 문학의 주류에 도전하는 과감한 실험과 발랄한 상상력으로 한국 시단의 새로운 무리를 형성하고 있다.

(3) 사이버문학의 출현과 장르문학의 생성

문학 창작의 변화라는 제목 아래 마지막으로 살펴볼 내용은 새로운

한다. 또한 클라크J. Clarke는 하위문화적인 브리콜러(bricoleur, 브리콜라주를 사용하는 사람)에 의해 채택되고 전복되며 확장되는 방식을 강조하며, 브리콜라주에 의해 새로운 담론이 구성되고 다른 메시지가 전달될 수 있다고 보고 있다.(딕 헵디지, 앞의 책, pp. 141~45 참조)

문학 양식의 생성으로 요약된다. 다양한 종류의 새로운 문학 양식이 지속적으로 생성되는 현상은 인터넷을 중심으로 한 향유 매체의 변화와 밀접한 관련을 갖는다. 주로 동호인들을 중심으로 PC통신과 인터넷 카페에 글을 올리면서 시작된 통신 문학, 인터넷 소설 등은 주요 문예지와 일간 신문 신춘문예 등 기존 등단 절차를 생략한 채 유통된다는 점에서 동일하게 비제도권 문학이라고 평가할 수 있다.

인터넷상의 문학은 대체로 SF, 추리, 무협, 판타지 등과 같은 주변부 장르나 통속 장르가 주종을 이루지만, 완전히 새로운 문학 장르가 창조되기도 한다. 이를테면, 팬픽, 야오이 문학, 릴레이 소설, 게임 소설, 멀티 픽션, 인터액티브 픽션 등을 들 수 있다. 팬픽은 대중문화 스타를 주인공으로 내세워 가상의 상황을 설정해놓고 이야기를 전개해나가는 형태의 소설이며, 야오이 문학이란 남자 동성애를 주제로 하는 만화, 소설, 영화 등의 다양한 서사 텍스트를 말한다. 팬픽이 "스타 시스템의 왜곡된 문화적 산물"이라면 야오이 문학은 "일본 대중문화가 독특하게 변질된 형태"이다.[5] 두 개의 장르 모두 대중문화적 상상력에 바탕을 두고 창조된 새로운 문학 양식이라고 할 수 있다.

릴레이 문학 역시 인터넷 환경을 조건으로 생성된 문학 창작의 방법이자 새로운 장르로서, 여러 작가가 릴레이 형식으로 돌아가며 글을 올려 하나의 작품을 완성하는 공동 창작물을 가리킨다. 지난 2000년 '언어의 새벽(http://eos.met.go.kr)' 웹사이트에서 이제하, 박형준, 김상미, 김정란 등 100여 명의 전문 문학인들과 일반인들이 김수영의 「풀」을 기본 텍스트로 삼아 하이퍼텍스트 시를 구성한 경우가 이에 해당된

---

5) 이용욱, 「인터넷과 문학—그 현황과 흐름」, 『현대문학』 560호, 2001.

다. 게임 소설 역시 기본적으로 릴레이 문학의 한 창작 형태라고 할 수 있다.

멀티 픽션과 인터액티브 픽션은 인터넷 기술 환경을 바탕으로 창조된 문학 양식 가운데 가장 발전된 형태를 보여준다. 멀티 픽션은 컴퓨터 화면상의 문자뿐만 아니라 동영상, 음향, 사진 등 다양한 매체와 개별적인 이미지들을 서로 연결(링크)하여 인터넷상의 멀티텍스트를 창조한 형태를 말한다. 인터액티브 픽션interactive fiction이란, 다양한 컴퓨터 기술을 도입함으로써 지금까지 문학, 음악, 회화 등으로 구분해온 예술의 장르들을 통합하는 문학 형태이다. 컴퓨터 화면 위에 동영상, 컴퓨터그래픽, 음향, 사진, 미술, 문학 등 다양한 기술을 활용하여, 최신 매체와 기존의 예술 장르를 서로 통합시킨다. 이 경우 창작자는 고도의 컴퓨터 조작 기술뿐만 아니라 각 장르에 적합한 예술 창조 능력을 동시에 갖추어야 한다. 이른바 디지털 시대의 멀티플레이어라고 할 수 있는 이들 창작자들은 작가라기보다는 디렉터에 가까운 총체적이고 종합적인 역할을 부여받는다.

최근 한국 문학의 경향과 관련해 흥미로운 지점은 주변부 문학, 주변부 장르로 시작되었던 인터넷 문학의 특징이 문단과 문화의 중심으로 틈입해오고 있다는 점이다. 구체적으로, 추리, 스릴러, 판타지, 공포, 로맨스 등 지금까지 비주류 문학으로 소외되었던 문학이 제도권으로 편입되면서 '장르문학'으로 통칭되고 있다. 장르문학이 지닌 대중성과 순발력, 엔터테인먼트 양식으로서의 특징들은 '위기'에 처한 한국 문학이 결여하고 '상품'에 목마른 문화자본이 필요로 하는 요소들을 두루 갖추고 있기 때문이다. 최근 조선일보 주최 1억 원 고료 제1회 대한민국 뉴웨이브문학상, 5,000만 원 고료 제1회 창비장편소설상, 계간지 '문학의 문학' 주최 제1회 장편소설 공모(5,000만 원 고료), 그리고 1억 원 고료 제4회 세계문학상 등에 당선된 수상작들은 한결같이 새로운 대중문화 장르로서의 형태를 띠고 있다. 조선일보 대한민국 뉴웨이브 문학상의 경우, 사고(社告)를 통해 이미 "본격문학과 대중문학의 경계를 넘나드는 새로운 중간소설middlebrow fiction"[6] 공모(公募)를 명시하고 있다. 이때 '새로운 중간소설'의 하위 장르로 들고 있는 문학 양식들은 "역사적 사실과 허구를 뒤섞은 팩션faction, 현대 여성의 꿈을 그린 칙릿Chick-lit",[7] "정통 추리소설, 판타지, 과학소설SF, 스릴러, 로맨스 소설 등 문학성과 대중성을 겸비한 작품들"을 지칭한다.[8] 이들 문학상의 적지 않은 고료와 전폭적인 출판 지원 방식은, 인터넷 매체를 기반으로 이루어 졌던 문학 행위와 그 창작적 경향이 더는 주변부 문화로 머물지 않음을 확인시킨다. 평가의 관점에 따라, 본격문학과 대중문학이 서로 사회적 지위와 역할을 교체했다고도, 혹은 영역을 확대해 서로의 경계를 넘나 든다고도 볼 수 있는 이 같은 경향은 문학 창작 자체의 변화뿐만 아니라 '문학하기'를 둘러싼 제반조건의 변화와도 맞물려 있는 문제일 것이다. 다음 절에서 이에 대해 구체적으로 살펴보기로 한다.

---

6) 조선일보 2007년 3월 13일자.
7) '칙릿Chick-lit'은 젊은 도시 여성들의 일과 연애, 취향 등을 다룬 감각적이고 트렌디한 소설로, 영화 「브리짓 존스의 일기」의 원작소설 『악마는 프라다를 입는다』 등이 이에 해당된다.
8) 조선일보 2007년 3월 13자.

3. '문학하기'의 조건과 변화

(1) 문학과 대중문화의 접변 확대

2000년대 문학작품의 변화와 관련된 '문학하기'의 조건 변화는 일단 문학과 대중문화의 관계 변화를 통해 고찰해볼 수 있다. 자유경쟁적 자본주의 논리의 강화와 그에 따른 문화 환경의 변화 속에서 문학(인)은 다른 상품들과 마찬가지로 시장 논리의 메커니즘 속에서 작동하는 운명에 놓인다. 이러한 상황에서, 시장의 덕목인 상품성과 대중성을 갖추는 일은 시장에서 '살아남기' 위한 문학의 새로운 전략이라고 볼 수 있다. 최근 문학이 다양한 방식으로 대중문화와의 접변을 넓혀나가는 현상 역시 이 같은 '문학하기'의 조건 변화 속에서 해석할 수 있다. 대중의 감성 및 취향의 변화, 또한 문학만의 고유한 역할과 특성이 점차 다른 영역에 의해 대체되는 상황, 그리고 상품 논리의 메커니즘 속에서 대중문화와의 접변 확대는, 문학 편에서 보자면, 문학의 상품성과 대중성을 강화하는 효과적이고 실제적인 방안이라고 할 수 있기 때문이다. 달리 말해, 문학이 아닌 혹은 문학을 넘어선 소통방식을 통해 대중과 소통하고 상품으로 유통되기 위한 전략이라고 볼 수 있다.

그러나 이 같은 내용은 문학과 대중문화의 관계 변화를 설명할 수 있는 다각적인 층위 가운데 하나의 측면에 불과하다. 다른 측면에서 보자면, 두 영역의 관계 변화는 매체의 발달과 매체 환경의 변화로 인해 창작자와 독자 모두에게 일상의 다양한 매체 경험이 보편화되는 현상에서 기인한다. 독자(대중)뿐만 아니라 창작자의 감수성과 취향, 상상력 역시 매체 경험의 확대 속에서 변화하고 있다는 점이다. 소설집 『펭귄

뉴스』(창비, 2006)를 출간한 소설가 김중혁은 「작가의 말」에서 "나라는
것은 무수히 많은 조각들로 이뤄진 덩어리일 뿐이다"라고 말하면서,
"나"를 이루는 "레고 블록들"로 다음과 같은 항목들을 열거하고 있다.
"더 킹크스" "더 비틀즈" "엘비스 코스텔로" 등의 영국 밴드와 가수, 첼
리스트 "자클린 뒤 프레" 화가 "바스키아" 그리고 "휴렛패커드 레이저
젯" "아이비엠 X40" "아이팟" 등의 전자기기, 또한 "구글" "전자신문"
등의 인터넷 검색 엔진과 유통 매체 등이 작가 김중혁의 독특한 상상력
을 낳은 영향 요인으로 제시되어 있다. 라디오, 타자기, 텔레비전 등,
과거에 '최신'의 매체로 등장했지만 이제는 낡아가는 기기들, 그리고
컴퓨터 해킹과 '바나나 현상'[9]의 형상화를 통해 전자 매체와 인간, 환경
과 문명의 관계를 다루는 그의 소설들은 다양한 예술과 매체를 넘나드
는 총체적 지각 경험과 복합적인 상상력으로부터 창작의 기본 동력을
얻고 있다.

　또 다른 면에서, 문학과 대중문화의 관계 변화는 문학인들의 시위 및
조건 변화와 관련지어 해석할 수 있다. 특히 시인들에게 집중적으로 나
타나는 이 같은 변화는 문학 창작자가 문학 이외의 다양한 문화 부문으
로 활동 영역을 확대하는 현상을 가리킨다. 주로 출판직, 교육직 등을
겸업하며 생계를 유지했던 예전 시인들과 달리, 최근에는 록그룹 밴드
의 연주자나 보컬리스트, 작곡가이자 DJ, 극작가, 단편영화 제작자,
사진가, 여행가, 카피라이터 등으로 시인들의 직업이 매우 다양화되고

---

9) '바나나(Build Absolutely Nothing Anywhere Near Anybody) 현상'은 환경 오염 시설을
　　자신의 집 앞에 설치하지 못하게 하는 지역 이기주의를 지칭한다. 작가 김중혁은 「바나나
　　주식회사」라는 단편소설에서 "모든 사람들이 '바나나'를 외친다면 그건 지역 이기주의가 아
　　닌 전 지구적인 혁명이 될 것"이라고 말한다.

있다. 문화계 '팔방미인'들이라고 할 이들의 다양한 활동은 '시인'을 직업으로 내세울 수 없는 현대 시인들의 자본주의 생존 전략이자, 다매체 · 다문화로 요약되는 2000년대 문화 환경의 변화에 적극적이고 생산적으로 참여하고 있다는 증거로도 해석할 수 있다. 매체를 다루는 일을 직업으로 삼고 있는 2000년대의 젊은 시인들은 새로운 매체에 대한 경험과 상상력을 확대하면서 일종의 '문화게릴라'로서의 역할을 담당하고 있다.

(2) 매체 환경의 변화

'문학하기'의 조건을 변화시킨 또 하나의 중요한 항목은 매체 환경의 변화이다. 문자 매체 시대 인간의 지각 경험이 시각성을 중심으로 하는 반면, 전자 매체는 시각과 청각, 촉각 등 복합적이고 총체적이며 동시적인 지각 경험의 변화를 가져온다.[10] 매체 환경의 변화로 인한 인간의 변화는 인간의 미디어 기기 사용에서 즉각적이고 직접적으로 발생하기도 하며, 나아가 미디어 사용의 일상화로 인한 인간의 의식, 행동, 삶의 양태 변화로 귀결되기도 한다. 이원의 시에서 묘사된 것처럼, 2000년대의 많은 사람들은 인터넷 화면을 통해 신문을 '본다'. 그들은 신문을 보고 음악을 들으면서 동시에 전화를 받으며 이메일을 쓴다. 이처럼 동시다발적인 지각 경험은 때로 시공을 초월해 다른 지역, 국가, 다른 시간대로 확장되기도 한다. 인간의 감각 지각 및 시공간 경험의 변화가 다양한 전자 매체의 접촉에 따른 즉각적인 변화라고 한다면, 매체 사용의 일상화는 인간과 매체가 일체화되는 "미디어의 신체화" 현상을 낳는

---

10) 다매체 문화환경에서 일어나는 지각 경험과 2000년대 한국 시의 양상에 대해서는 김신정, 「감각과 소통, 자본의 네트워크」, 『문학수첩』 20호, 2007, pp.74~89 참조.

다. 이것은 미디어의 변용이 미디어를 특정 장소와의 연결에서 해방시켜 어디라도 이동할 수 있고 모든 공간에 편재된 것으로 바꾸어놓는 현상을 가리킨다.[11] 여기서 부각되는 것은 테크놀로지를 갖추고 경계를 넘어서 이동할 수 있는 개별 신체이다. 즉, 인간은 MP3를 끼고 노트북, 휴대전화를 들고 지구상의 어느 곳이든 '간다'.[12]

최근 문학에 나타나는 복잡하고 총체적이며 다매체적인 지각 경험과 경계를 초월하는[13] 상상력은 이처럼 "어디라도 이동 가능하고 모든 장소에 편재되어 있는" 미디어 환경에서 구체적인 자양분을 얻는다. 창작자와 독자 모두에게 보편화된 매체 경험이 문학작품의 특성을 변화시키고 새로운 문학 양식을 탄생시킬 뿐만 아니라, 문학작품의 향유와 유통방식에도 일정한 변화를 가져온다.

문학 매체의 다양화 현상은 문학작품의 창작과 수용, 유통방식의 변화를 가져오는 직접적인 요인이라고 할 수 있다. 인터넷 공간에서 이루어지는 글쓰기 행위는 일반인[14]과 전문 문학인들에게 일상적인 수준에서 점차 확대되고 있다. 이메일 문학 편지, 문학 웹진, 인터넷 카페와 문학 동호회, 멀티미디어 낭송시 등, 인터넷을 매개로 한 문학 행위와 양식이 매우 다양하게 변이되고 있을 뿐만 아니라, 휴대폰 소설의 창

---

11) 요시미 순야, 안미라 옮김, 『미디어 문화론』, 커뮤니케이션 북스, 2006, p. 176.

12) 요시미 순야는 미디어가 인간에게 제공한 자유와 통제를 동시에 통찰한다. 그에 따르면, 자본주의는 디지털 매체를 휴대하고 자유롭게 떠돌아다니는 인간의 몸을, "지구를 온통 뒤덮고 있는" 전자망으로 포착하고 있다. 요시미 순야, 앞의 책, pp. 176~78.

13) 장르, 시간, 공간, 젠더의 경계를 초월한다는 점에서 전반적인 '트랜스' 문학의 특징을 보여준다.

14) 최근의 통계 조사에 따르면, 인터넷에서 이제 일반인들은 더 이상 '손님'이 아니라 '주인'의 입장에서 글을 쓰고 출판하는 현상이 가속화되고 있음을 보여준다. 정현선, 「인터넷 공간에 대한 저자의 인식과 글쓰기 윤리」, 『한국작문학회 제12회 연구발표회 자료집』, 한국작문학회, 2008.

작, 미국 인터넷 서점 '아마존'이 개발한 전자책 리더 '킨들kindle'과 같은 새로운 문학 양식과 전자 기기의 탄생이 지속되고 있다.

디지털 기술의 발달을 기반으로, 인터넷상의 글쓰기 행위와 새로운 문학 양식, 문학 매체의 변화는 더욱 가속화될 전망이다. 이 같은 상황에서 문학, 문학 창작, 또는 문학작품의 개념과 의미 또한 변화하고 있다. 문학은 이제 고정된 실체가 아니라 매체 환경의 변화 속에서 끊임없이 생성, 변화하고 소멸하며 운동하는 존재라고 할 수 있다. 문학은 여전히 고전적인 정의대로 현실의 모방이고 반영물이지만, 그 모방 대상의 범위는 정의하기 어려울 만큼 다양하고 광범위하다. 최근의 문학은 진지하고 엄숙한 것의 범위를 넘어서 기괴하고 잔인하고 폭력적인 것으로 모방의 대상을 무한 확대하고 있으며, 따라서 그러한 문학에 대해, 컴퓨터 게임, 영화, 드라마, 대중음악, UCC 등과 크게 다를 바 없는 '오락물'의 하나라고도 정의할 수 있는 상황이다.[15] 혹은 본격문학이 아닌 대중문화계의 입장에서 보자면, 매체 환경의 변화에 따른 최근 문학의 특징은 문학의 '새로운' 존재방식이라기보다는 "여태까지 이른바 문학의 영역으로 치부하지 않았던 영역의 문학들을" '이제야' 발견하고 있는 것이라고도 진단할 수 있다.[16] 최근 문학을 둘러싼 변화는 문학 자체 혹은 관점과 해석의 측면뿐만이 아니라 문학 창작자의 측면에서도 찾아볼 수 있다. 구체적으로, 전자 매체 시대의 작가는 한 시대의 모럴과 미학의 창조자라기보다는 매체 제작자, 디렉터의 성격이 강하며, 독자와 마찬가지로 일상화된 글쓰기 행위의 주체로 존재하고 있다.

---

15) 서영인, 「한국 문학의 현주소에 관한 다소 과장된 사례 보고」, 『문학수첩』 20호, 2007, pp. 90~102.
16) 이영미, 「문학의 새로운 존재방식, 변화인가 발견인가?」, 『문학수첩』 20호, 2007, pp. 26~41.

문학 창작과 향유 매체의 변화는 이처럼 문학의 개념과 의미, 특성과 조건의 총체적인 변화를 전제로 할 때, 좀더 구체적인 논의가 이루어질 수 있을 것이다. 이 글의 관심사인, 문화 환경 및 문학 창작의 변화에 따른 문학교육의 대응 문제 역시 기본적으로 '문학'의 개념과 의미, 그 소통의 방식과 내용이 변화되어가는 상황을 고려하여 구체적으로 논의할 필요가 있다.

4. 문학교육의 대응 — 문학 능력을 중심으로

최근, 문학을 둘러싼 제반 영역의 거대한 지각 변동은 문학교육의 방향과 내용에도 적지 않은 영향을 미치고 있다. 지금까지 문단의 주류와 학교 교육에서 거의 주목되지 않았던 장르문학과 하위문학 · 문화 주체의 부상, 또한 인터넷 공간에서 점차 탈교과서적인 문장이 늘어나고 글쓰기의 윤리가 실종되는 상황들은 정전, 문학사, 신비평 중심으로 진행되어온 학교 교육에서 선뜻 포괄하기 어려운 특징들을 보여준다. 그러나 문학 현장과 청소년 문화의 실제 변화에 대응하면서, "문학 능력의 향상을 통하여 인간다움을 성취하는 교육활동"[17)이라는 문학교육의 정의에 부합하기 위해서는 문학교육의 영역과 내용에도 일정한 변화가 요구된다. 특히 본고의 과제와 관련해서, 문학 능력의 범주와 목표를 어떻게 설정할 것인가, 최근 문화의 급속한 변동에 대응하기 위해서는 주로 '어떤' 문학 능력의 향상이 필요한가, 나아가 문학 능력의 향상을

---

17) 김대행 외, 『문학교육원론』, 서울대학교출판부, 2000, p.5.

통하여 궁극적으로 성취하고자 하는 '인간다움'의 정의는 무엇인가 등과 같은 문제의식 속에서, 문학 능력의 함양을 중심으로 한 문학교육의 대응 방안이 논의되어야 할 것이다. 또한 아울러 고려되어야 하는 중요한 지점은, 앞서 살펴보았듯이, 문학이 '문학'의 정의와 범주를 넘어서서 존재하는 현상, 또는 문학이 문화 전반과 활발히 교섭함으로써 '문학'이라는 물리적 실체가 변화되어나가는 현상에 있다. 본고에서 문학 능력에 대해 논의한다면, 그러한 논의 역시 문학 자체 및 문학을 둘러싼 제반 문화 변동에 대한 대응 차원에서, 문학 창작의 변화와 문화 전반의 변화를 동시에 고려하는 관점을 통해 이루어져야 할 것이다.

(1) (상호)문화적 능력과 매체 문식성

문학은 더는 '문학'이라는 제한된 정의 아래 포괄되지 않고 기존의 틀을 넘어서서 다양한 형태로 존재하고 있다. 이제 문학이 여타의 다른 예술 장르나 문화 형식들과 구별되는 특권적인 지위를 주장할 수 있는 시대가 아닌 것은 분명한 일처럼 보인다. 문학은 과거 활자문학 시대에 차지했던 독점적 지위를 상실하고 수많은 매체 가운데 하나의 매체로서 자신을 주장하면서 다른 매체와의 공생을 모색하지 않을 수 없게 되었다.[18] 최근 문학의 현상 가운데, 문학작품 속에서 형상화되는 매체 경험의 양상과 변화, 또는 일상의 다양한 매체 경험과 장르 체험이 문학작품의 특성 자체를 변화시키는 과정, 그리고 지금까지 찾아보기 어려운 새로운 문학 양식이 생성되는 현상 등은 인터넷 등의 새로운 전자매체와 대중문화, 타 예술 장르가 활발하게 교섭하는 가운데서 나타난

---

18) 이광복, 「상호문화적 · 미디어적 능력」, 『독어교육』 24집, 2002, p.54.

새로운 양상이라고 할 수 있다.

　그렇다면 이처럼 문학 자체와 문화 환경이 급격히 변화하는 상황에서 문학교육은 어떤 목표와 내용을 추구해야 할 것인가? 최근 문학의 현상과 문화 환경의 변화에 적극적으로 대응하기 위해서는 (상호)문화적 능력과 미디어 문식성의 함양이 문학교육의 주된 목표로서 강조되어야 한다. (상호)문화적 능력은 기본적으로 탈장르, 탈경계, 탈국가의 상상력을 기초로 한다. 문화적 능력이란 문학을 비롯한 다양한 예술 장르, 문화 형식과 소통하며 창의적 관계를 맺어나가는 능력을 말하며, 그에 비해 상호문화적 능력이란 "다른 문화권의 텍스트와 접촉하면서 인지, 사유, 가치평가 및 행위의 특수한 정향체계를 이해하고 그것을 자기 문화의 정향체계에 통합시키며, 적용시키는 능력"[19]을 뜻한다. 문학이 다양한 문화 형식 중의 하나이면서 다른 문화 형식들과 다양한 방식으로 상호작용하는 시대, 그리고 그러한 상호작용이 장르와 매체, 국경을 넘어 이루어지는 시대에는 여러 문화 형식과 문화권 사이의 복잡한 관계성을 읽어내고 이를 창의적으로 적용하거나 새롭게 창조할 수 있는 능력이 중요하게 부각된다. 매체 문식성media literacy의 중요성이 강조되는 배경 또한 마찬가지 상황에서 기인한다. 다양한 매체의 특성을 이해하고 창조적으로 활용하는 능력은 문학 창작 및 문화 전반의 발달을 이루기 위한 핵심적인 바탕이라고 할 수 있다.

　(2) 이미지 수용과 해석, 표현 능력
　매체 환경의 변화를 중심으로 한 최근의 문화 변동 과정에서 두드러

---

19) 이광복, 앞의 책, p.64.

지는 특징 가운데 하나는 시각 현상과 이미지의 폭증이라고 할 수 있다. TV, 비디오, DVD, 컴퓨터와 그 밖의 최신 전자 기기를 포함해, 영화, 광고, 사진, 만화, 그림 등의 예술 장르뿐만 아니라 동영상, 뮤직 비디오, UCC 등의 비주얼 콘텐츠, 그리고 시각화된 육체로서의 '몸' 담론에 이르기까지 다양한 시각현상과 매체, 장르가 문화의 주요 부문이자 특성으로서 부각되고 있다.

문학의 경우에도 시, 소설 등의 순문학 등에서 주로 표현되었던 언어적 이미지 외에 그래픽, 영상 이미지 등의 다양한 이미지 표현 방식이 활용되고 있으며 이 같은 경향은 새로운 장르문학의 출현에도 영향을 미치고 있다. 판타지, SF, 팬픽 등의 장르문학의 경우, 인터넷 게임과 미국 드라마, 영화 등의 영상 매체로부터 직접적으로 영향받은 측면이 크다고 할 수 있다. 장르문학과 사이버 문학뿐만 아니라 순문학 장르와 여타의 다른 시각 예술 장르, 매체 등이 상호 매개적으로 교섭하는 과정을 고려할 때, 이미지 수용과 해석 능력은 문학과 문화 전반을 이해하는 핵심적인 요소로 그 중요성이 제기된다. 다매체 시대의 문학은 글로 '써서' 작품으로 완결 지을 뿐만 아니라 '만들어 보여주는' 능력을 필요로 한다. 언어적일 뿐만 아니라 시각적인 묘사, 이미지 표현을 활용한 매체 제작 능력이 주요 창작 능력의 하나로 요구되는 것이다.

문자 언어의 수용과 해석 능력을 향상시키기 위해서도 일정한 시간과 훈련을 필요로 하듯이, 이미지를 통해 의미의 전달과 의사소통, 문화의 공유가 이루어지기 위해서는 기본적인 독법의 습득과 수용 능력의 향상이 필요하다. 시지각, 시청각, 신체 지각 등의 공감각적이고 다감각적인 인지 방식과 전달 방식이 문화 전반에서 부각되고 있는 시점에서 이미지 수용과 창조 능력은 문자 매체 시대의 언어 능력에 견줄

만한, 핵심적인 '문학' 능력의 하나로 평가할 수 있다.

(3) 창의력과 상상력을 바탕으로 한 서사 구성 능력

최근의 매체 환경과 문화 변동 속에서 두드러지게 나타나는 변화 중의 하나는 문학의 텍스트적 성격보다는 일종의 문화콘텐츠로서의 성격이 부각되고 있다는 점이다. 가령, 사이버 공간에서 네티즌의 호응을 얻은 인터넷 소설이 종이책으로 출간되고 다시 영화나 드라마로 만들어져 흥행에 성공하는 경우, 또는 장르문학과 본격문학 소설이 영화의 시나리오로 각색되는 경우가 이에 해당된다.[20] 주로 10대 주인공들이 등장하는 멜로, 코미디, 로맨스 장르 영화인 「엽기적인 그녀」, 「동갑내기 과외하기」, 「옥탑방 고양이」, 「그놈은 멋있었다」, 「내 사랑 싸가지」 등이 대표적인 예가 되며, 해외의 경우 영국 판타지 소설 '해리 포터 시리즈'가 영화로 제작되어 세계적 흥행에 성공한 예를 들 수 있다. 최근에는 「모털 컴뱃」, 「스트리트 파이터」, 「던전 앤 드래건스Dungeons and Dragons」 등의 컴퓨터 게임이 영화로 만들어졌다. 전자 매체 시대의 문학, 특히 서사 장르는 이처럼 하나의 콘텐츠가 영화, 드라마, 만화, 컴퓨터 게임 등의 다양한 매체로 변이되는 OSMU(One-Source Multi-Use) 방식으로 유통되고 있다.

이처럼 하나의 서사물이 일종의 문화상품으로서 가지는 경제적 가치가 극대화될 수 있는 상황에서 질 높은 콘텐츠를 개발하여 문화 전반의 활성화를 유도하는 일이 요구된다. 인터넷 공간에서 유통되는 비슷한 부류의 10대 서사물을 재생산하거나 컴퓨터 게임, 장르 서사물의 기본

---

20) 인터넷 소설의 영화화 현상에 대해서는 이상용, 「영화는 왜 인터넷 소설에 주목하는가」, 『계간 북페뎀』 5호, 한국출판마케팅연구소, 2004, pp. 76~85 참조.

플롯을 모방과 짜깁기를 통해 재배열하는 일이 반복될 경우, 문화 인프라의 구축은 요원한 일이 되며 문화계의 질적인 타락을 가져오게 될 것이다. 문학이 디지털 스토리텔링 산업의 중요한 원천을 제공하는 상황에서, 고도의 상상력과 창조력을 바탕으로 한 서사 구성 능력은 문학성의 의미를 제고시키고 문화 활성화를 유도하기 위한 주요한 능력의 하나로 부각된다.

(4) 비판적 사고 능력과 윤리 의식

전자 매체의 발달로 대량의 다양한 정보가 유통되고 정보의 접근성이 향상됨으로써 나타나게 된 문제점은 정보의 복제와 재생산이 기술적으로 손쉽게 가능해졌다는 점이다. 인터넷의 바탕을 이루는 디지털과 네트워크 기술은 저자에 의해 생산된 텍스트의 이동과 수정을 가능하게 하며, 독자들은 디지털 언어로 저장되고 배열되어 있는 저자의 목소리를 수정할 수 있다.[21] 이 같은 상황에서 디지털 매체를 통해 이루어지는 문학 창작물의 유통, 또는 다양한 장르와 매체 간의 상호작용이 활발하게 지속되기 위해서는 무엇보다 저작자와 독자 모두의 확고한 윤리의식이 요구된다. 글쓰기의 윤리의식은 '인간다움'을 목표로 하는 문학교육의 근본 물음을 재고할 때 특히 강조되어야 할 내용이다. 저작자의 재산권을 보호하고 존중한다는 기본 취지에 충실하면서 인류 공동체의 발전을 위한 정보의 공유와 공정 이용을 추구할 때,[22] 다매체 시대에 대응하는 문학교육의 목표와 내용은 또 하나의 구체적인 항목을 추가할 수 있을 것이다.

---

21) 정현선, 앞의 글, p. 46.
22) 정현선, 앞의 글, pp. 52~53.

마지막으로, 현 단계 문학교육 분야에서 강조해야 할 내용으로 종합적이고 비판적인 사고 능력을 들 수 있다. 사회적으로 통용되는 매체가 다양화되고 그에 따라 정보의 대량생산화, 다양화 현상이 나타나며, 동시에 생산되는 의미와 가치가 다양한 방식으로 출현하면서 매체, 장르, 창작물들 사이의 복잡한 양상을 파악할 수 있는 종합적인 사고 능력이 요구된다. 아울러 주지해야 할 점은, 갖가지 미디어가 가능하게 한 '자유로운' 창작 환경과 그 속에서 생산되는 창작물 역시 하나의 문화적 제도 안에서 이루어지는 의미 작용 안에 포괄된다는 것이다. 이를테면, 한편의 문학 텍스트가 영화, 드라마, 게임 등의 콘텐츠를 구성하며 매체 전환되는 과정에서 발생하는 것은 단순히 경제적 가치의 창출이나 대중성의 제고라는 측면에 그치지 않는다. 그것은 또 다른 성격의 문화 제도 안에서 새로운 역학 관계와 의미 작용이 생성되는 과정이라고 할 수 있다. 이에 대한 통찰력과 비판적 사고 능력은 다매체 시대의 문학교육이 포함해야 할 또 하나의 중요한 내용이 될 것이다.

5. 결론

본고는 2000년대 문화환경과 문학이 급격하고 다양하게 변화하고 있다는 판단하에 먼저 그 변화의 내용이 구체적으로 무엇인가를 고찰하였다. 그 결과 문학의 개념, 지위, 내용, 장르의 형식, 사회적 존재 방식 등의 면에서 적지 않은 변화가 나타나고 있음을 확인할 수 있었다. 2000년대 문학은 고정된 실체로서 현상하기보다는 끊임없이 생성·변화하고 소멸하며 운동하는 여러 문화 형식 중의 하나로서 존재한다. 일

상의 다양한 매체 경험의 형상화, 대중문화와의 접변 확대 그리고 하위
문화적 상상력의 수용과 혼종성의 강화로 요약되는 일련의 특징들은
2000년대 문화 환경의 변화에 따른 문학 자체의 변화를 설명하는 구체
적인 내용들이라고 할 수 있다.

　물론 이 같은 특성들이 한국 문학만의 특수한 현상이라고 볼 수는 없
다. 전 세계적으로 진행되고 있는 신자유주의 질서의 강화와 자본주의
문화 변동의 큰 흐름 속에 한국 문화가 편입되어가는 현상이라고 해석
하는 것이 좀더 타당한 관점일 것이다. 본고의 의도는 2000년대 문화
환경의 급격한 재편과 문학의 새로운 현상을 폄하 혹은 배제하거나 고
평(高評)하는 데 있지 않으며, 문학과 문학을 둘러싼 문화 환경이 급속하
게 변화하는 상황 속에서 그 변화에 주목하고 그것을 해석하며 개념화
하는 일이 필요하다는 판단에 기초하고 있다. 본고는 그러한 작업의 일
단에 해당된다. 이러한 시각에서 본다면, 한국 문학은 현재 전 세계적
인 질서의 재편과 문화 변동 과정에서 한 흐름을 형성하고 있다고 말할
수 있을 것이다. 그 '흐름'을 특히 시 장르에 국한하여 요약한다면, 변
화와 지속이라는 측면에서 설명 가능하다. 2000년대 한국 문학의 '안'
과 '바깥'에서 다양한 변화가 일어났지만, 그 가운데서도 문학 자체의
변화를 요약한다면 '말하기 방식'의 변화로 집약할 수 있을 것이다. 시
어, 어조 수준의 변화뿐만 아니라 '진지하지 않은' 방식으로 말하는 화
법 차원의 변화가 광범위하게 일어나고 있다. 낯설고 간혹 '기괴'한 방
식으로 나타나는 2000년대 젊은 시인들의 전복적 상상력은 시에 대한
일반화된 관념을 깨뜨리는 도전적인 양상을 보여주지만, 그 낯선 발화
방식의 이면에는 인간의 소외, 외로움 등과 같은 근원적인 의식과 이미
지가 자리하고 있다. 2000년대의 문학은 문학의 근원적인 발생 지점을

한편에서는 지속시키고 한편으로는 변형하며 그에 대한 과격한 도전을 감행하면서, 새로운 문학의 창조를 실험하고 있는 것이다.

본고의 문제의식 가운데 다른 하나의 줄기는, 이처럼 문화환경과 문학 창작, 그리고 문학 자체의 특성이 빠르게 변화하고 있는 상황에서 이에 대한 문학교육의 대응이 어떤 방식으로 이루어져야 하는가를 문학 능력을 중심으로 고찰하는 것이었다. 이에 대해 본고에서는, 문학을 비롯한 다양한 예술장르 및 문화 형식과 소통하며 창의적 관계를 맺어나가는 문화적 능력, 그 가운데서도 다른 문화권과 다른 장르, 매체와의 소통 능력을 기초로 하는 상호문화적 능력을 현 단계 문화 환경에 대처하기 위해 필요한 능력으로 제시하였다. 그 밖에도 매체 환경의 변화로 인한 지각 경험 방식의 변화 속에서 공감각적이고 다감각적인 인지 방식의 중요성이 부각되는 상황을 고려한다면, 이미지 수용과 해석, 표현 능력의 필요성을 제기할 수 있을 것이다. 또한 창의력과 상상력을 바탕으로 한 서사구성 능력, 마지막으로 비판적 사고 능력과 윤리의식 역시 다매체, 다문화 시대의 문학교육이 포함해야 할 중요한 내용이 될 것이다. 2000년대 문화 환경과 문학 창작에 대한 탐구를 통해, 본고에서 현 단계 문학교육의 목표이자 내용으로서 제시한 문학능력의 항목들이 후속 연구를 통해 좀더 정련화되어, 전문 창작자뿐만 아니라 학교 교육 현장과 일상에서 실제적으로 적용될 수 있기를 기대한다.

| 제 3 부 | 문학교육의 현주소

제9장

고등학교 문학교과서를 통해 본
우리 문학교육의 현주소

홍정선

1

대학 강단에서 학생들을 가르쳐본 사람은 누구나 몇 차례 학생들의 단순하고 경직된 사고방식 때문에 답답함을 느낀 일이 있을 것이다. 특히 인문과학 분야의 교육에 종사하는 사람들은 학생들의 관습화된 사고방식과 천편일률적인 반응 앞에서 절망감을 느낀 적이 한두 번이 아닐 것이다. 필자 역시, 아무리 다양한 시각과 해석의 필요성을 역설해도 그 순간만 지나면 오뚝이처럼 제자리로 돌아오곤 하는 학생들의 이 놀라운 원상 복원 능력에 대해 한탄스러운 감탄을 할 때가 많다.

대학생들이 지닌 이와 같은 고착된 사고방식은 아마도 오랫동안 잘못된 지식이 일방적으로 주입됨으로써 만들어진 현상일 것이다. 자발성을 용납하지 않는 교육, 주체적으로 생각하면 틀렸다고 야단을 맞는 교육 풍토가 학생들을 그렇게 만들었을 것이다. 그 결과 학생들의 의식 구조는 가르쳐주지 않은 것은 이해하지 못하며, 가르쳐주어도 이미 자신들이 가지고 있는 틀에 맞지 않으면 거부해버리는 형태, 오로지 자기 식의 틀린 방식으로 번안해버리는 형태로 결정되어버렸을 것이다. 그렇다면 대학생들이 지닌 이 같은 경직된 사고의 뿌리는 어디에서부터 시작된 것일까? 이제부터 그 뿌리의 일단을 구체적으로 탐색해보자.

필자는 최근 교육대학원 과정의 중고등학교 교사들로부터 절박한 하소연을 들은 적이 있다. 그 교사들의 이야기인즉, 자신들이 아무리 문학교육의 정상화를 위해 노력해도 교과서와 수학능력시험이 현재 방식대로 존재하는 한 문학교육은 도루묵이라는 것이었다. 현재처럼 교과서가 정답 아닌 정답을 만들어놓고, 수학능력시험이 그런 정답을 요구하는 상태에서는 달리 가르칠 방법이 없다. 달리 가르치는 선생이 있다면 그 사람은 실력 없는 선생이나 무능한 선생으로 찍힐 수밖에 없다는 이야기였다. 이 이야기를 들은 후에 필자는 현장에서 시를 가르치며 오랫동안 예감으로 가지고 있었던 생각, 즉 학생들이 시 작품 앞에서 보여주는 빈곤한 상상력과 대책 없는 애국심과 맹목적인 정답 찾기가 초 · 중등학교의 잘못된 문학교육에 기인하는 것이 아닐까 하는 생각을 구체적으로 확인해볼 필요를 느꼈다. 학생들이 지닌 경직된 사고의 뿌리는 대학 입학 이전의 잘못된 문학교육과 상관이 있을 것이란 생각이 점점 확실한 예감으로 다가왔던 것이다. 다음에서 고등학교 교과서를 중심으로 문학교육의 문제점을 짚어보려는 것은 그러한 확인 작업의 하나라고 할 수 있다.

2

　현재 고등학교에서 사용하고 있는 국어과 교과서로는 1종 교과서(국정교과서)인 국어와 검인정 교과서인 문학·독서·작문이 있다. 이것들 중 '국어'는 교육부 주관하에 서울대학교 사범대학 국어교육연구소가 편찬한 사실상의 국정교과서이며, '문학'과 '작문' 교과서는 시중 출판사들이 개인(주로 대학 교수)에게 의뢰해서 편찬한 후 교육부의 인준을 받은 검인정 교과서들이고, '독서'는 시중 출판사들이 직접 만든 교과서이다. 그리고 이들 국어과 교과서들은 모두 "학습자가 자주적이고 창의적으로 학습에 참여할 것을 강조하고 있"는 제6차 고등학교 국어과 교육과정의 산물들이다.

　제6차 고등학교 국어과 교육과정에서는 "자율적인 학습을 통해 적극적이고 능동적인 학습 태도를 형성하고, 창의적으로 사고하며, 나아가서 주체적이고 긍정적인 태도를 길러 바람직한 인간을 형성"한다는 목표를 내걸고 있다. 그리고 이 같은 목표 달성을 위해 지금까지 교과서와 함께 만들어서 배포하던 교사용 지침서를 없애는 대신 교과서를 좀더 자세하게 설명적으로 만들었다. 수록된 글들에 대한 해설·감상·단어 및 구절 풀이 등의 설명이 교과서 내로 진입한 것이다. 교사에게는 교사용 지침서가, 학생들에게는 참고서가 필요 없도록 교과서를 만들어서 그야말로 '자율적인 학습'이 가능할 수 있도록 한다는 것이다. 그러나 이 같은 목표가 입시 위주의 현재 교육 풍토 속에서 실제로 올바르게 작동될 수 있을까 하는 것은 의문이다. 그것은 우리나라처럼 문학작품에 대한 권위 있는 정본 텍스트가 전혀 확립되어 있지 않은 나라에서, 그리고 해석의 자의성이 남발되는 풍토에서 텍스트에 대한 주석과 설명이 교과서 내로 편입되는 것에는 상당한 위험이 따르는 까닭이다.

종래의 교사용 지침서나 참고서의 경우처럼 특정한 설명이나 해석, 또는 가능한 설명이나 해석들이 교과서 밖에 있는 것과 지금처럼 교과서 안에 있는 것 사이에는 실로 엄청난 차이가 있다. 그것이 미칠 엄청난 영향력은 설명하지 않아도 충분히 예상되기 때문이다. 지금처럼 고등학생들이 대학 진학을 위해 아침 7시 반부터 밤 11시까지 학교에 붙들려서 교과서를 거의 외울 지경으로 교육받는 풍토에서 교과서에 수록된 주석과 설명이, 오직 교과서에 실려 있다는 이유만으로, 확실한 정답으로 군림할 것이기 때문이다.

수학능력시험은 교과서 중심으로 출제되며, 교과서는 틀릴 수 없고 틀려도 학생의 책임이라 할 수 없다. 따라서 어떤 글에 대한 틀린 정보나 가능한 설명은 오로지 시험을 위해 무조건 외울 것을 강요하고 다그치는 학부모와 교사들의 채찍질 아래에서 틀릴 수 없는 정보나 유일한 설명으로 학생들의 머릿속에 각인될 것이다. 그렇다면 이러한 문제점들이 실제로 교과서상에서 어떤 양상으로 나타나는 것일까?

필자는 고등학교 교과서상에 나타난 문학교육의 문제점을 알아보기 위해 현행 국어교과서와 12종의 문학교과서를 검토해보았다. 그런데 제6차 교육과정에서는 검인정 교과서의 숫자를 제한하지 않았기 때문에 종수가 엄청나게 늘어났고, 또 많은 종수의 교과서를 검토해나가는 과정에서 드러난 문제점 역시 너무 많았기 때문에 이 글에서 그 전체를 모두 이야기하는 것은 거의 불가능한 일이 되어버렸다. 그래서 필자는 편의상 교과서에 수록된 시 작품과 시 작품에 덧붙여진 설명이나 해석에 국한해서 문제점들을 이야기할 생각이며, 그것도 대체로 우리가 익히 알고 있는 유명 시인들의 유명한 작품에 국한해서 논의를 펼칠 생각이다. 지금까지 실증적 해석적 차원에서 수없이 논의되고 검토된 유명 시인들의 유명 작품들이 교과서상에서 많은 문제를 가지고 있다면 다른 작품은 더 말할 나위가 없을 것이기 때문이다. 그리고 그 문제점들을 다시 실증적 차원에서의 오류, 설명적 차원에서의 오류, 해석적 차원에서의 오류라는 세 가지 범주로 구분하여 이야기를 진행할 것이다.

(1) 실증적 차원에서의 오류들

교과서에 수록된 시 작품과 작품에 대한 설명은 실증적 차원에서 수많은 오류와 혼란을 거느리고 있다. 시인 고유의 시어를 잘못 교정해놓아서 틀린 것, 원전이 확정되어 있지 않아서 같은 작품이 교과서마다 차이가 나는 것, 현대어로 표기법을 바꾸면서 시어를 틀리게 만들어놓은 것, 사투리를 표준어로 바꾸어놓아서 의미가 변질된 것, 작품의 발표 연대(혹은 창작 시기)를 착각한 것, 문장부호나 구두점이 빠지거나 틀린 것 등 무수히 많다. 그 중 어떤 오류들은 다른 책도 아닌 교과서에서 이런 실수를 범하다니, 할 정도로 상식적으로 이해가 되지 않는 경우도 있다. 그것들 중 각 경우에 해당하는 대표적인 사례 몇 가지만 들어서 이야기해본다면 이렇다.

시인 고유의 시어를 잘못 교정해놓아서 의미를 다르게 만들어버린 대표적인 예는 금성교과서 판에 수록된 김광균의 「설야(雪夜)」라는 작품이다. 여기에서는 김광균이 만든 독특한 조어(造語)라고 할 수 있는 '차단-한'을 '찬란한'으로 바꿔놓는 오류를 범하고 있다. "한 줄기 빛도 향기도 없이/호올로 찬란한 의상(衣裳)을 하고"(상, p.94)라는 식으로 표기하고 있는데, 이는 자의적인 해석에서 나온 잘못된 표기이다. 김광균은 예컨대 「와사등(瓦斯燈)」과 같은 작품에서도 "차단-한 등불이 하나 비인 하늘에 걸려 있다"는 식으로 쓰고 있기 때문이다. 따라서 '찬란한'이라는 전혀 다른 의미의 단어로 바꿔놓을 것이 아니라 주석을 붙여서 왜 김광균이 단절적이며 차가운 느낌을 주는 이런 단어를 새로 만들어 사용했는지를 설명했어야 옳고, 「와사등」의 '와사'라는 말이 'gas'의 한자어라는 것을 설명했어야 옳다.

정지용의 「유리창 1」도 마찬가지 경우이다. 이 작품은 지학사 판 교과서를 비롯해서 도합 여섯 권의 교과서에 수록될 정도로 인기가 높은 작품인데, 그럼에도 첫 행에 나오는 원래의 표기 '어린거린다'를 모두 '어른거린다'로 고쳐놓는 오류를 범하고 있다. "유리(琉璃)에 차고 슬픈 것이 어른거린다"로 모두 쓰고 있는데, 유리에 어떤 모습이 어리는(비치는) 의미는 제거되고 나타났다 사라졌다 하는 의미만이 강조되어 있다. 이 역시 시인 자신의 조어인지 사투리인지 분명하지 않지만 시인 자신이 일관되게 '어린거린다'라고 쓴 것을 보면 분명히 인쇄상의 교정 잘못은 아닐 것이다. 이런 시어를 뚜렷한 확신 없이 사전에 없는 말, 표준어가 아닌 말이라고 해서 고쳐놓는 것은 올바르지 않은 일이다.

원전이 올바르게 확정되어 있지 않기 때문에 생겨나는 혼란은 이육사의 시와 정지용의 시에서 두드러진다. 이육사의 「꽃」이란 시에는 "동방은 하늘도 다 끝나고/비 한 방울 나리잖는 그때에도"라는 구절이 있는데 이 시를 수록한 교과서들 중 대한교과서 판만이 '그때에도'를 "그 땅에도"(하, p.269)로 표기하고 있다. '때'로 쓰느냐 '땅'으로 쓰느냐 하는 것은 단순한 문제가 아니라 시간적인 의미냐 공간적인 의미냐라는 엄청난 의미 차이를 유발하기 때문에 가볍게 넘어갈 수 있는 문제가 아니다. 이 시는 이육사가 죽은 뒤인 1945년『자유신문』에 처음으로 발표될 때는 '그따에도'로 표기되었다. 그런데 1946년 판『육사 시집』에 수록될 때는 '그때에도'로 바뀌었다. 그러나 최초 발표와 시집 간행이라는 이 두 과정에 개입한 사람이 시인 자신이 아니라 동생인 이원조였기 때문에 원본을 확정하는 것이 쉽지 않았다. 그 결과 시중에 유통되는 시집들은 대체로 이원조의 표기를 따라 '그때에도'로 적게 되었고 그 표기를 교과서들이 그냥 답습한 결과 교과서상에는 '때'와 '땅'이 공존하는 일이 벌어졌다. 어쨌건 교과서상에 이 같은 혼란이 벌어지는 것은 좋지 않은 일이다.

정지용의「향수」는 너무 유명한 시여서 그런지 대부분의 문학교과서들이 이 작품을 수록하고 있다. 그렇지만 이 시의 첫머리에 나오는 "휘돌아나가고"와 마지막에 나오는 "하늘에는 석근 별"이란 구절을 주의 깊게 살핀 교과서는 거의 눈에 띄지 않는다. "휘돌아"는 '회돌아'의 잘못으로 실개천의 흐름에 강세 접두사 '휘'가 붙는 것이 어울리지 않는 것을 생각하면 쉽게 바로잡을 수 있다. "석근 별"의 경우는 1927년『조선지광』지에 처음 발표될 때 '성근 별'이었던 것이 해방 후 시집에 수록될 때 인쇄 과정에 어떤 문제가 발생했는지 '석근 별'로 바뀌었다. 교과서들은 모두 쉽게 찾아볼 수 있는 시집 쪽의 표기를 선택한 셈인데 '월명성희(月明星稀)'란 한자어를 상기해볼 때 총총한 별이 아니라 드문드문한 별이라는 뜻의 '성근'이 더 적절하지 않을까 싶다.

사투리를 표준말로 바꾸면서 의미가 변질된 것의 대표적인 예는 국정 국어교과서와 한샘출판사의 문학교과서에 실려 있는「광야」라는 작품이다. 이 시의 첫 연은 1945년 발표될 당시 "까마득한 날에/하늘이 처음 열리고/어데 닭 우는 소리 들렷스랴"였다. 이것을 국정 국어교과서는 '어데'라는 사투리를 '어디'라는 표준어로 바꾸어놓고 있다. 그 결과 경상도 사투리인 '어데'에 들어 있던 원래의 강한 부정의 의미가 제거되어버리고 단순한 사물 대명사가 되고 말았다. 경상도 사람들이 '아니다'라는 부정을 '어데요' '어데예' 등으로 말하는 것을 상기한다면, 그리고 이 구절에 대해 "전혀 닭 우는 소리가 들리지 않았다"로 읽느냐 아니면 정반대로 "어딘가에 닭 우는 소리가 들렸으리라"로 읽느냐로 시비가 벌어진 적이 있다는 사실을 기억한다면, 이 사투리는 더욱 함부로 손댈 수 없는 단어라는 사실을 알 수 있을 것이다. 그리고 이야기가 나온 김에 보탠다면 이 구절에 대해 국정 국어교과서는 "닭이 우는 소리와 같은 생명의 기척이 있었으랴"(p. 215)라고 설명해놓았고, 한샘출판사 교과서는 "설의적 표현으로 여명을 알리는 기미조차 보이지 않는 암흑과 혼돈의 상태를 가리킴"(상, p. 122)이라고 설명하고 있는데 이 모두가 적절하지 못한 설명이다. 닭은 날짐승이 아니라 가금(家禽)이며, 중국이나 우리나라의 고전 시가에서 닭 울음소리〔鷄鳴聲〕는 항상 인가(人家)의 존재 혹은 인간의 시간을 알리는 것으로 나타나기 때문이다. 이로 볼 때 한학을 비롯한 전통 시가에 조예가 깊었던 이육사는 이 구절을 자신이 사는 시대처럼 잘못된 인간의 역사가 전개되기 이전의 상태, 즉 "인간의 역사가 아직 시작되지 않은 태초의 상태"를 가리키는 의미로 썼을 것이다.

　정도는 비록 다르지만 사투리의 처리 문제에서 발생하는 오류는 교과서에서 가장 흔하게 마주칠 수 있는 일이다. 이상화 · 김영랑 · 이용악 · 백석 등의 시를 비롯해서 여러 다른 시인들의 작품에서도 이런 문제가 부분적으로 나타난다. 여기서 한 가지만 예로 든다면 노벨문화사판의 문학교과서는 김영랑의 「돌담에 소색이는 햇발같이」란 작품에서

190

'소색이는'을 '속삭이는'으로 바꾸어놓는 것을 비롯해서 사투리를 거의 모두 표준어로 바꾸어놓고 있는데(상, p.185), 이것은 옳지 않은 일이다. 전라도 사투리의 어감을 가장 잘 살린 시인의 하나로 꼽히는 김영랑의 작품을 표준말로 바꾸어놓는다는 것은 작품을 망치는 일에 속한다. '속삭이는'과 '소색이는'은 그 소리와 느낌이 상당히 다르다. 만약 우리가 김영랑의 "오매 단풍 들것네"와 같은 시구를 표준어로 바꾸어버린다면 어떻게 되겠는가! 또 유독 이 작품에 나오는 '새악시'라는 말에 대해서만은 "새색시, 경상도 방언"이란 설명을 붙여놓아서 김영랑이 마치 경상도 사투리를 쓰는 시인인 듯한 인상을 주고 있는데, 그것은 아마도 이희승 국어사전의 설명에 아무 생각 없이 기댄 탓일 것이다. 이 말이 전라도의 화순·해남·진안 등에서 사용된다는 최근의 조사 결과에 비추어 보면 강진에서도 사용되었음에 틀림없다.

대한교과서 판 문학교과서는 박두진의 「해」가 창작된 시기를 추정하여 거기에 작품 설명을 종속시키는 실수를 범하고 있다. 이 책은 「해」에 대해 '해'는 "조국 광복의 날"(하, p.82)을 가리킨다고 하면서 "밝은 이미지와 시어의 반복을 통하여 일제 강점기의 어둠 속에서 새로운 광명의 세계가 열리기를 소망하는 시"(하, p.81)라고 설명하고 있다. 그런데 이 작품은 해방 후인 1946년에 발표된 것이다. 따라서 이 작품에 대해 해방된 조국의 새로운 미래를 노래한 작품이라는 설명 역시 충분히 가능할 수 있는데 일제 강점기의 어둠 속에서 해방을 소망한 작품이라고 일방적으로 확정하는 것에는 분명히 문제가 있다.

이 작품에 대한 이야기가 나왔으니 말인데, 이 시를 수록한 교과서들이 다른 설명은 많이 하면서 어떤 교과서도 기독교적인 관련성을 지적하지 않고 있는 것은 의외라고 할 수 있다. 실증적인 차원에서는 차라리 이 시가 성경의 「이사야서」 11장 6절에서 9절에 나오는 "이리가 어린양과 함께 살고 표범이 어린 염소와 함께 누우며 송아지와 사자와 살찐 짐승이 함께 있어 어린아이에게 이끌리며 암소와 곰이 함께 먹고, 그 새끼들이 같이 누우며 사자가 소같이 풀을 먹는 시절이 온다"와 같은 구절과 깊은 관계가 있음을 말해줘야 올바르다는 생각이 든다.

김소월은 대단히 유명한 시인이지만, 이 시인의 출생지가 권영민 교수가 펴낸 지학사 판 교과서에는 '구성(龜城)'으로 되어 있고 다른 교과서들에서는 '곽산(郭山)'으로 되어 있다. 이런 어긋남이 일어난 것은 김소월의 선대가 세거한 고향은 정주군 곽산면 남산동이지만 그의 어머니가 출산을 위해 잠시 구성군 왕인동의 외갓집에 가 있었기 때문일 것이다. 우리나라에는 부인네들이 출산 때가 되면 처갓집에 가서 몸을 풀고 오는 풍속이 있고, 그렇다고 해서 출생지를 고향이 아닌 외가 쪽으로 말하는 일은 없다. 따라서 김소월의 출생지는 '곽산'이라고 하는 것이 올바른 일이다.

한샘출판사의 교과서는 박인환의 「목마(木馬)와 숙녀(淑女)」에 나오는 "버지니아 울프의 서러운 이야기"에서 '서러운 이야기'에 대해 "버지니아 울프의 소설 『세월』을 지칭함"(하, p. 254)이라고 주석을 붙이고 있다. 이 시에 "세월은 가고 오는 것"이란 구절이 있어서 그냥 막연히 추측해서 그렇게 붙인 것일까? 버지니아 울프의 『*The Years*』라는 소설은 '서러운 이야기'라는 내용과 꼭 맞는 것도 아닌데 왜 이렇게 말했는지 쉽게 이해가 되지 않는다. 차라리 이 시에는 "〔……〕 등대(燈臺)에"라는 독립된 시행이 있고, 이 소설의 내용이 그래도 이 시와 좀 가까운 측면이 있으니 버지니아 울프의 『등대로 *To the Lighthouse*』라는 소설을 가리킬지 모른다, 라는 정도로 설명하는 것이 더 합당하지 않을까. 그런데 이 시행에 대해서는 "길잡이가 없는"(하, p. 253)이라고 설명하고 뒤에서는 『세월』이란 소설을 지칭한다고 말하는 것은 아무래도 실증적 차원에서 볼 때 무리인 것 같다. 지금까지 이야기한 것 이외에도 파인 김동환의 「국경의 밤」에서 '등잔(燈盞)'을 '등장'으로 표기해놓은 교과서, 김소월의 시 「산유화」에 나오는 '갈-봄'에서 장음 부호인 '-'를 제거하고 '갈봄'으로 표기한 교과서 등, 세부적으로 따지면 많은 문제들이 있지만 여기서는 이 정도에서 일단 생략하기로 한다.

(2) 설명적 차원에서의 오류들

설명적인 차원에서의 오류와 해석적인 차원에서의 오류를 엄격하게 구별하는 것은 어려운 일이다. 설명에는 해석이 들어 있고, 해석에는 설명이 들어 있는 까닭이다. 따라서 이 글에서는 편의상 단어나 구절에 대한 해설적 차원의 짤막한 글은 설명으로 간주하고, 이해와 감상처럼 시 전체에 대한 비교적 긴 언급은 해석으로 간주하면서 논의를 진행하겠다.

6차 교육과정에 의해 만들어진 교과서는 작품에 대해 보충적인 설명을 해주는 여러 종류의 난(欄)들을 가지고 있다. 시구 풀이, 어휘 풀이, 시어 풀이, 구절 연구, 보충 학습 따위의 이름을 가지고 있는 난들이 바로 그것이다. 그런데 이 난들에 들어 있는 내용은 과거의 참고서류가 가지고 있던 내용 바로 그것이어서 문학교육이 과거와 달라진, 특별히 새로운 모습을 찾아보기가 힘들다. 그보다는 참고서들이 가지고 있던 자의적 설명 방식을 대체로 답습하고 있다고 말하는 것이 옳을 것 같다. 그 구체적인 모습을 이제 점검해보기로 하겠다.

금성교과서 판 교과서에서는 한용운의 「당신을 보았습니다」에 나오는 '연기(煙氣)'라는 시어에 대해 "여기서는 '허망한 것. 아무런 의미가 없는 것,' 곧 '무(無)'라는 의미임"(하, p.71)이란 설명이 붙어 있다. 그러나 이 설명은 이 시를 잘못 읽은 데서 나온 틀린 설명이다. "아아 왼갖 윤리(倫理), 도덕(道德), 법률(法律)은 칼과 황금을 제사 지내는 연기(煙氣)인 줄을 알았습니다"라는 시구는 온갖 윤리와 도덕과 법률은 돈(있는 사람)과 권력(있는 사람)을 받들어 모시는 장치들이라는 것을 깨달았다는 의미이기 때문이다. 다시 말해 정의는 강자의 이익일 따름인 현실의 모습을 보았다는 뜻이다. 이런 현실의 모습을 보았기 때문에 이 시의 화자는 초월적 귀의와, 혁명의 길과, 순간적 쾌락에의 탐닉 중에서 어느 것을 선택해서 살아가야 할지 그다음에 이어지는 시행에서 고민하게 되는 것이다. '제사 지내는 연기'는 허망한 것으로 돌리는 것이 아니라 받들어 모시는 의식인 것이다.

또 이 교과서는 "그를 항거한 뒤에, 남에게 대한 격분이 스스로의 슬픔으로 화(化)하는 찰나에 당신을 보았습니다"란 시행에 대해 시구 풀이난에서 "그는 '장군' 곧 일제(日帝)를, '항거'는 3·1운동을 가리킨다. 3·1운동의 실패가 민족적 슬픔으로 변하는 순간, 조국 광복 운동의 필요성을 더욱 절실히 깨달았다는 뜻이다"(하, p.71)라고 설명해놓고 있는데 이는 지나치게 애국적이고 도식적인 설명이다. 그렇다면 이 시행의 2연에 나오는 '주인'도 마찬가지로 일제라는 말인지, 그리고 이 시행의 뒤에 이어지는 선택의 어려움에 대한 화자의 고뇌, 앞에서 이야기한 그 고뇌는 왜 다시 필요한지 설명이 되지 않는다. 지금까지 나온 이 시에 대한 어떤 권위 있는 설명도 이런 식으로 작품을 설명하지 않고 있다는 사실을 이 책의 편집자들은 기억할 필요가 있을 것이다.

금성출판사 판 교과서는 수록된 거의 모든 시를 이런 식으로 무조건 외부의 사건이나 상황에 관련시켜 설명하는데, 예컨대 윤동주의 「십자가(十字架)」에 대해서는 다음과 같은 식의 구절 풀이를 해놓고 있다. "쫓아오던 햇빛인데/지금 교회당 꼭대기/십자가에 걸리었습니다"에 대해서는 "'햇빛'은 광명이며 이상이자 조국 광복의 빛이다. 광복이 아직도 먼 상황임을 암시하고 있다"(하, p.108)라고 설명해놓고 있으며, "행복한 예수 그리스도에게/처럼/십자가가 허락된다면//목아지를 드리우고/꽃처럼 피어나는 피를/어두워가는 하늘 밑에/조용히 흘리겠습니다"(하, p.108)에 대해서는 "조국이 희생을 요구한다면 기꺼이 목숨을 바치겠다는 다짐이다"라고 설명해놓고 있다. 시에 대한 설명도 이 정도가 되면 거의 코미디 수준으로 전락하는 것이 아닌가 싶을 정도이다.

윤동주의 「십자가」는 나약한 인간인 화자가 어떻게 하느님의 아들인, 그래서 화자가 행복하다고 생각하는 예수 그리스도처럼 겸허하게 자기 희생의 길을 걸을 수 있을지를 고민하고 있는 작품이다. 이 시에서는 그리스도에 대한 부러움과 자신의 앞길에 대한 두려움과 그런 가운데서도 주어지는 운명을 수락하겠다는 자세가 함께하고 있는 것이다. 이 같은 시를 쓴 섬세한 내면적 인간인 윤동주를 이토 히로부미를 저격한 안중근과 같은 투사로 만들어놓아야 직성이 풀리는 듯한 이 교과서의 설명은 윤동주의 시에 대한 올바른 설명이 아니라 일종의 폭력적 훼손이라고 해도 지나친 말이 아닐 것이다.

거의 마찬가지의 방식으로 시를 설명하는 태도는 권영민이 편찬한 지학사 판 문학교과서에서도 발견된다. 이 책에서는 이상화의 「빼앗긴 들에도 봄은 오는가」에 대해 이렇게 구절 풀이를 해놓고 있다. "내 머리조차 가뿐하다"는 "망국의 슬픔을 씻은 듯 상쾌하다"이며, "혼자라도 가쁘게나 가자"는 "민족이 다 함께 못 가지만 나 혼자라도 기꺼이 전진

하자"이고, "내 손에 호미를 쥐어다오"는 "국토, 국권 회복을 위한 강렬하고 적극적인 애정과 활동욕의 표현"(하, p.164)이라는 식으로 말이다. 자신의 들은 아니지만 들판에서 한없는 행복감을 느끼는 농민, 건강한 노동으로 다시 돌아가고 싶어 하는 농민의 이미지와, 비록 들은 빼앗겼지만 그 들에 찾아온 자연의 봄만은 뺏길 수 없다는 안타까운 몸부림은 완전히 제거해버리고 오로지 편찬자의 이상한 주관적 애국심으로 한 편의 시를 덧칠해버리는 이 같은 설명은 수긍하기가 어렵다. 특히 "푸른 하늘 푸른 들이 맞붙은 곳으로"라는 말이 나오는 2연을 "광복이 된 조국의 천지를 상상함"(하, p.164)으로 설명해놓은 것은 더욱 그렇다. 이런 시 읽기야말로 평소 이 책의 편찬자가 타기해 마지않는 정치 제일주의자들의 경직된 태도인데 어떻게 그런 교과서에서 이런 설명을 해놓고 있는지 필자로서는 도저히 이해가 되지 않는다.

위의 교과서들과 정도와 방식에 있어서 다소간의 차이가 있지만 김봉군·최혜실이 편한 지학사 판 교과서도 시를 설명하는 기본적인 태도는 마찬가지이다. 이 책은 이육사의 「광야」에 나오는 "지금 눈 내리고/매화(梅花) 향기(香氣) 홀로 아득하니"(하, p.122)에 대해 "겨울의 추위가 사라질 봄에 대한 희망은 아득히 멀다. '눈'은 일제 치하의 혹독한 시련, '매화 향기'는 조국 독립의 아름다운 미래를 상징함"이라고 설명해놓고 있다. 이 역시 시를 당시의 상황에 무조건적으로 종속시키는 설명인데, 그러나 그렇게 되면 조국 독립의 아름다운 미래가 아득히 멀다는 이상한 이야기가 되어버린다(「광야」를 수록하고 있는 교육부의 1종 교과서는 '매화 향기'를 그렇게 읽어서는 안 된다고 분명히 해놓고 있다). 여기에서 '아득하니'는 '아득히 멀다'는 그런 의미가 아니다. 우리의 전통 한시에서 매화 향기는 눈이 채 녹기도 전에 남 먼저 봄소식을 전해주는 꽃으로 그려지고 있다는 사실을 상기해보라. 아직 봄이 오지 않았음에도 홀로 먼저 아득히 찾아와 틀림없이 봄이 오고 있음을 전해주는 이 꽃의 의미를 말이다. 따라서 이 구절은 지금은 눈이 내리는 겨울이지만 그래도 매화 향기가 홀로 아득하게(먼저) 봄소식을 전해주고 있다는 의미이며, 이 의미 위에서 가능한 사회학적 상상력을 발동시켜야 옳을 것이다.

이런 사회학적 상상력의 과잉은 이 책에서 이육사의 시와는 전혀 다른 안서 김억의 「봄은 간다」라는 서정시에 대해서도 "암담한 시대 상황을 인식한 데서 비롯된 작품"(하, p.126)이라는 설명을 붙이게 만드는데, 마찬가지의 오류는 노벨문화사 판에서 김억의 「봄은 간다」에 대해 "시인은 훼손되지 않은 민족 공동체의 삶이 어우러진 소박한 공간을 그리워하지만, 일제 강점기의 현실은 그렇지 못하다"(상, p.64)고 이야기하는 데에서도 발견된다.

이 밖에 이런 문제들과 함께 무책임한 설명, 아무런 보탬이 되지 않는 설명을 하고 있는 경우도 있다. 학문사 판에서 「향수」에 나오는 "해설피 금빛 게으른 울음을 우는 곳"의 '해설피'를 "해가 져서 밝은 빛이 약해질 무렵"(하, p.84)이라고 한 것은 전자에 해당할 것이다. "해가 설핏하다"는 충청도 사투리의 변형이라 해도 해가 진 것은 아니며, 소의 울음소리 모양을 이야기하는 말의 의미는 제거하고 특정한 시간을 가리키는 말로 단정해버려도 괜찮은지 심각하게 생각해봐야 할 문제다. 또 한샘출판사 판에서 「꽃을 위한 서시(序詩)」의 첫 행에 나오는 "위험(危險)한 짐승"을 "사물의 본질을 모르는 무지한 존재"(상, p.74)라고 설명하는 것도 무책임한 설명이다. 이 시에서 "나는 시방 위험한 짐승이다"라는 말은 존재의 본질에 육박하지 못하는 화자의 안타까움을 보여주는 말이기 때문이다. 우리가 언어로 포착한 어떤 존재의 실상도 사실은 실상이 아니며 우리가 사용하는 말은 그것을 왜곡하고 변질시키는 것이기 때문이다. 반면에 이 시의 마지막 행인 "〔……〕 얼굴을 가린 나의 신부(新婦)여"의 '신부'를 "실체를 드러내지 않고 있는 존재"(상, p.74)라고 설명해놓는 것은 이미 시 속에 '얼굴을 가린'이란 말이 있기 때문에 아무런 보탬이 되지 않는 설명이다. 차라리 '신부'에 대해서는 '존재'라고만 해놓는 것이 더 나았을 것이다.

(3) 해석적 차원에서의 오류들

이 글의 첫머리에서도 말했지만 제6차 교육과정은 학생들의 자율적인 학습을 최상의 목표로 설정하고 있다. 교사의 일방적 가르침에 의해서 이루어지던 저간의 교육 방식을 획기적으로 바꾸자는 것이 6차 교육과정의 목표이다. 그래서 교사는 학생을 이끌어나가는 위치에 설 것이 아니라 학생 스스로 깨우쳐나가는 것을 돕는 보조자의 위치에 설 것을 강조하고 있다. 그러나 문학교과서는 그런 교육 방식에 맞도록 만들어져 있지 않다. 학생과 교사가 함께 토론할 수 있도록 만들어져 있는 것이 아니라 무조건 외울 수밖에 없도록 만들어져 있다. 이 사실은 교과서에 시 작품에 대한 참고용으로 붙여놓은 이해 · 감상 · 해설 들을 보면 잘 알 수 있다. 시 작품에 내재된 다양한 의미들을 폭넓게 읽어낼 수 있도록 학생을 유도하는 것이 아니라 오로지 획일적인 의미로만 읽도록 그것들은 씌어져 있는 것이다. 예컨대 윤동주의 「십자가」에 대해 붙여놓은 다음과 같은 이해와 감상을 한번 보자.

이 시에서의 '십자가'에는 종교적 의미보다 조국 광복을 위한 고귀한 희생이라는 상징적 의미가 담겨 있다. 교회당 꼭대기 십자가에 걸린 햇빛은 순결과 광명의 상징이자 조국 광복의 빛으로, 십자가는 구원의 상징이자 고귀한 자기희생으로 확대 해석할 수 있다. 시인은 '종소리도 들려오지 않는' 조국의 절망적 상황 앞에서 회의와 자책으로 서성댈 수밖에 없지만, 결국 예수의 고난을 '행복'으로, 수난 속에서 희생되는 사람의 피를 '피어나는 꽃'으로 인식함으로써 조국을 위한 자기희생의 결의를 다짐한다. '꽃처럼 피어나는 피'야말로 조국 광복이라는 열매를 약속할 수 있기 때문이다. 비장(悲壯)하고 장렬한 최후를 황홀한 순간으로 받아들일 수 있는 것은 숭고한 자기희생 정신이 없이는 불가능할 것이다. (금성교과서, 하, p.109)

위의 설명은 첫 문장에서부터 다르게 읽을 수 있는 가능성을 아예 봉쇄해버리면서 맹목적으로 학생들을 애국주의적 작품 이해로 내몰고 있다. 시 작품의 내재적 구조와 비유적 언어의 의미 등에 대해서는 일고의 가치도 부여하지 않을 뿐만 아니라, 그것들에 바탕을 둔 조심스러운 해석 태도는 아예 내팽개쳐버리고 식민지 시대라는 상황과 윤동주의 옥사라는 사실로부터 유추해낸 조야한 연역적 논리를 마구잡이로 시에 덮어씌우고 있는 것이다. 이런 해석은 그냥 외울 것을 강요하는 방식이 아니라면 도저히 통용될 수 없는 논리이다. 학생들이 시 작품을 꼼꼼히 읽으며 스스로 의미를 발견해나가는 과정에 도움을 줄 수 있는 그런 해석이 전혀 아닌 것이다. 같은 교과서에 실린 신동엽의 시에 대한 다음과 같은 해석 역시 마찬가지이다.

껍데기가 가버린 후의 세상은 사악함이나 무력(武力)이 사라지고 순수

함만이 살아남는 향기로운 땅이 될 것이라고 노래한 이 시는, '가야 할 껍데기＝쇠붙이'의 공식을 통해, 부패와 불의에 항거했던 동학농민운동이나 4·19혁명의 순수한 민중적 열망이 변질되고 있는 서글픈 현실에 대해 개탄하면서 조국 분단이라는 민족적 아픔을 극복하려는 의지를 담고 있다. (금성교과서, 하, p.60)

이 교과서의 저자들이 「껍데기는 가라」에서 어떻게 "동학농민운동이나 4·19혁명의 순수한 민중적 열망이 변질되고 있는 서글픈 현실에 대한 개탄"을 찾아냈는지 심히 개탄스러운 일이다. 비교적 단순한 이 시가 가지고 있던, '껍데기/알맹이'의 대응 관계 속에 놓여 있던 상징성을 박탈해버리고, 이 시에 나오는 '중립(中立)의 초례청'이란 말이 지닌 함축적 의미마저 전혀 고려하지 않고 있는 이런 해설이 교과서에 실려 있다는 이유 하나만으로 학생들에게 엄청난 영향력을 가질 것을 생각하면 우리 문학교육의 미래가 걱정스럽지 않을 수 없는 것이다.

문학교과서가 학생들을 경직된 획일적인 사고 체계로 몰아가는 것은 이뿐만이 아니다. 상당수의 교과서들은 수록된 시들을 참여시와 순수시로 갈라놓고 있는데, 예를 들면 김수영·신동엽의 시는 참여시이고, 정지용·김소월의 시는 순수시라는 식으로 구분하고 있다. 그렇다면 윤동주는 어디에 속하는 것일까? 윤동주의 시를 일제와의 가열찬 투쟁으로 해석해놓고 있는 교과서들은 참여시라는 명칭을 피하는 대신 저항시라는 명칭을 붙여놓고 있다. 그렇다면 저항시는 참여시라는 말인가, 아니라는 말인가? 정치 현실과 직접 관련이 있으면 저항시, 그렇지 않으면 순수시라고 규정해놓고 있는 교과서의 단순 논리가 작품을 학생들로 하여금 어떻게 읽고 해석하는 방향으로 이끌지는 충분히 짐작할 수 있을 것이다. 그런데 놀라운 것은 이 같은 도식적 구분이 김열규·신동욱과 같은 저명한 비평가들이 편찬한 교과서에도 버젓하게 들어 있다는 사실이다. "이 시는 민족 화합의 의지를 힘찬 목소리로 노래한 참여시이다"(동아출판사, 하, p.147)라는 식으로 말이다.

3

지금까지 보아왔듯이 현재의 문학교과서들은 수많은 문제들을 지니고 있다. 사소한 실증적인 오류에서부터 도저히 묵과할 수 없는 해석적 오류에 이르기까지 문학교과서에는 수많은 문제들이 중첩되어 있다. 특히 수록된 시에 대한 설명의 상당수가 사회학적 환원주의라 부를 수 있는 감정적 애국주의에 함몰되어 있다는 사실은, 우리 교과서의 수준과 교육의 현주소를 말해주는 참으로 부끄러운 일이 아닐 수 없다. 사정이 이러니 필자가 앞에서 잠시 언급한 교사들의 이야기, 교과서가 그렇게 만들어져 있는데 어떻게 달리 가르칠 수 있느냐는 하소연이 터져 나올 수밖에 없었을 것이다. 우리의 고등학교 문학교육은, 교사들의 능력과 자질 이전에, 입시 교육의 금과옥조가 되는 교과서에서부터 이미 문제가 있었던 것이다. 따라서 고등학교 교육을 마치고 대학에 들어온 학생들이 아무리 가르쳐도 그렇게 오뚝이처럼 경직된 사고 체계로 되돌아가곤 하는 것은 이 같은 현실에서 당연한 일이라고 할 수밖에 없다.

앞에서 살펴본 것처럼 일제시대에 씌어진 작품은 무조건 애국과 저항의 안목으로 읽어야만 한다는 식의 문학교육은 학생들의 사고 체계를 전체주의적인 발상법으로 유도하는 나쁜 교육이다. 시 작품에 대한 이해를 일방적으로 외부적 상황에 종속시키면서 경직된 획일적 독서로 몰고 가는 그런 애국주의 문학교육은 한국 문학의 발전을 위해 아무 도움이 되지 않을 뿐만 아니라 개인과 사회의 발전에도 전혀 도움이 되지 않는다. 심하게 말한다면 그런 교육은 차라리 하지 않는 것이 낫다. 우리가 인문학의 한 분야로 문학을 공부하는 것은 인간의 전면적 완성이라는 목표 때문이며, 시를 읽는 것은 그런 목표에 합당하게 더 넓어지고 깊어지기 위해서이다.

이런 점에서 볼 때 현재의 문학교과서는 그대로 방치할 것이 아니라 빠른 시간 안에 그 상당수를 전면적으로 개편해야 한다. 물론 문학작품의 경우 문학사적으로 대단히 중요한 작품들마저 거의 원전 비평을 거친 권위 있는 판본이 확정되어 있지 않기 때문에 수록에 어려움이 적지 않을 것이다. 이 문제는 한국 문학 연구의 수준과 경향에 관계된 것이어서 단시일 내에 해결된 문제가 아니지만, 그렇다고 교과서에 작품을 아무렇게나 수록할 수는 없는 일이다. 그러나 아무렇게나 그냥 개편할 것이 아니라 어떤 체제와 내용이 되어야 할 것인지에 대해 설득력 있는 시안을 먼저 만든 후 권위자들의 자문을 받는다면 제한된 수록 작품의 경우 실증적인 차원과 해석적인 차원에서 발생하는 문제점을 줄일 수 있을 것이다. 그리고 검인정 교과서의 경우 심의 통과 여부에 대한 결정을 엄격한 기준하에서 공개적으로 진행해나갈 수 있는 제도적 장치를 마련한다면 실증적이고 해석적인 차원에서의 오류들을 바로잡을 수 있는 가능성은 더 높아질 것이다.

제10장

문학교육의 악순환과 선순환

김명인

1. 사범대 문학교수의 딜레마

사범대학 국어교육과에서 문학을 가르치는 '문학전공' 교수로서 국어 교사 지망생들에게 문학을 가르치는 일에는 늘 약간의 자기검열 같은 것이 따라다닌다. 원래 내가 하는 문학과 사범대 강의용 문학은 조금 다르다, 그러므로 텍스트 선정이나 교수 내용에 있어서 적절한 수위 조절이 필요하다는 생각이 그것이다. 이것은 단순히 학생들이 따라오지 못할 고급의 문학이론이나 지나치게 난해한 텍스트를 피해야 한다는 대학교수로서의 일반적인 고려와는 성격이 다르다. 그것은 사범대학은 특수목적대학이므로 뭔가 그 특수목적에 맞는 특수한 문학교육을 해야 하는 것 아닌가 하는 고려에서 오는 특수한 자기검열이다.

이러한 자기검열은 두 가지 측면에서 작용한다. 하나는 사범대에서 소정의 교육과정을 이수하고 교원임용시험을 치러서 중등교육 현장으로 나아가야 하는 학생들을 위해서라는 나름대로 적극적인 측면이고 또 하나는 현재 한국의 사범대학교육 전반을 관류하고 있는 어떤 지배적인 경향성과 내가 생각하는 문학교육에 대한 생각이 딱 맞아떨어지지 않음에도 불구하고 현실을 수리해야 하는 것 아닌가 하는 소극적 또는 부정적인 측면이다. 물론 두 측면은 현실 속에서는 통일된 형태로 나타난다. 학생들은 현재의 경향성에 최적하게 적응하지 않으면 교사가 될 수 없기 때문이다. 따라서 나 역시 현재의 사범대학 교육의 이념과 체제에는 동의하지 않지만 학생들을 위해서 어쩔 수 없이 적절한 자기검열과 제한을 하게 되는 것이다.

지난 학기에 내가 소속된 학과에서는 학과 교육과정에 기왕에 있었던 〈문학비평론〉 과목이 폐지되고 대신 〈문학과 매체교육〉이라는 과목이 신설됐다. 그것을 강력하게 주장한 것은 바로 '현대소설 및 비평'을 주전공으로 하는 나 자신이었다. 그것은 〈문학비평론〉을 강의했던 나의 경험 때문이었다. 비평에 대한 관심이 있었던 학생이건 아니면 학점관리상 선택했던 학생이건 그 수업을 수강한 학생들 모두에게 그 수업의 경험은 고통스러운 것이었고 그것은 나 역시도 마찬가지였다. 그런 과목을 유지하는 것보다는 영화나 연극, 동영상과 문학(교육)의 결합 혹은 관련을 공부하는 〈문학과 매체교육〉 과목을 신설하는 것이 더 나을 것이라는 판단에서 나는 〈문학비평론〉 과목을 기꺼이 폐지했다.

학생들은 강의시간에 조금만 더 깊게(예컨대 비평이론 같은 것) 가르치거나, 조금만 더 넓게(예컨대 교과서에 나오지 않는 작품들) 가르치려 하면 자신들이 원래 배워야 할 것을 넘어서는 무언가 불필요한 것을 배우고 있다는 생각에 더 이상의 탐구와 지식욕을 스스로 제한하는 양상을 보인다. 그들은 어쩌면 그런 '문학'은 전에도 배운 적이 없고 앞으로 가르칠 일도 없다고 생각하는 것일지도 모른다. 그리고 아마도 그런 '고급 문학'(사실은 아주 기본적인 것들인데)을 몰라도 충분히 괜찮은 국어(문학)교사가 될 수 있다고 생각하는 것으로 보인다. 물론 그것은 그들의 잘못이 아니다. 그들이 이미 빠져나왔지만 다시 또 진입해야 할 중등교육과정 자체가 그들에게 학교 문학교육의 이미지를 경험적으로 그렇게 고착시켰기 때문이다.

현재 중등교육과정에서 전통적인 문학교육은 점차 형해화하고 있다. 국어 과목에서부터 문학작품은 말하기, 듣기, 읽기, 쓰기라는 기능주의적 교육목표를 위한 한갓 읽기 자료로 취급될 뿐이며, 고등학교 과정에서 국어와 독립된 문학과목에서도 7차 교육과정에서부터는 기본적으로 '작품/감상/이해'라는 전통적이고 본질주의적인 문학교육 체제에서 벗어나 '텍스트(자료)/수용/창작(활동)'이라는 새로운 구성주의적 체제로 이행함으로써 제시된 목표의 그럴싸함에도 불구하고[1] 문학작품은 그저 파편화된 텍스트 취급을 받아오고 있다. 문학작품은 그 자체로 하나의 미적 전체로서 학생들에게 다가가지 못하고 늘 다른 교육학적 목적을 위한 매개 자료로 이용되고 있는 것이다. 이런 여건 속에서 학생들에게 문학작품의 가치가 예전 같을 수가 없다. 물론 이마저도 중학교

---

1) 7차 고등학교 문학과목의 목표는 "문학의 수용과 창작활동을 통하여 문학 능력을 길러, 자아를 실현하고 문학 문화 발전에 능동적으로 참여하는 바람직한 인간을 기른다"고 되어 있다. 그에 따라 "문학활동의 기본 원리와 문학에 대한 체계적인 지식을 이해한다", "작품의 수용과 창작활동을 함으로써 문학적 감수성과 상상력을 기른다", "문학을 통하여 자아를 실현하고 세계를 이해하며, 문학의 가치를 자신의 삶으로 통합하려는 태도를 지닌다", "문학의 가치와 전통을 이해하고 문화 활동에 능동적으로 참여하여 문학 문화 발전에 기여하려는 태도를 지닌다"는 네 가지 구체적 목표가 제시된다. 이러한 목표에는 문학을 통해 자아실현, 세계이해, 감수성과 상상력의 함양이라는 교육적 효과를 얻을 수 있다는 전통적인 믿음이 명시적으로 전제되어 있다.

과정에서나 그럭저럭 수행될 뿐 고등학교 과정에서는 이전의 교육과정에서와 다를 바 없는 대입수능 대비학습에 자리를 내주고 있다.

물론 중등교육 현장에서의 평가제도와 대학입시를 위한 대입수능시험이 '문학교육'의 고유성을 전혀 반영하지 못하고 있음은 더 말할 것도 없다. 중등교육과정의 문학 과목의 평가는 '평가기준의 객관성'을 이유로 표준화, 계량화에 치중하여 비문학적 문항과 정답 맞히기 시스템으로 일관되고 있으며, 대수능에서의 문학 부문 역시 '언어영역'의 일부로서 커뮤니케이션 능력 평가를 위한 한갓 읽기 자료로 전락하고 있는 것이다.

중등학교 문학교육이 처한 이런 조건 속에서 나와 같은 문학 전공 교수가 사범대 교과과정에서 추구하고자 하는 본질주의적인 목표, 즉 '문학적 소양'의 함양이라는 것은 마치 고립된 섬이나 난파선처럼 기능주의적 문학교육 담론의 바다 위를 떠돌고 있다고 할 수 있다. 사범대 학생들의 입장에서 본다면 대학에 들어와서는 고등학교까지의 진부한 문학교육 경험과는 전혀 다른 문학교육 환경에 접하게 되어 당황하다가 이제 그 환경에 익숙해져서 문학에 재미를 붙일 만하면 다시 교사가 되어 처음 시작한 곳으로 되돌아가게 되는 셈이다.

이런 상황 속에서 어느 결엔가 본질주의적 문학교육은 특수한 것으로 치부되고 학생들은 보다 안정적으로 기능주의적 문학교육 방법에 자신을 길들여가게 되는 것이다. 그러므로 사범대 국어교육과의 교과과정에서 교과교육론으로서의 '국어교육론'이 이른바 '교과내용론'으로서의 소설론, 시론, 작가론이나 음운론, 의미론, 문법론 등보다 비중이 높아지고 강세를 보이고 있는 것은 당연한 일이다. 나 역시 스스로 이러한 상황을 하나의 소여로 받아들여 소극적으로는 가급적 중고교 문학교과서에 나오는 작품이나 작가들로 텍스트를 한정한다든지 하고, 적극적으로는 강독한 작품에 대해서 교안을 만들어보는 과제를 내준다든지 임용시험 대비 수업을 한다든지 하는 타협적 자기검열을 하지 않을 수 없게 된다.

결국 이러한 현실을 어쩔 수 없는 추세로 받아들인다면 사범대학에서의 문학교육이란 것은 현재의 지배적 교육철학과 제도가 요구하는 '문학 텍스트(작품이 아니라)를 이용한 언어능력, 또는 커뮤니케이션 능력의 계발'이라는 목표에 부응하는 다양한 문학 교수 방법론을 중심으로 재편성되어야 마땅한 것일지도 모른다. 그렇게 하면 현재 사대 국어과 학생들이 문학강의 시간에 느끼는 왠지 모를 불편함과 이질감도 쉽게 해소되고 한국의 문학교육은 비로소 일관된 철학과 체계로 통일될 수 있을 것이다. 물론 그렇다면 사범대에서 문학을 가르치는 교수들은 정체성 위기와 자기검열에 시달리는 대신 사범대형 문학 교수법을 재교육 받고 사범대형 교수로 거듭나도록 하면 될 것이다.

2. 반문학적 문학교육의 악순환

그러나 나는 여전히 현재와 같은 기능주의적 문학교육, 국어교육에 찬성하지 못한다. 아니, 엄밀히 말하면 현재의 중등교육 시스템으로는 기능주의적 문학교육이 추구하는 목표조차도 달성될 수 없다는 판단이다. 하나의 예를 들어보기로 하자.

김승옥의 「무진기행」(1964)은 1960년대 한국문학이 낳은 걸출한 문제작이다. 그리고 그러한 문학사적 지위에 걸맞게 현재 일곱 개의 검인정 문학교과서에 수록되어 주요하게 취급되고 있으며 대학수학능력시험에도 여러 차례 출제된 바 있는 단골 텍스트이다. 나 역시 내가 맡은 〈현대소설선독〉 시간에 이 소설을 학생들과 함께 즐겨 강독하고 있다. 여기서는 이 「무진기행」이 고등학교 문학교과서와 대입수능시험, 그리고 교원임용시험에서 어떻게 가르쳐지고 어떻게 취급되는지를 먼저 살펴보고자 한다.

(주)두산에서 나온 문학교과서[2] 상권 제2부 '문학의 수용과 창작'의 2절 '서사와 갈등의 세계' 중 4항 '사람다움에 대한 소설적 탐구'에 황순원의 「너와 나만의 시간」과 함께 「무진기행」이 실려 있는데 그 첫 도입 부분은 다음과 같다.

인간은 일상생활의 터전으로부터 벗어나 그 일상의 세계를 객관적으로 바라볼 수 있는 여유를 갖고자 한다. 그러나 여유를 가졌다고 생각하는 순간, 그 세계는 이미 떠났던 일상의 세계와 긴밀한 연관을 가지고 있음을 발견하게 된다. 이 작품은 그 같은 인간의 꿈과 한계를 보여주고 있다. 배경이 되고 있는 안개의 의미에 유의하여 현대인의 방황과 고민, 그리고 그 해결방법 등을 생각하며 감상해보자.[3]

또한 그 도입문 바로 옆에는 '활동의 포인트'라는 제목 아래 "소설의 배경인 '무진'과 '안개'의 역할 이해, 인물의 삶의 방식 이해, 문체의 특성 이해"라고 되어 있다. 그런 다음 소설의 본문이 수록되고 있는데 제

---

2) 7차 고등학교 18종 문학교과서 중에서 7종이 「무진기행」을 수록하고 있다. 그중에서 우한용 등 6인이 공동집필한 (주)두산의 문학교과서를 임의로 선택했다.
3) 우한용 외, 『고등학교 문학』(상), (주)두산, 2003, p.190.

1장 '무진으로 가는 버스'가 그 유명한 한낮 거리에서 개들이 교미하는 부분 직전까지 실려 있다. 그리고 그다음에는 '감상의 심화'라는 제목으로 다음과 같은 글이 실려 있다.

이 작품은 주인공 '나(윤희중)'가 일상으로부터 벗어나 고향인 무진을 찾았다가 이런저런 경험을 하고 다시 일상으로 돌아온다는 '떠남–경험–복귀'의 유형을 보이는 작품이다. 인간은 누구나 일상으로부터 벗어나고 싶은 충동을 느낄 때가 있다. 이러한 충동은 일상생활에서의 회의와 허무, 실의와 좌절을 느낄 때 특히 강렬하게 나타난다. 주인공 역시 이러한 상태에서 재충전을 위해 안개 덮인 마을 무진을 찾는다. 그 무진은 젊은 날의 번민과 부끄러운 추억을 간직한 곳이다. 무진에서 여러 사람을 만나고 그들에게서 자신의 젊은 날과 현재의 모습을 발견하고는 다시 서울로 돌아온다. 1960년대 삶에 대한 허무와 회의의식을 작가 특유의 감수성으로 그려낸 작품이다.[4]

그다음에는 '더 읽을 작품'으로 같은 작가의 「서울의 달빛 0장」과 「누이를 이해하기 위하여」 등을 추천하고 '지은이 탐구'라는 이름으로 작가 소개를 한 뒤에 '작품 속으로'라는 이름 아래 다음과 같은 세 개의 과제를 제시하면서 이 작품에 관한 기술을 마치고 있다.

1) 이 소설에서 실제로 일어난 일과 인물의 상상 속에서 일어난 일을 구분하고, 그 사건들이 어떤 관계를 갖는지 생각해보자.

---

4) 앞의 책, p.195.

2) 이 글의 배경이 되는 '무진(霧津)'이 암시하는 바를 당시의 시대적 배경을 고려하여 생각해보고, 이것이 이 주제에 어떤 영향을 끼치고 있는지 알아보자.

3) 작품 전편을 읽고, 주요 등장인물, 즉, 주인공 나(윤희중), 하인숙, 조, 박의 삶이 의미하는 바를 정리해보자.

하나의 문학작품을 읽는 관점이나 방법은 사람에 따라 다양할 수밖에 없다. 도입 부분과 '감상의 심화' 부분을 함께 고려해보면 이 교과서의 저자들은 「무진기행」에서 가장 주목할 점을 아마도 일상으로부터 이탈하고자 해도 결국 그 일상으로 회귀할 수밖에 없는 현대인의 꿈과 그 한계의 노정쯤으로 본 듯하다. 그리고 조금 더 나아가서 보면 이러한 일탈욕망과 그 미완성을 통해 작가가 "1960년대의 삶에 대한 허무와 회의의식"을 그려냈다고 생각하는 것 같다. 그렇게 볼 수도 있고 그렇게 보지 않을 수도 있다. 나의 견해도 그렇지만 김승옥의 이 작품에 대한 수많은 평론과 연구를 보면 이와는 다른 견해도 너무나 많다.

그리고 또 하나 이 책의 저자들은 정작 납득할 만한 설명은 하지 않고 있지만 「무진기행」에서 '안개'라는 자연현상이 같은 의미를 시사하는 작품의 제목과 함께 대단히 중요한 역할을 한다고 믿고 있는 것 같다. '활동의 포인트'에도 그 점이 강조되어 있고 '작품 속으로'에도 주요한 과제 중의 하나로 제시되고 있다. 안개가 이 작품에서 주요한 배경으로서 기능하는 것은 사실이지만, 과연 '시대적 배경'과의 관련 여부까지 고려할 정도로 이 작품에서 결정적인 요소가 되는지는 의문인데 이 교과서에서는 지나치게 강조되고 있는 감이 있다. 물론 그 역시 그럴 수 있다.

그리고 이 작품에 대한 결정적인 오독도 하나 발견된다. '감상의 심화'에는 이 소설의 주인공도 "일상생활에서의 회의와 허무, 실의와 좌절"을 느껴 무진을 찾는다고 되어 있다. 하지만 작품에서는 주인공 윤희중은 근무하는 장인 소유의 제약회사에서 자신을 전무로 승진시키기로 된 주주총회가 열리는 동안 며칠간 그 자리를 피하기도 할 겸, 긴장도 풀 겸, 무진을 다녀오기로 한 것으로 되어 있는데, 여기서 어떤 회의와 허무, 실의와 좌절이 발견되는지 알 수가 없다.

문제는 이런 특정한 견해가 교과서 기술의 형태로 공표되고 있다는 데서 발생한다. 교과서의 권위를 인정하지 않을 수 없는 학생과 교사들은 혹 다른 견해가 있다고 해도 이 저자들의 견해를 가장 중시하지 않을 수 없으며, 그것이 어쩌다가 시험문제로라도 출제되어 정답으로 승인받게 되면 이들의 견해는 이 작품에 관한 가장 일의적인 해석으로 고착되고 스테레오 타입으로 답습되지 않을 수 없다. 그것은 위험하다.

그러면 과연 참고서나 자습서에서는 이 작품을 어떻게 다루고 있는가 보자. (주)지학사에서 간행한 『자율학습 18종 문학―현대문학 분석편』이라는 자습서(표지에는 '교사지침서'라고 되어 있는 것으로 보아 아마도 교사용 자습서인 듯하다)에도 「무진기행」이 기술되어 있다. 앞의 (주)두산 교과서와 마찬가지로 소설의 앞부분이 발췌 수록되어 있고 '어휘사전' '김승옥의 작품세계' '핵심문제' '작품 돋보기' '자료열람실' '핵심정리' 등이 조밀하게 편집되어 두 페이지 안에 들어 있다.

우선 '김승옥의 작품세계'를 보자.

김승옥의 작품세계는 개인의 삶과 현실 속에 던져진 자기 존재의 파악으로 일관되고 있다. 그의 작품이 던지는 질문은 내가 살고 있는 삶이란 무엇이며, 나라는 존재가 던져진 이 세계는 어떤 곳인가 하는 존재론적 질문이다. 이 질문은 신이 없는 세계 속에 내던져진 자아의 끊임없는 자의식의 산물이며, 자기 발견을 위한 투쟁이다. 따라서, 김승옥의 소설에 등장하는 인물은 일상적인 개인이며, 그들은 자아 성찰을 계속하는 인물들이다. 그들은 성(性)을 통해서만 자기만의 의식으로 개별화되는 인물들이다. 「생명연습」, 「무진기행」, 「서울의 달빛 0장」, 「야행」, 「서울, 1964년 겨울」에서 이런 특성을 명료하게 보여준다.[5]

이 소개를 보면 김승옥의 작품세계는 대단히 실존주의적인 양상을 보이는 것으로 되어 있다. 이 역시 김승옥의 작품세계를 보는 하나의 관점일 뿐이다. 그런데 이렇게 자습서의 편제 속에 들어오게 되면 이 견해 역시 원래의 맥락을 떠나 권위적으로 고착된다. 이 정도는 좀 나은 편이다. '김승옥의 작품세계' 바로 아래 따라오는 '핵심문제'에는 "이 작품의 주제는?" 하는 문제가 있고 그에 대한 정답으로 "이상과 현실 사이에서 갈등하는 허무주의적 의식"이라 되어 있다. 그다음 쪽의 '핵심정리'는 더욱 심란하다.

시대 : 1960년대
갈래 : 단편소설
시점 : 1인칭 주인공 시점
배경 : 시간적―1960년대 초, 공간적―무진이라는 지방도시
특징 : ① 감각적인 문장의 구사로 발표 당시 '감수성의 혁명'이라는

---

5) 『자율학습 18종 문학―현대문학 분석편』, 지학사, 2003, p.1142.

212

평가를 받음. ② 이상과 현실의 괴리 문제를 다룸. ③ '허무안개'라는 상징을 빌려 표현함. ④ 서정적 몽환적 분위기를 지님.

　주제 : 이상과 현실 사이의 갈등

　시대와 갈래, 시점, 배경은 그렇다 쳐도 이 작품의 특징이라고 열거한 "이상과 현실의 괴리를 다룸"이라거나 "'허무안개'라는 상징을 빌려 표현함" 같은 부분, 그리고 주제를 "이상과 현실 사이의 갈등"이라고 한 부분은 그 유치함에 낯이 붉어질 정도이다. 그런데 이런 것이 학생용도 아니고 교사용 자습서로 팔리고 있는 것이다. 수업 전에 작품을 제대로 읽을 시간이 없는 교사가 수업 시작 5분 전에 이 '핵심정리'를 읽고 수업에 들어가 학생들에게 이 작품을 이렇게 정리해준다면, 그리고 학생들은 이 '핵심정리'를 금과옥조처럼 가슴에 품고 「무진기행」에 대한 마무리를 하게 된다면 어쩔 것인가. 하지만 대부분의 경우 이것이 실상인 것으로 보인다.

　다음으로는 대학수학능력시험에서 이 「무진기행」을 어떻게 다루고 있는가이다. 예컨대 수능시험에 출제되었던 이런 문제들과 그에 대한 정답풀이를 보자.

　이 작품에 대한 설명으로 옳지 않은 것은?
　　① 이른바 귀향소설에 속한다.
　　② 1인칭 주인공 시점이 쓰였다.
　　③ 서정적이고 몽환적인 분위기이다.
　　④ 성장소설의 주제를 견지하고 있다.
　　⑤ '떠남 - 추억 - 복귀'의 서사구조를 취하고 있다.

정답 ④ : 성장소설은 주인공의 성장에 따른 의식의 변모를 그린다.

'무진'의 상징적 의미로 알맞은 것은?
　① 현실성 ② 세속성 ③ 일상성 ④ 탈속성 ⑤ 주변성

정답 ④ : '무진'은 서울이라는 일상의 공간에서 벗어난 공간이다.

이 글에서 '안개'의 이미지로 가장 알맞은 것은?
　① 확실 ② 희망 ③ 영원 ④ 허무 ⑤ 낭만

정답 ④ : 안개처럼 뿌연, 확실하지 않은 그러면서도 허무함의 이미지로 쓰였다.

채점의 용이성 때문에 선택된 이러한 선다식의 문제가 가진 가장 큰 문제점은 그것이 지닌 철저한 독선성과 배타성에 있다. 그것은 화석화되고 고식적인 지식을 문제 풀이자에게 각인시키며 그 과정에서 문제에 대한 다양한 해석 가능성을 배제하고 봉쇄한다. 이런 점은 문학작품의 해석에 있어서는 가장 치명적인 해독이 된다.

첫번째 문제의 경우 정답을 ④번으로 하면 이 시험을 본 사람들에게 「무진기행」을 성장소설의 하나로 볼 수 있는 가능성은 원천 봉쇄되어버린다. 성장소설이 주인공의 성장에 따른 의식의 변모를 그리는 소설이라는 해설이 맞다면 논리적으로 이 작품에서 윤희중이 무진기행을 통해 성장했다고 볼 가능성은 왜 없는가. 그리고 성장소설을 시민계급의

젊은 세대가 방황을 거쳐 다시 안정된 시민사회의 구성원으로 자리 잡
는 이야기라는 성장소설의 또 다른 정의에 입각한다면「무진기행」을 성
장소설이라 주장하는 것도 전혀 뜬금없는 일은 아닐 것이다. 과연 ④
번이 정말 옳지 않은 설명인가?

　두번째 문제의 경우 정답이 ④번이고 그 이유가 '무진'이 서울이라는
일상의 공간을 벗어난 공간이기 때문이라면, 그에 맞는 가장 정확한 답
은 '비일상성'이 되어야 하지 '탈속성'이라고 하면 곤란해진다. 소설 전
반에 걸쳐 작가가 힘주어 그려낸 것은 탈속적이기를 바라고 온 무진이
라는 공간이 사실은 또 다른 의미에서의 세속성과 현실성을 지니고 주
인공에게 육박해오는 양상이었다고 할 수 있다. 또한 무진이 한갓 농촌
이 아니라 시골의 소읍이며 그런 점에서 대도시의 삶을 어설프게 복제
하는 부분이 없지 않다면 주변성 역시 하나의 속성이 될 수가 있다.

　세번째 문제의 경우도 '허무'보다는 불확실성과 혼돈이 더 적당한 답
이라고 할 수 있는데 '허무'가 정답이라고 할 경우「무진기행」의 해석은
얄팍함을 벗어날 수가 없게 된다. 고등학교 문학교육의 성과에 대한 최
종평가에 갈음하는 수학능력시험의 문제들이 이처럼 반문학적 양상을
보인다면 고등학교 문학교육은 뿌리부터 흔들릴 수밖에 없다.

　그러면 이번엔 교원임용시험을 준비하는 사범대 국어교육과 학생들
이 많이 참고하는 현대문학 관련 수험참고서와 임용시험 문제 및 문제
풀이를 한번 들여다보기로 하자.

　김승옥의「무진기행」은 1964년 10월『사상계』에 발표된 단편소설이
다.

　때때로 일상을 벗어나 완전한 자유와 개인주의를 만끽하고 싶어 하는

인간의 보편적 심성을 뛰어난 감수성으로 잘 표현한 작품으로 1960년대의 문학을 대표하는 것으로 평가된다.

주인공인 '나'는 일상의 틀에 박힌 삶에 싫증을 느끼던 중 아내의 권유로 서울을 떠나 무진으로 갔으나 허무를 느끼면서 다시 서울로 돌아온다는 '떠남—추억의 공간—복귀'의 기행의 구조이다.

작자의 표현을 빌리면, '무진을, 안개를, 외롭게 미쳐가는 것을, 유행가를, 술집 여자의 자살을, 배반을, 무책임을 긍정하기로 하자'고 '나'는 되뇌지만, 이것은 '마지막으로 한번만이다'의 '꼭 한번만'이라는 조건으로 인하여 실상은 무진과 그 체험을 부정하겠다는 의미를 내포한다.

특히, '우리는 아마 행복할 수 있을 것'이라고 하인숙에게 쓴 편지를 떠나기 직전에 찢어 없애버리는 것은 그러한 인식을 단적으로 드러내는 행위임과 동시에 무진을 또다시 추억의 공간으로 사라지게 만드는 것이다. 그리고 '나'는 현실로 회귀한다.

이상과 현실의 괴리는 인생의 보편적인 갈등이다. 이 작품은 이러한 갈등을 속물근성을 지닌 세무서장과 순수한 성격의 중학교사 사이의 대립, 서울의 아내와 고향에서 만난 음악교사 하 선생 사이의 대립으로 바꾸고 있다.

또한, 이러한 불화와 대립의 구도를 서울과 고향의 경계에 놓인 이정표, 무진의 명산물인 '안개'라는 상징을 빌려 표현하고 있는 점이 특징이다.[6]

이 인용문은 사범대 국어교육과 학생들이 임용시험 준비과정에서 가

---

6) 한승희, 『중등교사 임용대비 한승희 전공국어 현대문학 제대로 알기』, 열린교육, 2003,
   pp. 387~88.

장 많이 읽는 참고서 중의 한 권에서 「무진기행」에 대해 기술되어 있는 부분이다. 이 기술은 앞서 검토한 고등학교 문학교과서의 기술과 거의 유사한 내용으로 되어 있다.

　여기서 「무진기행」은 "일상을 벗어나 완전한 자유와 개인주의를 만끽하고 싶어 하는 인간의 보편적 심성을 묘사한 작품"이라고 기술되어 있다. 과연 그런가? 이 작품에서 주인공 윤희중의 고향 무진으로의 여행은 앞서 말했듯 자신의 승진이 결정될 주주총회를 앞두고 그 중압감을 피하기 위한 일시적 휴식이었다. 그것을 "완전한 자유와 개인주의를 만끽하고 싶어 하는 보편적 심성"의 발로라고 하는 것은 과잉해석이자 오독이다.

　또 주인공이 "일상의 틀에 박힌 삶에 싫증을 느끼던 중 아내의 권유로 서울을 떠나 무진으로 갔으나 허무를 느끼면서 다시 서울로 돌아온다"는 부분도 문제가 된다. 주인공이 무진에서 느낀 것이 과연 '허무'인가? 윤희중은 무진에서 하인숙을 만나면서 서울에서의 자신의 세속적으로 성공한 삶 전체를 포기할 생각을 할 정도로 강한 끌림을 느끼지만 아내로부터 온 전보를 받고 가까스로 그 끌림을 포기한다. 그가 무진에서 겪은 것은 과거의 자기 모습을 회복하고자 하는 힘과 그것을 거부하고자 하는 힘 사이에서의 치열한 갈등이었지 결코 '허무'는 아니었다.

　그리고 이 작품을 "이상과 현실의 대립"이라고 읽는 것 역시 단순소박하기 그지없다. 이 기술에 의하면 무진/박 선생/하인숙은 이상 편이고, 서울/세무서장 조/서울의 아내는 현실 편이 되겠고 윤희중 자신은 둘로 분열되어 있는 셈이 되겠지만, 작품의 어디에도 무진/박 선생/하인숙과 과거의 자신을 이상화하고 있다는 증거는 찾을 수 없다. 그렇다면 그가 결말 부분에 긍정하겠다고 한 '무진 = 안개 = 외롭게 미쳐가는

것＝유행가＝술집 여자의 자살＝배반＝무책임'은 그것이 이상적인 것
이고 그가 동경해 마지않는 것이어서가 아니라, 자신의 내면에 남아 있
는, 지워지지 않고 지워질 수도 없는 원질 같은 것이기 때문에 쉽게 삭
제해버릴 수 없다는 의미에서 그러한 것이다. 이것을 두고 현실과 이상
의 갈등이라고 해버리면 세상에 이상과 현실의 갈등이 주제가 아닌 소
설이 어디 있겠는가.

이 기술이 더욱 문제가 되는 것은 이것이 이미 사범대 4학년 과정을
이수한 학생들을 대상으로 한 임용시험을 대비하는 참고서의 기술이라
는 것이다. 사범대 국어교육과 4년을 이수하고도 학생들은 여전히 고
등학교 교과서 수준의 작품 해석을, 그것도 부정확하고 모호한 해석을
밑줄 쳐가며 외우고 있는 것이다. 이런 현실 앞에서 사범대에서 문학을
가르치는 나로서는 일종의 배신감과 모욕감을 느끼지 않을 수 없다.

이런 반문학적 문학 이해가 교과서나 참고서에 버젓이 활자화되고
시험문제를 통해 권위를 얻어 해를 거듭하면서 하나의 공인된 정답으
로 재생산되는 동안 한국의 중등교육 현장에서는 그 현장에서만 통하
는 문학담론과 지식들이 켜켜이 누적되고 청소년기 내내 그것이 문학
인 줄 알고 보낸 학생들이 대학과 사회의 주요 구성원이 되어간다. 그
것은 좁게 보면 조직적이고 체계적인 문학의 압살이고 넓게 보면 한 사
회의 지성과 교양의 전면적 거세이다.

그나마 교원임용시험에서는 소설과 시 등 문학 관련 문항들은 논술
형으로 출제되는 경우가 많기 때문에 이러한 부실한 교재, 부교재들에
의한 문학작품에 대한 폭력적 왜곡의 악순환이 잠시나마 멈추게 되어
다행이라고 할까. 참고로 교원임용시험에서 「무진기행」이 어떻게 다루
어지는지 보자.

1) 이 소설에서 실제로 일어난 일과 인물의 상상 속에서 일어난 일을
구분하고, 그 사건들이 어떤 관계를 갖는지 설명하라.

2) 이 글의 배경이 되는 '무진(霧津)'이 암시하는 바를 당시의 시대적
배경을 고려하여 설명하라.

3) 이 작품에 등장하는 인물 중, 주인공 나(윤희중), 하인숙, 조, 박
의 삶이 의미하는 바를 간단히 설명하라.[7]

이 문제들이 「무진기행」의 본질적 주제의식을 포착하고 있는 것이라
말하기는 힘들지만 적어도 논술형 문제로서 선다형 문제가 지닌 독선
과 배제의 오류를 저지르지는 않고 있으며 작품을 충분히 읽고 생각하
지 않고는 답할 수 없는 성격의 문제들이라는 점에서 그렇다. 그러나
이런 시험을 거쳐 중등교육의 현장에 투입된 나의 제자들이 다시금 교
과서와 지도서와 자습서와 수능시험문제의 톱니바퀴에 말려들어 '밑줄
좍' 교사로 거듭나는 것(혹은 되돌아가는 것)은 시간문제인 것이 오늘
의 현실이다.

3. 악순환의 기원

학교 현장의 국어교사들을 비롯한 많은 사람들이 이러한 문학교육의
파행의 근원에 현행 입시제도가 존재한다고 말한다. 앞에서 본 것처럼

---

7) 최병해, 마운용 편, 『'05' 중등교원 임용고사 시험대비 전공국어 문제풀이』, 들풀, 2004, p.
　207.

대입수능시험 언어영역의 문학 문제만 논술형으로 출제되어도 교육과정이 아무리 바뀌어도 의연히 살아남아 있는 이른바 '밑줄 좍'식 문학교육은 많이 개선될 수 있을 것이라는 의견에 이의가 있을 수 없다. 하지만 그렇게 될 경우 고등학교 국어 및 문학과목에서의 학습내용과 수능시험 문제 사이의 불일치라는 문제가 발생하고 다시 고질적인 사교육의 심화라는 또 다른 문제가 뒤를 잇게 된다. 현행의 입시제도는 교육 파행의 근원이 아니라 그 필연적 결과물에 불과하다. 교육 파행의 근원은 한국 학교 교육 제도의 총체적 오류에서부터 오는 것이다.

처음 문학과목이 국어과목으로부터 독립되어 교수된다는 소식을 들었을 때 고교시절 그런 문학과목을 따로 공부해본 적이 없었던 나로서는 이러한 새로운 긍정적 변화의 수혜를 받게 될 새로운 세대들에 대하여 부러운 마음이 들었다. 고등학교 과정에서 '문학'을 별도 과목으로 공부하다니! 별도의 전용 교과서를 가지고 주당 6시간을 할애하여 문학수업을 한다는 것은 나름대로 획기적인 변화였던 것이다. 다만 그 교재가 어떤 것이고 수업 운용을 어떻게 하는가가 관건일 뿐이었다.

문학교과서는 국정이 아닌 검인정으로 총 18개 출판사를 통해 간행되었다. 문학 원론에 해당하는 상권과 한국 문학사에 해당하는 하권으로 나뉘어 나온 이 교과서는 작품 수록 위주의 독본형이 아니라 작품들이 개설서적 체계의 각 하위항목에 편입되어 있는 독본을 곁들인 개설서형이었다. 이를테면 김소월의 「산유화」는 '문학의 수용과 창작'이라는 대항목 아래의 '서정세계의 감응과 표현'이라는 중항목 아래의 '자연에서 우러나는 서정'이라는 소항목에 포함되어 있고, 조세희의 「뫼비우스의 띠」는 같은 대항목의 '서사와 갈등의 세계'라는 중항목 아래의 '공동체의 현실과 사회적 삶'이라는 소항목에 포함되어 있는 식이다.[8] 검인정 교과서라지만 이런 체제는 18종 교과서가 전부 동일하다.

그리고 각 작품은 짧은 경우에만 전재가 되어 있고 대부분 일부분만 발췌되어 있으며 대신 앞서 「무진기행」의 경우에서 보듯 '도입 소개' '활동 포인트' '전체 줄거리' '학습 도우미' '사고력 이어가기' '감상의 심화' '더 읽을 작품' '지은이 탐구' '작품 속으로' '수용과 내면화' '창작 연습' 등 다양한 학습 '메뉴'가 조밀하게 부가되어 있다.

아마도 학생들은 문학수업 시간에 발췌된 작품을 읽고 주어진 메뉴에 따라 이른바 문학의 '수용과 창작' 활동을 진행해나갈 것이다. 비록 작품은 일부만 수록되어 있지만 전문가인 교과서 집필자들이 작품의 개요와 의의를 밝혀주고 있으며 학습 도우미가 적절한 도움을 주고 사고력 증진을 위한 세목도 있고 지은이 소개는 물론 더 읽을 작품까지 친절하게 안내해줄 뿐 아니라 교사의 지도에 따라 창작활동을 포함한 다양한 활동까지 수행할 수 있도록 되어 있어서 이대로만 한다면 해당 작품에 관한 한 거의 '완전정복'이 가능할 정도라고 할 수 있을 것이다.

이런 식으로 정복하게 되어 있는 작품이 (주)두산에서 나온『고등학교 문학』의 경우를 예로 들면, 상, 하권을 다 합해 고전산문 7편, 현대소설 18편(외국소설 4편 포함), 고전시가 17편, 현대시 18편(외국시 2편), 수필 10편, 희곡 5편이나 된다. 다른 교과서들의 경우도 대체로 비슷하다고 할 수 있다. 이는 고교 3년 동안 읽을 수 있는 문학작품의 양으로 결코 적은 양이 아니다. 그런데 왜 이토록 체계적으로 만들어진 교과서로 풍부한 문학교육을 받고 대학에 진학한 학생들의 문학작품 이해력은 그렇게 상투적이고 유치하기만 할까? 어디에 문제가 있는 것

---

8) 이는 (주)두산에서 펴낸 우한용 외, 『고등학교 문학』(상)의 경우이다.

일까?

지금도 교과서는 계속 진화하고 있고 그에 따라 문학교육의 내용도 그만큼 진화할 것이다. 지금 8차 교육과정에 따른 새로운 문학교과서가 준비되고 있는 중이라고 알고 있다. 하지만 문제는 좋은 교육목표, 좋은 교과서가 없는 데서 오는 것이 아니다. 오히려 문제는 교육목표가 너무 화려하고 그에 따른 교과서가 너무 자세하고 체계적이고 친절한 데서 오는 것이라고 나는 생각한다. 현재 한국 고등학교 문학교과서에는 너무 많은 것이 들어 있다. 그리고 그 너무 많은 것들이 오히려 교실에서의 정상적인 문학공부를 방해하고 있다.

7차 고등학교 문학과목의 목표들[9] 중에서 "문학활동의 기본원리와 문학에 대한 체계적인 지식을 이해한다"는 '문학이론' 관련 항목 정도를 위해서는 아마도 비교적 잘 편성된 교과서가 필요할지 모르지만, 나머지 항목들, 특히 개별 문학작품들을 수용하고 문학적 상상력과 감수성을 기르고, 그를 통해 자아를 실현하고 문학의 가치를 자신의 삶으로 통합하고…… 등의 목표를 이행하는 일과 그토록 자세한 교과서와는 사실상 아무런 관련이 없다. 이러한 목표들은 문학작품의 독서과정에서 학생들의 내면에서 발생하는 개별적이고 고유한 사건들이며 이것을 교과서로 재단하고 주입하려고 할수록 그런 문학교육은 실패할 수밖에 없다.

만일 어떤 학생이 도서관 서가에서 추천받은 명작소설을 빼들었는데 그 책 속에 작품의 줄거리, 도입 소개, 활동 포인트, 학습 도우미…… 등등이 너절하게 포함되어 있다면 그 학생은 그 책을 읽을 맛이 싹 달

---

9) 205쪽 각주 1번 참조.

아닐 것이다. 그 학생이 기대한 것은 작품과 자신과의 일대일의 교감, 혹은 대결이며 그 과정에서 그의 내면 속에서 벌어질 흥미진진한 상상력의 향연이었지 누군가 미리 만들어놓은, 그것도 불완전하기 짝이 없는 그 작품에 대한 요약이나 결론을 받아들이는 것은 아니기 때문이다.

게다가 교과서에서 상당수의 작품들은 지면 부족을 이유로 전문이 실리지 못하고 임의로 분절되어 발췌 게재되는 비극을 겪는다. 누구든 문학을 접할 때 발췌된 일부분만을 접하지는 않는다. 소설의 일부, 시의 일부, 수필의 일부만 읽거나 그 요약본을 읽고 그 작품을 읽었다거나 감상했다고 하지 않는다. 그런 현상은 오로지 우리나라의 학교 교육에서만 일어나는 현상이다. 교사도 학생도 작품의 전체를 읽고 감상하고 이해하지 않는 현재의 학교 문학교육을 정상적인 문학교육이라고 생각지 않는다. 왜? 문학은 그렇게 분절적 파편적으로 수용해서는 안되는 하나의 총체적인 미적 사상적 윤리적 구조물이라는 사실을 스스로 잘 알고 있기 때문이다. 그것은 독자들이 자신의 문학 독서 체험을 상기해보면 너무나 자명해지는 사실이다. 그럼에도 불구하고 현재의 문학교과서에는 이런 문학에 대한 일종의 '만행'이 관습적으로 저질러지고 있다. 왜 그런 것일까? 이에는 두 개의 원인이 존재하는 것으로 보인다. 하나는 교육 입안자들의 교과서에 대한 관습적인 이해로부터 오는 것이고, 또 하나는 교과서를 둘러싼 이해 관계자들의 필요에서 오는 것이다.

주지하다시피 초등 및 중등교육용 교과서는 근대적 국민교육을 위한 가장 보편적인 텍스트로서 이를 통해 국가는 민족, 계급, 젠더 등에 광범하게 걸치는 지배 이데올로기를 효율적으로 유포하고 이를 이른바 '국민정신'으로 착근시키게 된다. 그러므로 교과서 없는 학교 교육은 좀처럼 상상되기 힘든 것이다. 특히 국어교과서는 근대 초기의 '독본(讀本)' 시기부터 이러한 지배 이데올로기를 담는 가장 대표적인 그릇이었고 이 때문에 오랫동안 '국정(國定)' 텍스트로 국가기구에 의해 독점되어 왔다. 따라서 그 인접 영역이라고 할 수 있는 문학과목에 있어서도 국어교과서와 같은 관습적 방식의 교과서를 거의 자동적으로 만들게 되었을 것이다. "교과서 없는 교육 없다"는 말이다.

물론 더 큰 원인은 교과서를 만드는 것이야말로 요즘 말로 하면 일자리 창출과 국민총생산 증대에 큰 역할을 한다는 데에 있다. 교과서를 만들지 않으면 모든 것은 제로베이스에 놓인다. 하지만 교과서를 만들고 때때로 전면적이거나 부분적인 개편을 하면 너무나 많은 이해 관계자들에게 이득이 돌아온다. 우선 교과서 편찬의 목표와 원칙, 체계 등을 연구하고 수립하는 인력들(예컨대 국어교육연구소, 교육과정평가원 등의 연구/행정인력), 둘째로 국정이건 검정이건 이러한 목표와 원칙, 체계에 의거하여 교과서를 집필하는 인력들(교과서의 저자들), 셋째로 이를 인쇄, 출판하는 교과서 출판사의 임직원들 및 이러한 새 교과서에 따른 각종의 자습서, 참고서, 수험서를 만들어 출판하는 참고서 출판사들의 임직원들(대개는 교과서 출판사와 중복되지만), 넷째로 이러한 새 교과서의 내용에 따른 각급, 각종의 사교육을 시행하는 사교육 종사자들(학원 경영자, 강사들)이 그들이다. 크게 보아 교과서를 편찬하는 대학 및 연구소, 교육관계 부처의 관료/지식인들, 이를 출판하는 출판자본, 그리고 사교육자본으로 이루어진 트라이앵글은 교과서를 새로 만들거나 개정할 때마다 음양으로 엄청난 이득을 보게 된다.

교과서를 통한 이러한 관련 세력들의 이해관계의 관철을 모두 문제시할 필요는 없다. 교사에게나 학생에게나 교과서가 꼭 필요한 과목들의 경우 불필요한 빈번한 개정과 그로 인한 사회적 낭비만 잘 통제된다면 이는 '윈―윈 게임'이라고 볼 수 있다. 하지만 적어도 문학과목의 경우 이러한 문학과 문학교육을 질식시키는 것이 분명한 문학교과서의 편찬과 출판, 그리고 교육 현장에서의 강제된 사용은 결코 모두가 행복한 게임이 될 수가 없다. 무엇보다 잘못된 교육인 줄 알면서도 계속 엉터리 문학을 가르쳐야만 하는 교사들과, 진짜 문학을 접할 새도 없이 대학입시용 가짜 문학에 찌들어갈 수밖에 없는 학생들의 고통과 소외, 그리고 그로 인한 문학 자체의 왜곡은 정말 끔찍한 일이다. 지금과 같이 과잉친절한 전면압박 식의 교과서가 존재하고 그것이 또한 대학입시문제와 톱니바퀴처럼 맞물려 있는 상황에서는 위에서 목도한 바와 같은 나쁜 문학교육의 악순환은 멈출 길이 없게 된다.

4. 문학교육의 선순환을 위하여

해법은 간단하다. 이해 당사자들에게는 좀 가혹한 말이 되겠지만, 우선 현행의 문학교과서를 전면 폐기하는 것이 그 해법이다. 그리고 문학교육을 교사와 학생에게 맡기는 것이다. 교사는 학기가 시작하기 전에 학생들과 어떤 작품을 어떻게 읽을 것인가에 관한 자율적인 계획서를 제출하고 학기 종료 후에 결과 보고서를 제출하는 정도의 공식적 절차 외엔 철저히 자신의 역량과 방법에 의해 학생들과 문학작품을 읽어나가는 것이다. 이를테면 한 학기 동안 『토지』나 『태백산맥』 같은 대하장편소설 한 편만 읽을 수도 있고, 열 편 정도의 정선된 단편소설들을 읽을 수도 있으며 정선된 시 작품을 30편 쯤 읽을 수도 있다.

문학은 그 자체로 완결된 교육적 의의를 갖는 특수한 총체적 문화(예술)양식이라고 할 수 있다. 기능주의적 색채가 전면화된 7차 교육과정 문학교육의 목표에서도 "문학을 통해 자아를 실현하고 세계를 이해하며 문학의 가치를 자신의 삶과 통합한다"고 했다. 자아를 실현하고 세계를 이해하며 가치의식을 내면화하는 것, 사실 실용적 지식 영역을 제하고 나면 이 정도면 교육의 목표는 거의 완수되는 것이 아닌가. 이런 교육이야말로 우리가 지향해온 인간교육의 내용이 아니었던가. 아닌 게 아니라 좋은 문학작품을 제대로 읽고 감상하고 이해하는 과정은 그 자체로 이러한 인간교육이 이루어지는 과정에 다름 아니다. 가족, 성장, 우정, 시련, 고통, 비애, 좌절, 인내, 극복, 성취, 이상, 정진, 사랑, 사회의식, 인류애…… 문학작품 속에는 인간이 성장하면서 겪게 되는 이 모든 것들이 전부 들어 있는데 그것도 딱딱한 학문적 논리적 문장이나 체계 속에 들어 있는 게 아니라 아름다운 운율이나, 흥미진진한 이야기라는 심미적 구조 속에 들어 있는 것이다. 이 얼마나 교육적인가.

문학작품의 온전한 감상과 이해를 전제로 한 문학교육은 인간의 역사가 이루어온 온갖 소중한 정신적 경험들을 간접 체험하는 과정 속에서 한 인간이 성장하는 데 필요한 기본적 교양과 인류 공통의 보편적 지성을 함양하게 하고 이를 통해 성숙한 민주시민을 육성하는 절호의 교육양식이라고 할 수 있고 이는 문학작품을 최고의 교재로 사용해온 동서고금의 실제 교육사적 경험이 입증하는 그대로인 것이다. 무엇보다 문학은 현재 우리가 살고 있는 세계를 있는 그대로 긍정하고 순응하게 하는 대신 이보다 더 나은 세계, 더 나은 인간, 더 나은 삶에 대한 꿈꾸기를 가능하게 한다는 점에서 기존의 지식을 학습하고 단순히 복제하는 데 그치는 그 어떤 실용교육도 따라올 수 없는 미래 창조적 의미를 지닌다고 할 수 있다.

19세기 영국의 아놀드나 리비스 같은 비평가들이 종교가 세속화되고 타락한 산업사회에서 인간이 잃어버린 유기체적 공동체의 기억을 되살리고 인류가 쌓아온 드높은 덕성과 가치를 상기시키는 대체 불가능한 매개로서 '문학의 힘'에 주목하고 '영문학'을 창시한 이래 문학교육은 인문교육의 중심의 자리를 굳건하게 지켜왔다. 물론 그 문학교육은 '문학작품'을 온전한 전체로서 경험하고 이해하도록 하는 교육방법, 그리고 그 경험을 돕는 훌륭한 교사의 존재를 빼놓고는 생각할 수 없는 것이다. 문학수업 시간은 교사와 학생들이 좋은 작품을 같이 읽고 그로부터 산출되는 풍부한 상상과 생각들을 함께 나누고 토론하는 진정한 인문교육의 시간이 되어야 한다.

이런 말을 하면 교육 현장 안팎의 어떤 사람도 이렇게 말한다. 그건 알겠는데 지금 그러한 '이상적인' 문학교육을 어떻게 실현할 수 있겠느냐고. 그건 이상론 아니겠느냐고. 하지만 바로 그런 '현실론'들 때문에 포기한 변화는 다시 부메랑이 되어 점점 더 상황은 나빠지게 되어 이제 이 모든 것을 변화시키는 것은 대단히 어려운 일이 되어버렸다.

6차 이전의 문학교육의 핵심내용이 '감상과 이해'에 있었는데 그것이 지식 위주의 암기식 하향식 교육이 되어서 그것을 수용자의 창의성을 중시하는 7차 교육과정의 '수용과 창작' 중심으로의 전환을 낳았다고 한다. 그러나 지식 위주의 암기식 교육(이른바 '밑줄 좍! 교육')이 생긴 것은 못된 입시제도에서 온 것이지 '감상과 이해'라는 교육원리에서 온 것이 아니라는 것은 누구나 잘 알고 있다. 그리고 '수용과 창작'이라는 교육원리 역시 표준화 계량화가 불가피한 평가제도와 지금 수능 중심의 대학입시 체제에서는 역시 관철되기 힘들다는 것을 잘 알고 있다. 그리고 정말 제대로 된 문학교육이라면 감상과 이해, 수용과 창작은 분리할 수 없다는 것 역시 잘 알고 있다. 그러니까 잘못된 뿌리는 그대로 두고 변죽만 울려온 것이 이 교육과정 개편의 역사라고 할 수 있다. 문학교육은 이 악순환으로부터 빠져나오지 않으면 안 된다.

만일 그러한 변화의 가능성이 없다면 차라리 문학과목을 폐지해버리자. 어쩌면 그것이 진정한 원―원일지도 모른다. 문학교육을 걱정하는 입장에서는 현행의 문학교육 같은 것은 없애버리는 것이 더 바람직하고 기능주의적 교육철학과 관료주의에 깊이 침윤된 교육 지배세력에게는 문학 같은 골치 아프고 비실용적인 과목이 없어지는 것이 더 편할 것이다. 이미 고등학교 과정에서는 미술이나 음악 등 예술 과목들은 과장을 조금 보태면 사실상 '식물인간' 같은 상태에 놓여 있다. 따지고 보면 문학과목도 본질과 처지는 이들 과목들과 다를 게 없다. 다른 게 있다면 하나, 문학계의 힘이 미술, 음악계보다 더 크다는 사실뿐이다. 8차 교육과정 공청회에서 이미 국어과목을 문학과 문법을 제외하고 오직 말하기, 읽기, 듣기, 쓰기의 4영역으로 재편하려는 움직임이 일어났다가 관련학계의 반발에 밀려 포기된 바가 있다. 그러한 안을 내놓은 사람들이 현재 교육부의 실세들이라는 점에서 이 안은 단지 유보된 것이지 폐기된 것이 아니기 때문에 언제든 다시 제기될 수 있으며, 이는 문학과목의 장래 운명과도 직결되어 있다.

그러나 만일 문학과목을 유지한다면, 지금과 같이 해서는 안 된다. 교사 양성 및 교재와 수업과정, 평가와 대학입시 영역 전반에서 근본적인 발상의 전환이 이루어져야 한다.

우선, 국어교사와는 별도로 문학전문교사가 확보되어야 한다. 이는 국어교육과 내에 문학 부전공을 두는 것으로 가능할 것이다. 이들에게는 지금과 같은 겉핥기 식의 문학 교수 방법론이 아니라 본격적인 문학 비평의 능력과 대화적 수업능력을 연단하는 참다운 문학교육의 이론과 실제가 가르쳐져야 할 것이다.

둘째, 현재의 문학교과서는 전면 폐기되어야 한다. 물론 그에 따른 모든 자습서와 참고서류 역시 폐기되어야 할 것이다. 그래도 최소한의 교과서가 있어야 할 것 아닌가라고 한다면 중등과정 공통의 필독권장 작품들을 선정하고 기존의 출판된 텍스트에서 최선의 정본을 찾아 추천하거나 마땅한 정본이 없으면 이를 새롭게 간행하는 정도면 될 것이다. 그 이상의 교과서 강박은 엄격하게 억제되어야 한다.

셋째, 수업시수도 현재의 4시간에서 6시간, 혹은 8시간으로 늘여서 주당 2회, 각 연속 3시간 혹은 4시간짜리 수업을 할 수 있도록 해야 비로소 작품에 대한 충분한 독서와 토론 및 실습 등이 이루어질 수 있다.

넷째, 평가는 철저히 개별 교사 혹은 학교 단위의 문학교사 간 협의에 의해 수행하되 주관식, 논술식이거나, 비평 및 창작물 위주로 이루어져야 한다.

다섯째, 대입수능시험에서 문학문제는 언어영역에서 분리하여 독립영역으로 출제되어 문학작품에 대한 감상과 비평능력을 측정하는 방식으로 가야 한다. 채점과 평가의 편의성 때문에 문학교육을 말살하는 현재와 같은 선다식 시험제도는 즉각 개선되어야 한다. 아니면, 미국의 SAT처럼 대입수능시험은 단지 그야말로 수학능력 측정시험으로 제한하고, 내신영역을 강화하며, 그 내신영역 내에서 문학과목의 비중을 높이는 방식도 있을 것이다. 현재 미국의 고교 11~12학년에서 문학교육은 비평 중심으로 대단히 높은 수준에서 이루어지고 있는 것으로 알고 있다.

　이상과 같은 제안이 너무 이상적이어서 현실에서 실현될 가능성이 적다고 생각할 것이다. 하지만 그런 상황 속에서도 변화는 계속 있어 왔다. 다만 이제까지의 변화는 현장의 교사나 학생들의 입장에서가 아니라 '정책담당자'들이나 '전문가들' 중심으로 그들의 기득권이나 입장에 의해 이루어져왔다는 것이 다를 뿐이다. 학교는 무엇보다 교사와 학생의 공동체라는 점, 특히 교사가 제1의 주체라는 점이 인식되어야 한다. 현재의 불합리하고 기형적인 문학교육제도가 옳지 않고 교사나 학생 모두에게 계륵 같은 존재가 되고 있다는 사실을 인식한다면, 이는 당사자와 뜻있는 조력자들의 노력에 의해 주체적으로 타개되어야 하는 것 아닌가.

제11장

'문학'교육과 문학'교육'

—7차 및 개정 문학교육과정을 중심으로

하정일

1

대학교에서 문학을 가르친 지 20년이 넘었지만, 문학교육에 관한 글을 써본 적은 한 번도 없다. 그렇게 보면, 고등학교의 문학교육에 대해 얘기한다는 것이 주제넘은 짓 아닌가 하는 걱정이 든다. 그러나 20년 넘게 문학을 '교육'해왔으니 필자도 따지고 보면 문학교육에 관한 나름의 전문가라고도 할 수 있다. 사실 문학교육이란 분야는 경계가 대단히 애매하고, 그런 만큼 학문적 정체성 역시 유동적이라고 할 수 있다. 문학과 교육이 결합되면서 만들어진 분야이기 때문이다. 그래서 어느 쪽에 방점을 찍느냐에 따라 사정이 달라지는 것이다.

문학교육에 관해 무언가 한마디 해야겠다고 결심한 것은 작금의 문학 상황 때문이다. 문학의 위기라는 말조차 진부해졌을 정도로 문학의 위기는 이제 일상화되고 구조화되어 있다. 그 원인은 여러 가지가 있을 것이다. 이를테면 매체환경의 변화라든가 소비사회의 등장, 문화산업의 번창과 상품미학의 만연을 비롯한 이런저런 사회경제적 조건의 열악화를 주요 원인으로 거론할 수 있다. 이러한 사회경제적 변화가 문학에 극히 부정적인 환경을 제공한 것은 분명하다. 그러나 필자가 무엇보다 심각하다고 느끼는 현상은 문학 애호가층의 급감이다. 돌이켜 보면, 문학을 둘러싼 환경이 유리했던 적은 없다. 이것은 만물을 상품화하는 자본주의의 예술 적대적 성격을 생각하면 당연한 일이라고 할 수 있을 터이다. 비(非)상품인 문학예술과 교환가치라는 척도에 의거해 움직이는 시장 시스템은 원천적으로 대립적이다. 문학과 시장의 불화는 앞으로 더욱 심화될 것이다. 그런 점에서 문학을 둘러싼 환경이 나아지기를 기대하는 것은 자본주의체제가 지속되는 한 불가능한 일이다.

하지만 그러한 환경과 조건 속에서도 그동안 문학이 버텨올 수 있었던 것은 사회 전체로 보면 소수지만 문학에 대한 깊은 애정을 갖고 있는 문학 애호가들 덕분이었다고 해도 과언이 아니다. 문학 애호가들은 문학작품을 구매하는 소비자일 뿐 아니라 문학의 사회적 위상을 지탱해주는 버팀목이었다. 특히 후자가 갖는 의미는 각별한 바 있다. 문학 애호가층의 구매력은 한 사회의 구매력 총량과 비교하면 사실 별것 아니다. 중요한 것은 문학에 대한 이들의 애정과 존경이 문학을 바라보는 사회의 시각을 결정하는 데 커다란 영향력을 발휘해왔다는 점이다. 그런데 이제는 주변을 아무리 둘러봐도 문학 애호가를 발견하기가 힘들어져버렸다. 영화로, TV로, 인터넷으로, 게임으로 옮겨갔기 때문이다.

현대판 페이트런patron이라고도 할 수 있는 문학 애호가층의 급감은 환경이나 조건과 같은 외적 요인의 변화가 아니라 '주체'의 변화라는 점에서 근본적인 변화이다. 기존의 문학 애호가들은 소멸하고 있는데, 새로운 문학 애호가들은 나오지 않고 있다. 그런 점에서 작금의 위기는 근본적 위기이다. 더구나 이러한 추세가 불가역적으로 보인다는 점에서 문학의 위기는 바야흐로 문학의 죽음으로 이어질지도 모른다. 물론 특정 예술 장르의 죽음은 언제나 있는 일이다. 그렇게 보면, 문학이 죽는 것도 자연사적 과정의 일부로 볼 수 있다. 엄밀히 말하면, 지금 죽어가고 있는 문학이란 '문자' 예술로서의 문학이다. 따라서 '언어' 예술로서의 문학은 영화 속에서, 드라마 속에서, 게임 속에서 여전히 살아 숨쉬고 있다고도 할 수 있을 것이다. 문제는 '문자' 문학의 위기가 '언어' 문학의 퇴화를 가져오면서 예술과 문화 전체의 질을 저하시키고 있는 사태이다.

근대 이후 '문자' 문학이 문화와 예술 전반에 드리운 그림자는 넓고도 깊다. 영화나 텔레비전 드라마는 물론이고 컴퓨터 게임조차도 '문자' 문학을 바탕으로 하고 있다. 시나리오 없는 영화, 대본 없는 드라마, 스토리 없는 게임이란 존재하지 않는다. '문자' 문학은 이렇게 현대의 문화와 예술 전반에 깊숙이 스며들어 있다. 그런 점에서 '문자' 문학은 말의 참된 의미에서의 '기초'예술, 즉 그것 없이는 예술이 성립할 수 없다는 의미에서의 기초예술이다. 문학의 위기가 문화예술 전체의 질적 저하를 초래하는 것은 그런 연유에서이다. 우리가 문학의 위기를 비판적으로 바라보아야 하는 진정한 까닭이 여기에 있다.

문학 애호가층의 급감이 문제가 되는 것도 그러한 맥락에서이다. 말하자면 문학 애호가층의 급감은 비단 문학의 위기에서 그치는 것이 아니라 현대의 문화예술 전반을 위기로 몰아갈 가능성이 농후하다는 것이다. 이러한 가능성은 점점 현실화되고 있기도 한 것이 상품미학에 바탕한 문화산업의 비약적 성장이 그것이다. 문화산업의 비약적 성장은 상업적 대중문화를 한국 문화의 주류로 만들었다. 문학은 이제 대중문화의 위세에 밀려 한국 문화의 귀퉁이로 내몰린 상태이다. 게다가 문학 또한 문화산업에 급속히 포섭되어가고 있는 것이 부인할 수 없는 현실이기도 하다. 특히 2000년대의 한국문학은 문화산업화 경향을 극명하게 보여주고 있다. 문학의 산업화는 작가들로 하여금 삶과 현실과 역사에 대한 깊은 사유 대신 볼거리 — 스펙터클 — 를 제공하는 데 골몰하게 만든다. 이러한 우려는 결코 문학주의자의 자폐적 진단이 아니다. 문학과 문화의 결합이 문제가 아니다. 앞에서 지적했듯이, 이미 오래 전부터 문학과 문화는 결합되어 있었다. 필자가 문제 삼는 것은 문학과 산업의 지극히 비대칭적인 역관계이다. 요컨대 문학의 산업 종속성이다. 문학 애호가층이 복원되지 않는 한 이러한 종속관계는 교정될 수 없을 것이다.

문학교육이 문제가 되는 것은 이 지점부터이다. 필자가 보기에 문학교육의 초점은 문학 애호가의 양성에 맞춰져야 한다. 문학'교육' 전문가들의 입장은 다를지도 모르지만, '문학'교육을 담당하고 있는 필자로서는 문학 애호가를 길러내지 못하는 문학교육이 도대체 무슨 필요가 있냐는 생각이다. 이러한 관점에서 보자면, 지금의 문학교육은 문학교육의 기본 방향에서 한참 어긋나 있다. 문학 애호가는커녕 요사이 유행하는 말로 문학 비(非)호감층만 양산하고 있기 때문이다. 전통적으로 문학 애호가층의 핵심은 대학생들이었다. 하지만 요즘의 대학생들은 거의 대부분이 문학과 담 쌓고 살고 있다고 해도 과언이 아니다. 이렇게 된 것은 중등교육 과정에서의 문학교육과 무관하지 않아 보인다. 물론 대학 또한 그 책임으로부터 자유롭다고는 할 수 없다. 가령 읽기 중심의 교육에서 쓰기 중심의 교육으로 바뀌고 있는 대학 교양교육의 현실이 그러하다. 읽기와 듣기는 쓰기와 말하기의 필수적 전제조건이다. 읽기와 듣기가 빠진 쓰기와 말하기는 소통적 합리성의 배양을 어렵게 할뿐더러 심미적 감수성의 형성에도 부정적으로 작용하기 일쑤이기 때문이다. 그런 점에서 최근 대학의 교양 글쓰기는 과거의 '교양국어'와 비교해보더라도 문학 애호가를 양성하는 데 별다른 기여를 하지 못하고 있다.

하지만 이 글에서는 고등학교의 문학교육을 중심으로 논의를 풀어나가고자 한다. 고등학교에서의 문학교육이 잘못되면 대학에서 그것을 교정하기가 대단히 힘들기 때문이다. 감수성이란 습관과 비슷해서, 일단 한 번 형성되면 좀처럼 바뀌지 않는다는 점에서 그러하다. 우리가 고등학교의 문학교육에 관심을 가져야 하는 까닭이 여기에 있다. 논의의 초점은 두 가지이다. 하나는 7차 교육과정과 이번에 새로 개정된 교육과정에서의 문학의 위상이며, 다른 하나는 문학을 이해하고 가르치는 방식에 관한 것이다.

2

7차 교육과정에서의 국어과목의 기본 구성은 아래 표와 같다.[1] 개정 교육과정은 국어, 화법, 독서, 작문, 문법, 문학, 매체언어로 되어 있는데, 국어생활이 빠지고 매체언어가 추가되어 있다. 그러나 기본 체

---

1) 『7차 국어과 교육과정』, 교육인적자원부, 2000, p. 2.

제는 비슷하지 않은가 한다. 내용 항목이 거의 같기 때문이다.

과 목	제6차		제7차	
	성 격	단위 수	성 격	단위 수
국어	공통 필수과목	10	국민 기본 공통과목	8
국어생활			일반 선택과목	4
화법	과정별 필수과목	4	심화 선택과목	4
독서		4		8
작문		6		8
문법		4		4
문학		8		8

위의 표에 따르면, 국어과목은 '국민 기본 공통과목'과 '선택과목'으로 구성되며, 선택과목은 다시 일반선택과 심화선택으로 나뉜다. 선택과목은 국어생활, 화법, 독서, 작문, 문법, 문학으로 짜여 있다. 이러한 과목 구성 아래에서 국어교육의 최상위 목표는 학습자의 '창의적 국어 사용 능력 향상'으로 설정되어 있으며, 이 목표 달성에 필요한 교육 내용으로 듣기, 말하기, 읽기, 쓰기, 언어, 문학의 여섯 영역을 두고 있다. 개정 교육과정 역시 비슷해, 듣기, 말하기, 읽기, 쓰기, 문법, 문학으로 짜여 있고, 국어교육의 목표도 전체적으로 국어 사용 능력을 함양하는 데 맞추어져 있다. 그런 점에서 개정 교육과정은 새로운 독자적 교육과정이라기보다는 7차의 보완이라는 성격이 강하다. 7차와 개정 문학 교육과정을 함께 살펴보고자 하는 것도 그 때문이다.

이렇게 보면, 7차 교육과정에서 문학은 6개 선택과목의 하나이고, "국어 교과의 문학 영역의 학습 내용을 심화 발전시킨 과목"[2]이며, '창의적 국어 사용 능력 향상'이라는 국어교육의 최상위 목표를 심화하기 위해 존재한다. 개정 교육과정에서도 문학은 "국어과목 중에서 문학 영역을 심화 발전시킨 과목"[3]으로 규정되어 있기 때문에, "국어를 창조적으로 사용하는 능력과 태도를 길러 국어를 정확하고 효과적으로 사용하게" 하는 국어과목의 목표에서 벗어날 수 없다. 그런 점에서 7차 교육과정이나 개정 교육과정에서 문학의 위상과 기능은 대동소이(大同小異)하다고 할 수 있다.

문학이 선택과목으로 설정되어 있는 것에는 별다른 이견(異見)이 없다. 문학에 관심 있는 학생들이 문학을 선택하는 것이 당연하기 때문이다. (물론 이 선택이 대개 학생이 아니라 학교에 의해 이루어진다는 점은 지적해둘 필요가 있다.) 문학을 선택한 학생들이 문학 애호가로 성장하기를 우리는 기대할 수 있을 것이다. 문제는 문학교육의 목표가 '창의적 국어 사용 능력의 향상'에 복속되어 있다는 점이다. 이는 문학이 국어 사용 능력을 향상시키기 위한 수단 내지는 방법이라는 의미인데, 이렇게 되면 문학교육이 문학 애호가를 기르는 일과는 일단 거리가 생기게 된다. 문학 애호가들이 국어 사용 능력을 향상시키기 위해 문학작품을 읽는 것은 아니기 때문이다. 문학의 관점에서 보자면, 국어 사용 능력의 향상은 문학을 즐기는 과정에서 나오는 부수적 결과이다. 문학작품을 읽는 궁극적 이유는 '문학성'을 체험하기 위해서라 할 수 있다. 요컨대 문학의 문학됨을 느끼기 위해서인 것이다. 문학성이란 다른 언어 텍스트와는 구별되는 문학만의 독특한 자질을 가리킨다. 따라서 문학작품을 읽는 것은 바로 문학만의 독특한 자질을 체험하기 위해서인 셈

---

2) 『7차 국어과 교육과정』, 교육부, 1998, p.150.
3) 『개정 국어과 교육과정』, 교육인적자원부, 2007, p.116.

이다.

하지만 국어 사용 능력을 최상위 목표로 두게 되면 문학성의 체험은 오히려 국어교육의 부수적 산물로 격하될 가능성이 높아진다. 현실적으로 그럴 수밖에 없는 것이, 수능시험 자체가 심미적 능력에 대한 테스트와는 무관하기 때문이다. 수능시험에서 문학 지문이 언어 능력을 평가하기 위한 자료로 취급된다는 것은 고등학교에서의 문학교육이 국어 사용 능력이라는 목표에 복속되어 있음을 말해주는 뚜렷한 징표이다. 고등학교에서의 모든 교과교육이 수능 시험의 범주에서 벗어날 수 없다는 점에서 그러하다. 이처럼 문학교육이 국어 사용 능력이라는 국어과목의 목표에 복속되어 있는 한 문학교육을 통해 문학 애호가를 길러내는 일은 기대하기 어려울 수밖에 없다. 문학교육이 국어 사용 능력, 즉 말하기/듣기/읽기/쓰기로 분절되고 해소될 가능성이 크기 때문이다. 실제로 개정 교육과정을 위한 시안을 보면, 이러한 우려가 한갓 기우만은 아님을 확인할 수 있다. 문학과 문법을 없애고 4영역 체제로 개편하려는 논의가 있었다는 진술이 있을뿐더러 6영역 체제를 유지하기는 하되 실질적으로는 말하기/듣기/읽기/쓰기의 4영역으로 문학이 해소되는 경향을 강하게 보여준다. 말하자면 문학은 국어 능력 향상을 위한 보조 텍스트의 위상을 더욱 분명하게 갖게 된 셈이다. 물론 개정 교육과정은 그렇게 되지는 않았다. 그러나 문학교육의 목표에 심미성의 체험이 핵심 내용으로 들어 있지 않은 것은 분명하다.

7차 및 개정 문학 교육과정은 전체적으로 문학교육이 국어과목의 여러 하위 항목 가운데 하나로 배치되어 있고 6개의 영역이 분업 체제를 구성하고 있는 특징을 보여준다. 일단 이러한 기능주의적인 국어교육 체제에서는 문학의 위상이 상당 정도 가치 절하될 수밖에 없어 보인다.

문학의 특수성이나 독자성이 자리할 여지가 별로 없기 때문이다. 다시 문학의 관점에서 보자면, 이런 식의 국어교육은 문학에는 그다지 도움이 되지 못한다. 문학을 기능주의적으로 도구화하고 있다는 점에서 그러하다. 문학이 국어 사용 능력의 향상을 위한 수단이라면, 최고 수준의 국어 사용 능력을 원하지 않는 학생들에게 문학은 어렵고 지겨운 존재가 될 수밖에 없다. 7차 교육과정에서 본격화된 이러한 경향은 개정 교육과정에서는 더욱 강화되고 있는 것으로 보여 매우 우려스럽다.

따라서 문학교육이 문학 애호가를 키우는 데 기여하고 나아가 문학을 살리는 데 기여하려면 무엇보다 국어과목에서의 문학의 위상에 대한 새로운 인식이 절실하다. 이런저런 목적을 위해 활용하거나 여섯 개의 분업 체제 아래 배치된 텍스트가 아니라 자신만의 독자적인 목표를 갖는 독립적 위상이 문학에 부여되어야 한다. 그런 점에서 여섯 개 영역 체제는 적절한 틀이 아니다. 이 체제는 기본적으로 국어 사용 능력 — 말하기/듣기/읽기/쓰기 — 이라는 목표를 중심으로 짜인 것이기 때문이다. 오히려 말하기/듣기/읽기/쓰기가 한 세트로 묶이고, 문학은 또 하나의 독립 영역으로 설정되는 것이 훨씬 바람직하다. 서로의 목표가 다르기 때문이다. 그리고 문학은 심미성의 체험을 통한 감수성의 함양이라는 목표에 입각해 교과과정과 내용 및 방법 등이 구체화되어야 하며, 국어 사용 능력은 문학교육의 부수적 산물로 자리매김되어야 한다. 이럴 때 비로소 문학교육을 통한 문학 애호가의 양성을 기대할 수 있을 것이다.

물론 문학 애호가의 양성이 문학교육의 목표가 될 수는 없다. 필자가 문학 애호가의 양성을 강조하는 것은 이 점에 유념해야만 문학교육의 목표와 방법을 올바로 설정할 수 있기 때문이다. 다시 말해, 문학 애호가의 양성에 기여하지 못하는 문학교육이란 어떤 명분으로도 정당화될 수 없다는 것이다. 그러한 문학교육은 문학을 죽이는 데 일조할 뿐이라는 점에서 그러하다. 독자 없는 문학이 존재할 수 있겠는가. 문학 없는 문학교육이 가능한가. 문학교육에서 교육의 관점 이상으로 문학의 관점이 중요한 까닭이 여기에 있다. 그런 점에서 문학 애호가의 양성이라는 문제의식은 문학교육의 올바른 목표와 방법을 판단하는 규범적 준거라 할 수 있다.

3

　　7차 교육과정에서의 문학교육의 구체적 내용 또한 '창의적인 국어 사용 능력의 향상'에 복속되어 있다. "문학교육도 작품 중심의 교육에서 벗어나 사고와 표현, 문화를 고려하는 종합적 관점에서 이루어져야 할 것"[4]이라는 설명은 바로 그러한 시각을 바탕으로 하고 있다. 이는 달리 말하면 문학교육이 말하기/듣기/읽기/쓰기로 요약되는 국어 사용 능력의 향상에 이바지해야 한다는 의미이다. 실제로 해설에서는 "문학교육의 성격은 국어과 교육 일반의 목적과 성격에 따라 결정된다"고 명시하고 있으며, '종합적 관점'이 '창의적인 국어 사용 능력'과 직결되어 있음을 인정하고 있다.[5] 국어 사용 능력의 향상에 이바지하는 일 자체가 잘못된 것은 아니다. 문학이 언어/문자 예술인 한, 국어 사용 능력을 향상시키는 데 문학이 활용되는 것은 어찌 보면 지극히 자연스러운 일

---

4) 『7차 국어과 교육과정』, p.301.
5) 『7차 국어과 교육과정』, p.301.

이다. 문제는 '작품 중심의 교육에서 벗어나'야 한다는 진술에 담긴 속뜻이다. 왜냐하면 이 말에는 문학교육의 최상위 목표가 국어 사용 능력의 향상이라는 의미가 숨어 있기 때문이다.

이에 대해서는 먼저 지금까지 작품 중심의 문학교육이 이루어진 적이 있었던가,라는 질문을 던지지 않을 수 없다. 엄밀히 말해, 작품과 관련된 이런저런 지식들에 대한 교육이 있었을 뿐 작품 중심의 문학교육은 없었다고 해도 지나치지 않을 것이다. 사정이 그렇다면, '작품 중심의 교육에서 벗어나'야 한다는 주장은 문제 설정 자체가 잘못된 것이라 할 수 있다. 없는 것을 있는 것처럼 호도하고 있다는 점에서 그러하다. 오히려 작품 중심의 문학교육이 제대로 수행되지 않았던 것이야말로 고등학교 문학교육의 가장 심각한 문제점이라고 보는 것이 보다 정확한 진단이다. 이와 관련해 심미성이 무엇인가에 대해 간략하게나마 언급할 필요가 있다. 흔히 심미성 하면 작품의 형식이나 기법을 떠올리곤 하는데, 이는 형식주의나 신비평의 압도적 영향 탓이라고 할 수 있다. 작품 설명을 기법들에 대한 분석으로 도배하던 시절을 우리는 기억하고 있다. '작품 중심의 문학교육'은 혹시 이를 가리키는 것은 아닐까. 그러나 형식이나 기법은 심미성의 일부에 불과하다. 심미성은 내용과 형식을 두루 포괄하는 개념이다. 흔히 말하는 내용과 형식의 조화가 곧 심미성이다. 내용은 그대로 두고 형식과 기법만 바꾸었다고 해서 문학이 되는 것은 아니다. 내용까지 바뀔 때 비로소 문학이 창출된다. 가령 문학의 이데올로기는 정치의 이데올로기와 근본적으로 다르다. 정치의 이데올로기는 이데올로기 자체인 데 비해, 문학의 이데올로기는 성찰된 이데올로기 혹은 자기성찰적 이데올로기이다. 그래서 문학은 이데올로기를 수용하는 동시에 거부할 수 있는 것이다.[6] 그런 점에서 문학은 내용에서부터 독자성과 차별성을 갖는다고 할 수 있다. 문학 특유의 내포적 의미란 바로 이러한 차별적 내용과 독자적 형식이 결합되면서 생성되는 것이다. 따라서 심미성을 체험한다는 것은 차별적 내용과 독자적 형식이 결합되면서 문학이 생성되는 전체 과정을 작품을 통해 경험하는 것을 뜻한다. 그러므로 문학교육은 작품만으로 이루어질 수는 없지만, 작품을 '중심으로' 이루어져야 한다. 요컨대 작품을 중심에 놓고 작품의 다양한 문화적 사회적 맥락을 연계시켜가면서 문학교육이 수행되어야 한다는 것이다. 그럴 때 심미성의 체험에 바탕한 참다운 '문학'교육이 가능할 것이다. 그러나 7차 문학교육에는 이러한 고민이 부족한 듯하다. 고민의 부족은 문학교육의 목표에서도 드러난다.

7차 문학교육의 목표는 "문학의 수용과 창작활동을 통하여 문학 능력을 길러, 자아를 실현하고 문학 문화 발전에 능동적으로 참여하는 바람직한 인간을 기른다"로 되어 있다. 그리고 그에 따른 세부 목표는 "문학활동의 기본 원리와 문학에 대한 체계적인 지식을 이해한다", "작품의 수용과 창작활동을 함으로써 문학적 감수성과 상상력을 기른다", "문학을 통하여 자아를 실현하고 세계를 이해하며, 문학의 가치를 자신의 삶으로 통합하려는 태도를 지닌다", "문학의 가치와 전통을 이해하고 문화 활동에 능동적으로 참여하여 문학 문화 발전에 기여하려는 태도를 지닌다"의 네 가지로 설정되어 있다.[7]

전체적으로 무난해 보이지만, 유독 '수용'이라는 표현이 마음에 걸린다. 왜 '감상'이라고 하지 않고 '수용'이라고 했을까. 이에 대해 해설은 인지와 정의를 구분하지 않고 통합하기 위해서라고 설명한다.[8] 말하자

---

6) P. 마슈레, 배영달 옮김, 『문학생산이론을 위하여』, 백의, 1994, pp. 154~57 참조.
7) 『7차 국어과 교육과정』, p. 151.

면 '감상'이 주로 '정의' 부분과 직결되어 있기 때문에 인지(認知)와 정의(情意)의 통합적 활동을 강조하기 위해 '수용'이라는 용어를 선택했다는 것이다. 문학작품을 읽는 일이 인지와 정의 두 측면에 두루 걸쳐 있는 것은 사실이다. 하지만 인지보다는 정의가 선차적인 것도 분명하다. 정확히 말하면, 정의적 인지가 문학 독서의 특징이라 할 수 있다. 이는 문학작품이 레이먼드 윌리엄즈의 표현을 빌리면, '정서의 구조'이기 때문이다. 이때 정서란 '느껴진 사고'를 뜻한다.[9] 우리가 문학 독서 행위를 '감상'이라고 부르는 것은 그래서이다. 느낌, 정의, 감정, 감각 등이 선차적이라는 전제가 거기에는 담겨 있다. 물론 선차성은 중요성과는 다르다. 인지와 정의는 둘 다 중요하다. 문학작품 자체가 '사고와 감정의 통일체'이기 때문이다. 요점은 '존재론적으로' 감정, 감각, 정의, 느낌이 앞선다는 것이다. 인지조차도 정의적 성격을 갖는 것이 문학적 인지의 특징이다. 그런 점에서 문학교육은 일차적으로 감수성 교육인 것이다. 문학 독서를 '수용'으로 규정하는 것은 이러한 선차성에 대한 인식을 흐릴 위험성이 다분하다.

더구나 '수용'이 '국어 사용 능력'의 향상과 연결된 개념이라면 더더욱 문제가 된다. 문학교육이 "사고와 표현, 문화를 고려하는 종합적 관점"에서 이루어져야 한다는 언급을 고려하면 이러한 우려가 지나친 것만은 아닌 듯하다. 7차 문학교육은 전체적으로 선차성에 대한 인식이 결여되어 있다. 이는 과거의 형식주의나 신비평에 의존한 문학교육에 대한 반발이 낳은 역편향이라 할 수 있다. 신비평이 작품의 테두리를 넘어선 문학연구를 비(非)본질적 연구라고 비난했음은 잘 알려진 일이

---

8) 『7차 국어과 교육과정 해설』, p. 303.
9) R. 윌리엄즈, 이일환 옮김, 『이념과 문학』, 문학과지성사, 1982, p. 116.

다. 7차 문학교육은 아마도 이러한 신비평적 관점을 극복하고자 하는 의도를 가지고 있는 것 아닌가 싶다. '종합적 관점'의 강조는 그와 밀접히 관련되어 있는 것으로 보인다. 하지만 '종합적 관점'이 작품 중심성을 부정하는 것이어서는 곤란하다. 작품에서 출발해 다양한 맥락들을 거쳐 다시 작품으로 돌아오는 해석학적 순환 없이는 '문학'교육이 불가능하기 때문이다. '국어 사용 능력' 역시 해석학적 순환과정의 다양한 맥락 가운데 하나일 뿐이다.

개정 문학교육에서도 이러한 기조(基調)는 그대로이다. 가) 문학에 대한 지식과 경험을 바탕으로 능동적으로 문학 활동을 한다. 나) 문학작품의 수용과 생산을 통하여 언어에 대한 통찰력을 기르고 창의적으로 사고하고 소통하는 능력을 기른다. 다) 문학을 통하여 인간과 세계를 총체적으로 이해하고, 문학의 가치와 아름다움을 향유하며, 공동체의 문화 발전에 적극적으로 참여한다.[10] 개정 문학교육의 세 가지 세부 목표에서 '문학의 아름다움을 향유한다' 정도가 심미성의 체험과 관련된다고 할 수 있겠는데, 이 부분의 위상은 그야말로 이런저런 것들 중의 하나 정도로 주변화되어 있다. 핵심 목표와는 거리가 멀다는 말이다.

더욱 문제인 것은 창작이 생산으로 바뀌었다는 점이다. 7차 교육과정에서 감상이 수용으로 바뀐 바 있는데, 개정 교육과정에서는 창작까지 생산으로 바뀐 것이다. 창작이 생산으로 바뀌었다는 것은 문학교육에서의 글쓰기가 문학적 글쓰기에 국한되지 않고 모든 글쓰기로 확장되었음을 의미한다. 그런 점에서 그것은 7차 문학교육의 문제의식의 연장선상에 놓여 있다. 감상과 창작이 수용과 생산으로 바뀌었다는 것

---

10) 『개정 국어과 교육과정』, p.116.

은 말하기/듣기/읽기/쓰기로 문학교육이 해소되었음을 말해주는 명백한 방증이라 할 수 있다. 그렇게 보면, 개정 교육과정에서 심미성의 체험이 주변화되어 있는 것은 당연한 일인 셈이다.

이러한 문제점은 문학성에 대한 인식 수준과 직결되어 있다. 해설은 문학을 "인지적 정의적 심미적 복합구조물"이라고 말할 뿐 그 가운데 문학을 문학답게 하는 고유한 자질이 무엇인지에 대해서는 별다른 설명을 내놓지 않고 있다. 당연히 문학의 기능 또한 "인식적 미적 윤리적 기능"이 섞여 있다고 설명된다.[11] 개정 문학교육 역시 마찬가지거니와, 이러한 나열로는 문학의 문학됨, 곧 문학성을 해명하기 어려워진다. 정도의 차이는 있겠지만, 문학 이외의 텍스트들에도 이러한 특성과 기능들이 뒤섞여 있기 때문이다. 그렇다면 굳이 문학이라는 과목을 따로 두어야 하는 이유가 불분명해진다. 개정 국어과 교육과정 논의과정에서 문학을 빼는 문제가 거론된 것도 그와 무관하지 않다고 할 수 있다. '인지적 정의적 심미적 복합구조물'이면서 '인식적 미적 윤리적 기능'을 수행하는 텍스트는 문학 말고도 많다. 그렇다면 이러한 교육은 문학에 관한 교육이라기보다는 리터러시literacy, 즉 읽고 쓰는 능력에 대한 교육이라고 해야 한다. 리터러시 교육을 반드시 문학과목에서 담당해야 할 필요란 없다. 그런 점에서 7차 및 개정 문학교육은 문학교육의 존재 가치를 스스로 부정하는 안(案)인 셈이다.

문학교육의 새로운 존재 가치를 주장하는 안에 자기부정이 담겨 있는 역설적 상황은 선차성의 문제에 대한 인식 부족이 낳은 결과이다. 문학을 전공한 사람이 읽고 쓰는 능력을 누구보다 잘 가르칠 수 있다는

---

11) 『7차 국어과 교육과정 해설』, p.306.

것과 문학교육이 필요하다는 것은 서로 다른 차원의 문제이다. 만약 문학교육이 리터러시 능력을 키워주는 것을 목표로 한다면, 문학과목은 없어도 된다. 문학 전공자가 글쓰기 강좌를 통해 가르치면 되기 때문이다. 문학교육의 존재 가치를 주장하려면 텍스트 일반과는 다른, 문학만의 독자적이고 차별적인 가치를 입증해야 한다. 그것을 입증하지 못하면 이를테면 작문과목과 문학과목의 차이를 설명할 수 없다. 다시 말해 글쓰기 일반과 문학적 글쓰기의 차이를 분명히 할 때에만 문학과목의 존재 가치를 주장할 수 있는 것이다. 그런데 7차 및 개정 문학교육은 감상과 창작을 수용과 생산으로 풀어놓음으로써 글쓰기 일반과 문학적 글쓰기의 차이를 스스로 해체했다. 이렇게 되면, 문학과목은 작문과 독서로 해소되거나 작문과 독서의 하위 영역으로 들어가더라도 사실상 아무런 문제가 없다. 문학교육이 리터러시 교육의 한 부분으로 편제되었기 때문이다. 이런 연유로 선차성의 문제를 거론하지 않을 수 없는 것이다. 그런 점에서 문학의 본질과 기능에 대한 설명은 나열식이 아니라 느낌/감정/감각/정의에서 출발해 사고/인식/이념/사상으로 나아가는 단계를 밟는 것이 적절하다. 그럴 때 선차성의 문제를 명확하게 제시할 수 있기 때문이다.

 이처럼 선차성을 분명히 할 때 문학성을 설명할 수 있고, 문학성을 중심으로 문학 독서가 이루어질 때 문학의 특수성과 독자성, 곧 심미성에 대한 이해가 제대로 정립될 수 있다. 이 발언은 결코 문학을 특권화하는 문학주의적인 논리가 아니라 문학의 특수성을 분명히 하기 위해서이다. 다시 말해 문학과 비(非)문학의 차이를 학생들에게 각인(刻印)시킬 수 있다는 것이다. 필자 역시 문학에 대한 '종합적 관점'을 강조해왔고, 문학이 '인지적 정의적 심미적 복합구조물'이라고 설명해왔으며,

문학작품을 맥락 속에서 읽어야 한다고 주장해왔다. 그러나 그것은 항상 심미성을 전제로 한 것이었다. 이 전제가 없으면 문학 자체가 성립하지 않기 때문이다. 그런 점에서 좋은 것은 다 모아놓고 보자는 식의 나열주의는 겉보기에는 그럴 듯하지만 최소한 문학에 관한 한 대단히 위험한 설명방식이다. 나열주의는 초점을 흐려 문학의 정체성에 대한 혼란을 가져온다는 점에서뿐 아니라 문학과 비(非)문학, 가령 문학 교과서와 다른 교과서의 차이를 지워버린다는 점에서도 반(反)문학적이기 때문이다.

이처럼 나열주의적이고 기능주의적인 문학 이해는 궁극적으로 문학교육을 국어 사용 능력의 향상을 위한 말하기/듣기/읽기/쓰기 교육으로 분절하고 해소시킬 위험성이 크다. 말하기/듣기/읽기/쓰기 교육이 중요하지 않다는 것이 아니다. 서로의 영역과 목표와 정체성이 다르다는 말이다. 말하기/듣기/읽기/쓰기의 영역과 문학의 영역은 서로 겹치고 연관되는 부분도 적지 않지만, 기본적으로 별개의 세계이다. 일상의 영역과 문학의 영역은 긴밀하게 연관되어 있으면서도 서로 다른 세계이기 때문이다. 그런 점에서 7차 및 개정 문학교육은 심각한 범주 혼동을 범하고 있다.

4

문학교육의 참다운 목표가 심미성의 체험을 통한 감수성 교육에 있다면, 문학교육의 중심축은 감상이 되어야 마땅하다. 이에 대해 과거로 회귀하는 것이라는 비판이 나올 수 있다. 그러나 중요한 것은 감상의 방식이다. 다시 말해 학습자 중심의 감상, 독자의 능동성에 바탕한 감상이 아니었다는 점이 문제라는 것이다. 그러므로 교사가 일방적으로 해석하고 가르치는 과거와 같은 방식의 감상이 잘못된 것이지 감상 자체가 틀린 것은 아니라는 사실을 놓쳐서는 안 된다. 따지고 보면, 심미성을 체험하는 데 감상만큼 좋은 것이 없다. 중요한 것은 학생들을 주체적인 독자로 존중하고 그들이 자기 나름의 방식으로 작품을 읽도록 유도하는 일이다. 학생들은 아직 감수성이 여물지 못한 수준이기 때문에 교육과 계몽은 필수적이다. 다만 그 교육과 계몽은 학생들의 독자로서의 자발성과 능동성에 바탕해 이루어져야 한다. 학생들을 독자-주체로 대하는 것, 이것 역시 '문학'교육의 특수성일 터인데, 7차 및 개정 문학교육은 학생들을 주체로 존중하기 위해 노력하는 모습을 보여준다. 이 점은 7차 및 개정 문학교육의 최대 장점이라 할 만하다.

하지만 '문학의 수용' 항목을 보면, 심미성, 곧 문학의 문학됨의 체험과 관련된 내용은 찾아볼 수 없다. 이는 학생들을 문학 '독자'로 설정하지 않은 것과 무관하지 않아 보인다. 7차 및 개정 문학교육에서 학생의 위상은 텍스트 수용자이다. '문학의 수용' 항목의 내용들은 대부분 텍스트 일반에 관한 것들이며, 문학 독서의 특수성은 거의 고려되고 있지 않다. 특히 개정 문학교육에서 이러한 경향은 더욱 심화되어 있거니와 그로 보아 앞으로의 문학교육이 갈수록 말하기/듣기/읽기/쓰기 교육으로 해소되는 방향으로 나아갈 것임을 충분히 유추할 수 있다. 이래서는 '문학'교육은 원천적으로 불가능해질 수밖에 없다. 감상이 문학교육의 중심축이 되어야 하는 것은 그래서이다. 감상을 통하지 않고는 문학의 문학됨을 온전히 체험할 수 없기 때문이다. 고등학교 수준에서 감상 이상으로 나아가는 것이 과연 적절한지에 대해서도 세심한 검토가 필요하다. 감수성이 채 형성되지 않은 상태에서 문학적 글쓰기로 비약하는 것은 오히려 문학에 대한 호감을 잃어버리게 만들 수도 있기 때문이다. 그런 점에서 7차 및 개정 문학교육은 지나치게 많은 일들을 잡화점식으로 벌여놓고 있다는 의구심을 불러일으킨다. 이것저것 다 하려고 하다가는 하나도 제대로 하지 못하는 법이다. 그런 점에서 7차 교육과정의 표현을 빌리면, 수준별 교육이 필요하다. 무조건 문학적 글쓰기를 해보는 것이 능사는 아니다. 학생들의 수준에 맞는 감수성 교육의 방법을 생각해야 하고, 그러한 맥락에서 보면 문학성을 제대로 체험하게 해주는 감상이 문학교육의 중심축이 되는 것이 바람직하다. 그리고 나머지는 그때그때의 상황에 맞춰 유연하게 대처하는 것이 보다 효율적이다. 요컨대 중요도에 따라 교육 내용들을 적절하게 분별하는 선택과 집중이 필요하다는 말이다. 7차 및 개정 문학교육에는 그러한 의미에서의 선택과 집중이 보이지 않는다. 좋은 것은 다 모아놓고 보자는 식의 나열주의가 위험한 것은 그래서이다.

문학의 관점에서 볼 때 문제가 더욱 심각한 것은 개정 문학 교육과정이다. 문학의 수용에서 심미성의 체험과 관련된 항목이 아예 빠져 있고, 감상이 그저 '다양한 맥락에서 작품을 섬세하게 읽는 것' 정도로 설명되고 있기 때문이다. 섬세한 독서는 심미적 독서와는 거리가 멀다. 심미적 독서란 문학성에 주목해 작품을 읽는 것을 가리키기 때문이다. 따라서 문학성에 주목하지 않는 한 작품을 아무리 다양한 맥락에서 섬세하게 읽더라도 심미성의 체험은 기대할 수 없다. 더구나 수용마저도 수용, 생산, 소통의 한 부분으로 자리매김되어 있어 그 비중이 3분의 1에 불과하다. 실제 교육현장에서는 어떤지 모르겠으나, 이론적으로만 보자면 이러한 문학교육 편제에서는 문학 감상이 형식에 그칠 가능성이 크다. 감상이 중심축으로서의 위상을 갖지 못하고 있기 때문이다. 생산과 소통이라는 항목을 보면, 문제가 좀더 복잡해진다. 심미성의 체험이 전제되지 않은 상태에서의 생산과 소통이 과연 제대로 이루어질 수 있을까. 물론 생산과 소통은 감상 혹은 수용 능력을 높여주는 역할을 할 수 있을 것이다. 감상/수용, 창작/생산, 소통은 상호보완적인 관계를 맺고 있기 때문이다. 하지만 고등학생 수준에서는 아무래도 감상이 중심축이 되어야 한다. 생산과 소통은 감수성이 어느 정도 갖춰진 상태에서 가능하다는 점에서 그러하다. 이는 터를 닦지 않고는 집을 지을 수 없는 것과 같은 이치다. 그런 점에서 개정 문학교육과정에서는 감상 중심의 문학교육, 즉 심미성의 체험을 통한 감수성의 향상을 기대하기 어려워 보인다. 한마디로 문학 애호가의 양성이 불가능한 교육방식인 셈이다.

5

7차 및 개정 문학교육을 함께 묶어서 바라보면 하나의 방향성이 뚜렷이 드러난다. 그것은 문학을 말하기/듣기/읽기/쓰기로 해소해가는 경향이다. 문학교육은 '창의적 국어 사용 능력'이라는 국어과목의 최상위 목표에 복속되어 있고, 문학교육의 주요 내용들 또한 실질적으로는 '문학 능력'보다는 리터러시 능력을 길러주는 데 주안점을 두고 있다. 특히 '감상과 창작'이 7차에서는 '수용과 창작'으로, 개정안에서는 '수용과 생산'으로 바뀐 것은 문학교육이 말하기/듣기/읽기/쓰기 교육 쪽으로 나아가고 있음을 분명하게 환기해준다. 그에 따라 심미성의 체험과 관련된 내용은 최소화되었고, 문학의 특수성이나 독자성에 대한 배려는 극도로 약화되었으며, 문학을 '국어 사용 능력'의 향상을 위한 수단으로 도구화하는 기능주의가 강하게 나타난다.

이러한 방향성은 교육적 관점이 문학교육을 지배하고 있는 것과 관련이 깊어 보인다. 요컨대 7차 및 개정 문학교육은 '문학'교육이라기보다는 문학 '교육'에 가깝다는 것이다. 문학적 관점에 의해 규율되는 '문학'교육까지는 아니더라도 문학과 교육이 어느 정도 균형을 이루어야 심미성의 체험을 통한 문학적 감수성의 함양이라는 목적을 달성할 수 있다. 그리고 그때, 우리는 문학교육을 통한 문학 애호가의 양성을 기대할 수 있을 것이다. 하지만 7차 및 개정 문학교육은 그와는 거리가 멀어 보인다. 이대로 가면 문학교육은 말하기/듣기/읽기/쓰기 교육의 한 부분으로 해소될 것이고, 그 순간 문학교육 무용론(無用論)이 득세하게 될 것이다. 그런 점에서 7차 및 개정 문학교육에는 자기부정의 씨앗이 담겨 있다고 할 수 있다.

물론 문학과목이 폐지되거나 리터러시 교육의 일환으로 편제되는 것도 하나의 방식일 수 있다. 존재 가치가 없으면 소멸되는 것이 세상의 이치(理致)이다. 그러나 문학이 여전히 존재 가치를 갖고 있다고 생각한다면, 현재의 문학교육은 전면적으로 방향전환해야 한다. 7차 및 개정 문학교육은 문학을 살리는 문학교육이 아니기 때문이다. 존재 가치가 있음에도 살리지 않는다면 그것은 심각한 직무유기이다. 문학교육 전공자들 역시 문학인 아니겠는가.

문학을 살리는 문학교육의 출발점은 문학적 관점의 적극적 도입이다. 문학적 관점에 의해 규율되는 '문학'교육이 되도록 해야 한다는 말이다. 이를 위해서는 먼저 문학의 특수성과 독자성이 무엇인지를 분명히 해야 한다. '종합적 관점'이나 '복합구조물' 같은 설명방식은 문학과 비(非)문학의 차이를 모호하게 만들 뿐이다. 이러한 규정은 비문학 텍스트들에도 똑같이 적용될 수 있기 때문이다. 그런 점에서 선차성의 문제가 중요하다. '종합적 관점'이나 '복합구조물'이 틀렸다거나 중요하지 않다는 것이 아니라 심미성이 선차적임을 분명히 해야만 문학의 특수성과 독자성을 제대로 해명할 수 있다는 것이다.

같은 맥락에서 좋은 것은 다 모아놓은 나열주의와 문학을 국어 사용 능력의 향상을 위한 수단으로 도구화하는 기능주의를 탈피해 중요도에 따라 교육목표와 내용을 적절하게 배치하는 선택과 집중이 긴요하다. 심미성의 체험을 통한 문학적 감수성의 함양을 중심으로 모든 것을 새롭게 배치해야 한다는 것이다. 사실 현행 문학교육은 너무도 번잡해 무엇 하나 제대로 가르치기 어렵게 되어 있다. 꼭 하나만 가르친다면 무엇을 가르칠 것인가에 대한 고민이 보이지 않는다. 이러한 고민에서부터 시작해야 하나라도 제대로 가르칠 수 있는 법이다. 그 '꼭 하나'는 바로 심미성의 체험을 통한 문학적 감수성의 함양이 되어야 한다.

심미성의 체험을 통한 문학적 감수성의 함양에 가장 좋은 교육 방법은 감상이다. 물론 이때의 감상은 학생들을 독자-주체로 존중하고 학생들의 자발성과 능동성에 기초한 감상이어야 할 것이다. 감상/수용이 중심축이 되고 생산과 소통이 그에 맞춰 병행되는 교육 방식이 심미성의 체험에도 훨씬 효과적일뿐더러 고등학생의 감수성 수준에도 적합하다. 그런 점에서 감상과 창작을 수용과 생산으로 풀어버린 데다 수용의 비중마저도 생산이나 소통과 똑같이 3분의 1로 배분해놓은 개정 문학교육은 '문학'교육의 측면에서 보자면 심각한 결함을 안고 있다.

끝으로, 문학교육 편제에 대해서도 한마디 하지 않을 수 없다. 현행처럼 문학이 국어과목에 복속된 6개 선택과목의 하나로 되어 있는 한 문학교육의 독자적 정체성을 확보하기가 어렵다. 더구나 리터러시 교육의 강화라는 최근의 추세를 감안하면 이러한 편제 아래에서 문학교육이 갖게 될 위상이란 말하기/듣기/읽기/쓰기 교육의 한 부분일 것이다. 따라서 문학교육의 독자성을 확보하고 문학 본연의 정체성에 부합하는 문학교육을 하기 위해서는 문학이 국어과의 선택과목으로 배치되어 있는 편제에서 독립할 필요가 있다. 다시 말해 국어과 교육과정과는 별개의 일반 선택과목으로 존재하는 것이 바람직하다는 것이다. 한국 문학을 가르치는 것이 아니라 문학을 가르치는 과목이라는 점에서도 문학이 굳이 국어과목에 복속되어야 할 이유가 없다. 그럴 경우 과연 몇 명이나 문학과목을 듣겠느냐고 걱정하는 이들도 있을 것이다. 하지만 그것이 '문학'교육의 취지에 부합한다면 그렇게 하는 것이 바른 길이다. 더구나 그럼에도 불구하고 문학과목을 신청한 소수의 몇 명이 확실한 문학 애호가가 될 수 있다는 점을 생각하면, 그러한 편제야말로 문학을 살리는 문학교육을 가능하게 해주는 방안이기도 하다. 국어과 교육과정으로부터의 독립이 현실적으로 어렵다면, 차선책으로 말하기/듣기/읽기/쓰기와 연계된 선택과목들을 한 세트로 하고 문학은 그와는 다른 세트로 분리하는 방안도 생각해볼 수 있다. 국어과 교육과정으로부터 독립하는 것보다는 효과가 덜 하겠지만, 이렇게라도 해야만 최소한 문학교육이 리터러시 교육의 일환으로 해소되는 것을 막을 수 있을 것이다.

제12장

대학수학능력시험이 문학교육에 미치는 영향

김만수

1. 문제제기

대학수학능력시험(이하 '대수능'으로 줄임)은 대학입학전형에서 아직까지도 가장 큰 비중을 차지하고 있다. 종합생활기록부, 논술, 심층면접, 적성검사, 각종 봉사활동 실적 및 특기자 선발 등의 전형방법이 다각적으로 도입되고 있긴 하지만, 대학 입학처 관계자들은 여전히 대수능 성적을 가장 신뢰하고 있으며, 이러한 추세는 앞으로도 상당 기간 계속될 전망이다. 이런 까닭에 학생들이 고등학교 교육 전체의 일차적인 목표를 대수능 성적 향상에 두는 것은 당연한 일이다. 문학교육 또한 이러한 대수능의 자장에서 결코 벗어날 수 없다.

논자는 얼마 전 대수능 언어영역 시험문항의 문제점을 1) 단순한 지식의 배제라는 원칙에 의해 무시되는 기본 지식 학습, 2) 스피드 테스트를 병행함으로써 빚어지는 주입식 교육의 잔존, 3) 출제를 위한 출제, 4) 작품의 편중성, 5) 획일적인 분야별 배분, 6) 수업 목표의 기계적이고 무리한 반영이라는 측면에서 제기한 바 있다. 그 글의 논의를 정리하면 다음과 같다.

첫째, '단순한 지식'을 배제한다는 원칙이 기계적으로 적용되다 보니, 문제 해결에 필수적으로 요구되는 '기본 지식'조차 배제되고 있다는 점이다. 물론 청록파 시인이 누구이며, 우리나라 최초의 본격적인 문학 동인지인 「창조」가 몇 년에 발간되었는가 등등의 지식은 암기에 의존하는 '단순한 지식'으로 볼 수 있다. 그러나 직유와 은유, 상징이 어떻게 다른가에 대한 공부조차 '단순한 지식'으로 분류되어서는 안 된다는 게 논자의 입장이다. 논자는 문학사에 관련된 지식이나 문학이론에 활용되는 최소한의 개념에 대한 공부조차 '단순한 지식'으로 처리되고 있는 상황에 대해 대단히 비판적인 입장이다. 둘째, 시험 시간 90~100분 내에 충분히 소화해낼 수 없는 분량의 지문을 출제함으로써, 사전 독서를 요구하는 상황에 대한 비판이다. 특히 현대소설과 고전산문 등의 경우 2,500자를 상회하는 장문의 지문을 활용하는데, 이러한 출제경향의 이면에는 이들 작품을 미리 읽어둔 학생들에게 전혀 읽어보지 못한 학생보다는 좀더 나은 점수를 주기 위한 의도가 깔려 있는 것으로 보인다. 빨리 읽는 능력을 중시하는, 혹은 이미 이 작품을 읽음으로써 사전지식을 갖춘 학생들에게 좋은 점수를 주려는 이러한 경향은 대수능의 애초 의도인 전반적인 언어능력 측정에서 벗어난 것이라 생각된다. 셋째, 출제를 위한 출제의 양상이 우려스럽다는 점이다. 예를 들어, 백석의 시 「고향」의 시적 상황을 그리스 신화의 '괴물퇴치담'과 연결시킨 문제는 매우 신선한 발상임에도 불구하고, 백석 시의 가장 소중한 부분인 '따뜻함'에 대한 고려가 전혀 배제되었다는 점에서, 문제출제의 편의를 위해 시의 가장 소중한 부분을 훼손한 문항이라는 점에서 비판할 수 있다. 넷째, 작품의 편중성 문제이다. 현대시 분야에서는 월북시인과 당대의 시인들에게도 충분히 할애된 반면, 소설 분야에서만큼은 여전히 현실반영의 경향을 보인 작품들이 철저히 배제되고 있다. 이 근본 원인 중의 하나는 대수능이 지문의 '내용'을 배제하고 '형식'의 측면만 물을 수 있도록 문항구조가 설정되어 있다는 점에서 찾을 수 있다. 다섯째, 분야별 문항 배분이 획일적이라는 점이다. 문학 대 비문학, 고전문학 대 현대문학, 시(시가)와 산문 영역이 기계적인 배분원칙에 입각하고 있는데, 이러한 배분은 일상적인 언어능력 측정이라는 애초의 기획과는 상치되는 것으로 보인다. 대학에서의 일상적인 언어 활용은 일상어와 학술어로 볼 수 있는데, 고전문학과 시문학이 과연 일상어나 학술어 속에서 1/2의 비중을 가지고 있는가에 대해서는 토의가 필요하다고 본다. 여섯째, 수업 목표의 무리한 반영이다. 7차 교육과정 이후에 교실에서는 '수행평가'가 학습의 중요한 과정으로 자리 잡았다. 대수능 시험은 수행평가를 측정할 수 있는 도구가 아님에도 불구하고, 정책적으로 수행평가에 수반되는 학습활동을 유형화하려는 전략을 취하고 있다는 점이다.[1]

윗글에서 논자가 제기한 지적이 전적으로 타당하다고 볼 수는 없지만, 이를 통해 대수능 시험과 수행평가 사이의 역할 분담이 분명하지 않음으로써 문학교육 전반이 뭔가 절름발이 상태에 빠지게 되었다는 주지는 충분히 전달했다고 생각한다. 본고는 대수능의 근본적인 문제

---

1) 김만수, 「수능 세대의 문학공부」, 『문학동네』 2006년 봄호.

조차 대수능 자체에 있다기보다는 "수능과 학교 활동의 사이의 역할 분담 미비"에 있다는 주장에 기반을 두고 있다. 논의를 위해 얼마 전에 필자가 썼던 대목 중의 일부를 그대로 옮겨본다.

(이상의 글에서—인용자) 필자는 대수능의 허실에 대해 매우 비판적인 태도를 취했다. 그러나 대수능의 허실은 대수능 자체에 기인하는 게 아니라, 대수능과 학교활동 사이의 역할 분담이 이루어지지 못한 제도적 미비에 기인한 측면이 훨씬 더 크다. 사실 대수능은 매우 합리적이고 유연한 문제유형을 가지고 있으며, 효율성의 측면에서도 나무랄 바 없는 역할을 수행해왔다. 객관적인 점수에 의존하는 입시가 존재하는 한, 어쨌든 대수능은 그 역할을 담당해야 한다. 대수능이 다소 악역을 담당하고 있더라도, 이를 대체할 만한 다른 대안이 시행될 가능성도 희박하다. 단 하루의 시험만으로 50만 명의 수험생을 한 줄로 세울 수 있는 시험이 어디에 있겠는가(사실 그간 대수능 점수는 총점 400점이었지만 문항당 배점이 소수점 한 단위까지 적용되어 있었기 때문에, 실제적으로는 4,000점에 해당하는 변별적 기능을 담당하기도 했다. 50만 명의 대입 지망생들이 결과적으로는 4,000개의 등급으로 평가되었던 셈이다. 최근의 영역별 가중치 부여도 소수점 단위의 점수를 만들어냄으로써 변별기능에 결정적인 역할을 했을 것이다). 이런 측면에서 필자는 대수능이 지속되기를 바란다. 다만 대수능이 유일무이한 대학전형의 수단으로 이용되어서는 안 되며, 대수능과는 차별화된 다른 차원의 학교 교육이 정상화되어 대수능과 병존하기를 바랄 뿐이다. 특히 대수능이 우리 교육의 고질적인 병폐를 해결할 수 있는 '만병통치약'으로 오남용되는 사례는 시급히 해결해야 한다. 대수능은 사교육비 절감을 해결할 수 있는 만병통치약이 아니

다. 대수능이 고교교육을 정상화하기 위한 선도적 역할을 자임해서도
안 된다. 물론 대수능이 대학 입시전형의 유일한 수단이 되어서는 더더
욱 안 된다.[2]

2. 대수능과 학교 수업의 역할 분담이 필요한 이유

대수능은 1994학년도 대학입시에 도입되어 2006학년도에 이르기까
지 13년간 14회에 걸쳐 실시되었다.[3] 그간 대수능은 1980년대에서
1990년대 초반까지의 학력고사, 1980년대 이전의 대학예비고사와는
현격하게 다른 유형의 문제들을 통해 고등학교 제도교육의 판도를 상
당 부분 바꾸어놓았다. 학력고사 세대들이 단순한 암기 유형에 익숙했
던 반면, 대수능은 보다 유연한 문제해결 능력을 요구했고, 새롭게 제
시된 유형들은 암기 위주로 입시를 준비했던 방식을 바꾸기에 충분했
다.[4] 대수능은 기존의 교과서와 참고서에서 반복되던 질문을 피하고,
새로운 문제상황의 설정과 새로운 문제해결 방식의 조합 유형을 통해
고교 평준화와 정상화에 긍정적이고도 선도적인 역할을 수행해내었다.

---

2) 앞의 글, p. 455.

3) 첫해는 2회 실시함. 5년 전부터는 서울시교육청 등이 주관하는 전국적 범위의 '모의수능'
   이 매년 공식적으로 실시된다.

4) 대수능은 문제중심학습Problem-Based Learning의 모형에 상당 부분 의존하고 있다. 문제
   중심학습은 학습자가 특정 과제 또는 관심 있는 문제를 해결하기 위하여 필요한 정보를 수
   집 분석함으로써 그 해결 방안을 모색하는 것을 의미한다. 문제기반학습은 문제의 설정—
   자기 주도적 학습—문제의 재검토—요약—성찰과 반성의 과정으로 구성되는데, 대수능은
   이러한 과정을 객관식 평가로 측정해야 한다는 점에서 무리가 따를 수밖에 없다. 김신자 ·
   이인숙 · 양영선, 『교육공학의 이론과 실제』, 문음사, 1999, pp. 227~29.

그러나 아쉽게도, 대수능의 긍정적인 기능은 그 정도에서 끝났다. 대수능이 제시한 새로운 문제 유형들은 새로운 공부 방식을 지속적으로 제시하지는 못했고, 결국에는 대수능 고유의 '문제유형'조차 암기의 대상으로 전락하고 말았다. 문제유형이 '하늘에서 뚝 떨어지는 것'이 아닌 바에야, 어차피 문제유형조차 암기의 대상으로 삼자면 금방 정복 가능한 것이기 때문이었다.

대수능의 모델이 된 것은 미국의 SAT(Scholastic Aptitude Test)이다. SAT는 크게 언어능력과 수리능력 측정을 목표로 하며, 이 문항들은 중등학교 교육내용에 크게 얽매이지 않는 것으로 구성되는 것이 원칙이다. '이민의 나라'인 미국에서 기초적인 언어능력을 테스트하기 위한 시험을 보는 것은 너무도 당연하며, 더욱이 대학 교육의 대중화가 진행되고 있는 상태에서 전문적으로 준비된 지식보다는 적응능력 위주로 테스트하는 것은 타당한 방편이 될 수 있을 것이다. 그러나 미국의 SAT는 엄격한 학교 교육 및 수행평가가 이루어지는 상태에서만, 즉 SAT와 고교 성적부와의 병존을 통해서만 가능하다는 사실을 잊어서는 안 된다. 언어와 수리에 대한 기초적인 이해만 있다면 대학생으로서의 자질을 가지고 있다고 판단할 수 있으며, 이는 바로 SAT라는 '대학생으로서 갖추어야 할 적성으로서의 검사'를 통해 측정될 수 있다. 그러나 이러한 교육제도 내에서는 고등학교 과정에서 배워야 할 다른 지식들을 취급하고 평가하는 별도의 장치가 있어야 한다. 공부에는 암기, 실습, 수행활동 등의 복합적인 영역이 있는데, 이는 SAT로는 처리될 수 없는 부분이다. 따라서 이러한 부분은 SAT의 적성검사aptitude test와는 별도로 고등학교 현장에서 내신 등의 학력검사power test를 통해 이루어진다. 고등학교에서의 학력검사인 내신이 교과서의 암기, 충실한 과제 수행 및 이에 대한 평가를 다룰 때, SAT와 내신은 병존될 수 있다.

우리나라의 대수능은 미국의 SAT 방식을 빌려왔다. 그것은 대입 선발고사로서는 성공했다고도 볼 수 있지만, 결과적으로는 고등학교 교육 전체를 '대수능화'하는 파행을 낳았다. 더욱이 대수능 초기에는 언어, 사회탐구, 수리, 과학탐구, 영어의 다섯 영역으로 진행되었으나, 이후 제2외국어, 실업까지 대수능 영역에 추가됨으로써 7개의 영역을 단 하루 만에 치르게 됨으로써, 고등학교 교육 전체 영역을 평가하는 '백화점식 시험'으로 전락하고 말았다. 언어능력과 수리능력을 위주로 하는 미국의 SAT에 비해, 우리의 현재 대수능이 얼마나 무원칙적이며 많은 공부를 요구하고 있는 시험인가를 알게 된다.

문학의 경우도 예외는 아니다. 문학 공부의 가장 전통적인 방식은 많이 읽고 많이 외우고 많이 쓰는 것이다. 작가에 대한 지식이나 작품의 멋진 표현들은 그 자체로 암기의 대상이 될 수도 있다. 중국 당나라 시대의 문장가 구양수가 말했다는 삼다(三多), 즉 다독(多讀) 다작(多作) 다상량(多商量)이 단지 과거의 문장론에만 해당하는 것은 아니다. 작품을 외우고, 작품에 대한 감상문을 쓰는 것이 고교의 문학교육에서 빠질 수 없음에도 불구하고, 그간 고등학교에서는 이런 식의 수업 진행이 거의 불가능했던 것으로 보인다. '우리들끼리니까' 학교 내에서의 경쟁은 피해야 한다. 따라서 내신성적은 가급적 좋은 점수로 '평등'하게 나누어 준다. 특정 학교만 내신 관리를 엄격히 한다면, 학생들은 결과적으로 다른 학교의 학생들보다 낮은, 어찌 보면 '불공평한' 내신 점수를 받게 되는 사안이기 때문에, 학교 당국이나 교사들을 비난할 수도 없는 형편이다. 그러므로 오히려 내신은 변별력이 없어야 하며, 결국 대수능 하나로 '일전을 불사'해야 한다. 정리해 말하자면, 현재 고등학교 문학교육은 학교 교실에서 이루어져야 할 영역은 '공평하게 축소'되고, 대수능 부분만 '지나치게 확대'되어 있는 형국이다(최근 대수능 등급별이 시행되어 1~2점 차이로 당락이 결정되는 선발기능으로서의 대수능의 의미는 축소될 것으로 보인다. 또한 내신 부풀리기에 대한 규제가 이루어지고, 대수능 외의 다른 다양한 지표를 대학입시전형에 반영하기 위한 제도적 장치가 마련되고는 있으나, 본질적인 해결책으로는 미흡하다고 본다).

사실 대수능 언어영역에서 가장 근본적인 문제점은, 문학을 별도의 영역으로 인정하지 않고 다른 종류의 말과 글처럼 커뮤니케이션의 도구로만 간주해야만 한다는 점이다. 즉, 대수능 체제 내의 문학 문항들은 문학작품을 대상으로 하지만, 문학작품 자체가 아니라 문학작품을 통해 이루어지는 커뮤니케이션을 문제 삼는다. 문학을 의사소통의 한 방법으로만 간주하는 이러한 도구적 관점이 교육학에서 얼마나 유용한지를 명확하게는 이해하고 있지는 않지만, 우리가 분명히 전제해야 할 점은 문학작품이 단순한 읽기와 쓰기만을 위한 도구는 아니라는 점이다. 문학작품은 세련된 한국어를 배우는 과정으로서의 과목만이 아니라, 성숙한 민주시민 혹은 한국적 교양과 보편적 지성의 일정 수준에 오르기 위한, 종합적 성격의 과목이어야 한다. 또한 문학은 인격의 성숙을 지향하는, 정의적이고 윤리적인 부분까지도 포함해야 한다. 그러나 '문학론자'들과 '대수능 정책자'들(이런 명명이 가능할지는 의문이지만) 사이에서 이러한 관점의 차이는 엄연하다. 필자를 포함한 '문학론자'들의 관점에서 본다면, 현 대수능 체제는 기본적으로 문학을 의사소통의 한 방편에 불과한 것으로 취급하기 때문에 문학의 문학다운 요소를 원천적으로 배제하고 있으며, 또한 이를 평가할 방법도 갖추지 못한 상태다. 대수능 체제의 여러 장점에도 불구하고, 고민은 여기에서 파생된다.

본고에서는 대수능과 수행이 분리되지 못함에 따라 발생하는 문제점을 중심으로, 대수능 등급화와 수행평가의 본격 시행을 앞둔 현 시점에서의 문학교육 방안에 대해 제언하고자 한다.

3. 문학교육 과정 패러다임과 평가

국어과 영역에서 평가의 어려움을 가장 많이 겪는 영역은 문학이다. 문학영역은 인지적 영역뿐 아니라 정의적 심미적 영역이 복합적으로 혼재해 있고, 학습자의 다양한 반응과 잠재적 능력이 변수로 작용하기 때문이다. 평가의 기법상으로 보아도 '직관적인 입력과 논리적인 출력에의 요구' 사이의 모순을 해결하기 힘들다. 어쨌든 문학 현상과 문학교육과정 패러다임은 다음과 같이 구분될 수 있다.[5]

	문학 현상	문학교육과정 패러다임
(가)	문화와 관련된 역사적 사회적 의미 현상	사회 문화적 맥락 중심 문학교육과정
(나)	의미의 수용 현상	학습자 중심의 문학교육과정
(다)	문학 자체의 미적 양식과 예술성에 의한 현상	텍스트 중심의 문학교육과정

---

5) 박인기 외, 『국어과 수행평가』, 삼지원, 1999, pp. 302~08.

이러한 교육과정은 (가) 문학작품이 산출되고 유통되는 사회·문화적 맥락을 이해하는 과정, (나) 문학작품에 내재된 의미를 학습자 중심으로 자유롭게 수용하는 과정, (다) 문학작품을 미적이고 예술적인 텍스트로 간주하고, 그 미적 특성을 이해하는 과정으로 구성된다고 풀이할 수 있다. 이 과정에서 (가)의 단계는 교사 중심의 수업과 학생 중심의 자료조사 및 토론이 위주가 되며, (나)의 단계는 학생 중심의 의미 수용, (다)의 단계는 교사 중심의 문학이론 교육으로 분리된 상태에서 이루어지는 것이 현실적일 것이다. 그렇다면 평가의 방식도 각 영역에 따라 달라져야 할 것이다. 다시 말해, (가)와 (나)의 영역은 교실에서의 수행평가가 가장 효율적이며, 대수능이 존속한다면 대수능은 (다)의 영역만 담당해야 한다.

7차 교육과정에서 중시되는 '학습자 중심 교육'[6]은 교수자의 지도 없이 학생 스스로 문제를 해결하는 자율적 학습을 강조하며, 현실적으로 위의 (가)와 (나)에 해당하는 과정을 수행해야 함에도 불구하고, 현실적으로는 (다)의 과정을 풀기 위한, 다시 말해 대수능 문제를 풀기 위한 수업으로 대체되고 있는 것으로 보인다. 이럴 경우, 현실적으로 다음과 같은 수업 상황을 만들어낸다.

1) 문학이론의 기초 개념은 불필요하다. 혹은 최소화되어야 한다.

2) 작가의 개인적인 이력, 작품이 산출된 사회적 배경 등에 대한 공부

---

6) 학습자 중심 교수방법은 학습자의 생활과 자신의 학습 스타일에 초점을 둔 상당히 융통성 있는 교육을 제공하도록 의도된 것으로, 교사에 의해 강력히 주도되는 교사 중심 교수방법과 함께 학습 주체에 의한 교수방법의 양대 유형을 이룬다. 박숙희·염명숙·이경희, 『교육방법과 교육공학』, 학지사, 1997, pp. 38~49.

는 불필요하다.

3) 작품 전체보다는 주어진 지문 내에서 문제가 해결되어야 하므로 작품의 전체적 이해는 필요하지 않다(때에 따라서는 작품의 총제적인 이해가 문항 풀이에 장애가 되기도 한다).

4) 작품의 '이해와 감상'보다는 '수용과 창작'이 중요하다. 따라서 주어진 지문을 다른 언어적 형식으로 전환하는 문제는 매우 중요하다.

5) 작품의 '수용'은 교실에서의 '수행평가'에서 측정되어야 하지만, 대수능 또한 이러한 문제유형을 개발함으로써 학습자의 자율적인 학습활동을 유도해야 한다.

이러한 불일치는, 교육목표와 이를 구체화한 교육과정의 패러다임이 갖추어져 있음에도 불구하고 평가의 방식이 이러한 패러다임과 일치하지 않음으로써 발생되는 문제들이다. 이러한 문제점들을 구체적인 문항을 통해 확인하기로 한다.

4. 대수능 문항의 문제점 분석

(1) '지식'과 '수행' 사이의 거리

문학교육의 핵심적 개념을 문학교육과정 용어라 정의할 때, '이론'은 '지식' 그리고 '방법'과 '평가'는 '수행'으로 구성된다. 이러한 원칙과는 달리, 대수능에서는 '이론'이 '지식'의 차원에서 구성되지 않고, '평가'가 '수행'의 차원에서 이루어지지 않는다.

문학영역 중에서도 현대시 분야는 가장 출제가 힘든 것으로 알려져 있다. 대수능의 대원칙이 그렇듯, 시의 경우에도 내용을 둘러싼 배경 지식, 개념 등은 출제할 수 없다. 또한 시의 언어적 형식에 대해 질문하는 경우에도 시의 형식적 특성을 설명할 수 있는 비유(은유, 직유), 율격, 상징 등의 개념적 어휘를 가급적 사용해서는 안 된다. 율격이나 비유에 대한 문학적 이론조차도 '지식'으로 분류되기 때문이다. 그래서 만약 직유에 대한 문제를 내는 경우에도 "A시는 직유법을 활용하고 있다"는 답지를 내지 못하고, "A시에서 사용되고 있는 어떤 언어적 형식이(직유법인지 뭔지 잘 모르지만 어쨌든) B시에서도 활용되고 있다"는 식의 답지를 준비해야 한다. 시를 이해하는 방식의 중요한 수단인 비유법조차 문학적 지식으로 분류되어 직접 언급되어서는 안 된다면, 실상 교실에서 배울 문학 이론은 전혀 없어도 무방하다.

2006년 대수능에서는 (가) 정지용의 「인동차」, (나) 박두진의 「청산도」, (다) 황동규의 「조그만 사랑 노래」를 지문으로 제시한 다음, 이들 작품의 공통점을 물었다.

15. (가)~(다)의 공통점으로 알맞은 것은? (정답 2)

1) 영탄적 표현을 통해 고조된 감정을 나타내고 있다.

2) 시각적 이미지를 통해 화자의 정서를 드러내고 있다.

3) 표면에 드러나지 않은 화자가 대상을 관찰하고 있다.

4) 경쾌하고 발랄한 어조를 통해 생명감을 드러내고 있다.

5) 먼 곳에서 가까운 곳으로 화자의 시선이 이동하고 있다.

위에 제시된 5지 선다의 답지들은 모더니즘적 경향의 시에서는 '영탄적 표현'이 드물다는 점에서 1번을 배제하고, 대상과 주체 사이의 거리가 멀고 가까움에 대해 언급한 3, 4, 5번은 서로 내용이 상충되어 당연히 공통점이 없으므로 정답이 될 수 없다. 그리하여 정답은 자연스럽게 2번으로 귀결되는데, 사실 좋은 시치고 '시각적 이미지'가 등장하지 않는 경우는 드물다. 다시 말해, 이 문제는 개별 시의 특징을 묻기보다는 시 일반의 특성에 대한 이해를 요구하고 있다. 위의 문제는 시의 미적 특성에 대한 원론적 이해를 갖추고 있다면 쉽게 풀 수 있는 문제이며, 사실 위의 문제는 '이들 세 편은 매우 훌륭한 시이다. 이 시를 훌륭하다고 평가할 수 있는 미적 판단의 근거는?'이라고 묻는 편이 훨씬 솔직하다. 다시 말해, 서정시의 미적 특성이라는 원론을 배우면 쉽게 묻고 풀 수 있는 문제임에도 불구하고, 이러한 원론을 가르치지 않았고 배우지 않았다는 가정하에 '위의 세 편의 시에서 자연스럽게 추출할 수 있는 미적 특성은?'이라고 묻고 있는 셈이다.

이러한 문제유형은 해마다 되풀이된다. 다만 '시의 특성은?' '수필의 특성은?' '희곡의 특성은?' 식의 변주만 있을 뿐이다. 1998년 수필 문항에서는 변영로의 「백두산 등척」, 최남선의 「심춘순례」, 최익현의 「유한라산기」를 (가) ~ (다)의 지문으로 각각 제시한 다음, 그 공통점을 물었다.

23. (가) ~ (다)의 공통점에 대한 설명으로 적절치 않은 것은? (정답 4)

　　1) 여행 체험을 바탕으로 쓴 글이다.

　　2) 독자의 감성에 호소하는 내용이 들어 있다.

　　3) 사건이나 사물에 대한 주관적 판단이 개입되어 있다.

　　4) 대상에 대한 독자의 이해를 돕는 데 주목적을 둔 글이다.

　　5) 다양한 수사를 사용하여 글쓴이의 개성을 드러내고 있다.

이 문제도 수필의 일반적인 특성에 대한 원론적인 정리가 되어 있다면 지문을 읽지 않고서도 쉽게 답할 수 있는 성격의 문항이다. 이 경우에도 '수필(여행기)의 특성이 아닌 것은?'이라고 묻는 게 훨씬 솔직하고 원론적이다. 그럼에도 교실에서는 '원론'을 배우지 않았으며, 수험장에서는 주어진 지문만을 대상으로 삼아 그 문장들의 특성을 찾아내야 한다는 대수능의 원칙으로 포장된다.

이러한 문제 유형에서는 작품 한 편에 대한 섬세한 독서를 방해한다. 시 한 편을 심층적으로 읽기 위한 이론적 개념을 적용하는 것이 원천적으로 차단되어 있는 까닭에, 나열된 두세 편의 시에 공통적으로 적용될 수 있는 일반적인 사항만 질문할 수밖에 없기 때문이다. 이러한 문제점들은 시나 수필의 일반적인 특성을 지식의 차원에서 정리하지 않는다는 점에 있다. 학생들은 잘 정리된 개념을 통해서 시나 수필에 접근하는 일반원리를 익히는 대신에, 구체적인 시나 소설을 앞에 두고 문항을 풀어가면서 이를 일반화하는 훈련을 배우는 셈이다.

교사들이 '문학'을 가르치는 게 아니라 '문항'을 가르친다? 교사들의 불만과 불안은 대부분 여기에 기인하고 있다. 문학 대신 문항을 가르쳐야 한다는 점이 불만이고, 문학만 가르치고 문항을 외면했을 때 벌어질 학생들의 수능성적 하락 위험이 교사들의 불안일 것이다. 최근 대수능에서는 이러한 부분을 전혀 배제할 수 없다는 판단에서인지, 대수능 지문 바깥에 있는 배경지식을 묻는 문제를 출제하기도 한다. 그러나 이 경우에도 학생들이 전혀 공부하지 않았다는 '약속'하에 〈보기〉의 형태로 배경지식을 충분히 준다. 2006학년도 16번 문제는 그 전형적인 사례에 해당한다.

16. 〈보기〉와 같이 학습 과제를 수행한 후 (가) (정지용의 「인동차」—
인용자)를 감상한 내용으로 적절하지 않은 것은?

〈보기〉

1. 이 시의 창작 시기와 배경에 대해 조사해본다.

—일제 말기인 1941년에 발행된 정지용의 두번째 시집인 『백록담』에
　실린 작품. 이 무렵 정지용은 서울에 살고 있었음.

2. 작품 제목의 의미를 알아본다.

—인동차는 한약재로도 쓰이는 인동의 줄기와 잎사위를 말려 달여 먹
　는 차. 인동은 인동과의 반 상록 덩굴성 식물. 인동에는 '겨울을 참
　고 견딘다'는 뜻이 있음.

3. 이해하기 어려운 시어를 조사한다.

—장벽: 위장과 같은 내장의 벽.

—무시로: 아무 때나.

4. 이 시가 갖는 표현상의 특징을 알아본다.

—시상 전개

—이미지

—특이한 표현

　정지용의 시 「인동차」를 이해하기 위해서는 인동차의 상징적 의미,
일제의 강압적인 지배가 극한에 이른 1941년도에 시인이 처한 사회적
현실 등을 알아야 한다. 그러나 이것들은 지문으로 주어진 시 텍스트
(언어영역의 출제대상) 바깥에 존재하는 것이므로, 대수능 출제경향에

민감한 학생들과 교사들은 이것을 가르치지 않았을 공산이 높다. 위의 문제는 이러한 고민을 절충적으로 해결한 사례이다. 시를 이해하자니 배경지식이 필요한데 학교에서는 배우지 않았을 공산이 높으니, 이것을 〈보기〉의 형식으로라도 제시해야 하는 것이다.

위의 문제는 가상의 학습과제 수행을 〈보기〉로 제시하고 있다. 그러나 이미 〈보기〉로 제시되었기 때문에, 학습과제 활동을 실제로 수행한 학생과 수행하지 않은 학생은 동일한 조건에 놓인다. 다시 말해, 교실에서 이루어져야 할 학습과제 활동을 충실히 하지 않아도 문제풀이에 전혀 불리하지 않다. 문학론자로 분류할 수 있는 필자의 관점에서 본다면, 사실 위의 문제에서 〈보기〉를 제시해서는 안 된다. 우리가 시 한 편을 읽을 때, 누가 늘 나타나서 그 시를 이해하기 위한 〈보기〉와 같은 해설을 제공해주지는 않기 때문이다. 그러므로 우리는 오랜 기간의 학습과정을 거치면서 위에 제시된 〈보기〉와 같은 지식을 확보해야 한다. 그래야만 위의 〈보기〉와 같은 해설이 제시되지 않은, 새로운 시를 읽어낼 수 있지 않은가.

(2) 내용을 배제한 형식 위주의 문학 감상법

어쨌든 문학교사들은 문학의 '내용'을 배제하고 문학의 언어적인 '형식'만을 가르칠 수밖에 없다. 문학작품의 배경, 현실과의 관련성 등은 대수능이 요구하는 '언어능력'과는 무관한 것이므로, 교사들은 주어진 지문만을 대상으로 언어적인 특질에 대한 수업만 진행해야 한다. 문학사적으로 평가되는 좋은 작품을 열심히 가르치는 것도 크게 도움이 되지 못한다. 오히려 문제는 모든 학생이 '공평하게' 읽지 않은 작품에서 출제된다. 모든 학생들이 처음 접하는 작품일 때, 작품에 관련된 배경

지식에서 가장 자유로운 문제가 출제될 수 있기 때문이다.

대수능 첫해인 1994년의 문제에는 지문의 뒷부분에 마땅히 삽입되어야 할 작가와 작품명조차 실리지 않았다. 대수능의 방침이 작가와 작품에 있다기보다는 주어진 지문의 언어적 형식에만 있기 때문에, 인용된 작품에는 반드시 작가와 작품명을 명기해야 한다는 관례조차 무시하고 정책적으로 작품의 서지사항을 지운 것으로 보인다(대수능 실시 첫해에 채만식의 「역로」라는 작품이 출제되었지만, 서지사항이 제시되지 않았다. 그날 저녁 공중파 방송에서 대수능 문항 전체에 대한 정답과 해설이 방영되었는데, 해설위원들이 태연하게 이 작품을 염상섭의 「만세전」이라고 해설했던 장면을 뚜렷하게 기억하고 있다. 아마 그분들은 채만식의 「역로」는 물론 염상섭의 「만세전」조차 읽었을 리 없다고 생각된다. 졸속으로 꾸며진 이러한 정답 해설의 해프닝은 해마다 되풀이되고 있다. 대학입시문제 해설을 위해 중앙 일간지 전체와 공중파가 동원되는 것은 한국이 유일하지 않나 싶다).

1995년 이후에는 점차 작가명과 작품명을 삽입하기 시작했는데, 이는 일선 교사들의 불만 섞인 문제 제기가 영향을 미친 게 아닌가 추측해본다. "그렇다면 교사들이 수업시간에 가르쳐야 할 것은 무엇인가." 교사들은 문학작품에 대한 '내용'을 가르칠 수 없으므로, 수업 진행도 결국 대수능 문제풀이를 통한 언어 '형식'에 대한 수업으로 대체될 수밖에 없다는 불만을 여러 경로를 통해 표출했을 것이다(그런데 아이러니컬하게도, 작가명과 작품명을 지운 1994년의 출제원칙은 대수능 원래의 취지에는 부합하는 것이다. 그러나 1995년부터는 어느 정도 '문학적인 것'으로의 회귀가 불가피해졌는데, 이는 '문학론자'의 입장에서 보면 그나마 다행스러운 일이다).

출제위원들의 고민도 적지 않다. 가장 쉽게 출제할 수 있는 문제는 지식의 측정인데, 대수능에서는 '단순한 지식의 암기'를 배제하는 대원칙을 가지고 있다. 예를 들어, "다음 중 청록파에 속하지 않는 시인은?" 식의 문제 출제는 불가능하다. 이러한 출제원칙은 그간 암기 위주의 단순 지식을 배제함으로써 출제의 질을 높인 측면이 분명히 있다. 그러나 '암기'를 무조건 출제대상에서 제외함으로써 잃은 것은 없는가에 대한 반성이 뒤따라야 한다. 지식과 학문은 어느 정도 암기와 모방의 산물이다. 암기를 전적으로 제외하는 것이 과연 유연하고 창조적인 공부에 보탬이 되는가에 대해서는 의문의 여지가 많다(미적분을 모르는 공대생들, 생활영어에 치중하다 보니 인문학적 교양이 담긴 영어 원서를 읽지 못하는 대학생들, 한자를 전혀 해독하지 못하는 대학생들의 문제는 상당 부분 대수능에 책임이 있다. 대수능에 출제되지 않는 한자를 누가 열심히 배울 것인가).

이 외에도 많은 문제점이 뒤따른다. '단순한 지식의 암기'를 배제한다고 할 때, '복잡한 지식의 암기' 혹은 '암기된 지식의 복합적인 적용'도 배제되어야 하는가 등등의 문제가 그것이다. 출제위원들은 출제를 하고 나서 일종의 허탈감에 빠진다. 지식의 암기를 피해서 문제를 출제하다 보면, 결국 '출제를 위한 출제'에 빠지고 말기 때문이다.

(3) '활동 중심' 수업 목표의 무리한 반영

60. '문화 영역의 세계화'와 관련된 표어를 만들었다. 윗글의 주장과 거리가 먼 것은? (1999년)

26. 글 (다)를 기초로 텔레비전 교양 프로그램을 제작하려고 한다.
이때 고려할 사항으로 거리가 먼 것은? (1998년)

제7차 교육과정은 '수용자 중심 교육'을 강조한다. 제6차 교육과정까지의 '이해와 감상'을 '수용과 창작'으로 바꾼 것도 이와 연관된다. 교과서의 집필 방향을 결정짓는 교육과정평가원에서 발행한 교과서 편성 지침에 따르면, 수용과 창작이 곧 작가 양성을 위한 것은 아니라고 말한다. 이들 지침이 강조하는 '수용과 창작'은 수용자(학생)가 작품을 변용하고 재창작할 수 있는 주체가 되어야 한다는 점을 강조하는데, 이는 작가와 작품 중심의 '이해와 감상'을 부정하는 작업과도 통한다. 7차 교육과정은 작가론이나 작품론을 무시하고 독자 중심의 '효용론'을 내세운 셈이다. 그러나 이 경우에도 문제는 심각하다. '수용자 중심 교육'은 수용자 중심의 주체적이고 주관적인 활동을 중시해야 한다. 그리고 수용자(학생)의 자유로운 활동은 결코 대수능식의 5지 선다형에 묶일 수 없는 성질의 것이다.

아래 문항은 '초청장 만들기'라는 가상의 학습활동을 문두에 설정하고 있다. 7차 교육과정이 권장하는 지침에 따르자면, 학생들은 이효석의 단편을 그냥 읽는 데에 그쳐서는 안 되며(다시 말해 '이해와 감상'에 그쳐서는 안 되며), 이효석의 단편을 변용하여 현대에 맞게 각색한다거나, 영상적인 구성으로 변용하는 일, 혹은 이효석의 단편이 지닌 감동을 친구에게 전하는 편지글의 형식으로 옮기는 수행활동을 해야 한다. 2005학년도에 출제된 아래의 문항은 표면적으로는 이러한 종류의 학습활동을 했던 학생들이 문제 풀기에 유리해야 한다는 의도에서 제작된 것으로 보인다.

58. 〈보기〉에 따라 '이효석 문학제'를 알리는 초청장을 만들려고 한다. 문안으로 가장 적절한 것은?

〈보기〉

• A의 분위기를 파악하여, 그것을 작가의 작품 세계가 지닌 특징을 드러내는 데 활용한다.

• 비유를 사용하여 표현 효과를 높인다.

1) 역사와 전통 위에 지은 터전, 이효석 문학 마을로 오세요.

2) 지친 현대인에게 소박한 농촌의 맛과 인심을 돌려드립니다.

3) 이효석, 그 서정과 낭만으로 빚은 집에 여러분을 초대합니다.

4) 서도(西道)의 애수와 가락이 있는 제전, 당신의 의자를 비워두었습니다.

5) 우리들의 잃어버린 고향, 다시 못 갈 그 서러운 곳으로 당신을 초대합니다.

매우 장황하고 까다로워 보이는 이 문항은 사실 매우 간단한 문답이다. 예를 들어, 다음 정도가 되지 않을까.

58. 이효석의 문학에 대한 적절한 설명은?

1) 역사와 전통을 다룬다.

2) 소박한 농촌 묘사를 통해 현대인에게 위안을 제공한다.

3) 서정성과 낭만성이 있다.

4) 서도(西道)의 애수와 가락이 배어 있다.

5) 우리의 근원적인 고향을 제시하고 있다.

위의 문제는 초청장 제작이라는 '수용과 창작' 활동을 해야만 풀 수 있는 성질의 것이 아니다. 그럼에도 불구하고, 굳이 문두에 초청장 제작이라는 가상의 활동을 제시한 것은 거의 기만에 가깝다(그 외에도 위 문제에 대한 의문은 많다. '이효석 문학제'에서 이효석의 문학만 다루어야 하는가? 이효석을 기리는 후배 문인들의 작품이 모여 역사와 전통을 다루는 문학, 소박한 농촌 묘사를 통해 현대인에게 위안을 제공하는 문학을 제공하는 자리가 오히려 이효석 문학제에 부합되지 않을까? 위의 〈보기〉에 제시된 '비유'는 도대체 무엇을 뜻하는 것일까. 어찌 보면 모든 언어는 비유를 사용하고 있지 않을까).

'이해와 감상'보다 '수용과 창작'이 더 훌륭한 것이거나 바람직한 것은 아니다. 물론 반대의 것도 진실은 아닐 수 있으나, 획일적인 교과서 지침에 기계적으로 짜맞춘 문항의 허실은 이처럼 분명하다. 초청장 제작 등의 학습활동을 한 학생과 이것을 하지 않은 학생을 변별하는 것은 교실 현장에서 이루어져야 하는 것이지 대수능 문제에서 해결할 수 있는 것은 아니다. 대수능과 학교활동을 엄격히 구별하고, 이에 대한 평가도 전혀 다른 차원에서 별도로 이루어져야 한다는 주장을 다시 강조하는 까닭은 여기에 있다.

(4) 실질적인 스피드 검사

1994년도의 문제와 2006년의 문제를 비교해보면, 일단 지문의 분량이 무척 늘었음을 알 수 있다. 특히 현대소설과 고전산문의 경우, 대수능 초기에는 1,000자 내외의 지문이 제시되었으나, 최근에는 2,500자 내외의 지문으로 분량이 크게 늘었다. 제한된 시간 내에(언어영역 수험생들은 늘 시간의 부족을 걱정한다) 이토록 긴 지문을 읽게 하는 이유는, 이 시험이 심층적인 독서 능력에 대한 테스트가 아니라, 독서 속도 측정의 양상을 띠고 있음을 말해준다. 아마도 고전산문과 현대소설의 지문을 충분히 음미할 수 있도록 읽게 한 다음 시험을 본다면 지금보다 훨씬 점수가 향상될 것이다. 언어능력에서 속도가 어느 정도 중요한 역할을 하는 것은 당연하다. 그러나 언어영역에서 속도가 능사는 아니며, 빨리 읽는 능력이 언어능력 자체를 대변할 수는 없다. 오히려 천천히 음미하며 책을 읽으면서 행간에 숨어 있는 복합적인 의미를 찾아내어 이를 바탕으로 상상하고 추론하는 것이 독서의 행복한 과정이어야 한다.

고전산문과 현대소설에서 지나치게 긴 지문을 사용하는 저의는 다른 곳에 있을지 모른다. 정확하게 말하자면, 수험장에서 작품을 처음 접한 학생이 미리 읽었던 학생보다 불리하도록 만들기 위해서 지문을 길게 제시하는 것으로 보아도 된다(자신이 이미 읽었던 작품이 지문에 나오는 경우, 그 학생은 읽는 시간을 최대한 절약할 수 있다). 출제자의 편에서 보면, 일정 정도의 난이도를 유지하기 위해 지문의 분량을 고의적으로 늘리고 있는 셈이다(최근 몇 년 전부터는 지문 내에 '전체 줄거리 소개' 부분까지 삽입하고 있다).

결국 이러한 저의는 대수능의 애초 의도와는 상치된다. 대수능은 고등학교 문학교과서에 실린 고전소설이나 현대소설에 대해 많이 아는 학생들에게 좋은 점수를 주기 위한 시험이 아니라, 전반적인 언어능력 여부를 측정하기 위한 시험이기 때문이다. 지문이 길어지고 있는 최근의 경향은 고전산문과 현대소설에 대해 미리 읽어둔 학생이, 다시 말해 이 영역에 대한 선지식을 가지고 있는 학생이 전혀 읽지 않은 학생보다는 그래도 더 유리해야 한다는 점을 바탕에 깔고 있다. 이 부분에서도 대수능 애초 의도와 문학교육 현장 사이에서 일종의 타협이 이루어지고 있는 셈이다.

고전산문 분야의 출제 경향을 분석해보면 재미있는 결론을 얻을 수 있다. 고전산문 분야에서는 「유충렬전」(06), 「최고운전」(05), 이옥 「심생전」(04), 조성기 「창선감의록」(03), 신재효 「토별가」(02), 김시습 「이생규장전」(01), 김만중 「사씨남정기」(00), 「춘향가」(99), 김만중 「구운몽」(98), 「봉산탈춤」 대본(96), 「홍길동전―완판본」(96), 판소리 「춘향가」(95), 「흥부전」(94-1), 박지원 「양반전」, 「심청가」(94-2)가 출제되었다.

이 중 주목할 부분은 2003년 이후의 출제경향이다. 작자 미상의 「유충렬전」, 「최고운전」, 이옥의 「심생전」과 조성기의 「창선감의록」은 고등학교의 일반적인 수준에서는 다루어지지 않는 작품들인데, 이들 작품을 연이어 출제하는 까닭은 고전문학에 대한 '지식'을 묻기 위한 것이며, 이는 대수능의 애초 의도에 상치된다. 「춘향가」, 「심청가」, 「흥부전」뿐만 아니라, 가급적 많은 고전소설을 줄거리만이라도 읽어둔 학생이 시험에 유리하다면, 학생들은 고전문학에 대한 '지식'을 대폭 늘려야만 한다.

(5) 출제를 위한 출제

2004년도 현대시에서는 백석 시 「고향」의 앞부분인 "나는 북관(北關)에 혼자 앓어 누워서/어느 아침 ㉠의원(醫員)을 뵈었다"에서 '의원'의 기능을 질문했다.

17. (가)의 ㉠과 유사한 기능을 하는 것을 〈보기〉에서 고르면?

〈보기〉

그리스 신화에 나오는 영웅 테세우스는 미궁으로 들어가 비밀의 방에 이르고자 한다. 비밀의 방에는 인간을 잡아먹는 괴물 미노타우로스가 있다. 미궁을 통과하는 길은 복잡하게 얽혀 있어 한번 들어가면 길을 잃기 십상이다. 미궁으로 들어가는 문은 누구에게나 보이는 것이 아니다. 들어가고자 하는 사람에게만 존재하고 열리는 문이다. 테세우스는 미궁의 문을 찾아 실 끝을 미궁의 문설주에 묶어놓은 뒤 자신의 예지와 본능으로 미로를 더듬어 비밀의 방에 이른다. 테세우스는 괴물을 죽인 후 실을 따라 무사히 밖으로 나온다. 이 '미궁의 신화'는 문학 예술 작품에서 다양하게 변형되어 사용되기도 한다.

위의 시에서 '나'는 '의원'이 손목을 잡고 무엇인가를 중얼거리는 순간, 의원의 손목에서 느껴지는 어떤 감촉에 이끌려 멀리 있는 고향의 세계로 인도된다. 의원의 손에서 아버지와도 같은 따뜻함이 느껴졌기 때문일 것이며, 이런 의미에서 '의원의 손'은 매개체이자 '실'로 기능한다. 그것은 고향으로 들어가는 '문'이기도 했을 것이다. 이 문항은 엄청난 사회적 파장과 논란 끝에 '미궁의 문'과 '실'이 복수 정답으로 처리되었다. 필자는 이 글에서 복수 정답 여부를 문제 삼고 싶지는 않다(객관식은 '누구나' 동의할 수 있는 사실에 근거해야 한다. 50만 명의 모든 수험생이 동의할 수 있는 문제가 획일적이고 기계적일 것은 너무나 뻔하다. 50만 명이 동의하는 정답은 정말이지, 마치 만장일치의 독재처럼, 끔찍하다!

앞으로도 복수 정답은 출제자의 잠깐의 실수나 예상치 못한 오류로 인해 발생할 수 있다. 복수 정답은 이후에라도 충분한 토론과 절차를 거쳐 수정하면 되는 것이지, 그것 자체로 출제의 전체적인 방향이 흔들려서는 안 된다. 적어도 대수능의 경우, 출제는 수험생의 객관적 평가에만 작용하는 게 아니라, 교육의 장기적인 방향 설정에도 작용하기 때문이다).

위 문항은 백석의 시를 그리스 신화의 '괴물 퇴치담'과 연결시켰다. 괴물 퇴치담에서 주인공은 살벌한 미궁 속에 들어갈 때 길을 잃지 않기 위해 '실'을 이용한다. 이때의 '실'은 백석의 시를 감상할 때 느껴지는, 설명할 수 없는 어떤 것(의원의 따뜻한 손길을 통해 전해지는 어떤 것)과는 너무도 다르다. 백석 시의 가장 중요한 부분인 고향의 따뜻함에 대한 '그리움'을 어찌 괴물이 살고 있는 미궁의 '살벌함'에 비유할 수 있겠는가?

이 문항은 백석 시에서 발견되는 따뜻함의 정체에 대해 질문했어야 한다. 그러나 백석 시의 따뜻함조차도 시의 '내용'에 해당하므로, 이를 질문할 수 있는 방법이 없다. 출제기법상 불가능하다고 해서 백석 시를 배제하기는 싫고, 그렇다고 해서 백석 시의 내용을 묻기는 힘들고, 그래서 출제위원은 궁여지책으로 이 시에서 한 모티프가 차지하는 '기능'을 묻는 것으로 대체했을 것이다. 이 문항은 시의 감흥을 그 시의 특성에 맞게 감상하는 방법을 저버린 사례에 해당하며, 시의 내용을 정면으로 다루지 못한 이 문항은 결국 궁여지책으로 '출제를 위한 출제'를 한 셈이다.

(6) 획일적인 분야별 배분

대수능 초기에는 문학:비문학의 비율이 4:6 정도였으며, 문학 분야에서는 통합적 지문을 활용하고, 비문학 분야에서는 인문, 사회, 과학, 예술 지문을 고루 활용하였다. 특히 1994년에는 작품의 서지사항조차 명시하지 않음으로써, 문학작품을 문학적인 방식으로 질문하는 게 아니라, 문학작품을 대상으로 하되 언어적인 질문만 한다는 기본적인 원칙에 충실하였다. 그러나 점차 문학:비문학의 비율이 5:5 정도로 문학의 비중이 좀더 커지고, 문학 지문도 고전시가, 고전산문, 현대시, 현대소설, 기타(희곡, 시나리오, 비평, 수필)로 정착되기 시작했다. 이러한 변화는 기존의 국문학 틀이 고전문학:현대문학의 비율에서, 그리고 시:산문의 비율에서 각각 1:1로 정착된 것에 상응하는 것으로, 결과적으로는 언어능력 측정이라는 새로운 출제방식의 원칙을 일부 포기하고 다시 국문학의 기존 틀로 환원하는 모습을 띠게 되었다.

언어능력을 중시한다는 원칙에 따른다면, 이미 고어가 되어버린 고전문학(특히 한문학까지 포함한다면)을 현대문학과 같은 비중으로 출제하는 것은 납득하기 어렵다. 결국 이 문제도 대수능과 학교 내신과의 차별 속에서 해결되어야 할 문제이다. 고전문학에 대한 학습이 현대문학 못지않게 중요하고 여기에 많은 문법적 학습과 배경지식이 필요하다면, 그 부분은 대수능보다 학교 교육 쪽에 맡기는 편이 온당할 것으로 보인다. 지금의 체제에서는 학교 내신으로 충분히 다루지 못한 고전문학을 언어능력 활용이라는 측면에서 출제하고 있는 셈인데, 그러한 타협은 일시적인 방편에 불과할 뿐이다.

4. 결론

문학영역과 평가가 '만나지 않는 지점'이 있음을 간과해서는 안 된다. 문학영역 평가는 이러한 만나지 않는 지점을 만나도록 하는 시각과 그에 따른 다양한 평가방법을 필요로 한다. 그 시각 중의 하나가 바로 아이즈너의 '탈목표적 평가'라 볼 수 있다.[7] 현재 국어과 수행평가를 고민하고 있는 연구자들은 문학영역의 평가에 대한 고민을 매우 솔직하게 드러낸다.[8]

이제야 비로소 문학작품 읽기의 즐거움에 대해 말할 차례가 되었다. 선택할 수 있는 방법은 크게 두 가지이다. 첫째, 대수능의 일정 부분에 '문학의 몫'을 명시하고, 문학을 가장 문학다운 방법으로 묻는 문제를 출제하자. 지금과 같은 어정쩡한 타협은 문학적 이치에도, 대수능의 논리에도 부합하지 않기 때문이다. 둘째, 대수능에서는 아예 문학의 몫을 배제하고, 문학을 학교 교육 현장 내에서 가르치고 평가할 수 있도록 하자. 문학작품 읽기, 감상하고 토론하기, 새롭게 고쳐보기, 문학적 가치를 내면화하기 등은 아예 교실의 몫으로 넘기는 편이 낫다고 볼 수 있기 때문이다.

---

7) 아이즈너는 예술표현적 활동은 기존에 있어왔던 형식으로서의 '목표'라는 개념으로부터 자유로울 수 있어야 함을 강조한다. 그는 학생의 문예표현적 상황이란 것이 학습결과에 대한 목표개념 없이 이루어질 수 있는 활동이라는 점에 주목한다. 즉, 이렇게 목표개념 없이 즉각적으로 학생들의 표현활동이 제시되는 상황을 일종의 '탈목표적 상황'으로 설명한다. 문학을 통해 인간을 바라보면서 그것을 공감적으로 이해하는 감정사적(鑑定史的) 정신능력은 문학교육 평가의 근본적 토대를 탈목표적으로 접근해야 함을 보여준다. 박인기 외, 『국어과 수행평가』, 삼지원, 1999, pp. 390~91.

8) 262쪽 각주 5번 참조.

　전자의 방법은 현실적이고, 후자의 방법은 이상적인 것에 가깝다. 필자는 어렵더라도 후자의 길을 택해야 한다고 본다. 교실에서 문학을 배우고, 더욱이 문학을 '즐기는' 일이 그리 쉽지는 않을 것이다. 학생들의 감상문을 늘 지도해야 하는 교사들의 부담, 자유로운 토론과 과제 수행이 힘든 교실과 학교의 물리적인 한계도 감안하지 않을 수는 없다. 그러나 교육에도 이만한 투자와 개혁이 필요한 때가 왔다.

제13장

시와 교육

─중등학교 문학교육현실 단상

윤영천

1

    문학교육에 관한 논의 방향은 그 주안점을 어디 두느냐에 따라 양대 별할 수 있다. '문학'의 특수성을 강조하는 문학주의적 관점이 그 하나 요, 문학을 '교육'이라는 대승적 이념의 실현을 위해 불가결한 수단으 로 적극 고려하는 교육주의적 시각이 다른 하나이다. 전자가 '문학을 어떻게 가르칠 것인가'라는 문제 해결에 선차적 의미를 부여하는 다소 전문적인 입장이라면, 후자는 문학을 통한 '온전한 인간 교육의 성취' 를 지향하는 교양주의의 한 반영이라 하겠다. 물론 이 둘은 대립적 관 계에 있지 않다. 자칫 '문학교육 방법 모색'으로 한정되기 쉬운 전자의 편협성이 뒤의 관점에 의해 발전적으로 극복될 수 있다는 점에서, 양자 간의 상호 밀착은 오히려 절실하다.

현 단계 중등학교 교육현실의 통폐는 원천적으로 무한경쟁적인 대학 입시에서 비롯한다 해도 과언이 아니다. 결코 비껴갈 수 없는 입시전쟁에 한묶음으로 동원되는 교사·학생·학부모 들의 숨 막히도록 일사분란한 모습, 이것이 오늘의 우리 교육의 슬픈 축도이다. 여기서 '배운다'는 것은 고작 대학입시에 필요한 지식의 단순 저장, 즉 브라질 교육학자 프레이리p. Freire가 말한 '은행저금식 교육banking concept of education'을 넘어서기 어렵다. 이는 공자가 『논어』 첫머리에 언급한, "배우고, 시대의 추이에 맞게 이를 현실사회에 나아가 실행한다면 또한 즐겁지 아니한가(學而時習之, 不亦說乎)"의 실천적 개념인 '학습'과도 무관할 뿐 아니라, 끊임없는 자기변혁과 시대적 과제의 정당한 해결을 동시에 꿈꾸는 존재, 즉 진정한 자유인의 양성을 역설한 프레이리의 '해방의 교육'과도 거리가 먼 것이다.

삶의 진정성에 대한 창조적인 대화 통로를 절연당한 채, 오로지 교사의 수직적 '지도'에 의한 지식의 단순 축적만을 끊임없이 채근당하는 오늘의 우리 중고등학생들이야말로 '억압의 교육'[1]에 무차별적으로 노출돼 있다 해야 옳을지 모른다. 독서라고 해봐야 교과서나 입시 참고서 따위에 국한되기 일쑤이고, 문학작품도 마치 무슨 의무방어전 치르듯 '읽어치워야' 하는 고역의 대상으로 전락한 지 이미 오래이다. 한 문학 비평가도 지적했듯 이때 독서란 한낱 '지루한 장례식'에 불과하며, 따라서 "입시 위주의 교육은 대학을 준비하는 교육이 아니라 대학에서의 수학능력을 오히려 박탈"[2]하는 교육으로 곤두박질치기에 이른 것이다.

우리 개개 삶의 역사에서 중등학교 시절은 성과 자아 그리고 자신을

---

1) 프레이리, 채광석 옮김, 『교육과 의식화』, 새밭, 1978, pp. 127~38 참조.
2) 도정일, 「문화의 몰락과 비평의 위기」, 『창작과비평』 1993년 봄호.

둘러싸고 있는 세계에 대해 극히 조심스럽지만 매우 왕성한 눈길을 던지기 시작하는, '입사식(入社式, initiation)' 통과를 위한 험난한 자기연단의 시기이다. 이 무렵 학생들의 정신세계는 그러므로 '해결을 지향하는 혼돈, 의미 있는 갈등'의 양상을 띤다. 존재의 자각에 이르고자 하는 모험적 투신, 격렬한 성충동의 발로, 사물에 대한 정직한 반응, 세계의 순수한 감수(感受) 등이 이 시기 정신활동의 중추이다.

문학은 이처럼 역동적인 삶의 에너지의 자재로운 발현을 너그러이 허용하는 널푸른 대지와도 같다. 요즘처럼 단순계량적인 기술주의가 횡행하는 고도 산업사회에서 무엇보다 절실히 요청되는 인문문화적 가치들, 예컨대 비판적 사고, 창조적 상상력, 날카로운 심미적 감수성 등은 모두 여기서 싹튼다. 이 비옥하고 광대한 문학의 대지 위를 거침없이 활보할 때 문득 '자아와 세계와의 갈등, 존재의 슬픔' 등은 눈 녹듯 사라지고, 삶은 새로운 활력으로 충만하게 된다. "눈 녹듯 사라진다" 함은 무슨 뜻인가. 문제의 근본적 해결을 가리키는 것이 아니라 문제해결의 창조적 방법을 주체적으로 발견한다는 의미이다. 훌륭한 예술이라면 반드시 지니게 마련인 이러한 고통치유 능력을 프로이트S. Freud는 일찍부터 예리하게 간파하고 있었다. "욕망에 시달리는 사람이 만족감에 흡사한 것을 얻을 수 있는 것은 오직 예술을 통해서이다. 그리고 예술적 환상의 덕분으로 이 놀이는 현실적인 것을 대할 때와 마찬가지의 감정적 효과를 산출하는 것이다"[3]라고.

오늘의 한국 교육은 학생들에게 단지 규격화된 사고를 강제하는 데 그치지 않고, 자아의 저 깊숙한 내부에서 힘차게 솟구치는 여하한 정신

---

3) 정명환, 『문학을 찾아서』, 민음사, 1994, p.365 재인용.

적 에너지도 차단하는 하나의 커다란 장애로 기능하고 있다. 물론 문학교육도 여기서 예외는 아니다. 사태의 원인 해결은 구조적 교육개혁을 통해서만 비로소 가능할 터이지만, 현 단계에서 정작 중요한 것은 현장 문학교육의 문제점을 반성적으로 되짚어보고 그 실제 대안을 찾는 일이다. '교육의 질은 교사의 질을 능가할 수 없다'는 말도 있지만, 특히 문학교육의 경우 교사의 역할은 가히 절대적이다. 프레이리도 역설한 바이지만, 진정한 의미의 교사란 훌륭한 '정치가, 예술가'[4]를 아울러야 하기 때문이다. 논의의 편의상 여기선 주로 시의 경우를 중심으로 이 문제를 간략히 검토해보기로 한다.

2

현실 문학교육이 안고 있는 가장 큰 병폐는 과도한 분석주의이다. 엄밀한 의미에서 '분석'이라기보다는 차라리 '해부'라는 표현이 더 잘 어울릴 법한 이 관점은 철저한 형식환원주의를 지향한다. 이러한 분석적 경향이 문학교육 방면에까지 폭넓게 파급된 것은 미국 신비평New Criticism이 이 땅에 소개된 1950년대 후반부터인 듯하다. 일본 제국주의로부터 헤어나자마자 또 다른 제국주의 국가들에 의해 분단이 강제되고, 급기야 1950년부터 3년간에 걸친 남북동족전쟁의 소용돌이에 속절없이 말려들어야만 했던 역사적 재난의 시대에 있어서, 그것은 모든 '깨어 있는 의식'들을 잠재우는 하나의 비평적 수단으로 쉽게 틈입하였다. 이

---

4) 프레이리, 김조년 옮김, 「교사는 정치가며 예술가다」, 『민중교육』 1, 실천문학사, 1985, pp.337~48 참조.

철저한 비역사주의적 비평이 온존하는 데 당시 문단을 풍미했던 거센 모더니즘 기류와 완강한 냉전이데올로기는 문자 그대로 안성맞춤이었던 것이다. 그 이후 이 비평적 방법은 '1975년 고교평준화' 시행을 계기로 한층 커다란 문학교육적 위력을 발휘하기에 이른다.

신비평의 특장과 한계 및 그 역사적 공과에 대해서는 그것이 출현한 1940년대 초반 이미 미국 내에서도 광범한 논의가 있었을 뿐 아니라, 이를 수용한 우리 경우에도 저쪽 사정을 전혀 헤아리지 못했던 것은 아니었다. 문제는 그 방법론적 강점이라고 할 수 있는 '정밀한 작품해독close reading'이 학생들의 자습서·문제집 및 교사용 지도서 등에 바르게 연결되지 않고, 비평적 독서와는 전혀 무관한 '얼치기 분석' 또는 가히 '난도질'이라 불러 마땅한 싸늘하기 그지없는 작품 해부가 문학교육의 이름으로 대체되었다는 데 있다. 어느 유능한 시 연구자는, 1974년 현재 중고등학교 국어교사용 지침서의 "시의 해석 및 주제 설명이 대체로 불충분하거나 부적당하거나 잘못되어 있는 것"이 놀랍게도 전체의 8할에 이른다는 충격적인 보고를 한 바 있다.[5] 지금부터 꼭 20년 전의 일이다. 그런데 우리가 그것을 마음 편하게 단지 지난 과거사로 그냥 돌려버리고 말 수 있을까? 결코 그렇지 않다. 사정이 개선되기는커녕 난마처럼 더욱 복잡하게 얼크러져 있는 것이 오늘의 문학교육 현실이기 때문이다.

자아와 세계에 대한 작가의 개성적 비전이 독특한 방식으로 각인되어 있는 작품은 여기서 개개 형식들의 평면적인 단순 집적으로 이해될 뿐이다. 그러므로 시적 주제의 강화에 유기적으로 관여하는 여러 미학

---

5) 김종길, 「시를 어떻게 읽을 것인가」, 『심상』 1974년 4월.

적 장치들, 가령 어조나 운율, 이미지, 시적 자아, 인유 등의 비평적 개념들도 작품에 형상된 삶의 실체와 유리되어 각기 겉놀게 된다.

지난 1994년 1학기에 필자는, 한국 현대시 감상에 주안점을 둔 교양 강좌 수강생들에게 중고등학교 시절의 문학교육에 관한 짤막한 소감을 적어내게 한 바 있다. 현실 문학교육의 지닌 제반 문제점들이 한 치의 가감 없이 고스란히 드러난 듯하여, 아래에 그 몇 가지 사례를 들어 본다.

① 문득, 고등학교 『문학』 시간, 시대별로 나열된 유명한 시인들의 시를 몽땅 '먹어치우던' 기억들이 떠오른다. 선생님은 우리들의 접시 위에 커다란 고깃덩어리를 하나씩 얹어주셨고, 우리에게는 조금은 어색하게 느껴지는 포크와 나이프를 두 손에 쥐여주셨다. 그리고 우리들 앞에서 시범을 보이셨다. "자, 얘들아! 준비됐지? 그럼 이렇게 나이프로 고기를 잘게 써는 거다, 알겠지?" 고기 냄새를 킁킁거리며 맡고 있던 우리들에게 선생님께선 '빨리 빨리!'를 재촉하셨고, 우리는 선생님과 똑같이 고깃덩어리를 잘게 썰었다. 곧장 뒤 선생님은 시계를 보시더니, "어이쿠, 다음 음식이 나올 시간이 되었군. 얘들아, 시간 없으니 그냥 삼켜라, 삼켜!"

고기를 자르되 좀 큼직하게 자르도록 가르칠 것. 부자연스런 식기들은 다 치우고, 나름대로 먹기 좋은 방법을 스스로 터득하도록 인도하여 천천히 고기맛을 음미할 시간적 여유를 줄 것. (노경아, 통계학과 1학년)

② 같은 시라고 해서 모든 사람들에게 공통된 정서가 전달되기를 바라는 것은 무리이다. 물론 비슷할 수도 있지만, 각자의 살아온 과정이나

사고방식이 다르기 때문에 읽은 시에 대한 느낌도 꼭 같을 수는 없다. 그러나 오늘날 학교에서의 시교육은 획일적 분석만을 강요하고 있다. 특히 고등학교 시절은 감수성이 풍부할 뿐 아니라 창조적인 생각을 많이 할 때이다. 이런 시기의 학생들에게 '규정된 분석'은 참으로 고통이다.

고등학교 1학년 때 유치환의 「깃발」이라는 시를 배운 적이 있다. '깃발'의 상징적 의미는 '이상향에 대한 강한 열망과 자신의 현실과의 괴리에 대한 갈등'이다. 이 시를 읽고 감동을 받았었다. 내 자신이 깃발처럼 느껴졌기 때문이었다. '멀리 바다로 날아가고 싶지만 깃대에 묶여 있는 내'가 보이는 듯했다. 그래서 중간고사 주관식 문제, "'깃발'이 상징하고 있는 것은 무엇인가?"에 대한 답으로 '나 자신'이라 썼으나, 그건 정답이 아니었다. (채승연, 수학과 3학년)

③ 지금 생각하면 고등학교 수업에 충실하지 못했던 게 무척 후회스럽다. 비록 수학시간에는 꾸벅꾸벅 졸기도 잘했지만, 그래도 『문학』시간만은 꽤나 재미있었던 기억이 난다. 그렇지만, 솔직히 말해 뭔가를 얻은 듯해서 뿌듯했던 기억은 거의 없다. 항상 수업 진도에 쫓긴 탓인지, 아니면 선생님이나 배우는 학생이나 모두가 마음 한구석에 언제나 대학입시만을 염두에 두고 있었기에 소설을 그냥 소설로서, 시를 단지 시로서 가만히 놓아두지 못하고 '도마 위의 생선'처럼 그 모든 작품을 하나의 시험문제로서만 여기고 이리저리 재보고 마구 헤쳐놓았던 듯하다.

작품에 대한 단편적인 지식사항들만 머릿속에 집어넣기 바빠 『국어』나 『문학』 교과서에서 시들을 발견할 때엔 왠지 편치 못한 감정들이 생기곤 했다. 정말 수업시간뿐만 아니라 문제집, 모의고사 시험지 등에서 발견되는 천편일률적인 '시 해석'들은, 사실 시 자체는 훌륭한 작품임에도 불구하고 식상한 느낌을 갖게 하여 교과서 밖의 생소한, 어찌 보면 살아 있는 시들을 대하면 사고가 정지되어 오히려 답답함을 느꼈던 기억이 난다.

시라는 것은 마음과 시간의 여유를 가지고 그 시에 푹 빠져서 시어 하나하나가 자신의 내면에 숨어 있는 감정의 실오라기들을 당기어 온몸에 그 시에 대한 느낌이 퍼져들 때, 비로소 감동도 생기고 기쁨도 느낄 수 있다. 그런데 불행히도 내가 중고등학교 시절에 받았던 시교육은 시를 느껴볼 충분한 시간의 여유를 주어 독자적인 시각으로 그 작품을 바라보고 스스로가 그 시에 깊이 공감할 수 있는 기회를 마련해주지 못했던 것 같다. 무한한 상상력을 키워주기는커녕, 마치 어떤 틀 속에 우리 학생들을 가두어버린 것이 아닐까 한다. (전혜진, 불어불문학과 3학년)

인용이 꽤나 장황해졌지만, 현실 문학교육의 참모습이 다름 아닌 학생들에 의해 적나라하게 개진되고 있어 눈길을 끈다.

글 ①은, 개개 작품의 독특한 면모는 젖혀둔 채 기계적 분석만을 능사로 여기는 오늘의 왜곡된 문학교육을 날카롭게 꼬집는다. 이를 통해 우리는, 단순한 수동적 존재로 전락하기를 거부하고 자신의 주체적 참여가 자유로이 허용되는 진정한 문학교육을 열렬히 소망하는 학생들의 새된 육성을 직접 마주할 수 있다. 글 ②의 필자는, 작품과 학생 사이의 창조적 교감을 근원적으로 봉쇄하는 '분석' 일변도의 문학교육이 얼마나 참기 어려운 고통인가를 토로한다. 위대한 문학작품이라면 으레 지니고 있게 마련인 월등한 교육적 기능, 즉 작품을 통한 정신의 '해방'이 문학교사에 의해 되레 훼방받는 기막힌 현실이 목도되고 있는 것이다.

작품을 대학입시 출제 대상으로만 주목하는 관점의 천박성을 신랄하게 비판하는 한편, 지식주의 편향의 기형적인 문학교육 때문에 정작 '살아 있는 시'를 대했을 때 오히려 사고가 경직되더라는, 실로 뼈아픈 자기 경험을 진솔하게 털어놓고 있는 ③은 독서행위에 있어서의 '감동' 또는 '공감'의 중요성을 한층 실감하게 해준다.

문학교육에 거는 학생들의 이 같은 다양한 희망 사항들을 특히 유념할 때, 가령 다음 시는 어떻게 가르쳐야 할까.

그립고 아쉬움에 가슴 조이든

머언 먼 젊음의 뒤안길에서

인제는 돌아와 거울앞에 선

내 누님같이 생긴 꽃이여

—서정주, 「菊花옆에서」(1947) 부분

생명의 신비와 세계의 경이를 노래한 작품인데, 우선 국화라는 시적 대상에 대한 서정 주체의 육친적 애정이 작품 제목에 명료하게 반영돼 있는 듯하여 눈길을 끈다. 띄어쓰기를 무시하고 일부러 내리닫이로 표기함으로써, 시적 자아와 사물 사이의 친근감이 형태적으로 살아나게끔 처리하고 있는 것이다. 자칫 사무적으로 느껴지기 쉬운 표준말을 일부러 피하고 생활적 실감과 정서가 그대로 배어든 입말이라 할 "조이든"으로 표현한 것도 결코 예사롭지 않다.

젊은 날의 고통과 번민·좌절·방황·절망·고독 등을 한데 뭉뚱그려 함축하고 있는 "뒤안길"의 적실한 내포도 인상적이지만, 이러한 시적 의미를 튼튼히 뒷받침하는 운율적 구조도 눈여겨볼 필요가 있다. 이 시를 이른바 '뒤가 무거운 3음보'(조동일), 즉 '층량3보격'(層量3步格, 성기옥)으로 찬찬히 율독(律讀, scansion)해보면, 시적 대상이 겪어온 오랜 고난의 역정에 상응하는 역동적 이미지가 자연스레 감지된다. 흔히 '형식은 정신의 등가물'이라고 종종 말하곤 하는데, 그 참뜻을 여기서 한 번 되새겨봄 직하다. 그러나 뭐니 뭐니 해도 이 시에서 단연 돋보이는 대목은, 국화를 "내 누님같이 생긴 꽃"으로 생채롭게 비유한 마지막 행이다. 서정적 자아에게 있어 과연 누님이란 어떠한 존재인가. 가깝지만 함부로 범접할 수 없는 금단의 이성, 즉 심리학에서 '성적 금기sexual taboo'라고 일컫는 바로 그것이다. 친근감과 외경감을 동시에 충격하는, 외형상으로는 전혀 보잘것없어 보이는 저 이름 없는 국화 한 송이를 통해 시인은 삶의 본질을 날카롭게 통찰하고 있는 것이다.

『예기(禮記)』「악기(樂記)」편에 이르되 "사람의 마음을 감동시키 것은, 사물이 그렇게 만드는 것이다(人心之動, 物使之然)"라 한 것이나, 중국 문예 비평가 유협(劉勰)이 『문심조룡(文心雕龍)』에서 "정감은 만물에 응기뇌고, 만물은 정감으로써 보이게 된다(情以物興, 物以情觀)"고 한 것이 모두 이런 이치를 두고 언급한 것임을 알 수 있다. 시인 서정주의 마음이 국화라는 "사물에 감응하여 움직인(感于物而動)" 감동의 소이연인 것이다. 이러한 점들을 유념할 때, 문학교사는 이 작품이 제시하고 있는 시적 현실의 제반 디테일을 깊이 있게 파악하고 있으면서, 그것들이 이룩해내는 세세한 삶의 연관들을 학생들 스스로 떠올릴 수 있도록 적극 역할해야 할 것이다.

'평가'를 전제하지 않는 분석이란 본질적으로 가치중립적일 수밖에 없다. 그런데, 전문적 비평가가 아닌 평범한 독자의 경우조차 시적 현실에 아로새겨진 삶의 진정성 여부에 대한 가치평가가 뒤따르지 아니하는 작품이해를 우리가 과연 상정할 수 있을까. 그럴 수 없을 것이다. 하지만 딱하게도 오늘의 우리 문학교육이 바로 그런 처지에 놓여 있다. 작품의 주된 알맹이라 할 삶은 쏙 빠뜨린 채 주로 문학이라는 환영 또는 앙상한 형식적 잔해만 무성한 주객전도의 '얼치기 분석'에 머물고 있는 것이다. 작품은 입시 출제대상으로 꽁꽁 묶이어 무참하게 이리저리 난도질당하고 있다고 한다면 좀 지나친 표현일까?

둘째는 우리 문학교육이 전기비평biographical criticism이나 역사주의 비평historical criticism에 지나치게 의존하고 있다는 점이다. 물론 작품의 표현 주체인 시인 특유의 개인사나 그가 산 시대의 특수한 역사적 상황 등 작품 외적인 사실들에 대한 적절한 고려가 때로는 작품 해석에 관건적이라는 점은 부인하기 어려울 것이다. 문제는 그 '정도'이다. 지나치게 되면 깊이 있는 작품 이해에는 정히 위배되는 지극히 상투적 해석으로 끝나버리기 쉬운 까닭이다.

푸른 하늘에 닿을듯이
세월에 불타고 우뚝 남아서서
차라리 봄도 꽃피진 말아라

—이육사, 「교목(喬木)」(1940) 부분

불의와 결코 타협하지 않으려는 굳은 결의와 고결한 정신적 품격을 우뚝한 나무에 비기어 노래한 일종의 '사물시'이다. 학생들에게 만약 시인 이육사의 이름과 그의 남다른 이력, 그리고 그가 몸담고 살다 간 시대적 배경 등을 일러주지 않은 상태에서 이 작품을 감상하게 할 경우 어떠한 현상이 빚어질까? 마땅히 기댈 만한 외적 정보가 없는 까닭에 다소라도 '꼼꼼한 텍스트 읽기'가 이뤄질 것이고, 엉뚱한 '자의적 해석'도 상대적으로 줄어들 것이다.

'비평적 독자'로서 시적 현실에 진지하게 몰입할 때, 칼날 같은 세월의 풍상을 의연히 견뎌내는 시적 퍼스나의 처지에 깊이 공감하게 되고, '푸른 하늘, 세월, 봄' 등의 시어가 거느리는 속뜻도 자연스레 떠올릴 수 있다. 더 나아가 일상적 언어용법으로부터 일탈한 일종의 '시적 허용'이라 할 제3행 말미의 "말아라"라는 명령법적 표현은 시적 자아의 어떤 태도를 반영하는 것인가, 여기서 왜 시인은 직접 서정 주체로 나서지 아니하고 '교목'이라는 상징적 매개를 통해 노래하는 것일까 등의 자못 의미심장한 질문도 던져보기에 이른다.

어떠한 형태의 불온한 체제 저항도 결코 용납지 않았던 당대 지식인들에 대한 일제의 엄혹한 탄압과 집요한 회유를 염두에 둔다면, 정공법적인 시적 방법은 통하기 어려웠을 것이며, 설혹 그것이 가능했다 하더라도 그 시적 성취에 있어서는 평상적 수준을 밑돌았을 공산이 더 컸을지 모른다. 이육사의 처지에서 말하자면 그것은 이 같은 이중의 효과를 치밀하게 겨냥한 고도의 시적 책략의 소산이라고 해야 할 것이다. 스스로에게 견결히 다짐하듯, 어떠한 회유에도 굴하지 않는 고결한 정신의 높이를 우뚝한 나무에 견주어 노래한 것이다.

그러나 미리 주어진 작품 외적 사실들을 매개하여 연역적으로 시적 현실에 접근할 경우, 학생들은 거의 예외 없이 '조국 광복을 위해 일본 제국주의 식민통치에 꿋꿋이 맞서 투쟁하는 저항시인 이육사'의 모습을 찾는 일에 골똘하게 될 것은 불을 보듯 뻔한 노릇이다. 리처즈I. A. Richards가 말한 '상투적 반응stock response'에 쉽게 빠져들 것이기 때문이다. 이렇게 될 때 학생들의 창조적 상상력은 쉽게 고갈되고, 종국적으로 그들이 값싼 소모적 공상에 지배되고 말 것은 정한 이치이다. 문학적 현실과 실제 사실의 일직선적인 짝짓기 버릇에 깊이 중독된 학생들을 바르게 향도해야 할 문학교사의 책임이 정말 절실하다 하겠다.

3

작품(作品)이란 무엇인가? 문자 그대로 '만들어진 물품'인데, 미국 신비평가 브룩스C. Brook는 이를 "잘 빚어진 항아리well-wrought urn"에 비유한 바 있다. 작가 특유의 상상력에 힘입어 공교하고도 이채롭게 정제된 까닭에, 대체로 그것은 자신의 속내를 호락호락 드러내지 않는 속성을 지니고 있다. 이런 사정을 명석하게 통찰한 하우저A. Hauser는 작품을 "쉽사리 점령할 수 없는 고지the unattainable height"라 명명한 바 있다. 그만큼 작품에 내재한 불가해성 또는 결코 단순치 않은 그 구조적 특성에 대해 독자의 깊은 주의력이 요청된다는 의미이다.

이글턴T. Eagleton에 의하면, '작품'은 크게 세 가지 관점에서 이해될 수 있다. ① "상상적인 글", ② "일상언어의 특수한 변형", ③ 독자가 그것에 "자신을 관련시키는 어떤 방식"으로 접근[6]할 수 있다는 것이다.

첫째 관점은 작가의 창조적 상상력을 중시하는 입장인데, 작품이 과연 생활적 진실에 밀착된 것인가를 판별하는 일이 여기서는 무엇보다 긴요하다. 현실의 내적 논리와는 전혀 무연한, 한낱 공상적이거나 환상적인 위조된 형상을 만들어내기 쉽기 때문이다.

---

6) 김명환 외 옮김, 『문학이론입문』, 창작사, 1986, pp. 7~19 참조.

중국 시인 백거이(白居易)는 일찍이 "사람의 마음을 감화시키는 것으론 시만 한 것이 없다(感人心者 莫先乎詩)"고 한 바 있다. 그만큼 시의 문학교육적 기능을 크게 중시한 것이다.

시는 성정에 뿌리를 두고, 그 쓰임은 사람을 감동시킴을 위주로 하며, 그 효능은 풍속을 바꾸는 데까지 이른다. 〔……〕 공자도 시를 논하면서 첫째로 '흥기할 수 있다' 했으니, '흥기한다'는 것은 '감발한다'는 뜻이다(詩之爲文, 本乎情性, 詩之爲用, 主於感人, 其效至於移風易俗. 〔……〕 夫子論詩, 首言可以興, 興也者, 感發之謂也).

조선 후기 문인 홍석주(洪奭周)의 언급인데, 시의 본령 및 그 교육적 효과를 극명히 지적하고 있다. 시란 희로애락과 같은 감정의 순정한 발로, 즉 개성적 주체의 감정·정서를 펴내는 다름 아닌 '서정(抒情)'이라는 것, 그리고 바로 이런 특점 때문에 독자의 정서에 미치는 심미적 영향이 심대하다는 사실이 요령 있게 강조되고 있는 것이다. 주자가 『논어』 주해를 통해 언급한 바, "시의 쓰임은 사람으로 하여금 성정의 바른 길을 얻게 하는 데로 돌아갈 따름(凡詩之言, 其用, 歸於使人得其情性之正而已)"이라는 요지를 적실하게 드러낸 셈이다.

바슐라르G. Bachelard가 지적한 바이지만, 진정한 시인에게 있어 작품이란 그를 우주적 몽상의 길로 인도하는, 휴식과 어린 시절과 세계의 행복을 다시 되찾게 해주는 갖가지 환상들의 요람과도 같은 것이다. 독자의 견지에서 보자면 그것은 "가장 소박하고 '허약한 영혼들'조차 맞아들이는 터전, 행복한 아나키즘이 펼쳐질 수 있는 특권적인 터전"[7]이 된다.

　과중한 입시부담 때문에 일찍부터 창조적인 상상력 계발의 기회를 여지없이 박탈당한 요즘 학생들의 처지를 생각할 때, 새삼 문학교육의 중요성을 실감하게 된다.

> 그만큼 행복한 날이
> 다시는 없으리
> 싸리빗자루 둘러메고
> 살금살금 잠자리 쫓다가
> 얼굴이 발갛게 익어 들어오던 날
> 여기저기 찾아보아도
> 먹을 것 없던 날
>
> ——심호택, 「그만큼 행복한 날이」(1992) 전문

　인간의 근원적 행복이 결단코 물질적 풍요에 있지 않음을 역설적으로 노래하고 있는 이 시가 가난과 끼니 걱정을 겪어보지 않은 오늘 이 땅의 대다수 학생들에게 과연 어떻게 받아들여질까 궁금해진다. 급속히 진행되는 반인간적 산업화와 공해, 환경오염 등으로 '싸리빗자루, 잠자리'조차 사라진 삭막한 현실이 먼저 떠올려질 것이다. 그러나 조금만 사려 깊은 학생이라면, 이 시를 통해 사뭇 특이한 경험과 마주할 것이다. 인간과 자연의 조화, 가난의 의미, 행복의 본질, 산업화가 몰고 올지도 모를 공동체적 삶의 전면적 위기 등이 그것이다.

　이 같은 새로운 체험을 가능하게 하는 것이 곧 상상력이다. 함석헌은

---

7) 정명환, 앞의 책, p.373.

이를 '동정(同情, sympathy)'이란 말로 대신한 바 있는데, 매우 그럴듯한 용어라 여겨진다. 하우저가 작품독해에서 강조한 '교감(交感, communication)'이란 것도 이와 유사한 개념이라 할 수 있으니, 동정이란 독자가 시적 자아의 처지에 깊이 공감하는 것과 별반 다르지 않기 때문이다. 이렇게 보자면, 상상력은 시인 못지않게 독자에게도 매우 중요하다. 그렇다면, 시인은 왜 상상하는가? 다시, '작품'이란 무엇인가? 넓은 의미에서, 작품이란 현실에 대한 상상적 '이의 제기'[8]의 한 형식이다.

> 길 위에 홀로 뒹구는
>
> 하찮은 돌멩이들은 얼마나 행복할까,
>
> 성공을 걱정하지도 않으며
>
> 위기를 결코 두려워하지도 않으며—
>
> 그의 코트는 자연의 갈색,
>
> 우주가 지나가며 걸쳐준 것
>
> 태양처럼 자유로이
>
> 결합하고 또는 홀로 빛나며,
>
> 덧없이 꾸밈없이
>
> 절대적인 신이 섭리를 지키며—
>
> ——디킨슨, 「길 위에 홀로 뒹구는」(강은교 옮김) 전문

미국 시인 디킨슨E. Dickenson의 단형 서정시이다. 여기서 구속적 삶과의 절연을 상상하는 시적 퍼스나의 모습은 다름 아닌 우리 독자의 그

---

8) 정명환, 앞의 책.

것일 수 있다. 화자는 "길 위에 홀로 뒹구는/하찮은 돌멩이들"에 대하여 깊은 선망의 눈길을 던지고 있다. "성공"과 실패 따위에 대한 온갖 걱정으로부터의 해방, 순평치 못한 세상사로부터의 초월, 자연과의 자유로운 결합을 통한 '존재의 성취, 꾸밈없음, 절대자에의 순종' 등이 그로 하여금 바로 그 "하찮은 돌멩이"에게 무릎 꿇게 만들고 있는 것이다.

> 소곰토리 지웃거리며 돌아오는가
> 열두 고개 타박타박 당나귀는 돌아오는가
> 방울소리 방울소리 말방울소리 방울소리
>
> ——이용악, 「두메산골 4」(1947) 전문

　1940년대 초엽의 것으로 추정되는데, 1947년 간행된 이용악의 제3시집 『오랑캐꽃』에 수록돼 있는 작품이다. 주인의 행상길을 따라나섰다 오랜만에 동구 밖을 들어서는 나귀의 힘겨운 모습이 손에 잡힐 듯 선연하다. 물론, 이런 시적 형상을 통해 시인이 드러내고자 하는 것은 두메마을 소금행상의 삶의 애환이다. 그러나 이쯤에서 작품읽기를 그친다면, 이 시 특유의 뛰어난 음악성으로부터 빚어지는 그윽한 시적 정서는 간과되고 말 것이다. 첫 행 3보격에서 뒷 2행의 4보격으로의 율격적 변주야말로 삶의 고달픔과 휴식, 불안감과 안도감 등의 시적 의미를 날카롭게 반영하는 것이기 때문이다.
　여력이 있다면, 물론 독자는 이에서 한 걸음 더 나아가보는 것도 좋을 것이다. 시적 현실을 역사적 층위 속에서 신중하게 살펴보는 일인데, 우선 함경북도 경성(鏡城) 태생인 시인 이용악의 집안은 할아버지대부터 소달구지에 소금을 싣고 러시아를 넘나들었다든가, 일제강점기 두만강 인접 지역에서는 만주(滿洲) 방면으로의 소금 밀수출이 성행했다든가 하는 사실들을 들어 한층 깊이 있는 작품해석을 꾀해볼 수 있을 것이다. 좀더 적극적으로, 한국 근대시사에는 이런 사실이 다양한 시적 표현을 얻고 있다는 점을 참고한다면 더욱 금상첨화일 것이다. 가령 김동환(金東煥)의 "소금실이 밀수출마차"(『國境의 밤』, 1924), 천청송(千靑松)의 "짭짜리 지러 간 아배"(「移住民」, 1942) 등이 그러한 예이다. 그러나 명념할 것은, 이 같은 작품 외적 정보가 곧바로 심층적인 작품이해를 보장해주지는 않는다는 사실이다.

4

　　이글턴의 둘째 관점은 작품을 언어의 특수한 조직으로 보는 태도이다. 여기서 중요한 것은, 다양한 문학적 장치들은 주제를 극적으로 드러내기 위한 수단일 뿐 그 자체가 목적이 아니라는 점을 분명하게 인식하는 일이다. 그런데 지금까지의 문학교육은 작품을 삶의 현실과는 동떨어진 한갓된 '언어적 치장물' 정도로 평가절하해온 감이 없지 않다.

　　숨겨둔 情婦 하나
　　있으면 좋겠다.
　　몰래 나 홀로 찾아드는
　　외진 골목 끝, 그 집
　　불 밝은 창문

그리고 우리 둘 사이
숨 막히는 암호 하나 가졌으면 좋겠다.

아무도 눈치 못 챌
비밀 사랑,
둘만이 나눠 마시는 죄의 다디단
축배 끝에
싱그러운 젊은 심장의 피가 띈다면!

숨겨둔 情婦 하나
있으면 좋겠다.
머언 기다림 하루 종일 전류처럼 흘러
끝없이 나를 충전시키는 여자,
그 악마 같은 여자.

──이수익, 「그리운 악마」(1994) 부분

이 작품의 시적 상황과 관련하여 마네E. Manet의 석판화 「고양이의 밀회」(1868)가 언뜻 떠오른다. 칙칙한 도시 풍경, 우뚝한 굴뚝들이 삐죽삐죽 들어선 우중충하고 음습한 분위기, 서로의 애정을 도발적으로 확인하려는 듯 높이 치켜든 검은꼬리 수컷과 이에 화답하는 흰꼬리 암컷의 은밀한 만남, 거기다 흰 암고양이의 향에 깊이 취한 듯한 검은 수고양이의 뜨거운 눈길 등이 균형 잡힌 구도를 이루고 있는 그림이다.

비록 상상적 차원이지만, 마흔 줄은 실히 넘어 보이는 듯한 한 남성화자가 일상적 삶의 되풀이 속에서 새로운 삶의 충전을 강렬히 욕망하는 모습이 자못 산뜻하게 점묘돼 있다. 지금 그에게 필요한 것은 "하루 종일 전류처럼 흘러/끝없이 나를 충전시키는 여자"일 뿐이지만, 독자 편에서 보자면 그 정부(情婦)는 또 다른 정부(情夫)로 뒤바뀌어도 전혀 무 방하다.

이 시는 모든 '꿈꾸는 자'들의 순수한 욕망의 노래로 폭넓게 읽힐 수 있다. '몰래, 홀로, 외진, 끝, 암호, 비밀' 등의 시어들로 미뤄볼 때, 이 서정 주체는 현대 도시문명 사회에서 전적으로 소외된 고독한 개아들 의 시적 표상이랄 수도 있다. 이 시를 만약 경직된 도덕적 종교적 잣대 로 포획해버린다면 작품 행간행간에 깊숙이 스며 있는 시적 의미는 몽 땅 고갈돼버리고 말 것이다. 언어적 장치에 대한 섬세한 고려, 고정관 념의 완전한 무장해제야말로 이 작품을 올바로 독해하기 위해 불가결 의 요건이 아닐 수 없다.

이 작품을 한창 대학입시 준비에 골몰하고 있는 고등학생들에게 가 르친다면 어떤 불상사가 발생할 것인가? 로렌스Lawrence에 따르면, "결 코 그렇지 않다!" 『채털리 부인의 사랑』(1928)이 고국〔영국〕에서 이리 저리 내쳐진 끝에 이탈리아의 한 소도읍에서 가까스로 출판되는 아픔 을 겪어야 했던 그는 이 작품을 "17세 처녀들에게 읽히면 적당할 것"[9] 이라고 서슴없이 말했던 것이다.

독자가 '작품과 자신을 관련시킨다'는 세번째 관점이란 무엇을 이름 인가? 작품을 매개하여 자신의 삶을 각성적으로 인식하는 쪽으로 나아 간다는 뜻이다.

---

9) D. H. 로렌스, 유영 옮김, 「『채털리 부인의 사랑』에 대하여」, 『채털리 부인의 사랑』, 학원 출판공사, 1983, p.12.

그는 닭이 울기 전에 세 번 부정했다

베드로는 점령지구로 나아가

입과 눈을 반납했다

평생을

바다에서 늙을 작정이었다

베드로는 이제 중년이 되었고

머리도 벗겨졌다

그동안 자식 새끼와 마누라까지 두었다

인간이란 태어나면서

등허리에 과녁판을 짊어지고

태어난다는 사실

자식새끼와 마누라에게도

어김없이 창끝이 휘뚝 날아간다는

이 넌더리나는 상식

그는 상식을 존중하기 위해

오늘도 더 멀리 바다로 나간다

그의 소원은 부둣가에 차려놓은 어물전이

더욱 번창하기를 기대하는 것뿐이다.

—조정권, 「베드로 1」(1991) 부분

'점령지구, 반납, 과녁판, 창' 등의 시어를 통해 엄중한 군사문화적 분위기가 금방 감지되는 이 작품에서, 2천 년 전의 열혈청년 베드로의 모습은 그 어디서도 찾아볼 길 없다. 시대적 상황에 걸맞게 인유된 이 베드로를 바라보는 시적 퍼스나의 눈길은 일견 냉소적이지만 다른 한

편으론 깊은 연민으로 충일하다. 아마도 그것은 한낱 평범한 소시민으로 떨어진 시인 자신의 모습을 반성적으로 형상한 것일지 모른다. 레바논 태생의 시인이자 철학자·화가이기도 한 지브란K. Gibran이 또렷하고도 아름다운 형상으로 각인한, 늘 폭탄 같은 "불꽃"을 가슴에 묻고 산 베드로의 모습[10]은 여기서 온데간데없이 사라져버렸다. 그러나 조정권의 작품에서 그것은 자기 시대의 형상으로 새롭게 창조되어 있다.

5

오늘날처럼 분리주의적 사고가 판치는 시대일수록 자아와 세계의 평화로운 공생을 꿈꾸는 문학, 독자로 하여금 러브조이A. O. Lovejoy적 의미의 '존재의 대연쇄The Great Chain of Being' 속의 장엄한 일부임을 생생히 감득시켜주는 문학의 존재는 더없이 고귀하다. 입시 일변도로만 치닫는 오늘의 교육현실에서 '문학을 가르친다'는 것의 중요성에 대해서는 그러므로 달리 언급할 필요조차 없을 것이다.

현장 문학교육에선 무엇보다도 교사에 의해 일방적으로 진행되는 수직적 억압교육이 지양되고, 학생들의 주체적 참여가 폭넓게 허용되어야 할 것이다. 이럴 경우 1960년대 독일 수용이론의 연장선상에서 1980년대 이래 미국에서 특히 문학교육 방면의 유력한 비평적 대안으로 떠오른 독자반응비평Reader Responce Criticism도 크게 빛을 발할지 모른다.

---

10) K. 지브란, 함석헌 옮김, 『사람의 아들 예수』, 한샘문화사, 1976, p.36.

문학 교사는 작품에 대한 기계적 분석과 지나친 역사주의적 접근을 엄격히 자제하면서, 비록 서툴더라도 학생 스스로가 작품을 요모조모로 따져 읽고 그 나름의 평가에 도달할 수 있게끔 그냥 내버려두는 일종의 용기가 필요하다. 왜 그런가. 사르트르 J. P. Sartre의 지적처럼, "문학적 예술작품은 자유에 호소함으로써 독자로 하여금 자신의 삶을 걸머지게 한다. 그것은 독자의 교화를 통해서가 아니다. 작품을 재구성하는 미학적 노력을 요청함으로써 그렇게 하는 것이다."[11]

이렇게 되려면 우선 작품 외적 정보는 가급적 작품해석에 유익한 범위 내로 엄격히 최소화하고자 하는 문학교사의 노력이 필수적이다. 이에 덧붙여 교사는 꼼꼼한 '작품 읽기' 및 이에 토대한 '평가'가 학생들의 자발적 관여 아래 진행되게끔 끈기를 갖고 기다릴 줄도 알아야 한다. 이런 과정의 문학교육이 현장에서 웬만큼이라도 이뤄진다면, 학생들도 훌륭한 작품과 수준 미달작을 분별해냄은 물론 일정한 비평적 안목도 아울러 갖춘 주체적 독자로 서게 될 것이다.

그런데 학생들이 예외 없이 의무적으로 접해야 하는 국어교과서, 특히 그 수록 작품의 적절성 여부에 대해서는 지금껏 적잖은 문제점들이 제기되어왔다. 그중 핵심적인 것은 작품 선정 기준이 사뭇 애매하다는 점이다. 작품주의 정신에도 투철하지 못할 뿐 아니라 국가통제이데올로기에 갇혀 있다는 것, 현상적으로는 지난 시대에 비해 다소 개선된 것으로 보일지 모르나 그건 단지 정도 차이일 뿐, 지금의 국어교과서 체제는 여전히 과거 '친일 · 반공 · 분단 · 순수' 문학의 테두리에 그냥 머물러 있다는 것이다.

---

11) 정명환, 앞의 책, p. 125 재인용.

부끄럽게도 우리나라는 지구상에 유일하게 남아 있는 분단국가이다. 그리고 우리에겐 이 오욕적인 당면 현실을 혁파해야 할 지상적 책무가 부과되어 있다. 그러나 요즘 우리가 맞부닥뜨리고 있는 국내외적 현실은 결코 낙관할 수 있는 것이 아니다. 밖으로는 소련 및 현실사회주의가 일거에 몰락함으로써 세계는 미국 중심의 자본주의 세계체제의 전일적 지배 아래 들어갔으며, 우리는 정치경제적 측면에서뿐 아니라 특히 문화의 모든 부면에서 냉전시대를 훨씬 능가하는 강박에 시달리고 있다. 그런가 하면, 안으로는 30여 년간의 혹독한 군부통치가 마감되고 이른바 '문민정부'가 새로이 등장하는 대격변을 겪었다. 이제 새 정부가 출범한 지 겨우 한 해 남짓밖에 안 됐지만, 근자의 정치적 상황으로 미뤄보건대 오릿길 앞도 전망하기 힘든 짙은 안개 속 같으니 참으로 답답하기만 하다.

이제 우리 문학교육은 과거 그 어느 때보다도 오늘의 역사적 추이를 한층 예각적으로 주시해야 한다. 실추된 민족의 자존을 회복하기 위해서뿐 아니라, 통일을 앞당기고 또 그것이 실현된 그날의 '통일교육'을 튼튼히 대비할 필요 때문에도, 우리는 아직도 교묘한 형태로 큰 둥지를 틀고 있는 '친일·반공·순수'의 반문학적 외피를 시급히 제거해야 할 것이다. 그래야만 문학교육이 특정의 통제이데올로기에 예속되거나 그 시녀로 전락하는 불상사를 막을 수 있으며, 문단주의의 검은 손으로부터도 자유로워질 수 있게 될 것이다.

물론 필자는 이 계열에 드는 모든 작가와 작품을 모조리 청소하자고 주장하는 것이 아니다. 가령 일제 강점기에 친일 경력을 지녔거나 분단시대 이래 불의한 정치체제에 굴종하고 기생하는 등의 미덥지 못한 삶의 행로를 걸은 작가의 작품이라 하더라도, 시적 완결성을 지닌 다양한 면모의 성공작들은 엄선하여 가르치되 그 허실을 분명하게 밝히는 일은 더없이 중요하다. 오늘의 국어교과서는 지난 '6공' 시절에 하나의 역사적 필연으로 우리 교육계에 도도히 밀어닥친 전교조 운동을 지나치게 역방향으로 의식한 나머지 '친일문인의 명편'까지도 무원칙하게 제외시키는 눈치 보기식의 관료주의적 오류를 범하였다. 1988년 7월에 '해금'된 월북작가들의 작품에 대해서도 종전과는 뭔가 차별되는 적극적 자세로 대응했어야 했는데, 전혀 그러하지 못했다는 아쉬움을 남기고 있다. '해금작가'의 경우, 현행 문학교과서(8종) 역시 이렇다 할 차별성을 보여주지 못하고 있다. 월북작가를 포함하여, 철두철미 작품성에 입각한 또 한 번의 전면적인 교과서 재편이 절실하다 하겠다.

그런데 이에 못지않게 중요한 것이 원문주의(原文主義, textualism)를 고수하는 일이다. 시인이 애당초 의도한 시적 의미는 행·연의 구분 및 띄어쓰기 등이 원래 발표된 대로 수록될 때라야만 고스란히 전달될 수 있는 것이니, 이는 한용운(韓龍雲)의 다음 작품을 일독해보면 크게 실감될 것이다. 그 원전과 교과서 수록분의 차이점들을 통해 실제 작품감상 과정에서 빚어질 수 있는 문제점을 간단히 짚어보기로 한다.

남들은 自由를사랑한다지마는 나는 服從을조아하야요
自由를모르는것은 아니지만 당신에게는 服從만하고십허요
服從하고십흔데 服從하는것은 아름다은自由보다도 달금합니다 그것이 나의幸福입니다

그러나 당신이 나더러 다른사람을服從하라면 그것만은 服從할수가 업습니다

다른사람을 服從하라면 당신에게 服從할수가업는 까닭임니다
——한용운, 「服從」전문, 『님의 沈默』(1926)

남들은 자유를 사랑한다 하지마는, 나는 복종을 좋아해요.

자유를 모르는 것은 아니지만, 당신에게는 복종만 하고 싶어요.

복종하고 싶은데 복종하는 것은 아름다운 자유보다도 달콤합니다. 그
것이 나의 행복입니다.

그러나 당신이 나더러 다른 사람을 복종하라면 그것만은 복종할 수 없
습니다.

다른 사람을 복종하려면 당신에게 복종할 수가 없는 까닭입니다.
——한용운, 「복종」 전문, 『국어』 중 2-2(1990)

얼핏 보아 위에 예시된 작품들은 이렇다 할 차이점을 별로 드러내지
않는 것 같다. 그러나 자세히 살펴보면 미세한 것에서부터 큼직한 것에
이르기까지 그것은 다양하다. '탈자, 구두점 첨가, 한자 제거, 띄어쓰
기 및 맞춤법의 현대화, 연 구분 무시' 등의 현상이 두드러져 보이는 것
이다.

이렇게 되면 작품 독해의 실제에서는 어떤 결과가 야기되는가. 우선,
원작에서와는 달리 "좋아해요" "싶어요"로 바뀌어짐으로써 서정 주체
의 간절하고도 내밀한 정서 대신 경박한 느낌이 불거지게 된다. "달금
합니다"를 "달콤합니다"로 고친 것도 분명한 개악에 속한다. 임에 대한
그윽한 사랑의 깊이와 품격을 결정적으로 훼손하고 있기 때문이다. 이
작품을 단련시로 만든 것도 간과하기 어렵다. 첫째 연과는 선명히 대비
되는 둘째 연의 단호한 시적 어조가 상대적으로 약화되는 까닭이다. 곰

곰 살펴보면 원전의 띄어쓰기에는 그 나름의 원칙이 지켜지고 있음을 쉽사리 간취할 수 있으니, 띄어 쓴 어절들 하나하나가 시적 주제를 강화시키는 하나의 의미소 역할을 톡톡히 해내고 있는 것이다. 이처럼 미묘한 시적 의미작용이 철저한 현대식 띄어쓰기로 말미암아 손상당하고 만 것이다. 심하게 말하자면, 교과서에 수록된 「복종」은 원작과는 전혀 무관한 또 다른 모습의 「복종」이라 해야 할 것이다.

특히, 시교육에 있어 강조되어야 할 게 또 하나 있다. 다름 아닌 암송(暗誦, recitation)의 중요성이다. 발생론적 관점에서 보더라도 시는 본래적으로 강한 구비문학적 전통의 자장 아래 놓여온 '귀글〔韻文〕'이었다는 점을 각별히 상기할 필요가 있다. 형태적으로는 단순한 '줄글〔散文〕'처럼 보이는 만해의 「복종」도 그 예외가 아니라는 사실이 이를 잘 말해준다. 더군다나, 오늘날 숱하게 양산되는, 단지 '눈으로만 읽어치우는' 소모적인 시들이 난무하는 기형적 문학풍토에서 간간이 빼어난 시적 면모를 보여주는 작품들이 거의 한결같이 이런 경향에 든다는 사실은 퍽이나 시사적이다.

현행 문학교육의 위기에 대한 국어교사들 개개인의 철저한 인식과 반성적 자각, 그리고 이에 토대한 체계적인 논의가 활발해질 때, 우리 문학교육은 오랜만의 부진과 침체를 벗고 새로운 도약의 단계로 진입하리라 확신해 마지않는다. 그런 날이 하루빨리 도래하기를 간절히 소망해본다.

제14장

어떻게 문학을 가르칠 것인가

최원식

1. 문학교육의 중요성

중고등학교 학생들에게 국어교사의 영향력은 거의 절대적이라고 말할 수 있다. 다른 과목들에 비해서 국어시간에는 단순한 지식의 전달이 아닌 넓은 인문적 교양에 바탕한 지혜를 교통할 수 있는 공간이 학생들에게 상대적으로 넓게 허용되기 때문이다. 더구나 이 시절은 감수성이 예민한 사춘기에 해당한다. 이성(異性)과 우정과 사회와 역사에 눈뜨면서 그 속에서 내면적 개체성, 즉 자아의 발견으로 나아가는 사춘기의 학생들은 대개 문학의 열병을 앓게 마련이다. 물론, 그 문학이란 것이 대개 본능적이기보다 감상적인 자기 노출로 되기 쉽지만, 그럼에도 이 시기에 집중적으로 나타나는 문학적 글쓰기의 욕구는 소년에서 어른으로 넘어가면서 겪어야만 하는 젊은 영혼의 위기를 날카롭게 반영하는 것이다. 문인 또는 문학연구자는 말할 것도 없고, 다른 분야에서 두각을 나타낸 분들도 대체로 문학청년 시절을 거쳤다는 점이 두루 관찰되는 것도 흥미롭다. 이 때문에 중고등학교의 국어교육, 특히 문학교육은 학생들의 인생의 방향을 결정할 수도 있는 강력한 영향력을 가지게 되는 것으로서 그 중요성은 아무리 강조해도 지나침이 없다.

공자는 일찍이 "시로 일으키고 예로 세우고 음악으로 이룬다(興於詩 立於禮 成於樂)"고 하였다. 공자시대에 '시'란 오늘날의 문학 일반을 가리키는 것임을 염두에 둘 때 문학교육을 인간교육의 단초로 삼았음이 여기에도 분명히 드러나는 것이다. 물론 공자시대와 오늘날의 교육은 내용과 형식에서 많은 차이를 보이지만 인간의 타고난 가능성을 올바르게 계발·실현하는 것을 교육의 목적으로 삼는 점은 크게 다를 바 없을 것이다. 어찌 보면 오늘의 교육이 근대 이전의 전통시대에 비해 인간교육에서 더 후퇴했는지도 모른다. 지식과 정보에 대한 양적 습득은 팽창했지만 오늘의 교육은 전통교육보다 오히려 사람이 사람답게 사는 길, 곧 도(道)의 추구로부터 멀리 벗어나 있다. 나는 전통교육 부활론자는 결코 아니지만, 문(文)·사(史)·철(哲)을 중심으로 한 인문적 교양의 회복이 전문화·세분화 속에서 일종의 기능인 양성으로 떨어져버린 우리 교육을 구원할 한 방편이라고 믿는다. 감성에서 출발하여 이성에 이르는, 스스로 묻고 스스로 해결해나가는, 그럼으로써 자신의 삶을 줏대 아래 세워나가는 자기 가치의 능력을 함양하는 데 있어서 문학교육의 선차성(先次性)은 여기에서도 더욱 강조되는 것이다.

국어교육 가운데서도 핵심적인 문학교육이 그 진정성을 회복하기 위해서는 무엇보다도 중등교육, 더 나아가서 우리 교육 전체가 구조적인 혁신을 이루지 않으면 아니 된다. 지금과 같은 입시교육 체제에서는 결코 정상적인 문학교육이 이루어질 수 없기 때문이다. 그렇다고 그날이 올 때까지 문학교육이 그대로 방치되어서는 곤란하다. 교육개혁은 그것대로 추구하면서 제약 속에서나마 문학교육의 정상화를 현장에서 모색하는 일이 중요하다. 아니, 어쩌면 문학교육의 정상화를 모색하는 현장의 작은 노력들이 모일 때, 국어교육의 정상화, 더 나아가서 우리 교육 전체의 정상화를 앞당길 수 있으리라는 희망을 품음 직도 하다. 더구나 최근 입시제도의 변화는 인문적 교양의 회복이 하나의 대세로 되고 있다는 움직일 수 없는 증좌이매, 교육 현장과의 긴밀한 연관 속에 이루어질 문학교육론의 모색은 우리 국어교육의 핵심적 과제의 하나가 아닐 수 없다.

2. 문학교육의 텍스트

　지금까지 우리 교육에는 관치적(官治的) 성격이 강해서 문학교육에도 헌법에 보장된 교육의 중립성이 훼손되는 경우가 없지 않았다. 알다시피 우리는 해방 직후 친일파 문제를 제대로 처리하지 못한 채, 특히 6·25 이후 냉전체제의 고착 속에서 월북작가들을 금기의 영역으로 유폐하고, 또한 역대 독재정권에 저항했던 민족문학 계열의 작가들도 제외함으로써 국어교과서에 실린 현대문학 작품들은 친일·반공·순수문학 일변도로 편성되기에 이르렀다. 우리는 학생들에게 편식하지 말라고 강조하면서 문학교육에 있어서는 문학적 편식을 강제했다고도 할 수 있을 것이다.

　최근에 작지 않은 변화가 있기는 하지만, 국어교과서에 수록될 현대

문학 작품의 선정에 더욱더 신중해지지 않으면 아니 된다. 우선 친일작가들은 가능한 한 배제하자. 친일작가들을 마치 애국자인 양 가르치는 것은 교육자적 양심에 어그러질 뿐 아니라 학생들의 가치판단에 중대한 혼란을 초래한다는 점에서 심각한 문제가 아닐 수 없다. 요즈음 국어교과서에 전에 못 보던 최찬식(崔瓚植)의 『추월색(秋月色)』과 안국선(安國善)의 「인력거꾼」이 실려 있던데, 이 두 작품은 명백히 친일적이다. 이 시기의 작품 가운데 애국적인 것도 많건만 그들을 제치고 이들을 수록한 이유를 정말 모르겠다.

그렇다고 모든 친일작가의 모든 작품들을 빼자고 주장하는 것은 아니다. 일제의 식민통치는 길고도 혹독했기 때문에 많은 작가들이 항일에서 친일로 변절한 경우가 많았다. 이광수(李光洙)는 그 대표적 작가의 하나인바, 그럼에도 그의 초기작 『무정』과 『개척자』까지 평가절하되어서는 아니 될 것이다. 안국선의 경우도 변절 이전의 『금수회의록(禽獸會議錄)』은 애국계몽기(1905~1910)의 중요한 작품으로서, 굳이 안국선을 교과서에 수록한다면 「인력거꾼」이 아니라 『금수회의록』을 선정했어야 하지 않을까?

1988년 정부는 월북작가에 대한 대규모의 해금 조치를 단행하였다. 그러나 이와 같은 조치에도 불구하고 교과서에서는 아직도 그들에 대한 적절한 배려가 부족한 것 같다. 그동안의 극단적인 반공 아래 월북작가라면 으레 공산주의자로 밀어버리는 경향이 팽배한데, 그들의 작품을 실제로 읽어본 사람들이라면 누구나 공감할 수 있듯이 월북작가의 다수는 민족주의 좌파에 속할 것이다. 신간회(新幹會, 1927~1931)와 관련되는 민족주의 좌파는 민족해방 또는 통일민족국가의 건설을 위해서는 친일파를 제외한 민족주의자와 사회주의자의 광범한 협동이 요구된다는 입장을 가진 지식인들을 이른다. 가령, 해금작가 가운데 그들을 배제하고는 우리 근현대문학사의 맥락을 제대로 세울 수 없는 시인 정지용(鄭芝溶)과 소설가 이태준(李泰俊)은 그 대표적인 예일 것이다. 물론 월북작가 가운데는 정지용·이태준과 달리 임화(林和)와 같은 KAPF 이래 프로문학의 맹장도 있다. 그러나 그들도 해방 직후에는 KAPF 시대의 계급주의를 도식적 공식적이라 자기비판하고 민족국가 건설을 핵심적 명제로 내세웠던 것이다. 더구나 이들 작가의 대부분이 월북 이후 숙청되었다는 사실에 주목해야 한다. 정치적 격동 속에서 제대로 된 문학적 평가도 거치지 못한 채 남북문학사 모두에서 실종되어 휴전선을 떠도는 외로운 혼령이 되어버린 해금작가에 대한 진정한 비평적 접근이 바로 지금 절실히 요구되는 것이다. 그렇다고 나도 이들을 무조건 옹호하는 것은 아니다. 그들 사이에도 옥석(玉石)이 섞여 있으니, 그 경중을 가려 문학교육에 적절히 고려해야 한다는 취지이다.

현존 사회주의의 붕괴 이후 세계는 바야흐로 탈냉전시대로 진입하고 있다. 이제 우리는 교육의 중립성 또는 자주성을 적극적으로 확보하고 보위하지 않으면 안 된다. 요컨대 문학교육의 텍스트를 선정하는 데 있어서도 문학 외적 기준, 즉 작가의 정치적 입장에 따른 흑백논리가 아니라 문학적 질을 우선적으로 고려해야 할 것이다.

3. 문학교육의 방법

그럼 이렇게 선정된 문학작품들을 학생들에게 어떻게 가르쳐야 할까? 우선 문학작품이 언어의 조직이라는 점을 유념하면서 고도로 조직된 문학언어의 아름다움을 마치 장미 향기 맡듯 학생들 스스로 체감하도록 해야 할 것이다. 이 점에서 문학교육 현장에서 널리 사용되는 실증주의 또는 역사주의 모델을 반성, 극복하지 않으면 안 된다. 알다시피 역사주의 모델이란 작품 외적 정보——작가의 생애, 작품의 시대적 배경, 영향관계 등——를 중시하는 방법이다. 작품을 올바로 이해하기 위해서는 물론 이 정보들이 유익한 것이지만, 작품해석과는 거의 무관하게 학생들에게 오직 그 암기의 대상으로만 주어진다는 데 문제가 있는 것이다. 과다한 정보 속에서 오히려 학생들과 문학작품과의 생생한 교류는 차단되고 만다. 더구나 작품에 들어가서는 어구 해설, 문법, 수사법 등등으로 시종하다가, 주제는 일제 때 작품이면 조국광복에 대한 그리움식으로 정식화되기에 이르니, 정작 작품의 문학성은 증발하게 되는 것이다.

주제 애기가 나왔으니 하는 말이지만, 만해(卍海)의 '님'을 무슨 절대자, 부처, 조국 등으로 풀이하는 태도는 재고되어야 한다. '님'은 '님'이다. 그것은 부처도 조국도 아니면서, 그 모든 것을 포괄하는 살아 있는 상징이요, 그 무엇으로 지시해버리면 그 즉시에서 진정성이 거세되는 그 무엇이다. 다시 말하면, 그것과 관계되지 아니할 때 우리들 삶 전체가 무화(無化)되는 근원적 무엇이라고 할까?

그런데 만해는 자기 시대를 님이 침묵하는 시대로 규정하였다. 시인은 님의 부재(不在) 또는 님의 침묵이 해소되어 님과의 황홀한 만남 또는 님의 꽃다운 입술의 열림을 간구하는 것이다. 여기에는 분명 식민지시대라는 사회적 역사적 층위가 깔려 있다. 식민지라는 조건은 인간적 삶의 가능성이 온전히 실현되는 세상과 근본적으로 적대적이기 때문이다. 그러나 민족의 해방이 곧 님과의 황홀한 만남인가? 민족의 해방은 그를 위한 한 전제는 될지언정 양자는 그대로 등치되는 것은 아니다. 이 점에서 만해의 님은 민족의 해방을 넘어선 더 큰 해방, 궁극적인 차원에까지 연결되어 있는 것이다.

요컨대 문학작품에 대한 역사주의적 접근은 문학언어에 대한 거칠고도 폭력적인 개입으로 떨어지기 쉬워 오히려 학생들의 문학적 감수성을 훼손시키는 역기능을 할 수도 있다는 점을 명심해야 한다. 이 점에서도 작품을 작품으로서, 죽은 추상이 아니라 살아 있는 감성으로 접근해가는 섬세함이 요구되는 것이다.

그럼 여기서 정지용의 짧은 시 「호수(湖水) I」(1930)을 분석해보기로 한다.

얼골 하나 야
손바닥 둘 로
폭 가리지 만,
보고 싶은 마음
湖水 만 하니
눈 감을 밖에.

시는 무엇보다 소리의 운율적 조직이란 점에 유의하면서 이 시를 천천히 소리 내어 읽어보자. 이 시의 낭송에는 특히 음보foot와 음보, 행과 행, 연과 연 사이의 휴지pause를 예민하게 음미하면서 충분히 띄어 읽어야 한다. 이 시를 만약 표준맞춤법 띄어쓰기 규정에 따라 죽 읽어버리면 그 맛은 격감하게 될 것이다. 이 시를 나직한 목소리로 되풀이 읊조려보라. 우리는 문득 "불신의 자발적 정지willing suspension of disbelief"

상태에서 정지용이 열어놓은 놀라운 문학적 공간 속으로 빨려들게 된다.

이 시는 표준적 띄어쓰기를 무시하고 강제적 3음보의 형태를 취하였다. 우리의 전통시는 3음보격과 4음보격을 사용했는데, 후자가 안정된 느낌을 전하는 데 반해 전자는 대체로 영혼의 떨림 같은 동적인 울림을 환기한다. 이와 같은 3음보격의 일반적 성격과 함께, 이 시에서 또 하나 유의할 점은 이 강제적 띄어쓰기가 매우 어눌한 어조tone를 빚어낸다는 것이다. 사람들은 유창한 달변보다 머뭇거리는 눌변에서 오히려 진실을 감지하는데, 이 시의 눌변에서도 우리는 시인의 보고 싶은 마음의 그 절실함을 더욱 생생하게 느끼게 되는 것이다. 또한 이 시의 띄어쓰기에 나타나는 시각적 효과에도 주목해야 한다. 그것은 일렁이는 호수의 파문, 그로 말미암은 영혼의 떨림을 그대로 그려내고 있는 것이다.

보통의 시인들은 "호수에 나가면 문득 그대의 얼굴이 떠오른다" 어쩌고 노래했을 것이다. 무용가로부터 무용을 분리할 수 없을 만큼, 주제 또는 관념이 완벽한 형상의 옷을 입고 있는가 아닌가, 이것이 일류시와 이류시를 가르는 분기점이다. 그리하여 다시 한 번 이 시를 읊조려보라. 시인의 그리움이 얼마나 사무치고 절실한 것인지 그야말로 장미 향기 맡듯 체득할 터이다. 무엇이 이 시인을 이처럼 간절한 그리움에 눈 감을 수밖에 없게 만들었을까? 그것은 사랑하는 여인일 수도 있고 잃어버린 조국일 수도 있다. 그러나 역시 한정 짓지 말자. 앞에서 언급한 만해의 '님'과 같은 것으로 생각하면 족하리라.

이처럼 뛰어난 문학은 우리들의 삶을 근원적으로 돌아보게 한다. 이를 통해서 우리는 일상적 골몰 속에서 헝클어진 삶의 가닥을 새로이 잡고 현실을 넘어서 나아갈 수 있는 힘을 함께 모색할 수 있게 되는 것이다. 공자의 '사무사(思無邪)'도 문학교육의 이와 같은 경지를 표현한 것이 아닐까?

제15장

'독서'교육과 소설

최시한

1. '독서'의 개념과 읽기교육의 문제점

독서량 부족이 국가적 문제가 된 지 오래이다. 그런데도 여전히 한국인은 글읽기를 잘 하지 않으며, 읽기교육 역시 충분하고 적절하게 이루어지지 않고 있다. 그 원인을 나름대로 몇 가지 들어보면 다음과 같다.

첫째, 글 읽는 일이 그것을 업으로 삼는 특정 계층(사대부)만 하는 것으로 정해져 있었던 과거 신분제 사회의 관습과 고정관념이 남아 있기 때문이다. 한국사회에 암암리에 뿌리박혀 있는 이런 생각들—글읽기는 문과(文科) 쪽 사람이 할 일이다, 고전을 읽어야지 다른 책을 읽는 것은 독서가 아니다, 독서는 주로 학생이 하는 것이다 따위—은, 여기에서 비롯된 것들로 보인다.

둘째, 역시 전통적 요인으로서, 유교 사상과 봉건 규범에 뿌리를 둔,

윤리와 명분을 먼저 따지는 문화 풍토 때문이다. 읽기는 개인적 내면적 창의적 활동인데, 말로 표현하기보다 복종적 행동, 실질적 기능보다 규범적 명분, 개인보다 집단, 그리고 참신함보다 기존의 권위를 강조하는 풍토 때문에 상대적으로 읽기를 경시하고, 그를 통해 길러지는 사고력과 언어능력에도 주목하지 않은 것이다.

셋째, 사회 전체가 눈앞의 세속적 이익만 앞세우는 이기주의, 출세주의, 물신주의 등에 빠져 있기 때문이다. 물론 갈래에 따라 차이가 있지만, 글이란 대개 보편적 진실과 지식을 지향하고, 그것을 읽는 일은 먼저 인간을 정신적으로 변화시킨다. 그런데 읽기는 곧장 이익과 직결되지 않아 보이기에 가치를 두지 않는 것이다.

넷째, 이러한 상황이므로 학력이 출세의 도구가 되고 지식이 돈벌이나 신분 상승의 수단으로만 인식되어, 교육도 이른바 입시 위주, 참고서 외우기 위주가 되었기 때문이다. 생각을 많이 하면 그만큼 손해를 보니까 선생이 '밑줄 좍— 그어준' 조각 정보를 외워 점수나 따는, 내면의 사고력, 정서적 능력(감성력)¹⁾ 등을 기르는 활동은 '수업 진도에 지장을 주는' 일로 치부되는 교육 현실은, 한국 사회가 일종의 '시력 장애 사회'요 '늑대 사회'임을 말해주는 두드러진 예이다.

대강 이런 이유들 때문에 글 읽기의 위상은 그야말로 '땅에 떨어져서' 온 국민의 독해력 저하가 심각한 국가적 문제가 되고 독해력이란 말은 국어 시간이 아닌 외국어 시간에나 쓰이게 된 것이다. 이런 환경에서 이루어져온 글공부 혹은 글 읽기는, 삶과 괴리된 하나의 수단이나 치레에 불과하여 삶 자체의 질적 향상에 이바지하지 어렵다. 이런 상태

---

1) 감성력(感性力)은 필자가 만들어본 말이다. 생각하는 힘(사고력)과 대조되는, '느끼는 힘'을 가리킨다.

가 계속된다면 한국 사회는 내면적으로 허약한 인간들의 불안한 투기장이 되고, 창조 대신 표절만 횡행하여 쇠퇴의 길을 걷게 될 것이다.

그런데 앞에 더하여, 필자가 보기에 읽기 활동, 특히 이른바 '독서교육'이 제대로 이루어지지 않아온 데에는 '독서'의 개념 자체에도 문제가 있기 때문으로 보인다. 제7차 교육과정의 시행과 교육 방침의 변화에 따라 국어교육에서 읽기 활동을 중시하게 되고 사회적으로도 독서 바람이 다소 일어나는 때에, 이는 매우 안타까운 사실이다. 용어의 중요성은 새삼 강조할 필요조차 없는데, 막상 '독서'라는 말 혹은 그 기호에 내포된 관념, 이미지, 느낌 자체에 대한 비판적 인식이 없어서, 그 교육은 노력에 비해 효과가 적어질 가능성이 크다.

이른바 '독서(讀書)'란 무엇인가? 책(書) 혹은 그것을 이루는 글(文)을 읽는(讀) 행동이다. 그것은 읽기라는 활동과 그 대상으로 이루어진 낱말인 셈이다. 여기서 '읽기'는 본래 책 읽기만을 가리켰겠으나 오늘날 넓은 의미로도 쓰인다. 글은 인간이 사물에 대해 인식한 결과와 그것을 인식하기까지의 과정을 담은 것이고, 또 그것 자체가 인식의 대상이 된다. 그 글을 인식하는(읽는) 행위는 인간이 하는 온갖 인식 행위의 핵심이요 모형이므로, 읽기는 인식 행위 전반을 가리키는 넓은 개념을 지니게 되어 흔히 '공부하기'와 같은 말로 쓰이게 되었다. 우리는 그림과 영화도 '읽고,' 사람의 행동과 사회적 현상을 인식하는 것도 '읽는다' '공부한다'고 한다.

읽기는 인식 행위요 체험이다. 좁게 글의 내용만 인식하는 행위를 가리키든 넓게 모든 사물을 인식하는 행위를 가리키든, 그것은 언어를 매개로 한 이해 활동, 여러 정신적 정서적 능력, 가치 의식 등이 상호작용하는 행위이다. 능력이 있어야 할 수 있는, 그리고 좀더 가치 있는 글을 대상으로 삼을수록 유익한, 복합적 활동인 것이다.

요컨대 글읽기는 복합적 인식 활동이요 능력의 문제이며, 그 과정에서 자신과 세계를 변화시키는 행위이다. 따라서 읽기교육은 그러한 활동들을 활성화하고 그에 필요한 능력, 지식, 태도 등을 기르는 것이다. 그 대상은 일차적으로 특정한 글의 언어요 그 의미이지만 궁극적으로는 세상 온갖 사물에 관한 사실, 진실이다.

그런데 한국 사회에서 이른바 '독서'는 어떻게 여겨지며, '독서교육' 또한 어떻게 생각되고 수행되어왔는가? 이는 앞에서 살핀, 독서와 독서 지도가 제대로 이루어지지 않는 원인들과 긴밀한 관계에 있다.

첫째, 전통적 관념을 답습하여, 독서는 인격을 수양하는 일이라고 매우 윤리주의적으로 파악하는 경향이 있다. 이 경우 독서는 독자가 주체적으로 하는 정신 활동이라기보다 책 속의 진리를 받아들이는 행위가 되며, 그 대상은 윤리적 정신적 진실을 담고 있는 책으로 제한된다. 독서 교육 또한 인격 수양으로 그 의의가 한정된다.

둘째, 첫째와는 대조적으로, 독서를 일부의 사람이 즐기는 하나의 낭만적 취미 같은 것으로 생각하는 경향이 있다. 많은 사람들이 취미가 무엇이냐고 할 때 독서라고 답한다. 이 경우 독서는 인간의 보편적이고 핵심적인 활동이 아니라 여가를 선용하거나 즐기는 일 정도로 격하되며, 대상 또한 그에 도움이 되는 주로 가벼운 책이다.

셋째, 앞의 둘째와 밀접한 관계에 있는 사실로, 독서의 대상을 문학 작품 위주로 생각한다. 독서라는 것이 지배 계층 사대부들의 일생의 업이었던 시대, 어떤 면에서는 오늘보다 그것이 훨씬 중요시되었던 조선 시대에, 그 대상은 주로 사서삼경 같은 경서와 그에 준하는 책으로 제한되어 있었다. 다른 책들도 책은 책이었으나 '잡서'로 불리었다. 그것이 20세기 초 근대로의 전환기에 새로 들어온 서구적 의미의 '문학'으로 교체되면서, 혹은 그 가운데 '문학'과 가까운 것으로만 한정되면서 형성된 것이 문학 중심의 독서 개념이다. 이 경우 독서는 문학 애호가의 고상한 전유물처럼 간주되며, 독서 지도는 문학교육의 일부처럼 되어버린다. 독서 지도 담당 교사는 국어교사라야 한다는 고정관념의 밑바닥에는 이런 독서 개념이 깔려 있다. 그런데, 이 세상에는 읽을 것이 문학작품 말고 얼마나 많은가? 생물이나 미술 담당 교사는 학생에게 무엇을 어떻게 읽힐 것인가에 대해 관심이 없어도 되는가?

제7차 교육과정에 따른 중학교 국어교과서[2]는 읽기와 문학 영역 중심으로 편찬되고, 생활국어는 말하기, 듣기, 쓰기, 국어지식 영역 중심으로 편찬되어 있는데, 이런 구분도 문학 중심의 읽기 개념과 무관하지 않다. 본래 그 교육과정의 여섯 가지 내용 영역은 일정한 국면 혹은 층위에서 나뉘지 않은 까닭에, 같은 층위의 것이 아닌 언어활동(말하기, 듣기, 읽기, 쓰기)과 그 대상(문학), 관련 지식(국어지식)이 나란히 놓여 있다. 그런데 여기서 다시 그들을 뒤섞어 교재를 편찬한 것, 예컨대 국어 책에 언어활동 가운데 읽기만 따로 떼어 문학과 함께 묶은 것은, 읽기는 활동이지만 문학은 그 대상이라는 사실을 잊었거나, 문학 읽기 중심으로 읽기를 생각한 결과라고 본다. 문학작품을 가지고서 읽기는 물론 말하기, 듣기 활동도 다 할 수 있는데 생활국어 책에는 그것이 거의 등장하지 않는 것도 같은 원인에서 생긴 결과이다.

그런데 이런 문제는 교과서 이전에 교육과정 자체에 이미 내재되어

---

2) 교육인적자원부가 2001년 3월부터 연차적으로 간행함.

있다. 영역 구분 문제와 함께, 문학 읽기와 쓰기는 '수용'과 '창작'이라고 따로 부르면서 지나치게 특수하고 또 고급스럽게 취급하고 있기 때문이다.[3] 물론 문학 갈래의 글을 읽는 활동과 비문학 갈래의 글을 읽는 활동은 같지 않지만, 우선 모두 읽기이고, 또 전자에 필요한 능력은 후자에 필요한 능력을 바탕으로 하므로, 중등학교 과정에서 굳이 용어를 달리할 필요는 없는데도 그렇게 하고 있는 것이다.

독서 혹은 읽기에 대한 이러한 몰이해와 편견은 우리의 글 읽기와 그 교육을 비합리적이고 비효율적으로 만들고 있다. 앞서 말했듯이 읽기는 글을 가지고 하는 사물 인식 행위요, 읽기교육은 그것을 잘할 수 있는, 나아가 가치 있는 삶을 영위할 수 있는 능력을 기르는 활동이다. 읽기는 특정 사람만 하는 것도 아니요 특정 책이나 글만을 대상으로 삼는 것도 아니다. 또 읽기교육은 '읽기 자체에 대한' 지식을 많이 알게 하기보다[4] 읽기를 잘할 수 있게 능력을 길러주는 것이다.

그러므로 여기서 필자는 문제점 많은 '독서'라는 말은 되도록 쓰지 말고 그냥 '읽기'라고 부르며, 대상에 따라 '문학적인 글 읽기' '일반적(비문학적/실용적/사실적)인 글 읽기'로 구분할 것을 제안한다.[5] 그리고 읽기교육을 잘 하기 위해서는, 글을 읽을 때 독자가 무엇을 어떻게 하

---

3) 이전의 제6차 교육과정에서도 비슷하였다. 거기서는 '수용'이 아니라 '이해와 감상'이라고 일컬었다.
4) 고등학교 독서교과서는 대부분 독서에 관한 지식 위주로 구성되어 있으며, 특히 앞부분 70쪽 내외에서는 그것을 집중적으로 제시·설명하고 있다.
　　한편 한국독서학회가 지은 『21세기 사회와 독서 지도』(박이정, 2003)의 「Ⅲ. 문학과 독서」에서는, 여기서와 같이 독서교육이나 독서지도라고 하면 대체로 문학작품 특히 소설작품을 읽는 행위와 관련시켜온 문제점을 지적하면서도, "문학 읽기가 독서지도에 도입되어야 한다"(p.193)는 주장을 펴고 있다.
5) 이러한 주장은 앞의 교육과정 영역 구분에 대한 비판과 같은 맥락에서 나온 것이다. 이를 한눈에 볼 수 있게 배열하면 다음과 같다.

는가에 대한 연구를 바탕으로, 무엇을 가지고 어찌해야 더 잘 읽고 더 보람되게 읽도록 도와줄 수 있는가를 궁리해야 한다는 점, 즉 읽기 활동의 본질에 대한 연구를 토대로 단계화된 프로그램을 마련해야 한다는 점을 강조해둔다.[6] 읽기교육이 청소년의 눈높이에 어울리지 않는 명작이나 고전, 그 가치가 의심스러운 베스트셀러 등으로 목록을 만들어 배포하는 식이 되어서는, 담당교사의 보고서 숫자나 늘리는 일에 그치고 말기 때문이다. 사실 교육기관에서 만든 대다수의 권장도서 목록은, 거꾸로 그 목록을 만든 사람들이 읽은 양이 얼마나 빈약한가, 그들이 읽기교육에 대해 고민한 바가 얼마나 적은가를 드러내주는 자료인 경우가 많다.

2. 읽기교육에서의 이야기의 가치

학생에게 읽힐 글을 택하기 위해서는 먼저 학생에게 길러줄 읽기 능력과 그에 적당한 글의 갈래 혹은 양식들을 정해야 할 것이다. 그리고

활 동 ＼ 자료(대상)	문학적인 것	일반적 (비문학적)인 것	공적인 것	사적인 것
듣 기				
말하기				
읽 기	◎	○		
쓰 기	▣	□		

6) 『고치고 더한 수필로 배우는 글읽기』(문학과지성사, 2001), 『제재문학선—가족편 네거리의 집』(문학과지성사, 2002) 등의 책은 필자가 수필과 소설을 자료로 그러한 작업을 해본 책이다. 역시 필자의 작품인 「허생전을 배우는 시간」(『모두 아름다운 아이들』, 문학과지성사, 2008)은 소설교육의 과정을 다룬 단편소설이다.

읽기교육 자체 및 그것이 속한 상위 교육(국어교육, 중등학교 교육 일반 등)의 목표를 염두에 두고, 특히 글의 내용, 즉 내포된 경험, 지식, 가치 등을 고려해야 한다. 그러한 작업에 필요한 논리적 근거를 구축하는 일은 단순한 작업이 아니므로 여기서는 미루어두고, 앞 장의 논의를 바탕으로 읽기교육에서의 소설이라는 '갈래'의 위치와 가치를 살피는 데 그치고자 한다. 그러기 위해서는 먼저 소설이 대표적 갈래인 이야기 전반에 관한 논의가 필요하다.

청소년을 대상으로 한 읽기교육에서 비중이 큰 글의 상위 갈래 가운데 하나가 이야기[敍事, narrative]이다. 이야기란 사건의 연쇄, 혹은 연쇄된 사건의 서술로서, 한마디로 줄거리(스토리)가 있는 것이다. 그것은 서구의 수사학이 나누어온, 인간이 무엇을 표현하는 네 가지[7] 기본적 양식 혹은 상위 갈래 가운데 하나이다. 나머지 세 가지는 논증, 설명, 묘사인데, 그 네 양식은 흔히 작문 교재에서 '글의 진술 방식'이라 불리고 있다. 이야기는 다른 세 양식보다 두드러지게 삶을 구체적으로 재현하므로 '인간은 이야기하는 동물이다'라는 명제가 있을 정도로 인간의 주요 표현 양식이 된다. 이는 경전(經典)이나 어린이용 글들이 대부분 이야기라는 사실에서 얼른 확인할 수 있다.

이야기는 기본적으로 이론적 갈래 혹은 양식이므로, 역사적 갈래에 해당하는 하위 갈래들을 초월하여, 어느 역사적 갈래에나 존재할 수 있다. 이야기시(서사시)의 경우처럼 시에도 이야기가 있을 수 있는 것이다. 또 역사 서술, 수기, 기사, 수필 등의 비허구적(사실적 실용적) 갈래에 존재할 수도 있고, 소설, 설화, 영화, 연극 등의 허구적(좁은 의미

---

7) 설명적 진술(텍스트), 이야기적 진술 등의 두 가지로 나누는 경우도 있다. 그런 경우 이야기의 중요성은 더욱 두드러진다.

로 '문학적') 갈래에 존재할 수도 있다. 그리고 앞의 예에서처럼 언어, 영상 등 매체의 차이를 넘어 존재한다. 흔히 '서사문학'이라 일컫는 허구적 문학적 이야기에만 관심을 갖는데, 이는 이야기의 본질로 보나 그 교육적 중요성으로 보나 적절하지 않다.

저학년으로 갈수록 각종 교과서에 실린 글들은 그게 허구적이든 비허구적이든, 또 역사 서술 갈래이든 신문기사나 소설 갈래이든 간에, 이야기의 비중이 크다. 이는 당연하면서도 매우 의미심장한 사실이다. 그것은 첫째, 이야기가 역사적 갈래를 초월한 것인 만큼 과목의 경계 또한 초월하기 때문이다. 둘째, 그것이 삶을 구체적으로 재현하므로 쉽고 재미있기 때문이다. 셋째, 파편적인 경험과 지식들을 결합하여 의미를 갖게 해주기 때문이다. 사물을 인식할 때, 인간은 사건의 인과적 연쇄, 즉 줄거리를 만듦으로써, 다시 말해 그것을 스토리 속에 넣음으로써 의미를 생성하고 파악한다. 인간의 주요 '표현'양식 가운데 하나가 이야기라는 사실은, 인간이 이야기 방식, 곧 줄거리 형성 방식으로 사물을 인식하고 '사고'함을 뜻한다. 이렇게 이야기는 인간의 본질적 행위이므로 교육의 기초 단계에서부터 중요하고 또 광범위하게 활용되는 것이다.

한편 청소년의 읽기교육에서 비중이 큰 것이 '문학'이다. 문학은 인간의 다양한 삶을 총체적 구체적으로 그려 보여주므로, 아직 경험이 적고 정신능력의 수준이 낮은 청소년에게 친숙하고 유익하다. 문학의 교육적 가치에 대하여는 많은 논의가 이루어졌으므로 여기서는 특히 그것이 '읽기교육'의 자료로 가치가 있는 까닭을 간단히 두 가지만 지적해 보면, 우선 문학작품을 읽을 때 독자의 참여가 적극적으로 이루어지기 때문이다. 그리고 삶을 이해하고 추구하는 가치의식 혹은 윤리적 감각을 경험을 통해 길러주기 때문이다.

3. 읽기교육과 소설

소설은 '이야기'의 핵심 갈래이자 '문학'이다. 따라서 교육의 자료, 특히 읽기교육의 자료로서 가치가 높다. 그것을 읽는 동안 학생은 크게 세 가지 정신활동——재현, 인식, 판단——을 하면서 직접 · 간접으로 경험한 것의 의미를 이해하고, 사물을 판단하는 논리와 가치 의식을 키워간다.[8] 설명적인 글을 읽으면서 하는 정신활동과 소설을 읽으면서 하는 그것을 비교해보면 얼른 알 수 있는 사실이다. 황순원의 「소나기」를 읽으면서, 독자는 원두막이나 소 등 타기에 대해 '알기'도 하지만, 소년에 비추어 자신의 열등감에 대해 '느끼고,' 죽음은 본인의 의지와 관계없이 닥치는 것임을 '경험으로 이해하며,' 하지만 인간은 그것을 극복하려는 꿈을 지닐 때 아름다울 수 있음을 '깨닫는' 것이다.

그런데 교육이란 프로그램에 따라, 어떤 목표를 가지고 하는 활동이다. 따라서 소설이 중요하여 많이 읽힌다 하더라도 단계에 따른 고려를 할 필요가 있다. 우선, 소설이라고 해서 항상 많이 읽혀야 하는 것도 아니고, 언제나 소설만 읽혀야 하는 것도 아니라고 본다. 읽기교육에서, 높은 수준으로 갈수록 허구적 이야기인 소설의 비중은 낮아지고 그 대신 비허구적 이야기의 비중이 높아져야 한다고 본다. 낮은 수준으로 내려갈 경우에는, 모두 일반 소설 갈래일 필요가 없다. 중학교 단계에

---

8) 문화권에 따라 이야기의 하나인 희곡이 소설만큼 중요시되기도 하는데, 거기에는 문학사적 관습과 문화적 특성에 따른 원인이 따로 있다.

서는 '청소년 소설,' 초등학교 단계에서는 '이야기글'이 적절할 것이다.[9]

한편, 걸작이라고 해서 반드시 학생에게 좋은 읽기 자료인 것은 아니라고 본다. 문학사상 걸작이요 전집에 수록되어 있다는 이유로 작품을 선정하여 수록하는 것이 우리의 국어 과목 교과서들이요 읽기 권장도서들의 실태이다. 읽기교육의 원리와 단계에 따라 적절한 작품들을 찾고, 없으면 새로 집필을 시켜야 한다. 물론 그 '적절한 작품'의 기준은 규모, 제재, 형식, 예술성 같은 작품 자체의 측면은 물론, 읽기능력의 단계와 작용 측면 등 여러 측면에서 깊이 연구되어야 할 것이다.

인간은 이야기를 즐기기만 하는 게 아니라 '산다(生).' 그리고 교육은 이야기 '에 관해' 하는 동시에 이야기 '로써' 하므로 이야기는 '이야기 교육'과 함께 '교육 이야기'로 접근할 필요가 있다. 소설 읽기 지도에 대한 체계적 모색은 그런 연구의 바탕을 마련하는 데도 큰 도움을 줄 것이다.

---

9) 전국국어교사모임에서 펴낸 『우리말 우리글』(2001~2003)이라는 중·고등학생용 국어 교재가 있다. 그 책의 두드러진 장점 가운데 하나는 매우 학생 중심이라는 점인데, 저학년으로 갈수록 허구적 이야기글이 많으며, 또 그것들은 소설이라기보다 '동화' 혹은 '청소년 소설' 갈래에 속한다. 교과서가 오로지 청소년문학 작품만을 수록해야 하는 것은 아니지만, 청소년문학이라는 개념과 그에 대한 인식 자체가 부족한 채 청소년의 국어교육과 읽기 지도를 하고 있는 우리의 현실에서 매우 바람직한 일이 아닐 수 없다. 청소년소설에 관한 최근의 연구로 최배은, 「한국 근대 청소년소설의 형성 연구」(숙명여자대학교 대학원, 2004)가 있다.

제16장

현대시 교육의 반성

이숭원

1. 시교육의 문제점과 지향점

시를 가르치기가 어렵다는 지적이 많이 나오는데 이것은 학습하는 학생의 입장에서도 마찬가지다. 학생들은 시가 어렵다는 선입견을 가지고 있다. 그런데 이렇게 시가 어렵다고 생각하는 학생들도 초등학교 시절 동시나 동요를 배울 때는 어렵다는 생각을 하지 않고 오히려 거기에 흥미를 느낀 적이 있었을 것이다. 중학교 이후의 과정에서 시의 수준이 높아지자 학생들은 이해에 어려움을 느끼게 되고, 문학의 전문 술어가 동원된 시에 대한 해설을 접하면서 시는 학생들의 생활 현장과는 동떨어진 이상야릇한 언어구성물로 인식되기 시작한 것이다.

교사의 입장에서는 몇 줄 안 되는 짧은 시를 가지고 한 시간 수업을 하는 것이 부담스러운 일이다. 소설이라면 줄거리를 비롯해서 여러 가지 설명할 내용이 많을 텐데 시는 그런 부수적 설명 내용이 별로 없어서 부담이 된다. 그러다 보니 참고서에 나와 있는 설명에 의존하여 시의 형태, 심상, 비유, 주제 등을 정리해주는 것으로 수업을 진행하는 경우가 많다. 이렇게 되면 학생들은 시를 더욱 어려운 것으로 생각하게 되고 결과적으로 시에서 점점 멀어지게 된다.

시를 가르치는 일이 어려운 것은 시 장르 자체의 속성과도 관련된다. 시는 짧은 형식 속에 많은 것을 함축하고 겉으로 표명되지 않은 많은 의미가 그 속에 잠재되어 있기 때문에 어렵게 느껴진다. 흔히 시를 감정의 표현이라고 규정하는데, 시의 가장 원초적인 형태는 간단한 감탄의 어구였을 것이다. 감정이란 순간적으로 일어나는 마음의 움직임이기 때문에 그것을 표현하는 시는 짧은 형식을 취하게 된다. 이 짧은 형식은 우리에게 선명한 인상을 전해주며 거기 담긴 감정의 파문을 그대로 느끼게 하는 강점을 지닌다. 그런데 우리의 감정이라는 것이 그렇게 단순 명쾌하지가 않다. 상당히 복합적이고 미묘하며 분명한 실체를 파악하기 힘든 것이 우리의 감정이다. 이러한 감정을 표현하는 시도 그러한 속성을 지니게 되는 것은 어떻게 보면 당연한 일이다.

그런데 교육이라고 하는 것은 모르는 사람들에게 지식을 전달하여 사실을 알게 하는 것이 목적이다. 그렇기 때문에 교육은 분명하고 논리적인 설명을 요구한다. 여기서 시와 교육이 충돌하는 문제가 발생한다. 특히 학생들은 시험을 염두에 두고 명쾌하고 계량적인 설명을 요구하게 되는데 시라는 것은 이상야릇하고 애매모호해서 그러한 설명에 부합되지 않는 면이 많다. 그렇다고 시의 교육을 포기할 수는 없다. 시는, 명쾌하고 계량적인 사고만이 능사가 아니며 그것 외에 또 다른 중요한 영역이 있다는 점을 우리에게 깨닫게 한다. 시를 가르치는 의의는 바로 이런 데서도 찾을 수 있다.

　시를 가르치기 위해서는 가르치는 목적을 분명히 해둘 필요가 있다. 우리가 시를 읽는 목적은 인간이 어떤 상황에서 어떠한 감정을 가지게 되며 그것을 어떠한 방식으로 표현하였는가를 이해하기 위해서다. 시를 가르치는 목적도 거기서 크게 벗어나지 않는다. 시를 가르치는 것은 시인이 시에 담아놓은 생각과 표현 방식을 학생들이 순조롭게 이해할 수 있도록 유도해가는 과정이다. 어떤 상황에 의해 환기된 감정을 하나의 시작품으로 형상화하는 능력을 상상력이라고 한다. 시적 상상력은 본질적으로 계량적 명확성과는 거리가 멀다. 그러나 그것은 우리의 메마른 삶에 생기를 주고 허무의 사막과 암흑의 동굴을 의미 있는 삶의 터전으로 바꾸어놓는다. 우리는 시작품을 통하여 시인의 상상력을 발견하고 그것을 우리의 것으로 수용한다. 문학적 상상력이 나타난 양상을 이해하고 그것을 자신의 정신 영역에 수용하는 과정을 통해 우리의 감수성은 더욱 심화되고 확대된다. 이러한 상상력의 발견과 감수성의 확대가 시교육의 내용이자 목표라고 할 수 있다.

　시에 나타난 상상력의 작용이라든가 시적 정서의 기능은 작품마다 각기 다르다. 시를 가르치는 사람은 해당 작품의 특징에 부합하는 교수 방법을 구사해야 한다. 심각한 주제의식보다 언어나 심상의 아름다움에 주력한 작품이라면 그것에 합당한 설명을 하고, 표현의 면보다 시인의 의식이 부각되는 경우라면 그것이 우리에게 주는 새로운 인식이라든가 깨달음 같은 측면을 강조해서 설명해야 한다. 이러한 차별성이 혼란을 보이면 해석상의 오류가 나타나고 결과적으로 시교육에 심각한 문제가 야기된다. 예를 들어 박목월의 「나그네」는 유장하게 흐르는 언어의 율동감을 나그네의 낭만적 유랑의 모습과 병치시킨 작품이다. 따라서 우리는 이 시를 유성음이 반복되는 운율의 아름다움과 낭만적 정취에 초점을 맞추어 가르칠 필요가 있다. 이 시가 일제 말에 씌어진 것이라고 해서 당시의 현실을 느닷없이 끌어와서 이 시가 초근목피로 연명해가던 궁핍한 현실을 왜곡한 것이라고 해석하고 또 그렇게 가르친다면 이것은 분명 작품 자체를 왜곡한 교육이 되고 마는 것이다.

2. 교과서 수록 시의 위상

시교육 현장에서 부딪치는 오류는 비단 교사의 교수 방법이나 학생의 학습 방법에서만 발생하는 것은 아니다. 때로는 교과서에 수록된 텍스트 자체가 문제를 내포하는 경우가 있다. 시교육의 현장에서 교과서에 수록된 시는 교사에게 의무적으로 부여된 교육의 제재다. 교과서는 국민 교육의 전범이 되는 책이고 거기 수록된 작품은 한국 문학을 대표하는 작품이라는 믿음을 교사와 학생들이 공유하고 있다. 따라서 교사가 아무리 다양한 시 수업 자료를 준비한다 하더라도 실제 학습의 내용은 교과서 수록 시의 테두리를 벗어날 수 없다. 그런 의미에서 교과서에 수록된 시는 교사와 학생이 공유하는 교육적 소통의 기본축이라고 할 수 있다. 교과서에 시가 잘못 선정되면 이러한 교수·학습의 기본축이 제구실을 못하는 결과를 가져온다.

우리가 학교에서 시를 배운 것은 초등학교 시절부터다. 초등학교 교과서에는 동시가 실려 있는데 동시도 시에 속하니까 우리는 아주 어린 시절부터 시를 접하며 살아온 셈이다. 그런데 이상하게도 초등학교 때 배운 시는 거의 기억에 남아 있지 않고 중학교 이후 배운 시는 기억에 꽤 선명하게 남아 있다. 그리고 또 이상한 것은 초등학교 교과서에는 시를 지은 사람의 이름이 나와 있지 않은데 중학교 이후의 시에는 시인의 이름이 밝혀져 있다는 점이다. 이것은 초등학교와 중등학교의 교육 내용이 다르기 때문에 나타난 현상일 텐데 그 차별성이 무엇인지 나는 아직 정확히 알지 못하고 있다.

그런데도 나는 이 두 사실 사이에 어떤 상관관계가 있지 않나 혼자 생각하고 있다. 시인의 이름이 제시된 시를 배울 때 비로소 우리는 그 시를 하나의 작품으로 받아들이게 된다고 생각한다. 물론 초등학교를 지나 중학생이 되면서 학습자가 더 성숙해졌고 감수성이 확대되었기 때문에 시를 더 잘 기억하게 되었겠지만, 그렇다 하더라도 시인의 이름이 제시된 시와 그렇지 않은 시는 기억의 강도에 있어 차이를 보인다는 것이 내 생각이다. 이것은 교과서에 실린 문학작품의 경우 학생들에게는 그 작품만이 아니라 작가의 이름도 중요성을 지닌다는 사실을 반증한다. 말하자면 학생들은 시인의 삶을 통하여 작품에 접근하는 태도를 완고하게 유지하고 있다.

중고등학교 시절 문학에 관심을 가진 소수 학생의 경우를 제외하면, 우리가 시를 접할 수 있는 기회는 국어교과서 외에는 없었다. 그리고 교과서에 실린 시는 반드시 시험에 출제되었고 우리는 시험에서 좋은 성적을 얻어야 했기에 교과서의 시를 거의 암송하다시피 했다. 최선의 경우 문학적 감수성을 잠재적으로 지닌 학생에게 교과서에 실린 시가 그 학생의 잠재력을 자연스럽게 이끌어낼 수 있는 촉매 역할을 하기도 했다. 중학교 시절 김소월의 「진달래꽃」과 윤동주의 「서시」를 접했을 때의 감동을 나는 지금도 잊지 못한다. 교과서에 실린 시는 우리에게 거의 절대적인 의미를 지니고 있었다. 이러한 사정은 지금도 크게 달라지지 않았다.

　이런 이유 때문에 교과서에 시를 수록할 때에는 작품의 수준이라든가 그 작품을 쓴 시인의 문학적 위상뿐만 아니라 각 학년별 제재의 교육적 효과라든가 단원별 연계성, 학습자의 반응 등 여러 가지 측면을 고려하는 것으로 알고 있다. 이렇게 여러 가지 측면을 고려해서 작품을 선정한다 하더라도 사람의 일에는 언제나 문제가 뒤따르기 마련이다. 중학교부터 고등학교까지 교과서에 수록된 시와 거기 첨부된 학습활동을 검토해보면 역시 크고 작은 문제들이 검출되는 것을 볼 수 있다.

　나는 여기서 교과서에 수록된 모든 시의 크고 작은 문제를 일일이 검토할 겨를이 없다. 우선 많은 사람이 시급히 그 문제를 공유하고 다시는 이런 잘못이 되풀이되어서는 안 되겠다고 결심해야 할 두 가지 사례만을 골라 그것이 지닌 교수·학습상의 문제점을 제시해보려 한다. 하나는 교과서에 제시된 학습활동이 시의 해석을 오도하게 되는 경우이고, 또 하나는 교과서에 작품 선정이 잘못되었을 때 나타나는 문제점에 대한 것이다. 이것은 공연히 시비를 일으켜 문제를 복잡하게 만들자는 것이 아니라, 복잡한 문제의 재연을 막기 위해 시비를 가리자는 뜻이다. 그리고 여기에는 중고등학교 학생들에게 시의 정당한 모습을 보여주어 시에 대한 관심을 높이려는 의도도 포함되어 있다. 문학이 무엇인지 잘 모르는 학생들에게 시는 이상야릇하고 어려운 것이라는 선입견을 심어줄 필요는 없다. 그런 의미에서 교과서에는 아름답고도 쉬운 작품, 학생들의 문학적 흥미를 고양시킬 수 있는 작품이 선정되어야 할 것이다.

3. 해석의 오류

중학교 3학년 2학기 국어교과서에는 '시의 표현'이라는 큰 단원이 있고 거기에 조지훈의 「승무」가 소단원의 하나로 설정되어 있다. 이 작품은 교과서에 실린 연조가 상당히 오랜 작품이다. 과거에는 고등학교 교과서에 실렸던 것이 지금은 중학교 3학년 교과서로 이동되었다. 지금의 중학교 3학년 학생이라면 충분히 이해할 수 있으리라고 생각해서 중학교 3학년 교과서에 수록했을 것이다. 교과서에 이 시에 대한 학습활동으로 제시된 내용은 다음과 같다.

1. 이 시에서 비유적인 표현을 찾아보고, 그 효과에 대하여 말해보자.
2. 이 시의 앞과 뒤에 쓰인 "얇은 사(紗) 하이얀 고깔은 고이 접어서 나빌레라"의 표현 효과에 대하여 말해보자.
3. "세사(世事)에 시달려도 번뇌(煩惱)는 별빛이라"에 담긴 뜻을 말해보자.

「승무」의 언어표현은 중학교 3학년에 다니는 보통 수준의 학생이라면 어느 정도의 보충설명에 의해 그 뜻을 대부분 파악할 수 있을 것이다. 그러나 학습활동 세번째 항목으로 제시된 "세사에 시달려도 번뇌는 별빛이라"라는 시행은 난해구에 속해서 시를 전공하는 사람들도 아직 그 내포적 의미에 대해 확정을 내리지 못하고 있다. 그런데 교과서에서는 중학교 3학년 학생들에게 그 구절의 뜻을 말해보라고 권유하고 있다. 어느 면에서는 중학교 학생들의 감수성이 어른을 능가하는 경우도 있으니까 이런 질문도 괜찮지 않겠느냐고 생각할지 모르지만, 이 시구의 의미는 청소년의 순박한 감수성으로 해명될 성질의 것이 아니다. 더욱 심각한 것은 많은 참고서들이 이 시구의 뜻에 대한 설명을 난해하고 관념적인 내용으로 채우고 있다는 사실이다.

이 구절의 뜻을 말해보라고 학습활동으로 제시한 이유는 충분히 이해가 간다. 그것은 이 구절이 바로 시의 주제를 내포하고 있는 핵심적인 구절이라고 생각했기 때문이다. 그러나 그 구절의 의미가 뚜렷이 해명되지 않은 상태인데 어떻게 그것이 주제를 담은 시구라고 단정할 수 있겠는가? 그러면 주제는 도대체 무엇이란 말인가? 교사용 지도서나 참고서에는 천편일률적으로 이 시의 주제가 '세속적인 번뇌의 초극'이라고 제시되어 있다. 과연 이 시는 '세속적인 번뇌의 초극'이라는 심각한 철학적 주제를 다루고 있는 작품인가? 단순히 승무를 추는 정경을 감각적인 표현과 의고적이고 환정적인 시어로 형상화한 것은 아닌가?

이 시는 1939년 12월 『문장』지에 발표된 것인데 그때 조지훈의 나이는 만 열아홉 살이었다. 시인 자신의 말에 의하면 승무를 시화하겠다는 생각을 가진 것은 1년 전의 일이었다. 그리고 승무를 통해 그가 나타내고자 한 것은 '인간의 애욕갈등' '관능의 정화' '생활고의 종교적 승화' 정도였다. '관능의 정화'라든가 '생활고의 승화'라는 소박한 주제가 '세속적인 번뇌의 초극'이라는 심각한 주제로 바뀐 데에는 시 연구자들의 현학적 언술이 많이 작용한 것이 사실이다. 그러나 그 현학이 중학교 시 교육에 그대로 수용되어서는 안 된다. 사정이 어떻든 일단 이 시가 교과서에 수록되어 있으니 가장 타당한 해석을 모색해야 할 것이다. 교과서에 실린 시는 다음과 같다.

얇은 사(紗) 하이얀 고깔은 고이 접어서 나빌레라.

파르라니 깎은 머리 박사(薄紗) 고깔에 감추오고,

두 볼에 흐르는 빛이 정작으로 고와서 서러워라.

빈 대(臺)에 황촉(黃燭)불이 말없이 녹는 밤에

오동잎 잎새마다 달이 지는데,

소매는 길어서 하늘은 넓고,

돌아설 듯 날아가며 사뿐히 접어 올린 외씨보선이여.

까만 눈동자 살포시 들어

먼 하늘 한 개 별빛에 모두오고,

복사꽃 고운 뺨에 아롱질 듯 두 방울이야

세사(世事)에 시달려도 번뇌(煩惱)는 별빛이라.

휘어져 감기우고 다시 접어 뻗는 손이

깊은 마음 속 거룩한 합장(合掌)인 양하고,

이 밤사 귀또리도 지새우는 삼경(三更)인데,

얇은 사(紗) 하이얀 고깔은 고이 접어서 나빌레라.

　이 시는 어떤 젊은 여승이 승무를 추는 모습을 묘사한 것이다. 승무를 추는 여승이 젊다는 것은 "두 볼에 흐르는 빛이 정작으로 고와서 서러워라"라든가 "까만 눈동자" "복사꽃 고운 뺨" 등의 시구에서 알 수 있다. 어떤 참고서에는 '두 볼에 흐르는 빛'이나 '녹는 황촛불'을 눈물의 심상으로 본 것이 있는데 이것은 잘못된 것이다. 이렇게 보면 이 시는 승무를 추는 여승의 비애를 그린 것으로 잘못 해석되고 만다. 이 시는 서러움을 머금은 승무의 아름다움에 초점을 맞춘 작품이지 여승의 비애에 초점을 둔 작품이 아니다. 그냥 아름다운 춤이 아니라 슬픔을 머금은 아름다운 춤, 번뇌를 포함한 아름다운 춤, 젊은 여인의 관능과 신앙과의 갈등이 배어 있는 춤, 그 춤의 이중성에 시인의 시선이 모아져 있다.

그러면 "세사에 시달려도 번뇌는 별빛이라"를 어떻게 이해해야 할까. 이 시구를 이해하려면 우선 5연의 '별빛'의 의미부터 제대로 파악해야 할 것이다. 5연은 4연에서 자락을 떨쳐 펴며 춤추던 동작이 잠시 정지하는 순간의 묘사다. 까만 눈동자를 살며시 들어 먼 하늘 별빛을 바라보는 것처럼 응시하는 동작을 나타냈다. 여기서 '별빛'을 여승이 종교적으로 도달하려는 염원의 세계를 표상한 것으로 보는 해석이 있다. 그것은 '먼 하늘 한 개' 별빛이라는 구절로 볼 때 타당한 해석이라 할 수 있다. 먼 하늘 한 개의 별빛에 자신의 시선을 집중할 때에는 그 응시의 대상이 예사로운 것은 아닐 것이다. 여승은 수행과 춤으로도 세속의 번뇌가 떨쳐지지 않아 괴로워하며 다시 한 번 먼 하늘 한 개 별빛에 눈을 모으며 자신의 염원을 발원하는 것이다.

그렇게 번뇌에서 벗어나려는 간절한 발원을 하는 순간 자신도 모르게 뺨에 눈물이 맺힌다. 그런데 그 뺨은 싱싱하게 젊은 여인의 뺨, 즉 '복사꽃 고운 뺨'이다. 이 아름다운 뺨에 눈물이 맺힌다는 사실 자체가 바로 이중적이다. 그것이 바로 서러움을 내포한 아름다움이다. 그리고 눈물도 이중적인 의미를 담고 있다. 그것은 번뇌에서 벗어나려는 단호한 의지와 그러한 발원에도 불구하고 발끝을 잡아채는 번뇌의 집요함 사이의 갈등을 나타낸다. 번뇌에서 벗어나려고 몸부림치지만 결국 번뇌에서 벗어날 수 없는 것이 아닌가 하는 생각이 들 때 눈물이 맺힐 것이다. 그렇게 눈물이 비치는 모습을 보고 시인이 한 발언이 "세사에 시달려도 번뇌는 별빛이라"이다. "아무리 세상의 일에 시달린다고 해도 당신의 번뇌는 별빛처럼 찬란하고 아름다운 것이 아니겠는가?" 이런 뜻을 시인은 담아낸 것이다. 그다음 7연에서 춤은 다시 움직임으로 이어지면서 거룩한 합장과 같은 손동작으로 변화한다. 여기서 비로소 종교적 전심(傳心)을 통해 자신의 염원을 실현하려는 여승의 마음이 표현된다. 그리고 8연에서 깊은 밤 승무를 추는 정경이 다시 제시되면서 시가 종결된다.

이렇게 볼 때 다른 연이 춤의 동작을 묘사하고 있음에 비해 6연은 춤의 한 동작에 대한 시인의 연상과 해석을 제시한 것임을 알 수 있다. 우선 한 개 별빛에 시선을 고정시킨 여승의 검은 눈동자를 보고 다시 거기서 눈물이 비친다는 연상을 하였다. 그 눈물은 세속의 번뇌를 다 떨치지 못해서 흘러나온 것이다. 저렇게 아름다운 뺨에 아롱지는 눈물방울도 아름답고 여승의 내면에 담긴 번뇌를 떨치려는 의지도 아름답다. 그래서 당신의 뺨에 눈물을 맺히게 할 정도로 당신을 괴롭히는 세속의 번뇌도 별빛처럼 아름다운 것이 아니겠는가 생각한 것이다. 바로 이것이 이 시가 수미일관하게 시상의 축으로 삼고 있는 아름다움의 이중성이다. 세사에 시달리는 여승의 번뇌도 슬픔을 내포한 아름다움, 즉 '별빛'으로 인식되었던 것이다.

따라서 '번뇌'는 현실적 지상적 상황을 지칭하고 '별빛'은 천상적 초월적 세계를 나타낸다는 설명은 이 시를 아주 관념적인 것으로 변질시켜버린다. 바로 그런 설명에서 이 시의 주제가 세속적 번뇌에서 벗어나 영원의 세계로 초극하려는 여인의 의지를 형상화한 것이라는 주장이 나온 것인데, 그런 주제 파악도 시의 문맥에서 상당히 벗어난 것이다. 또 연꽃의 의미를 끌어들여 진심은 번뇌 속에 있어도 번뇌에 물들지 않는다고 해석한다든가, 불교의 가르침을 원용하여 마음속의 번뇌를 오히려 고맙게 여기라는 의미로 설명하는 것도 이 구절의 의미를 지나치게 확대 해석한 것이다.

'인간 고뇌의 종교적 승화'라든가 '세속적인 번뇌의 초극'이라는 주제 설정은 이 시구를 관념적으로 확대 해석한 데서 나온 것이다. 이 시의 불교적 색채는 오히려 7연의 "깊은 마음속 거룩한 합장인 양하고"에서 더 자연스럽게 우러나온다. 이러한 해석의 오류가 나타나게 된 것은 한 편의 시에서 무언가 오묘한 진리라든가 그럴듯한 주제의식을 찾아내려는 심리가 작용했기 때문이다. 그러나 열아홉의 젊은이가 쓴 시에 그렇게 깊은 철학적 내용이 담겨 있으리라고 기대하는 것부터가 무리다. 우리는 우선 한 편의 시를 그냥 한 편의 시로, 다시 말하면 독특하게 변형된 정서적 언술로 이해하는 자세를 가져야 할 것이다. 그리고 교육의 차원에서도 그러한 사고방식이 적극적으로 실현될 필요가 있다.

4. 제재 선택의 오류

고등학교 국어교과서 하권에는 '문학과 문화'라는 대단원이 있고 거기에 현대시 작품으로 한용운의 「논개의 애인이 되어서 그의 묘에」가 수록되어 있다. 이 작품은 만해 시 중 난해한 작품으로 알려져 있다. 국어교과서 하권은 고등학교 2학년이나 3학년 때 이수하게 되어 있는데 다소 어려운 시작품도 공부해보아야 한다는 의도로 이 작품이 선정되었다 하더라도 작품 선정에 무리가 있었다는 비판은 피할 도리가 없다. 앞에서도 말했듯이 교과서에 실린 작품은 학생들에게 최고의 절대성을 갖는다. 교과서에 실린 작품은 교과서에 실렸다는 바로 그 이유 때문에 한 시인의 작품세계를 대표할 뿐만 아니라 어느 시대의 문학적 전통과 규범을 대표하는 정전(正典)의 자격을 소유한다. 그러나 과연 한용운의 이 작품이 그러한가에 대해서는 부정적인 답변이 도출될 수밖에 없다.

그러면 이 작품이 교과서에 제재로 선정된 이유는 무엇인가? 이 작품이 포함되어 있는 대단원의 이름은 '문학과 문화'이며 그러한 표제 아래 문학을 생활문화와 예술문화의 두 측면에서 이해·감상하려는 것이 단원 설정의 이유이다. 생활문화의 측면에서 볼 때, 이 작품은 논개라는 역사적 인물을 추모하면서 그 인물의 뛰어난 점을 계승하려는 정신을 나타내고 있다. 역사적 인물을 통해 교훈을 얻으면서 현재의 난관을 극복하고자 하는 것은 우리의 전통적인 생활문화의 특징인데, 이 작품이 바로 그러한 면을 담고 있기 때문에 제재로 선정된 것이다. 또 예술문화의 측면에서 볼 때 이 작품은 역설의 어법을 구사하고 있으며, 나라를 위해 목숨을 버린 논개의 행동과 그것을 추앙하는 화자의 태도에서 비장미가 발현된다. 역설의 언어표현과 비장미라는 미의식은 예술문화가 갖는 여러 특징의 하나다. 이 작품은 바로 이런 생활문화와 예술문화의 두 가지 특성을 함께 갖추고 있다고 판단되었기 때문에 '문학과 문화'라는 대단원의 소단원 제재로 선정된 것이다.

그러나 우리 현대시의 유산 중에서 이 두 가지 측면을 공유하고 있는 작품이 과연 이 작품밖에 없는지 반성해볼 필요가 있다. 작품의 범위를 한용운의 시에 국한시킨다 하더라도 이 작품이 생활문화와 예술문화의 두 측면을 함축적으로 보여주는 훌륭한 작품인지 냉정하게 반문해보아야 한다. 이 작품은 우리 현대시사를 구성하는 다양한 작품들에 비할 때 그 시적 수준이 현저히 떨어지며 한용운의 시 중에서도 우수작의 반열에 오르지 못한다. 한마디로 말하여 이 작품은 한용운의 대표작이라거나 한국 현대시의 전범으로 삼을 만한 작품이 못 된다. 필자의 말이 결코 과장이 아니라는 것은 이 시를 읽어보기만 하면 저절로 드러난다. 교과서에 실린 작품 전문을 옮겨보겠다.

날과 밤으로 흐르고 흐르는 남강(南江)은 가지 않습니다.

바람과 비에 우두커니 섰는 촉석루(矗石樓)는 살 같은 광음(光陰)을 따라서 달음질칩니다.

논개(論介)여, 나에게 울음과 웃음을 동시(同時)에 주는 사랑하는 논개여.

그대는 조선의 무덤 가운데 피었던 좋은 꽃의 하나이다. 그래서 그 향기는 썩지 않는다.

나는 시인으로 그대의 애인이 되었노라.

그대는 어디 있느뇨. 죽지 않은 그대가 이 세상에는 없고나.

나는 황금의 칼에 베어진 꽃과 같이 향기롭고 애처로운 그대의 당년(當年)을 회상(回想)한다.

술 향기에 목맺힌 고요한 노래는 옥(獄)에 묻힌 썩은 칼을 울렸다.

춤추는 소매를 안고 도는 무서운 찬바람은 귀신 나라의 꽃수풀을 거쳐서 떨어지는 해를 얼렸다.

가냘핀 그대의 마음은 비록 침착하였지만 떨리는 것보다도 더욱 무서웠다.

아름답고 무독(無毒)한 그대의 눈은 비록 웃었지만 우는 것보다도 더욱 슬펐다.

붉은 듯하다가 푸르고 푸른 듯하다가 희어지며 가늘게 떨리는 그대의 입술은 웃음의 조운(朝雲)이냐 울음의 모우(暮雨)이냐 새벽달의 비밀이냐 이슬꽃의 상징(象徵)이냐.

빠비 같은 그대의 손에 꺾이우지 못한 낙화대(落花臺)의 남은 꽃은 부끄럼에 취(醉)하여 얼굴이 붉었다.

옥 같은 그대의 발꿈치에 밟히운 강 언덕의 묵은 이끼는 교긍(驕矜)에 넘쳐서 푸른 사롱(紗籠)으로 자기의 제명(題名)을 가리었다.

아아, 나는 그대도 없는 빈 무덤 같은 집을 그대의 집이라고 부릅니다.

만일 이름뿐이나마 그대의 집도 없으면 그대의 이름을 불러 볼 기회가 없는 까닭입니다.

나는 꽃을 사랑합니다만 그대의 집에 피어 있는 꽃을 꺾을 수는 없습니다.

그대의 집에 피어 있는 꽃을 꺾으려면 나의 창자가 먼저 꺾어지는 까닭입니다.

나는 꽃을 사랑합니다만 그대의 집에 꽃을 심을 수는 없습니다.

그대의 집에 꽃을 심으려면 나의 가슴에 가시가 먼저 심어지는 까닭입
니다.

용서하여요 논개여, 금석(金石) 같은 굳은 언약을 저버린 것은 그대가
아니요 나입니다.
용서하여요 논개여, 쓸쓸하고 호젓한 잠자리에 외로이 누워서 끼친
한(恨)에 울고 있는 것은 내가 아니요 그대입니다.
나의 가슴에 '사랑'의 글자를 황금으로 새겨서 그대의 사당에 기념비
를 세운들 그대에게 무슨 위로가 되오리까.
나의 노래에 '눈물'의 곡조를 낙인(烙印)으로 찍어서 그대의 사당에 제
종(祭鐘)을 울린대도 나에게 무슨 속죄가 되오리까.
나는 다만 그대의 유언대로 그대에게 다하지 못한 사랑을 영원히 다른
여자에게 주지 아니할 뿐입니다. 그것은 그대의 얼굴과 같이 잊을 수가
없는 맹세입니다.
용서하여요 논개여, 그대가 용서하면 나의 죄는 신에게 참회를 아니
한대도 사라지겠습니다.

천추(千秋)에 죽지 않는 논개여,
하루도 살 수 없는 논개여,
그대를 사랑하는 나의 마음이 얼마나 즐거우며 얼마나 슬프겠는가.
나는 웃음이 겨워서 눈물이 되고 눈물이 겨워서 웃음이 됩니다.
용서하여요 사랑하는 오오 논개여.

한용운의 시라고 해서 모든 작품이 다 명작은 아니다. 『님의 침묵』의

각 시편을 보면, 감각적 비유가 아름다움을 자아내기도 하고 역설적 어법이 새로운 깨달음을 전해주는 것이 사실이다. 그러나 그러한 비유와 역설의 독특함이 한 편의 시작품으로서의 완성도를 그대로 보장해주는 것은 아니다. 사실 『님의 침묵』에서 그 주제와 표현과 형식이 긴밀하게 결합되어 한 편의 시작품으로 성공한 사례는 그렇게 많지 않다. 각 시편에 담긴 정신은 참으로 거룩하고 매 시편마다 보이는 역설적 표현도 시대를 앞선 탁월함을 보이지만 그것이 서로의 호응을 이루지 못하고 한 편의 작품 속에 긴밀한 짜임을 맺지 못한 것은 만해 시의 어쩔 수 없는 한계다. 우리가 만해의 시를 제대로 암송하지 못하는 것은 그 산문적 호흡에만 원인이 있는 것이 아니라 시상 전개의 불합리성에도 원인이 있는 것이다.

이 시에서도 우리는 많은 불합리한 요소를 발견할 수 있다. 우선 어조가 경어체로 시작해서 갑자기 평어체로 바뀌었다가 다시 경어체로 바뀌고 경어체 사이에 다시 평어체가 끼어드는 것을 볼 수 있다. 한 작품 속에서 이렇게 어조가 바뀌는 것은 『님의 침묵』 시편 중 유일한 예인데, 각각의 어조의 변화가 일어나는 필연적 근거를 시의 문맥 속에서 찾아내기 힘들다. 자율학습이 가능하도록 만들었다는 교과서에도 그것에 대한 언급은 없고 시중의 참고서에도 이것을 설명한 부분은 없다. 이렇게 어조 변화의 뚜렷한 동기가 발견되지 않기 때문에 이 시를 읽으면 무언가 어색하고 산만하다는 느낌을 갖게 된다.

또 이 시에는 '당년' '무독한' '조운' '모우' '교긍' '사롱' '제종' 등 생경한 관념어라든가 어색한 한자어들이 여러 곳에 쓰였다. 이러한 관념적 한자어는 시상의 자연스러운 흐름을 차단하며 우리말이 지닌 운율과도 조화를 이루지 못한다. 이것 역시 사십대 후반의 불승(佛僧)인 만해의 한

348

계라 볼 수 있는데, 그렇다 하더라도 만해의 시에서 고유어를 능숙하게 구사해서 성공을 거둔 작품이 여러 편 있는 것을 보면 이 시는 언어 조직의 면에서 실패한 작품이라는 비판을 면하기 어렵다.

그뿐 아니라 이 시에는 역설적 표현이 너무 많이 사용됨으로써 역설적 표현이 갖는 본질 통찰의 기능이 희석되거나 마비되어버렸다. 그래서 이 시의 어법은 진실을 드러내는 역설의 신비로움을 잃어버리고 거의 말장난에 가까운 관용적 역설의 차원으로 전락해버렸다. 거기에 비유가 중첩되고 상징에 상징이 덧붙음으로써 전달해야 할 기본적인 의미내용조차 모호하게 희석되어버렸다.

세부적인 표현의 면에 있어서도 문제 삼을 부분이 적지 않다. 두 가지 예만 들면, 둘째 연의 각 행에서 '노래' '찬바람' '마음' '눈' '입술' '손' '발꿈치' 등을 열거하며 서술하였는데 이 부분은 유사한 말이 반복되고 중첩되면서 의미가 다변화되어 시로써의 간결성을 상실하고 말았다. 또 넷째 연에서 화자는 여러 번 용서하라는 말을 반복하면서 논개의 고결한 뜻을 따르지 못한 자신을 책망하고 있다. 그 자책은 일제의 강압 속에 무력하게 그날그날을 영위하고 있는 나약한 인간 군상에 대한 질책의 뜻을 담고 있기도 할 것이다. 그런데 그다음에 화자는 자신이 할 수 있는 일이 "그대에게 다하지 못한 사랑을 영원히 다른 여자에게 주지 아니할 뿐"이라고 말하고 있다. 이것은 일편단심의 충절을 보이겠다는 뜻으로 읽힌다.

그러나 논개가 보여준 것은 단순한 절개를 지키는 차원이 아니라 적장을 죽이고 목숨을 버리는 자기희생의 저항 행위였다. 적어도 논개의 애인이 되고자 하고 논개 앞에 부끄러워하며 용서를 구하는 마당이라면 논개가 보인 행동의 10분의 1이라도 실천하는 모습을 보여주어야 옳았을 것이다. 그런데 그저 당신만을 사랑하겠다는 내용을 토로하는 것은 앞에서 간절하게 용서를 빈 행동과 어울리지 않는 행동이다. 그다음 행에서 당신이 용서하면 나의 죄는 신에게 참회를 하지 않아도 사라질 것이라고 말하는 것도 어처구니없는 논리의 당착에 속한다.

이처럼 이 시는 여러 가지 측면에서 모순을 보이고 있다. 그 모순은 현대시의 속성에 해당하는 애매성도 아니며 역설의 어법 때문에 겉으로 드러나는 논리의 모순도 아니다. 그것은 시인 자신의 생각이 정리되지 않았기 때문에 나타난 결과다. 생각이 정리되지 않았기 때문에 그것에 상응하는 적절한 표현도 얻지 못한 것이다. 요컨대 이 시는『님의 침묵』에 수록된 시편 중 완성도가 크게 떨어지는 작품에 속한다. 문학과 문화의 관계를 설명할 여러 가지 제재 중 굳이 이런 시를 택하여 교육에 혼란을 초래하는 것은 참으로 커다란 지성의 낭비다.

5. 교수·학습 방법의 모색

이렇게 문제점을 안고 있는 두 제재를 교사는 어떻게 가르쳐야 하며 학생들은 이것을 어떻게 학습해야 할까?

「승무」의 경우는 문제가 조금 간단하다고 할 수 있다. 교사가 학생들에게 그 시구의 의미를 물어보고 만일 학생들이 참고서에 나와 있는 대로 대동소이한 대답을 한다면 그것이 지닌 문제점을 지적한 다음 교사의 의견을 제시하면 될 것이다. 물론 교사의 의견을 제시한 다음에 다시 학생들에게 자신의 설명에 대한 의견을 물어보고 더욱 발전된 토론을 유도해갈 수도 있다. 그러는 과정에서 "세사에 시달려도 번뇌는 별빛이라"에 대한 새롭고도 적절한 해석의 길이 열릴지도 모른다.

　이러한 과정에서 학생들이 5연의 "먼 하늘 한 개 별빛에 모두오고"의 '별빛'과 6연의 '별빛'이 어떻게 다른지 질문할 수도 있다. 왜냐하면 많은 참고서에 이 두 시어의 차이점을 묻는 문제가 나와 있기 때문이다. 5연의 '별빛'은 춤추는 여승의 입장에서 눈동자를 들어 무엇인가를 응시했을 때 그 대상이 무엇인가를 제시한 것이고 6연의 '별빛'은 여승의 뺨에 아롱지는 눈물방울을 보고 시적 화자 자신이 생각한 내용을 표현한 것이다. 따라서 5연의 '별빛'이 여승이 추구하는 염원의 세계를 나타낸 것이라는 설명은 타당하다. 그러나 앞에서 설명한 대로 6연의 '별빛'을 해탈이나 초극의 표상으로 해석하는 것은 타당하지 못하다. 6연의 '별빛'에는 대상을 바라보는 시적 화자의 감정이 투영되어 있음을 학생들에게 인식시킬 필요가 있다. 그리고 여승의 번뇌를 별빛처럼 아름답고 찬란한 것으로 받아들인 시인의 마음의 움직임을 설득력 있게 설명해야 할 것이다.

　「논개의 애인이 되어서 그의 묘에」의 경우는 문제가 간단치 않다. 먼저 결정해야 할 문제는 교과서에 실린 시라고 해서 다 잘된 시는 아니라는 언급을 함으로써 학생들이 가지고 있는 교과서 시에 대한 절대적 의존성을 깨뜨릴 필요가 있다. 더 나아가 교사가 먼저 학생들에게 이 시의 모순점이라든가 불합리한 요소를 찾아내게 할 수도 있다. 그런 다음 그 불합리한 요소에 대한 교사의 의견을 학생들에게 이야기해준다. 이 경우 교사는 양시·양비론적 태도를 가지는 것이 필요할지 모른다. 가령 어느 학생이 이 시에 나타난 어조의 변화를 지적하며 왜 이렇게 어조를 바꾸었는지 도무지 이해가 안 된다고 하면, "표면적으로 볼 때 어조에 일관성이 없는 것은 사실이다. 그러나 단순히 사실을 서술할 때는 평어체를 사용하고 탄원하고 추앙하는 뜻을 나타낼 때는 경어체를 사용했다고 볼 수 있지 않겠느냐?” 이런 식으로 설명할 수 있다.

다른 불합리한 부분에 대해서도 이러한 설명 태도를 유지할 수 있겠지만 그런 것 자체가 교사에게는 여간 고역이 아닐 것이다. 가령 어떤 학생이 “저는 시적 화자가 논개에 대해 어떤 태도를 갖고 있는지, 논개의 행동을 통하여 자신의 어떤 점을 부끄러워하고 무엇을 반성하고 있는지 도저히 파악할 수 없습니다”라고 고백한다면 교사는 어떻게 시원스런 대답을 해줄 수 있을 것인가. 교사 자신이 신이 나서 가르칠 수 없다면 그 수업은 실패한 것이나 다름없다. 따라서 교과서 집필자들이 기대한 학습활동이 제대로 전개되지 못할 것이고 학습목표의 도달도 미완인 채 단원 학습이 끝나고 말 것이다. 그러나 이 책임을 절대로 교사나 학생에게 떠넘길 수는 없다. 그 근본 원인은 제재 선정의 잘못에 있기 때문이다.

자세한 사정을 모른 채 교과서에만 매달리는 학생들은 한용운이 이렇게 골치 아픈 시를 쓴 사람이라고 오인할 것이며 훌륭한 시인이라는 한용운이 이 정도면 다른 한국 시인의 시는 읽어보지 않아도 뻔한 일이라고 생각할지 모른다. 더 나아가 시는 결국 몽롱한 언어를 조종하여 의미도 통하지 않는 이상야릇한 이야기를 늘어놓는 것이라고 오해할지 모른다. 이렇게 되면 이 시의 교육이 가져오는 폐해는 보통 큰 것이 아니다. 시교육이 시에 흥미를 갖게 하기는커녕 시에 혐오를 갖게 한다면 차라리 시를 가르치지 않는 것이 더 나을 것이다. 교과서에 수록할 시의 선정에 신중을 기해야 할 이유가 바로 여기에 있다.

| 제 5 부 | 아동·청소년문학과 문학교육

제17장 아이들의 변화와 문학교육—김진경

제18장 아동문학 텍스트와 초등 문학교육—원종찬

제19장 미국에서의 청소년문학교육—황효식

제20장 독일 정소년분학과 문학교육—성병순

아이들의 변화와 문학교육

김진경

1. 한국 아동·청소년관의 특성

오늘날 우리가 사용하고 있는 '아동·청소년'의 개념은 잘 알려져 있다시피 근대 자본주의가 출현, 성장하는 과정에서 형성된 것이다. 그렇기 때문에 그 사회가 근대로 넘어오는 과정이 어떠했는가에 따라 다양한 편차를 보일 수 있다. 유럽은 근대 자본주의가 내부로부터 성장하여 근대사회로 이행한 경우이다. 이러한 경우에는 '아동·청소년' 개념이 자본주의 사회의 기본단위인 핵가족 형성과 깊이 관련되어 있다.

15세기 이후 유럽의 자본주의 출현과 성장과정은 기독교의 세력 확대 강화 과정과 궤를 같이하고 있다. 마녀사냥과 신들림 현상은 이 기독교의 세력 확대 강화 과정에서 나타난 것이었다. 마녀사냥은 기독교가 도시에서 농어촌으로 세력을 확장하는 과정에서 장애물로 등장한

샤머니즘을 공격 제거한 것이었다. 한편 기독교의 세력 강화는 인간의 내면에 대한 통제 강화로도 나타났는데, 그것은 수도원 같은 기독교의 중심부를 향하고 있었다. 고해성사의 강화가 그것이다. 수도원의 수녀들은 일주일에 담당 신부에게 고해성사와 양심고백을 각 1회씩 의무적으로 해야만 했다. 고해성사와 양심고백은 십계명 중 '간음하지 말라'에 초점이 맞추어져 있었고, 그 공격은 결국 자위행위를 정조준하기에 이르렀다. 이러한 통제 강화에 대해 수녀들은 신경발작으로 무의식적 저항을 했고, 기독교는 이 신경발작을 신들림이라 하여 초기에는 화형 등으로 강력하게 처벌하였다.

그러나 강력한 처벌에도 불구하고 신들림 현상은 간부 수녀들을 중심으로 걷잡을 수 없이 번져나갔다. 이에 위기감을 느낀 기독교는 신들림을 히스테리로 규정하여 정신의학의 대상으로 넘겨버린다. 이렇게 기독교로부터 인간의 내면에 대한 통제 권력을 넘겨받은 정신의학은 '어린이'를 공격대상으로 하여 세력을 확장해간다. 17~18세기에 설쳐 근 백 년 가까이 대대적으로 벌어진 어린이 자위행위 방지 캠페인이 그것이다. 뚜렷한 과학적 근거 없이 성인이 된 이후의 정신적 육체적 모든 병의 원인을 유아기의 자위행위로 돌려 공격한 이 캠페인은 과학적 캠페인이라기보다는 사회적 캠페인의 성격이 짙었다. 이 캠페인은 부모의 관심을 아이들에게 집중시킴으로써 핵가족을 정착시키는 효과를 거두었다. 중세의 대가족 제도 속에서 부모의 관심은 아이들에게보다는 대가족 내의 혹은 대외적인 사회관계에 쏠려 있었다. 당신의 아이가 자위행위를 하고 있을지도 모르니 한밤중에 아이의 침실로 가서 갑자기 이불을 들춰보라. 가장 좋은 것은 아이와 같은 침대에서 자는 것이다. 그렇지 않으면 당신의 아이는 커가면서 온갖 정신적 육체적 질병에 시달리다 비참하게 죽게 될 것이다. 그렇게 된다면 그것은 전적으로 당신의 잘못이다. 이러한 협박(?)들이 사회관계에 쏠려 있던 부모들의 관심을 아이들에게 돌려놓은 것이다.

그런데 핵가족 제도가 어느 정도 정착된 후에는 거꾸로 부모 자식 간의 근친상간을 경계하여 주거공간에서 부모 자식을 분리시키는 쪽으로 캠페인의 방향이 바뀌었다. 그리고 유아기 부모와의 근친상간적 관계를 축으로 하는 심리학 이론이 전개되었다. 이것은 공교육의 일반화와 관련이 있어 보인다. 공교육이 일반화되면서 국가는 아이들을 부모로부터 떼어낼 필요성이 생겼고, 또 그러한 분리에 대한 심리적 보상이 필요했을 것이다. 몸이 떨어져 있더라도 아이들은 무의식에서 영원히 부모와의 애정관계에서 벗어날 수 없다는 근친상간적 심리학 이론은 부모들에게 주어지는 일종의 심리적 보상이라 할 수 있다. ,

위와 같이 살펴볼 때 유럽의 아동·청소년 개념은 핵가족 형성과정에서 나타난 것이며 심리적 성장을 중심에 두고 있음을 알 수 있다. 이는 유럽의 근대사회와 국가가 개인과 가족에 대한 촘촘한 관리를 바탕으로 출현한 것임을 말해준다.

한국은 근대 자본주의를 외부로부터 받아들인 경우이다. 이러한 경우가 갖는 아동·청소년관의 특성은 어떤 것일까?

1900년대의 신소설에서 1910년대의 이광수 『무정』에 이르기까지 나타나는 공통된 이야기 구조가 있다. 청소년인 주인공이 이런저런 고난을 겪다가 외국인 선교사를 만나 신교육을 받고, 그를 통해 얻은 신지식으로 사회를 개혁하고 나라를 살리기 위한 계몽에 나선다는 것이다. 여기서 청소년은 새로운 지식의 수용 주체로, 그 신지식의 힘으로 사회

와 나라를 성공으로 이끌 희망의 담지자로 강조되고 있다. 최남선의
「해에게서 소년에게」도 마찬가지로 소년을 바다로 상징되는 새로운 근
대문명, 신지식의 수용 주체로 치켜세우고 있다.

　우리 사회 아동·청소년관의 가장 큰 특징은 아이들을 거의 전적으로
지적 발달의 관점에서만 바라본다는 점이다. 서구 신지식의 수용 주체
로서 청소년의 개념이 정립이 되었으니 어쩌면 당연한 결과일 것이다.
우리 사회 아동·청소년관의 또 하나의 특징은 청소년기와 아동기를 엄
격하게 구분한다는 점이다. 신지식의 수용 주체로서 청소년 개념이 먼
저 정립되고 신지식의 수용 주체로서 중요도가 떨어지는 어린이의 개
념이 뒤에 정립된 결과이다. 우리 사회 아동·청소년관의 세번째 특징
은 성공 이데올로기와 결합되어 있다는 것이다. 서구 신지식의 수용 주
체인 청소년, 아동은 가족과 사회의 성공을 좌우하는 열쇠라고 보았었
으니까 당연한 결과이다. 우리 사회 아동·청소년관의 네번째 특징은
아이들을 사회와 국가, 민족이라는 집단적 공적 가치 위에서 바라보는
경향이 상대적으로 강하다는 점이다.

　유럽의 경우는 근대국가가 개인과 (핵)가족에 대한 촘촘한 관리체제
로서 출현했다면 한국의 경우는 봉건적 대가족제도가 온존하는 속에서
국가가 외적인 수탈 및 동원 체제로서 출현하였다. 조선총독부는 한국
의 봉건적 대가족들로부터 인적 물적 수탈을 감행하는 기구였다. 이러
한 수탈에 저항하는 독립운동 역시 봉건적 대가족에 그 인적 물적 기반
을 두고 있었다. 만주를 중심으로 한 항일무장투쟁의 기본 단위는 국내
에서도 만주에서도 삶의 뿌리가 뽑혀버린 유랑하는 대가족이었고, 그
물적 자원 역시 국내외의 대가족들로부터 동원되었다. 이러한 상황에

서 자유연애와 핵가족 형성을 중심에 둔 이광수의 풍속개량 주장은 겉돌 수밖에 없었고, 그것을 끝까지 밀고 나갔을 때 민족개량이라는 친일의 논리에 빠져들 수밖에 없었다. 방정환 등의 어린이 운동 역시 현실적 기반의 결여로 관념적 동심천사주의로 흐를 수밖에 없었다.

국가가 온존되어 있는 봉건적 대가족에 대한 수탈 및 동원체제로 기능한 것은 적어도 개발년대인 1960～1970년대까지 이어졌다고 볼 수 있다. 1960～1970년대의 경제개발은 사실 농촌에 근거를 두고 있는 대가족들의 희생을 바탕으로 이루어졌다고 해도 과언이 아니다. 농촌의 가장들은 농토를 팔아 대가족 속에서 장남이나 아들의 일부를 선발하여 대학에 보냈다. 그리고 누이와 나머지 형제는 공장으로 가서 그를 뒷받침하도록 하였다. 기업은 이로부터 아무 비용 부담 없이 저임 노동력과 교육받은 고급 노동력을 공급받을 수 있었다. 한국의 자본은 농촌의 봉건적 대가족에 대한 수탈을 통해 원시적 축적이 가능하였다. 그러한 과정에서 온존되어오던 대가족은 해체되고 급속하게 핵가족으로 재편되었다.

핵가족을 기반으로 하는 사회는 동원 수탈체제로서의 국가 시스템과 공존하기가 어렵다. 대가족이 가지고 있던 육아교육 기능, 사회안전망 기능 등을 국가가 대신 감당해주지 않으면 핵가족은 장기적으로 유지될 수 없을 만큼 취약하다. 또한 핵가족화는 가치의 개인화 다양화를 촉진시키기 때문에 획일적인 국가 동원 이데올로기와 충돌할 수밖에 없다. 1980년대 이후의 민주화 과정은 핵가족을 기반으로 하는 시민사회가 이 동원 수탈체제로서의 국가 시스템과 충돌하면서 그 시스템의 성격을 서서히 변화시켜나간 것이라 할 수 있다.

2. 문학교육의 '지식교육'화와
7차 국어교육과정의 언어기능주의

앞에서 말한 한국 아동 · 청소년관의 특성은 한마디로 '지식 중심의
도구적 아동 · 청소년관'이라고 요약할 수 있다. 이 도구적 아동 · 청소
년관은 우리 사회에 깊이 뿌리내리고 있어 학교 교육의 변화를 어렵게
하는 중요한 요인으로 작용하고 있다. 입시 위주의 주입식 교육이 비판
되어온 것이 벌써 반세기 가깝다. 그간 입시 위주 주입식 교육을 변화
시키기 위한 제도 개혁도 무수히 있었지만 번번이 무위로 돌아갔다. 어
떠한 제도 개혁도 번번이 왜곡되어 결국 입시 위주 주입식 교육으로 환
원되어버리는 데는 여러 이유가 있겠지만, 우리 사회에 완강하게 자리
잡고 있는 '지식 중심의 도구적 아동 · 청소년관'도 중요한 요인으로 작
용할 것이다. 이러한 도구적 아동관은 학교 교육 중에서도 특히 창조적
성격이 강한 부문에 큰 피해를 입힐 수밖에 없는데, 문학교육도 그중 하
나이다.

인간의 특성이 언어의 사용에 있다고 할 때, 그것은 단순한 의사소통
수단을 넘어 언어로 세계를 구성해간다는 것을 뜻할 것이다. 문학작품
은 그 '언어로 세계를 구성하는 행위'의 가장 고도한 형태이다. 이 문학
작품을 읽는 것은 읽는 이가 추체험을 통해 '언어로 세계를 구성하는
행위'의 주체로 되는 것이다. 여기에 문학교육의 본질이 있을 것이다.
쉽게 말해서 문학교육은 아이들을 문학작품의 향유 주체로 세우는 것
이다. 아이들을 문학작품의 향유 주체로서 세우지 못하는 문학교육은
좀 심하게 말하자면 이미 문학교육이 아니라고도 할 수 있다.

위와 같은 관점에서 볼 때 한국의 학교 교육에는 문학교육이 없다고 해도 과언이 아니다. 문학교육이 아이들을 문학작품의 향유 주체로 세우는 것이 아니라 아이들로 하여금 작품의 주제나 구성, 작품이나 작가와 관련된 문학사적 지식을 외우게 하는 지식교육으로 전락해 있는 것이다. 한국의 문학교육은 근대적 제도(문학도 하나의 근대적 제도이다)를 빨리빨리 받아들여 하루빨리 선진국을 따라가야 한다는 근대 계몽 모드, 거기에서 파생된 '지식 중심의 도구적 아동·청소년관'에서 한 치도 벗어나 있지 못하다. 이러한 문학교육은 아이들에게 문학작품을 통해 세계를 능동적으로 구성해나가는 희열을 느끼게 할 수가 없다. 오히려 문학에 관심이 많은 아이들까지 문학을 어렵고 지루한 것으로 여겨 등을 돌리게 할 뿐이다.

위와 같은 '지식 중심의 도구적 아동·청소년관'이 문학교육에 끼친 폐해를 더욱 심화시킨 요인으로 미국 신비평의 영향을 빼놓을 수가 없다. 미국 신비평은 현재 한국 문학교육의 틀을 사실상 상당 부분 규정 짓고 있다 해도 과언이 아니다.

신비평은 미국에서도 가장 보수적인 남부의 대학을 중심으로 형성된 문학이론이다. 과거의 고전작품들에서 공통점을 추출, 그것을 절대적 평가 척도로 현재의 작품을 판단한다는 점에서 매우 보수적인 이론이다. 과거의 작품을 절대적 기준으로 현재의 작품을 평가한다는 것은 새로이 창작되는 작품들에 과거의 작품과 유사해지기를 요구하는 것이어서 자칫하면 문학의 변화 자체를 부정하는 결과가 되기 쉽다.

신비평은 '문학작품은 하나의 독립된 소우주'라는 명제를 그 이론의 대전제로 삼고 있다. 문학작품을 그것이 생산된 시대 사회로부터 분리하여 진공의 시험관 속에 옮겨놓고 비교 평가하는 셈이다. 이러한 관점은 문학이 맺고 있는 사회적 관계와 문학이 그 관계에 일으킬 수 있는 변화들을 원천적으로 제거해버림으로써 분업적 기능주의에 빠지기 쉽다. 우리는 현실 속에서 분업적 기능주의 논리와 일상적으로 만나고 있다. '학생은 공부를 열심히 하고, 상인은 장사를 열심히 하고, 정치가는 정치를 열심히 하고, 그렇게 모두가 맡은 일을 열심히 하면 사회가 잘될 것이다'는 식의 논리가 바로 분업적 기능주의이다. 이러한 논리는 삶 속에 스며 있는 진정한 의미의 정치를 슬며시 제거함으로써 세계를 구성해가는 능동적 주체여야 할 인간을 정해진 체계 안의 톱니바퀴로 왜소화시킨다. 이러한 분업적 기능주의는 '문학작품을 통해 아이들을 세계를 구성하는 주체로 세우는' 능동적이고 구성적인 문학교육과는 거리가 멀다.

신비평 이론은 문학과 관계된 복잡한 관계들을 원천적으로 제거해버린 데다 그 이론의 근거들이 과서의 고전들로 재한되고 구체하되어 있기 때문에 명쾌하다. 명쾌함은 신비평의 최대 장점이다. 그러나 이 명쾌함은 문학작품의 지식화를 용이하게 한다는 점에서 단점일 수도 있다. 신비평은 문학교육의 '지식교육'화를 결과적으로 심화시켰다는 혐의로부터 자유롭지 못하다.

위와 같은 문학교육의 '지식교육'화는 문학교육, 더 나가서 국어교육 본연의 모습으로부터 너무 멀어진 것이기 때문에 국어교육 전공자들 내부로부터 공격받을 소지가 있었다. 그 공격의 포문을 연 것은 언어교육 전공자들이었다. 언어교육 전공자들은, 국어교육은 말하기, 듣기, 읽기, 쓰기 교육이다, 문학교육은 국어교육이 아니라고 주장한다. 이러한 공격에 문학교육 전공자들은 무력할 수밖에 없었다. '지식교육'화한 문학교육을 가지고는 이게 국어교육의 중심이어야 한다고 주장하기가 어렵기 때문이다. 자업자득인 셈이다.

언어교육 전공자들의 주장은 6차 교육과정부터 국어교육과정에 대폭 반영되기 시작하여 7차 교육과정에서 전면적으로 관철되었다. 현재의 초등학교 1학년에서 고등학교 1학년까지 국민 공통 기본과정의 국어교과서는 말하기, 듣기, 읽기, 쓰기로 편제되어 있다. 문학작품은 말하기, 듣기, 읽기, 쓰기의 예문으로 들어가거나 '정서적 표현'이라 하여 말하기, 듣기, 읽기, 쓰기의 특수한 한 부분으로 취급되는 정도이다. 엄밀한 의미에서 문학교육은 '문학'을 별도 과목으로 배우는 고등학교 2~3학년 과정에만 남고 국민 공통 기본과정의 국어교육으로부터는 쫓겨난 셈이다.

그런데 7차 국어교육과정에 전면적으로 관철되어 있는 언어교육 전공자들의 주장은 과연 합당한 것인가? 이에 대한 대답은 7차 국어교육과정 교과서를 가지고 1년만 가르쳐보면 금방 알 수 있다. 그런 교과서 가지고는 말하기, 듣기, 읽기, 쓰기 교육도 제대로 안 되고 문학교육도 제대로 안 된다는 게 솔직한 대답이다. 말하기, 읽기, 쓰기, 듣기는 이걸 아이들과 같이 공부한 건지 만 건지 알 수 없는 상태가 되고, 남는 건 예문으로 쓰인 실용문과 문학작품을 가지고 교육과정과 무관하게 기왕의 방식대로 공부한 것뿐이다. 국어교육에 실제 변화는 일어난 게 없고 많은 부분이 허술해졌다는 느낌을 지울 수가 없다. 왜 그럴까?

우선 7차 국어교육과정 교과서를 보면 단순한 의사소통을 목표로 하는 외국어교육과 국어교육의 차이가 뭘까 하는 근본적 의문이 생긴다. 7차 교육과정에 따른 국어교과서를 처음 받았을 때 든 생각이 '국어를 외국어처럼 가르치라는 건가?'였다. 외국어교육이라면 말하기, 듣기,

읽기, 쓰기를 그렇게 기능적으로 나누어 접근하는 것이 가능하고 좋은 방법일 수 있을 것이다. 아이들이 외국어를 가지고 자신의 세계를 구성하는 것은 아니기 때문에 외국어교육은 얼마든지 기능적 접근이 가능하고 그러한 방법이 효과적일 수도 있는 것이다.

하지만 국어교육은 다르다. 어떤 사람에게 한국어가 모국어라는 것은 그 사람이 한국어로 자기의 세계를 구성하고 있다는 것을 뜻한다. 따라서 모국어를 가르치는 국어교육에서는 언어기능이나 형식을 내용과 구분해서 가르치는 것이 쉽지도 않고 효과적이지도 않다. 생활글 쓰기의 경우를 예로 들어보자.

학기 초에 아이들에게 생활글을 쓰게 하면 거의 대부분이 아침에 일어나 세수하고 밥 먹고 화장실 가고 학교에 왔다 식으로 아무 내용도 없는 글을 써 낸다. 억지로 쓴 초등학생의 일기와 별다름이 없다. 글을 잘 쓰는 아이들도 형식과 수사만 요란할 뿐 내용이 없는 글을 써 낸다. 그러다가 1학기가 끝날 무렵에는 제법 올림이 있는 글을 써 내는 아이들이 나타나고 학년이 끝날 무렵이 되면 학급문집을 엮을 만한 분량의 좋은 글들이 모인다.

왜 이런 변화가 일어날까? 그것은 아이들의 글쓰기가 학급이라는 사회 내의 관계와 밀접하게 연관되어 있기 때문이다. 학기 초에는 아이들과 교사 사이에 두꺼운 벽이 존재한다. 아이들과 아이들 사이에도 벽이 있다. 이러한 상태에서는 아이들이 형식적인 글쓰기를 할 뿐 자기가 구성하고 있는 세계를 드러내지 않는다. 시간이 지나 이러한 벽들이 깨지기 시작하면 아이들은 글쓰기를 통해 자기가 구성하고 있는 세계를 드러내고 그것을 통해 자기 세계의 변화를 추구한다. 만약에 그 학급의 교사가 매우 억압적이어서 그 학급 내의 관계들이 왜곡되어 있으면 그 학급에서는 시간이 지나도 좋은 글이 잘 나오지 않는다.

모국어로 글을 쓰는 행위는 이와 같이 그 사람이 언어를 통해 구성하고 있는 세계, 그 세계의 실천적이고 역동적인 변화와 깊이 연관되어 있다. 그렇기 때문에 글쓰기를 내용과 분리하여 기능적으로 접근하는 것은 엄밀히 말하면 가능하지 않다.

7차 교육과정 국어교과서에서 쓰기는 특정한 상황과 조건을 제시하고 거기에 맞는 특정한 종류의 글을 쓰라는 식으로 되어 있고, 그러한 글쓰기와 관련한 기술을 훈련하는 데 초점이 맞추어져 있다. 글쓰기에 대한 이러한 기능적 접근은, 아이들로 하여금 자신이 언어를 통해 구성하고 있는 세계와는 무관한, 내용 없는 글을 쓰도록 만든다. 이러한 글은 겉은 번지르르하지만 내용이 없는 죽은 글이다. 이것은 글을 쓴 당사자가 가장 잘 알고 교사도 잘 안다. 그러니 1년 동안 쓰기 단원을 여러 개 공부하지만 같이 공부했다는 느낌이 잘 안 드는 것이다. 모국어 쓰기교육을 외국어 쓰기교육처럼 하는데 어떻게 제대로 가르치고 배웠다는 느낌을 받을 수 있겠는가?

외국어교육에서는 문학교육이 꼭 필요한 것이 아니다. 일반적 의사소통 방법을 충분히 배운 다음 여유가 있으면 그 언어권의 문화와 정서를 이해하기 위해 조금 배울 수도 있고 그렇지 않을 수도 있다.

그러나 모국어교육에서는 문학교육이 중요하고 비중이 클 수밖에 없다. 모국어교육은 늘 그걸 배우는 사람이 그 언어를 통해 구성하고 있는 세계, 그 세계의 실천적 변화와 관계된다. 그런데 그 언어로 구축한 세계를 가장 고도한 형태로 구체적으로 보여주는 게 문학작품이다. 그렇기 때문에 모국어교육에서 문학교육은 본질적 중요성을 갖는다.

　문학교육을 의사소통 수단 중 정서적 표현이라는 특수한 영역으로 축소시켜놓은 7차 국어교육과정은 외국어교육과 국어교육의 차이를 무화시키는 극단적 언어기능주의이다. 극단적 언어기능주의에 입각한 7차 국어교육과정은 결과적으로 문학교육만이 아니라 국어교육 자체를 해체시키고 있다는 혐의를 벗어나기 어렵다.

3. 변화한 아이들과 학교 교육 시스템의 충돌

　1980년대 핵가족화를 배경으로 하여 시작된 아이들의 변화는 1990년대 들어 엄청난 가속도가 붙었다. 1990년대에 그러한 변화를 촉진한 요인으로 근대 산업사회에서 지식기반사회로의 이행, 소비사회의 도래, 인터넷의 생활화 등을 들 수 있다.

　아이들의 변화에서 가장 근본적인 것은 의식구조의 변화이다. 근대 산업사회를 산 기성세대의 의식구조는 이성의 지위가 대단히 높고 몸의 지위가 대단히 낮다는 게 특징이다. 그래서 몸의 욕구는 천하고 이성에 의해 강력하게 통제되어야 한다고 생각한다. 예컨대 부부 사이에 성적으로 맞지 않아도 몸의 욕구는 천한 거니까 참고 평생을 같이 살아야 한다는 보수적 결혼관은 이러한 의식구조의 산물이다.

　새로운 세대의 의식구조의 특성은 이성의 지위가 낮아지고 몸의 지위가 높아졌다는 데 있다. 새로운 세대는 몸의 욕구를 천하다고 생각지도 않고 이성에 의해 엄격히 통제되어야 한다고 생각지도 않는다. 그래서 부부 사이에 성적으로 안 맞으면 얼마든지 이혼할 수 있다. 성적 만족은 개인의 행복에 매우 중요한 문제니까.

의식구조에서 이성의 지위가 높은 기성세대는 이념형이다. 어떤 이념의 틀을 가지고 현실을 본다. 이에 반해 의식구조에서 이성의 지위가 낮아지고 몸의 지위가 높아진 새로운 세대는 어떤 이념의 틀을 가지고 현실을 보는 게 아니라 자기가 느끼는 대로 현실을 본다. 가치의 개인화와 다양화가 두드러져 보인다. 그런데 도대체 왜 이런 의식구조의 변화가 일어난 것일까?

역사적으로 보면 먹고사는 데 육체 노동력이 절대적으로 중요했던 시대에는 인간의 의식구조에서 몸의 지위가 낮고 이성의 지위가 높았다. 몸의 가치를 천한 것으로 낮춰야 육체 노동력에 대한 통제가 쉬워지기 때문이다. 농경사회나 근대 산업사회가 그런 사회이다.

이에 반해 먹고사는 데 육체 노동력이 그렇게 중요하지 않은 시대에는 인간의 의식구조에서 몸의 지위가 높아지고 이성의 지위가 낮아진다. 수렵채취사회였던 신화시대와 지식기반사회가 그런 사회이다. 지식기반사회에서는 부와 권력의 형성에 지식노동이 중요하지 육체노동이 그렇게 중요하지는 않다. 따라서 산업사회에 비해 육체 노동력을 통제할 필요성이 적어진다. 게다가 소비사회는 몸의 욕구를 엄격히 통제해서는 유지가 어려운 사회이다. 이 때문에 의식구조에서 몸의 지위가 상대적으로 높아지고 이성의 지위가 상대적으로 낮아지는 변화가 일어나는 것이다.

신화적 사유는 인류가 형성한 사유체계 중 몸의 지위가 가장 높은 사유이다. 수렵채취생활 단계에서 크게 벗어나지 않았던 신화시대는 인간이 먹고사는 데 자연의 풍요 여부가 절대적으로 중요했고 인간의 육체 노동력은 부차적이었다. 아무리 노동력이 넘쳐나도 자연에 동물이나 열매가 없으면 굶주릴 수밖에 없었다. 인간의 몸에 대한 통제 필요성이 가장 적었던 시대였던 셈이다.

이렇게 살피고 보면 왜 젊은 세대들에게 신화와 판타지가 핵심적 코드가 되는가도 이해가 된다. 몸의 지위가 높아진 젊은 세대의 의식구조는 몸의 지위가 가장 높은 신화적 사유와 친연성을 가지고 있다.

우리 사회에서 '교실붕괴'란 말이 회자되기 시작한 것은 1990년대 초중반이다. 이 시기는 아이들의 의식구조가 앞에서 이야기한 방향에서 질적으로 변화한 시기였다. 아이들의 의식구조 변화와 학교 교육 붕괴의 위기가 궤를 같이하고 있는 셈이다. 왜 그럴까?

근대 학교 교육은 이성에 의한 몸의 통제를 전형적으로 제도화한 것이다. 근대 학교 교육의 성립 근거는 국민이 자녀교육의 권한을 국가에 위임했다는 데 있다. 국민이 학교 교육과 관련하여 이성의 지위를 국가에 부여한 것이다. 국가는 국민으로부터 위임받은 교육권을 학교에 위임하고, 학교에서는 교사가 그 교육권을 구체적으로 행사한다. 근대 학교 교육 체계에서 국가, 학교, 교사는 이성의 지위를 가지고 있다. 그러면 몸은 누구인가? 학생이 몸이다. 근대 학교 교육은 이성에 의한 몸의 통제를 제도화한 것이다.

근대 산업사회를 산 기성세대는 학교와 교사의 권위를 쉽게 받아들였고 학교 교육에 대해 순응적이었다. 이성의 지위가 높고 몸의 지위가 낮은 의식구조의 특성이 이성에 의한 몸의 통제를 제도화한 근대 학교 교육 시스템과 맞았기 때문이다.

젊은 세대는 의식구조에서 이성의 지위가 낮아지고 몸의 지위가 높아져 있기 때문에 이성에 의한 몸의 통제를 제도화한 학교 교육 시스템을 받아들이기 어렵다. 학교와 교사의 권위도 잘 인정이 안 되고, 학교

교육에 순응적일 수도 없다. 현재의 학교 교육 시스템을 아이들의 의식 구조 변화에 맞게 개혁해가지 않는다면 아이들과 학교 교육 시스템의 충돌은 나날이 심화되고 학교 교육은 사실상 공동화될 것이다.

이러한 지적은 문학교육, 국어교육에도 똑같이 해당된다. '지식 중심의 도구적 아동·청소년관'은 1990년대 이후의 변화된 아이들과는 너무도 거리가 멀다. 지금의 아이들은 학교에서 가르치는 지식, 그것이 뿌리를 두고 있는 서구 지식의 권위를 받아들이지 않는다. 이러한 점은 중고등학교 교실의 쓰레기통을 한번만 들여다보아도 단번에 알 수 있다. 쓰레기통은 늘 발기발기 찢긴 교과서로 넘쳐난다. 이것이 학교 교육에 대한 아이들의 태도이다. 이러한 아이들에게 '서구지식을 빨리빨리 받아들여 하루빨리 서구 선진국을 따라잡아야 한다'는 근대화의 낡은 사명을 들이대며 거기에 복무하기를 요구하는 것은 어불성설이다. 그것은 불필요하고 부당한 억압일 뿐이다. 지금의 아이들은 자기가 국가나 큰 집단을 위해 도구로 쓰여도 좋은 존재라고 생각지 않는다. 자신을 세계를 구성해가는 능동적 주체로 세우고 싶어 하며, 자신이 그러한 인간적 존엄성을 가지고 있다고 생각한다.

'지식교육'화한 문학교육, 외국어교육과 국어교육이 잘 구분되지 않을 정도로 극단적 언어기능주의에 빠진 국어교육은 모두 '서구지식을 빨리빨리 받아들여 하루빨리 서구 선진국을 따라가야 한다'는 근대화 패러다임의 소산이다. 현실에 근거하여 문학교육이론, 국어교육이론을 구성하는 게 아니라 거꾸로 문학이라는 근대적 제도에 관한 지식과 서구이론에 현실을 억지로 꿰어맞추려 한다는 점에서 그렇다. 이러한 문학교육, 국어교육은 지금의 변화된 아이들과는 거리가 멀어도 너무 멀어서 불필요하고 부당한 억압으로 작용할 뿐이다. 이렇게 현실로부터 괴리된 당신들만의 리그는 제도적 강제에 의해 겨우겨우 유지되는 것일 뿐 현실적 근거는 없는 것이다.

4. 능동적이고 구성적인 문학교육을 위하여

최근에 있었던 미네르바 사건은 학교 교육에 대해서도 매우 시사하는 바가 크다. 학교에서는 교육이 실패했는데 학교 밖에서 자생적 자발적으로 이루어진 교육이 눈부신 성공을 거둔 사례처럼 보이기 때문이다. 일류대를 나오고 미국유학까지 갔다 온 무수한 주류 경제학자들이 경제 예측에 실패하고 있는데 4년제 대학도 못 나온 사람이 독학으로 경제를 공부해서 정확하게 예측했으니 그렇게 생각할 만도 하지 않는가?

교육은 학교에서만 이루어지는 것이 아니다. 교육은 삶 속에서 끊임없이 이루어진다. 그렇기 때문에 학교 교육이 자기갱신을 못하여 현실과 동떨어지면 삶 속에서 현실에 근거한 교육이 자생적으로 발생하여 그 빈자리를 메운다. 인터넷이 생활화된 시대에는 그럴 수 있는 수단들이 참으로 많다. 문제는 학교 교육이 삶 속에서 이루어지는 자생적이고 자발적인 교육을 끊임없이 수용하여 자기갱신을 해가느냐 아니면 학교 교육의 독점적 지위를 강조하며 삶 속에서 자생적 자발적으로 이루어지는 교육을 억압하느냐이다.

미네르바 사건의 경우는 국가가 관장하는 학교 시스템이 삶 속에서 자생적 자발적으로 이루어진 교육을 억압한 경우이다. 그것도 국가가 사법기구를 동원하여 억압하였다. 이러한 대응은 일류대학 중심의 교육시스템에 기대고 있는 한국의 학벌이 미네르바 사건에 얼마나 당황하고 있는가를 잘 보여준다.

국어교육 분야도 경제학 분야보다 더 심하면 심했지 덜하지 않다. 신비평이든, 수용이론이든, 기능주의 언어이론이든, 서구지식을 신봉하는 당신들만의 리그는 현실로부터 너무도 동떨어져 있고 현실에 대해 무능하다.

능동적이고 구성적인 문학교육, 국어교육은 특별한 게 아니라 현실이고 상식이다. 모국어를 가지고 자신의 세계를 구성해가는 것은 이 땅에 태어나 살아가는 사람이면 누구나 하고 있는 것이고, 그것의 고도한 형태인 문학 또한 삶 속에서 늘 발생하고 향유되고 있는 것이다. 이러한 현실과 상식을 받아들이는 것이 문학교육, 국어교육이 사는 길이다.

그러기 위해서는 국어교육과정을 국가 차원에서 세세하게 규정하는 일, 금과옥조처럼 따라야 하는 교과서를 만드는 일은 그만두어야 할 것이다. 국가 차원에선 교육과정의 대강만을 제시하고 교과서 대신 그중 부분부분을 자유롭게 선택하여 활용할 수 있는 학습자료를 제공하는 정도로 역할을 축소할 필요가 있다. 그 나머지는 현장에 맡기면 된다. 그러면 학교 교육의 외곽이나 제도권 밖으로 쫓겨나 있던 살아 있는 문학교육, 국어교육이 학교 교육 안으로 들어올 것이다. 국어교육, 문학교육 전공자들은 그렇게 채워지는 내용들을 연구하고 체계화하여 이론을 구성해야 할 것이다. 그 과정에서 물론 외국 이론이 큰 도움이 될 수도 있을 것이다. 외국 이론의 틀에 현실을 억지로 꿰어 맞추는 본말이 전도된 문학교육연구 국어교육 연구는 이제 그만둘 때가 되었다.

학교 교육의 변두리나 밖으로 쫓겨나 있는 문학교육은 쉽고 평이하지만 문학교육의 핵심을 담고 있고 살아 있다, 다음의 사례처럼. (시인이자 교사인 최성수 선생의 문학교육 사례임)

행복한 시 읽기
—시 읽기와 시 쓰기(2)

무협지와 영화

요즘 아이들은 시를 거의 읽지 않습니다. 어쩌다 수업시간에 생각나는 시 한두 구절을 읊어주면 '옳다 이때로구나' 하고 딴짓을 하거나 떠들기 일쑤입니다. 하긴, 요즘 아이들은 시만 읽지 않는 것이 아니지요. 저희 때는 꼭 읽고 넘어가야 한다고 해서 억지로라도 뒤적거리던 세계문학전집이나 한국대표소설 같은 것도 다 관심 밖입니다.

연합고사가 끝난 어느 날, 수업시간에 한 아이가 무슨 책인가를 열심히 읽고 있어 '그 녀석 참 기특하다. 다른 아이들은 다 떠들고 노느라 정신이 없는데 저렇게 열심히 책을 읽다니.' 그런 생각을 하며 곁에 다가가 무슨 책인가 들춰보았습니다. 뜻밖에도 그 책은 그럴듯하게 포장된 무협지일 뿐이었습니다. 그 아이는 무협지 말고 좀더 좋은 책을 읽는 게 어떻겠느냐는 나의 말에 이렇게 대답했습니다.

"선생님, 무협지가 얼마나 재미있는데요. 저는 벌써 백 권도 넘게 읽었어요."

그러면서 아이는 무림 고수가 어떻고, 정파와 사파가 있고 하며 뜻모를 말들을 한참 동안 주워섬겼습니다. 저는 그만 할 말을 잃고 말았지요.

하루는 3학년 학생들을 대상으로 비디오 상영이 있었습니다. 마침 연합고사 후의 3학년 교육 프로그램을 짜는 선생님과 상의하여 저는 한 편의 영화를 추천하였지요(중학교 3학년 학생들은 연합고사가 끝나면 더 수업을 하지 않고 박물관 견학이나 영화 상영 등 학교 나름대로 짠 계획에 의해 교육을 진행한답니다). 제가 추천한 영화는 「백색의 계절」이었습니다. 「파워 오브 원」, 「사라피나」와 함께 남아프리카공화국의 인종차별 정책을 비판한 좋은 영화지요. 세 영화 중 가장 예술성이 뛰어나고 흑인의 시각에서 문제를 바라본, 드문 작품으로 손꼽힙니다. 평범한 백인이었던 한 역사교사가 자신의 흑인 정원사가 연루된 시위사건과 관련하여 인종차별의 문제에 눈뜨게 되고, 흑인의 편에서 흑인 어린이 살해사건을 파헤쳐가는 내용이 긴박하게 전개되는 영화입니다.

그런데 그 영화를 상영하는 내내 아이들은 집중하지 못한 채 떠들고 난리였습니다. 처음에는 영화를 보는 듯하더니 조금 지나자 몸을 비비 꼬고 책상을 끌고 하더니 급기야는 영화는 내 알 바 아니라는 투였지요. 결국 그날의 영화감상은 아이들이 아니라 교사를 위한 감상이 되어버렸습니다. 각 교실에 들어간 학과 담당 교사만 재미있게 영화를 보았다고 했으니까요.

그 뒤, 저는 왜 그렇게 된 것일까 곰곰이 생각해보았습니다. 그리고 내린 결론이 이렇습니다. 아이들은 「백색의 계절」처럼 생각을 많이 해야 되는 영화는 지겹다고 느낀 것입니다. 이 영화는 곳곳에 복선이 깔려 있고, 주인공이 맞닥뜨린 상황에 의해 인물의 성격이 변화, 발전하기도 합니다. 그런데 어른들은 그런 점을 재미로 보지만 아이들은 지겹다고 느낀 것입니다. 아이들에게는 할리우드 영화처럼 때려부수고 죽이는 영화가 훨씬 재미있는 것이지요. 자극적인 재미에 맛 들인 아이들이 진지한 재미를 제대로 느낄 수는 없었을 테니까요.

재미없는 것이 시

영화 같은 극적인 갈래에서조차 제대로 된 재미를 느끼지 못하는 아이들이 시라는 밋밋하기까지 한 갈래에 재미를 느낀다는 것은 어찌 보면 아주 불가능할 것 같습니다. 시는 단번에 자극적인 맛을 볼 수 있는 것이 아니라 씹고 또 씹어야만 비로소 구수한 내면의 맛을 느낄 수 있는 것이니까 말입니다.

사회가 점점 화려하고 자극적인 것만 좋아하는 분위기로 가다 보니 아이들도 그런 영향에서 자유로울 수는 없게 된 것이지요. 그래서 진지한 책보다는 무협지류의 단순한 책, 의미있는 영화보다는 할리우드 식의 자극적인 영화만을 선호하게 된 것일 테고, 그 결과 앞에서 이야기한 것 같은 일이 벌어지게 된 게 아닌가 하는 생각이 들었습니다.

따지고 보면 그런 일은 요즘에만 두드러진 것은 아닙니다. 제가 중고등학교에 다니던 시절에도, 정도의 차이는 있었겠지만 마찬가지였으니까요. 스포츠신문의 자극적인 만화를 더 열심히 읽었고, 무협지에 빠져 수업시간에도 교과서 사이에 무협지를 숨겨놓고 읽다 들켜 선생님께 혼이 나기까지 했으니까요.

그 시절, 그래도 시에 제법 관심이 많았던 제게 가장 골치 아픈 시간이 국어시간, 시를 배우는 때였습니다. 문학을, 특히 시를 써보고 싶다는 내게 가장 즐거워야 했을 시를 배우는 시간이 괴로웠던 것은, 다른 친구들이 저를 가리켜 문학소년이니 뭐니 하며 장난 반 진담 반으로 치켜세우곤 했는데, 막상 교과서의 시를 대하면 이게 무슨 말인가 알쏭달쏭했기 때문입니다. 한 편의 시를 놓고, 그 시가 어느 유파에 속하고, 어떤 시인의 영향을 받았으며, 표현은 어떻고, 시어는 무엇을 상징하고 있고…… 하며 하나하나 분석하는 수업이 제대로 이해되지 않았던 것이지요. 참고서를 뒤져보면 더 답답했습니다. 인간 존재의 본질에 대한 이해라거나, 존재와 초월의 상호 작용이 어떻고 하는 주제에 대한 설명부터가 읽는 저를 잔뜩 주눅 들게 했으니까요.

그 후 오랜 세월이 흘렀습니다. 어찌어찌하다 시를 쓰게 되었고, 두어 권의 시집을 낸 지금까지도 저는 시에 대한 분석적 해석이 결코 시를 이해하는 데 도움이 되지 않는다고 생각합니다. 읽는 사람이 마음에 드는 어느 한 부분을 자기 나름의 정서에 맞춰 느껴보는 것이 더 시를 잘 이해하는 방법이 아닌가 하는 생각이 듭니다.

그래서 가끔 시에 대해 물어보는 아이들에게 저는 그냥 마음으로 읽어보라고 합니다. 마음으로 읽는다는 것은 눈으로 글자를 읽는 것이 아니라 시에 대하여 느껴보는 일입니다. 시는 언어와 언어가 어울려 새로운 세계를 창조하는 것이지요. 그러니 시를 감상하는 것은 그 언어의 울림을 통하여 시인의 세계와 자신의 세계가 만나는 재미를 맛보는 것입니다. 그리고 시를 쓰는 것도, 쓰는 사람이 언어의 울림으로 새로운 세계를 만드는 일이고 말입니다.

어느 고등학생이 쓴 가슴 찡한 시 한 편

그럼, 이런 생각으로 우리 모두 시 한 편을 읽어봅시다.

늦은 밤 공부를 하다
물을 마시러 거실에 나왔다.
주무시는 줄 알았더니
혼자 담배를 태우시는 아버지.
허공을 바라보시는 그 모습이 왠지 쓸쓸하다.
담배 연기를 내뿜으실 때
가만히 새어나오는 한숨이 들리는 듯하다.
작년부터 뇌종양으로 고생하시는 아버지.
엄하시던 아버지는 도리어 예전보다 많이 웃으신다.
하지만 그 웃음이 나는 가슴 아프다.
잔소리가 싫어 곧장 내 방으로
피해 들어왔었는데
잔잔한 미소가 오히려 무겁다.
테니스를 못 하신 지 1년여
코트 곁을 지나올 때면 애써 외면하신다.
말없이 컵에 물을 따라
방으로 들어왔지만
예전처럼 방문을 꼭 닫지 못한다.
이유도 없이 슬며시 문을 열어둔다.

고등학고 2학년이 쓴 시입니다. 서울의 경신고등학교 문학상에 당선된 작품이지요. 제가 그 학교 문학상 심사를 맡았었는데, 이 시를 대하고는 마음이 찡해지기까지 하였답니다. 비유니 상징이니 그런 것 없이도 이처럼 감동적인 시를 쓸 수 있다는 것을 새삼 느낄 수 있었지요. 아픈 아버지를 대하는 아들의 섬세한 마음을 잘 표현하고 있습니다. 특히 마지막에 이유도 없이 슬며시 문을 열어둔다고 하는, 어떻게 보면 아무것도 아닌 표현을 통해 아버지에 대한 한없는 사랑을 보여주고 있지요. 이런 부분이 바로 읽는 사람에게 울림을 주는 것이랍니다. 그 울림은 진솔한 자신의 삶을 노래하는 데서 나오는 것이구요.

오늘 이야기는 이만 마치기로 하겠습니다. 다음에는 직접 시를 쓰는 얘기를 좀 해보려고 합니다. 겨울이 깊었습니다. 곧 봄이 다가오겠지요. 묵은 마음의 때를 벗고, 따스한 시의 울림으로 새봄을 준비하는 겨울이 되시기를 빕니다.

언어로 만들어내는 마음속 깊은 노래
—시 읽기와 시 쓰기(3)

절실한 마음의 울림

한 10여 년 전, 그러니까 아마 1980년대 후반쯤일 겁니다. 제 아는 친척 한 분이 서울의 어느 중학교 국어선생으로 일하고 있었습니다. 그 선생님이 자기네 학교에서 만든 것이라며 교지를 한 권 부쳐왔습니다.

교지는 한 학교의 소식도 전하고, 아이들의 글솜씨도 자랑하기 위해 1년에 한 번 만들어내는 책입니다. 요즘이야 교지를 아예 내지 않는 학교도 있고, 내더라도 그저 형식적으로 지면이나 채우기 일쑤인 경우가 많지만, 그 시절에는 그래도 제법 쓸 만한 글들이 교지에 실리기도 하고, 문예공모 같은 일도 교지가 맡아서 하곤 했지요.

여담입니다만, 올해 어느 학교에서 교지를 맡아 만든 제 친구는 아이들 글 받아내기가 제일 힘들었다며 한숨을 내쉬었습니다. 전에는 서로 교지에 글을 싣기 위해 애쓰곤 했는데, 왜 이렇게 바뀌었을까요? 아마도 요즘 아이들은 글을 쓰는 것 자체를 싫어하기 때문이 아닌가 하는 생각이 듭니다. 쓰는 것보다는 보는 것을 좋아하는 시대이니까요. 이름하여 비디오 세대의 아이들이니, 고리타분하게 글을 쓰는 것을 좋아

할 리가 없지요.

　그런데, 오래전 저의 친척이 보내온 그 교지는 마치 보물창고 같았습니다. 아이들의 진솔한 글들이 곳곳에 가득 담겨 있었고, 글감이나 쓴 내용들도 놀라울 정도로 새로웠기 때문입니다.

　그 교지를 읽다가 저는 한 학생이 쓴 시에 이르러 그만 숨을 죽이고 말았답니다. 어떤 시이기에 그랬냐고요? 여기 그 시를 그대로 적어보겠습니다.

시 험

또 봐?

　시험은 아이들이 가장 괴로워하는 일입니다. 요즘은 거의 없어지고, 한 학기에 두 번 정도 보지만, 그때는 참으로 시험이 많았지요. 쪽지 시험에 주말고사, 월말고사, 중간고사, 기말고사…… 시험으로 시작해서 시험으로 1년이 저무는 것 같은 느낌이 들 정도였으니까요. 그러니 아이들이 시험 때문에 스트레스를 받게 되는 것은 당연하지요.

　이 시는 그런 아이들의 마음을 단 한 줄로 잘 드러내고 있습니다. 얼마나 시험이 부담이 되었으면 시험 이야기만 나와도 "또 봐?" 하고 말하게 된 것일까요? 마음으로부터 간절히 바라는 것, 그것이 그냥 말로 되어 나와 이런 시로 만들어진 것이지요. 특히 네모 칸을 쳐서 마치 시

전체가 시험지 한 장과 같게 만든 것도 두드러집니다. 시각적인 효과가 뛰어난 것이지요. 이 시를 본 순간 저는 저 자신이 중학생이나 고등학생이 되어 시험지를 받아들고 난감해하는 것처럼 느껴졌습니다. 시험지에 아는 것은 하나도 없고, 막막한 눈으로 바라보니 거기에 "또 봐?" 하는 마음이 적혀 있는 것 같아진 것이지요.

이처럼 시는 자신이 가장 절실하게 느낀 것을 적는 데서 출발합니다. 이 학생이 시험이야말로 세상의 무엇보다도 고통스럽고 괴로운 것이라는 생각을 통해 이와 같은 한 편의 시를 써낸 것처럼 말입니다.

경험이나 느낌을 형상화하는 시 쓰기

이제 제 이야기를 조금 해볼까 합니다. 저는 지금은 교단에 서 있지만, 지난 세월에 한 번 학교를 그만둔 적이 있습니다. 물론 자의로 그만둔 것이 아니라, 그 당시 세상을 떠들썩하게 했던 교사단체와 관련되어 억지로 물러나게 된 것이지요. 아이들 가르치는 일로 평생을 살아가겠다는 저의 소박한 꿈이 무참히 꺾였던 그때를 생각하면 지금도 마음이 울적해집니다.

마지막이 된 아침 조회시간, 저는 주임교사 한 분과 함께 교실에 들어갔습니다. 60여 명 아이들의 초롱초롱한 눈망울을 마주 대하곤 한동안 아무 말도 하지 못했지요. 목이 메고, 어쩌면 다시는 이 아이들 앞에 서지 못할지도 모른다는 참담함, 몇 달 동안 함께 해왔던 아이들과의 여러 일들이 그 순간 머릿속을 마구 휘저어댔기 때문이지요. 어떻게 무슨 말을 했는지, 결국 마지막에는 울먹이다 교단을 내려와 힘없이 교실 문을 열고 복도로 나왔습니다. 그때, 교실의 아이들은 모두 말없이 눈물을 흘렸고, 몇몇 아이들은 복도로 나와 "선생님!" 하고 저를 불러 놓고는 또 눈물만 쏟아놓았습니다. 복도를 지나 계단을 내려오는 내내, 운동장을 가로질러 교문으로 나가는 내내, 아이들은 창에 매달려 저의 뒷모습을 바라보고 있었지요. 아마 마음속으로는 목이 메게 저를 불렀을 것입니다. 제 마음속에 그런 아이들의 목소리가 들렸으니까요.

그때의 우리 반이었던 아이들 몇과 지난 설 무렵 술자리를 한 적이 있습니다. 이제는 다 졸업하여 대학생이 된 아이들이지요. 그 자리에서 한 아이가 그날의 기억을 떠올리며, 아마 자기 평생 동안 그렇게 마음 아플 일은 다시는 없을 것이라고 했습니다. 그만큼 서로에게 그 일은 상처가 되었던 것이지요.

학교에서 쫓겨난 며칠 뒤, 저는 고향에 찾아가게 되었습니다. 8월이었지요. 방학 때 찾아가던 고향과, 이제는 방학조차 없어진, 그래서 날마다가 노는 날인 처지로 찾아가는 고향은 느낌이 달랐습니다.

저의 고향집은 버스에서 내려 한 30분 남짓 개울과 골짜기를 걸어가야 하는 곳에 있습니다. 터덜거리며, 가방 하나 달랑 어깨에 걸친 채 그 길을 걸어갔습니다. 때로는 개울을 건너다 흐르는 물살에 발을 담근 채 멍하니 앉아 있기도 했습니다. 찌는 햇살을 머리에 이고 막 푸른빛을 내며 여물어가는 팥배나무 그늘에 멍하니 서 있기도 했지요.

쉬엄쉬엄 그 길을 걸었던 것은 그만큼 마음의 상처가 무거웠던 탓이었을까요? 그렇게 30분 남짓 걸릴 길을 한없이 늘여 걷다 보니 어느새 산그늘 쪽에는 어둑발이 내리기 시작했습니다.

그런데, 산굽이 하나를 지나자 느닷없이 제 눈앞에는 하얀 꽃밭이 가득 펼쳐졌습니다. 멀리서 보면 마치 메밀꽃 같은 그 꽃들은, 막 산그늘에 내리는 어둠을 고스란히 몸으로 받아내고 있었지요. 자세히 보니 그 것들은 모두 망초꽃이었습니다. 개망초꽃 말입니다. 초나라가 망할 때 세상을 가득 덮도록 피어 망초꽃이라고 이름 붙게 되었다는 개망초들이 들판 가득 피어 있었던 것이지요.

그 개망초꽃밭을 지나치며 저는 또 한참을 느적여야 했습니다. 뒤돌아보고 또 돌아보면, 어스름 산그늘에 피어 있는 개망초꽃 모두가 우리 반 아이들 같은 느낌이 들어서였습니다. 하나하나 뜯어보면 전혀 예쁜 구석이라곤 없어 보이는 그 꽃들이 어울려 피니 정말 어두운 세상을 밝힐 환한 아이들의 얼굴 같았습니다. 창문에 매달려 하염없이 저의 뒷모습을 바라보던 그 아이들과 같은 망초꽃들이 눈에 밟혀 자꾸 뒤돌아보게 된 것이지요.

그날 늦게 고향집에 도착한 저의 머릿속에는 그런 느낌과 생각들이 가득했습니다. 희미한 알전구만 졸고 있는 고향집 마룻바닥에 엎드려 그날 저는 그 생각들을 버무려 이런 시를 한 편 지었지요.

학교에서 쫓겨나 찾아간 고향길

개망초꽃만

벌판 가득 피었습니다

어스름 산그늘에

어깨동무하고 서 있었습니다

뒤돌아보면

선생님 하고 매달리는

우리 반 아이들로 가득

피었습니다

'망초꽃'이라고 제목을 단 이 시는 그런 생각의 과정을 거쳐 세상에 나오게 되었습니다.

제가 중언부언 제 자신의 이야기를 늘어놓은 것은 이런 과정을 통해 한 편의 시가 만들어진다는 것을 보여드리기 위해서였습니다. 망초꽃이라는 사물을 통해 아이들의 모습을 찾아내고, 그 둘이 언어의 울림으로 관계를 맺는 자리에 저 자신의 경험이 놓인 것이지요.

이처럼 한 편의 시는 시를 쓰는 사람이 겪어온 경험이나 느낌을 언어와 언어의 관계를 통해 형상화해내는 일입니다. 물론 그 경험이나 느낌은 한순간의 것일 수도 있고, 오랜 세월에 걸쳐 쌓여온 것일 수도 있지요. 그런 것들이 절실한 마음의 울림을 거쳐 언어로 빚어지는 것이 바로 시입니다.

자, 그럼 자신의 절실한 마음이 어떤 것인지, 어떤 상태인지 찾아보십시오. 그리고 그것을 울림이 있는 언어로 써보십시오. 그러면 한 편의 시를 창조해내는 기쁨을 맛보실 수 있을 테니까요.

오늘은 마음의 절실함이 시를 만들어낸다는 이야기를 나누었습니다. 다음에는 아이들이 쓴 시 몇 편을 들어 시를 어떻게 형상화해내는지 알아보도록 하겠습니다.

제18장

아동문학 텍스트와 초등 문학교육

원종찬

1. 아동문학 텍스트는 문학 텍스트인가

아동문학 텍스트는 문학 텍스트다. 적어도 이에 시비를 걸거나 도전한 이론가는 없었다. 하지만 이 당연한 명제가 수시로 의심을 받아왔다는 사실까지 부인할 수는 없겠다. 의심은 깊이 따져볼 계제도 없이 받아들이곤 하는 통념과 선입견의 작용으로부터 비롯된다. '어린이는 순수하지만 세상에 무지한 존재다. 어린이는 세속의 먼지가 없는 진공의 화원에서 보호받아야 하는 존재다. 어린이에게 주는 문학은 순수성을 지키고 도덕심을 기르는 내용이어야 한다.' 이렇게 해서 이른바 동심천사주의와 교훈주의라는 아동문학의 통념이 만들어졌다. 아동문학 텍스트는 의당 그런 것이려니 하고 넘어가려 들지만, 문학 텍스트로서는 함량 미달일 수밖에 없다는 인식이 뿌리 깊은 것이다.

아동문학 텍스트의 특성을 왜곡시키는 동심천사주의와 교훈주의의 통념은 제도적인 뒷받침 속에서 재생산된다. 그중 초등교육의 문제점이 가장 크다. 초등학교 교과서와 교육과정은 아동문학에 대한 그릇된 통념을 낳아온 주된 통로였다. 그런데 초등교사를 양성하는 대학에서조차 이를 교정할 장치가 마련되어 있지 않다. 아동문학을 교육과정에 포함하고 있는 교육대학은 매우 드물다. 이는 아동문학을 전공한 교수가 없기 때문이기도 하고, 그에 앞서 아동문학을 학문의 대상으로 삼는 연구 풍토가 희박했기 때문이기도 하다. 이 대목에서 다시 한 번 솔직하게 질문과 마주해볼 필요가 있다. 우리는 정말 아동문학 텍스트를 문학 텍스트로 여기고 있는가?

질문의 요지는 아동문학 텍스트를 문학 텍스트로 보느냐 마느냐에 있다기보다 어떠한 문학 텍스트로 보느냐에 있다. 흔히 아동문학이라고 하면 '단순함과 유치함'을 먼저 떠올린다. 여기서 두 부류를 생각해볼 수 있다. 아동문학 텍스트도 문학 텍스트지만 일반적인 기준으로는 함량미달인 것을 그 특성상 양해할 수 있다는 것이 그 하나고, "아동문학의 단순성은 그 자체가 하나의 예술적 장치, 종종 성인문학에는 부족한 어떤 장치"[1]라는 진술에서 보듯, 고유한 원리를 지닌 또 하나의 문학 텍스트임을 강조하는 것이 다른 하나다. 질 낮은 문학 텍스트를 두고 '통속적'이라고 하는 것처럼, 질 낮은 아동문학 텍스트를 두고 '유치하다'고 하는 것은 문제가 되지 않는다. 그러나 착각하지 말자. '아동문학 텍스트는 유치하다'는 명제가 오류인 것은 '문학 텍스트는 통속적이다'는 명제가 오류인 것과 같다.

---

1) 마리아 니콜라예바, 김서정 옮김, 『용의 아이들』, 문학과지성사, 1998, p.78.

아동문학 텍스트의 미적 자질을 판별하는 일은 그리 쉬운 게 아니다. 그 명칭이 가리키듯이, 아동문학은 문학의 범주에 속해 있으면서도 그 안에서 따로 존재해야 하는 이유를 내세운다는 점에서 특별한 긴장을 유발한다. 우리는 다른 문학과 같은 방법으로 아동문학에 반응하도록 노력해야 하지만, 그와 동시에 아동문학 텍스트가 다른 텍스트와 구별되는 점에 대해서도 인식할 필요가 있다.[2] 주지하다시피 아동기는 인생의 특별한 한 시기이며 아이들에겐 그들만의 특별한 요구가 있다는 근대의 자각과 더불어 아동문학은 성립·발전해왔다. 즉, 아동문학은 어른들이, 아이들은 자신들과 달라서 그들만의 특별한 텍스트가 필요하다고 믿기 때문에 존재하는 것이다. 그렇다면 어린이는 어른과 얼마나 다른 존재인가? 또, 어떤 텍스트가 어린이에게 더욱 적합한 것일까? 우리는 여기서 아동관의 문제와 마주치게 된다.

2. 아동문학 텍스트와 아동의 관계를 어떻게 볼 것인가

아동문학을 둘러싼 논란은 대개 아동관의 차이에서 비롯되고 있다. 동심천사주의와 교훈주의도 아동관의 문제에서 파생되어 나온 것이다. 따라서 어린이를 바라보는 어른의 태도에 주의를 기울이지 않으면 안 된다. 아동문학은 어린이, 더 정확히는 '어린이에 대한 어른의 생각'— 그들이 무엇을 이해할 수 있고 무엇을 즐기는지, 그들이 무엇을 요구하고 또한 그들에게 무엇이 필요한지에 대한 생각—과 관련된 특성을

---

2) 페리 노들먼, 김서정 옮김, 『어린이문학의 즐거움』, 시공주니어, 2001, p.52.

지닌다. 아동문학 텍스트의 공통적인 특성은 내포독자가 어린이를 향해 있다는 점인데, 이때의 내포독자는 어디까지나 가설에 의해 규정된 어린이라는 뜻이다. 한정된 지식과 한정된 능력을 갖고 있는 어린이, 교육과 보호가 필요한 어린이 등의 가설 말이다.[3)]

페리 노들먼은 이런 가설들의 위험을 경계해야 한다고 주장한다. 아동기에 대한 가설은 이데올로기적으로 설정되어 있으며, 사회적 규범에 순응하는 걸 포함하고 있다.[4)] 어른은 그들이 가진 이미지를 문학 안에서 어린이에게 만들어준다. 그리하여 아동문학은 어른이 어린이를 식민지화하는 데 지대한 효력을 발휘한다.[5)] 아동기를 단순하고 순수하게만 보려는 시각은 검열과 배제를 정당시하고 어른의 입맛에 맞도록 텍스트를 순화시킨다. 수많은 아동문학 텍스트에 그려진 순수성의 형태는 어른의 욕구에서 비롯된 순수성일 뿐이다. 이처럼 어른에 의해서 아동문학 텍스트에 가해지는 검열과 배제, 순화과정 같은 것이 어린이의 자율성과 성장욕구를 박탈하는 식민지화의 시도가 아니고 무엇일까?

이오덕은 아동을 '사회적 존재'이자 '성장하는 인간'으로 바라봐야 한다고 했다.[6)] 동심천사주의와 교훈주의의 바탕에서 세워지는 아동성(이른바 '동심')과 교육성은 식민지화의 시도라고 할 수 있다. 사회적 존재로서의 어린이를 주목한 리얼리즘 계열의 아동문학은 오랫동안 검열과 배제의 대상이었다. 동요의 '혀짤배기 소리'와 동화의 '착한 어린이표'

---

3) 페리 노들먼, 앞의 책, p.304.
4) 페리 노들먼, 앞의 책, p.162.
5) 페리 노들먼, 앞의 책, p.166.
6) 이오덕, 『시정신과 유희정신』, 창작과비평사, 1977, p.115.

이미지도 이렇게 해서 만들어진 것이다. 이런 이미지를 지닌 아동문학 텍스트가 유치하다거나 함량미달이라고 평가되는 것은 당연하다. 한편, 성장하는 인간으로서의 어린이를 망각하면 아동문학 텍스트의 특성을 성인문학 텍스트와의 차이점 중심으로 지나치게 단순화해서 파악하기 쉽다. 아동문학 텍스트는 유아용 책에서부터 청소년소설에 이르기까지 폭넓게 걸쳐 있다. 그러므로 아동문학 텍스트의 특성을 논할 때에는 대상 연령에 따른 단계성, 곧 '내부 편차'를 지워버리는 일이 없도록 주의해야 한다.

동심천사주의와 교훈주의는 어린이의 약동하는 생명력과는 거리가 먼 상투적인 발상을 낳고 있으며, 성장의 욕구를 제한하는 문제점을 지닌다. "기차는 기차는 바아보……" "구름은 구름은 요술쟁이……" 같은 발상의 동시는 화자가 얼마나 귀여운지, 어린이의 무지에서 즐거움을 느끼라고 요구하는 것처럼 보인다. 흙이 벌레를 징그러워하고 거름냄새를 싫어한다든지, 도토리가 나무에서 떨어지면 아플까 봐 걱정하는 식의 발상으로 지어진 동화도 마찬가지다. 훈계가 들어설 틈을 손쉽게 만들어내고자 이런 작위적인 설정을 남발하는 것이다. 결말의 교훈을 위해 진실이 희생되어도 좋다는 발상인데, 도덕교과서의 예문 같은 것을 문학 텍스트로서 가치 있다고 볼 수는 없겠다.

어린이 서사문학은 크게 동화와 소년소설로 구분된다. 동화와 소년소설은 상이한 서사원리를 지니고 있으며 내포독자의 연령대에서도 차이가 난다. 이 둘의 경계에서 만들어진 이른바 생활동화(사실동화)는 일종의 변종에 가깝지만 현실주의 색채가 강한 우리 아동문학의 주류를 차지해왔다. 그런데 그 대부분은 '행복한 결말' '화해적 결말' '교훈적 결말' 등의 강박증에 사로잡혀 삶의 진실을 등지는 쪽으로 나아갔다. 그래서 생활동화는 독자적인 장르로 발전했다기보다 '되다 만 동화, 되다 만 소설'이라는 불명예를 안게 되었다. 흔히 아동문학의 생명은 희망이라고 한다. 어린이는 인생의 시작단계에 있고 성장과 변화의 가능성이 있다고 여기기 때문이다. 결말에 성장과 변화의 여지가 남아있는 것은 바람직하다. 그러나 아동문학의 행복한 결말은 일종의 소원판타지에 해당하는 동화의 한 특성일 뿐이다. 전래동화나 옛이야기 형식을 계승한 창작동화는 자연과 인생을 상징적으로 반영하면서 궁극의 조화로 귀결되는 양식이고 내포독자가 소년소설보다 낮은 연령대에 걸쳐 있다. 즉, 동화는 사회적 경험이 적고 보호가 더 요구되는 어린이를 내포독자로 하기 때문에, 실제로 경험하는 현실보다는 원형상징들로 구성된 사건을 초월적인 힘으로 해결하는 서사원리를 따르게 마련이다. 하지만 높은 연령으로 갈수록 사회적 책임감이 증대되며 자신에게 우호적이지만은 않은 현실의 모순을 경험하게 된다. 현실적인 경험을 다루는 소년소설은 동화와 다른 소설의 서사원리를 따르되 다만 소년층의 눈높이에서 인간과 세상의 진실을 탐구한다. 어린이가 성장단계에서 겪는 내면의 갈등을 초월자의 도움으로 통합시켜주는 동화의 판타지적 결말과 삶의 진실을 등진 생활동화 또는 소년소설의 화해적 결말은 전혀 다른 차원이므로 그 평가를 달리해야 하는 것이다.

3. 아동문학 텍스트의 가치는 어디에 있는가

우리가 아동문학을 중요하게 여기는 이유는 그것이 어린이에게 가치있는 경험을 제공할 수 있다고 믿기 때문이다. 일반적으로 더 가치 있는 문학 텍스트는 독자에게 더 많은 의미를 제공해줄 수 있는 텍스트를 가리킨다고 볼 때, 아동문학 텍스트에 대해서도 마찬가지 논리를 적용할 수 있다. 그리고 텍스트에서 의미를 길어 올리는 능력은 훈련에 의해 계발될 수 있다는 믿음이 아동문학 텍스트에 대해서도 문학교육이 필요하다는 논리를 성립시킨다. 그런데 아동문학에 대해서는 유독 '문학 텍스트가 아닌 교육 텍스트'로 바라보는 관점이 널리 퍼져 있다. 이런 비문학적 관점은 아동문학의 예술적 지위를 낮추어보는 풍토와도 관련되는 것으로, 어린이의 문학적 경험을 왜곡시킨다. 문학 텍스트의 교육적 가치는 문학적 효과로 달성되는 것이다. 따라서 아동문학 텍스트의 가치는 문학적 가치로 측정되어야 하며, 이것이 인간과 세상에 대해 더 깊은 이해를 도모하는 교육적 가치로 이어지는 것임을 인식해야 한다.

아동문학 텍스트가 상대적으로 단순한 특성을 지닌다고 할 것 같으면, 문학적 가치나 질적 수준 면에서 어떻게 우열을 가려내야 하는 것일까? 이 문제는 텍스트에 포함된 더 깊은 의미, 혹은 텍스트 안의 '공란'[7]과 더불어 생각해볼 수 있다. 모든 문학 텍스트는 일상 언어를 의도에 따라 조직하고 구성한 결과라는 점에서 그 자체로 함축적이다. 그렇기 때문에 문학 텍스트는 언어가 지시하는 것 이상의 많은 공란을 포함하고 있다. 텍스트 안의 공란은 독자의 서로 다른 기억과 연상으로 채워진다. 결국 독자는 자신의 경험과 지식에 기초해서 눈에 보이지 않

---

7) '공란(Gap)'이란 독자가 이전에 존재했던 레퍼토리에서 얻은 지식으로 의미를 만들어가는 텍스트의 모든 요소를 말한다. 즉, 텍스트가 우리에게 실제로 이야기하지는 않지만, 텍스트의 의미를 이해하기 위해서 우리가 꼭 알아야 하는 것을 말한다(페리 노들먼, 앞의 책, p.543).

는 텍스트의 의미를 완성해가는 것이라고 볼 수 있다. 텍스트 안의 공란을 고려하지 않는 문학수업은 정답 맞추기 식으로 되어 독서의 즐거움을 빼앗거나 교실의 수많은 아이들을 주눅 들게 할 것이다.

보슬보슬 봄비는
새파란 비지
그러기에 금잔디
파래지지요.

　　　　　　　—강소천, 「봄비」, 『동아일보』, 1935. 4. 14.

자주 꽃핀 건 자주 감자,
파보나 마나 자주 감자.

하얀 꽃핀 건 하얀 감자,
파보나 마나 하얀 감자.

　　　　　　　—권태응, 「감자꽃」, 『소학생』, 1948. 3.

　위의 두 텍스트는 언뜻 비슷한 발상처럼 보인다. 그리고 둘 다 언어의 반복성이 주는 가락의 흥취를 느끼게 해준다. 그러나 「봄비」는 어린이의 무지에서 즐거움을 느끼라는 투에 가까워서 유치함이 앞서는 데 비해, 「감자꽃」은 경험에서 비롯된 동일성의 확인이 주는 발견의 묘미가 살아난다. 「감자꽃」은 「봄비」에 비해 텍스트 안의 공란이 더 넓다. 이를테면 눈에 보이는 세계와 보이지 않는 세계가 일치하는 데 따른 밀음과 안도감이 그것이다. 반대로 실제 현실에서 두 세계가 어긋남을 경험한 독자는 동일성의 회구를 불러일으키는 시적 주술의 효과를 맛보게 된다. 즉, 「감자꽃」은 표리부동한 현실에 대해 비판적인 텍스트로 의미가 전이될 수 있는 것이다. "조선 꽃핀 건 조선 감자,/파보나 마나 조선 감자.//왜놈 꽃핀 건 왜놈 감자,/파보나 마나 왜놈 감자." 하는 패러디 시가 만들어져 널리 구전되었던 이유가 여기에 있다. 「감자꽃」은 내용의 사실성 여부를 떠나서 삶의 진실성을 환기시켜주는 뛰어난 텍스트라고 하겠다.

권정생 동화 『강아지 똥』(1969)이 비슷한 교훈을 전하는 다른 의인 동화들보다 더 뛰어난 텍스트라는 평가도 거기 포함된 깊은 의미와 공란에서 말미암는다. 이 동화는 돌이네 흰둥이가 누고 간 똥이 닭과 참새에게 아무 쓸모가 없다고 조롱받다가 민들레 싹의 거름이 되어줌으로써 한 송이 아름다운 꽃으로 피어난다는 줄거리다. 자연의 질서와 조화를 고스란히 서사구조에 담아낸 행복한 결말의 동화지만, 주인공의 탄생에서 죽음에 이르는 현실적인 줄거리를 지닌 것이기도 하다. 한 편의 연애서사로 읽어도 무방하다. 강아지 똥은 지상의 가장 낮은 존재로 태어났지만 아름다운 민들레꽃으로 스며든다. 그러고는 하늘의 별과 눈맞춤하면서 천상의 세계와도 합일한다. 버림받은 존재가 쓸모 있는 존재로, 더러운 존재가 아름다운 존재로, 낮은 존재가 높은 존재로 거듭난다는 이 텍스트의 의미망이, 버림받고 짓밟히면서 역사의 희생양으로 살아온 민중의 삶 또는 수난의 민족 현실과도 겹친다는 해석을 비약이라고만 할 수는 없을 것이다. 『강아지 똥』은 존재의 불안을 극복케 하고 위안과 용기를 주는 안데르센의 『미운 오리 새끼』와 상호텍스트성을 지니는 것이면서 사회적이고 역사적인 의미까지 포함하고 있다. 사회적 약자인 어린이는 종종 자신이 버림받은 존재가 아닌가 하는 불안과 두려움에 빠지곤 한다. 그리고 '강아지 똥'은 어린이에게 무척 친숙한 소재다. 그럼에도 이 텍스트는 그 상징적 의미의 '불온성'과 더러운 '똥'이란 어휘를 지녔다고 해서 순수성을 지고지순의 가치로 삼는 평자들에게 검열과 배제의 대상이 되었던 전력이 있다.

아동문학의 단순성에 대한 잘못된 고정관념은 전통적인 해피엔딩과는 다른 복합적인 결말의 동화를 낯설게 여기도록 해서 텍스트가 내포한 더 깊은 의미를 외면하게 만든다. 안데르센의 『인어공주』나 오스카 와일드의 『행복한 왕자』처럼 복합적인 결말을 지닌 텍스트는 단일한 결말을 지닌 텍스트로 통속화되는 과정을 겪기도 한다. 텍스트의 양가적 의미를 이항대립의 어느 한쪽 의미로 단순화해서 받아들이는 데 길들여지면 사물의 거죽에 머무는 천박성과 편협성을 넘어서기 힘들다. 복합적인 결말의 동화라고 해서 서사구조가 더 복잡한 것은 결코 아니다.

추워서 코가 새빨간 아가가 아장아장 전차 정류장으로 걸어 나왔습니다. 그리고 낑 하고 안전지대에 올라섰습니다.

이내 전차가 왔습니다. 아가는 갸웃하고 차장더러 물었습니다.

"우리 엄마 안 오?"

"너희 엄마를 내가 아니?"

하고 차장은 '땡땡' 하면서 지나갔습니다.

또 전차가 왔습니다. 아가는 또 갸웃하고 차장더러 물었습니다.

"우리 엄마 안 오?"

"너희 엄마를 내가 아니?"

하고 이 차장도 '땡땡' 하면서 지나갔습니다.

그다음 전차가 또 왔습니다. 아가는 또 갸웃하고 차장더러 물었습니다.

"우리 엄마 안 오?"

"오! 엄마를 기다리는 아가구나"

하고 이번 차장은 내려와서,

"다칠라. 너희 엄마 오시도록 한 군데만 가만히 섰거라, 응?"

하고 갔습니다.

아가는 바람이 불어도 꼼짝 안 하고, 전차가 와도 다시는 묻지도 않고, 코만 새빨개서 가만히 서 있습니다.

―이태준, 「엄마 마중」 전문

일제시대의 『조선아동문학집』(조선일보사, 1938)에 실린 유아용 동화 텍스트다. 아가가 혼자 전차 정류장에 나와 엄마를 기다리는 단순한 내용으로 되어 있다. 엄마가 어디에 갔고 언제 올지는 전혀 나타나 있지 않다. 오로지 아가의 행동만이 간명하게 묘사되었을 뿐이다. '아가는 간절히 엄마를 기다렸습니다' 하는 식의 설명도 없다. 그보다는 도착하는 전차마다 다가가서 "우리 엄마 안 오?" 하고 묻는 코가 새빨간 아가의 모습을 통해서 간접적으로 간절한 심리 상태를 느끼게 해준다. 텍스트 중간중간에 드러나는 의성어와 의태어가 글의 분위기를 살리고 있다. 아가는 정류장으로 "아장아장" 걸어가 "낑" 하고 안전지대에 올라선다. 아가는 "갸웃하고" 차창에게 묻고 전차는 "땡땡" 하고 지나가 버린다. '갸웃'은 기대감을, '땡땡'은 공허한 울림을 전한다. 입속에서 울리는 소리들이다. 만약 이런 어휘가 등장하지 않았다면 이 텍스트는 무미건조하게 느껴졌을 것이고 언어적으로 느낄 수 있는 재미를 잃어

버렸을 것이다. 짤막한 분량임에도 기승전결의 완벽한 구성요건을 갖
춘 점이 눈길을 끈다. 아가는 세 번 전차를 맞이하고 세 번 물음을 던
진다. 세번째 반복에서는 차장의 대답이 변형되면서 이야기의 전환을
가져온다. 반복 · 점층 · 대조 등 동화의 특성이 잘 구현되고 있으며,
그 단순함으로 인해 머릿속에서 뚜렷하게 그림이 그려진다. 처음에 코
가 빨개져서 등장한 아가는 끝에도 코가 빨간 채로 자리를 지키고 섰
다. 첫머리와 꼬리가 일치함으로써 구성이 주는 편안함을 느끼게 해
준다.

그런데 아가의 엄마는 언제 돌아올 것인가? 텍스트는 아가가 엄마
손을 잡고 집으로 '아장아장' 걸어 들어가는 행복한 결말을 보여주지 않
는다. 추운 겨울날, 언제까지고 전차 정류장에 서 있을 아가의 마지막
모습이 텍스트를 다 읽고 난 뒤에도 오래도록 인상에 남는다. 엄마의
부재로 인해서 울림은 더욱 크게 다가온다. 그래서 이 텍스트는 "조국
을 잃은 시대의 상징으로서 한 편의 시"[8]라 여기고 읽을 수도 있다. 그
렇다고 분위기가 오로지 비극적으로 파악되는 것은 아니다. 이 동화를
가리켜, "만남이 실현될 가능성은 차단된 채 막막한 불안감과 비극적
전조의 우울함이 전체 작품을 감싸고 있다"[9]고 보는 시각이 있는데, 잘
어울리지 않거나 일면적이라고 판단된다. 상징적 차원에서 이 동화는
갈등의 심화와 해소, 그리고 팽팽한 대결구도를 지니고 있다. '기다리
는 아가/오지 않는 엄마' '무관심한 차장/관심을 보이는 차장' '추위와

---

8) 원종찬, 「정지용과 이태준의 아동문학」, 『아동문학과 비평정신』, 창작과비평사, 2001, p.
 321.
9) 송인화, 「'예술'로 나아간 '동심', 그리고 폐쇄된 비극성의 세계—이태준 동화 연구」, 『동화
 와번역』 제9집, 건국대학교 동화와번역연구소, 2005, p. 25.

기다림/기대감과 희망' 등등. 결말이 열려 있는 데다 '엄마 마중'이란 제목이 절망의 분위기와는 거리가 있다. 따라서 '가능성 차단' '불안감' '우울함' 등의 어휘를 동원해서 이 동화를 오로지 '비극적'인 내용으로 규정짓는 것은 천진한 동심의 바탕에서 이뤄낸 텍스트의 내적 긴장과 양가적 의미를 온전히 파악한 결과로 보기 힘들다. 이 텍스트가 독특한 여운을 주는 것은 엄마가 돌아오지 않은 채로 끝낸 결말의 구조에 어떤 '약속과 믿음'을 내포하고 있기 때문이다. '약속'은 세번째 차장의 사려 깊고 따듯한 배려에서, 그리고 '믿음'은 천진하고 순수한 아가의 동심 에서 비롯된다. 세번째 차장과 아가 사이에는 엄마와 아가 사이처럼 깊 은 신뢰감과 친연성이 놓여 있다. 이 텍스트는 당대 사회의 비극적 현 실성과 일정하게 조응하면서도 동화 양식 특유의 '궁극의 조화로 귀결 되는 안정감'을 끌어안고 있는 구조인 것이다.

대학생들은 이 텍스트에 다음과 같은 반응을 보였다.[10]

이토록 짧은 동화도 시대상을 비추는 거울이 되고 있다. 아가에게 엄 마는 절대적인 존재다. 아가는 보호받아야 할 대상인데 그렇지 못하다 는 데에 그 시대의 서글픈 아동현실이 자리하고 있다. 이러한 경험은 과 거의 어린이에겐 공통의 기억에 속한다. 동요 「섬집 아이」에서 보듯, 엄 마는 일하러 나가지 않으면 안 되었을 것이다. 아마도 아가는 노동계급 의 자식일 것이다. 부잣집 아이라면 밖에서 일하다가 늦게 돌아오는 엄 마를 기다릴 일이 없다. 〔……〕

---

10) 인하대학교 한국어문학과 2007학년도 1학기 '아동문학 읽기' 수업에서 필자가 수강자들 에게 사전정보 없이 텍스트를 제공하고 즉석에서 받은 감상문들 중에서 발췌한 것이다.

전차가 다닌다는 사실을 통해서 시골이 아니라 도시를 배경으로 했다는 것을 알게 된다. 이 동화는 근대적 사회현실을 반영한다. 만약 시골이었다면 아가가 '우리 엄마 안 오?' 하고 물었을 때, '너희 엄마를 내가 아니?' 하는 대답은 나오지 않았을 것이다. 즉 타인에게 무관심한 근대적 사회현실이 내용에 반영되어 있다. 〔……〕

나약한 아가가 바람이 불어도 꼼짝 안 하고, 전차가 와도 다시는 묻지도 않고, 코만 새빨개서 가만히 서 있으면서 엄마를 기다린다는 것은 확고한 믿음과 불굴의 의지의 표현이다. 엄마가 꼭 올 것이라는 확고한 믿음과 아무리 추워도 가만히 서서 엄마를 기다리겠다는 불굴의 의지는 일제치하라는 시대적 배경을 고려할 때 고도의 메타포가 된다. 〔……〕

아가는 구원을 소망하지만 작품상에서 구원되지는 않는다. 하지만 희망의 여지는 보인다. 엄마가 오면 기다림, 그리움, 추위 등에서 구원받을 수 있다는 생각으로 아가는 기다릴 수 있는 것이다. 구원의 가능성과 실현은 동화이기 때문에 가능하다. 소설이었다면 카프카의 『변신』에서 벌레가 된 그레고르가 구원받지 못하고 죽는 것처럼 될 수도 있었을 것이다. 〔……〕

「엄마 마중」은 함축적 텍스트를 구현하고 있어 아주 짧은 분량임에도 풀어낼 이야기가 많다. 텍스트의 완성도가 높고 공란이 클수록 문학적 효과는 증대한다. 이 텍스트의 아가는 귀엽다는 느낌이 전부가 아니며, 안쓰럽고 슬픈 감정도 모두 꿋꿋한 아가의 행동에서 비롯된다. 유치한 동심과 억지스러운 교훈이 없다. 텍스트에 대한 반응으로 마음이 따듯해지든 울고 싶어지든, 그건 독자의 몫이다. 「엄마 마중」은 지극히 단순한 텍스트지만 더 많은 의미 생산과 더불어 문학적 힘이 커질 수 있음을 보여준다.

4. 아동문학 텍스트는 초등교육과 어떻게 만나고 있는가

아동문학에 대한 그릇된 통념은 '국민교육'의 장(場)에서 만들어져나오고 이는 다시 '국민교육'의 장으로 흘러들어간다. 아동문학이 이데올로기와 무관하지 않은 이상, 지난 한 세기 동안 가장 강력하게 이데올로기의 통제를 받은 장소의 하나가 초등학교였기 때문이다. 초등 국정교과서의 아동문학 텍스트는 식민지시대와 분단시대를 관리하는 권력의 손안에서 구성되었다. 검열과 배제의 논리가 관철되었음은 물론이다. 이렇게 구성된 텍스트 목록이 아동문학이란 무엇인가에 대한 어린이의 생각, 종국엔 일반 '국민'의 생각을 결정지어왔다.

초등 교과서의 아동문학 텍스트는 권력의 성격이 바뀌는 만큼씩 변화하고 있음이 사실이다. 그러나 초등교육의 여러 주체들이 어디에서 새로운 인식을 획득하느냐의 문제는 여전히 과제가 아닐 수 없다. 문학과 교육 부문의 전문연구자를 포함해서 대부분의 기성세대는 오랜 통념에서 자유롭지 못한 상태다. 아동문학은 '텍스트를 텍스트로 바라보려는 문학적 관점'이 학교 교육에서 확고해졌을 때 비로소 온전한 문학적 경험으로 아이들에게 다가갈 수 있다. 아동문학을 교육 텍스트로 바라보려는 비문학적 관점에 의해 텍스트 선정과 감상이 이루어지는 한, 초등 문학교육은 바로 서기 힘들다.

꼭 정치이데올로기의 차원이 아니더라도 이른바 '교육적 차원'에서 행해지는 검열과 배제의 논리는 텍스트 훼손을 아무렇지도 않게끔 여기게 한다. 교과서에서 방정환의 『양초 귀신』은 『양초 도깨비』로 탈바꿈해 있다. 이 밖에도 윤구병의 『심심해서 그랬어』를 『심심해서 그랬어요』로, 임길택의 「흔들리는 마음」이란 동시에서 "아버지한테 매를 맞았다"란 표현을 "아버지께 꾸지람을 들었다"로, 권정생의 『강아지 똥』 서두를 앙상한 요약문 식으로 바꾸는 등, 아동문학 텍스트를 문학 텍스트로 본다면 일어날 수 없는 일들이 적지 않다.[11] 이러한 비문학적 관점은 텍스트의 리얼리티에 손상을 주기도 하고, 함량 미달의 텍스트를 가치 있는 것처럼 오도하기도 하면서 진정한 문학적 경험의 기회를 박탈한다.

제7차 교육과정의 초등 전학년 읽기, 말하기, 듣기, 쓰기 교과서들을 살펴보면, 일부 질 높은 텍스트도 포함되어 있고 또 과거보다 정도가 덜하지만 아직도 그릇된 통념 아래서 나온 수준 이하의 텍스트가 많다. 유명 문인의 작품이라고 해서 반드시 뛰어난 것은 아니다.

지난밤에
눈이 소복이 왔네.
지붕이랑
길이랑 밭이랑
추워한다고

---

11) 김상욱, 『문학교육의 길 찾기』, 나라말, 2003; 김제곤, 『아동문학의 현실과 꿈』, 창작과 비평사, 2003; 정정순, 「동시 교육, 이렇게 하자―동시 교육의 실태와 변화 방향」, 『창비 어린이』 2007년 여름호 참조.

덮어주는 이불인가 봐.

그러기에
추운 겨울에만 내리지.

—윤동주, 「눈」, 국어, 쓰기 2-2.

윤동주 동시는 우열이 심한 편이다. 뛰어난 것들도 있지만, 어린이의 무지를 귀엽게 내려다보는 통념에서 나온 것들도 여럿이다. 위에 인용한 동시도 그런 문제점이 엿보인다. 소복이 쌓인 눈에서 포근한 이불을 떠올린 것은 아이다운 발상 같지만 상투적인 유아적 표현에 가깝고, 그조차 "……인가 봐.//그러기에"라는 어린애 흉내를 조장하는 구문에 갇혀 있다. 그런데 이런 텍스트를 참조해서 "생각이나 느낌이 잘 드러나게" 글을 쓰라고 요구하고 있으니, 통념이 어떻게 재생산되고 있는지를 단적으로 보여주는 사례라 하겠다. 초등 국어교과서의 아동문학 텍스트를 아동문학의 한 전범으로 받아들이는 것은 위험한 일이다.

아동문학 텍스트를 언어기능교육의 참고자료로 보는 문제점은 누차 지적돼왔다. 저학년에서는 그 관점이 더욱 우세해서 흉내 내는 말(의성어·의태어)로 퍼즐게임을 벌이는 텍스트가 지나치리만큼 되풀이 제시되어 있다. 그것도 "초롱초롱 맑은 눈" "삐악삐악 재잘재잘"처럼 상투적인 것들이 대부분이다. 개성적이고 투명한 눈을 길러주는 것이 아니라 표면에 자동반응을 하도록 길들이는 꼴이라 참다운 문학정신을 기르는 것과는 정반대의 교육을 조장하는 셈이다. 지면관계상 하나하나 대조해 보이는 일은 생략하겠는데, '겨레아동문학선집'(보리, 1999)에 실린 동시들을 보면 의성어·의태어의 쓰임이 얼마나 다양하고 참신할 수 있는지, 그것이 텍스트 전체와 얼마나 긴밀히 호응하고 있는지를 한눈에 알아차릴 수 있다. 한편, 동시든 동화든 '아동문학은 작고 예쁘고 귀여운 것들의 세계'라는 통념은 저학년 교과서에서 여전히 큰 영향력을 행사하고 있다. "해야 해야 나오너라"처럼 자연과 조금도 거리감을 두지 않는 아이들의 구전동요를 봐도 그렇고, 제대로 된 어린이시에는 거의 나오지 않는 접미사 '님'을 붙여 의인화한 자연물은 단골 메뉴로 등장한다. 예컨대 '해님, 달님, 별님, 꽃님……' 그리고 거기 어울리는 '씨앗, 이슬, 나비, 무지개……' 등등.

고학년 교과서에서 생활상의 문제를 다룬 아동문학 텍스트 역시 어른이 일방적으로 보여주고 싶은 것들이 대부분을 차지한다. 이를테면 우애, 협동, 자기다움, 전통문화의 긍지, 조국애, 희생적 가치 등의 덕목을 앞세우느라 삶의 진실을 놓치는 것들이 많다. 다만 과거의 교과서처럼 노골적인 것들은 줄어들었기 때문에 자세히 살피지 않으면 얼른 알아채기 힘들다는 게 달라진 점이다. 크게 보아 '착한 어린이표' 인물은 여전히 주종을 이룬다. 서사구조상 아이와 아이의 갈등, 아이와 부모의 갈등, 아이와 교사의 갈등은 피할 수 없는데, 사회적 현실적 심리적 층위까지 깊이 파고들지 못하는 까닭에 결국은 어느 한쪽의 사소한 오해로 밝혀진다든지 반성적이거나 동정적인 해결방식으로 갈등은 미봉된다. 삶의 때가 없고 생활의 실감이 부족한 이런 텍스트는 몰입을 방해해서 재미도 덜 느끼게 할 것이다.

여기에서는, 다소 논쟁적일 수도 있지만, 손연자의 「방구 아저씨」(국어, 읽기 6-1)가 지닌 문제점을 살펴보려고 한다. '논쟁적'이라는 것은 이 작품에 대한 긍정적인 평가도 적지 않다는 사실을 염두에 둔 표현이다. 일제시대를 배경으로 하는 이 작품은 동네 아이들과 친구처럼 격의

없이 지내는 방구 아저씨가 일본 순사에게 맞서다가 억울하게 맞아 죽
는 줄거리로 되어 있다. 이처럼 민족의 수난과 저항을 그린 텍스트는
역사적 사실에 입각한 것으로 봐서 별다른 문제의식 없이 받아들이는
경향인데, 인물과 사건이 작가이데올로기에 매달린 상투성을 드러낸다
는 점을 지적할 수 있다. 서두에 제시된 인물형상은 일단 개성적이다.

　　안골 마을 목수인 김봉구 아저씨는 방구쟁이입니다. 아이들만 보면
살금살금 다가가 엉덩이를 쑥 내밀고 '뿡!' 방구를 뀝니다. 그러고는 싸
우지들 말고 사이좋게 나누어 먹으라고 점잖게 말합니다. 아이들이 코
를 싸쥐고 야단인 시늉을 하면, 또 번개처럼 "옛다, 이건 덤이다." 한 번
더 얹어줍니다. 방구 덤을 들쓴 아이들은 팔팔 뛰고, 동무들은 깔깔거리
며 배를 잡습니다. (p.31)

하지만 일제 말의 탄압상이 날로 더해지는 시기를 배경으로 목수인
방구 아저씨가 혜안을 드러내는 대목에서는 작가관념의 투사(投射)가 한
결 짙어지는 것을 볼 수 있다.

　　"그래도…… 좋은 세상은…… 꼭 온다. 봐라. 밖은 지금 캄캄한 밤이
다. 하지만, 한잠 자고 나면…… 아침이 와 있지 않던?"
　　방구 아저씨는 눈 끔뻑이며 느릿느릿 말하였습니다. 그러면서 '열흘
붉은 꽃 없고 달도 차면 기우는 법'이라고 쥐 오줌 얼룩진 천장을 보고
중얼거렸습니다. (p.34)

방구 아저씨네 집 안 윗목에 놓인 괴목장을 조선민속품 수집광인 산

림관 히라노가 탐내면서 본격적으로 사건이 전개된다. 이 괴목장은 먼저 세상을 뜬 아내에게 제물로 바쳐진 것으로 방구 아저씨에겐 가장 소중한 물건이다. 이장이 와서 거간꾼 노릇을 하려다 방구 아저씨에게 망신을 당하고 물러간 뒤에, 하루는 히라노가 몸소 찾아와 흥정을 붙였으나 역시 거절을 당하고 되돌아간다. 마침내 히라노의 모함과 사주를 받은 일본순사 이토가 와서 조사할 게 있다며 괴목장을 지게에 지고 따라오라고 명령한다. 여기 장면이 문제다.

"역시 목재가 필요하겠군. 그래서 허가 없이 나무를 베었나?"

"난 그런 일 없소."

"없어? 그럼 우리 대일본의 산림관이 거짓말을 했단 말이야, 뭐야?"

이토가 다짜고짜 방구 아저씨의 뺨을 갈겼습니다.

〔……〕

이토는 들고 있던 순사봉으로 방구 아저씨의 가슴을 쿡쿡 찍었습니다. 방구 아저씨 이마에 불뚝 힘줄이 솟았습니다.

"네 이노옴, 이 버르장머리 없는 놈. 어디 와서 함부로 행패냐, 행패가……"

조선말! 그것은 조선말이었습니다.

눈 깜짝할 사이에 멱살을 잡힌 이토가 붕 날았습니다. 그러고는 빗물 스민 마당에다 코를 박았습니다. 이토는 진흙투성이 얼굴로 퉁기듯 일어났습니다.

"조선놈 주제에 감히!"

이토의 순사봉이 방구 아저씨 머리를 내리쳤습니다.

조선 사람 앞에만 서면 갑자기 어깨에 힘이 들어가는 이토. 이토의 나무 순사봉은 그 순간 쇠막대기가 되었습니다.

"억!"

방구 아저씨가 풀썩 무릎을 꿇었습니다. 피가 얼굴에 흘렀습니다. 잠시 그대로 있던 방구 아저씨가 스르르 무너졌습니다. 부릅뜬 눈에는 봄비 내리는 하늘이 가득 찼습니다. (pp. 37~39)

이토는 갓 스물의 새파랗게 젊은 순사다. 방구 아저씨는 십수 년 전에 돌림병으로 처자식을 먼저 세상에 보냈으니 순사보다 두 배는 넘었을 나이다. 각별한 개성의 소유자로 그려내지 않는 이상에는 이토록 젊은 순사가 마을에 들어와서 아버지뻘 되는 사람에게 반말로 지껄인다든지 느닷없이 뺨을 갈기는 일은 있을 법하지 않은 아주 놀라운 행동에 속한다. 그러나 우리는 이미 이런 장면에 익숙해져 있다. 그다음 장면도 도식적인 계급문학이나 반공문학 같은 데에서 흔히 봐왔던 '만행의 기록'일 뿐이다. 물론 총칼로써 식민지 통치를 행사한 역사적 사실에 비추어 일본 순사의 만행은 전형적인 행동으로 볼 수도 있다. 그래서일까? 이런 '포악한 일본 순사'는 일제시대를 배경으로 하는 아동문학 텍스트마다 빠지지 않고 등장한다. 여기서 문제는 이토가 '포악'하게 그려진 데 있는 것이 아니라, 포악한 '이토'로 그려져 있지 않은 데 있다. 즉 추상적 일본순사, 개념의 인물에 그치고 있는 것이다.

이 텍스트에 대한 반응으로 일제에 대한 분노와 증오, 그리고 방구 아저씨의 억울하지만 영웅적인 죽음에 따른 슬픔과 존경심이 우러나온다면, 그것은 아마도 선동적인 효과일 것이다. 이런 감동은 한편으로 위험하다. 정해진 이념과 주의 주장으로 몰고 가는 이데올로기 동원방식이기 때문이다. 과거 '국민교육'의 일환으로 만들어지던 반공동화들이 꼭 이런 모습이었던 이유가 여기에 있다. 도식적인 발상으로 지어진 것은, 성격Character이라기보다 한낱 기호Name나 마찬가지인 등장인물만 바꿔놓을 경우, 얼마든지 항일문학이 친일문학으로, 반제문학이 반공문학으로 뒤바뀔 수 있는 텍스트가 된다. 따라서 「방구 아저씨」는 그 한끝이 역사적 진실에 닿아 있다고 하더라도, 이미 지배이데올로기가 된 주류 역사인식을 되풀이하는 것에 지나지 않는 만큼, 자칫 인종적 편견과 다름없는 민족주의 반일감정을 불러일으킬 소지가 더 클 수 있음을 경계해야 한다고 본다.

5. 누가 무엇을 어떻게 변화시킬 것인가

　오랜 군사통치의 막이 내려지고 이 땅에 시민사회가 형성되면서, 아동문학을 둘러싼 전반적인 판도 변화가 이루어졌다. 은밀한 형태의 뿌리는 아직도 완강하지만 명명백백한 동심천사주의와 교훈주의가 설 곳은 이제 없어진 것처럼 보인다. 초등 교과서와 교육과정에도 변화의 바람은 불었다. 최근 들어서는 초등 교과서와 교육과정의 문제점을 새로운 시각으로 밝힌 논문의 성과들이 적지 않다. 현재의 초등교육은 아동문학 텍스트를 대하는 문학적 관점과 비문학적 관점이 가닥 없이 섞여 있는 형편이다. 교육학적이거나 언어기능론적 관점에서 '적합한' 텍스트에만 관심을 기울이는 것은 전반 교육과정상의 문제로 문학교육과는 조금 다른 차원에서 정리되어야 할 문제다.

　그런데 눈을 문학교육 안으로 돌려 보더라도 아동문학 텍스트의 가치를 둘러싼 중요한 문제는 시원스러운 해결의 기미를 보이지 않는다.

무엇보다도 엄선되어야 할 교과서의 아동문학 텍스트 목록에서 우열의 편차가 심하게 드러나고 있다. 이 문제는 아동문학 텍스트를 둘러싼 담론의 부재와 관련이 깊다. 은밀한 형태의 동심천사주의·교훈주의 잔재와 대결하는 일은 끝나지 않은 숙제다. 어쩌면 은밀한 형태의 잔재가 아니라 새로운 형태로 부활하고 있는지도 모른다. 문학예술의 우열을 가리는 일이란 게 칼로 무 자르듯 분명할 수는 없다. 그러기에 더욱 담론의 활성화가 절실하다. 비평은 '움직이는 미학'이 아니던가.

　교과서, 교육과정, 교육실천의 변화는 필연적이다. 우리의 관심은 올바른 변화의 주체를 세우고 조직하는 문제일 것이다. 첫째는 학계의 연구다. 아동문학의 이론을 실천적으로 연구하는 단위가 없으면 악무한의 고리를 끊는 길은 밖으로 돌아가는 우회로일 수밖에 없다. '한국문학교육학회'와 '초등문학교육학회'의 연구 활동이 기대되는데, '연구를 위한 연구'가 되지 않으려면 현장교사와의 소통을 이뤄내야 한다. 둘째는 교육대학의 교육과정이다. 아동문학을 전공필수과목으로 포함시켜야 마땅하며, 아동문학 전공교수를 새로 확보하거나 문학 전공교수가 아동문학에 더한층 관심을 기울여야 한다. 셋째는 현장교사 연수다. 교과서의 문제점에 대해 토론하고 원본 텍스트와 대안 텍스트로 올바른 관점에서 문학수업을 하는 현장교사들의 움직임이 주목된다. '전국초등국어교과모임'의 활동이 그것인데, 학교도서관의 활성화도 이 항목에 포함시킬 수 있겠다. 넷째는 어린이 책 관련 학부모·시민단체의 활동이다. 전국 곳곳의 수많은 '동화읽는어른' 모임의 연합체인 '어린이도서연구회'는 아동문학의 생산·유통·수용의 바람직한 변화를 앞장서서 이끌어왔다. 다섯째는 아동문학 작가와 비평가 집단이다. 교육제도의 권외에 존재하지만 텍스트를 생산하고 평가하는 중차대한 몫

을 지니고 있다. 이들 각각의 주체는 '따로 또 함께' 초등 문학교육에
대해 발언하고 토론하면서 끊임없이 올바른 변화를 이끌어가야 할 것
이다.

제19장

미국에서의 청소년문학교육*

황효식

1. 들어가며

미국에서 청소년문학은 1970년대에서 1980년대를 거치며 독립적 문학 장르의 하나로 성장했으며, 중·고등학교에서 점차 정규 교과과정의 일부로 수용되고 있다.[1] 이러한 추세와 함께 최근 미국 내 다수의 대학교에서는 일선 교사들과 예비 교사들을 위해 학부 및 대학원 과정

---

* 이 글을 연구·작성하는 데에 2006년 충북대 학술연구지원사업의 지원이 있었음을 밝힌다.

1) 청소년문학이라는 용어는 영어로 "Adolescent Literature," "Juvenile Novels," "Junior Novels" 등으로 불리어졌는데, 도넬슨Donelson과 닐슨Nilson은 1980년대에 이르러 이미 성년에 도달한 "청소년문학"을 지칭하는데 "adolescent"라는 단어를 붙이는 데서 오는 불명예스러움을 줄이고자 하는 의도에서 "Young Adult"라는 용어를 의도적으로 사용하였다. Caroline Hunt, "Young Adult Literature Evades the Theorists," *Children's Literature Association Quarterly* 21, 1996, pp. 4~11. "Young Adult"는 흔히 "YA"라는 약자로 표기되기도 한다.

에 청소년문학교육 과목을 설강하고 있으며, 학교 현장과 긴밀한 관계를 맺고 문학의 사회적 교육적 효용을 극대화하면서 이 프로그램을 성공적으로 운영하고 있다.

우리나라에서도 2000년대 이래로 청소년문학에 대한 관심이 연구 발표 및 토론회를 통해 증가되고 있는 추세에 있다. 우리나라 청소년문학의 전통은 역사적으로 일제하 학생들을 대상으로 한 계몽주의 문학으로까지 거슬러 올라갈 수 있으나, 우리 시대 청소년의 다양한 관심사와 특성을 반영하고 있는 청소년문학에 대한 현재의 논의는 유럽 및 영미를 중심으로 최근 활발하게 일고 있는 청소년문학 논의와 실천의 영향이라고 보아도 무리가 없을 것이다. 우리나라에서는 청소년문학은 있어도 아직 청소년문학교육이라는 제도적인 뒷받침은 거의 부재한 상태이다. 사실 서구의 선례에서 볼 때 청소년문학과 청소년문학교육은 밀접한 관계를 맺으며 함께 발전해나가야 한다. 훌륭한 청소년문학이 있어야 청소년문학교육이 효과를 거둘 수 있지만 청소년문학교육과 같은 제도가 있어야 훌륭한 청소년문학이 생산될 수 있는 토양이 마련되는 것이다. 필자의 미국 청소년문학교육에 대한 관심은 청소년문학과 관련한 이러한 국내의 실정에 대한 인식과 그 개선을 염두에 둔 것이기도 하다.

필자는 이 글에서 청소년문학교육과 관련한 미국의 선행 경험에 대해 고찰해볼 것이다. 우선 미국 청소년문학의 특징을 시대별로 간략히 조감한 다음, 미국에서의 청소년문학의 현황을 교육 현장에 근거한 독자/학생 중심 교수법과 청소년문학교육 교과목 설강 사례들을 언급하며 상세히 살펴볼 것이다. 미국 청소년문학의 특성과 현황에 대한 하나의 사례 연구가 될 이 글은 현재 우리 사회 일각에서 청소년문학이라는 주제하에 진행되고 있는 논의에 일조하고자 한다.

2. 미국의 청소년문학

(1) 시기별 개관

• 1940년대~1950년대

전통적인 농경사회에서는, 아동이 성장하는 가운데 가정적 사회적 책임과 역할을 맡으며 자연히 성인의 단계로 넘어갔으며, 성인과 아동 사이에 청소년이라는 시기가 별도로 존재하지 않았다. 하지만 산업화의 영향으로 전문화된 직업을 갖기 위한 교육의 필요성이 증대되고 이에 따른 교육기관의 설립과 함께 부모들의 경제적 지원과 보호를 받는 학생들의 수가 증가하면서 청소년이라는 새로운 계층이 생겨나게 되었다.[2] 미국의 경우 1930년대 이전만 하더라도 청소년이라는 계층이 존재하지 않았다. 하지만 1930년대에 대공황기를 맞아 많은 10대들이 고등학교에 진학하게 되면서 청소년이라고 일컬어지는 계층이 생겨나게 되었고, 1940년대에 이르러서는 이들을 독자층으로 한 출판 사업이 가능해졌다.[3]

1942년에 출간된 모린 댈리Maureen Daly의 『열일곱 살 여름Seventeenth

---

2) Jean E. Brown and Elaine C. Stephens, *Teaching Young Adult Literature: Sharing the Connection*, Boston: Wadsworth Publishing Company, 1995, pp. 47~48.

3) Cart에 따르면, 1900년 미국에서 고등학교 진학률은 10대에 있어 불과 6%였던 것이 1939년에는 75%에 이르렀다고 한다(p. xvi). Michael Cart, "Forward: A Brief History of Young Adult Literature," *Books for You: An Annotated Booklist for Senior High*, ed. Kylene Beers and Teri S. Lesesne, 14th ed., Urbana, Illinois: National Council of Teachers of English, 2001.

Summer』은 청소년과 청소년 문제를 사실적으로 재현하고 있는 최초의 현대 청소년소설들 중 하나로 인정받고 있다.[4] 대학 입학을 앞둔 여름철, 한 소녀의 연애사건을 중심 소재로 한 이 소설은 수많은 10대 연애소설들에 영감을 불어넣어 1940년대 로맨스 소설의 성행을 가져오는 계기가 되었다. 한편 1950년대에 이르기까지 자동차, 동물, 모험, 직업, 공상과학 등을 소재로 한 청소년소설들도 여러 종류로 다양하게 출판되었다.[5] 이 시기의 작품들에서는 중류층 가정의 가치가 건재하며 부모와 자녀 간에는 애정이 있고 위계질서도 유지된다.[6] 작품의 플롯과 인물들이 단순하고, 10대의 문제들은 피상적인 것들이며 쉽게 해결되는 양상을 보인다.[7] 청소년 주인공들은 관습적 사회 규범에 순응하는 모습을 보여주는데, 주변의 기대에 어긋나지 않게 처신한 순진한 소녀가 가족과 친구들로부터 사랑을 받는다거나, 거칠고 경솔했던 소년이 어른의 충고를 받아들이며 세상을 배워나가는 식으로 이야기가 종결된다.[8] 하지만 이는 실제 청소년의 모습이 아니라 성인 작가에 의해 이상화된 청소년상이라는 면에서 비판의 소지를 남겨두고 있었다.

• 1960년대 ~ 1970년대

1960년대에 이르러 미국 사회는 큰 변화를 겪게 되었고 청소년문학도 청소년이 살고 있는 세상의 현실을 반영해야 한다는 목소리가 높아

---

4) Jean E. Brown and Elaine C. Stephens, 앞의 책, p. 157.

5) Cart, 앞의 책, p. xvii.

6) Anne Scott MacLeod. "The Journey Inward: Adolescent Literature in America, 1945-1995," *Reflections of Change: Children's Literature Since 1945*, ed. Sandra L. Beckett, Westport, Conn.: Greenwood P, 1997, p. 125.

7) Jean E. Brown and Elaine C. Stephens, 앞의 책, p. 156.

8) MacLeod, 앞의 책, pp. 126~27.

졌다. 이러한 변화에 따라 실제 청소년의 삶을 반영하는 사실주의 소설들이 나타났는데, 당시 17세였던 힌튼S. E. Hinton은 『아웃사이더 *The Outsider*』(1967)라는 소설에서 현대 도시를 배경으로 한 사회문제를 1인칭의 목소리로 예리하게 탐색하였다. 그녀는 10대 소설 작가들이 시대에 크게 낙후된 채 아직도 로맨스 소설을 쓰고 있는 상황을 개탄하면서, 소설이 치열한 현실을 대상으로 해야 한다고 주장하였다. 빈부 계층 간의 갈등을 소재로 10대들의 실제 삶을 그리고 있는 힌튼의 이 소설은 인기를 모으며 새로운 청소년문학의 활로를 열었고, 그 과정에서 과거 청소년문학의 순진성과는 작별을 고했다.[9)]

소외된 청소년의 목소리로 기성사회의 위선과 타락을 비판하는 것은 샐린저J. D. Salinger의 『호밀밭의 파수꾼 *The Catcher in the Rye*』(1951) 이래로 상투적인 것이 되었다. 그런데 이 작품의 청소년 주인공은 주변에 있는 타락한 인물들보다는 나은, 나름대로 진실하고 착한 인물로 묘사된다. 하지만 1960~1970년대 청소년문학에서 일인칭 청소년 주인공에 대한 작가의 태도는 양가적이다. 주인공의 부모들은 대개 알코올중독자, 가정 파탄자 등 불행한 사람들이고 청소년들에게 가르칠 것이 없는 무능한 자들이다. 이런 부모들은 비난받아 마땅하겠지만, 청소년 주인공도 자기 일을 타개해나갈 의지나 용기가 없이 그날그날 살아가는 수동적인 모습으로 그려진다. 이 시대의 청소년 소설은 당시 저항적인 사회 분위기에 따라 가정과 어른 사회의 관습적인 가치를 부정하는 입장에 선다. 그런데 청소년문학은 사회적 정치적 문제의식에서 출발하지만 직접 사회적 결함에 대해서는 언급하지 않고 청소년이 사회와 가정의

---

9) Cart, 앞의 책, p. xviii.

희생물이라고 말하며 주인공에 대해 심리 치료적 접근을 한다. 어른들의 세계에서는 도움을 얻을 수 없으므로 필요한 정서적 힘을 청소년 자신의 내면에서 찾고자 하는 것이다.[10]

이렇게 1960년대에 사실주의 청소년 소설을 실험했던 역량 있는 작가들로는 로버트 립사이트Robert Lipsyte, 폴 진델Paul Zindel 그리고 존 도노번John Donovan을 들 수 있다. 이어 1970년대에는 청소년문학의 황금기라 할 만큼 작가들의 활동이 두드러졌다. 특히 로버트 코미어Robert Cormier의 『초콜릿 전쟁The Chocolate War』이 출간된 1974년은 미국 청소년문학에 있어 가장 힘차고 극적인 변화를 겪는 해로 기록되는데, 이 작품은 주제, 스타일, 성격 묘사, 구성 면에서 청소년문학의 작품성에 전기를 마련한 것으로 평가 받고 있다.[11]

• 1980년대 ~ 1990년대

1980년대에 와서도 청소년문학에서 사회는 제대로 기능을 하지 못하고 있으며 어른들도 별로 도움이 되지 못하는 존재들로 보인다. 하지만 1960~1970년대에서처럼 전적으로 고립된 주인공을 내세우는 작가들은 소수로 줄어들었다.[12] 크리스 크러처Chris Crutcher의 『철인Ironman』에서 보 브루스터Bo Brewster는 아버지와 학교 축구 코치인 영어 선생님과 갈등을 빚는다. 코치와의 대립을 겪고 난 후 보는 깊은 곳에 있는 자기 자신의 힘을 발견하기 시작한다. 필수과목으로 지정된 분노 다스리기 강의를 들으며 그는 진실에 대한 진정한 수용이 때로 예기치 않게 찾아

---

10) MacLeod, 앞의 책, p. 126.
11) Cart, 앞의 책, p. xviii~xix.
12) MacLeod, 앞의 책, p. 127.

온다는 것을 깨닫는다.

1980~1990년대 미국 청소년문학에서 주인공은 1970년대와는 달리 학교와 가정을 중심으로 한 인적 관계망 속에서 살아가지만 그 과정이 늘 평화롭지만은 않다. 그리고 청소년 주인공은 1970년대에 비해 덜 수동적으로 묘사되는데, 문제 해결에 도움을 줄 친구, 때로는 어른이 주변에 있으며, 또 힘들긴 해도 미래에 대한 일말의 희망도 있다. 하지만 여기에도 역시 성적 신체적 학대와 비극적 죽음, 또 장애를 가져오는 사고 등 문제들이 있으며, 이에 따른 도덕적 판단의 양상은 훨씬 복잡해진다. 청소년과 성인 세대 간의 사랑과 존중은 1940~1950년대에는 당연한 것이었지만, 1960~1970년대에는 전적으로 부정되었고, 1980~1990년대에는 다시 회복되었다. 하지만 이것이 1940~1950년대로의 단순한 복귀가 아닌 것은 이 관계가 양 세대 간의 노력에 의해 얻어진 것이라는 데 있다.[13]

오늘날의 청소년문학은 미국 사회와 가정의 근본적인 변화를 반영하고 있다는 점에서 주목할 만하다. 사회가 더는 단순 노동자를 필요로 하지 않으므로 교육 연한이 늘어나게 되었고, 이에 따라 법적 성년이 지난 자녀들을 부모들이 지원해야 하는 필요성이 생긴 것이다. 한편 경제적으로는 독립하지 못했지만 오늘날 청소년들은 실생활이나 텔레비전 매체를 통해 어른의 삶에 과거보다는 훨씬 어려서부터 노출되어 있어 정서적 측면에서는 청소년과 어른 간의 거리가 축소되었다.[14] 이러한 변화로 말미암아 청소년 연령층이 넓어짐에 따라 시장을 확대하려는 노력으로 출판업자들은 크로스오버 북crossover book으로 실험을 하기

---

13) MacLeod, 앞의 책, p.127.
14) MacLeod, 앞의 책, p.128.

시작하여 잠재적 독자층을 25세까지 확대하였다. 출판업자에 의한 새롭고 더 연령이 높은 독자층으로의 목표 설정은 작가들로 하여금 더 모험적인 문학작품을 쓸 수 있게 하는 호혜로운 분위기를 마련해주었다.[15] 1997년경을 청소년문학의 새로운 황금시대로 보고 있는 카트는 10대의 인구가 계속 증가하는 추세이므로 미국의 청소년문학의 황금기가 2010년까지 확장될 것이라는 낙관적인 전망을 내놓고 있다.[16]

(2) 청소년문학 장르의 특성

청소년문학은 아동과 성인 사이에 청소년이라는 개념과 계층이 생기면서 아동문학으로부터 분화했다는 점에서 아동문학과 같은 뿌리를 가진 나무의 가지이며, 따라서 많은 아동문학 비평가들에 의해 아동문학의 한 부분으로 여겨지고 있다. 이는 아동문학 이론가들이 쓴 저서들에서 그들이 아동문학을 논하는 가운데 어떤 구별도 없이 청소년문학을 함께 언급하고 있는 데서도 엿볼 수 있다.[17] 그런데 청소년문학은 아동문학에 비해 역사가 짧고 연구의 축적이 얕은 것이 사실이나, 아동문학과는 구별되는 고유한 특성들을 가지고 있다.

헌트Caroline Hunt에 따르면, 청소년문학은 대중적 인기에 크게 영향을 받는데 이는 청소년들이 아동들과는 달리 자신들이 읽을 책들을 직접 구매하는 주체들이기 때문이다. 또 청소년들은 일차적으로 자기들의 현실의 문제를 사실적으로 다루고 있는 작품들을 선호하는 경향이 있

---

15) Cart, 앞의 책, p. xxi.

16) Cart, 앞의 책, p. xxi~xxii.

17) Caroline Hunt, "Young Adult Literature Evades the Theorists," *Children's Literature Association Quarterly 21*, 1996, p. 5.

다. 그러므로 청소년문학은 청소년들이 접하는 있는 그대로의 현실을
대상으로 하며, 따라서 아동문학과 달리 성, 알코올, 마약 문제 등 검
열이 개입될 소지가 있는 소재들을 다룬다. 그리고 이러한 청소년문학
작품들은 그 본성상 금방 시대에 낙후되는 경향이 있다. 예를 들면 부
모 세대에서 읽던 청소년 소설의 어법과 말투, 그리고 구체적 상황은
당시의 현실과 밀접하면 할수록 자식 세대에 오면 이미 구식으로 전락
해버리고 만다는 것이다.[18]

이렇게 쉽게 시대에 낙후되다 보니 청소년문학은 정전을 정하는 데
도 애로가 있다. 물론 1970~1980년대에 코미어, 도노번 등이 쓴 작품
성이 뛰어난 청소년소설들이 흔히 정전의 중심부에 있을 것으로 기대
되지만 실제로 청소년문학 전문가들이 선정한 작품 일람표나 강의 요
목 등을 비교해보면 인기 속에 부침하는 무수히 많은 작품들 중에 몇몇
작품들을 선정하여 정전을 확립하는 데 따르는 고충을 엿볼 수 있다.
그러므로 이런 점에서 청소년문학은 반-정전anti-canon의 성격을 띠고
있다고 할 수 있으며, 정전을 구성한다 해도 대학 교수, 중고등학교 교
사, 도서관 사서, 출판업자 등 그것을 정하는 자의 입장과 시각에 따라
다양하게 달라질 수 있다.[19]

또 청소년문학은 아동문학에 비해 이론화가 되지 못했는데, 헌트는
그 원인을 청소년문학의 대중문화적 경향, 그리고 합의된 정전의 부재
에서 찾고 있다. 청소년문학의 이론화를 위해서는 소수의 작품으로 구
성된 정전에 대해 집중적인 논의를 할 필요가 있었는데, 이와는 반대로
대중적으로 인기 있는 수많은 작품들을 대상으로 하다 보니 어떤 결론

---

18) Hunt, 앞의 책, pp.5~6.
19) Hunt, 앞의 책, p.7.

416

을 끌어내기가 용이하지 않았다는 것이다.[20] 이와 함께 헌트는 교실 중심적인 청소년문학교육도 청소년문학이 이론화를 회피하게 한 원인으로 보고 있다. 청소년문학교육은 1970년대 이래 미국의 많은 주 정부에서 청소년문학 교육과정을 교사 자격 취득과 연계한 결과 성행하게 되었으며, 방법론적 측면에서는 실용적인 교실 중심적인 연구로 나아가는 계기가 되었다는 것이다.[21]

청소년문학의 이런 특성들은 우리로 하여금 보다 흥미를 가지고 청소년문학에 주목하게 만든다. 특히 오늘날 청소년들은 대중 소비사회에서 다수를 점하고 있으며, 광고주들의 적극적인 마케팅 대상이 되면서 청소년 중심의 대중문화가 오늘날 지배적인 문화가 되고 있는 추세이다. 이러한 현상은 10대들을 위해 만들어진 많은 책들, 텔레비전 프로그램, 영화, 컴퓨터게임 등이 놀랍게도 어른들에게서 인기를 얻게 된 사실들에서도 찾아볼 수 있다.[22] 대중문화의 영향과 함께 최근 컴퓨터와 인터넷의 발달도 문학 전반에 큰 변화를 주고 있는데, 청소년문학은 이러한 상황에 가장 예민하게 반응하면서 변화를 주도하고 있는 장르라는 점에서 흥미로운 연구 대상이 될 수 있다고 하겠다.

---

20) Hunt, 앞의 책, p.9.
21) Hunt, 앞의 책, p.8.
22) Kenneth L. Donelson and Alleen Pace Nilsen, *Literature for Today's Young Adults*, 7th ed., Boston: Pearson, 2005, p.109.

3. 미국에서의 청소년문학교육

(1) 고전의 교량으로써의 청소년문학

청소년문학은 미국에서 현재 중고등학교의 교과과정에 포함되고 있으며 대학에서도 청소년문학을 위한 강좌가 개설되어 활발하게 운영되고 있는 추세에 있다. 하지만 미국에서도 청소년문학이 교과과정으로 포함되기까지 반대와 갈등이 없었던 것은 아니었다. 보수적인 교사들은 여전히 전통을 중시하여 서구 문화의 정수를 전달한다는 신념으로 그들이 배운 친숙한 고전작품들을 주입식으로 가르치려고 하였다. 하지만 교육 현장에서 학생들은 난해한 고전문학 작품을 읽으며 현실과의 관련성을 놓쳐버리고 쉽게 흥미를 잃게 되었으며, 결과 고전문학교육은 실패하기가 다반사였다. 이에 비해 청소년문학작품들은 간단한 구문, 친숙한 인물과 지명 등으로 실제감이 있어 쉽게 청소년 독자들의 흥미와 관심을 유발하는 장점이 있다.[23] 보수적인 교사들에 의해 청소년문학은 흔히 부차적인 문학으로밖에 취급되지 않았으나, 1970년대와 1990년대에 두 차례 황금기를 맞이한 미국 청소년문학의 수준은 성인들을 위한 고전문학작품들에 결코 뒤지지 않는다는 평가를 받고 있다.[24] 덧붙여 청소년문학은 접근이 용이하므로 문학작품을 통한 교육에 유리할뿐더러 청소년문학 읽기를 통해 독서습관을 터득하게 하고 나아가 고전문학작품까지지도 읽게 하는 교량적 역할을 할 것으로 기대된

---

23) Susan p. Santoli and Mary Elaine Wagner, "Promoting Young Adult Literature: the Other 'Real' Literature," *American Secondary Education 33.1.*, 2004, pp.67~71.
24) Cart, 앞의 책, pp.xv, xviii~xix.

다.[25]

예컨대 루이스 플러머Louise Plummer의 현대 청소년소설들은 제인 오스틴Jane Austen의 소설을 읽는 데 좋은 교량적 역할을 하는 것으로 보이는데, 다음은 이 점에 대한 존 베니언John Bennion의 견해를 소개한 글로 참고할 만하다.

플러머는 〔……〕 사랑이 일으킬 수 있는 혼동, 삶의 어려운 교훈들, 복잡한 결정들 그리고 의문스러운 인물들과 상황들에 직면한 소녀들에 관한 소설을 쓰고 있다. 플러머의 소설들은 젊은 여성들에게 낭만적 집착과 보다 자기실현적인 사랑 사이의 차이를 보여준다. 또한 제인 오스틴과 같이 플러머는 여성 주인공들을, 사랑의 감정적 철학적 복합성 대신에 사랑의 육체적 양상만을 보는 제한된 시각을 가지고 있는 인물들과 대비시킴으로써 돋보이게 한다. 이렇게, 젊은이의 사랑을 다루고 있으며, 다른 요소들뿐만 아니라 아이러니와 풍자를 도입하는 현대 청소년소설은 젊은 독자들에게 고전을 읽을 준비를 시키고 있다. 청소년소설들은 10대에게 독서를 권장하여, 성인이 되어서도 독서생활을 평생 해나가게 유도하는 가치 있는 도구임이 입증될 수 있다.[26]

또 허츠Herz와 갤로Gallo는 『햄릿에서 힌튼까지From Hamlet to Hinton』에서 고전문학 읽기로 전환될 수 있는 청소년문학작품 읽기의 사례들을 다수 소개하고 있다. 일례를 들면 코미어가 쓴 『초콜릿 전쟁』에서 주인공 제리 르놀트Jerry Renault는 남자 고등학교에 재학하고 있는 외톨이 학

---

25) Santoli and Wagner, 앞의 책, p.72.
26) Santoli and Wagner, 앞의 책, p.72.

생이다. 홀아비인 아버지는 늦게까지 일을 하기 때문에 제리는 집에서 혼자 지낸다. 지루하고 판에 박은 그의 생활에 대한 성찰이 그의 사물함에 걸려 있는, "감히 우주를 한번 뒤흔들어봐?"라고 묻는 한 포스터에 잘 나타나 있다. 이 위험을 무릅쓴 기회가, 학교를 움직이는 갱단인 '불침번the Vigils'이 학교기금 마련을 위한 초콜릿 연례 판매 기간에 초콜릿 파는 것을 거절하라고 제리에게 명령할 때 생긴다. 처음에 제리는 이 명령을 따르지 않고 그의 거절이 학생회로부터 관심을 받는 것을 즐긴다. 그런데 '불침번'은 제리더러 초콜릿을 팔라는 결정을 또 내린다. 이 시점에서 제리는 지금이 우주를 뒤흔들 때인지 아닌지를 길고 힘들게 숙고한다. '불침번'의 지시를 따르지 않기로 한 그의 선택은 제리를 비극적 상황으로 몰고 간다.

그런데 이 작품은 고전문학 『햄릿』과 다음과 같이 주제에서 연결된다. 제리 르놀트와 햄릿은 병든 세상에 산다. 부친의 사망 후 햄릿은 궁정으로 돌아오고, 그의 삼촌은 자신을 덴마크의 왕으로 선포하고 햄릿의 어머니와 결혼한다. 햄릿은 이 결혼과 아버지에 대한 정중한 애도 기간이 부족한 것으로 인해 심기가 불편하다. 제리는 편협한 고등학교에 다니고 있는데 그 학교의 교장인 리온Leon 수사는 질서를 유지하기 위해 갱단 '불침번'에 의존하며, 그들이 학생들에게 과제를 주는 것을 알고 있으면서도 내버려둔다. 이렇게 덴마크와 이 고등학교는 오염된 환경이다. 햄릿과 제리는 불의를 용납하지 않는 양심을 가지고 있기 때문에 위험한 행동 노선을 택한다. 햄릿의 선택 "사느냐 죽느냐"와 제리의 선택 "감히 우주를 한번 뒤흔들어봐"는 어느 어른으로부터의 도덕적 지원도 없이 홀로 악에 직면하고자 하는 그들의 의지를 보여주고 있다. 하지만 햄릿과 제리 어느 누구도 병든 세상에서 살아남을 수 없다.[27]

『초콜릿 전쟁』은 학교에서 사회의 악과 직면한 한 소년의 고뇌와 갈등에 대한 이야기인데, 이는 『햄릿』에서도 중심 주제로 잘 나타나 있다. 이 소설을 읽을 때 학생들이 관심을 두고 논의해볼 수 있는 이 주제는 미래에 학생들이 『햄릿』을 읽을 때에도 마찬가지로 접하게 될 것이다. 그러므로 청소년문학 작품을 통해 이런 갈등을 논의하는 가운데 길러진 문학적 능력literacy은 『햄릿』과 같은 고전문학을 읽을 때에 도움이 될 것이다. 아마도 학생들은 고전문학작품보다 청소년문학작품을 읽으면 훨씬 재미를 많이 느낄 것이다. 왜냐면 청소년문학작품은 유사한 상황 설정이라 해도 고전문학의 경우와 달리 시대가 주는 차이, 언어의 구문적 어려움 등으로부터 자유로울 수 있기 때문이다. 이렇게 문학작품을 읽는 습관, 토의하는 태도, 그리고 글쓰기 등이 자연스럽게 이루어지면 학생들은 미래에 책을 읽는 지성인이 될 것이고 나아가 고전까지도 읽고 즐기게 되는 소양을 갖추게 될 것이다.

(2) 삶의 전략으로써의 청소년문학

청소년문학이 고전으로 나아가는 교량으로써의 기능과 효용을 가지고 있지만 이것만으로는 충분하지 못하다. 일반적으로 청소년문학은 쉽게 쓴 성인문학이 아니라 청소년에 관해서 또는 청소년을 위해서 씌어진 문학으로 규정되기 때문이다. 따라서 청소년문학은 청소년의 관심사를 다루고 있는 문학으로 일차적으로 청소년들이 접하고 있는 현

---

27) 위에 제시한 청소년문학 작품 줄거리, 그리고 이 작품과 고전 작품과의 주제적 연결에 대한 논평은 『햄릿에서 힌튼까지』에 있는 내용을 옮긴 것이다. Sarah K. Herz and Donald R. Gallo, *From Hinton to Hamlet: Building Bridges Between Young Adult Literature and the Classics*, London: Greenwood Press, 1996, p. 43 참고.

실을 대상으로 한다. 위에서 예로 든 코미어의 소설도 현재를 시점으로 학교를 배경으로 한 청소년들의 세계를 다루고 있다. 독자는 이러한 작품들이 제공하는 현실적인 사건과 상황을 읽어가는 가운데 대리 체험을 하게 되고, 이를 통해 삶의 전략을 터득하게 된다.[28] 학생들은 작품을 읽고, 쓰고, 토론하는 과정을 거치며 변화를 겪게 되고 공감과 비판을 통해 보다 나은 인간이 된다는 점에서 문학의 가치에 대한 전통적 견해를 청소년문학교육을 통해 다시 확인할 수 있다.

그런데 고학년 청소년을 대상으로 한 작품에서는 청소년의 현실과 관련하여 섹스, 마약, 동성애 등 보수적인 부모들이나 학교 교육행정가들이 눈살을 찌푸릴 수 있는 내용들이 있을 수 있다. 그러므로 검열이 개입될 수 있는 소지가 있는데, 이 문제에 대해서는 분별 있는 판단이 필요하다. 이러한 금기시되는 내용들은 청소년들의 현실에서 얼마든지 일어날 수 있는 사건들이다. 하지만 개인적으로는 말하기에 난처할 수 있는 문제들을 문학이라는 형식을 빌려 교실이라는 공론의 장으로 끌어들여 학생들로 하여금 토의하게 함으로써 학생들이 그 상황에 대해 잘 인지하고 그와 유사한 상황에 처하게 되었을 때 현명하게 처신할 수 있게 도와줄 수 있다. 물론 이러한 소설들이 다른 부정적 목적으로 남용될 수 있는 가능성에 대해서는 경계해야 할 것이다. 교육을 빙자하여 사회적 금기에 대한 저급한 호기심을 자극하여 독자를 유인하는 상업 출판물들이 있을 수 있기 때문이다. 하지만 현실을 애써 외면하면서 청소년들에게 어른들이 생각하는 이상화된 청소년상을 주입하는 것도 역시 경계해야 할 일이다.

---

28) Brown and Stephens, 앞의 책, p.6.

앤더슨Laurie Halse Anderson의 청소년소설 『말하라Speak』는 학교 현장에서의 성폭력 피해 사례를 소재로 한 것으로, 피해 여학생이 이를 극복해나가는 과정을 그리고 있다. 학생들은 이 사례에 대한 토론을 통해 유사 사건 발생시 그 상황에 적절히 대처하는 데 필요한 지식과 경험을 얻게 된다. 위 소설의 이러한 교육적 유용성을 옹호하는 앨섭Janet Alsup은 학생들이 현실을 외면하고 금기시하는 보수적 지배 이데올로기를 비판할 수 있는 정치적 자의식을 갖는 것이 중요하다고 주장하면서 처음에는 이것이 청소년들에게 다소 심란할 수 있지만 그들이 지적 정서적으로 성장하기 위해 거쳐야 하는 필요한 과정이라고 말한다.[29]

하지만 학생들을 이론으로 의식화하고 사회변화를 위한 적극적 행동주의로 격려하는 것은 현실을 외면하고 보수적 이데올로기가 만들어낸 청소년상을 주입하는 것만큼이나 위험할 수도 있다. 왜냐면 여기에도 좌파 저항 이데올로기의 영향이 감지되기 때문이다. 이 점에서 그동안 청소년문학의 주류가 사회 개혁의 문제보다는 청소년의 내면적 심리치유를 지향하였고 청소년문학교육이 교실 위주의 실용적 적용에 관심을 두고 탈정치화, 비이론화로 나아간 것은 결과적으로 다행스러운 현상이었다. 그리하여 청소년문학은 1980~1990년대에 소모적인 이데올로기 논쟁에 말리지 않고 제자리를 지켜왔으며, 오늘날에도 여전히 문학의 사회적 교육적 효용을 다하며 시대 변화에 탄력성 있게 대응해나감으로써 인문학의 위기를 극복하는 새로운 대안으로 제시될 수 있었다.

교육 현장에서 청소년문학을 삶의 전략으로써 가르칠 때 교사들은 청소년들의 독서 관심사를 존중하고 여기에서부터 출발해야 한다. 즉,

---

29) Janet Alsup, "Politicizing young adult literature: Reading Anderson's *Speak* as a critical text," *Journal of Adolescent & Adult Literature*, 47.2., 2003, p. 168.

교사들이 자신의 관점에서가 아니라 학생들의 입장에서 다양한 청소년 작품들을 접해봄으로써 학생들의 독서 관심사를 파악하고 부단히 정보를 갱신하여 문학교육에 활용해야 한다는 것이다. 이러한 취지에서 미국의 NCTE(National Council of Teachers of English, 전국영어교사협의회)는 방대한 청소년문학교육 관련 자료집으로 『당신을 위한 책들*Books for You*』을 이미 출간하였다. 이 자료집은 "모험과 생존Adventure and Survival" "자서전과 전기Autobiography and Biography" "역사소설Historical Fiction" "전쟁과 대학살War and Holocaust" 등 33개의 주제에 따라 1930년대에서 1990년대까지 출판된 청소년문학을 분류하여 작품별로 주해를 달아두어 연구자나 교육자가 총체적 시각에서 개별 작품에 대한 기본적인 정보를 손쉽게 얻을 수 있게 하였다.

청소년문학교육에서는 학생이 스스로 읽을거리를 정하게 하고 교사는 읽기 과정을 도와주고 관리해주는 역할을 하는 것이 바람직하다. 교사가 미리 정해진 필수 독서 리스트를 주는 것이 아니라 학생들이 스스로 읽는 책들이 무엇인가 독서 관심사를 연구하고 분석해 정리해둔 리스트 속에서 학생이 선택하여 읽게 한다. 물론 이 리스트는 부단히 갱신되어야 한다. 그러므로 교사도 청소년문학의 현황을 따라갈 수 있을 만큼 이에 대해 공부해야 하고, 이렇게 해서 만들어진 리스트를 가지고 교육 현장에서 활용해야 학생의 수요와 교과목 사이의 균형을 맞추어 효과적인 교육성과를 거둘 수 있다. 학생들에게 다양한 작품 선택의 기회를 주고 스스로 읽는 독서의 즐거움을 느끼게 해주는 것이 중요하며, 이를 바탕으로 읽기 능력을 향상시키고 비판적 사고를 기르는 훈련도 해나가야 할 것이다. 미국에서는 학생에게 다양한 선택권을 줄 수 있을 만큼 교사들이 청소년문학 교육 현장에서 활용할 많은 작품들에 대한 조사, 분류 및 정리가 잘 이루어지고 있다. 앞에서 언급하였지만 NCTE의 경우 청소년문학 자료집에서 다양한 주제별로 세분화하여 개별 작품에 대한 주해annotation를 달아두어 교사나 학생들이 쉽게 서지 정보를 접할 수 있게 되어 있다. 이런 점에서 청소년문학은 학생 개개인의 관심사와 문제에 따라 달리 지도하는 방법으로 채택되어 맞춤형 교육을 하는 것도 가능하게 해준다.

4. 독자/학생 중심 문학 교수법

　교사 중심의 주입식 교육에서 학생 중심의 읽기지도 교육으로 전환하면서 청소년문학교육에서는 교수법의 중요성이 강조된다. 즉, 학생들의 독서 관심에 주목하고 문학을 교육적 목적에 활용하고자 하는 청소년문학교육에서는 다양한 교수법의 개발이 요청된다. 도넬슨과 닐슨은 청소년문학이 고전문학에 대해 가지는 교량으로서의 기능보다도 독자 반응 문학 방법론에 기여한 역할이 더 중요하다고 주장한다.[30]

　1970년대 말에서 1980년대에 등장한 새로운 문학 교수법은 텍스트에 대한 분석과 이해보다는 텍스트에 적극 개입해 행위와 생산을 통해 작품을 경험적으로 이해하는 방법을 쓴다. 구체적으로 이러한 방법들로는 읽기와 쓰기, 반대하여 쓰기, 놀이, 다른 매체로 옮겨보기 등이 있으며 교실을 기반으로 한 청소년문학교육에서 활용하기에 가장 적합하다.[31] 청소년문학 교수법에서는 흔히 읽기 전, 읽기 중, 읽기 후, 3단

---

30) Kenneth L. Donelson and Alleen Pace Nilsen, 앞의 책, p. 330.
31) 김경연, 「외국에서의 청소년을 위한 문학 생활화 방법―독일의 청소년문학 교수법을 중

계로 나누어 작품과의 만남을 시도하는데 대표적인 예를 몇 가지만 들
면 다음과 같다.[32]

(1) 읽기 전 전략

상호 읽기reciprocal reading와 상호 가르치기reciprocal teaching :

네 명으로 한 조를 구성하고 학생들에게 읽기 전에 다음 역할을 부여
한다.

① 요약하는 자 ② 질문하는 자 ③ 명확히 하는 자 ④ 예언하는 자.

학생들은 맡은 역할에 따라 작품을 읽으며 그때그때 자기 생각을 적
어나간다. 한 시점에서 읽기를 중단하고, '요약하는 자'가 지금까지 있
었던 중요한 생각을 강조한다. '질문하는 자'는 불분명한 부분, 알기 힘
든 정보, 이미 학습된 다른 개념과의 관련, 인물 또는 행위자의 동기
등에 대해 질문을 던진다. '명확히 하는 자'는 혼동되는 부분과 관련해
해명을 시도하고, '예언하는 자'는 작가가 다음에 무엇을 말할 것인가
에 대하여 예단한다. 그리고 역할을 서로 바꾸고 다음 부분을 읽어나간
다. 새로운 역할을 활용하며 이러한 과정을 전체 읽기가 끝날 때까지
반복한다.

(2) 읽기 중 전략

저자에게 질문하기 :

학생들은 독서 중에, 발췌한 부분에 대한 저자의 의도와 그것의 성공

심으로」, 『문학교육학』, 2002, p.65.

32) 이 예들은 미국의 문학교육 웹사이트, 리터러시 매터즈(http://www.literacymatters.org)의
청소년문학 부문에 나와 있는 읽기 전략들을 몇 가지만 선별하여 정리한 것임.

적인 전달에 대해 질문을 할 수 있다. 일례로 다음과 같은 형식의 질문들을 할 수 있다.

　1) 왜 저자는 그것을 당신에게 말하려 하는가?

　2) 저자는 그것을 명확히 말하고 있는가?

　3) 어떻게 저자는 그것을 더 명확하게 말할 수 있었을까?

　4) 당신이라면 대신 무엇을 말하겠는가?

이 접근방법의 또 다른 형태로서 학생들로 하여금 발췌한 구절을 다시 쓰게 하는 것도 가능하다.

(3) 읽기 후 전략

A. 다음과 같은 활동을 통해 독자들의 독서 경험을 확대시킨다.

1) 텍스트의 의미를 다시 이해하고 연결 관계를 지어본다.

2) 텍스트를 읽으며 충분히 생각하고 정보를 조직하는 방식을 모범 사례를 들어 보여준다.

3) 텍스트에 대해 비판적으로 생각해본다.

4) 문제에 대해 자신의 개인적 수준에서 응답해본다.

5) 문학의 공통 주제와 구조에 대해 생각해본다.

B. 체현impersonation

독자로 하여금 한 등장인물의 역할을 맡아 다른 인물들에게 질문을 하게 한다.

구체적인 작품 읽기 사례로는 「에밀리에게 바치는 장미A Rose for Emily」를 대상으로 한 최석무 교수의 문학 교수법이 좋은 참고가 된다.[33] 이 작품은 난이도 면에서 비교적 읽기가 수월하고 단편이므로 대학 초년생이나 청소년의 독서에 알맞은 작품이라 할 수 있다. 위에서 예시한 사례처럼 1) 읽기 전, 2) 읽기 중 그리고 3) 읽기 후로 구분하여 학생들을 작품 이해의 과정에 적극 개입시킬 수 있다. 읽기 전 활동의 한 사례로 작품 배경지식에 대한 발표를 들 수 있다. 작품 배경지식을 "미국 남부와 북부의 문화적 차이" "미국의 남북전쟁" "윌리엄 포크너" "20세기 초반의 미국 흑인문제" "20세기 초반의 미국 여성문제" 등 5개 항목으로 정한 다음 이들을 5개 홈 그룹에게 할당하고 각 그룹의 구성원에게 다시 일련 번호를 주어 같은 번호끼리 묶어 전문가 그룹을 만든다. 이 전문가 그룹은 함께 모여 심도 있는 조사와 토의를 한 후 홈 그룹으로 돌아가 전문지식에 대해 각기 발표한다.[34]

읽기 중 활동에 대한 예로는 증인석 게임이 있다. 「에밀리에게 바치는 장미」에는 다섯 그룹의 사람들이 등장하는데, 에밀리, 호머 배런 Homer Barron, 에밀리의 하인, 에밀리의 친척 그리고 마을 사람들이다. 이 다섯 그룹의 사람들에게 질문할 내용을 다섯 명으로 구성된 한 그룹의 학생들이 준비한다. 다음 시간에 다시 모이면 한 학생을 뽑아 등장인물을 시키고 나머지 학생들은 등장인물이 된 학생에게 준비된 질문을 한다. 뽑힌 학생은 그 인물인 것으로 가정하고 질문에 답한다. 물론 책의 내용을 근거로 하여 답해야 한다.[35]

---

33) 최석무 교수의 이 작품에 대한 논문은 비록 한국의 영어영문학/영어교육학 전공 대학생을 대상으로 한 영문학 교육 방법론이지만 최 교수가 활용하고 있는 읽기 전략들은 미국의 청소년문학 교육 현장에서도 많이 사용되고 있는 구체적 사례들이므로 좋은 참고가 된다.

34) 최석무, 「단편소설을 통한 문학과 영어교육: 윌리엄 포크너의 「에밀리에게 바치는 장미」 가르치기」, 『신영어영문학』 25, 2003, pp. 183~84.

35) 최석무, 앞의 책, p. 189.

읽기 후 활동에서는 관점을 바꾸어 작품 줄거리를 다시 쓰는 활동을 예로 들고 있다. 작품에서는 마을 사람들이 에밀리를 관찰하는 입장에서 이야기가 진행되는데 시각을 바꾸어 에밀리의 흑인 하인 관점에서 또는 에밀리 자신의 관점에서 작품을 다시 쓸 수 있다. 물론 작품에 제시된 실마리를 토대로 작품을 다시 써야 한다. 이러한 상상적 재구성을 통해 작품에 대한 심도 있는 이해를 도모하고 작중 인물의 행동의 동기를 탐색하는 작업을 할 수 있다.[36] 또 다른 쓰기 활동으로 신문기사 작성도 소개하고 있다. 에밀리를 둘러싼 사건은 신문기사화하기에 적당한데 사건에 대한 객관적 기술과 함께 논평까지도 쓸 수 있다. 학생들은 읽기 중 기사 쓰기에 대비해 작품을 객관적으로 관찰하고 분석할 필요가 있을 것이다.[37]

5. 미국 대학의 청소년문학 교육강좌

미국에서의 청소년문학이 1980년대에 이미 성년에 도달하였으며 진지한 문학의 한 장르로 인정받고 있는 추세임은 앞에서도 언급한 바이다. 청소년문학의 이러한 위상 변화에 따라 미국 대학에서는 학부나 대학원에서 청소년문학 교육 프로그램의 개설이 날로 증가하고 있으며 이는 청소년문학교육에 대한 사회적 교육적 수요와 관심을 입증하고 있다. 그러면 미국 대학에 청소년문학 교육강좌들이 어떻게 설강되어 운영되고 있는지 대표적 사례들을 교과목 설명들을 통해 확인해보도록

---

36) 최석무, 앞의 책, p.195.
37) 최석무, 앞의 책, p.195.

한다.

A. 남캐롤라이나 주립대학교South Carolina State University의 영문학과의 경우 학부에 "청소년문학Adolescent Literature" 과목이 설강되어 있다. 이 교과목의 설강 취지는 장차 영어교사들, 그리고 젊은이들을 연구 대상으로 하는 자들에게 중고등학생들의 필요에 부합하고 그들의 능력에 알맞은 문학들을 숙지시키기 위함이라고 교과과정 기술에서 밝히고 있다.

English 406 is designed to acquaint prospective teachers of English and others who work with youth with the range of literature appropriate for the needs and capability of junior and high school students.

교육 목적으로는 1) 청소년 독자들에게 관심이 있는 자들로 하여금 청소년을 위한 그리고 청소년에 관한 책들을 탐색할 수 있게 가르치고, 2) 청소년문학이라는 용어를 규정하고, 청소년 독자들의 특징과 필요에 대해 논의할 수 있게 한다는 것이다.

B. 델라웨어 대학교University of Delaware에도 영문학과에 "청소년문학Adolescent Literature"이라는 제목의 강의가 개설되어 있는데, 위의 경우와 다른 점은 대학원생을 위한 강좌라는 것이다. 아래 설명에서 보듯 이 교과목은 이미 문학연구 능력을 어느 정도 갖추고 있을 것으로 기대되는 대학원생들을 대상으로 하며, 청소년문학을 일선 중고등학교에서

가르칠 때 실제 교실에서 어떻게 접근하고 적용할 것인가 하는 기술을
배우고 익히는 새로운 실용 교과목이라는 인상을 준다.

This course will introduce graduate students to the field of literature appropriate for today's youth in middle and high schools. A wealth of titles in all genres will be examined for quality of writing, interest to adolescents, and relationship to curriculum standards. An emphasis will be placed on the use of YA literature in the secondary classroom.

이 교과과정에서 수강생들은 청소년문학에 관한 대표적인 연구 논문들과 함께 미스터리, 스포츠, 판타지나 공상과학 소설, 역사, 전기, 논픽션, 시, 단편소설, 판금 서적, 로맨스, 그래픽 소설 등에서 10개의 각기 다른 장르의 청소년문학을 선정하여 읽도록 요구되는데, 책 선정의 기준들을 면밀하게 검토하게 하여 청소년들의 다양한 배경, 학습 양식 그리고 교과과정 수요를 반영할 수 있도록 해야 한다.

C. "청소년문학교육 Teaching Adolescent Literature"은 인디애나 대학교 Indiana University가 원거리 교육 프로그램 Distance Education Program에서 온라인 교과과정으로 개설한 과목으로 석사과정의 일부로 수강할 수 있도록 편성된 교과목이다. 아래 교과목 설명을 살펴보면 역시 다양한 청소년문학 장르를 소개하고 있으며 중요한 초기 텍스트들과 그 주요 특징들을 물론 인정하지만 최근 출판물을 중심으로 분석한다. 그리고 교과과정 및 교육의 쟁점들을 청소년문학의 채택에 중요한 요소라고 보는

데, 독자중심 접근법과 다양한 미국 사회에서의 교육을 위한 다문화 교과과정들을 개발하려는 교사들의 시도를 특히 중시하고 있다.

This course provides an introduction to the genre of texts targeted for adolescent/young adult readers. Surveying the field, the course highlights and analyzes recent publications as it acknowledges significant, earlier texts and their distinguished features. The course considers curricular and pedagogical issues salient to the adoption of young adult literature, particularly as teachers' attempt to develop reader-centered approaches and multi cultural curricula for teaching and learning in our diverse society

교과과정의 목표로는 세 가지를 제시하고 있다.
1) 고전에서 현재까지 광범위한 청소년문학을 읽고 친숙해지는 것.
2) 청소년문학을 이용하는 다양한 교육 접근법에 대한 조사연구에 친숙해지고 이를 면밀히 검토하는 것.
3) 청소년문학능력literacy과 본 과정에서 연구되는 접근법을 이용하는 다양한 교과과정 단위를 개발하는 것.

D. 한편, 대학 강좌 외에도 청소년문학 교육과 관련해 개발된 프로그램 웹사이트들이 미국에는 다수 있다. 예를 들어 앞에서 언급한 '리터러시 매터즈(http://www.literacymatters.org)'는 학생들이 자신과 타인, 세상 그리고 그 세상에서 그들 자신의 위치를 보다 잘 이해하도록 도움을 주는 데 청소년문학을 이용하고 있음을 밝히고 있다. 이 사이트

는 청소년문학에 대한 배경 정보, 연구에 기초한 훈육 전략, 교습 계획, 시범 활동, 북 리스트, 자료들을 제공하고 있는데 이들은 청소년문학을 개별 교과과정에 통합시키는 가능성을 극대화하기 위해 꼭 필요한 것들이라고 주장한다.

6. 맺는 말

미국에서 청소년문학은 이미 독립된 문학 장르의 하나로 자리 잡고 있으며, 대학에서도 여성문학, 아시아계 문학, 아동문학 등 여타의 비전통 문학 교과과정들과 함께 세분화된 교과목의 하나로 교육되고 있다. 이러한 미국에서의 청소년문학 교육에 대한 필자의 관심은 그 자체에만 국한된 것이 아니라 한국에서의 문학교육 풍토의 개선을 염두에 둔 탐색과 점검이었다. 한국에서도 최근 청소년문학에 대한 관심이 출판계를 중심으로 증대하는 추세에 있다.[38] 하지만 한국에는 청소년문학은 있지만 이를 가르치는 학교도 거의 없고 또 청소년문학을 어떻게 가르칠 것인가에 대한 연구와 토론도 부족하다는 점에서, 청소년문학 교

---

38) 최근 한국 출판계는 청소년을 대상으로 한 출판시장 확장을 도모하는 가운데 청소년문학에 많은 관심을 보이고 있다. 2007년 세계일보사는 처음으로 거액의 청소년문학상을 제정하였으며 이어 비룡소, 창비 등도 청소년문학상을 제정하였다.

39) 국내 대학에서 청소년문학을 정규 교과 과정으로 개설한 사례는 아직 흔치 않으나, 유제분, 「영미 청소년문학, 영어교육, 그리고 젠더」, 『영미문학교육』 10. 2., 2006, pp. 143~44; 박선희, 「청소년문학교육 연구」, 『영어영문학』, 52. 1., 2006, pp. 191~92의 사례에서 보듯이 여타 교과과정 내에서 부분적으로는 상당히 다루어지고 있는 것으로 보인다. 충북대학교 영어영문학과의 경우는 2008년 1학기부터 "아동 및 청소년문학" 강좌를 학부 교과목으로 설강하였다.

육에 대한 제도적인 뒷받침이 시급하다고 하겠다.[39]

한국 사범대학의 외국어 교육학과들의 경우도 주로 어학을 중심으로 교과과정을 편성하다 보니 문학과목들이 점차 배제되는 경향이 있고, 간혹 문학교육 과목이 설강된다고 해도 중등학교의 청소년을 대상으로 한 실질적인 청소년문학교육으로 마련되는 경우는 거의 없다 하여도 과언이 아니다. 이런 실정에서 미국의 성공적인 청소년문학교육 사례는 우리가 나아가야 할 청소년문학교육의 향방에 대한 유용한 지침이 될 수 있다고 본다.

또 한국에서는 청소년들의 입시위주 교육과 이에 따른 선행학습으로 인한 부작용이 심각하다. 학생들은 자기 나이대에 적합한 교재나 부교재를 가지고 관심의 주변을 확대하고 깊이를 심화시켜나가는 것이 중요한데, 선행학습은 이와 같은 기회를 원천적으로 봉쇄한다는 점에서 그 폐해가 크다. 또 대부분 주입식으로 진행되는 선행학습은 피교육자의 수동적 태도로 말미암아 창의력과 자율성이 위축되는 결과를 낳는다. 이 점에서 학교 교육에 청소년문학교육을 도입하면 학생들은 청소년으로서의 자각을 갖게 될 것이며, 무분별한 선행학습의 폐해에서 벗어나 자기와 타자 그리고 세계에 대한 적절한 이해를 바탕으로 보다 의미 있게 청소년기를 보내게 됨으로써 어른의 세계로 진입하는 준비를 잘 다지게 될 것이다.

보다 현실적인 측면에서 논술교육과 관련지어 청소년문학을 교과과정에 도입하여 활용해볼 필요도 있다. 청소년문학교육에서 도출되는 다양하고 현실성 있는 주제들을 청소년들이 그들의 입장에서 사고하고 논의하는 과정에서 논술교육이 이루어지면 바람직할 것이다. 청소년들에게 대학입시에서 주어지는 논술문제들도 그들의 눈높이에 맞춘 주제들로 구성되어야 타당하다. 그런데 청소년들을 위한 논술의 주제들은 다양한 장르의 청소년문학 작품들 속에서 얼마든지 도출해낼 수 있을 것이다. 청소년문학은 NCTE에서 출간한 위 자료에서 보듯, 스포츠, 과학, 미술, 음악, 문학 등 전 교과과정에서 접근해서 얼마든지 활용할 수가 있다.

한편 영미 청소년문학을 한국의 대학생들에게 가르치는 경우, 대학의 1～2학년생은 연령 분포로 보아 대부분 아직 청소년기에 속하므로 청소년으로서 이 교과목을 접하게 될 것이다. 이 점에서 영미 청소년문학 강의는 이들에게 각별한 관심과 흥미를 불러일으킬 수 있다. 더욱이 영문학과의 교과과정에서 다루는 문학 텍스트의 수준은 학생들의 영어 실력에 비해 월등히 고급이라서 어려움이 큰데 청소년문학은 그러한 언어적 장벽을 넘어서 쉽게 접근할 수 있는 용이함이 있다. 특히 EFL(English as a Foreign Language) 환경에서 청소년문학은 효과적인 영어 학습과 문학학습을 동시에 하는 유용성이 있다. 또 청소년문학이 주로 다루는 주제가 글로벌하며 현실의 세계를 다루고 있고 학습 연령에 적합하다는 점에서 보아 교육 효과를 극대화시킬 수 있는 장점이 있다.[40]

이 점에서 영미 청소년문학은 EFL 환경에서 실용적인 문학교재가 될 수 있다. 즉, 문학적인 가치가 고전에 비해 떨어지지 않으면서도 학습 면에서 오히려 더 효과적인 교재가 될 수 있다. 더욱이 최근 미국에서는 한국계 청소년문학이 발흥하고 있는데, 한국적 정서와 문화뿐만 아니라 청소년기의 공통된 체험들을 다루고 있어 이야기에 대한 이해, 예측, 기억 등에 도움을 주므로 영어학습 측면에서 볼 때 한국의 교육 현

---

40) 한국의 대학 영어영문과/영어교육과에서 영미 청소년문학을 가르치는 것에 대한 구체적인 사례 연구는 유제분 교수의 앞의 논문을 참고.

장에서 활용가치가 높다.[41] 뿐만 아니라 한국도 최근 다원화된 사회로 나아가고 있는데, 이러한 한국계 미국 청소년문학은 한국 학생들에게, 비록 간접적이긴 하지만, 다원화된 미국 사회를 체험하는 기회를 제공할 것이다.[42] 나아가 청소년문학교육에 대한 논의는 인문학의 위기라는 담론에 맞서 문학의 유용한 교육적 기능을 확인시켜줌으로써 1980년대 이래 이론 비평가들에 의해 주도된 문학의 이데올로기 논쟁에서 도외시되었던 문학적 가치들literary values을 적극적으로 제고해줄 것이다.

41) 어도선, 「한국계 미국 청소년문학에 나타난 정체성과 라깡의 히스테리 담론: Marie G. Lee를 중심으로」, 『영미문학교육』 9. 1., 2005, pp. 103~36.
42) 어도선, 앞의 글, pp. 107~08.

제20장

독일 청소년문학과 문학교육

정명순

'청소년문학'은 아직 우리에게 낯선 용어이다. 학교나 가정에서 청소년들에게 권장되는 도서들은 독자를 중심에 두고 고려되었다기보다 대학입시를 위해 선정된 '고전'이라 불리는 도서가 주를 이루고 있다. 청소년들은 세계문학·고전문학과 같은, 논술시험을 위한 도서에 에워싸여 있고 자신의 이해 수준을 넘어서는 문학작품을 읽도록 강요받고 있다. 입시를 위한 교육제도가 청소년문학의 부재를 야기하고, 청소년기의 고민과 갈등을 은폐시키고 있는 것이다.

독일에서도 1970년대에 문학수업에서 제공되는 도서목록과 청소년들의 관심 도서 사이에 많은 차이가 있어서 문학수업을 위해 어떤 문학작품을 택해야 하는지에 대해 많은 논의가 있었다. 학교 밖에서 접하는 청소년들의 관심 작품들을 고려하지 않고 기성세대의 시각으로 판단하고 결정한 비현실적인 문학교육에 대한 비판이 제기되었다. 그 대안으로 수용자의 관심을 등한시하고 고전문학에 치중한 '문학 정전'을 폐지하고 청소년문학을 문학교육에 더 많이 포함시켜야 한다는 여론이 강하게 대두되었다. 고전적인 문학 정전만을 가르치는 전통적인 문학교육은 청소년의 관심 영역이나 실제 경험 세계와 너무 차이가 나서 청소년들의 독서 욕구를 떨어뜨린다는 주장이었다. 이러한 논의의 결과로 현재에는 문학교육 목록에 청소년문학이 다수 포함되어 있다.

이 같은 선례를 중심으로 문학교육의 방법론을 염두에 두고 독일 청소년문학을 살펴보고자 한다. 먼저, 청소년문학의 흐름을 통해 청소년문학의 역할에 대해 시대별로 어떤 요구가 있었는지를 살펴본다.[1] 그리고 현재 많이 읽히는 작품들을 주제별로 분류하여 청소년들의 관심 영역과 그들과 관련된 사회현실 문제에 다가간다. 이는 청소년문학교육을 위해 필요한 토대가 될 것이다. 다음은 문학 교수법에 대한 다양한 여론과 함께 청소년문학작품을 가지고 문학수업에 실제적으로 활용할 수 있는 교육 사례를 간단히 제시하고자 한다.

1. 청소년문학의 흐름

청소년문학은 오랜 세월 청소년 독자들의 문학적인 욕구를 충족시키

---

1) 독일 청소년문학의 개념에 대한 설명은 한기상의 글 「독일 청소년문학. '막스와 모릿츠'의 악동들을 중심으로」(『독어교육』 20, 2000)에서 자세히 다루어졌다. 독일 청소년문학에 대한 역사적 서술은 김정용의 「환상과 현실 사이. 독일 청소년문학의 경향과 한국에서의 수용 가능성」(『독어교육』 18, 1999), 정인모의 「70년대 독일 청소년문학에 나타난 '제3제국'」(『독어교육』 23, 2002), 장영은의 「분단시대의 독일 '아동 및 청소년문학' 비교연구」(『독어교육』 26, 2003)에서 시대별로 작품 소개와 함께 다루어져 있다. 이 글에서는 청소년문학의 흐름을 개괄하고자 17세기에서 현재까지의 흐름을 간단히 조명한다.

고, 계몽과 교육 매체로서의 역할을 담당하였다. 즉, 시민사회로의 진입과 역할, 규범, 가치관에 대한 표상을 갖게 하는 데 중요한 좌표가 되었고, 청소년들이 성인 사회에 적응하는 데 기여하였다. 따라서 청소년문학의 역할에 대한 요구는 시대마다 상이하다.[2]

17세기 말까지 어린이들을 위해 출판된 책은 교과서나 예절 또는 도덕에 관련한 책이었다. 18세기에 들어와서 청소년문학이 독자적인 장르로 논의되고 교육적인 매체로 또는 탈목적적인 문학작품으로 평가받기 시작하였다. 계몽주의 시대에는 교육적인 기능이 강조되었는데, 청소년을 위한 문학도 그 시대의 사회적 이상에 초점을 맞춘 교육 텍스트로 청소년의 덕을 고양하는 데 기여해야 했다. 격한 감정과 탐욕을 절제하며, 신실한 도덕성에 도달하기 위한 이성적인 사유를 습득하기 위해 문학작품은 자기 성찰의 본이 되고 또 그릇된 인물의 모델을 통해 반면교사의 역할을 하기도 하였다. 18세기 말과 19세기에는 계몽적 교육적 경향과 낭만적 오락적 경향 사이에서 논쟁이 있었고, 이 상호 교환적인 흐름은 다양한 양상으로 오늘날까지 논쟁이 되고 있다.

낭만주의 시대 청소년문학의 경향은 계몽주의 시대의 교육적인 경향에 대한 반작용으로 이상주의적 개혁 성향을 띤다. 낭만주의는 유년시

---

2) '청소년' 개념은 발생 당시에 '부정적 의미'를 담고 있었으며, 위험의 소지가 있는 이들에 대한 표찰이나 예방용 표시로 사용되어온 경향이 있다. 유럽에서 청소년상이 긍정적인 모습으로 바뀐 것은 대략 민족주의적 경향이 짙어지고 제1차 세계대전을 겪으면서이다. 유럽에 '청소년' 개념이 본격적으로 논의되기 시작한 것이 '사회'라 일컫는 성인들의 세계에 필요한 유용한 인적 자원을 확보하기 위함이었다는 사실을 감안해보면, 청소년문학 개념이 유럽의 역사 속에서 본격적으로 부각되기 시작한 것은 산업혁명 전후라고 할 수 있다. Hans-Heino Ewers, "Was ist Kinder-und Jugendliteratur? Ein Beitrag zu ihrer Definition und zur Terminologie ihrer wissenschaftlichen Beschreibung," *Taschenbuch der Kinder-und Jugendliteratur*, Hohengehren: Schneider Verlag, 2002, pp. 2~16.

절을 이상적인 자연 상태로 이해한다. 어린아이의 판타지와 감성, 추상적인 사유를 주목하는 이 시대의 청소년문학은 작품의 주제와 형식 그리고 기능 면에서 다루는 범주가 확장되었다.

19세기 말에는 미학적인 면이 강해지고, 민족 이데올로기가 주된 테마로 등장한다. 1933년에서 1945년 사이에는 장차 전사, 군인으로서의 젊은이상을 부각시키고 선동하는 작품들이 많이 출판되었다. 전후 작품은 다양한 모습으로 나타나는데, 사실주의적 경향과 현실도피적 환상적 경향으로 양분된다. 나치에 대한 터부로 인해 청소년문학은 현실사회를 인식할 수 있는 기회를 놓치고 '환상적인 현실'을 선호하게 된 것이다.[3]

전후 청소년문학은 도덕교육과 미적 교육의 실천 도구로 교육적 기능에 충실하였는데,[4] 사회적 정치적 현실 묘사가 결핍되었다는 비난을 피할 수 없었다. 그러나 1949년 발표된 린드그렌A. Lindgren의 『피피 랑 슈트룸프*Pipi Langstrumpf*』처럼 어린이다움이 강조되고 어린이 자신의 욕구나 상상력이 중시되는 문학의 흐름도 있다.[5] 이것은 어린이의 세계관과 체험시각을 받아들이고 판타지 요소를 선호함으로써 후기낭만주의 작품과 연결된다. 1950~1960년대에 어린이의 판타지 문학이 두드

---

3) 프로이슬러O. Preußler의 『귀여운 물의 정령*Der kleine Wassermann*』(1956)과 『작은 마녀*Die kleine Hexe*』(1957) 같은 판타지 작품이 대표적인데, 외부현실과 동떨어진 환상의 세계를 묘사하면서 현실의 모순을 은폐하고 유토피아에 대한 그릇된 환상을 심어준다. W. Kaminski, *Einführung in die Kinder-und Jugendliteratur*, München: 1990, p. 306 참조.

4) 나치 만행이라는 역사적 사실에서 도피하기 위해 청소년문학 작가들과 문학 교육학자들은 청소년 교육에 해가 되는 "저속한 작품Schmutz und Schmund"에 투쟁을 선포하고 소위 "우수 청소년 도서Das gute Jugendbuch"를 선발하는 데 관심을 쏟았다.

5) 에버스H. Ewers는 이것을 논쟁할 여지가 없는 전후 청소년문학의 성장으로 본다. H. Ewers, "Was ist Kinder-und Jugendliteratur?", pp. 15~16.

러지지만 문학수업에 있어서는 아직도 '문학정전'에 매여 있었다. 즉, 청소년 교양을 고무하는 내용이 의무적으로 고려되어야 했던 것이다.[6]

사회비판적인 학생운동의 영향으로 1970년대의 청소년문학은 큰 변화를 겪게 된다. 현실 문제를 적극적으로 수용하고 사회에 대한 비판적인 시각이 두드러지면서, 청소년문학도 점차 사실주의적 경향을 띤다. 케스트너E. Kästner의 문학에 토대를 두고 있는 반권위주의적 청소년문학은 비판적 사실주의의 경향으로 나아간다. 68학생운동의 영향으로 파급된 문학의 계몽주의적 성향과 저항의 문화가 아동문학에 대한 인식을 바꾸게 한 것이다. 따라서 1970년대의 청소년문학은 사회문제에 관심을 갖고 청소년들이 현실과 부딪히며 갈등하는 모습에 주목한다. "청소년문학은 허위로 인해 병들고 있다. 세계는 미화되고 축소되어 집 정도의 크기로 제한되고 있다. 그 안에서 감당 못 할 일들은 일어나지 않는다. 만일 그런 일이 일어난다면 구석에서 영웅이 튀어나와 어린이를 구출한다"는 헤어트링P. Härtling의 기존 청소년문학에 대한 비판처럼, 이제 뇌스팅어C. Nöstinger, 헤어트링, 뵈펠U. Wöfel 같은 젊은 작가들은 주변을 직시하고 아름다운 허상에 반하여 현실속의 진실을 묘사하고자 한다.[7] 청소년의 일상에서 일어나는 사건들이 작품의 중심이 된다. 문제에 대한 재빠른 해답은 제시되지 않고 청소년 스스로 문제에 대한 인식과 해결방안을 찾아가도록 한다. 예전에 청소년을 계몽의 대상으로

---

6) Elvira Armbröster-Groh, "Literarisches Lernen beim Umgang mit Kinder-und Jugendliteratur," *Taschenbuch der Kinder- und Jugendliteratur*, Hohengehren: Schneider Verlag, 2002, p. 970 참조.

7) Doris Grimm, *"Wie kommt die Tigerente auf die Zahnbürste? Die Vernetzung von Kinderwelten und Medienverbund auf dem Kinderbuchmarkt,"* Hagen대학 석사학위논문, Starnberg, 1998, http://www.fernuni-hagen.de/imperia/md/content/magister/grimm.doc 참조.

서 무능력한 존재로 보았다면, 이제 청소년은 파트너가 된다. 청소년도 사회 변화와 발전에 기여할 수 있는 주체로서 나타나고 있는 것이다. 1970년대 말 이후 사회비판적인 청소년문학은 엔데M. Ende의 『끝없는 이야기Die unendliche Geschichte』(1979)가 단초가 되어 판타지가 작품에 다시 나타난다. 하지만 1970~1980년대의 환상적인 청소년문학은 1950~1960년대의 사회현실을 도외시한 환상문학과는 다르다. 사회비판적 환상문학에서는 환상 자체가 목적이 아니라 현실의 문제를 비유적으로, 그럼으로써 더욱 사실적으로 묘사하기 위한 수단이 된다.[8] 1980~1990년대에는 심리적인 영역과 희극적인 요소로 범주가 확장되며 미학적 면도 강화되면서 독자들의 다양한 요구를 수용하게 된다. 1990년대는 '희비극 가족 소설'이라는 장르가 생겨났고, 보다 다양한 현실문제가 작품의 소재로 다루어진다.

오랫동안 청소년문학은 성인문학의 그늘에 가려 '미학적으로 취약하다' '사회 정치적 현실 묘사가 결핍되었다'는 비판을 받아왔다. 그러나 점점 변화, 발전하면서 청소년문학은 독자적인 문학 장르로 자리매김하였다. 다루는 범주도 확장되어 인간 사이의 관계, 성인이 되어가는 과정에서 나오는 문제들, 갈등과 화합, 이별, 정체성 찾기 등을 넘어서, 정치적-생태학적 문제, 제3세계에 관련한 세계 평화와 공존, 미래에 대한 질문들로 나아가고 있다. 그럼으로써 젊은 독자들의 시각을 넓히고 자기 인식과 계발의 의지를 북돋는 역할을 하고 있다. 젊은이의 판타지가 현실 도피가 아닌 현실 인식을 위한 넓은 시각을 열어주고 있

---

8) 뇌스팅어가 대표적인 작가로, 1970년 첫 작품 『불처럼 빨간 머리의 프리데리케die feuerrote Friederike』를 발표한 후 100종이 넘는 책을 출간하였다. 『오이대왕Wir pfeifen auf den Gurkenkönig』은 한국간행윤리위원회에서 선정한 청소년 권장도서이다.

다. 이제 청소년문학은 고정된 틀 속에서 어떤 완성된, 결정된 답을 전
달하는 것이 아니라 사유의 폭을 넓히며 청소년문학의 지평을 넓히는
긍정적인 요소로 작용하고 있다.

2. 청소년문학의 주요 테마

청소년문학이 주로 다루는 테마와 모티프는 그 시대 젊은 독자들의
관심 영역이며 동시에 그 사회의 주된 문제점이기도 하다. 최근의 독일
청소년문학 작품들의 주된 테마를 분류한다면, 가족, 학교, 다문화, 전
쟁/죽음 그리고 성/사랑이 될 것이다.[9] 이는 유럽 청소년문학뿐 아니
라 세계적으로 공통된 주요 테마이다. 이 주요 테마들을 중심으로 독일
의 청소년문학작품들을 간략히 살펴본다.[10]

---

9) 가족의 테마는 이혼, 세대갈등, 형제갈등, 가출, 가정폭력, 대화부재, 아버지의 권위적인
　 태도로 인한 가정의 불화와 이로 인한 청소년의 고독을 묘사하고 있다. 학교에 관련하여서
　 는 집단 따돌림, 학교폭력, 교사와의 갈등, 성적 부진, 경직된 교육 시스템 등이 다루어진
　 다. 다문화의 테마는 다인종, 다종교, 문화충격, 정체성 혼란, 소수자 차별, 이주자의 동
　 화문제 등을 주로 다루고, 전쟁/죽음의 테마는 기아, 반전, 반테러, 반핵, 평화운동, 극우
　 극좌의 테러, 제3세계, 전쟁으로 인한 이별 등에 관심을 갖는다. 예민한 청소년기에 성/사
　 랑은 청소년의 주요 관심 테마로 청소년의 성 계몽에 초점을 맞춘 작품들 그리고 이성교
　 제, 성폭력, 성 정체성에 관련한 청소년의 갈등을 현실적으로 묘사한 청소년문학 작품들
　 이 많이 나오고 있다.
10) 작품 선정은 튀빙엔의 평화교육학연구소가 추천하는 작품 중 청소년문학상 수상작과 구
　 스타프 하이네만 청소년평화문학상 수상작품 중심이며, 또 막크바르트M. Marquart의
　 『청소년문학 입문서*Einführung in die Kinder- und Jugendliteratur*』(Troisdorf, 2005)
　 를 참조로 한다. 그 외, http://www.kinderliteratur-verein.de/index2.htm; http://www.
　 jugendliteratur.net; http://www.jugendliteratur.org; http://www.lesepaedagogik.de/
　 jugendliteratur.htm; http://www.friedenspaedagogik.de/datenbank/kjns; http://www.
　 friedenspaedagogik.de/service/literatur/materialien_zum_umgang_mit_kinder_und_ju
　 gendbuecher 참조.

(1) 가족의 갈등

1950년대 청소년문학에서는 전통적인 시민 가족의 "건전한" 세계와
밝고 화목한 가족에 대한 이야기가 지배적이었다. 가장 중요한 인물은
아버지로, 가족을 부양하고 가정의 우두머리이며 도전할 수 없는 가부
장의 역할을 하고 있다. 그러나 1968년 학생, 여성, 평화운동에 따른
사회 변화와 반권위적인 교육이념은 청소년문학에서 아동과 가족, 교
육에 대해 매우 변화된 모습을 가져왔다. 주제와 서술방식이 달라지고,
종전의 청소년문학에 대해 격렬한 비판이 가해졌다. 청소년문학이 청
소년들에게 현실에서 존재하지 않는 "건전한" 세계가 존재하는 것처럼
믿게 하였다는 것이다.

1970년대에 들어서서 현실 문제에 눈을 돌린 뵈펠, 헤어트링, 뇌스
팅어, 킬리안s. Kilian 등과 같은 사회 비판적인 작가들은 그들의 젊은 독
자들을 성숙한 파트너로 보았다. 그들도 순진무구한 아이들의 눈에 비
친 '건전한' 현실 단면이 아니라 오히려 사회 문제, 불의와 거친 현실에
대해 알아야 할 권리가 있다고 보았다. 1980～1990년대의 가족상은
또 변한다. 세 쌍 중 한 쌍의 높은 이혼율, 결혼기간은 통계적으로 5년
이고 혼자 아이를 키우는 엄마나 아빠가 많아지고 있다. 재혼과 동거가
증가하면서 가족의 형태도 다양해진다. 가족관계가 불안정함으로 많은
아이들이 사랑하는 부모 또는 어느 한쪽을 잃을 것 같은 실제적인 두려
움이나 가상의 불안에 시달린다. 다른 한편으로 교육방식이 바뀌는데,
명령조에서 타협조의 교육으로, 교육목표도 복종보다 자율성, 자립심
이 중시된다. 아이들과 어른들이 공존하는 삶에서 인간적이고 민주적
인 분위기로 변하는 것이다.

뵈펠은 『잿빛 들판과 초록 들판*Die grauen und die grünen Felder*』(1970)에서 아이들 양육에서 오는 스트레스로 알코올중독자가 되어가는 엄마와 이로 인한 가족의 불행을 그리고 있다.[11] 뇌스팅어의 『일제 얀다*Ilse Janda*』(2004)[12] 킬리안의 『두려움*Angst*』(1987) 헤어트링의 『테오의 가출*Theo haut ab*』(2001)[13]에서 어린 주인공들은 유일한 출구로 집을 나간다. 이는 시민 가족의 위기를 표현하며 이제까지 내려온 권위적인 구조와 역할 배분에 대해 비판을 가하고 있다. 흔들리는 가족관계와 가부장 사회에서 부모의 경직된 역할 배분으로 갈등하는 청소년의 모습이 주시되고 있다.

(2) 배움의 장, 삶의 장으로서 학교

헤세H. Hesse의 『수레바퀴 아래서*Unterm Rad*』(1906)에서 학교는 개인의 창조성을 무시하는 권위에 가득 찬 제도권으로 묘사된다. 오늘날 학교는 배움의 장소만이 아니라 삶의 공간으로, 청소년들은 하루의 대부분을 학교에서 보낸다. 사회, 문화적인 학습과정이 이루어지고, 여러 체험들을 통해 자아발전과 실현의 원동력을 얻기도 하며, 반면에 폭력, 소외, 갈등을 겪기도 한다.[14]

---

11) 청소년문학특별상과 Hans Christian Andersen 상을 수상하였다.

12) 열네 살 일제는 금요일 오후 몰래 집을 빠져나와 집 앞에 기다리고 있던 붉은색 자동차에 올라탄다. 일제의 여동생 에리카만이 언니가 떠나는 곳을 알 뿐이다. 에리카가 언니를 다시 만났을 때, 생각과는 전혀 다르게 변한 언니의 모습을 보게 된다. 해마다 수천의 청소년들이 일제처럼 아무 이유 없이 또는 어느 날 갑자기 가출하는데, 이들의 환상, 실망, 잘못된 꿈을 매우 사실적으로 다루고 있다.

13) 코미디언 같다 하여 테오는 학교에서 빔스Bims라 불린다. 그러나 부모님이 이런 테오를 싫어하기에 집에서는 전혀 다른 아이가 된다. 부모님을 사랑하지만 부모의 싸움과 아버지의 알콜 문제로 고통받던 테오는 어느 날 가출한다.

14) 학교는 어린이들이 학교에 들어가기 전 성장 공간인 소규모의 가족과 사회적 삶과 관련

뇌스팅어의 『시간표*Stundenplan*』(1975)는 지겹고 답답한 학교생활에 적응하지 못하고 가출한 열네 살 아니카의 이야기이다. 욘스톤J. Johnston의 『선두로의 도피*Flucht nach vorn*』(2001)는 아버지의 지나친 기대와 요구에 반항하고 문제아가 된 주인공이 집을 나와 바깥세상에서 부딪히면서 자신에게 내재해 있는 능력을 발견해가는 내용이다.[15] 노악H. G. Noack의 『졸업식*Die Abschlußfeier*』(1972) 가벨W. Gabel의 『인생 공부*Fürs Leben lernen*』(1980) 부르시히Th. Brussig의 『물빛*Wasserfarben*』(1994)은 학교 교육의 문제점을 제기하고 있다. 획일적이고 권위적인 학교 분위기 속에서 갈등하는 청소년의 모습이 부각된다. 학교폭력은 예방될 수 없는가? 청소년문학 작가들은 그 가능성을 문학적인 형식으로 표현한다. 칠너E. Zöllner의 『내가 맞선다면? *Und wenn ich zurückhaue?*』[16] 프레트하임T. Fretheim

---

한 대규모의 체제 사이를 연결하는 다리와 같다. 따라서 학교는 친척, 친구, 이웃과의 사생활 영역과 사회적 공공성 사이의 매개체가 되는 것이다. 이 중간 공간인 학교에서 청소년은 긴장, 미움, 상호 권력싸움, 억압과 같은 문제들을 겪게 된다. 이런 갈등 문제에 빠른 해결방법으로 대부분 체벌이라는 형식이 택해지는데, 문제의 원인이 해당 청소년들보다는 근본적으로 학교 체제에 있기에 학생과 교사 사이의 깊은 불신, 학생들 사이의 갈등, 학교에 대한 부적응 등은 학교 조직과 연관하여 해결방법이 찾아져야 한다. Kurt Singer, *Lehrer-Schüler-Konflikte gewaltfrei regeln*, pp. 7~51; Hartmut von Hentig, *Die Schule neu denken*, p. 228 이하 참조.

15) 프레데릭Frederick은 할아버지 집에서 보내게 될 방학을 손꼽아 기다린다. 그는 거기 있는 동안 그를 억압하는 모든 것으로부터 벗어날 수 있다. 특히 원하는 아들의 상을 요구하며 그를 끊임없이 채근하는 아버지로부터 벗어날 수 있는 것이다. 아버지 앞에서 프레드는 바보가 된 듯하고, 말까지 더듬는다. 프레드는 예쁜 노라를 알게 되어 사랑에 빠지고, 그녀의 형제들과 함께 즐거운 여름방학을 보낸다. 그러나 아버지의 갑작스런 방문으로 즐거운 자유시간은 끝나고, 아버지와 아들은 상반된 의견 때문에 다툼을 벌인다. 프레드는 처음으로 자신의 생각을 확신을 갖고 표현하게 되고, 이와 함께 아버지와 아들 사이의 이해가 싹트기 시작한다.

16) 힘센 반 친구들이 괴롭힐 때면 크리시Krissi는 '내가 맞선다면? 어떻게 될 것인지' 생각해본다. 그러나 맞서는 대신 크리시는 도망을 택한다. 그가 더는 견디지 못하고 학교를 떠나자 그의 반에서 학교에 만연해 있는 폭력에 대해 토론이 이루어진다.

의 『지옥으로의 추락Tanz in die Hölle』(1992)[17] 카이제M. R. Kaise의 『실제 삶은 달라Das Leben ist anders』는 학교에서의 폭력, 따돌림의 문제를 다루고 있다. 새 학교로 전학 온 크리스티안이 겪는 학교의 폭력, 아버지의 폭행으로 점점 내성적인 아이로 변해가는 열두 살의 에스펜, 그리고 폭력을 휘두르는 아버지와 어두운 가정환경을 숨기기 위해 거짓으로 자신의 세계를 꾸며가는 로타의 이야기이다. 보이에의 『시카고도, 여기도 아닌Nicht Chicago. Nicht hier』(1999)은 독일의 이름 없는 한 도시에서 벌어진 폭력과 이에 따른 가족의 고통, 그리고 이를 극복해가는 과정을 서술하고 있다.[18]

(3) 다문화 사회와 문화 충격

획일적이고 패권적인 단일 문화주의에 대한 비판과 문화운동 및 인권운동의 영향으로 나타난 다문화주의는 타자성에 대한 관심의 표현이다. 한 사회에서 여러 집단들이 각기 독특하게 형성한 문화들이 서로 조화를 이루는 다문화는 국경이 허물어지고 왕래가 빈번해진 현대사회의 공존을 위한 삶의 문화이다. 독일에서는 이주 노동자들과 함께 그

---

17) "너는 네 부모님을 공경해야 된다"라는 말을 열두 살 에스펜Espen은 늘 듣는다. 부모님의 기분을 상하게 하지 않기 위해 에스펜은 있는 듯 없는 듯 숨어 지낸다. 아버지의 폭행으로 육체적 정신적으로 상처가 많지만 언제나 침묵하며, 상황이 변할 날을 기다린다.

18) 새로 전학 온 카를Karl이 니클라스Niklas 집에서 숙제하고 간 후 동생의 CD 한 장이 없어졌다. 다음번에 카를은 니클라스 아버지의 물건을 빌려가고서는 돌려주지 않는다. 니클라스가 화가 나서 아버지와 함께 그의 집을 찾아갔는데, 카를은 니클라스가 자기에게 그것을 팔았다고 주장한다. 아버지는 누구의 말을 믿어야 할지 갈등한다. 카를은 점점 더 니클라스에게 권력을 행사하고 하루 종일 전화를 하여 말을 하지 않고 끊는 등 괴롭힌다. 카를의 횡포에 견디다 못한 니클라스가 그간의 일을 털어놓지만 처음에는 아무도 그를 믿지 않는다. 결국 아들을 믿게 된 부모의 도움으로 경찰을 찾아가지만 증거가 없다. 작가는 니클라스의 절망적인 상황을 통해 학교에서 벌어지고 있는 폭력의 무서움을 보여준다.

자녀들의 동화문제, 문화적 차이에서 오는 차별과 소외가 점점 부각되고 있다. 이주노동자 문제를 다룬 첫 청소년문학은 노악의 『베벤토는 환영해Bevento beißt willkommen』(1973)이다. 베벤토는 이탈리아의 작은 마을에서 지낸, 가난하나 행복한 어린 시절에 대한 추억을 간직하고 있다. 그러나 고향에서 인정받고 쾌활했던 그는 아버지를 따라 이주해온 독일 도시에서 냉대를 견뎌내야 한다. 유년의 전원시절과 차가운 독일 도시의 대비 속에서 작가는 타문화 속에서 주인공이 겪는 갈등과 소외를 묘사하고 있다. 벨쉬R. Welsh의 『낯선 소녀 윌퀴Ülkü, das fremde Mädchen』(1992)는 독일로 이주한 터키 소녀의 어려운 친구관계에 대해 서술하고 있다. 1980~1990년대 청소년문학에는 이주 노동자 자녀의 2~3세대에게서 나타나는 문제가 더 부각된다. 미래에 대한 불안과 문화 충격, 정체성의 혼돈, 인종차별, 소외, 교육기회의 불균등함, 외국인에 대한 적대감, 폭력의 문제들이 두드러진다. 이슬람과 서구문화의 갈등, 타종교에 대한 편견에서 생기는 갈등은 "두건 쓴 소녀"라는 이름으로 오야Oya의 『낯선 고향, 터키Fremde Heimat Türkei』(1988)와 아이제Ayse와 데브림Devrim의 『우리는 어디에 속하죠? Wo gehören wir bin?』(1983) 『난 독일의 터키 소녀Ich bin eine deutsche Türkin』(1995)에서 표현되고 있다. 출신 문화를 상징하는 "두건"과 이주 나라의 진보적이고 여성 참여적인 역할 사이에서 정체성을 찾고자 하는 터키 소녀의 주변 친구들과의 갈등과 화해가 그려진다.

(4) 전쟁과 죽음에 대한 공포, 극우주의의 폭력

　미국과 이라크 간의 전운이 감돌던 2003년 2월 15일, 반전 시위가 유럽과 미국에서 벌어질 때 여기에 참여한 사람들에 대한 설문조사가 있었다. 이 설문조사에 의하면, 15세에서 24세의 젊은이들이 시위에 많이 참석했다는 사실이 드러난다.[19] 정치에 무관심하고, 자기중심적인 세대로 여겨지는 이 세대의 젊은이들이 전쟁에 대해 공포심을 갖고 있다는 것을 입증해주는 예이다. 수년간의 연구 결과들에 따르면, 실제적인 전쟁 체험이나 현재 일어나고 있는 전쟁과는 상관없이 청소년들은 전쟁 발발에 대해 불안해하고 있다. 두 번의 세계대전을 겪고, 6백만의 유대인 학살과 전범국의 불명예를 짊어진 독일은 자라나는 세대들에게 부끄러운 과거 역사를 어떻게 가르칠까? 부르거H. Burger의 『아빠는 왜 히틀러 청년단원이 되었나요? *Warum warst du in Hitlerjugend?*』(1978)는 "우리는 몰랐다"고 말하는 세대들의 침묵과 적극적으로 대항하지 않음으로써 나치의 만행에 동조한 그들의 죄를 폭로한다.[20] 게르트B. Gert의 『한마디 말도 없어요? *Nie wieder ein Wort davon?*』(1975)는 국가사회주의를 거부했던 아버지의 반나치 행동으로 한 가족이 받았던 위협과 고난을 묘사하고 있다.[21]

---

19) Uli Jäger, "Krieg, Terrorismus und Schule," *Bildungskongress Globales Lernen in Baden Württemberg*, Stuttgart, 2003, p. 118.

20) "왜 유대인들이 그토록 처참하게 학살되었나요?", "젊은이들은 왜 히틀러 청년단에 들어갔나요?", "아빠는 전쟁에 자발적인 의사로 참여하였나요?", "1945년 전쟁에 졌을 때 무슨 생각을 하셨나요?" 아빠는 아들의 질문에 얼른 대답을 할 수 없다. 아들과 아빠의 대화는 지나간 과거 문제만 아니라 현실에 남아 있는 어두운 과거의 잔재들에게도 미친다. 짧은 머리에 군화를 신고 떼 지어 다니며 외국인과 약한 사람들에게 행패를 부리는 무리들은 어떤 자들이며, 이들에 대해 우리는 어떤 행동을 취해야 하는가? 하는 문제들과 함께 기성세대의 나약함을 폭로하고 있다. 국내에는 『아버지에게 던지는 네 가지 질문』 (1991)이라는 제목으로 출간된 바 있다.

21) 1940년, 베를린에 사는 열세 살 한나Hanna의 가족은 점차 전쟁의 참상을 목격한다. 히틀러 정부에 반대하는 아버지의 정치적인 태도에 영향을 받은 가족은 전쟁 앞잡이들의 위험성을 더 분명하게 인식하게 된다. 1941년 9월 1일부터 모든 유대인들은 노란 별을 달아야 했다. 한나는 공무원이었던 아버지가 한 유대인 노 부녀자에게 전철에서 자리를 양보하는 모습을 본다. 어머니는 이웃 동네의 유대인 가족을 돕는다. 어느 날 한나는 단

1980년대 초부터 극우주의와 폭력에 대한 테마가 청소년문학에 자주 나타난다. 크나페H. Knappe의 『양의 탈을 쓴 늑대*Wolfslämmer*』(1984) 마이스M. Mais의 『그리고 불처럼 타올랐다...*und brennt wie Feuer*』(1985) 그리고 1990년 통일 후의 작품인 프로이스G. Preuß의 『손에 쥔 돌*Stein in meiner Faust*』(1993) 보이에K. Boie의 『어른들이 말하길, 마르코가 일냈대요*Erwachsenen reden. Marco hat was getan*』(1994)는 사회에 퍼져 있는 극우주의와 청소년의 폭력에 미치는 영향 관계를 조명하고 있다.

이 외에도 청소년문학의 관심 테마는 성과 사랑인데, 시대와 문화를 막론하고 성에 눈떠가는 청소년들에게 흥미 있는 주제일 것이다. 민테-쾨니히B. Minte-König의 『마음의 불꽃*Herzgeflimmer*』(2000)은 교내 동아리에서 일어나는 사랑과 갈등을 다룬다.[22] 러시아 청소년문학 작가 데네쉬키나가 20세에 쓴 인터넷 소설 『좀 줄래!』(2002)가 번역되어 독일을 비롯한 유럽에서도 선풍적인 인기를 끌었던 것을 보면, 청소년들의 성은 어느 곳에서나 높은 관심의 대상인 것을 알 수 있다.

청소년문학의 주된 테마는 청소년들의 관심 영역과 사회 현안 문제들을 포괄한다. 고전이 시간을 뛰어넘어 보편적인 가치를 지닌다면, 청소년문학은 현 사회의 고민거리와 그 사회로의 진입을 앞둔 청소년

짝 친구로부터 이별의 편지를 받는다. 그녀의 집 앞에 나치들이 교수대를 세우던 날, 한나에게 마지막 인사 편지를 보내고, 친구의 가족은 자살한다. 이듬해 한나의 아버지는 게슈타포에 의해 반국가 행위자로 체포되고 집은 수색당한다. 1943년 아버지는 사형언도를 받고 처형되며, 검찰은 재판 과정과 처형에 든 비용을 가족들에게 청구한다. 전후 아버지의 죽음에 대해 한마디 없는 사회를 향해 주인공은 아버지의 죽음에 대한 책임을 묻는다.

22) 비니Vinni는 누군가 이성으로서 사귀게 되면 키스도 하게 되리라 생각한다. 그러나 지금 만나고 있는 크리스와는 아직 해보지 못하고 있다. 두 사람이 연극 공연을 하게 되자, 비니는 대본에 크리스와 키스하는 장면이 포함되기를 바란다. 그러나 여러 혼란스러운 일들이 벌어지고, 비니는 레안더에게 마음을 빼앗기고 크리스에게 더 이상 관심을 갖지 않게 된다. 첫사랑의 갈등과 고민을 묘사하고 있다.

의 삶을 문학적으로 형상화해서 보여준다. 따라서 어른의 시각과 가치 체계로 고전문학만을 주장하기보다, 청소년의 실질적인 문제와 관심 영역을 담고 있는 청소년문학에 대한 이해와 비판적인 관심이 필요하다.

3. 청소년문학의 역할에 대한 논쟁

청소년문학은 작품의 특색에 따라 다양한 기능을 한다. 일반적으로 여가 시간을 위한 오락의 기능이 있다. 독자에게 재미와 기쁨을 주고, 일상을 벗어나 다른 세계를 체험하게 하는 것 외에 교육의 기능도 있다. 지난 몇 년간 청소년문학에 대해 문학적 미학적 질에 대한 요구가 높아졌다.[23) 작가들은 청소년문학을 이제 더 이상 교육적인 목적 문학이라는 틀 속에 가두지 않는다. 청소년문학의 역할도 문학수업의 목표에 따라 변하고 있다. 1970년대에 들어서면서 문학 교수법에 대한 논쟁이 뜨거워지는데, 문학교육에서 이제까지 지배적이었던 작품 내재적인 방법론에 대한 비판의 목소리가 터져나온 것이다. 1960년대 말 이후 통속문학에서 코믹한 청소년문학까지 문학수업의 대상이 되었는데, 학교에서 다양한 수준의 문학작품을 접하면서 청소년문학을 넘어 순수

---

23) 정보 제공의 측면에서, 청소년문학은 역사, 사회, 정치, 인류, 지리학적인 지식 등으로 여러 독자들의 개별적인 요구에 다가간다. 또, 비판적 성찰적인 측면에서 현실사회와 연관하여 독자에게 문제를 제기하며, 미학적 측면에서 젊은 독자의 감성과 사유의 범주를 언어로 묘사한다. 예를 들어 청소년소설에서 청소년들은 복잡한 문학 형식들과 수용방법을 배우며, 내용을 이해하고 현실과 연관시켜 성찰한다. 문학수업에서 청소년들은 문학작품의 내용에 국한하지 않고, 서술방식, 서술구조, 인물묘사, 인물들의 상황, 언어와 그밖에 미학적인 방법들을 분석하면서 문학적인 해석 가능성을 넓혀간다.

문학작품을 읽을 수 있는 역량을 갖게 하는 것이 문학작품 교수법의 목
적이었다. 학교에서 적절히 선택된 문학작품을 통해 사회의 진지한 문
제들을 수업에 받아들이고, 사회 현실, 학교와 수업에 있어서 개혁의
필요성 그리고 청소년 스스로 미래 삶에 대한 설계와 방향을 설정하는
데 도움을 주는 것이다. 따라서 문학수업은 현재의 문학 시장을 반영하
며, 그럼으로써 학생들이 이 사회에서 그리고 사회를 위해 참여할 수
있는 통로가 되어야 할 것이다.

청소년문학의 변화된 흐름과 함께 문학 교수법도 시대에 따라 변하
는데, 1970년 이후는 마르크스주의 문학이론과 프랑크푸르트 학파의
비판이론에 영향을 받고 있다. 문예학과 문학수업의 과제는 사회비판
적인 문학작품을 통해 시민사회를 개혁하고 학생들에게 이에 상응하는
영향을 미치는 것이다. 1970년대 말에는 이저W. Iser의 독서이론과 수용
미학의 영향을 받은 시기로 작품의 수용에 중점을 두게 된다.[24] 쉬핀너
K. H. Spinner는 "90년대의 문학 교수법Literaturdidaktik der 90er Jahre"에서 문
학수업에 있어서 네 가지 주요 관점을 언급하고 있는데, 이는 현재의
문학 교수법 논쟁의 쟁점이 되고 있는 요소들이다.[25] 그는 문학수업의

---

24) 이저에 따르면, 문학작품은 독자에 의해 채워져야 할 빈 공간을 포함하고 있다. 독자의
"기대지평"은 텍스트에서 쉽게 채워질 수 있는 게 아니며, 텍스트 안에서 저항에 부딪히
게 된다. 즉, 텍스트는 자신의 고유의 내용을 갖고 있기에 독자는 텍스트를 주관적으로
해석할 수 없다. 텍스트는 독자와는 무관하게 늘 새롭게 구체화되기에, 독자는 텍스트를
읽을 때마다 늘 새롭게 해석하게 된다. 야우스는 텍스트의 의미를 사회 현실의 단순한 재
현이나 텍스트 구조로부터 연유한 것으로 보지 않는다. "미학적 내용"은 이저에게서와
같은 독서 과정, 텍스트와 독자 사이의 상호 소통 과정에서 일어난다고 본다. 따라서 이
해가 '옳다, 그르다'고 말할 수 없으며, 작품의 객관적-시대초월적인 의미도 존재할 수
없다. 하지만 문학작품이 맘대로 해석될 수 있는 것도 아니며, 작품의 해석학적 재구성이
필요하다. 이저와 야우스의 영향과 의미론Semiotik, 화용론Pragmatik 그리고 소통방법
들을 포괄하는 커뮤니케이션학의 도움으로 텍스트를 올바르게 이해할 수 있기 위한 주된
방법론적-교수법적인 문제는 독자인 학생들을 배려한 독서와 수용 방식을 고려한다.

목표를 학생과 문학작품과의 정신적 영역에서의 대면, 즉 "내적 활동성innere Aktivität"으로 본다. 예를 들어 시 작품을 문학수업에서 다룰 때, 운율이나 각운, 미운과 같은 형식 분석에 너무 치우쳐서는 안 된다는 것이다. 쉬핀너는 내적 상상력을 키우는 것, 감성적-상상적 그리고 성찰적 시각을 열어주는 것을 문학수업에서 중시하는데, 이를 위해 작품을 다양한 시각에서 관찰하는 비교 방법, 작품 속의 한 인물에게 편지를 씀으로써 비판적인 대면, 작품으로부터 거리 취하기 등의 방법을 권한다.[26]

1980년대 말부터 시작한 문학수업에 대한 하스-후렐만 논쟁은, 수업에서 무엇이 중시되어야 하는지에 대한 의견대립뿐 아니라 청소년문학의 독자성에 대한 논쟁으로 이어지기도 했다. 하스G. Haas는 1988년 "교수법으로 착취되는 청소년문학의 비참함Das Elend der didaktischausgebeuteten Kinder-und Jugendliteratur"에서 청소년문학을 수업에 이용하는 것에 대해 비판하면서 격렬한 논쟁을 야기시켰다. 그는 청소년문학이 연구와 교수법에서 주로 교육적 관점에서 읽히고 이해되는 것을 유감스럽게 여겼는데, 이런 경향이 청소년문학에 요구할 수 있는 미학적인 욕구를 감

---

25) 쉬핀너는 텍스트 중심의 문학수업을 다음 네 가지로 전망하고 있다. 첫째, 형식과 내용 분석 그리고 작가가 의도하는 바를 읽어내려는 텍스트 분석에 있어서 어려움이 수용자와 작품 외적 사실을 통해서 해결될 수 있다. 둘째, 출판과 연관하여 독자인 학생들의 참여가 적극적으로 수용되어야 한다. 셋째, 후기구조주의 문학이론과 포스트 모더니즘적인 의식의 흐름이 텍스트 안에서 일관된 이미지를 해체하고 있다. 모순, 애매함, 텍스트 상호간의 연관성에 대한 연구가 전통적인 해석방법의 자리를 대신하고 있다. 넷째, 문학 텍스트에 대한 대화는 텍스트를 이해하는 수단만이 아니라 그 자체가 목적이고 학교의 제도적인 조건으로 인해 손상되고 있다는 관점에서 또 교양의 가치 안에서 분석된다. Kapar Spinner, "Literaturdidaktik der 90er Jahre," *Taschenbuch der Kinder- und Jugendliteratur*, Hohengehren, 2002, pp. 23~24.

26) K. Spinner, "Produktive Verfahren im Literaturunterricht," *Neue Wege im Literaturunterricht*, pp. 33~41.

소시킨다고 보았기 때문이다. 하스는 학교에서 행해지는 문학수업에서 '예술에 대한 인식 기능이 너무 강조되고 재미 측면은 거의 다루어지지 않는다'고 비판하였다.[27] 문학수업이 성찰적이고 분석에 너무 치중함으로써 수많은 학생들을 소외시키고 있다는 것이다. 내용과 작품에 집중하는 것만으로도 충분하며, 이를 통해 학생들은 독서하는 재미를 경험하게 된다. 이것이 그의 "내용과 작품에 집중하는 문학수업"을 주장하는 주요 초석이다.

후렐만B. Hurrelmann은 하스가 미학적인 요구를 강조하는 것에서 새로운 단면화의 위험, 즉 교육적인 상징이 단지 미학적으로 교환되는 것을 보았다. 그는 청소년문학이 성인문학으로 자연스럽게 전이되고 있다고 보는데, 그러나 두 영역의 단순한 동질성은 없다는 견해이다.[28] 따라서 두 개의 상이한 문학적 관점에서 시작해야한다고 강조하는데, 이는 청소년문학의 미학적인 가능성의 한계 때문인 것 같다. 그렌츠D. Grenz도 후렐만의 견해에 동조하고 있다. 1970년대 이래 청소년문학은 문학적인 질에 있어서 큰 발전을 보이므로 성인문학에 많이 다가갔다. 그러나 문학적으로 매우 발전한 청년소설Adoleszenzroman도[29] 다양성과 미학적

---

27) G. Lange, "Zur Didaktik der Kinder-und Jugendliteratur," *Taschenbuch der Kinder-und Jugerdliteratur*, Hohengehren, 2002, p.953.

28) 고전적인 청소년문학에서 까다로운 성인문학이 될 수 있는 글도 찾아볼 수 있다. 예로서 후렐만은 『걸리버*Gulliver*』와 『이상한 나라의 엘리스*Alice im Wunderland*』, 그림동화와 『소년의 마술피리*Des Knaben Wunderhorn*』를 든다.

29) 1980년대에 들어서기까지 청소년을 위한 문학작품은 '청소년 도서Jugendbuch'라는 이름으로 총괄된다. 청소년을 대상으로 한 모험소설, 탐정소설, 공상소설, 종교소설, 역사소설, 인물소설, 교양소설, 발전소설, 공포소설, 오락소설 등이 청소년문학이라는 상위 개념에 포함된다. '청바지 문학 Jeansliteratur' '소녀문학Mädchenliteratur'도 청소년문학의 부가개념이다. 1980년대 이후에는 청소년기를 다룬 소설들이 아동─청소년문학으로 자리를 잡기 시작하는데, 이 새로운 소설들을 성인 대상의 교양소설과 구분하여 '청년소설'이라 부른다.

454

인 거리를 대부분 도달하지 못했다고 보고 있다. 이는 청소년문학의 제한된 표현 범주 때문인 것 같다. 청소년문학이 성인의 세계로 진입하는 것을 돕는 과도기적 문학이라면, 청소년문학은 이 세계의 해체나 변화를 제시할 수 없는 것이다. 청소년문학은 처음부터 교육적인 문학이었으며, 이 특성은 오늘날까지도 부인할 수 없다고 본다. 따라서 청소년문학의 서술방식과 언어는 단순하고 독자의 이해지평에 맞아야 하는 것이다.

현대의 논쟁은, 청소년문학 작품을 선택하고 읽는 데 이런 과정이 문학수업을 통해 이루어져야 하는지 아니면 학생들 스스로의 판단에 맡길 것인지의 여부가 주된 대상이다. 루취키K. Rutschky는 학교에서 문학작품을 다루는 것을 근본적으로 거부하며, 빌켄디히G. Wilkendig는 문학작품을 제도권에서 다룰 수 없는 것으로 본다. 따라서 수업시간에 다루는 것은 부적합하다고 주장한다. 도더러K. Doderer와 하스도 청소년문학을 교육적인 목적으로 받아들이는 것을 거부하고, 이를 "교육적인 상품화pädagogische Vermarktung"라고 비난한다.[30] 후렐만과 다렌도르프M. Dahrendorf는 학교가 청소년문학을 교육적인 목적을 위한 학교 수업을 위해 이용하는 것을 찬성한다. 하지만 문학이 교육적 교수법적 도구로 빠질 수 있는 위험성을 계속 경계하면서 조심스럽게 이루어져야 한다는 견해이다.[31]

---

30) G. Lange, 앞의 책, p.971.
31) 라덴틴V. Ladenthin, 마텐클로트G. Mattenklot, 쉬테펜W. Steffen은 문학작품을 매체로 교육과정을 시작하는 것을 당연하게 생각하고 문학작품을 배움의 대상으로 사용하기 위해서는 학교가 적합한 장소라고 여긴다. 라덴틴은 교육적 내용의 작품은 자아 성찰과 결정을 인지하도록 돕기에, 텍스트로 소개된 교육과정은 독자에게 독자적인 인식을 하도록 고무해야 한다고 주장한다. 따라서 규범이나 규칙으로 귀결되는 작품을 거부한다. 독자는 책의 내용을 그대로 받아들이기보다 자신에게 적합한 의미를 찾아내야 한다고 생각한

그러면 학교 문학수업에서 주로 어떤 작품들이 선택되고, 청소년들의 독서 경향은 어떤가? 청소년의 선호 도서에 대한 조사에서 판타지보다는 사실주의 작품으로 사회현실 문제를 다루는 작품이 많이 읽히고 있다고 드러났다.[32] 초등학교에서는 긴장감을 주고 모험적인 내용이 인기가 있고, 그다음으로는 재미있는 판타지 그리고 문제제기의 작품이 많이 읽힌다. 그러나 5~7학년에서는 이런 취향이 많이 변한다. 63%가 문제 중심의 작품을 선호하고, 24%는 모험과 긴장감 있는 작품을 선택하였다. 이런 경향은 8~11학년에서 더 두드러진다. 문제제기 작품에 대한 선호도가 93%까지 상승한다. 그러나 문학수업에서 학생들 위주의 도서 선택은 8학년까지 이루어지고, 그 이후로는 고전적

다. 마텐클로트는 청소년들은 책과 함께 자라기에 모든 책은 그들에게 새로운 내용과 새로운 언어의 세계를 열어주어야 하며, 기대에 못 미치는 주제와 진부한 언어로 인해 독자가 전혀 자극과 동기를 부여받지 못하는 것은 청소년들의 존엄성을 해친다고 본다. 쉬테펜은 청소년문학이 청소년들의 의식세계에 어느 정도 영향을 미치고 고정 관념을 변화시킬 수 있는가에 주목한다. 그는 발전심리학의 두 개념—동화와 적응Assimilation, Akkomodation—을 이용하여 설명한다. 전자는 인간의 심리가 기존의 세계에 동화되는 과정이다. 후자는 대립의 과정을 나타낸다. 즉, 새로운 경험을 체득하는 데 자신의 범주가 충분하지 못하면, 새로운 것을 극복할 목적으로 자신은 변화되고 진보 발전하게 된다. 전자의 독서에서는 독자가 이미 알고 있는 개념, 지식, 체험들이 텍스트를 이해하고 여기에 동화되는 데 충분하다. 독자는 어느 정도 편하게 느낄 수 있지만 어떤 배움의 진보는 습득할 수 없다. 그래서 독서는 스트레스 해소와 휴식을 주는 효과일 뿐이다. 의식적으로 이것을 목표로 하는 작품은 통속문학에 속한다. 청소년문학의 일정 부분을 차지하고 있다. 후자의 독서는 다르다. 독자는 자신에게 대립하거나 단순히 화합할 수 없는 진행과정과 체험에 직면한다. 독자는 재해석하여 수용하고 진보하는 데 필요한 노고를 덜기 위해 이 새로운 체험을 달리 해석하고 심각하게 여기지 않거나, 또는 이 체험을 자신의 발전을 위해 유용하게 만들고 자신을 변화시킨다.

32) 조사는 1996년 초등, 실업학교, 특수학교Sonderschule 학생들을 대상으로 오스캄프I. M. Oskamp에 의해 실시되었으며, 결과는 1990년대 초 노르트라인 베스트팔렌 주의 문화부가 행한 결과와 주요 항목들과 일치한다. 조사 결과로는 83%의 청소년들이 사회현실 문제를 다루는 작품을 많이 읽고, 모험 추리소설에는 61%, 동물 이야기에는 37%, 판타지에는 34%의 청소년들이 관심을 보였다. G. Lange, 앞의 책, p.960 이하 참고.

인 문학 정전이 문학수업을 지배한다. 9~10학년의 김나지움에서 청소년 도서는 감소하고 전통적인 김나지움 문학교수법이 자리를 차지한다. 수용자 위주의 문학작품이 9학년 이후 수업에서 매우 무시되고 있는 것이다. 그리고 청소년문학 작품 중에서도 몇몇 작가와 작품으로 뚜렷하게 제한되고 있으며, 고전적인 작품은 거의 1970년대에서 1980년대 초의 작품들이다. 이는 교사들이 과거의 청소년 작품들을 더 높이 평가하거나 예전에 자신들이 감명 깊게 읽었던 작품일 수 있다. 또는 현재 출판되는 청소년문학 작품들을 경험하지 못해서이기도 할 것이다. 문학수업을 위해 교사들이 사회현실 문제를 다루는 작품을 선호하는 것은 문학작품을 통해 성장하는 청소년들의 발전과정에 나타나는 문제들과 대면할 수 있기 때문이다. 문학적인 질이 아니라 작품의 주제와 다루는 문제가 먼저 고려되고 있는 것이다. 청소년은 미디어의 영향을 많이 받고 사회의 변화, 가족과 개인의 사회화 과정에서 나타나는 여러 문제들과 대면한다. 따라서 문학수업에서 선택되는 작품은 청소년들의 당면 문제를 다루면서 문학적으로도 높은 수준을 지닌 현재의 작품들이어야 할 것이다. 또한 수업에 활용할 수 있는 텍스트는 이해하기 힘든, 이성적으로 받아들이기 힘든 사건의 배경을 설명해주고, 어떻게 이 사람이 범죄자가 되었는가? 이들은 무엇을 생각하고, 무엇을 느끼고 주위 사람들에게 어떻게 반응하는가를 보여주어야 한다. 즉, 악을 정형화시키고 이들에 대한 일반적인 경고의 이야기는 청소년을 위한 교육적 텍스트로 부적합하다.[33]

---

33) 케스트너는 "문학을 통한 교육"을 주장하는데, 그가 생각하는 교육은 인간이 자신에게 내재해 있는 능력과 약점을 발견하여 스스로를 발전시킴으로써 자신에 대한 자부심을 갖는 동시에 타인에 대한 관용적 태도를 갖게 함으로써 인류와 세상의 개선에 기여하는 것

4. 문학교육의 사례

청소년들의 욕구를 제대로 반영하지 못하고 '문학 정전' 위주의 비현실적인 문학교육이 행해지고 있다는 자각의 결과로 청소년문학을 적극 활용하는 교육이 이루어지게 되었다. 문학교육의 목표는 독서 동기를 유발하고 수업을 통해 도서 선택을 자발적으로 할 수 있는 능력을 기르는 것이다. 문화기관, 도서관, 서점, 극장, 영화관, TV, 라디오 등을 잘 이용할 수 있게 도우며, 수용 능력을 키움으로 자신의 독서 태도를 스스로 조절하고 다양한 독자 역할을 받아들일 수 있도록 한다. 또 텍스트를 다양하게 그리고 정확히 관찰하고 평가하며, 모순된 것을 인지하며 비판할 수 있는 능력을 키운다. 문학작품을 통해 사유의 한계를 넘고 판타지를 발전시키고, 다른 삶과 사회의 모습들을 체험하고 자신의 체험과 의식 공간을 넓히고 그럼으로써 자신에 대한 자율성과 정체성을 얻을 수 있도록 돕는 교육적인 기능도 문학교육의 목표이다.

다음은 보이에의 『어른들이 말하길, 마르코가 일냈대요』를 문학교육의 사례로 분석해보고자 한다.[34] 이 작품은 '외국인 배척' '인종차별'을

이다. 따라서 그는 도덕적인 인간, 개체의 이성이 모여들어 잘 짜인 사회를 이상으로 삼고 이러한 인간과 사회를 자신의 문학 속에서 모범으로 제시하려고 노력하였다. '선함과 악함' '어리석음과 분별 있음' '교육 가능성과 개선불능'은 케스트너가 작품구상에서 중요하게 여기는 주제로서 그는 이러한 도덕 가치가 아동세계에서 실현될 수 있다고 확신하였다. 그는 아동들이 자신의 책들을 통하여 도덕적 윤리적으로 타락한 성인세계를 바꿀 수 있는 이로 성장하기를 기대하였다. 아동들이 분별 있고 도덕적인 어른으로 성장할 수 있도록 도와주면 이들이 성장한 후의 세상은 바뀔 수 있다는 것이다.

34) K. Boie, *Erwachsene reden. Marco hat was getan*, Hamburg, DTV, 1995. 이 작품은 15세 이상의 청소년에게 권장되고 있으며, 중2~고2의 수업에 활용하도록 조언하고 있다. 간젤 C. Gansel은 이 작품의 활용 방안으로 네 가지 방법을 제안하고 있다. C. Gansel,

458

주제로 하고 있으며, 열다섯 살 마르코의 행위를 통해 주변 인물들의 숨겨진 인종차별주의를 드러낸다. 마르코는 터키 사람들이 모여 살고 있는 허름한 집에 불을 지른다. 이 사고로 집에 있던 두 아이가 죽는다. 작가는 13명의 마르코 주변 사람들의 진술을 아무 설명 없이 나열하는 방식으로 사건을 묘사하고 있다. 인터뷰를 통해 마르코 주변 인물들은 자신들도 큰 충격을 받았다고 말하며, 마르코와 결코 가까운 인물이 아니라는 것을 강조한다. 결국 이 사건에 대해 함께 책임감을 느끼고 갈등하는 사람이 몇 안 된다는 사실을 보여주면서, 한 청소년에 의해 저질러진 엄청난 사건에 대한 기성세대의 책임 부재를 고발하고 있다. 문학수업 시간에 이 작품을 가지고 외국인에 대한 배타성과 인종차별주의가 부르는 우리 사회의 어두운 현실을 어떻게 가르칠 수 있는가. 몇 가지 제안을 통해 그 가능성을 열어본다.[35]

제안 1	각 그룹은 등장인물과의 가상 인터뷰 진행을 통해 사건에 대한 다양한 의견을 전달한다.
제안 2	새로운 인물들을 등장시켜 내적 독백, 인터뷰, 대화 형식을 빌려서 사건을 다시 써본다.
제안 3	학생들은 객관적인 방식과 충격적이고 자극적인 방식, 두 가지 상반된 방식으로 사건에 대한 기사와 사설을 작성한다.
제안 4	재판관, 배심원, 변호사, 증인, 마르코가 참여하는 재판과정을 연출해본다.

Moderne Kinder- und Jugendliteratur. Ein Praxishandbuch für den Unterricht, Berlin: Cornelsen Verlag, 1999, pp. 142~46 참조.

35) 앞에서 언급한, 문학수업에서 간과하기 쉬운 작품의 미학적인 접근은 이 사례에서 제한다. 작품의 서술구조와 방식이 단순하고 내용이 분명하여 테마 중심의 토론으로 적합한 작품이기 때문이다. 이 표는 간젤의 제안 방식에 대한 개요도이다.

첫번째 제안은 인터뷰에 참여한 사람들에 대한 프로필을 작성하면서, 이들이 사건에 대해 어떤 입장을 취하고 있는지를 살펴보는 것이다. 이 작품이 사건 중심의 묘사가 아니라 주변 인물들의 진술로 구성되었기에, 13명의 진술을 인터뷰로 작성하기는 어렵지 않을 것이다. 학급의 인원을 고려하여 그룹을 만들고, 각 그룹은 텍스트 속의 한 인물을 연구하되, 사건에 관련한 주요 인물들을 대상으로 하는 것이 좋을 것이다. 예를 들어 시장, 교사, 교장, 담임선생님 등의 인터뷰는 그들의 행동과 사회적 위치를 통해 사건과 관련한 사회적 환경적 영향을 고찰하게 해줄 것이다. 또 마르코 친구들과의 인터뷰는 평소에 드러나지 않았던 마르코의 갈등과 성격을 조명하게 해줄 것이다. 인터뷰 후에 각 그룹은 인터뷰한 인물의 주요 진술들을 함께 작성한다. 이것들을 벽에 붙여서 볼 수 있게 하거나, 빔 프로젝트를 통해 발표하여 모든 학생들이 인물들의 프로필을 볼 수 있게 한다. 그럼으로써 학생들이 텍스트 전체를 읽지 않아도 작품의 내용과 사건의 개요를 파악할 수 있게 된다. 이제 학생들은 프로필을 통해 작품 속 인물들을 평가해본다. 시의 책임자인 시장은 마르코의 범죄로부터 거리를 취하고, 자신은 학교와 아무 상관이 없다고 생각하는 인물이라는 것을 학생들은 알아챌 것이다. 그의 유일한 걱정거리는 외부에 비치는 이미지이다. 심지어 시장한테조차 외국인에 대한 적대감이 숨어 있음을 파악할 수 있다. 마르코의 담임선생님은 마르코를 처음부터 유별난 학생으로 파악했지만 그의 반항적인 태도를 통제하지 못했다. 부모와 함께 해결책을 찾고자 하는 시도가 깨진 후 체념하고 마르코에게 관심을 두지 않았다. 교장은 학교 이미지를 무엇보다 중시한다. 자기 학생의 극우적인 행동은 별 문제가 없다고 여기고, 마르코의 행동은 특별 케이스라고 주장한다. 학생들이 터키 급우들을 비웃거나 벽에 나치 문양을 그리는 행동에 대해서 너무 예민하게 반응해서는 안 된다고 생각한다. 이렇게 학생들은 각 인물들의 연구 분석을 통해 마르코 주변 사람과 사회 분위기도 사건 발단의 계기가 되었음을 인지하게 된다.

두번째 제안은 텍스트에 나오지 않는 인물들을 구상하여 새로운 이야기를 꾸미면서 주제에 접근하는 것이다. 작품은 마르코의 심리를 직접적으로 묘사하지 않고, 주변 인물들의 말을 통해서만 전달한다. 그래서 마르코가 사건을 일으키기 전날이나 사건 당일 만난 사람을 가정하여 사건을 일으키는 중요한 상황들을 설정해보는 것이다. 예를 들어 형편없는 학교 성적 때문에 마르코를 꾸짖는 부모님, 또는 마르코에게 전혀 시간을 내줄 수 없는 바쁜 부모님, 또래 집단에서 따돌림당하는 마르코를 상상하여 이야기를 꾸민다. 내적 독백은 마르코의 갈등과 번민을 잘 반영해줄 것이다. 리포터가 청소년 구치소를 떠나는 마르코를 인터뷰하며, 자신의 행위에 대한 구치소에서 느낀 생각들을 적어보는 것도 참여 학생들에게 좋은 교육이 될 수 있다. 구치소를 나온 마르코를 냉대하는 가족과 주위 사람들, 그를 피하는 친구들로 인하여 갈등하는 마르코가 어렸을 적 좋은 기억으로 남아 있는 선생님이나 교회 목사를 찾아가서 대화를 나누는 상황의 설정도 학생들 스스로 문제의 해결 방안을 생각해보는 계기를 줄 것이다.

세번째 제안은 사건에 대한 미디어의 영향을 분석해볼 수 있는 좋은 방법이 될 것이다. 객관적인 방식과 자극적인 방식으로 사건 기사를 작성하여 보도자료에 따라서 사건이 어떻게 이해되는지 비교해본다. 또는 "폭력-극우주의"라는 테마의 신문 기사나 사설들을 조사하여 객관적인 시각에서 씌어졌는지, 아니면 감정적이고 자극적인 내용으로 빠겨들지는 않았는지 살펴보는 것도 좋을 것이다. 또한 현대의 대중매체의 역할에 대해 토론으로 확장할 수 있는 좋은 방법이라 생각한다.

네번째 제안은 재판관, 배심원, 변호사, 증인, 마르코가 참여하는 재판 과정을 연출해보는 것이다. 각 역할들에 맞는 텍스트를 쓰고, 법정 장면을 연출한다.

네 제안 중 첫번째는 단순한 방법으로 사건을 이해하고 토론할 수 있으며, 나머지 세 제안들은 사건에 대한 이해와 함께 이에 대한 비판적인 시각을 필요로 한다. 학생들의 수용 능력에 맞게 적합한 방법을 택하여, 통합교육의 장 내에서 청소년문학을 활용할 수 있을 것이다. '인종차별' '극우주의'가 가져오는 해악을 청소년들에게 가르치고자 할 때 문학작품을 통한 교육이 어떤 효과를 주는가? 폭력에 대한 예방적인 의도나 경고를 목적으로 폭력의 사례를 들어 청소년을 교육하고자 한다면 감정적인 차원에서 그치기 쉽다. 또 '우파적인' 행동으로 테두리를 먼저 설정하거나 거기에 속한 이들에 대한 전형화된 묘사는 '극우주의는 악하다'는 규정을 설정함으로써 오히려 반감을 불러일으킨다. 위의 수업은 폭력과 결부된 인종주의 및 극우주의라는 독일 사회의 현안을 교육현장으로 끌어들이면서, 학생들에게 시민교육과 문학교육을 제공하고 있다. 학생들은 사건을 피상적이 아니라 사회적 심리적 요인까지 분석하고 토론함으로써 사건을 야기한 여러 요인들을 스스로 파악하게 된다. 이는 폭력에 대한 단순한 반감이 아닌, 폭력을 예방하고 대응할 수 있는 방법들을 체득하는 성과를 얻을 수 있다. 또 인터뷰, 진술, 기사 등 다양한 형식의 글을 써봄으로써 텍스트 구성 능력 및 글쓰기 능력을 키울 수 있다. 청소년문학과 문학교육의 긍정적인 만남이 청소년 교육의 새로운 가능성을 열어주는 것이다.

　언어와 문화를 통한 패권주의 속에서 우리 청소년들의 개성은 위축되고 획일화된 사고와 가치관이 이들을 위협하고 있다. 청소년들의 관심과 흥미를 외면한 채 고전문학과 순수문학만 중시하는 문학 풍토로 인해 청소년들은 문학에서 점점 멀어져가고 있다. 학생들은 현행 교육 체계와 입시제도 때문에 점수 따기 위한 획일적인 문학수업을 강요받고 있다. 학생들은 문학을 창조적이고, 감상을 통해 정서적인 위로를 받는 즐거운 책읽기로 간주하는 것이 아니라, 오히려 따분하고 난해하며 현실과 동떨어진 고된 노동행위로 여기고 있다. 문학교육의 주요 대상인 청소년들에게 어떻게 양질의 문학교육을 제공할 수 있을까? 우리의 당면 과제는 청소년들에게 그들의 발달 단계 및 특징에 따라 알맞은 문학작품을 제공하는 것이다. 1970년대부터 독일에서 불붙기 시작한 청소년문학교육에 대한 논쟁과 이를 계기로 이루어진 청소년문학의 활성화는 우리에게 시사하는 바가 크다. '문학교육'이 우리에게 아직은 낯설지만, '인문학의 위기'가 회자되는 현 상황은 문학의 역할과 기능을 점검하고 문학의 영역을 확장하고 현실 문제로 파고들 수 있는 전환점이 될 수 있다. 청소년의 수준에 맞는 문학작품을 제공하고 이와 더불어 적절한 독서교육, 문학교육이 이루어지도록 청소년문학에 대한 연구와 토론이 이루어져야 할 것이다.

정명환

한국외국어대학교 · 서울대학교 · 가톨릭대학교 불어불문학과 교수 역임. 저서로 『한국작가와 지성』 『졸라와 자연주의』 『문학을 찾아서』 『젊은이를 위한 문학 이야기』 『현대의 위기와 인간』 등이 있음. 경암학술상 등을 수상했으며, 현재 대한민국학술원 회원.

유종호

연세대학교 교수 역임. 저서로 『유종호전집』(전 5권) 외에 『서정적 진실을 찾아서』 『다시 읽는 한국 시인』 『나의 해방 전후』 등이 있음. 현대문학상, 대산문학상, 인촌상 등 수상했으며, 현재 대한민국예술원 회원.

도정일

문학평론가, 경희대학교 영어학부 명예교수. 저서로 『시인은 숲으로 가지 못한다』 『대담』(공저), 『시장전체주의와 문명의 야만』 등이 있음. 소천비평문학상, 현대문학상(비평부문) 등 수상. 현재 독서문화 확산, 독서교육 강화, 도서관 인프라 확충을 목표로 한 NGO '책읽는사회만들기국민운동'을 이끌고 있음.

김인환

문학평론가, 고려대학교 국어국문학과 교수. 저서로 『상상력과 원근법』 『기억의 계단』 『다른 미래를 위하여』 『의미의 위기』 『비평의 원리』 『언어학과 문학』 『한국고대시가론』 『동학의 이해』 등이 있으며, 주요 논문으로 「자작해설의 한계」 「최재서 셰익스피어론의 한계」 등이 있음. 김환태평론문학상, 팔봉비평문학상, 대산문학상 등 수상.

김대행

서울대학교 국어교육과 명예교수. 저서로 『문학이란 무엇인가』 『문학교육원론』(공저), 『국어교과학의 지평』 『문학교육 틀짜기』 등이 있음.

박인기

경인교육대학교 국어교육과 교수. 저서로 『문학교육과정의 구조와 원리』 『문학을 통한 교육』 『국어 교육과 미디어 텍스트』 등이 있으며, 주요 논문으로 「국어교육학의 생태학적 특성」 「교과의 생태와 교과의 진화」 「문학 교육과 문학 정전의 새로운 관계 맺기」 등이 있음.

유성호

문학평론가, 한양대학교 국어국문학과 교수. 저서로 『현대시 교육론』 『움직이는 기억의 풍경들』 등이 있음. 김달진문학상, 편운문학상 등 수상.

김신정

문학평론가, 인천대학교 국어국문학과 교수. 저서로『정지용 문학의 현대
성』등이 있으며, 주요 논문으로「이장희 시 연구」「일본 사회와 윤동주의 기
억」등, 주요 평론으로「다시 얼굴들, 타자의 기미를 향한」「감각과 소통, 자본
의 네트워크」등이 있음.

홍정선

문학평론가, 인하대학교 한국어문학과 교수. 저서로『역사적 삶과 비평』
『신열하일기』『카프와 북한문학』『프로메테우스의 세월』『인문학으로서의
문학』등이 있음. 대한민국문학상(신인상), 소천비평문학상, 현대문학상 등
수상.

김명인

문학평론가, 인하대학교 국어교육과 교수. 저서로『자명한 것들과의 결별』
『환멸의 문학, 배반의 민주주의』등이 있으며, 주요 논문으로「한국 근대문학
개념의 형성 과정」「친일문학 재론」등이 있음.

하정일

문학평론가, 원광대학교 한국어문학부 교수. 저서로『20세기 한국문학과 근
대성의 변증법』『분단 자본주의 시대의 민족문학사론』『탈식민의 미학』등이
있음.

김만수

문학평론가. 인하대학교 문과대학 인문학부 교수. 저서로『문화콘텐츠 유형

론』『문화이론과 문화콘텐츠의 실제』(공저)『문학의 존재영역』『희곡 읽기의
방법론』 등이 있음.

윤영천

문학평론가, 인하대학교 명예교수. 저서로『한국의 유민시』『서정적 진실과
시의 힘』『형상과 비전』『한국 현대문학 산책』, 편서로『이용악 시전집』등, 주
요 논문으로「일제 강점기 한국 유이민 시의 연구」「베트남전쟁과 동아시아 문
학의 연대」「한국 현대시와 동남아시아」「한국 현대시에 나타난 미국인식」등
이 있음. 시와시학상 등 수상.

최원식

문학평론가, 인하대학교 한국어문학과 교수. 저서로『문학의 귀환』『제국
이후의 동아시아』 등이 있음. 대산문학상 등 수상.

최시한

소설가, 숙명여자대학교 국어국문학과 교수. 저서로『가정소설 연구』『현대
소설의 이야기학』『소설의 해석과 교육』 등이 있으며, 소설집『낙타의 겨울』
『모두 아름다운 아이들』 등이 있음.

이숭원

문학평론가, 서울여자대학교 국어국문학과 교수. 저서로『백석을 만나다』
『정지용 시의 심층적 탐구』『세속의 성전』 등이 있음. 김환태평론문학상, 김달
진문학상 등 수상.

김진경

시인, 아동문학 작가. 시집으로『갈문리의 아이들』『슬픔의 힘』『지구의 시간』 등, 동화로『고양이 학교』『종이옷을 입은 사람』『북 치는 꼬마 용사』 등, 장편소설로『굿바이 미스터 하필』『우리들의 아름다운 나라』 등이 있음. 한국문학신인상, 프랑스 아동청소년문학상 엥꼬럽띠블상 등 수상.

원종찬

아동문학평론가, 인하대학교 인문학부 교수. 계간『창비어린이』편집위원장. 저서로『아동문학과 비평정신』『동화와 어린이』『한국 근대문학의 재조명』등이 있음.

황효식

충북대학교 영어영문학과 교수. 저서로『셰익스피어 연극 사전』『교양으로 읽는 영미문학』(이상 공저) 등이 있으며, 주요 논문으로「문화연구와 영문학: 한국의 영문학 연구와 교육을 위한 제언」, 「『햄릿*Hamlet*』과 영국의 종교개혁」등이 있음.

정명순

전남대 · 고려대 · 충북대에서 강의. 주요 논문으로「독일 청소년 문화 — 청소년 문화와 평화 교육」「한-독 페미니즘 문학에 나타난 여성상 비교 — 바흐만, 하우스호퍼, 박완서, 공지영 작품을 중심으로」「어둠을 가르며 부르는 노래 — 라이너 마리아 릴케와 파울 첼란」「기억의 문학 — 김남주와 파울 첼란」등이 있으며, 역서로『미신사전』『프리츠와 카트린의 수학 모험』 등이 있음.

원문 출전(본문 수록 순)

제1부 문학교육, 무엇을 할 것인가

제1장 「대학에서의 문학교육을 위한 기본적 전제」: 정명환, 『문학을 생각하다』, 문학과지성사, 2003.

제2장 「왕도는 없다― 문학교육에 관한 소견」: 유종호, 『서정적 진실을 찾아서』, 민음사, 2001.

제3장 「시인은 숲으로 가지 못한다― 이 시대의 문학교육은 무엇을 할 것인가」: 도정일, 『시인은 숲으로 가지 못한다』, 민음사, 1994.

제4장 「동아시아 문학교육의 전통」: 김인환, 『문학교육의 민족성과 세계성』, 태학사, 2000.

제2부 인간교육과 문학교육

제5장 「인간교육과 문학교육」: 김대행, 『선청어문』 제32집, 서울대학교 국어교육과, 2004.

제6장 「국어교육학과 인문학적 상상력」: 박인기, 『국어국문학』 제147호,

국어국문학회, 2007.

제7장 「문학교육과 정전 구성」: 유성호, 『문학교육학』 제25호, 한국문학교육학회, 2008.

제8장 「다매체 문화 환경과 문학 능력」: 김신정, 『문학교육학』 제26호, 한국문학교육학회, 2008.

제3부 문학교육의 현주소

제9장 「고등학교 문학교과서를 통해 본 우리 문학교육의 현주소」: 홍정선, 『문학과사회』 제36호, 문학과지성사, 1996년 겨울호.

제10장 「문학교육의 악순환과 선순환」: 김명인, 미발표 원고.

제11장 「'문학'교육과 문학'교육'—7차 및 개정 문학 교육과정을 중심으로」: 하정일, 미발표 원고.

제12장 「대학수학능력시험이 문학교육에 미치는 영향」: 김만수, 「문학교육에서 대학수학능력시험과 수행평가의 기능」, 『한국근대문학연구』 제14집, 한국근대문학회, 2006 및 「수능 세대의 문학 공부」, 『문학동네』 제46호, 문학동네, 2006년 봄호 수정 보완.

제4부 문학교육, 어떻게 할 것인가

제13장 「시와 교육—중등학교 문학교육현실 단상」: 윤영천, 『서정적 진실과 시의 힘』, 창작과비평사, 2002.

제14장 「어떻게 문학을 가르칠 것인가」: 최원식, 『생산적 대화를 위하여』, 창작과비평사, 1997.

제15장 「'독서'교육과 소설」: 최시한, 『소설의 해석과 교육』, 문학과지성사, 2005.

제16장 「현대시 교육의 반성」: 이숭원, 『초록의 시학을 위하여』, 청동거울, 2000.

제5부 아동·청소년문학과 문학교육

제17장 「아이들의 변화와 문학교육」: 김진경, 미발표 원고.

제18장 「아동문학 텍스트와 초등 문학교육」: 원종찬, 『문학교육학』 제24호, 한국문학교육학회, 2007.

제19장 「미국에서의 청소년문학교육」: 황효식, 『영미문학교육』 제12집, 한국영미문학교육학회, 2008.

제20장 「독일 청소년문학과 문학교육」: 정명순, 『독일언어문학』 제37집, 한국독일언어문학회, 2007.